文兹乡土

程天赐——著

作家出版社

▲2009 年 8 月，作者在西藏阿里地区采风时与藏族少年留影。

▲诗和远方。摄于新疆伊犁那拉提草原。

▲ 苗家姑娘出山来。摄于贵州省台江县红阳苗寨。

▶ 年画老人。摄于
2019年1月，山东
潍坊。时年92岁
的国家级非遗项目
杨家埠木版年画代
表性传承人杨洛书
在印年画。

▲ 故乡表情。摄于福建省连城县培田村。

▲ 侗寨正农忙。摄于贵州省黎平县肇兴侗寨。

▲ 悠悠岁月。

　　这张照片拍摄于西藏阿里地区普兰县霍尔乡霍尔村——冈底斯山脉连绵雪山下一个极偶然进入我视线的藏族村落。

　　那天，我们驱车前往玛旁雍错圣湖和冈仁波齐神山，中午在霍尔乡一家餐馆用餐，大伙儿等待上菜的工夫，我转悠到附近的村里，随机拍摄一些藏民淳朴、本色的生产生活场景。《悠悠岁月》是其中一幅。

　　照片中，阳光下行走的藏族老阿妈，年纪已经很大了。延伸到画面外的古朴土墙和脚下的路，给人时光漫长之感。老阿妈背后院墙的门顶，装饰着古老神秘的高原精灵牦牛头骨，两弯有力的尖角，守护家园，同时桀骜地指向白云蓝天，把人的视线和思绪引向悠远。雪域高原特有的精神文化气息弥漫开来。

　　老阿妈深色厚重的衣服，微微伛偻前倾的体态，使她的脚步更显坚韧。满头银发，皮肤黝黑，表情安详自足。着装得体，有一种质朴内敛的高贵。

　　画面中，天、地、人、家园，浑然一体。老阿妈的身影，仿佛牵动着宇宙浩茫，也是人类个体肩负命运勇毅前行的写照。

序

王久辛

　　文友程天赐作品集《文兹乡土》要出版了，可喜可贺。这本书选录了他多年来情怀大地、关心民生和文化建设的心血之作，含散文、时评、杂感、报告文学和部分反映乡村文化发展的通讯等。捧读书稿，感到一股奇崛之气、清新之美、优雅之韵，扑面而来！

　　他的散文起点高，有特色，情感浓，想象丰富，思想高华，笔下洋溢着真淳之美和赤子之情。且题材丰富，从乡土人情，到边关大漠，从山川物产，到世态写真、读书游历、感怀梦境、心灵独白，皆入笔端。他写名山大川，其实是以山水为知音，借自然人文之胜，状胸中理想人格；写人物，沧桑中有倔强和爱，展现人性的光辉与温暖；写心灵独白，披肝沥胆，磊落坦荡，引发读者深沉的共鸣；写哲思感悟，宁静中有一种高贵的气质；偶涉闲情逸趣，也写得亲切灵动，浪漫脱俗。读天赐的作品，激荡人的心胸，美丽人的灵魂，升华人的精神。

　　天赐不是专业作家，他长期供职于报社，在农村文化、新闻报道领域深耕多年，是资深专家型记者。他对乡村文化事业有真心的爱，也投入了几乎全部感情。他从众多文化报道中，选出部分有代表性的篇目，集中在本书"诗意家园""春节华章""悠悠文心""文化脉动"等章节，让读者感受到我们广袤田野上的文化脉动，看见民间的精彩、文化的力量。

　　作者对城乡文明走向的洞察，对乡村文化建设特点和规律的把握，对古镇古村落保护及乡村文旅、文创产业发展的观察与思考，对中华文化基因血脉的聆听、感悟，对道德关怀从人延伸到土地的哲学关切等等，给我留下了很深刻的印象。这些领域对许多读者来说，也许是陌生的，但却是重要的！这些文章，既接地气，又有较高的学术价值和指导基层文化工作的实践意义，在一定意义上来说，是我国当代乡村文化建设发展经验智慧的一个缩影，对广大读者了解乡村文化振兴的现状、路径和意义，具有较高的参考价值和向导作用。

天赐的文化视野开阔，他的才华和社会责任感，使他不拘囿于一时一事一地，而把更多的思想和目光投向宏大的社会人生与历史的纵深。他在时评、政论、文艺鉴赏、民俗文化探源等方面，每有涉笔，慧眼独具。他写"冷暖人间"，有悲悯，有温度；他写的"世相杂谈""芬芳节气""大善乡村"等专栏文章，读来倍觉亲切，相信读者也会同我一样，获得温暖的关怀。

当下的图书市场，有思想的书不难觅，难得的是，能把思想表达得深入浅出，亲切感人。天赐是文章高手，常能写出人人心中所有笔下所无的优美文字。

从与天赐的交往和接触中，我知其为人低调、诚恳，与人共事，学习和工作，肯下笨功夫，投入真心，是一位非常敬业的有理想有追求有才华的好编辑、好记者、好作家。希望他能有更多精力投入写作，在自己爱好的领域取得更大的成绩。

这是一个注意力资源稀缺的时代，但又是大家都在寻求好作品的时代。像《文兹乡土》这样有特点、有魅力、有思想文化含量的作品不应该被埋没。其价值理应得到更多读者的欣赏和认识，这是我愿意为这本书作序的理由。

2024 年 8 月 6 日

（作者系著名诗人、鲁迅文学奖获得者、中国诗歌学会副会长）

自　序

　　干了大半辈子新闻，收在这本小书里的文章，却很少正儿八经的新闻作品，多是些散文、随笔、时评，和介乎文学与新闻之间的"四不像"的文字，抚触文化根脉，记录心路历程、人情世态、见闻感想，偶有灵思一闪。

　　我21岁大学毕业进入报社，长期在文化副刊部门工作。出于兴趣和职业习惯，对文字认真，一丝不苟。可能生活中其他方面散漫、不讲究，节省下来的认真、苛刻劲儿都给了文字了。好在文字真是好脾气儿，它不愠不火，任我摆布，对我有极大的耐心和信任。那些熟悉的字眼，在笔下变换着排列组合，竟然一个个精神起来，眉目传情，顾盼生辉。这是我和世界之间默契的一种交流方式。

　　一晃数十年过去，我依然会为赶写一篇急稿熬个通宵；为编辑了一期好版面和别人的好文章而陶陶自乐；为一次突然的采访任务，拎包就走；为享受片刻从容时光而与一棵树对话，与一片花草呢喃，与邂逅的或朴实、或有趣、或孤苦的灵魂攀谈，从鸟儿们枝头泽畔风中觅食的优雅、灵动、机警、专注的姿势，了悟众生皆忙，不劳者不得食。我向世界敞开，世界也以我为知音。

　　在采写任务稿之余，兴之所至，身之所历，心有感焉，居然也写了若干随笔、散文、报告文学，像是对我自己的奖励，让我看见光阴中另一个蓬勃热血的自己。把这些文章汇集成书，对过去的我做个小结，给文字生涯画个逗号，也让自己获得小小成就感的激励，未来读书、写作庶几多了一份动力和期许。再者，这些文章，以散点透视的方式，对时代、对人心、对社会、对文化根脉等，做了有温度、有态度的记录和书写，构成了个体视角中的大千图景，相信有缘的读者自有意会和共鸣。

"杂"是本书的特色，是记者视域相对自由广阔所赋予。将五音杂色淬炼成章而稍具韵律者，乃真诚的努力和思想，它们是作者个性和心魂的坦露。

每一篇文章都倾注了作者的生命气息和能量，我不想厚此薄彼。但写春节和节气这两组稿子，机缘比较特殊，这里再啰唆几句。

春节絮语，因为要刊登在大年初一的报纸头版，所以写作时内心充满敬畏感和仪式感。每篇一千来字，思接千载，以春节文化民俗为主线，写生龙活虎的中国，写纯净美好的人心，揭示民族精神的基因密码，弹奏诗意生活的华彩乐章。春节这组文章连续写了十五年，年年都要讲出些新意，读者非但没有审美疲劳，反而越发期待。这对我构成很大的考验。每年腊月最后几天，在春运的车轮声、单位年底联欢会的欢笑声中，我正在办公室里像母鸡下蛋似的"憋"我的文章。几番"山重水复"，终得"柳暗花明"，思想豁然开朗，这才进入写作的享受，娓娓道来。经常有一些神来之笔，连自己都感到惊奇，觉得这样的文字方才对得起春节，对得起读者。

谈节气的稿子，缘起于报纸开设"走近二十四节气"专栏，本来约请了专家写，结果发现篇幅过长，行文风格跟报纸的需要不对路。于是，试着自己写。七八百字的短文，融合了知识性、趣味性、思想性和灵动诗性，很受欢迎。有说是知识小品，有说像文化散文，有的则表示要推荐给家里的小朋友读。在同事和读者的肯定、鼓励下，我坚持了一年，将二十四节气逐个梳理、讲说了一遍。二十四节气文化在我国已有很深厚的积淀，我查阅大量诗文、民俗掌故，赋予这些材料以新的生命，仿佛能听到每个节气的脚步、韵律，感受到她们的体温和呼吸。

乡村文化振兴是我用心较多的领域。它涉及乡愁、文化根脉、诗意栖居、文旅产业、农业文化遗产保护、公共文化服务、乡风文明等，事关每个人的精神家园和心灵安顿，也事关软实力和文化强国建设。我力图找回被城市时尚和强势文化遮蔽的乡村文化之美，呼吁尊重千百年来农民群众自己创造的文化的价值，让更多人认识、欣赏民间文化的灵气和活力，促进城乡文化在互补互动中共同繁荣，美美与共。同时，引入未来视角，重新审视和发现优秀农耕文明等传统文化资源的价值。

　　书中选录部分我多年来行走基层的发现和感悟，也有专访知名专家学者的智慧分享，期能用文心呼唤文心，与敬爱的读者心心相印。

　　本书文章编排按内容、体裁粗略分了九个章节。"山水美人"以散文为主，这一部分自由灵动，更接近我的梦想。美人喻天地万物之胜，亦指人类心灵之美。"诗意家园"是乡愁的寄托，梦想的延续。"大善乡村"吟咏仁乡教化、淳美风俗。"春节华章"从民俗窥见未来身影。"芬芳节气"跟随太阳的脚步，认知自然万物的时间坐标。"悠悠文心"写人的文化使命和担当。"文化脉动"展现文体大观和魅力乡村的精气神儿。"冷暖人间"聚焦草根人物及遭逢的境遇，喜怒哀乐，溢于言表。"世相杂谈"，高扬人性自由高贵的理想，激扬文字，谈笑风生，具有理性的光芒与穿透力。

　　所选文章，除少数注明刊载媒体外，均首发在《农民日报》上，文后日期为见报时间。书名"文兹乡土"，乃感恩中华文化滋养，汲取人类文明精华，复为乡土而文而歌之意。

　　敬祈读者批评教正。

2024 年 6 月 9 日

目录

第一辑　山水美人

山丹丹开花六瓣瓣红 / 003

快意华山行 / 006

鼓浪屿抒怀 / 009

去巴音布鲁克草原听长调牧歌 / 012

探访朔州古长城 / 017

奥运会上触摸感受人类"大我" / 019

人文视角看西部开发 / 021

向着那份圣洁和高远

　　——甘孜藏区纪行 / 025

醉美武夷山水茶 / 030

古村落里的温州文化密码 / 034

游黄河三峡 / 039

老乡们的电话叨扰 / 042

今夜我不撒谎 / 044

道德关怀从人延伸到土地 / 049

文明，地方形象设计的灵魂 / 051

少女和花 / 054

白岩溪的"齐天大圣"

　　——张传房与宜洋鸳鸯猕猴自然保护区的故事 / 056

活雷锋京城打工 / 063

人品和事业一同成长

　　——记养蜂的朋友张世元 / 066

智慧善行传播人生艺术

　　——记香港亚农基金名誉主席郭兆明博士 / 070

感悟温州节拍 / 075

驾校变奏曲 / 078

石不能言最可人 / 081

吃在"小洞天" / 084

岁月与读书 / 086

林中散叶 / 087

"动静"一解 / 090

您是我心中屹立的风景 / 092

第二辑　诗意家园

古村落的"文艺复兴"

　　——福建屏南县文创产业引领让传统村落变身时尚之乡 / 097

村寨有特色　文化增福乐 / 106

茶香悠悠千年布朗古寨

　　——云南普洱景迈山"世界茶文化之源"翁基走笔 / 108

廿八都古镇：深山里的诗意栖居 / 113

窑湾古镇，见证千年运河文化 / 118

楠溪江畔：200 个文化古村落的"家" / 121

领略古村气质美 / 127

古村落保护，让城市乡村各美其美 / 129

古村落，多保一个就多一个文化基因库 / 133

在最美书店"阅"见乡愁 / 137

亮丽的农业文化名片

　　——西藏山南市乃东区青稞种植系统走笔 / 142

农耕风景线　致富聚宝盆

　　——物华天宝的中国重要农业文化遗产地见闻 / 146

民间的记忆与遐想 / 151

第三辑　大善乡村

曹娥江畔，笑读《曹娥碑》　沉吟黄绢语 / 155

"望兄亭""送弟阁"，千古佳话美德传 / 157

鸡黍之约：三杯吐然诺　五岳倒为轻

　　——金乡县鸡黍村"二贤祠"诚信文化走笔 / 159

仁医董奉："杏林春暖"济苍生 / 162

乡贤范遵厚：为家乡造一座盆景文化名园 / 165

他让一颗红枣"72 变" / 169

格局大时路自宽

　　——记闽兴集团创始人林水俤先生 / 174

鲤鱼溪：仁乡教化风俗淳　800 年人鱼同乐 / 179

"朱鹮之乡"的人鸟情缘 / 182

第四辑　春节华章

诗意生活的"华彩乐章" / 189

聚合家庭与民族的文化力量 / 191

年文化心理的吉祥效应 / 194

从过年，窥见中华民族强健可爱的未来身影 / 196

癸未羊年的春光 / 198

灵猴催春早　巧手种福多 / 200

金鸡报祥瑞　九州倡和谐 / 202

年味是民众心灵的欢歌 / 204

新春的感念与祝福 / 207

春在千门万户中 / 209

春秋稼穑千田锦　龙年又唱祝福歌 / 211

亿万农民的笑声 / 213

马驰中国风　春谱文明曲 / 215

新春说"福" / 218

春天里，我们和时代一起前行 / 221

活泼泼的年味，从未老去的祝福
　　——"年画重回春节"主题采风见闻与随感 / 224

第五辑　芬芳节气

中华农耕智慧惊艳世界
　　——写在"二十四节气"申遗成功之际 / 233

节气文化启迪"诗意栖居" / 236

立春岁首又谋耕 / 239

滋春润物话雨水 / 241

一鼓轻雷惊蛰后 / 243

春景最美是春分 / 245

梨花风起正清明 / 247

又是人间谷雨天 / 249

万物繁茂欣立夏 / 251

最美农家小满天 / 253

芒种稼穑增岁丰 / 255

夏至葱茏景物新 / 257

倏忽温风小暑来 / 259

暑气轩昂话大暑 / 261

一枕新凉立秋来 / 263

处暑新秋清韵长 / 265

白露如诗乡情浓 / 267

粮丰果硕正秋分 / 269

清秋寒露农事忙 / 271

霜降原野秋如画 / 273

蓄藏丰岁立冬时 / 275

小雪迎冬节物新 / 277

瑞兆丰年大雪至 / 279

冬至如年人情暖 / 281

深冬梅报小寒来 / 283

大寒迎年庆团圆 / 285

第六辑 悠悠文心

换一双眼睛看传统看未来

　　——记行走乡间的艺术人类学者方李莉 / 289

冯骥才：亲近乡土的民间文化旗手 / 297

文化部部长谈"文化民生"建设 / 299

老部长的"农民情结"

　　——徐惟诚与文化扶贫的故事 / 303

创造农村文化发展的新疆界 / 308

乡村旅游产业催生新型城乡文化关系

　　——对话孙若风 / 318

传承大气磅礴的陕北剪纸文脉 / 327

黎锦传承人容亚美：当年靠织锦俘获情郎 / 331

文化的亲和与感动

　　——钱金波放飞温州童话红蜻蜓 / 334

吴桂春：海誓山盟的爱给图书馆 / 337

第七辑　文化脉动

农民艺术滋养新农村精气神儿

　　　　——首届中国农民艺术节观感 / 345

听！我们广袤田野上的文化脉动 / 348

剪花花，把自己也剪成花

　　　　——剪纸名家高凤莲和女儿刘洁琼、外孙女樊蓉蓉三代传承的故事 / 353

今日的文化　明日的经济 / 360

民工文化"民工制造"的意义 / 364

社会转型：请把文化的根留住 / 368

"文化民生"的乡村答卷 / 370

喜闻村寨读书声 / 378

阅读，让精神世界丰盈芬芳 / 381

幸福草原　文化相伴

　　　　——内蒙古乌兰察布市察右后旗美丽乡村见闻 / 385

谁动了我的文化"蛋糕"

　　　　——影响农民文化权益保障的实践和认识误区 / 389

"文化管家"请进村 / 392

四海同欢乐　天涯共此时

　　　　——2008年北京奥运会开幕式侧记 / 395

农民体育折射乡村巨变 / 397

农味文化魅力挡不住

　　　　——村BA爆火现象观察 / 400

大美民俗点燃"文化经济" / 403

大众旅游时代，乡村游要有更大作为 / 407

农业旅游：卖的就是参与和体验

　　　　——北戴河集发农业观光园的启示 / 409

一条"稻路"尽赏特色乡村美景

　　　　——从"稻耕乐园"石庙子村看盘锦市大洼区全域景观乡村建设 / 412

美哉！西瓜文化

  ——写在大兴县首届西瓜节前夕 / 416

画乡巨野：农民丹青妙手"种"出文化大产业 / 417

你努力我帮忙　带上手艺奔小康

  ——"非遗＋扶贫"主题采风活动见闻 / 422

"村友圈"把不在场的人拉回村庄

  ——一位三农公益人物分享的互联网文化"为村"故事 / 427

乡村电商演绎不一样的文化故事

  ——山东曹县电商创业文化现象透视 / 431

美术创作描绘现代农业华彩篇章 / 437

第八辑　冷暖人间

不堪的滋味：体验长途客卧 / 443

吓弟讨公道 / 446

"大好人"柳泽安逸事 / 449

挣脱无形的枷锁

  ——当前农村红白喜事大操大办现象的观察与思考 / 453

三姐妹牵动万人心　两年后平地起风波

  ——"东方红"事件的前前后后 / 457

大上海的风度 / 470

古田现象

  ——来自食用菌王国的报告 / 472

告诉世界"我能行"

  ——鸡公山中国少年儿童手拉手夏令营教育理念的启示 / 477

你被服务了 / 482

社会的"痛感神经"不能失灵 / 484

雪灾冰冷中的"中国感动" / 486

灾难中诠释生命的高贵与尊严 / 489

另一种力量　另一种感动 / 491

哀悼日，我们的心同祖国贴得更近 / 493

第九辑　世相杂谈

解开迷信之谜 / 497

"玩"的研究 / 499

也说"四风" / 501

排场与做戏 / 503

陪　斗 / 505

"广东话"现象 / 507

"上帝"的选择权 / 509

给"器皿人"加加热 / 511

英雄断想 / 513

众目关注"透明度" / 515

想到了"专业户"进政协 / 516

当代表也不易 / 517

数据无言 / 518

批评是一笔财富 / 519

鼓掌之后说"官"念 / 520

向沈浩学习如何做人与做成事 / 521

与孩子共享成长的快乐

　　——一篇家长作业 / 523

生命的况味

　　——读田世信的两件雕塑 / 526

美说，我还是光着身子吧

　　——兼评陈皖山的人体油画 / 528

性相近　习相远

　　——第二届中国国际民间艺术节演出观感 / 530

书法是力之舞蹈

    ——读张爱国书法作品想到的／532

题画诗见人品画理／534

看电视、小家子气及其他／536

慢半拍／538

补　白／540

在草原上看话剧《搭马架子的人》／541

大明星和小男人的悲剧／543

后　记／545

第一辑

山水美人

山丹丹开花六瓣瓣红

"七一"前夕，"中国文化记者子长行"采风活动吹响集结号。通知上写着："子长县以民族英雄谢子长的名字命名，县城就是举世闻名的瓦窑堡会议召开地。这个季节正是山丹丹花盛开的时节，那难得一见的红艳艳的景色……"诱人哪！我就是被那红艳艳的山花搅得彻夜难眠，心中长久埋藏着的对热烈奔放的美的向往和渴望被唤醒。

我是第一次去陕北，对那里的一切充满想象，自然地便以故乡闽东的映山红，想像陕北的山丹丹，认为也一定是木本的植物：她生命力顽强，黄土高原那么干旱，山山峁峁沟沟梁梁依然绽放如云霞织锦般美丽的花朵，红得像燃烧的火焰，要不怎么叫山丹丹呢？

来到子长，一路留意，却并未发现一株山丹丹。好在几天的采风活动内容丰富：中共瓦窑堡会议旧址，毛泽东运筹帷幄住过的窑洞，陕北根据地开创者谢子长将军传奇故事，以及安定古镇、钟山石窟、子长唢呐、陕北道情、说书、信天游、小吃文化等，新鲜不断，让我大脑皮层很是兴奋。但心底终究惦记着山丹丹。

最后在高柏山得见芳容。子长县高柏山文化旅游开发研究会为了营造歌里唱的山丹丹开花红艳艳的景致，投资兴建了山丹丹园作为繁育、观赏基地。原来，山丹丹是延安市的市花，植物学名"细叶百合"，又称红百合。多年生草本，花期为6月中旬到9月中旬，多在黄土高原的阴坡上与杂草伴生。相传黄河边的先民们，终日在贫瘠的黄土地上劳作，一年到头收成很少，但他们还是一如既往地辛勤耕耘，让天上的仙女非常感动，仙女的眼泪落在了贫瘠的黄土地上，就变成了鲜艳的山丹丹花。"山丹丹开花六瓣瓣红"，因其花形火红美艳奔放，惹人喜爱，被陕北人誉为"爱情之花"。1935 年，中央红军到达陕北后，山丹丹花被赋予了新的内涵，成为延安的象征，陕甘宁边区的象征。20 世纪 70 年代初，歌曲《山丹丹开花红艳艳》诞生并传唱大江南北，使得山丹丹花也红遍全国，家喻户晓。后来由于过度放牧和干旱导致生态恶化，陕北的山丹丹花似乎逐渐从人们视野中消失了。这十几年来国家在陕北实行退耕还林政策，恢复生态，红百合又在灌木草丛中生根发芽。

每年"七一"党的生日前后，是山丹丹花开得最红艳时。因此，在延安百姓心中，山丹丹花天生就是给党献礼的花。八十年前，中国共产党领导红军完成举世震惊的二万五千里长征，到达陕北后，吹响了全民族团结抗战打击日本侵略者的正义号角。长征精神、延安精神代表了坚忍的意志品质和理想信念的光芒，已成为人类共同财富和中华民族的文化向心力。山丹丹开花红艳艳作为一种文化象征，沉淀根植于人们的脑海中。据说，前些年一位海外游客在延安宝塔山游玩时，问一位憨厚的陕北农民："为什么在延安也看不见山丹丹花？"这让这位农民很受刺激，随后他带着干粮到处寻找山丹丹花，在极偏僻之地找到山丹丹花之后，细心观察它的习性，开始在自家苗圃里人工培育山丹丹花。如今，延安和子长都有山丹丹园。花开时节，来山丹丹园参观者络绎不绝。许多人看见山丹丹花感觉就像看见失散多年的亲人一样亲切。

我终于明白，山丹丹花作为爱情、理想、红色革命根据地的象征，是开在人们心灵深处、灵魂深处的花。

我仔细端详山丹丹的美。那喇叭状的花形极富美感，细细的花瓣向外翻卷，完全绽开毫无遮拦地裸露花柱花蕊，微风吹来，花朵儿轻盈得像翩飞的蝴蝶，无论象征理想，象征爱情，她都是美好、炽热、追求自由幸福的化身。

我欣赏羡慕山丹丹的性格。杂草丛中的那一点鲜红，便是山丹丹花，幼时和杂草没啥区别，一旦绽放，周围的一切都成了它的背景。比小草更高的个子，鲜艳的花朵，是她踮高了脚尖向世界呐喊、呼唤：我在这里，在这里！展示生命的蓬勃美丽，不枉此生！陕北花的性格，毕竟不同于我故乡南国泽畔的水仙花，优雅清香，甘于孤独自恋的美。陕北的花，一如陕北的人，率性、泼辣、激扬、奔放。

我感悟山丹丹的魅力。蓝天白云之下，黄土高坡上，她是一抹至真至纯活色生香的中国红！像跃动的火苗，像迎亲的花轿，像炸响的鞭炮，像少女挥舞的手帕、定情物，像新娘的红盖头，像婆姨巧手下剪出的窗花、女红，像唢呐悠扬号角声声，像信天游掏心掏肺石破天惊的呐喊，像丰年的舞蹈，像旗帜的飘扬，她是世间一切美好事物的象征和隐喻。她远在天边，近在心灵。她是大地的激情，生命的浪花！

感谢朋友"偷拍"下我俯身拍摄山丹丹花的可笑模样。那时，我跪地匍匐，脸蹭着沙土地面，吃力地瞄准镜头里舞向蓝天的美丽花神，陶醉于仰拍的画面效果——漂亮极啦！也许，这正是合适的视角：以平等谦卑的姿态，欣赏、仰望、呵护生命的高贵尊严，向人世间的一切美好问候并致敬。

感谢陕北，感谢子长，感谢黄土高原上奇迹般生长的山丹丹！我完成了一次心灵的净化和梦想的重新起航……

2016 年 7 月 8 日

快意华山行

爬华山会上瘾，因为着迷于那份艰险刺激。

华山天下险，可不是浪得虚名。它以一整块巨大花岗岩构成的巍峨山峰，卓然耸立于陕西关中平原东部渭河与黄河交汇处附近。鬼斧神工，壁立万仞，高插云霄，气象万千，成为华夏民族意志力的象征和中华儿女认同的精神标识。它的审美意象，与伟岸、胸怀、骨力、气节、眼界、神韵、风致相关联，让平凡如我者心生向往，愿匍匐于它坦荡坚实的脊梁，像赤子攀援敬爱的父亲一般，恣意吮吸它的精神营养，期望增加些胆气、见识、修为和格局。

华山在五岳中海拔最高，石作莲花云作台。古人难以接近，想象上面是神仙出没的地方。《尚书》载，华山是"轩辕黄帝会群仙之所"。唐代诗人张乔诗云："谁将倚天剑，削出倚天峰。"诗仙李白以极富想象力的手法，描写华山的巍峨壮丽："西岳峥嵘何壮哉！黄河如丝天际来。黄河万里触山动，盘涡毂转秦地雷。"宋人寇准写下："只有天在上，更无山与齐。举头红日近，回首白云低。"清代袁枚咏叹："太华峙西方，倚天如插刀。闪烁铁花冷，惨淡阴风号。"皆极言华山的险峻清奇。当代武侠小说家金庸妙笔虚构"华山论剑"的剑侠世界，让江湖英雄置身奇险华山，比试武功高下，谈论武学之道，从此，华山更添一层英气、豪气和义气。

自古华山一条道。悬崖绝壁上凿石为梯，人攀爬在石级上，绝壁纳双踵，白云埋半腰，两旁古松倒挂，苍鹰盘旋，心中不免有几分惴惴，但更涌起万丈豪情，后退是懦夫，上登有望做好汉，"会当凌绝顶，一览众山小"，这是意志力的自我考验测评，有谁愿意临阵退缩呢！华山道就像一座天梯，循着它，仿佛找到了与天对话的阶梯；登上它，仿佛现在就能看见炼石的女娲、填海的精卫，刑天正舞着干戚……

史籍记载，华山在汉代还没有上山的路。此后各朝开辟，分段渐进。直到唐朝，才在北坡沿溪谷而上开凿出一条险道，形成了"自古华山一条路"。这条路，也是今天徒步上山必经之路，从玉泉院出发，经五里关、青柯坪至回心石，再爬上千尺幢、百尺峡、老君犁沟、苍龙岭、金锁关等非常狭窄、陡峭的路段。千尺幢穿行于极陡的石缝间，向上看为一线天，往下望如深井，每级石阶只容勉强侧放脚掌，必须握住铁索，手足并用攀登。老君犁沟传说从前此地无路，太上老君驾青牛过华山，见其艰险，挽铁犁耕出此道。"犁沟"谐音离垢，表示经过一番努力，登高望远，身心脱离尘垢，精神气质得到升华。

华山的苍龙岭两边都是深谷，绝壑千尺，岭上有"韩退之投书处"摩崖题刻。据说，唐朝中期，大文学家韩愈因谏迎佛骨，触怒了唐宪宗，被贬潮州途中曾登上华山。下山时因山路太险，被困在山上。为减轻行李，他把所带的书籍都丢下岭去，但还是不能前行半步。想到自己坎坷遭遇，他不由得放声大哭。随后又写了一纸求救信投下山崖，被采药者发现，报告了县令，县令派人才把他救了下来。这段著名人物的尴尬糗事，曾被多少世人当作笑谈，但我倒觉得韩愈老先生益发真实可爱。不管多么有名的人物，内心也有柔软脆弱的时刻，也有人生的得意失意，在永恒的大自然面前都像个孩子。感谢韩愈老夫子，让我们看见人性本真的一面——名士尚且如此，普通人自然也就能够鼓起自信，不气馁、不妄自菲薄，平等看世间，获得一种自我肯定和内心的从容。

如今上华岳已不再难。从山脚到北峰、西峰各有一条索道，多数人会选择乘缆车穿行进出云海，履险如夷，历幽谷奇岩，听风鸣泉漱，赏异木珍葩，不觉已置身太华仙境。

眼前云台、玉女、朝阳、落雁、莲花五峰耸峙，有如天外飞来。云台峰为北峰，四面悬绝，巍然独秀。峰上有真武殿、焦公石室、玉女窗、倚云亭、老君挂犁处、铁牛台、白云仙境石牌坊等，皆伴有美丽的神话故事。朝阳峰为东峰，峰顶朝阳台，居高临险，是著名的观日出的地方。玉女峰居中，传说是春秋时秦穆公女弄玉的修身之地。杜甫《望岳》诗云："安得仙人九节杖，拄到玉女洗头盆。"即说此处。莲花峰在西，峰巅有巨石形状似莲花瓣。西峰上的翠云宫、莲花洞、巨灵足、斧劈石、守身崖等，相关传说扑朔迷离，尤以拍摄成电影《宝莲灯》中沉香劈山救母的故事流传甚广。最高峰落雁峰，也称南峰，海拔 2154.9 米，因每年南回北归的大雁憩息于此而得名。峰侧长空栈道，相传是道教华山派宗师元代贺志真为了静修成仙，在万仞绝壁上开凿洞眼，镶嵌石钉搭木椽而筑。这里是爱好探险者的天堂。登上南峰绝顶，顿感天近咫尺，星斗可摘；举目眺望，八百里秦川，黄河渭水如丝似带，真正领略到华山高峻雄伟的气势。

也许因为华山险拔峻秀、傲骨铮铮，却又云蒸霞蔚、气象万千，风物掌故、神话传说、摩崖题刻等绚丽奇特，杳渺浪漫，我总觉得华山像一位华服博冠、衣袂飘飘、气质高华的美男子。他从《诗经》、楚辞、汉赋、唐诗、宋元绘画中走来，有行吟泽畔、忠贞爱国诗人屈原的高洁灵魂，有飘逸浪漫、"绣口一吐就是半个盛唐"的诗人李白的仙风道骨，也有一步一个脚印、自强不息、勇攀高峰的民族精神在当代百姓中间传承搏动的基因血脉。

华山之美，令人一见而开心怀、换神骨。

登过华山，考验了脚力和意志，见识了奇险壮伟的景物，胸中有丘壑，此后看世事人生、艰难困苦、得失荣辱，当别具一副超然的胸襟视角，能负重担当，不为一叶障目，不再把针尖儿大小的眼前利益看得比磨盘还大。所以，当地百姓把娃儿能独自登华山了，视为长大成人的标志。而对于远道而来者，登华山，又何尝不是一次精神的洗礼呢？

2021 年 5 月 19 日

鼓浪屿抒怀

我爱鼓浪屿，爱她的美丽温柔，爱她的坚强不屈。

随便什么时候，只要踏上鼓浪屿这块土地，我就感到梦一般的温馨，梦一般的慰藉。巷面是如此整洁，楼房是这般别致，精巧恰似园林，却比园林简洁素雅。空气有多么新鲜，花草是如何受器重，请入庭院室内，爬上屋角墙头。虽然道不出所有的花名，但我熟悉水仙、月季、仙人掌、美人蕉，也认得吊兰、文竹、一品红、一串红，还有那喷泉般的三角梅，喇叭似的牵牛花……她们幽居独处，密而不繁，疏而不散，最是清新淡朴怡人。这里没有机器的轰响，没有尘世的喧嚣，——连一辆自行车也没有！一切都那么和谐净朗，一切都好像睡着了，——噢，那可是姑娘夏午甜蜜的少憩？于是，蹑着脚心，我不再声吵，悄然走过，怕惊醒她梦的芳醇。偷偷掬一捧空气，嗅出来甜味，疑是洒了香水的。却见蔷薇从院里探出，颤悠悠地晃着拳头，似乎在不满地向我"警告"呢。我懊悔自己浅薄，昔有西子美貌，增一分则太肥，减一分则太瘦，姿色本天然，何须多粉抹？鼓浪屿之美不也属于这一类吗？

我常想，生活于这样的小岛上，居住在这样的庭院里，春有小草侵阶，夏有绿藤蔓窗，秋天金菊飘香，冬日红花似火，这是怎样一种熏陶呢？不管性格多么粗暴的人，在这里都会变得温情脉脉、文质彬彬的。难怪我观察当地居民，年老的热情慈爱，年幼的活泼天真，姑娘们娴静秀美，小伙子朴实大方。所有她们和他们，个个嘴抿微笑，眉宇间舒展着幸福，安详……

然而，光领略这一点是不够的，鼓浪屿还有更奇更美的地方。

"日光岩石磊，环海梯天成玉垒。上有浩浩之天风，下有泱泱之大海。天园古屿作汤池，风鼓浪声助奏凯……"

日光岩又称晃岩，也叫龙头山，与厦门岛的虎头山对望，海拔92.7米，是鼓浪屿最高巅。山上岩层裸露，怪石嶙峋。峭壁之间常有碑亭点缀，木竹萧萧。游人款款如蚁，随曲径通幽，出没花街石巷之中。偶尔看看题壁，都是前贤雅士的手迹，或咏风物之胜，或抒对民族英雄郑成功景仰之情。从1646年开始，郑成功就率起义军屯兵于此，日操夜练，一时金鼓喧天，艨艟竞发。经过苦练，1662年，英雄们终于渡海击败荷夷，收复祖国宝岛台湾。这是何等豪迈的壮举！如今，这里故垒残垣，石寨门、水操台遗址，陪伴着相思林子依依，仿佛向后人吟哦历史，见证着小岛光辉的过去。

但是，曾几何时，黯夜如磐，阴雨如晦。鼓浪屿这颗祖国的掌上明珠，却像一个孱弱的女儿，任多少殖民者欺侮蹂躏，目睹无数亲人被当作"猪仔"贩卖，远泊重洋。这是怎样地不平！多少兄弟父老奋起抗击，一次次捍卫着她的尊严，维护着她的坚贞。而她也从中锻就了一颗赤诚的心，矗起了一座不屈的灵魂！

可不是吗，那傲然崛起、光照日月的巨块岩石不正是她赤诚心胸的袒露吗？那岿然拔峙、高耸云天的高台顶峰，不就是她不屈灵魂的象征吗？多少年来，她同祖国一起承受着辛酸苦泪，一起不断地挣扎抗争，而今，终于能以主人的风度，热情地迎送来自世界各地的千百旅人游客了。

感慨之余，登上日光岩顶，俯仰天地之间，苍茫宇宙，如画江山。旭日之下，大海一望无际，波涛汹涌，银光闪烁；方圆四里的鼓浪屿，二万人口的居民区，却是红楼绿盖，烟笼着一层薄霭轻纱，如痴似梦，分外妖娆。记得当代有位诗人写诗赞道：

> 可爱的岛屿，
> 从海浴场出浴，
> 染一身碧绿。
> 可爱的岛屿，
> 在日光下曝晒，

抹绚烂的光彩。

可爱的岛屿，

波涛中的画舫，

永不想靠岸。

这确实颇得鼓浪屿的神韵；而诗人那天才的灵感，大概也只有在我们共和国的和平年代里才可能产生吧?!

是的，我爱鼓浪屿!

1985 年 8 月 12 日

去巴音布鲁克草原听长调牧歌

谁唱起了长调

谁唱起了长调

像母亲一样安详

雄鹰展开了翅膀

在天边自由飞翔

谁唱起了长调

像岁月一样悠长

祖先跪拜的地方

花儿静静开放

……

今年7月下旬，新疆和静县第二十二届东归那达慕大会在巴音布鲁克草原深处的巴音郭楞乡举行蒙古族长调邀请赛。那天，牧民们早早骑马赶来观看。参赛的选手每一位都是盛装登台，成为草原上最靓丽的焦点。长调歌手们亮开嗓子，仿佛就置身于无垠的大草原中，看到蔚蓝的天空、成群的牛羊、奔驰的骏马、自由的牧人。马背民族热诚的情感发为心声，化作天籁，那苍茫质朴、高亢悠远的韵调，歌唱故乡、草原、骏马、爱情以及父母养育之恩……每一首长调牧歌，都是一曲美好的诗篇，一个温情的画卷，一次灵魂的诉说。

30岁的牧民依仁且那第四个出场，他身材高挑，神情略有些忧郁，往台上一站，挺拔、英俊，透着几分长调歌者的潇洒霸气。

依仁且那来自和静县哈尔莫敦镇哈尔莫敦村，他放牧着40多匹良种马、600多只巴音布鲁克黑头羊，收入可观，生活已经小康。他从小听着父母唱长调长大，对长调有很深的情结。记忆中，父亲只要喝了马奶酒就会尽情地唱上几曲，乡亲们举办婚礼等场合都会请他去唱。不幸的是，父亲早逝，依仁且那唱长调是跟着姑姑学的。他发愿要成为像父亲那样优秀、受人敬重和欢迎的长调歌者。

"每一首长调都不一样，演唱的环境和感受也都不一样，歌者会根据不同场合即兴增加一些自己的激情、感觉在里面。"依仁且那说，"我们祖祖辈辈用歌声表达情感，对长辈、对同辈、对弟妹想说什么话，都可以用歌唱出来。"这次他参赛的长调曲目是《脱颖而出的枣红马》，歌中想象自己赛马得了第一名，骑上获奖的枣红马，去到一个地方唱给亲戚朋友们听，告诉大家这个自豪的消息！然后又骑着马儿去到一个地方，对自己的情人唱这首歌，说："我就是这匹枣红马，除了我没有别人，我就是第一！"

依仁且那是和静县近年来涌现的众多蒙古族长调传承人中的一个。自2005年入选联合国教科文组织"人类口头和非物质文化遗产代表作"名录以来，蒙古族长调作为国家级非遗和世界非遗项目在我国内蒙古和新疆巴音郭楞蒙古自治州等地得到很好的保护与传承。

巴州和静县素有"东归故里骏马天堂"美誉，是土尔扈特蒙古族传统文化的重要传承地。200多年前，土尔扈特等蒙古部落10多万人在渥巴锡汗的率领下，从俄国伏尔加河流域举义东归，历经千辛万苦，来到天山中部的巴音布鲁克草原和开都河流域定居。流传在这里的蒙古族民歌因地理、历史条件的不同和生活、语言等方面的差异而形成了自己独特的风格。

天籁与心籁

蒙古族的生存环境历来是地广人稀，加上游牧的生活方式，使他们对爱有着自己的思考和独特的表达方式，长调民歌就是在这种爱的原动力作用之下产生与发展的。它以思念、赞赏的歌曲为主，大多数都是描写草原、牛羊、白云等，尤以唱马的歌曲最多，充分体现出草原深广无垠的美好景象和草原人敬爱故乡的真挚情怀。蒙古长调的表演者穿蒙古长袍，配以马头琴音乐。倾听一曲长调牧歌，犹如站在苍茫草原向大自然倾诉身心的体验。

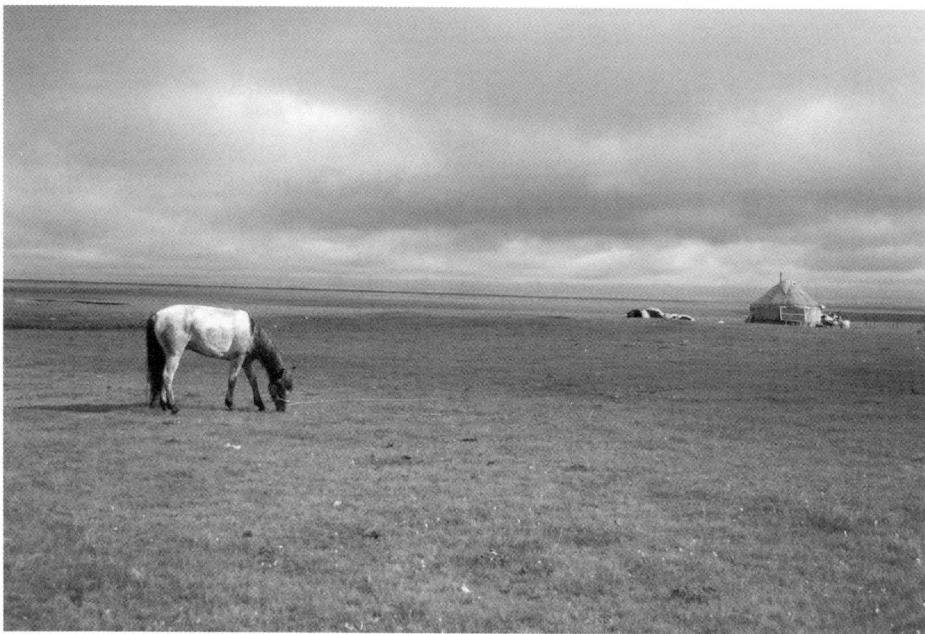

辽阔的巴音布鲁克草原。

长调民歌的魅力就在于情景交融、天人合一，达到草原"天籁"与牧民"心籁"的完美统一。她是离自然最近的一种音乐。

这些牧歌，生动地记叙了蒙古民族的历史、生活习惯和英雄传说；反映了他们对真、善、美的歌颂，对假、恶、丑的深恶痛绝；抒发了追求正义、热爱光明、憧憬未来的美好愿望。

"长调牧歌以女性传唱者为多，姑娘出嫁等都要唱长调。如提亲，男方第一次到女方家要唱委婉含蓄的长调表明来意，女方家也用长调表达是否有意。男方第二次上门才说出提亲的话，这样表示尊重对方父母。有深厚的民俗文化土壤，所以长调永远不会消失。"这次比赛的评委之一、新疆大学长调研究专家策巴图说，"现在各州、县、乡都有长调协会，民间有很多长调微信群，年轻人也开始学唱长调了。谁唱错了，老人会指出来，并教会他们怎么唱。"

和静县东归长调协会副会长吉日格塔拉告诉记者，协会 2010 年成立之初只有 40 多人，现在有 100 多人，会员来自牧区、农区、机关、学校等，他们经常深入各乡开展活动，已收集了 3000 多首长调。而牧区还有很多没有被听到、没有被收集上来的长调歌曲，急需收集保护传承。

文化旅游名片

"这几年，我们一直致力于长调的整理、传唱与继承，长调民歌培训班从 2017 年就开始举办了。长调主要靠口头传承，举办培训班就是希望更好地保护和传承这个国家级非物质文化遗产项目。"和静县博物馆馆长、新疆卫拉特蒙古历史文化研究协会会长才仁加甫介绍，如今像巴音布鲁克镇和巴音郭楞乡这样的长调传承地，长调歌手的培养和长调歌曲的整理与收集都有了专人负责。

巴音布鲁克天鹅湖长调艺术团有 100 多名成员，团长巴代玛说，他们冬天在城镇，夏秋在牧区唱了 20 年，8 次获得自治区和市级表彰。目前，她还在 6 个村的长调传承点带徒弟。

此次那达慕大会长调比赛中，多位选手来自巴音郭楞乡的"和静县东归卫特拉民歌协会"。该协会 70 多名成员，都是巴音郭楞乡各个村的牧民。他们中的灵魂人物是 76 岁的才吾乐奶奶，她是和静县会唱经典长调民歌最多的人，能唱 100 多支古老的经典长调。

"老一辈的人几乎都会唱长调，现在年轻人唱得不多了，小时候我了解的历史知识都是来自老一辈唱的长调里，这么好的中华文化得好好传承下去，不能让它消失了。"才吾乐 16 年前从乡干部岗位上退休后，就回到乡村投身到四处教唱长调民歌的工作中。

《万匹铁青马》是才吾乐花了 3 年时间回忆整理的一支长调民歌，已被收录进国家非物质文化遗产资料库。为了整理出这首歌，除了自己的记忆，她还跑了数百公里，拜访各个牧场的老人。

如今，巴音郭楞乡民歌协会大部分成员都在 18 岁至 45 岁。为了锻炼大家的长调演唱水平，才吾乐经常组织队员们到各个村演唱。近年来，他们参加过不少演出活动，除了一年一度的那达慕大会以及县里乡里组织的演出活动外，前年冬天还受到文化部邀请，参加了中国首届非遗春晚。他们的演唱成为当地促进文化旅游的一张名片。内地不少游客专门来巴音布鲁克草原，到巴音郭楞乡听他们演唱。

"洁白的毡房炊烟升起

我生在牧人家里

辽阔的草原

哺育我们成长的摇篮……"

"当阿爸将我扶上马背

阿妈发出亲切的呼唤

马背给我草原的胸怀

马背给我无名的勇敢……"

长调牧歌是音乐化的草原。无论什么时候，只要你踏上辽阔无边的巴音布鲁克草原，或驱车于雪山达坂之间，或漫步于风景如画的巩乃斯花海，或流连于九曲十八弯静静淌过草原的美丽开都河畔，或驻足于炊烟升起奶茶飘香的蒙古包，处处都可听到那令人神往的歌声。如果暂时无法来到巴音布鲁克，听听这些深沉柔韧、粗犷率真以及自由气息的长调歌曲，也能感受到大草原之美，也能感悟到一种别样的激荡人生。

2019 年 8 月 13 日

探访朔州古长城

喜欢长城，它沿着山脊绵延起伏，勾勒出山峦和大漠的天际轮廓线，仿佛梦一样轻盈，凌波踏浪，穿梭奔跑，自由不羁。喜欢长城，每一级台阶都是对体力和意志的考验，我们登上长城之巅，有山高人为峰的自豪和畅快感，那是摆脱惰性、克服重力阻滞后的自我肯定和欣赏。喜欢长城，感叹修筑长城的艰辛，国家的意志和人民的力量凝结转化为莽莽群山之间巍峨的堡垒和防线，守护家园安宁，升华出崇高美的化身。

今年秋天，有机会到山西朔州采风，看到塞北之地断续绵延或已风化的大量古长城，它们由黄土夯筑，墙体多已残圮，但那些掺和着黄土和糯米饭筑就的墩台烽燧，坚如磐石，仍傲然昂首倔强挺立，让我在致敬长城之余又生出时光悠悠、沧桑变换的感慨，打心眼里更加珍惜、爱护长城。

朔州地处山西、内蒙古交界处，北接大漠，西望黄河，东连恒山，域内现存从战国、汉代、北魏、北齐到明代修建的内外长城 327 公里，边关、古堡、烽火台、城楼、挡马墙、壕沟等各类遗存 1649 处。朔州是长城文化资源的富集区和精粹区，已成为我国北方最具特色的边塞文化、辽金文化、长城历史文化的旅游目的地之一。

我徜徉流连朔州山阴县广武长城，放眼群山峻岭之间，古长城逶迤盘桓，依山傍关，呈现沧桑岁月之美。其核心区域广武古城，见证了历史上草原游牧文化与中原农耕文化的碰撞交融。万里长城和茶马古道交会于此。

登上暮色中的应县小石口长城，黄土夯筑的古长城上面青草的香气多么熟悉，多么迷人。我仿佛幼时爬上父亲的脊背，那么亲切，那么安详，无拘无束。我撒欢儿奔跑，脚步那样轻快，好像饱经风霜的长城喜欢我这个朋友，拉着我的手飞跑，带我去看它从未示人的秘密。

站在右玉县十三边古长城旁，听狂风穿越横亘山岭间的长城，阵阵呼啸声仿佛是当年"踏破山河"的铁马嘶吼。向导告诉我，如今已是残垣断壁的铁山堡，拥有长城沿线边塞古堡最大的一个关厢，是屯兵、储存粮草、军械和边民避难之所。据说，古堡里夜间还能听到古战场厮杀声。

右玉县与内蒙古自治区和林格尔县交界，"和林格尔"蒙语意为房子众多，说明历史上这里驿站兵站特别多。右玉境内现存北魏长城8公里，明代长城90公里，烽燧140多个，古堡90多座，被誉为"古堡之乡"。当年边塞军人生活苦寒，背井离乡，连年征战，其思念家乡和骨肉亲人之情可想而知。"今夜曲中闻折柳，何人不起故园情。"而今，不少戍边人的后代依然生活在这里，早已把他乡变作故乡。近70多年来，一任接一任的右玉县委书记带领干部群众持续不断植树造林，把毛乌素沙漠边缘的"不毛之地"改造成"塞上绿洲"，铸就了"右玉精神"的丰碑。在著名的十三边长城遗址下，一个现代电信网络覆盖不到的地方，还有一户人家，以养羊、开农家乐为生。男主人叫赵恒，勤劳实诚，话语不多，做的羊肉味道特别鲜美，饭菜量大、可口。那天我们一行在山上遇雨，多亏有这户人家的坚守并接待我们。我从他被高原紫外线灼红的脸庞和木讷表情，依稀读出了古代守边将士坚毅笃行的性格。

古塞雄关存旧迹，九州形胜壮山河。此次朔州长城文化采风，走的是当地号称"长城天路"的美丽乡村公路，塞北风光让人仿佛置身青藏高原，所不同的是，这里有横亘千古、沧桑厚重的长城，它早已成为中华民族的代表性符号和中华文明的重要象征。

2023年9月16日

奥运会上触摸感受人类"大我"

烈日下，鸟巢体育场巨大的环形看台，坐满了密密麻麻如葵花籽般整齐镶嵌在座位上的观众，他们每个人是谁早已不重要，重要的是在这里感受到观看体育比赛的快乐。这是 2008 年 8 月 23 日中午 12 时，阿根廷队与尼日利亚队正在角逐本届奥运会足球决赛的冠军。

阿根廷球迷和尼日利亚球迷各占一个方阵。我对面看台上阿根廷球迷吹奏起悠扬的萨克斯音乐，现场多了一重浓郁浪漫的南美风情。而我身边来自非洲大陆强劲的鼓点，伴着金属敲击的清脆声，呈现非洲草原的热烈与单纯的快乐，它们与秋日明净的阳光多么相配！

"鸟巢"上空第 29 届奥运会火炬在烈日下熊熊燃烧，24 日晚上，在这里，它将依依难舍地熄灭，送别世界各国的朋友。此刻，悠扬的萨克斯音乐和鼎沸和谐的人语声，顿时有了些许感伤和离愁。英雄们即将谢幕，全世界的朋友将散场，回到各自的祖国。想到这些，我眼里噙满惜别的泪花。为那些可爱的朋友，为那些纯真善良的笑容！我们曾经那样近距离地朝夕相处过，感受到彼此间每一次友好的礼让、帮助和温暖。

这些天来，当全世界无数年轻强健的生命从我们身边跑过，当代表国家的旗帜一次次光荣地升起，这些生命做出的伟大而高尚的贡献，以及他们进行严酷训练的那种独特情感、意志，足以使整个人类对他们肃然起敬。

赛场上的 10 号运动员，我记住你了。还有菲尔普斯 100 米蝶泳最后时刻拼命的一搏和夺冠后雄狮一般的巨吼！还有你，黑皮肤的牙买加人博尔特！夺冠后童真的招牌动作——立地俯身小动作地拍打双腿，这是典型的自我欣赏的舞蹈。纯正的非洲老家的文化，"土"得让人陶醉、羡慕。

回到足球比赛现场，绿色球衣的非洲雄鹰对抗蓝白色相间、球衣飘飘的南美雄狮。球员们矫健的身影，展示力与美，给人精神的振奋和享受！

萨克斯乐声不断，鼓点激越，队员们进攻如水银泻地，行云流水，静中的突发，奔跑中的再发力，突出重围，跑动中射门……体育是最大的悬念大师。只要你不放弃，奇迹常常在看似不可能时诞生！

胜败已经无关紧要。全世界的朋友来到北京，来到这里，是来赴一个伟大的约会，是来共同营造一个伟大的节日。现场解说员介绍，今天现场观众89002人。而奥运会开幕式那天现场观众超过了10万人！每个人来到现场，都是将个体的"小我"融入人类的"大我"，将个人的声音和快乐，融汇放大成人类整体的声音和快乐。想想吧，当一个人的欢乐被放大了10万倍，那是怎样一种神奇美妙呢！在采访报道北京奥运会的每一天里，记者就时时体验着感动着这样的美好。从现场排山倒海般整齐有韵律的声浪，也听到了人类对于和谐美好未来的共同诉求。再见，北京奥运会！再见，全世界的朋友！

2008年8月23日中午写于北京奥运会鸟巢体育场。

人文视角看西部开发

前不久，我到西部走了一些地方，到处可见"西部大开发、××大发展""××要争先""××走在前"的醒目标语横幅，构成一种急切、机不可失的奋发氛围。一些省（区）一改过去喜欢讲困难，强调不利因素的习惯做法，开始积极向外界展示自身的魅力和优势。犹如一只寻求友谊、渴望腾飞的神奇巨鸟，西部向世界亮出了她美丽的羽毛！

让我看一个完整的西部——从在宁夏的采访说起

在宁夏，因为是集体采访，自治区党委宣传部为我们设计了一条充实高效的采访线路，从繁华的银川街区、高新技术开发区、大名鼎鼎的广夏实业、小巨人集团，到贺兰县的养鱼、吴忠市的节水农业、中宁的枸杞批发市场等等，其现代化的起点，工业的气魄，农业的水准，交通的便利，都不亚于东部一些发达地区。以至于10天采访下来，记者们都没有来到西部的感觉。若不是一路陪伴我们的著名贺兰山脉的提醒，我们还以为自己置身在富庶的江南水乡呢。

自治区领导坦言，以往有记者来，大多是到南部干旱贫困的西海固地区访贫问苦，报道出去，宁夏给外界的印象就是穷山恶水。实际上，宁夏分为北部川区和南部山区两大块。这次采访的安排，就是希望大家把所见所闻宁夏的优势宣传出去。

我十分理解东道主的良苦用心，但是只看亮点，走马观花式的采访，又多少令人感到"美中不足"，难以激发写作冲动。最后，受强烈的"西部情结"的驱使，在集体采访结束之后，我与二三同好继续西行，去青藏高原的塔尔寺、青海湖等地采集完整的西部感觉。

当世界屋脊的阳光紫外线把我的皮肤灼痛晒黑，当高原反应让我呼吸急促，心跳加快，当心满意足的我从西宁返回北京的飞机上贪婪地往舷窗下凝视，只见焦干的光山秃岭和莽莽黄沙之中，枯瘦的黄河曲折蜿蜒，我突然认识到，宁夏的水乡风貌，在西部是一个多么了不起的奇迹！"天下黄河富宁夏"，"塞上江南"这块风水宝地，原是黄河母亲用干瘪的乳房、带血的乳汁浇灌哺育而成的。宁夏的地理、物产和人文的独特性，一下子在我的心目中凸显出来。

这个例子给人启发，它说明一个地方，一种价值的被认识，要有必要的参照物作背景，有时还需要将视角上升到比如飞机这样的空中高度。否则，拘囿于一个平面的视角，就可能身在"庐山"却不识"庐山真面目"。

西部丰富的自然、人文资源，在不同的眼睛里会呈现为不同的价值

对于目前已经"炒"得很热的西部大开发，如果我们暂时撇开急切的热情和呐喊，而将视角上升到一种理性的智慧的高度，又会有什么发现呢？

我们看到，东部人、西部人所理解的西部及其所应该有的样子，其实很不一样。东部人想到西部寻找他们所没有的和在工业化过程中已经失去的一切。西部的洁净高远，蓝天白云，戈壁沙漠，边关古城，马帮驼队，民族风情，甚至高寒和缺氧，甚至寂静和孤独，都是他们极乐于去亲近体验的神奇浪漫之所。但是，对于那些长期生活在高原的并不富裕的西部人来说，他们第一向往的可能就是东部的繁华、发达，大街上的车水马龙，霓虹闪烁。他们热切地希望东部人带来技术和大笔的投资，好将他们的家乡也早日改造成东部的模样。

这种东、西异趣的反差，看似南辕北辙，实则揭示了一条东西部互补双赢的发展路径。如前所述，由于西部人和东部人所处经济和社会发展阶段的不同，他

们对现代化的理解也必然会有所差别。一般说来，物质文明水准相对较低的地方，那里的人们首先渴望解决的是温饱和富足；而在温饱无虞，或已步入小康的东部发达地区，尤其是身居繁华闹市的城镇人口，他们对与现代化相伴而来的一些负面结果，诸如生态恶化、环境污染、噪声、拥挤、与自然的隔绝、精神焦虑等等，有较为深刻的认识。他们希望西部在迈向现代化的过程中，能够少走弯路，少一些建设性破坏，保留更多自然的原貌和人文的多样性。神奇辽阔的高原大漠，原汁原味的风俗民情，文物古迹，正是吸引中外人士前来观光旅游、投资建设的最好筹码。

事实上，在西方一些高度现代化的国家，城市和乡村的概念已经不再壁垒森严；拥有一片绿地，一方洁净的天空，回归大自然的怀抱，已越来越成为身份、财富和健康的象征。我国西部蕴藏极为丰富的自然、人文资源，也必然随着时日推移，社会的文明进步而不断增值。据有关国际组织预测，未来 20 年，中国和东南亚国家将成为世界最大的旅游目的地国，每年旅游收入将超过 20 亿美元。历史上孕育了伟大中华文明的我国大西部，魅力独具，完全有理由在世界旅游业的角逐中争得更多的份额。

"四两拨千斤"是可能的——换个角度思考，劣势也可以变成优势

西部人要看到这种趋势，调整好心态。一方面积极进取，抓住国家实施西部大开发战略的历史机遇，巧借东风，加快基础设施和社会化服务体系建设，提高人民生活质量；另一方面，也要看到，西部的发展受环境、生态、水资源等自然条件的制约，不可能完全照搬东部的模式。因此，在发展路径的选择上，要发挥自身的特色优势，迎合现代人精神、文化、旅游等非食物性消费需求大增的国际化新时尚，以自然、环保和人文的多元化为目标。扬长避短，人无我有，就能起到四两拨千斤，点石成金，变荒漠为宝贝的神奇效果。

坐落于银川市郊区镇北堡的华夏西部电影城，这里原是一片荒漠地，只有一段残缺的古城墙。著名作家张贤亮独具慧眼，将其改造成颇受电影人欢迎的具有浓郁西部风情的电影拍摄基地。《红高粱》等一批优秀电影，就是从这里走向世

界。如今，这里不仅成了中国电影的"好来坞"，而且成为吸引无数中外游客的著名旅游景点。张贤亮幽默地将他的成功归结为——"出卖荒凉"。

有"塞上明珠"之称的沙湖、沙坡头风景区，也是在沙漠的边缘地带，巧借黄河水，加以改造而成的集沙漠风光和水乡特色于一体的宁夏著名旅游胜地。

贵州是我国喀斯特地形比较集中的省份。那里散布着很多大大小小的喀斯特洼地，当地老百姓把它们叫作"冲"，意指"不足以长出供人生存的东西的地方"。然而，正是这些不起眼的"穷山恶水"，今年初却引来了世界近百名天文学家汇聚贵阳，召开一个名为 IAUC182"射电源及其闪烁"的国际学术会议。会议上涉及的大射电望远镜的建设问题，意味着 21 世纪国际射电天文学的中心，有可能就要落户在这片喀斯特的领地里。这个充分体现现代科技魅力的项目投资预算约为 10 亿美元，年运行费用超过 1 亿美元，还不算由此带来的巨大的间接社会经济效益。

同为那一片喀斯特峰丛洼地，过去认为是不毛之地，如今看来却是无价之宝。当地的干部群众终于认识到，喀斯特不是噩梦，不是包袱，它就像一个奇妙的魔方，换个角度，劣势也可以变成优势。

西部正在确立自信。对于东部一些地方在发展过程中，只重经济指标，忽视自然人文遗产保护的教训要汲取。

记得前几年有一位德国历史学家看到中国文物古迹遭破坏的状况时，曾发出忠告："我们现在有的（现代化），你们将来都会有；而你们现在有的（丰富的历史遗产），我们永远也不会有。"这话语重心长，值得我们深思。

人文的慧眼，能帮助我们更全面地理解现代化的含义，重新发现和认识西部所拥有的各种资源的价值，从而作出聪明选择和抓住新的发展机遇。

2000 年 11 月 11 日

向着那份圣洁和高远
——甘孜藏区纪行

　　甘孜藏族自治州地处四川省西部、青藏高原东南部，是我国第二大藏区，也是康巴文化的核心区。今年9月，参加"中国文化记者甘孜行"采风活动，走访雪域高原藏族村寨、教育园区，感受锅庄、弦子、藏戏、山歌、牧歌、酒歌等，领略大美甘孜自然景观和藏区独有的民族风情。本文记录部分见闻观感以飨读者。

——作者题记

借双翅膀飞理塘

　　来甘孜采风，就是向往那份圣洁和高远，那种多彩和神秘！

　　飞机降落在海拔4290米的康定机场。此时恰好雨过天晴，折多山、贡嘎山的雪峰近在眼前，蓝天白云触手可及。机场与康定城区海拔落差1800米，沿途大开大阖的美景让人很快进入旅行的高峰体验。

　　次日上午，在《康定情歌》优美、熟悉的"溜溜调"中告别康定，翻越折多山垭口，进入康巴藏区。再从雅砻江峡谷"茶马古道"经过的雅江县城继续西行，翻越海拔4718米的卡子拉山，便来到"世界高城"理塘县境内。

　　理塘，藏语意为平坦如铜镜的草坝。这里天苍苍野茫茫，无量河从广袤的毛垭大草原蜿蜒流过，大草原又在沙鲁里山脉连绵雪山的怀抱之中。虽然空气中含氧量不足内地的 50%，但依然生命繁衍，湛蓝晴空下，牦牛群像黑珍珠撒落草滩，牧民的毡房炊烟袅袅，一切都和谐静美。海拔 4014 米的理塘县城居住着 4 万人口。这里的长青春科尔寺是康区第一大格鲁派（黄教）寺庙，高僧辈出。仁康古街、千户藏寨、格聂神山、毛垭温泉、八月赛马节等令外来者心驰神往。历史上，被理塘深深吸引的六世达赖喇嘛仓央嘉措，曾写过一首著名的诗篇："洁白的仙鹤啊，请把翅膀借给我，不去遥远的地方，到理塘转一转就飞回。"传说，诗人在拉萨八廓街邂逅了一位美丽善良的藏家姑娘，两情相悦，却失之交臂，令他难以忘怀。姑娘的故乡就在高原之巅的理塘。因为诗性的浸润，理塘更增添了浪漫神秘的亲切感。

如今，川藏线 318 国道上，时常可见一拨又一拨的内地青年骑游爱好者，以梦为马，以青春的体力和激情作翅膀，兴致勃勃千里跋涉来到理塘，前往更远的巴塘、稻城、亚丁、拉萨……

所波大叔是这些青年人心中十分温暖且久久不能忘怀的名字。"所波大叔家的牦牛肉炖土豆，好吃、管够！"对于经历高原长途跋涉、体能消耗极大的骑行者，还有什么比饕餮一顿美餐、睡一个安稳舒服觉更惬意的呢！

所波大叔全名叫索朗贡波，是理塘县禾尼乡冷戈村村民。4 年前，他从禾尼中心小学退休，看准了"中国最美景观大道"上毛垭大草原这个商机：理塘距离巴塘有 178 公里，骑友们无法在一天内骑行到巴塘，他便动员家人在建定居房时装修出几间搞接待，让过往的骑友落脚休息。因为所波大叔心地善良、热情好客、照顾周到，"所波大叔骑友之家"在骑友圈内名气越来越大。目前，他的骑友之家扩大到六间木板房，另外还搭起两顶毡房，可同时接待 108 位骑友。

"这里就是'骑友好汉'的'聚友堂'。"所波大叔不乏幽默感。迎来送往时，他对每一位客人都双手合十、躬身虔敬。黝黑的脸膛，瘦弱的身影，与高原壮美的天地融合为一。因为所波大叔的存在，高寒"天路"有了人间温暖慰藉。

据说，长年生活工作在这里的人都有一身高原病。我在心底默默祷祝，愿老人健康、长命百岁！

巴塘弦子最多情

　　从理塘到巴塘，海拔骤降。我们抵达巴塘县城已是夜晚。感觉到久违的都市气息。这里物产丰富，人丁兴旺。以羊群"咩咩"声谐音得名的巴塘县，是甘孜州相对富庶的农牧县，也是藏区有名的歌舞之乡。

　　晚餐时，巴塘弦子艺术团前来助兴，气氛一下活跃起来。伴着一首首欢快或深情的酒歌，头戴缀着红色流苏帽子"梭哈"的小伙子们拉着藏式弦胡"毕旺"演奏领舞，动作豪放粗犷；姑娘们长袖善舞，舒展婀娜。男女舞队时而聚圆，时而散开，时而绕行而舞，边唱边跳。唱词多为"谐"体民歌，也有即兴创作男唱女和。有着几千首曲目的巴塘弦子，是藏族民间音乐的大宝藏，2006年已被列入首批国家级非物质文化遗产名录。

　　58岁的扎西是该项目代表性传承人，也是精通"毕旺"乐器制作者。他的徒弟、33岁的洛松达瓦是巴塘弦子艺术团的团长。巴塘弦子曾被选为中国青年代表团的节目之一，参加在华沙举行的世界青年联欢节演出。扎西说，在巴塘，会走路的就会跳舞，会说话的就会唱歌。弦子舞一般在劳动之余、节假日、婚嫁、集会，或庄稼收割前后打平伙、耍坝子时跳得最多，常常围着篝火跳通宵。

　　锅庄弦子人欲醉，情歌声声人忘归。弦子舞也是青年男女社交、传情达意的重要方式。那情景，大有"言之不足，故嗟叹之。嗟叹之不足，故咏歌之。咏歌之不足，不知手之舞之足之蹈之"的天真烂漫风雅。雪域高原人们像所处环境一样明净、单纯而坚毅、乐观，善于直接传达出生命本真的情感、节奏和韵律。集诗、琴、歌、舞于一体的巴塘弦子舞，让我们仿佛看到了率性活泼的中华文学源头《诗经》的古风余响。

　　饭桌上，当地宣传部的次仁卓玛坐在我身边，给大家讲了好多藏乡文化。卓玛姑娘活泼开朗，说话时面部表情生动，笑容和声音纯净得像高原湖泊。我们也跟着纯净快乐起来。

　　第二天，去巴塘县人民小学看天籁童声合唱团的演唱和孩子们的藏戏、热巴舞等表演。在看得见山腰白云缭绕的美丽校园里，身着鲜艳民族服装的藏族小朋友载歌载舞。童声清澈，唱出《爱的心》《阳光的味道》；藏戏《降嘎啦》神秘古朴，如青稞酒般浓醇；欢腾的热巴舞，篝火一样热烈！这些孩子，有的暑假刚去澳洲演出回来，让世界看到了雪域高原文脉传承生生不息。学校教学质量一流，校长志玛央宗介绍，上学全部免费（甘孜州已推行从幼儿园到高中 15 年免费教育），牧民的孩子都乐意来。学校主课之外"第二课堂"开设了藏文书法、藏戏、唐卡、二胡等 12 项兴趣班，让每个孩子的梦想都腾飞起来。

从小沐浴高原的阳光，祖国的阳光，爱的阳光，我想，这些藏族孩子长大后会像扎西爷爷一样优秀，像卓玛姐姐一样的阳光善良！

香巴拉并不遥远

要去道孚和丹巴了。途经康定县的新都桥、塔公，道孚县的八美、协德等乡镇，一路风景如画。洁白的雪山，宽广的草原，弯弯的小溪，挺拔的白杨，山峦连绵起伏，一个个典型的藏族村寨依山傍水，牛羊安详地吃草，还有喇嘛寺院，五彩经幡，神秘的玛尼石和六字真言……青藏高原上所有的风景元素，这里几乎都涵括了。

道孚县协德乡是前年康定"11.22"地震的受灾乡。在灾后重建中，该乡结合精准扶贫和幸福美丽新农村建设，确立了"产村相融、农旅互动"的工作思路。重点推进 4A 级景区创建、风情赛马节、联片观光农业开发、民宿接待、专业合作社等多样产业布局。

紧邻惠远寺的先锋村，家家建起了传统藏式风格的漂亮民居。每座石砌楼房的窗户上，用红、黑、白等色彩描绘着日、月或三角形吉祥图案。村里巷道整洁。一户人家的白色院墙上贴满一块一块牦牛的粪饼子，此物晾晒干了，是主人家烧火用的上好燃料，有一种特别的古朴的美。客人都喜欢以此背景拍照留念。

村民卓玛平时在八美镇开小超市，此刻又回村帮家里装修民宿接待房。

西饶降泽因母亲有病致贫，村里雍格合作社（雍格，意为"聚财之门"）安排他在村赛马场打工，年收入一万多元。我们进他家新房参观。他母亲正在一楼拾掇青稞，我们想拍她劳动的照片，她却热情地拿出一帧镜框里自己的标准相片抱着让我们拍。镜框里的老人慈祥，体面，看来那是老人十分满意的照片。

　　一群孩子天真可爱，在我们身前身后跑东跑西，欢呼雀跃。小村充满生气。

　　丹巴县聂呷乡甲居藏寨，是最具嘉绒藏族风情的村寨之一。嘉绒藏族生活在折多山以东的大渡河流域山区，被称为"云朵上的民族"。甲居藏寨"悬挂"

在绿树掩映的悬崖峭壁上，未经规划，别有一番韵律之美。甲居，意指"百户人家"。藏寨从大金河谷层层叠叠向上攀缘，一直延伸到卡帕玛群峰脚下。在相对高差近千米的山坡上，一幢幢藏式楼房或星罗棋布，或稠密集中，错落有致；不时炊烟袅袅、云雾缭绕，诗情画意。

甲居藏寨的加绒藏族姑娘。

　　村里的致富领头人是今年 37 岁的桂花。2000 年，她大学毕业回到甲居，第一个开起客栈，带着精美的甲居藏寨摄影作品，前往广东、上海、贵州、云南等地作旅游推广。如今，她的客栈每年接待万余人，纯利润突破 60 万元。村民们纷纷搞起了旅游接待，不用出去打工，家里接待游客都忙不过来。周边村寨也纷纷派人来甲居学习旅游经营管理和特色菜品烹饪。桂花被推举为甲居一村党支部书记，还光荣地当上全国劳模。

　　在甘孜州，美丽神奇的香巴拉文化深植人心。传说，在青藏高原雪山深处的一个隐秘地方，有一个被双层雪山环抱的雪域圣地——香巴拉。那里四季常青，鸟语花香，人民智慧；那里遍地珍宝，庄稼总是在等着收割，甜蜜的果子总是挂在枝头，没有贫穷和痛苦，也没有忧伤。但谁都没有亲眼见到过。此次甘孜之行，仿佛为我撩开了香巴拉神秘一角，就像藏族歌曲《香巴拉并不遥远》里唱的，它就是我们的家乡！

　　勤劳善良的藏乡儿女把美好愿望化作现实行动，在党和政府关怀下，积极推进生态甘孜、人文甘孜、和谐甘孜建设，谱写了山川美、百姓富、社会安的新篇章。高原红的笑脸，更加灿烂迷人……

2016 年 10 月 22 日

醉美武夷山水茶

开窗就是大王峰，空气中飘来九曲溪水的味道，还有漫山青翠散发的负氧离子的清新，唇齿间弥漫着刚饮过岩茶的回甘。我是置身在首批国家公园、世界文化和自然双遗产地武夷山的怀抱里了！

武夷山位于福建西北部闽赣交界处，素有"碧水丹山""奇秀甲东南"的美誉。这里是绿色宝库，野生动物和植物的天堂。这里是文化高地，儒释道三教同山，拥有朱子文化、闽越文化、武夷茶文化等优秀传统文化。这里是美的渊薮，牵引、陶醉古今诗家和无数向往美的心魂。

来到武夷山，仿佛置身仙境。她有丹霞地貌，发育典型的丹霞单面山、块状山、柱状山临水而立，千姿百态。她有碧水缭绕，像明镜，似琴弦，美便是双倍的，会吟唱的。

山水相依，山为骨，水为魂。"三三秀水清如玉，六六奇峰翠插天"，构成了奇幻百出的武夷山水之胜。"三三秀水"指九曲溪；"六六奇峰"，说的是武夷有天游峰、玉女峰、大王峰等36座山峰。曲折萦回的九曲溪贯穿于丹崖群峰之间，如玉带串珍珠，将36峰、99岩连为一体，一溪贯群山，两岸列仙岫。

九曲溪发源于武夷山脉主峰——黄岗山西南麓，全长62.8公里。上游流经山深林密、雨量丰沛的武夷山自然保护区，下游流过星村，自西向东进入武夷山风景区，蜿蜒山间9.5公里，九曲十八弯，到武夷宫前汇入崇阳溪。溪水清澈，浅处为滩，深则为潭，滩潭相间。看山不用杖而用舟，一叶竹筏载着你荡入山光水色之中，缓缓顺流而下，两岸美景联翩迭现。

　　玉女峰是武夷丹霞柱状山的代表。她亭亭伫立于九曲溪二曲溪南，以挺秀、窈窕见奇。"插花临水一奇峰，玉骨冰肌处女容。"峰壁中间，有一条水平节理，像玉女的细腰饰带。峰壁有两条垂直节理，把柱状体分为高度递增的三块削岩，山民把它想象衍化为比肩俏立的玉女三姐妹。最高的一块顶上秀林葱茏，恰似山花插鬓；中间一块丹壁较红；岩体最小的一块则与一曲的大王峰隔溪相望。山民因此想象"大姐爱戴花，二姐爱脂粉，三妹爱大王"。玉女峰下碧波涟涟的浴香潭，传说是玉女洗浴的地方。潭中一块方形巨石，刻"印石"二字。峰左侧有一岩叫妆镜台，刻有一丈见方的榜书"镜台"。玉女峰和周围的山水构成仙境般美画图。

　　架壑船棺是千古之谜。在九曲溪三曲小藏峰、大藏峰一两百米高的悬崖绝壁上，有距今3800年前的船棺，古越人是如何安放上去的？至今没有确当的解释。有一种猜测，远古时期悬崖峭壁没有今天这么高，许多洞穴离水面很近。这一说法让人陡生"山中才一日，世上已千年"的沧海桑田之感。

　　云窝位于九曲溪五曲溪北。其四周环绕着响声岩、丹炉岩、仙迹岩、天柱峰、更衣台、苍屏峰等等。这里巨石倚立，背岩临水，有大小洞穴十余处，"云儿也似有心物，自取幽奇来做窝"。从洞穴里冒出缕缕云雾，与山峰之间飘荡的云雾融合，形成变幻莫测的奇观。

　　云窝景区最著名的山峰是天游峰，整座山峰由一块巨石形成，凿出的石阶以须得仰视的姿态盘曲而上，岩壁飘动着细细的飞瀑流泉。置身峰顶如遨游霄汉，武夷最美山水画卷尽收眼底。明代著名旅行家徐霞客登上天游峰曾感慨道："其不临溪而能尽九曲之胜，此峰固应第一也。"天游峰的一面巨型崖壁，传说仙人曾在此晾晒仙锦，留下帛幅的条纹与用手抚平时的掌痕，故称仙掌岩、晒布岩。岩壁下方刻有"壁立万仞"四个大字，气势恢宏。

　　除了迷人的自然风光，云窝景区还是一道难得的文化景观，这里有古茶园，有书院、道观、亭台楼阁，还有摩崖石刻，人文荟萃，是武夷山自然与文化完美结合的见证。古代众多高人雅士在此著述、讲学、览胜、卜筑、隐居、交友、修身、炼丹。南宋大儒朱熹创办的讲学著述之所武夷精舍，就在云窝附近的隐屏峰下。来此就读、交流的八方才俊、学者甚众，形成了强而有力的儒学学派理学，后人称为"道南理窟"。2002 年在原址重建朱熹园,成为继承和弘扬中华优秀传统文化、对外宣传武夷山朱子文化的窗口。

来到武夷山,岂能错过大名鼎鼎的武夷岩茶文化? 这里岩岩有茶,茶以岩名。

云窝的茶洞,是武夷山较早有茶的地方。而今,在天游峰和隐屏峰峭壁之间的隙地,仍植有小面积茶园。这些茶树,扎根于风化岩土和植物的腐殖质之中,沐浴山风云雾,吸收涧底泉流的滋养,领受天光日影的垂照,个个出落得仙风道骨,清雅脱俗。

在武夷山大红袍景区九龙窠的涧边道旁、岩角坡垄,也时能看见一垄或数畦这样的古茶树。它们虬枝翠叶,身上布满苔藓。无法考证它们与云窝茶洞的茶树种植年代孰先孰后。但官方和民间普遍认定,武夷大红袍母树,就是九龙窠岩壁上那几棵历尽风霜的老枞。至于武夷岩茶缘何有"大红袍"美名,当地有一传说:明朝初年,一位书生赶考途经武夷山,中暑昏厥路边,被天心寺僧人所救,以茶入药为其治疗。书生病愈后高中状元,回天心寺报恩,方丈说救他性命的不是僧家,而是茶叶,嘱其以红袍披盖茶树,以表谢恩。"大红袍"故事从此不胫而走。

茶圣陆羽在《茶经》中讲到茶的品质与生长环境的关系:"上者生烂石,中者生栎壤,下者生黄土。"碧水丹山的武夷山,属于丹岩、风化岩地貌,从这些丹岩身上剥落富含养分的风化岩碎屑,汇入四周茶地土壤内,极度适合茶树生长,加之岩谷坑涧特殊小气候,故而产出独具特色、岩韵岩骨风味特征明显的岩茶。经一代代茶人匠心摸索创制,武夷山得以成为世界 6 大茶类中乌龙茶和红茶的发源地。以"大红袍""武夷肉桂""武夷水仙"为代表的乌龙茶,以"正山小种""金骏眉"为代表的武夷红茶,名扬海内外。武夷岩茶文化系统入选中国重要农业文化遗产;武夷岩茶(大红袍)制作技艺入选世界非物质文化遗产代表作名录。

天生丽质的武夷山,因为茶文化而更添一道活色生香、有滋有味的魅力风景线。在武夷山天心、兰汤、黄村这样的制茶村,每年自晒青开始,大半年都有茶香氤氲。村里的空气和茶青同步,从刚晒时的清香转向后期的青苹果香。夜里随着筛青的摇动,灯火通明的制茶村空气,又转成了花香或熟果香。"做青"是岩茶工艺中决定品质的关键步骤,因此青师傅最被人尊敬,其后是焙师傅。做青要做到三红七绿，所以大红袍兼具绿茶的芳香，红茶的温润。据武夷山市委宣传部提供的数据，全市茶山面积 14.8 万亩，涉茶人员 12 万，注册茶企业 5100 余家，去年茶业税收突破 1.2 亿元。令我印象深刻的是，许多新农人成为文化涵养深厚的现代茶企老板，儒雅而自信。他们爱茶、做茶、品茶、论茶，以茶会友，广交天下客，让人如沐春风。游客在看山阅水之余，喝到一款上好的武夷岩茶，幽雅的香气，绵柔的回甘，沁人心脾，尘虑尽消，顿觉两腋习习清风生！那种享受，仿佛乘着月光又畅游了一遍九曲溪、悟源涧、天游峰……

武夷山水和一杯好茶、一段诗意人生，就是这样缠绵着，相互成全，难舍难分。

2024 年 1 月 13 日

古村落里的温州文化密码

庆祝改革开放 40 周年之际，人们再次把目光投向民营经济的活力之城浙江温州，我也有机会参加由中国报纸副刊研究会组织的"百名文化记者看温州"采访。短短 4 天，谈不上深入，但新鲜新奇惊喜，构成了属于我的温州印象，唤起我对温州创业文化的一些感触、随想。

温州人敢为人先，特别能经商，特别能创业，不仅外地人称奇，温州本地人也时时追问"温州模式"背后的文化基因密码。找来找去，答案众说纷纭，有一条颇出人意料，那就是与一座座古朴村落里的人和事有关，与乡民们的日用伦常和处世哲学有关。

一、楠溪江畔温州文化摇篮

温州历史以永嘉为滥觞。永嘉以楠溪江为胜，悠悠三百里，水秀、岩奇、瀑多、滩林美。楠溪江又以两岸分布着 200 多个文化古村落闻名。眼前的村落有些老旧，有些寂寞。与上百万温州人在外闯荡打拼，创造一个又一个"温州商城""温州奇迹"给人的震撼不同，这些曾经人丁兴旺、耕可致富、读可荣身、谈笑有鸿儒的传统村落，在历史上贡献了一茬又一茬乡贤文士，当代又走出一拨又一拨经商办企的创业能人之后，有如连续丰产、需要休耕的土地，躺在故乡的原野上休养生息，岁月静好地等待还乡游子的感恩礼敬，接受陌生游客的偶然造访、寻幽览胜。

温州的母亲河瓯江流域、楠溪江两岸，虽算不上一马平川、沃野千里，但丘陵环抱，风景秀丽，气候宜人，民风淳朴，有世外桃源般的宁静和野逸。1600多年前，东晋王谢家族等北方豪门望族为躲避战乱纷纷南迁，几经辗转，把中原文化血脉注入楠溪江两岸，与瓯越文化融合。他们对政治争斗反感厌倦，对仕途不抱幻想，从而能够专注于农桑耕织等民生事务，看重平凡小康之家的小确幸，乐于营构自然诗意的栖居空间，把平凡日子过得有声有色。但毕竟曾经是诗礼簪缨之家，书香门第，他们对子孙后代的要求严格，冀望很高，恪守"耕读传家"的祖训，让后辈修习、磨炼可进可退的立身之本，当国家需要时，能够出去建功立业。于是，永嘉大地不再一片荒蛮，而是一派繁荣富庶，文化昌隆。

自晋代以降，王羲之来了，谢灵运来了，孟浩然来了，陆游来了，李清照来了，文天祥来了，他们或为郡守，或为宾客，或为迂回避难、辗转报国，都给温州带来文气，带来平视天下的胸襟和气度，增加了这片土地的文化自信和定力。

二、苍坡村与"永嘉学派"事功思想

800多年前，一个名叫叶适的读书人随同父母迁居永嘉苍坡村，师从苍坡李氏十世祖李伯钧。叶适与师子李源为友，切磋论道，并进入老师的学术文化圈，学问日进。在耕读传家的苍坡，叶适萌发了"功利之学"，认为"道不离器"，"道"存在于事物之中，强调理论必须通过实际的活动来检验，反对当时理学主流热衷的性理空谈。他的身边逐渐聚起一批同道。这就是史上赫赫有名、倡导务实理财治国的"永嘉学派"。谁能想象，一场哲学思想史上的变革、创新，竟自一个小村落发端？我国古代乡村的文化创造力、核心价值生产能力真个了得！

永嘉学派"务实而不务虚"，为商正名，义利并举，以义为重的事功思想，成为温州思想文化的主脉。受其濡染沾溉，温州人精明强干，造就了宋代以来浙南一隅农商并立，百工竞妍，海上贸易发达的繁荣局面。温州成为中国重商经济学派的发源地、中国数学家的摇篮。近百年来涌现了苏步青、谷超豪、姜立夫等200

多位数学家和数学教授。据说，全国很多大学的数学系主任都是温州人。

再说这个苍坡村，始建于五代后周显德二年（955年），千余年来人文鼎盛，佳话频出。宋建炎二年（1128年），该村七世祖李秋山和弟弟李嘉木分家后，兄长李秋山迁居对岸的方巷村。两人情深义重，分家后仍频频往来，每每促膝长谈到深夜，分手时总要提灯相送。后来，兄弟俩商定在苍坡村和方巷村各建一座亭阁，阁朝北，亭朝南，隔着田野阡陌殷殷相望。兄弟一方回村后挂灯笼于亭阁，表示已平安到家。这就是现存完好的送弟阁与望兄亭。有诗赞曰："欲寻桃源路，携秋楠溪行，村同古柏古，人比清水清；弟望送弟阁，兄送望兄亭，谁人点灯去，远山明月生。"

苍坡村最独特的要数"文房四宝"村落布局，匠心独具，寓意深远。宋孝宗淳熙五年（1178年），该村九世祖李西斋请国师李时日商量村庄规划。李国师见村西有山似笔架，突发灵感。于是，依"文房四宝"设计，修一条笔直的街道为笔，对着笔架山；街侧凿一双池塘为砚，砚池边笔街旁置大条石为墨，村落及四周展开的3000亩平畴以为纸。"笔、墨、纸、砚"齐了，便要做些文章，绘些新美的画卷，这彰显出传统乡村社会曾经拥有多么自信的雄心和底气，可以去创造和实现任何美好的价值、理想！在"文房四宝"隐喻的意义系统中，村庄里的每一家就是一个字，每一个人便是那一笔一画，横竖撇捺，都要承担起书写村庄锦绣前程和实现个人自我价值的责任。

三、"七星八斗"祝福勉励后人

距苍坡不远的芙蓉村，年代更为久远。芙蓉村，因村西南有三座山峰，岩石赤红，状若含苞欲放的三朵芙蓉而得名。聪明的村民引水进寨，沿墙基、路道错落有致地挖了许多沟渠，临街过门，注入大小池塘之中。池塘倒映着芙蓉三崖的身影，犹如水中盛开丛丛芙蓉。巧妙的借景，村庄便集聚天地造化之灵气。

芙蓉村的陈氏先祖同样赋予家园极高的文化隐喻和吉祥昭示。他们按照天上星宿与地上人间相对应的观念，依"七星八斗"进行规划设计。村内道路交会处筑有方形平台，称为"星"，水渠交汇处形成水池，则为"斗"。"七星"呈翼轸分列，"八斗"为八卦形分布，道路、水系结合散布的"星""斗"而形成系统。

"七星八斗"不仅布局美观,具有迎贤、尊仕、瞭望、拒敌、防火、调节气温等实用功能,而且隐喻村寨上可纳天上星宿,下可佑子孙人才辈出,如繁星璀璨。

陈氏子孙果然不负先祖所望,出了不少英才。芙蓉村陈氏大宗祠的正厅上方高悬着许多功名牌匾,享堂的柱上有一副对联写着:"地枕三崖,崖吐名花明昭万古;门临四水,水生秀气荣荫千秋。"说的就是芙蓉村的鼎盛文风和好风水之间的关系。

其实,古人所谓"好风水",无非是觅得生态环境好的宜居宜业之所,借助周边山形水貌,赋予吉祥的寓意、有为的提醒、心理的暗示、文化的自豪,祝福并勉励族人安居乐业,大有作为,子嗣繁昌,成龙成凤,光宗耀祖。

"风水"起作用的背后,是科学,是文化,是事在人为。温州人传承文脉,光宗耀祖思想浓重,养成爱面子、不甘人后的文化心理倾向,成为其创业有为的一大动力。再者,有耕读传家奠定的强壮体格、吃苦精神和文化底气,有"事功之学"练就的精明大脑、开拓创新欲望和能力,加上传统乡村人们互相帮衬、重信守诺、抱团发展的道德观念,这些因素融合,内化于心,外化于行,便有了逢山开路、遇水搭桥的信心、勇气和办法,干各种事业,岂有不成功之理!

四、民力民营创民富

温州人的精神文化基因,确乎与眼前这一座座古朴村落有关。

当代改革开放中创造了举世瞩目的"温州模式""温州奇迹"的人们,他们人生的底子,也大多是在村落里打下的。

20世纪70年代,面对人均不足两分耕地的资源瓶颈,一些不甘贫困的温州农民挣脱大锅饭体制的羁绊,冒着挨"批斗"风险,挑着货郎担或弹棉花的工具走天涯,把温州人的天地拓展到四面八方,带来视野的开阔,信息的灵通。当改革开放大门开启,这批农民率先突破身份限制,摆摊经营小商品,进而开办工厂。一人成功后,亲戚邻里纷纷效仿,全面跟进,农民变身企业家、老板,迅速发展成片状产业带,形成桥头纽扣市场、金乡商标市场、柳市低压电器市场等全国著名的小商品批发市场。接着,第一家民营金融机构,第一家民营航空公司,第一座由农民集资建成的城市,第一个农业跨国公司等等,如雨后春笋,不断刷新着人们传统的认知。如今，温州"正泰""报喜鸟""奥康""红蜻蜓"等知名品牌和驰名商标数不胜数。永嘉桥头镇的纽扣市场依然屹立，只是老板换成了温商二代、三代，经营方式也变成了网上订单、物流派送。温州有175万乡亲在全国乃至世界各地创业发展。温州人积极参与"一带一路"建设，在沿线建有3个国家级和1个省级经贸合作区，数量居全国地级市首位。在温商屡创辉煌的赫赫名单里，我注意到，北京"浙江村"——曾为中国北方最大的服装批发中心的创始者卢必泽，就是温州乐清一个也叫芙蓉的村子里手艺出了名的裁缝师傅。

我突然觉得好亲切！

"温州模式"最大的特色和骄傲之处，就在于它的民间性——立足民力、依靠民资、发展民营、注重民富、实现民享。

何谓民间？那乡村和城镇不就是最基础的民间么！从乡村和城镇走出来的人们，不辜负祖先的期望和美意，把当年"文房四宝"等美好象征意蕴所指涉的范围，从村庄扩大到了世界，以实事求是、注重事功、敢为人先的行动为笔，饱蘸改革开放大时代的豪情、机遇和使命感，将出彩人生、事业书写在了神州大地，书写在了世界的版图上。

五、耐人寻味的"潜台词"

我忽而又想起两句似乎风马牛不相及的顺口溜。一句讲温州民营企业家创业的艰辛："白天当老板，晚上睡地板。"一句讲改革开放初期农贸市场买菜的情形："拿了就走专业户，讨价还价是干部。"明显的民间优越感和非官本位的思维。转述这话的当地干部，他们对领跑老百姓经济的"专业户"（现在是民间企业家）没有丝毫嫉妒和不平衡心理，而是完全赞赏的口吻。从这口吻里我听出潜台词：不与民争利，创造条件让民间活力喷涌，让群众都过上好日子，正是执政党干部的初衷和巨大成就感。

"温州模式"着实耐人寻味。

2019年1月7日

游黄河三峡

　　到小浪底库区游览黄河三峡，有三个没想到。一没想到水面有这样大，汪洋恣肆 270 多平方公里！二没想到这里的水竟如此清澈，与我印象中浑浊不堪的黄河判若两样。三没想到这里的风光如此独特迷人，游过一次便梦魂牵绕，永难释怀。

　　我是去年深秋时节才有机会接近这位"水中俏佳人"的。那日，由投资开发景区的当地民营企业家田孝建先生陪同，从小浪底水利枢纽大坝北岸乘快艇溯流而上。始而水面开阔，两岸是典型的北方的山塬。塬上有不少废弃的窑洞，那是库区搬迁移民留下的遗物，如今都成了过往游客们指点、拍照的热门景观了！水面上时常有打鱼的船只出没，还有的老乡用机船运载黄牛或毛驴什么的进城去赶集。山民们过起了水上生活。北方旱作区的农耕文化与江南水乡文化正在掺和融合，反差强烈，有一种原始质朴的幽默感。

　　游艇即将进入三峡，眼前水面反而更加宽广，三面山峰环列，仿佛是水库的尽头了。只有向导熟悉地形，指给我看哪儿是八里峡，哪儿是龙凤峡，哪儿是孤山峡。我们先游览八里峡。果然，随着船儿的行进，在山的褶皱处，有狭长惊险的水道延伸而去。两岸山更高了，壁更峭了，植被更奇特了。落叶和半落叶的灌木丛中，间或有片片彩色的"地衣"，原来是枯黄变红了的离离秋草，把山野和危崖峭壁装扮出几分妩媚妖娆。

　　八里峡是万里黄河的最后一段峡谷。黄河从三门峡到小浪底这 100 多公里之间，基本上是在岷山低矮的丘陵中穿过，浩浩荡荡，无惊无险。然而在这里黄河却与王屋山相撞。王屋山层峦叠嶂，山势雄伟，黄河以雷霆万钧之力劈山而过，从陡峻的荆紫岭、陶山岭中间夺路而出，形成一段 8 里长的险恶峡谷，历来被船工们视为鬼门。如今，小浪底大坝截流后，八里峡虽山高谷深，深邃悠远，然高峡平湖，波澜不惊，大型船队从小浪底通过这里可直达垣曲、洛阳和三门峡。

峡中水极清，正午的阳光从南面山峰山谷之间投射下缕缕银白色的光柱，在清凉的水面上留下反差极强极清晰的剪影。向阳处水面浮光耀金，澄碧可爱，背阴处则绿得幽暗，阴森可怖。这是空气、阳光和水都至清至纯，没有丝毫污染的缘故。人的心胸也因此变得毫无挂碍杂质。时而有迎面驶来的摩托快艇，溅起一道雪白的浪花，艇上身着橘红色救生衣的游客不论男女老少，皆热情地向我们招手欢呼。我们也都快乐地回应着。是远离尘俗的大自然使人们返璞归真，恢复了热情友善的本色。古人云，一事能狂便少年。游赏黄河三峡，而能达到洗心忘我、找回童真的境界，可谓不虚此行了。

正出神浮想之际，快艇已载着我们穿过旌旗猎猎、古风犹存的孟良水寨，向三峡第二个峡谷——孤山峡深处驶去。刚转过一个弯，一座山一样的巨佛赫然矗立在眼前。佛体高达百米，与四川的乐山大佛形状酷似。他是由大自然鬼斧神工在绝壁上雕塑而成，栩栩如生。又转过一道弯，一头巨大的石牛沐浴水中。两岸石崖上形神毕肖地浮现着香炉岩、旗杆石、双轿峰、禹斧裁、张公背张婆等，三步一景，五步一观。一路山回水曲，景色奇佳。

傍晚，登上孤山顶上气势雄伟的大河楼。其上天风习习，荡人胸次；四面水光山色，尽收眼底。西边的黛母峰温柔端庄，北边的天坛山烟霭蒙蒙，南边的鲧山、翠屏峰、九蹬莲花奇、孟良寨等层峦叠嶂，皆有典故来历。从上古时代鲧和大禹治水，到宋朝的杨家将感化孟良、焦赞；从解放战争时期的我英勇的解放军凭借翠屏峰巧渡黄河大捷，到今天高峡出平湖的沧海桑田，说不完的故事，道不尽的传说。

次日游龙凤峡。此峡最有野趣，它在八里峡下游入口处北侧。峡谷长约 8 公里，九曲十八湾，可划船，可步行。两岸壁崖峭立，谷涧溪流潺潺，每隔数十米便有一处豁然开朗的景观。有情人岛、皇冠顶、四面神、将军背、兄弟岗望姐妹峰、灵龟饮水、龙凤潭、老龙口、心心石等，景景不同，引人走过一程又一程，好奇不已。恰似爱情缠绵悱恻，似娇似嗔，美不胜收，故又有"情人谷"之谓。

　　玩够了，走累了，便随意在哪一块光洁的石头上或坐或躺，听听山的呼吸山的心跳，感受山的体温山的威仪。或返回峡口，泛舟水上，静观水容水态水光水色水气，看那水鸟翻身扎入水中啄鱼的灵巧动作，在宁静和悠闲之间体察宇宙的秘密，体会人生的真趣。

　　无论乐山乐水，思古寻幽，黄河三峡都能给你惬意的满足。

2002 年 2 月 23 日

老乡们的电话叨扰

乡音最亲切，乡音也最沉重。

每当家中电话响起，对方又是熟悉的家乡口音，我多么希望从老乡的嘴里能说出一点令人高兴的消息啊，但是，每次我都失望了。老乡们是不会奢侈一分钱电话费的，他们打电话通常是"无事不登三宝殿"。好消息他们自己留下了，灌入我耳中的总是可怜的他或她遭遇的种种不公和难缠事。

我日夜思念、牵挂、祝福的故乡，顺着现代通信的长长藤蔓，在它远方游子的心头结下的竟是一颗沉重苦涩的果！

乡亲们以为我在京城工作，又是记者，能够呼风唤雨，便将所有的冤屈和难处都向我倾诉。有些我帮助解决了，更多的却无能为力，毕竟舆论监督的力量有限，记者也不能越俎代庖，充当法官或地方官去审理案件和主持公道。这样的结果是，一些受了欺负、确有冤情的乡亲迟迟讨不回公道，我也就要很长一段时间忍受他们不时打来的电话"叨扰"。

我也曾发过狠心，将电话装上来电显示，凡是家乡的电话一概不接。但也不行，乡亲们实心眼，只要你没接，电话便一个劲响个不停，比不接还烦。拿起电话一听，是堂叔打来的，说是他表哥的孩子搭乘客运三轮车被撞成重伤，肝脾破裂。违章肇事司机仗着有靠山，拒不赔偿，反而扬言："宁愿把赔偿伤者的钱花在送礼上，看你能咋样！"这事能不管吗？

又如，乡亲们反映，村里急需修公路、建小学，这几年农副产品价格不好，农民收入不多，集体自然也拿不出什么钱。希望我能出面争取各方的支持等等。这样的事又岂能不管呢？

最"十万火急"的是，前年冬天，一个熟悉的乡音在电话里说，我同村的某某人在石家庄发生车祸，不省人事，医院需先交押金才肯收治，急需用钱，向我借款。我考虑救人要紧，二话不说，凑足了三千元让他取走。孰知竟是个骗局。

这事伤了我和家人的心，决计以此为教训和充分理由，从此拒绝一切事不关己的求助。但终究还是徒劳，就像歌曲里唱的，"总是心太软"，我割舍不下从小养育我的土地和乡亲。乡亲们知情后也都同声谴责骗子的可恶，有的提出要替我狠揍那"不是人"的可恨的畜生。义愤、关爱之声从电话那头传来，令我心头好一阵温热。家乡虽然繁杂和琐碎，但它毕竟使我的生命获得某种承载而有了厚重的质感，不致过于轻薄飘浮。

今晚又有电话声响起，是家乡的吓弟从广东打来的。两年前，他刚从福建老家来北京打工，左手掌就被机器铰掉了一半，连同三个指头。我陪着他几经奔走，讨回了公道。他把两万元赔偿金作本钱，开始和人搭伙做生意；现在他自己在广东中山市开了一家小食品厂。我问他生意怎样？他说："很不错，当初多亏表叔您的帮助和鼓励！"我又问他："这次找我有什么事吗？"他说："没事没事，只是怪想您的，向您问声好。"

我顿时心情激动，好像得了最最特别的奖赏，竟至语塞，眼角一行热泪不安分地滚落。

一声平常的问候，一句不带任何哀告、祈求的报喜的乡音，驱走了我心头积压太久的郁闷。但愿这是个好的开头。故乡啊，愿你政治更加清明，百姓富足安康！

2002 年 8 月 31 日

今夜我不撒谎

2月21日

写不出文字，这是怎么回事？我已经是第三次铺开稿纸这么呆呆坐着了。很想写点什么，但想起了什么，自己很快又把它否定了，觉得这也没意思，那也没意思。但是显然，我是刻意要创造点什么，而且也确实感到有很多东西需要发泄，为什么就是不写成文字呢？我的脑袋已经生锈，我的感情已经麻木，我对世上的一切已经厌倦，这是真的吗，真的吗？可我分明还有所爱，所恨，分明还日思夜想着一方惊涛骇浪，或是烈焰熊熊的天地，只求在那里能任我搏击，任我狂呼怒吼，任我把心掏出来在熊熊烈焰上噼剥烧炙，滴着油火，但是痛快！呵，我这做惯了噩梦，就连最珍贵的友谊也不惜以驴打滚债务的方式来逼迫、蹂躏的心灵啊，你是何等孤傲，何等敏感，而又何等的脆弱啊！你还不如拿出去给荒野的狼去撕咬呢，它们拼夺，撕咬，也好使我感觉到生命的一息光亮，一息自豪啊！

且以此为引子，记下我有病心灵的痕迹吧。

2月26日

这几天差不多又在无聊中度过。心里面老感到被什么东西压着，不能干净。

和外表的邋遢、不修边幅相反，我的心却有一种洁癖，容不得半点污浊。也许过于执拗，过于强调生存的意义了吧，我总是若痴若愚，若想若呆，不愿违心地干一件事情。想做的事情也只能一件一件地做，做完了心里感到踏实，觉得一天没有虚度。可虚度的幽灵一直在缠绕折磨着我。那些不是我想干的事情多了，杂了，搅成一个乱麻团，我就干脆什么也不做，沉湎在抑郁的情怀里，在品味吗？在享受吗？抑或是在和自己过不去呢？我知道这样下去是不会有好处的。生命在衰竭。我只能干着急。排开日常杂务，下决心忘却一下吧，等写了这篇文章再说！赚二十块钱稿费，也好显示下我这两年来痛苦沉默之后的爆发！可我写出来的是什么呀："我这人的脑瓜笨，上大学时，同宿舍一个哥们出了个谜语给我猜：孔夫子当清道工。并说了谜底是个成语。可我搔了半天头皮，愣是想不出来。哥们大概有些急了：'斯文扫地呀！'我却如梦方醒，'噢，噢。'一边想象着长袍加身的孔老夫子躬腰把扫帚，那情景一定很滑稽吧？可见我那时还小。其实他孔老要是活在今天的话，出去扫大街，倒是一桩快事了……"云云。大意想说，当今办公室真不好坐，无聊干耗，半死不活，真还不如出去扫大街痛快呢。意思是有了，可"做"出来的文字，杂文不杂文，散文不散文，终于没有信心再往下写了。大概投机取巧，哗众取宠，杂念未除所致。——原来我也不能免俗呵。可见做真文章之难！

2月27日

一个人的富有，意味着什么呢？我的理解，应该是他在精神上高度的坦然，心境上的洒脱、自在。我在这方面实在只是一个贫儿。常常有一种歉疚感，以至于做梦也都是一些卑微琐事，俗人所为。新近的一个梦，那背景已经忘了，只记得其中一段细节。好像是在某个陌生的场地，有些枯黄草。我们一群得到了敌情报告，他们很快就要追来，用很新式的武器来扫射我们。我们为头的一个，不知从哪掏出了一堆手榴弹，并示范给我们看该怎么扔出去。然后宣布说："这些手榴弹不够人手一个，胆小的可以躲开。"我虽然心里害怕，却也毅然留了下来。只见为头的右手挥着两个，左手还拎着两个，不断地撒向场地空隙，任大家去争抢。我装作想抢又抢不到的样子，因为我心里着实害怕：操着手榴弹就得面对着敌人，假如我还来不及掷过去敌人先一梭子把我的胸脯射透，或者我扔出去了却落在自己身旁爆炸……我不敢往下想了，却偏偏这个时候有一个棒槌似的黑乎乎的家伙一滚一滚地过来了，就停在了我的眼鼻子下。"有一个了！有一个了！"旁的人都真心替我高兴。我扫了他们一眼，手里都揣着个手榴弹，宝贝似的。更远处倒有两个也还空着手，但都定定地看着，不来抢。我有些慌，一激灵，却就醒了。好像还出了一身汗。这样的梦，做过好多了，我以后还会写到。只是纳闷，为什么每次都是在最能暴露我的灵魂的一刹那要紧处醒来呢？为什么呢？

3 月 1 日

写文章有感而发，发了之后心里才痛快。可我现在好像感想太多，又想写这个，又想写那个，掂不出哪个轻哪个重，哪个先哪个后，所以无从下笔。其实这些我以后都要写。只是我的心头又有些魔鬼在作祟，还没写呢，就想到发表，想到发表后的一切……记得 27 日晚写完之三后，就有些得意忘形，觉得我能这样做，或者我能做到这样很了不起，坚持下去，一篇一篇坚持下去，将来没准就是个大文豪了。想得真有些激动，都睡不着觉。不料却因此乱了方寸，生出现在的苦恼来。一个人要真心实意地干点事情该有多么难！我不得不停下来同这些魔鬼搏斗，把它们从自己的灵魂和骨子深处揪出来，晒一晒，提醒自己：我是个凡人哪，看，能走多远！

3 月 3 日

海南岛开放建省的消息，好像擦了一根火柴，我的眼前着实亮堂过一阵。又是写求职信，又是在同学面前鼓吹，我要去海南岛了，要去海南岛了，很有些当了好汉的意兴。可是过了半年，我依然在北京的办公室里泡着，我还是我呵。睡着舒服的懒觉，虽然常常有一种危机感和窘迫感，做梦也常常梦到火车站赶车的情景。好悬！每次总是在列车开动的几秒钟我意外地跳上了车，也同样意外地却都找到了位子。车厢有些空，有些暗，所有的旅客都搂紧怀抱的行李，在哐当哐当声中有节奏地打盹。我感到了冷，睡不着，然后就真的醒过来，无限地惆怅。美国有人用精神分析法，认为梦见赶车误点是因为害怕时间过得太快。我信，并且加以发挥。为什么我在着慌之后又能侥幸跳上车，而且还坐上了位子？是我太爱自己了吗？不愿接受被遗弃的现实，只是善意地警告一下自己吧？那么车厢里为什么那样空呢？是许多人没赶上车吗？然而赶上车的人为什么又都表情冷漠，紧搂着一个皮包或是被窝卷什么的在打盹？搂紧了皮包或被窝卷就不再有危险了吗？我不知道他们从哪里来，赶往哪里去；我也不知道自己梦中为何如此匆匆，风雨兼程……我不敢往下想了，我冷。"梦就只当它是一回梦，一种可怕的象征吧！"我这样想，我安慰自己。

3月6日

我终于还是没有耐性一篇一篇地写下去。我还是缺少那份毅力。现实中的杂念一阵阵地袭扰我，搅得我心烦意乱。我只能抽其主要概述一下。我欠下别人的太多了。我去过一个又一个地方，吃机关的，吃老百姓的，许下一个又一个诺言，只是为了当时口头痛快，脸上光彩。时日推移，我慢慢将它们淡忘，不复感到难为情。但是这些过去的事情并没有过去，它们化作了噩梦，来继续加倍地向我讨债，来审讯我。我的灵魂丝毫不得以轻松。我必得加倍努力地偿还这些债务，加倍努力地拼命写作！以坦诚的心，坦诚的笔，坦诚的文字，为自己已不堪重负的灵魂解脱。可我天生一副懒骨头，缺乏毅力，不愿吃苦。我也确实还不能做到表里如一，言行一致，心理和人格常常是扭曲的。虽然洁身自傲，孤芳自赏，不愿从俗写一些媚世讨好的文章，但我付出的代价竟是一筹莫展，过早地靠回忆和向人炫耀自己已往的才情、文章来支撑自己。好汉不提当年勇啊，就为这一点，我也应该感到羞耻！我还常常看不起自己：明明厌恶某些自私而又不学无术的领导，但我在他们面前不得不装扮笑脸，对他们的问话谦恭应承，故作受宠若惊的样子。明明看不惯拉帮结伙，以壮个人声威的市侩行为，但我在这些帮伙势力面前却不得不妥协，外表上迎合，内心里直起疙瘩。我害怕他们报复，害怕他们什么时候踩我一脚。害怕分不到房子，害怕评不上职称。我实在还很懦弱，其实很丑陋，说得白一点，是很可怜。记得有一回坐火车，邻座的几个混熟了，各自介绍自己的职业。问我。我说是某报社记者，随即掏出了记者证像要证实。大家的眼里顿时都有些惊羡。唯独一个小学生，大概接受了他在兵工厂当工程师的爸爸良好的遗传基因，很聪明伶俐的，又很刻薄。他直盯盯地看着我，冷不丁问："叔叔，你真的是记者吗？"见我笑而不答，就又转向父亲："爸爸，我怎么看他不像个记者呀？"他的父亲嗫嚅着，很有些歉意。而我却感到周身的热血都在向头部涌去，脸胀得慌，又不得不强拉笑脸，应付着眼前的尴尬。在如此纯净、天真无邪的孩子面前，我实在缺乏足够的自信。我想起自己的丑陋。我甚至恨不得把那个长方形的绿皮证件砸出车窗外，让它见鬼去！可我更没有这个勇气。只是从那以后，不在必要的场合，我绝不敢拿自己的身份来荣耀，抬高自己。因为那实在是一种耻辱啊。

1988 年 8 月 18 日刊登在《农民日报》周末版，《散文选刊》转载。

道德关怀从人延伸到土地

好的文章包括思想，总是首先为自己的良知而写，然后才为他人所认同或追随。

细心读完奥尔多·利奥波德的《沙乡年鉴》，有如遇知音之感，当然，他老人家站得比我高。关于土地、自然和动植物，多少年来我一直感到忧虑、压力、忏悔，如鲠在喉的东西，他在 50 年前就用积极思考的方式精确地表述出来了！不愧有"先知"之称。为了表达我的敬意和欣喜，我将在下面抄录他的一些话，以便再一次受益：

比如，他一针见血地指出："迄今还没有一种处理人与土地，以及人与在土地上生长的动物和植物之间的伦理观。土地，就如同俄底修斯的女奴一样，只是一种财富。人和土地之间的关系仍然是以经济为基础的，人们只需特权，而无需尽任何义务。"

他提出"共同体"的概念，这个共同体包括土壤、水、植物和动物。"土地伦理是要把人类在共同体中以征服者的面目出现的角色，变成这个共同体中的平等的一员和公民。它暗含着对每个成员的尊敬，也包括对这个共同体本身的尊敬。"

有了这样一种新的伦理观，我们所面临的问题是要把社会觉悟从人延伸到土地。但是现实的情形却是："那位把树林伐成 75 度光秃的陡坡，把乳牛赶进林间地放牧，并把雨水、石块以及土壤一起倾入社区小河的农场主，仍然是社会上一位受尊敬的成员（同时也是正派的）。"——我们不是也曾慷慨地将大红花和奖牌授予过"伐木劳模"和那些虽然是污染和破坏大王但却是生产和纳税大户的企业吗？这种情形至今又有多少改变呢？

我们再来听听利奥波德那富于预见的警告："如果在我们理智的着重点上，在忠诚感情以及信心上，缺乏一个来自内部的变化，在伦理上就永远不会出现重大的变化。资源保护还未接触到这些最基本的品行……"利奥波德是要将环境资源的保护提高到哲学、宗教和价值观的层面来思考和运作。联系我们国家的现实情形，政治依然高于一切并影响人民生活的方方面面，我们有必要吁请政治家来率先关心土地伦理问题，号召人民承担起作为土地共同体中一个公民的义务，而不是继续扮演征服者角色。尤其在经历了今年夏天洪水肆虐给我们上了一课之后，是到了应该戳破人类自我中心、妄自尊大的幻想的时候了！

利奥波德还在休闲业方面提倡感知的重要，反对"到此一游"式的四处乱跑一气。因为休闲从本质上是我们对户外的反应。

现如今，当旅游和休闲业开发已成为一种全球性时尚，并对荒野资源不断造成毁灭性破坏的情况下，在人群中倡导对周围的自然进程的秘密和美的感知，就愈发显得重要。因为只有怀着深深的敬畏和赞美之情去感知自然，而不是占有、扩张和贪欲，才能帮助我们与自然之间建立起一种真正平等、伙伴、互敬互爱、相依相存的长期美好关系。

利奥波德显然不是那种浅薄的只会批判和发牢骚型的学者兼作家。他那极富创见和充满爱和责任感的思想记录，使他这本不厚的书最终成为一部真正有力量的经典。

1998 年 10 月 31 日

文明，地方形象设计的灵魂

神州大地近年来崛起了一批让世人神往、有口皆碑的文明美好城市和地区。诸如苏南地区、福建的厦门、辽宁的大连、上海市郊区，以及广东的中山等地，它们既是空前活跃的经济增长带，又无一例外地都十分重视本地区形象的设计，强调文化、美德与公众行为的参与，在繁荣经济、规范服务、美化家园、保护环境、改善生活、提升人的精神境界等方面，形成了综合的文明效应。

在广阔的中西部地区农村，以增强农民科技文化素质，转变生活方式，改善人际关系等为主题的群众性争创"十星级文明户"活动，不断引向深入。分散在全国各地的首批 200 个文明村镇，如星星之火，呈现出燎原之势。从城市到乡村，文明潮起，这是世纪之交我国现代化建设中一道极富启示意义的亮丽的风景。它昭示着人们的价值观念取向，正在从单一的功利性的考虑，转向对以人为目的的全面发展的文明美好目标的追求。

人心向着美好事物。若干年前，当一些地区还在受眼前利益的驱动，采取地方保护主义，听任假冒伪劣产品横行，甚至敲诈、欺负外地客商搞得声名狼藉的时候，像苏南的常熟、无锡、江阴、张家港等地，已经率先搞起了文明兴市工程。他们把目光投向长远，投向人类追求文明美好幸福的终极关怀。整个苏南地区，街容村貌优雅清洁，一座座现代化的娱乐宫、百乐城拔地而起；农民公园环境优雅，古色古香；群众文化活动异彩纷呈；乡镇图书馆得到普及，藏书超万册以上的占 90%。人们玩有场所，学有去处，文明进步，安居乐业。那里的人民有着强烈的家乡自豪感，每到一处，东道主总要拿出最好的极富地方特色的群众文艺节目，来向客人们展示家乡美好事物以及改革开放的新形象。前来投资经商的客户无不深受感染和吸引，这就是文明的向心力作用。

去年以来，报纸、电视等传媒又先后比较全面、深入地报道了大连、厦门和西安文明城市建设取得的巨大成绩。一时间，全国上下一片羡慕啧叹之声。人们为大连人民拥有每一块开阔绿地，每一座优美的城市雕塑而叫好，也为厦门儿童从小就普遍养成的讲文明、重公德的举止而感动。但赞叹之余，不少人也为自己周围尚缺乏这种普遍讲文明的机制和环境气氛而遗憾。对文明和美好的企盼，从来没有像今天这样牵动着亿万人的心。

文明美好的价值取向，体现了人类共同理想，因而能够聚合社会各方面的力量和智慧，将其用在真正有利于国家、民族与本地区发展强大的目标上。以往个别地方干部政绩的考核，多从功利性考虑，通常只对上负责，好大喜功，其施政目标往往与百姓的实际利益不相干，与社会的发展目标有脱节，所以缺乏感召力，甚至引起群众的反感和抵触。老百姓有句口头禅，叫作"当官要办人事"。何谓"办人事"？就是要做对人民群众有益的事，为官一任，造福一方，把繁荣和美好留给人间，而不是相反。

为老百姓办好事、实事要有大的胸怀。厦门市的领导班子在群众中有很高的威信，当记者把这个信息反馈给市委书记时，这位市领导笑了，说："党风正，民心振。党风怎么正？关键还是看是不是全心全意为人民服务。"和厦门的领导在一起，听到最多的一句话是：老百姓。讨论环岛公路走向设计时，市领导只提了一个意见：要让老百姓望见海。研究决定停建厦门大会堂周围四幢大楼时，市领导也说了几乎同样的话：把最好的绿地留给老百姓……

市场经济是法治经济，政府要做的是依靠法律法规，规范市场行为，将投机的概率降到最低数。这几年，厦门市政府连续出台几个法规条例，中心是防止企业不法经营。同时每年在全市评选若干"信用优良企业""信得过个体经营者"，市长亲自上台给获奖者颁奖，倡导一种"君子爱财，取之有道，用之有道"的社会风尚，创造一个合理的既有差距又不失衡的社会环境，保一方民安。

为人民服务是很实在的，人民群众在认识一个政府乃至一个领导人时，往往是从身边能感受到的事物作出自己的判断和评价。"党风正，民心振"，群众跟上来了，社会就形成一股正气，一股巨大的向心力和蓬勃生机。

　　未来社会肯定是一个更加文明的社会。文明就是对人的尊重，对人的正当需要的充分理解和尽可能满足，创造文明的环境，即是创造一个让人感到美好和舒适的环境。与文明对应的是一种深入全社会和每个公民的普遍的大服务意识，所谓"我为人人，人人为我"，"与人方便，自己方便"。这也是我们社会主义市场经济原则题中应有之义。孔老夫子有云："己所不欲，勿施于人。"这是起码的；我们还要加以发展，以己之所欲，去推及理解和尊重他人之所欲。知道了什么是美，什么是人人所需要和期望的，然后按着美好的理想目标去规划、去实施，这就是我们共产党人要办的最大的善事。

　　对人的尊重，还包括对历史遗产、对古人和今人所创造的一切有价值的劳动成果的肯定，只有这样，才能给社会的文明进步提供一个恒久的价值标准，从而鼓励社会的每一个成员，都朝着美好的方向努力。

　　我国幅员辽阔，历史悠久，物产丰富，人杰地灵，每个地方都有自己值得自豪的特色和优势，也都同样面临着发展的机遇和挑战。谁创造并拥有了更多文明美好，谁就将争取到更多的地利人和，这个趋向已经越来越明显了。

1997 年 8 月 11 日

少女和花

一

花和少女是这世界上最美的两样东西。正当青春勃发的少女，脸上有了抑制不住的笑容，心中常有幸福感和好奇的冲动。美目流盼，天池一般亮洁；健康身影，有如春天灌满浆液的柳树枝条，丰腴润泽，任性而妩媚。

少女轻盈地走过你的身旁，步履调皮而富有弹性，她不经意地踢着脚下的一粒石子，那石子便充满了青春活力，做着欢快的舞蹈。少女灿灿的笑脸，能使生活盈满蜜意，大地绽开鲜花。然而在所有少女的美丽当中，最动人心魄，撩人意绪的要数少女圆润的歌喉，甜美的笑声，尤其那无拘无束、充满浪漫遐想的悄悄话，听之更是如沐清泉，如饮甘露，惬意无比……

二

倾听少女的秘密，最好是隔着老式木板墙，或是在山野郊外，朗月之夜，清风使你的情感像春潮溢出了堤坝，而咫尺之遥，三五少女和衣团坐，叙咏飘忽，喊喊的私语传来，咯咯的笑声顿起，转而追打嬉戏，娇喘怨嗔，悉由天性，全然不知你的存在。这种时候，即便顽石也会生出美感，朽木也会催出新芽。

《战争与和平》中的安德来公爵，负伤后心灰意懒。一次夜宿朋友家中，偶然在窗前听到上边两个年轻女子的声音，一个要睡觉，一个被美妙的月光撩拨得兴奋不已："哦，怎么能够睡觉呢！你看，多么美妙！啊，多么美妙呵！……好像这样用力一跳就飞上天了。"少女清纯美妙的声音，欢快热烈的情感，唤起了安德来公爵重新开始生活的热望。

天然无雕饰的少女，是生活中的诗，是造物主派往人间的尤物，是专为了使困顿的人群不打瞌睡的。

三

我的心中藏有一幅黄花少女图，邂逅于春夏之交，灵动于杲日之下。黄花是那种有着颀长叶茎，高高托起小金盅似的绿色水草开出的可人的小黄花。它们显然很喜欢这片北方难得的山边水泽地，早早地将自己家族繁衍得密密匝匝，花容楚楚，好不壮观！少女是那种摆脱了城市喧嚣浮华，短裙素服，戴着一顶宽边白色遮阳帽的陌生女子，轻盈地跳过林间蜿蜒流淌的仄仄小溪，来到暖暖的太阳下快乐的花丛中。"哎约"一声，少女因为美到极致发出梦一般的惊叫，遮阳帽在太阳下闪着圣洁的白光。因为眼前连成一片的金色小家伙太多太可爱了，少女反而踌躇起来，她有选择地摘取几株带茎的小黄花作为纪念，要带回远方嘈杂的城市。

这时一个粗俗的女子，也爱上这片金色的小花，她急切的步履，踩痛了白杨树的眼睛，径往黄花深处迈去。贪婪的手攥不下拦腰扯断的大把大把花束，任其狼藉于地，然后满载而归。那美滋滋回还的身影，全然不顾大地留下了多少创伤！她使我原先拥有的关于美和生命的浪漫图景，一下子变得有些残破不堪……

1994 年 8 月 14 日

白岩溪的"齐天大圣"

——张传房与宜洋鸳鸯猕猴自然保护区的故事

一

张传房不会抽烟，可那天他买了一包过滤嘴"大前门"塞在裤兜里；张传房能背《森林法》，能背《环境保护法》，背得滚瓜烂熟，这次他却用一支老钝的钢笔，一笔一画把它们刻写在笔记本上，紧贴在内衣口袋里。老婆看他像着了魔，忙问这究竟为了啥？

"告状！上省里。"张传房二话不说，拎了两个煨红薯作干粮，上路了！他买一包"大前门"，这是准备作为分送给省里干部的"客气烟"；至于抄了法律条文，那是因为他接受以往挨地方干部斥骂的教训，想，如果省里领导也随便骂人的话，他就拿出这些条文责问他们："到底是权大还是法大？"

老婆吓傻啦，临走也没顾上提醒他换下一身溅了泥巴的旧工作服……

那是今年（1985年）4月，与屏南县相邻的政和县九层漈水电站工程，违法继续在宜洋鸳鸯猕猴自然保护区内开山毁林。张传房作为这个保护区护林员多次出面制止不听，对方反而扬言要把保护区炸掉，把鸳鸯猕猴炸死！张传房气坏啦，他想，保护区是福建省政府批准建立的，我要到省里去告你们，非叫你们停工不可！

就是这一次，张传房上省城"告状"成功了。福建省政府决定派出专门调查组，对保护区进行重新划界立碑，禁止任何人在保护区内修路畋猎，开山毁林……在从省城回来的路上，张传房想起忘在裤兜里的那包"大前门"，一摸，硬硬的还在；再掏那本抄着法律条文的笔记本，也原封不动地紧贴他的内衣口袋里。这就是说，张传房上省府一没有请烟送礼，二没有受骂挨剋，取得省政府支持，完全是凭他的自信，机智，与对国家自然保护区认真负责的高度主人翁责任感！

二

张传房一个普通农民，拿山里人的话说不过是个"头发丝大"的人物，但他何以有那么大的胆量和眼光，为了国家自然保护区的事情竟只身跑到省里去"告状"？要回答这个问题，还得从他的家乡和过去说起。

张传房的家乡福建屏南县宜洋村，山深林密，崖峭石怪。这里的白岩溪每年都有大批鸳鸯从北国长白山飞临过冬。

传说很久很久以前，有一群猴子来白岩溪两岸的古森林中采摘林果，看到白岩溪里鸳鸯戏水，夫妻恩爱的情景十分羡慕，就留下来和鸳鸯结成了好朋友，从此，鸳鸯恩爱的美名传开啦！凤凰、狮子、狼和山羊，还有许多别的动物也从很远很远的地方赶来观看，它们被鸳鸯的美丽善良感动了，都主动留下来同鸳鸯猴子一道靠自己勤劳的双手，过上了团结友爱、幸福美满的生活……

古老的白岩溪留下了多少美丽动人的传说！她们记录了当地人民千百年来对美好生活的深沉希望和热烈憧憬。但是由于交通闭塞、文化落后等原因，这里的人民祖祖辈辈一直过着"地瓜当粮草，火笼为棉袄，竹篾做火宝"的艰苦生活。直到前些年还有的村民跑到白岩溪畔与鸟兽争食鸳鸯果、猕猴桃，更有一些为生计所迫的人常年以捕猎鸳鸯、猕猴为生……尽管山民们以强悍的体魄、顽强的意志与大自然做了不屈不挠的斗争，但是贫困的命运始终像恶魔一般缠住这些山民的手脚，嘲笑他们那辘辘的饥肠！每当夜幕降临，宜洋村里村外漆黑一片，所有的便是几声凄厉哀婉的鬼哭狼嚎。

宜洋，古老而贫穷的宜洋啊，你难道就真的没有出路了吗？漆黑的夜幕里有一个人在独自徘徊，苦苦思索着全村人的命运。此人就是张传房。

张传房，小时候曾在老区扶贫学校里免费上过几年学，后来招工在县酒厂工作。"文革"期间他因二叔在台湾而被开除回村。这几年农村政策放宽了，他凭着一手祖传治痔疮的"绝技"，经常走村串户行医，有了一笔可观的收入。但他并不以此为满足。随着眼界的逐渐开阔，张传房开始思考自己和自己以外一些过去从没触及过的"古怪"问题：人生，价值，理想，以及整个小山村的命运……个人、社会的主体意识如春芽儿一般，开始在张传房传统板结的头脑里渐渐苏醒、萌生。

此刻，公元一千九百八十三年除夕之夜，更深人静，寒星闪着狡黠的眼，每一闪对张传房来说都是一个莫大的讽刺。他独坐在村头一块石板条上，竭力把混乱了的思想理出个头绪来。他朦朦胧胧意识到小山村应该有另一种全新的生活，但又苦于找不到一条合适的新路。"笨蛋！"向来自信并且天资聪颖的张传房在不惑之年第一次感到自己原来很笨，第一次感到能耐和智力的贫乏！人家富裕村凭啥富得快，就是因为他们文化高、头脑灵啊，一拐弯，一蹦跶，就是一个好主意。可自己呢？傻笨得像头牛！

从此，爱思考的张传房又养成一个谦虚好学的好习惯。每回上城里，有事没事他都喜欢到书店或县文化馆去转转、看看。

一次，他偶然翻到一本说鸳鸯是国家二类保护珍禽的书，不由得心里一亮：对啦，咱家乡的白岩溪每年都有几百对鸳鸯从北方飞来过冬。这里不但景色奇美，气候宜人，沿溪两岸还生活着獐、麂、猕猴、岩燕、白鹇、穿山甲等许多珍禽异兽。要是能把这片山水保护起来，不仅为国家做了好事，将来开辟成旅游区，咱宜洋不就可以靠发展旅游业致富了吗？

三

张传房不愧为一个见过世面、具有80年代气魄和眼力的新型农民，主意一经拿定，立刻赶回村里劝乡亲们别再捕杀鸳鸯了。乡亲们听他说明利害，想到入秋以来捕捉的四百多只珍禽，有的竟被杀了下酒，惋惜不迭。剩下的十几只没再去动它了。这些鸳鸯飞回北方，来年深秋时节又带了两百多对飞来白岩溪。不久，白岩溪的鸳鸯见了省报，闻之省广播电台；1984年，福建省人民政府批准建立屏南宜洋鸳鸯猕猴自然保护区。张传房毛遂自荐，当上了这个目前全国唯一的鸳鸯猕猴自然保护区的护林管理员。

保护区管理员是个得罪人的差使。怕事的妻子吹起了"枕头风"："七里八乡做护林员的哪个不是身边无人的光棍汉、懒散虫？你呀，真没出息。放着治痔疮的钱不挣，干吗非要当那种一个月才十几元补贴，又要得罪人的鸟官护林员？"

张传房揣摩着妻子的心思，哈哈地笑了，拐弯抹角说道："我这次到县里开台属会，听说咱白岩溪的鸳鸯都传到海外侨胞和台湾同胞耳里去了咧！咱二叔一家都在台湾，要是他们知道家乡还有鸳鸯这种珍禽，知道自己的侄儿正在保护这些鸟儿，准会回来看看咱们，看看家乡的鸳鸯的。"他还告诉妻子：屏南县有三万多台胞侨胞，保护好这里的鸳鸯告慰海外的亲人，是家乡人应尽的义务，怎么好意思讲钱多钱少呢？再说，咱宜洋这个穷山村，祖祖辈辈吃尽了苦头，往后乡亲们总该有个奔头哇！咱眼下苦点累点，只要把保护区保下来，将来就可以发展旅游业：当导游啦，办饭店啦，开旅馆啦，乡亲们全富起来了！还点上电灯，修了公路，孩子们都能高高兴兴上学读书……那时候咱宜洋该有多美啊！

妻子听了丈夫的话，噘着嘴巴不言语。张传房知道这是妻子已经默认了。从此，他与鸳鸯结下了不解之缘。

白岩溪两岸山深林密，野果丰富。柯木呀，楮木呀，珍珠凉伞呀，野梨、野柿呀，每年都会长出累累果实供给鸳鸯吃。张传房走家串户，劝乡亲们不能因为这些树木荫了田头而砍掉，夺走鸳鸯的食粮。冬春之交，没有野果，鸳鸯吃的是即将破土的草芽芽，张传房把这些草坡都保护起来，沿溪巡视，一草一木都不让它遭破坏。鸳鸯怕人烟，有的人在山上烧炭，老远就能吓飞鸳鸯，他就上山好言相劝，并建议村里为保护区专门定下乡规民约，禁止任何人在鸳鸯生息的地方砍柴烧炭，炸鱼打猎。

平时，张传房还购买了许多有关野生动物保护的书籍，对白岩溪的白鹇、长尾雉、岩燕、蟒蛇、豹、猴、獐、鹿等一百多种鸟兽逐一进行鉴别，沟通它们土名和学名的联系。这里常年活动着一群二三百头的猴子，它们调皮捣蛋，历来不受当地农民欢迎，常常遭赶挨打，有次还被外省捕猴人捉走九头。张传房通过观察，发现猴子还是保护鸳鸯的"功臣"。当白岩溪上空出现老鹰等鸳鸯的天敌时，溪旁林中的猴子就会"啊啊啊"地嘶叫起来，在溪里戏水的鸳鸯闻声立即潜入水中或飞走。张传房把这个秘密告诉给乡亲们，劝他们不要再赶杀猴子了。

去年4月中旬，张传房到省里参加野生动物保护会议，把这群猴子的事在会上做了介绍，引起专家们的重视。会议结束，张传房这个头一趟进省城的山里人一不逛大街商店，二不游名胜风景，连忙赶回村围捕了两头两岁多的小母猴，专程送到省里，经鉴定为恒河猴，属国家二类保护动物。他高兴极了，马上又赶回村。就这样，两百多公里汽车路，三十多里山道，两返一往仅用了四天工夫。这次赶回村，他立即组织青年们在山上种下七斤玉米种，三万二千多株红薯，给猴子办起了"食堂"。这年，张传房光荣地当选为屏南县人大代表和福建省野生动物保护协会理事。

保护区内也有的农民对张传房保护猴子有意见，因为猴群会偷吃他们家的红薯、水果。张传房总是耐心地重复着自己的远见卓识："咱眼下是会吃些亏的，但就凭咱这儿独特美丽的风景，咱只要同心协力把它开辟成旅游区，又办旅社，又兴饭馆，咱山区有的是奇花异草，金不换草呀，四季杜鹃呀，寒兰、玉柏呀，把它们培植起来卖给游客，那收入远远要超过那些红薯哩。我到省城看见，连那些歪脖子树头栽在一个盆里都值好多钱哩！"张传房一番话让山里人开了眼界。

四

是啊，在宜洋，第一个把美好生活的希望从幻想迷梦里拉回到现实土壤中来的就是张传房！千百年来在乡亲们心目中一直虚无缥缈，可望而不可即的图画经张传房一说，顿时变得如此贴近，又那么神奇，既看得见也摸得着了。大家尊敬张传房的为人，更佩服他那与众不同的胆量和见识，也愿意和张传房一道齐心协力把保护区管理、建设好。

现在，张传房有时一个人忙不过来，只要招呼一声，乡亲们便会自觉地跟着进山去种地瓜就种地瓜，开山路就开山路，从没有人说过一个"不"字。

今年年初，组织上给张传房落实政策，屏南县酒厂准备重新接收他为厂里正式职工。乡亲们听说张传房要走的消息，纷纷赶来挽留。村干部和一些老辈人还专程跑到县里央求："张传房不能走！国家自然保护区需要他，咱宜洋人民要发展旅游业致富更离不了他啊……"

作为张传房呢，他想：调到县城工作固然舒服，那里生活条件好，文化水平高，对孩子上学也有利。但是自己的理想，自己的追求呢？现在政和九层漈水电站工程还没有撤离，保护区仍然受到威胁；宜洋人民盼望过富裕生活的理想还没有实现，我张传房能忍心丢下保护区，丢下还很贫穷的乡亲，自己一个人去城里过舒服日子吗？不，张传房不是那种人。他要留下来实现自己的理想，要和乡亲们一起轰轰烈烈地干一番事业！

然而，创业者的道路向来是曲折的。在有些领导片面强调眼前经济利益的今天，什么长远的自然、生态和社会效益，在他们那种实惠的价值天平上都当然地失去了分量。

由于保护区接连遭到政和方面毁坏，未能引起上级有关部门应有的重视，屏南县一些领导对此也失去了信心。专管部门对张传房更加冷淡。一次，张传房赶了几十里山路来县××局向一位头头汇报保护区困难情况，那位头头立刻露出一脸不耐烦，说："什么保护区，保护区。我现在正业都管不过来，还管你这个副业？说实在的，我对你这个保护区根本就不感兴趣！"

……

领导不重视，不支持，但是张传房没有灰心。他相信时间会证明一切，历史将做出公正的评价：中国只有这样一个鸳鸯猕猴自然保护区，宜洋人民要致富也只有走发展旅游业这条路，那么保护区就一定要保住！

台湾有位教授办了一个红叶林公园，光卖门票，每年就收入几十万呢！

美国的旅鸽原来不也多得数以万计吗？人们不注意保护，后来最后一只死了大家很伤心，还专门为它立了一块纪念碑。如果我们像某些领导那样，认为鸳鸯"这里有那里有，没啥了不起的"，就不加爱护，将来没准也要落到像美国旅鸽那样凄惨的结局哩！

经过几年的刻苦自学，加上经常的外出开会，张传房的眼界已经相当开阔，思考问题也比过去显得更加成熟、深邃了。平时，张传房还喜欢看《宪法》《森林法》《环境保护法》以及《刑法》等有关法律条文。这些知识都使得张传房的公民自豪感快速增长，同时也增长了他自觉为祖国、为家乡富裕出力献策的主人翁责任感。

今年以来，张传房走遍鸳鸯溪的上游下游，攀绝壁，住岩洞，探测旅游线路，寻找每一个好的游览观光点。他还请来石匠，在望鸳台附近风景壮观的百丈漈瀑布后面别出心裁，修成一个名副其实的"水帘洞"。张传房准备把自己的铺盖卷下来住到这里，在右边的花果山上驯养猴子，在瀑布下面的水潭里修建鸳鸯池……最近，他在接受记者采访时幽默而自信地说："现在上面不管了，咱就是'齐天大圣'。咱要在自己力所能及的范围内尽力干出个样子来，好让那些被眼前利益蒙住眼的领导看看，咱张传房不是讲空话、放空炮的。自然保护区是可以保下来的。咱们宜洋要发展旅游业是有条件有效益的！"

听着张传房掷地有声的话语，想起今年4月他曾只身闯荡省政府，使人不能不惊讶于眼前这位四十开外的保护区农民，在他的瘦削的身上，一扫往昔农民的卑琐、奴性，竟蕴含有那么宏观的眼界与巨人般的意志和力！这是怎样一种新时期农民的典型呢？

1985 年 11 月 29 日

（如今，福建屏南宜洋鸳鸯猕猴省级自然保护区得到很好的保护，这里的白岩顶、望鸳台等优美景点已结合自然保护，发展旅游事业。宜洋村附近的白水洋、鸳鸯溪是国家级风景名胜区。——2024 年 6 月 5 日作者补记）

活雷锋京城打工

那天，河南遂平县大名鼎鼎的活雷锋任大纯到编辑部找我。他 50 多岁，背弓得很厉害，手里拎着一个老式黑色塑料手提包，鼓鼓的，这使他的身体看起来比实际还要弯一些。这形象使我的心情顿生沉重感。但他的笑容却极朴实亲切，那是只有久别的亲人相见才会产生的那种无需千言万语就已表达了一切的笑。这笑容告诉我他的善良和对人的绝对信任。果然，他开口用浓重的河南口音说的第一句话就是："听爱国讲，你人可好了。"说完，两只布满血丝的眼睛还紧紧瞅着我笑。

爱国是我的老朋友，遂平县委宣传部的一位宣传干事。几个月前，他把精心写成的一篇两万多字的通讯《恒星》寄给我，文中详细记述了遂平县车站乡枣园村农民任大纯，三十多年坚持学雷锋做好事的事迹，希望我"加以斧正"后发表。当时我觉得材料虽然感人，但缺乏新意，无非是一件件好事的罗列堆积，看后便搁置一边了。现在，这位为人民做了无数好事，几乎耗尽心血的老人就站在我的眼前。

我忙让座，问他是几时到京的。他说来北京快半年了，现在房山区五侯西一个砖厂打工。出来是想挣钱为二儿子结婚盖房子，同时也兼顾做好事，宣传雷锋精神。但他更牵挂的是下了深圳的小女儿。南方社会复杂，他怕女儿受委屈。他跟我讲了小女儿是如何懂事，曾因为他常年做好事，还四处自费为学校、工矿、企事业单位作学雷锋事迹报告，家里的钱都倒贴光了，只上到小学五年级的小女儿便主动提出不再上学了，帮助家里干活，支持父亲继续做好事。现在孩子们一个接一个长大了，他自己也老了，体力明显衰退了。但是身为父亲的他，心里反而不能平静。

他这辈子认准了要听党话，像雷锋那样做人，他不后悔。党和政府也给过他许多荣誉，他的内心始终是甜美的，充实的。直到去年底的一天，和他相濡以沫了几十年的妻子脸上挂着泪水跟他念叨："儿子都快30了，还没说上媳妇，还不是因为咱家太寒酸。俺这辈子跟你没有半句怨言，但说什么也不能误了儿子的终身大事啊！"老任这才发觉，难怪儿子近两年好像跟他生分了，在父亲面前少言寡语，是为父的对不起这个家呀。他第一次感到深深的内疚！

又是小女儿替父亲打了圆场："爸，俺可以出去打工，跟邻村的姐妹一起下深圳，挣回钱来给俺二哥盖房子！"

女儿一句体贴的话，像鞭子一样抽打在父亲的心上。老任说，当时他的眼泪簌簌地往下掉。几夜不眠之后，他终于作出了令家人也感到震惊的决定：他这个活雷锋也要出门打工！地点选择在他一辈子都神往的首都北京。

他给自己这趟颇为"轰动"的打工之旅，找到一个充足理由，就是要"一手抓经济建设，一手抓精神文明"。当前我们党不就是这样提倡的吗？"两手都要抓"，过去自己只抓了一只手，是不全面的。他要用剩下的光和热，继续为国家的两个文明建设添砖加瓦。当然，他首先要尽力弥补的是他以往作为一个父亲的缺憾……

今年4月，女儿17岁生日那天，老任想在中央电视台点播一首祝福女儿生日的歌，后来没有点成，但女儿确实被感动了。女儿从深圳市福田区一家工艺雕刻社回信说：爸，我已经收到您的来信，您说在我生日那天您给我点播歌，我没能收看到，因为我没有收到中央电视台节目，不知爸爸您给我点了没有，要是点了那又浪费几十块钱，要是没点就好了。爸，您不用为我抄（操）心，我在这很好，以前我说不想在这干是因为他们对我不好，现在他们已经改正了，对我也好了，请爸爸放心，我会在这好好地工作，一定不会功服（辜负）您的希望。爸，您知道我心里是多么地难过，因为您挣个钱不容易，还要为我点歌。爸，以后不要这样了，不要乱花钱，要攒钱为我二哥盖房子，您说是不是？女儿：爱英。

给我看过女儿的信，老任有些不好意思地跟我讲，他这次找我是想托我向铁道部门反映一下，希望能给女儿在铁路上找一份稳定的工作。我知道，他一辈子热爱铁路，从1958年义务参加修筑京广铁路复线时起，几十年来不知为铁路做了多少贡献。他家紧靠京广铁路，平时有事没事，总爱去铁路旁转转看看，见路基上的石子滚下沟去，就一块块拾起来；见到被雨水冲坏的地方，就马上动手修补；见路旁的树木干旱，就一桶一桶地挑水去浇；见有牲口猪羊在铁路上跑，就立即把它们赶开；见有偷盗毁坏铁路物资的人和事，就坚决与之斗争……年复一年，他赢得了"铁路的守护神"的美誉，《人民日报》《人民铁道》等还多次作过报道呢。如今他老了，想让心爱的女儿替他继续为铁路服务，也是情理之中的事。但我告诉他这个愿望将很难实现，同时劝慰他，女儿在深圳打工，还学习了手艺，不也挺好的吗？

这时，他从塞得满满的旧手提包内，小心地取出一本本不同年代的奖状、红皮荣誉证书和发黄的剪报，还有记录人们题词或签名留念的笔记本等等给我看。我说，您的事迹我从爱国同志写的材料里都已经看到过了，我完全相信。后来的谈话中，他流露了对地方上并不真正重视、支持劳模的感慨，神情颇有些孤独落寞。我只好说些宽慰的话，接着便问他在北京的近况。他说在砖厂干的是伙房工作，包括做饭、烧水、买菜，搞好环境卫生等，平时抽空也为工友们缝缝洗洗，大家相处很融洽。老板对他也很尊重，一个月给他开400元的工资。他把党组织关系也转到了北京，按时交党费，过组织生活。一次，路上碰到一个年轻司机倒车，撞倒了一棵树，像没事人似的就要开溜。老任拦住不让走。司机跟他吵起来，问他是什么人，干吗多管闲事。他说："我是一个公民，现在在北京，北京的一草一木都在我心里装着哩，我就要管北京的事！"小伙子只好跟他到街道交清绿化赔偿费连说："服了！"……

临近中午，我留老任一起吃午饭，他坚决不肯，给我看他提包里预备的两个干馒头，说要赶回去下午上班。他只向老板请了半天假。我送他到街上，看他伛偻的身影，提着一个塞满荣誉的旧式手提包，在正午的阳光下竟特别耀目。一个好人，无论在什么年代里都应该受到欢迎的。我在心底默默为他祝福。

1997 年 6 月 28 日

人品和事业一同成长

——记养蜂的朋友张世元

张世元是主动要求我采访他的。他是黑龙江省宾县摆渡乡一德村一位养蜂农民。

我第一次见到他，感觉并不好。那是 1995 年秋，全国农业展览馆举办一次农业博览会，张世元以个人身份随省团来京，在会上见到当日《农民日报》头版头条刊登我写的一篇报道文章，就给我打来电话，迫切要求我采访他，说他有很重要的发明云云。我第一次碰到这种情况，他口气又那么坚定，由不得我不去，就打了辆"的士"过去了。

博览会上都是一流的农业科技成果，中外宾客容光焕发，衣冠楚楚。我在约定的黑龙江展区怎么也找不到这位毛遂自荐的主人公，就向工作人员打听，原来站在跟前的一位小个子就是。他穿着一件揉皱的洗不掉污渍的旧西服，神情落寞，与我想象中农民发明家的样子相去甚远。他给我看一些手写的文字材料，又拿出用塑料食品袋包着的土坷垃样、金黄色的破壁蜂花粉，说这是他首创的用生物破壁技术生产的花粉产品"蜂花宝"，对人体非常有好处，让我品尝。我瞧这"宝物"外观相当原始，又岂敢入口？只是随便和他拉扯几句就悻悻地回来了。写文章报道之事自然也就告吹。

今年春节休息时间长，我正在家里翻闲书，这时电话铃响起，一接，是东北口音："喂，天赐吗，我是世元啊，黑龙江养蜂的，还记得那年在农展馆不？"

我说："记得记得，你是老张吧？这几年事业发展怎么样了？"

他说："很好啊。我这次是去南方考察南北笼蜂双向运养的，回来经过北京中转火车，签的是后天的票。你有时间吗，请你过来，我有很多新情况向你汇报呢！"

我一听，就觉得他还是原来的张世元，太不懂礼节了，既然是想让我报道他，为什么不自己过来一趟呢？我说："你有什么材料就寄给我看看吧。"

他说："材料是有，但我觉得最好当面跟你汇报汇报，那样你写起来就生动了。"

我说："那就请你到报社来吧。"

他真的来了，按约定时间我们在报社传达室见面。他精神状态比以前好多了，穿一身蓝青色呢料中山服，脸上笑盈盈的，一双壮实的手十分温热。我们像阔别的好朋友一样握手寒暄。

言谈中，他告诉我这几年事业上取得的成绩，已有"多功能王台巢脾""多功能组合王笼""多功能分蜜机""生物破壁花粉技术"等四项科研成果获得了国家发明专利。目前，他正致力于探索一条适合我国南、北方气候特点的"南北笼蜂双向流动养蜂法"：寒冷季节将蜜蜂笼装空运给南方的蜂农饲养，追花采蜜，收入归对方；夏季南方炎热多雨，蜜蜂空运回北方避暑采蜜。从 1995 年至今，已先后与福建农学院、广西博白和南宁的蜂友合作，成功地实现了南北双向流动养蜂的历史性突破。每年春末，被他派往南国"打工"的 600 多笼蜜蜂乘飞机归来时，已经是"老中青幼"四代同堂，不仅减少了死亡率，节省了以往越冬时需要的大量白糖，每笼蜂还多产蜂蜜 40~80 公斤，一年获得两茬收成，两地蜂农受益。而农作物因蜜蜂授粉所增加的效益就更为可观。

这次他又是自费去广东、云南、贵州、海南岛考察蜜源，寻找合作伙伴，推广他的笼蜂生产技术……

"我养蜂挣来的钱全部用在搞蜂研上了，30 多年来少说花掉了 30 万元。南方的一些老板见我这么干，很不理解，都说：'老张，你做的这些都是共产党做的事啊，你怎么自己个人这样卖力去做本该政府做的事呢？'我说：'没法不做，我实在太喜欢养蜂事业了！'他们看我是真正搞事业的，反过来都很尊重和支持我。这次我在昆明和海南岛又与蜂友达成了两项股份制合作合同。在一次东道主举办的联欢晚会上，我点了一首《好人一生平安》的歌，并发自肺腑说了一通答谢东道主的话，主人听了都很感动，说：'老张，你讲话还真有水平哩！'我说：'这哪叫水平啊，是你们真诚的友谊感动了我……'"

老张说到这，脸上绽出像孩子一样纯真、自豪、快乐的笑。这是只有历尽艰辛品尝到成功喜悦的人才能体会的内心幸福和甜美。

我被他的善良、纯朴和热诚感染，也被他痴迷的养蜂事业激起浓浓兴趣。我说："老张，你真是不简单了，这回我真得好好写写你！你肚里一定还有很多有意思的故事，快讲来听听。"

他见我高兴，说话也就放松了，讲他 33 年的养蜂经历，讲他对蜜蜂的由衷喜爱：蜜蜂这小动物真是太好了，勤劳、团结、秩序井然，个个都在以不同方式为种群做着贡献，没有一只偷懒和耍贼心眼的。它们对大自然和农作物也是有百益而无一害……

不觉间天已大黑了，我们就到报社旁边的小饭馆里一人要了一碗炸酱面，继续刚才的话题。他讲到妻子曾因为他痴迷蜂研，把家当都搭进去了，跟他闹过离婚。有一次他们都一起走到法院门口了，是他千保证万求情才使妻子软下了心。

我问他："妻子是哪一年跟你闹离婚来着？"

他想了想："大约是 1995 年前后吧。"

我说："那就难怪上次我们初见面时，你的情形那样不好。"

他说："是啊。不过她现在已经以我为荣了，看到我终于取得成功，许多领导、专家都来我们养蜂场和研究所参观，她自己也说跟我还真沾了不少光呢。我们县科委的一位领导，见我养蜂技术上取得这么好的成绩，也曾亲切地跟我开玩笑说：'老张啊，你咋就能发明那么多专利技术呢？我咋就不能呢？'我说：'因为我头脑里整天想的只有蜜蜂，而您当领导的每天都有很多事要忙，开会、应酬什么的，当然影响科研啦。'"老张的脸上又绽出像孩子一样幸福、纯净的笑容。

我要来了老张随身携带的记事本，看到他工工整整写在扉页上的座右铭："痴心不改，志在蜂研；为民造福，为国争光。"而在另外有一页上他只写了一句短语："世界竟是如此的幽默！"我就问他当时是什么情境使他生出这样感触的？他说是昨天坐火车时想起一家蜂业杂志聘请他当特约撰稿人，而另一家蜂业杂志却因为他不是全国养蜂学会会员而拒绝刊登他的论文，这不是很滑稽幽默吗？他因此又感叹了一番农民搞科研实在太难了，没有得到应有的重视和支持。

　　但是，老张毕竟是乐观的，他又跟我讲起了火车上的另一件颇有意趣的事：邻座的几位乘客闲谈人生的成功主要靠什么？有的说是命，有的说是靠机遇，而老张说，关键是一个人要有目标、有志向，不断地朝目标努力才可能成功！话题转到事业成功的最佳年龄段，有的说30岁上下，有的说40岁，而老张又现身说法，说50岁以后也是取得成就的黄金年龄！因为任何成功都得先有个积累、吸纳和准备的过程呀。

　　我对老张的身世和他那经过淘洗、历练的丰富内心世界越来越有兴趣。而当我偶一回头时，发现饭馆年轻的女服务员也正站在一旁好奇地倾听我们的谈话内容呢。她们在这样的环境里，天天听惯了看惯了吵吵嚷嚷、五荤十素、烟熏酒气的铺排生活，大概觉得我们这两个"炸酱面"的话题倒很有一些清逸和与众不同吧！

　　这世界是需要多一些像老张这样有血性、善忍耐，又富于智慧和幽默感的人。他们是一些善于走长路和夜路的人，他们的生命是照亮未来的灯。

　　　　　　　　　　　　　　　　　　　　　　　2000 年 4 月 22 日

智慧善行传播人生艺术

——记香港亚农基金名誉主席郭兆明博士

　　一位香港朋友，十数年如一日关心祖国"三农"事业的发展，他的身影频频出现在最偏僻贫困的乡镇村落，长期支持"万村书库"工程建设和城乡儿童手拉手交朋友活动，并为每年一届的全国农民读书征文活动颁奖，鼓励农民学文化学技能。

　　他用自己演讲的收入在农业大学设立清贫助学金、奖学金，帮助继续学习有困难的农家学子，希望他们将来能带领乡亲脱离贫困。他做了大量善事，从不希望报道罗列，但他却有意要启发人们生存的方法，传授生活的艺术，认为这比送多少钱物都更有意义。

　　他称自己是农的传人，有一颗农的心……他就是香港亚洲农业研究发展基金名誉主席郭兆明博士。

一

　　我认识郭博士有十年了，对他的人品、逸事早有所闻。郭先生是佛学博士，但他不承认自己是佛教徒。他是把佛学看成是释迦牟尼开创的一种文化来研究的。郭先生是一位大富翁，但他每次从香港到北京参加捐资巨万的仪式，来去都是参加旅行团，住宿也是随旅行团在普通旅馆里。到内地考察，他拒绝盛宴招待，坚持自己付饭钱。有一次，在他捐资的仪式上，有一个小官坐了奔驰汽车来参加。郭兆明就很不高兴，当场就说："我们捐资也并不是钱太多，而是节省下来的费用，不是拿来让别人浪费的。"郭先生特别重视农业、农村、农民。他说："中国人自称龙的传人，而实际是'农的传人'。稳住农业，国家便能安定，才能计划其他。"为促进农业发展和人才培养，他把自己在港一幅4万平方尺私家地皮发展的收益，作为"亚洲农业研究发展"的长期基金，希望研究会为农民提供重新构造文明农村生活的方案。

这一切都增加了我对郭先生的尊重。但以往每次见面都很仓促，且多在公共场合，未便做深入的访谈。印象中，郭先生内敛低调，话语不多，常着一身朴素得体的休闲服，不高的个子，却在人群中自有一种安雅的风度。需要讲话的场合，他不拿讲稿，即兴发言，浓重的粤语口音使他的话在许多人听来像天书，但若有缘分听进去了，你会发现他用完全不同于公文套路的语言讲的是智慧、人生观和教人助人为乐的道理。

去年，我陪郭先生和他的朋友李世宏先生一行到美猴王孙悟空的老家江苏连云港几所农村学校赠送图书。赠书仪式上，郭先生身教与言教并用，演讲前先做一项体能表演。为了使后排同学也能看得到，他搬来一张桌子，自己跃上桌面盘腿打坐，用双手的三个指头将身体撑离桌面，支持数分钟之久，赢得现场热烈掌声。郭先生对同学们说，我已经60岁了，还保持着年轻人的体力，希望大家不仅要努力学习，还要锻炼身体，将来报效国家。

郭先生的教育理念很特别，有一次，他资助北京电视台"七色光"节目举办小学生电视作文大赛，在他的建议下，奖品奖给得奖学生的父母和师长。目的是使孩子从小懂得感恩，知道自己的成绩是由教师和父母共同管教下得来的。

二

今年6月，我和郭先生再次见面，是在四川广安华蓥山上参加全国"万村书库"工程理论研讨会。晚间无事，相约长谈。我对郭先生的学问、事业有了更深一层的了解。特别是他讲到人要精研一两项生存的技能，掌握生活的艺术，把许多困扰人生的复杂问题，寥寥数语，点破迷津，足见其智慧修养上的造诣之深。

郭先生非常关心"万村书库"在农村的真实效用。他希望每个人都能通过学习掌握一门实用技术，学到生存的办法。"有方法、有技能，人就有安全感和自信心，就能发展，就不会做犯法的事。比如种菜、打球、唱歌、教人打太极拳等等，只要精通一门技术就是生存的办法；懂得理发也可以生存；有人不适合念书，煮东西卖也能生存。全民学习技能，人人都有生存的办法，国家就富强、稳定了。"

郭先生是有体会讲这番话的。他的先人是水上的船民。他出生的二十世纪四十年代，香港还在日本侵略者的铁蹄之下，战争离乱，大家脑海中只有生存二字。郭先生在这样的环境中只上了六年学，就跟人学艺，成为一名车房技师。不仅修理汽车，也修理开山机、挖土机等重型机械。凭着精湛的技术和对市场的了解，郭先生于上个世纪七十年代到日本买人家旧机械回来翻新再卖，淘得第一桶金。后来搞房地产，投资金融，事业节节攀升。"当初我若不会修机械，也就不知道做机械的生意。所以，不管做哪一行，有技术、有能力是成功的基础，否则，只能空想，徒劳。"郭先生语重心长地说。

我进而问他当初如何打拼的故事。孰料，郭先生平静地说："打拼没有用。关键是把技能用好，工作出色，人家就会给你舞台。"他告诫年轻人要用人品和能力争取老板留你、赏识你。重要的是每天都要学习，提高能力；对人、对公司要有忠心。如今许多大老板苦于找不到忠心的人托付事业。不欺骗朋友，朋友多了，支持你的人就多了。

"那您肯定也遇到过困难吧？"我偏寻根究底。郭先生说："有能力就没有困难。所谓困难，只是缺乏机缘，不具备天时地利。暂时困难，可以等一等再做。'等一下再来'，这也是生活的艺术。"

参透人海浮沉的郭先生，最看重随缘二字。

三

话题自然转到生活的艺术。郭先生谈兴极浓。1995年秋，为了给亚农基金筹款，支持内地扶贫事业，他在香港伊丽莎白体育馆做公开演讲，题目就是"智慧生活的启示"，讲如何懂得生活，过有智慧的人生。结果大受欢迎，两个小时的讲座，门票卖了 600 万港币。郭先生说，现代人都很忙，工作压力大，一般只看眼前，不看长远，思维很窄。谈一点生活的艺术，对大家心态调整有好处。

郭先生认为，现代人的一大迷失是虚荣和好面子，事事强出头，太注重人我之分，结果活得很累。放下面子，谦虚处世，平等待人，努力工作但心境放下，懂得自己跟自己交朋友，不随波逐流，就能活得轻松、快乐。

郭先生是把世界看作一个大舞台，自己在上面扮演一个角色，所以有一颗平常心。郭先生又把人和宇宙看成一体的，认为宇宙中所有存在的东西应视作自己的东西来运用。一旦能把个人的执着放下，宇宙即你时，无论你去到任何地方都是开心的，感觉上，整个世界便属于你的。郭先生更以自己以往做房地产生意为例，也是把人家的钱暂且看成是自己的，能借来的便可以用。当我们自己力量不足时，就要借助别人的力量，虽然利益分薄了，但过程和做出来的效果跟独资无异。

近年来，郭先生做了大量公益、扶贫事业，也是运用这个方法，不光自己慷慨解囊，身体力行，还善于借力，联合社会力量一起做。共同的事业，使他和中国文化扶贫委员会主任徐惟诚，香港汇丰银行副总经理刘智杰先生等都成为好朋友。

"我们只追求事情的效果，无需理会是否由自己或别人去完成。不要怕别人分薄自己的功劳。"这是郭先生的慧言。有这样超越人我、包容宇宙的心怀，所以郭先生可以自信地说："社会上，有钱而且钱比我多的人很多，但他们没有我过得舒服。我游历了 100 多个国家，去北极看过圣诞老人……因为我有时间。许多人不会管理时间，事必躬亲，不能放手让别人去做，忙得连花钱的机会都没有，钱又有什么用呢？有的富豪很辛苦，花一千万去追一个明星回来，结果几天就吵架分手了。有的人爱炫耀，吃喝玩乐都要铺张排场，不仅浪费，对身体也无益。我不存很多钱，投资挣回钱，大部分都捐给社会。我是钱来钱往。"

这种不为钱财所役、不执迷功利、乐善好施的超然心态，反而使郭先生的人生、事业与世界达成良性的互动，达至更高远的境界。

四

如今，郭先生在许多国家都有投资业务，但他每天平均只工作两个小时，其他时间用来读书、养心，观察、游历，汲取不同的优秀文化。郭先生坦陈，自己吸收融合了四种方法：工作方法是美国的，讲究科学管理、精密分析；过程的精神是用英国的，稳重、保守，做了不说；目标用法国的，追求尽善尽美，优雅柔和，不造假不骗人，把心思完全用在正面；心态取印度文化，平衡内敛，铁包金，朴素自然。

当然，郭先生骨子里浸润的还是泱泱中华五千年文明。他最想回报的也是脚下这片土地。他说，人降生到世界，就要受父母、师长和社会各方面的恩惠，吃一口进去，也要有一口出来回报社会，这样才平衡。人到世界上是来寻找快乐的，不是来找气受的。要做让自己和别人快乐的事。帮助别人，每个人可以有不同的方法，不一定指钱。开汽车也是，传授技能也是，说一句温暖的话也是。

他很欣赏自己夫人说的话："有能力帮助别人是一种福气。"

跟郭先生聊天，总觉得世界很大，人心很美！

2004 年 7 月 29 日

感悟温州节拍

人能不能有三头六臂？

我写下这个古怪问题的时候，心里头闪现着一群温州人的形象。他们出奇的表现，使我感觉他们是有三头六臂的，而且还善分身术。

温州苍南县的老郑，在单位里有一份稳定的工作，但他还开了一家豆腐作坊。周末，他又开车跑到几十里外的邻县管理承包来的一片鱼塘，干起鱼老板营生。

在温州农民自己建造起来的国内第一座农民城龙港，现代化的街道和林立的高楼之间，我碰到一位从江西来的年轻修鞋匠。他到龙港两年，已完全跟上了温州人的思维和生活节奏。开始，他只是单打一修鞋，挣钱不算多。后来，他看到温州人人都能当老板，于是也尝试着购置了一辆人力三轮车，及时上了牌照。白天，自己修鞋，把三轮车出租给新来的同乡使用；夜晚，修鞋没多少生意，他就自己蹬三轮车拉客。一天之中，他修鞋、拉客、出租三轮车，一人挣了三份收入；一个月少说也有四五千元入账！现在，龙港城限制人力三轮车数量，而他的三轮车已增至三辆，俨然一个小老板了。

温州的企业，基本上都是民营性质。这里的工厂不分白天黑夜，机器通常24小时连续运转。一位姓吴的印刷业老板对我说，他的机器白天是给国家运转的，所得利润差不多够上缴税金，支付水电费、工人工资等，晚上才是给自己干的。所以他的收入虽然高，其实也应该算作辛苦费。

温州人勤勉的劳动和快节奏的生活，创造了奇迹。从改革开放之初即已走红的温州桥头纽扣，柳市电器，金乡证章、标牌，到如今新兴的服装、皮鞋、工艺品等数不胜数的驰名品牌，温州货已覆盖全国乃至打进了世界。一时间，温州成为改革开放搞活的一个成功范本，温州人也成了无数渴望致富的人们啧啧称叹的对象。

我观察，温州几乎家家经商，户户办厂。年轻人从小就耳濡目染，见习着父母及亲戚、邻里如何筹划，如何挣钱当老板。一俟成人，商海中搏浪弄潮的一整套技法早已烂熟于心。

听温州人讲，他们善于经商办厂的禀性，既有传统渊源，更多的是迫于生存需要使然。温州地处浙南一隅，背山面海，人口与土地的矛盾十分突出，人均仅三分耕地。土地难以养生，就只能远走他乡，在农业之外的工商业求活路。早在一两个世纪以前，温州的手工艺人和小商贩就背着黄杨木雕、石雕、瓯绣从故乡出发，跋山涉水，漂洋过海，一直到地中海沿岸的欧洲以及世界各地艰难谋生。笔者故乡在闽东，幼时亦常见一些挑货郎担的和逃荒来的温州人。然而，正是饱受磨难，浪迹天涯，培育了温州人不安分、不守旧、"敢为天下先"的闯荡精神，使得他们在社会主义市场经济的今天抢尽先机，令人刮目相看。

在精明的温州人眼中，任何有人活动的领域，都可以开掘出商机。包括政治这样严肃的领域，他们也可从中找到合理合法的挣钱门径，不仅不亵渎政治，还使政治显现出人性的亲和、可爱的一面。如温州人范鸣强，一次携妻儿游览天安门，萌生了在天安门城楼这个万众景仰的地方开一家"马列书店"的奇想，得到天安门城楼管理处的同意，还破例对这家书店免收租金；又如温州某企业发电子邮件邀请美国前总统克林顿担任该公司的"形象大使"，使人感到温州人具有某种无邪的童心和天然的幽默感。也许正是这种童心，使得他们具有更多的内心自由，敢于突破框框，涉足别人讳莫如深的领域。

从温州回来，我留心媒体上关于温州人的报道，又从大脑的记忆中检索出一些关于温州人的创业故事，都是一些叫人眼前一亮的"新闻"。

早在 1977 年，中国恢复高考。温州苍南县的金乡人，就从这一文教领域"拨乱反正"的标志性事件中看到商机：为全国上百所大学的新生制造校徽。当年，金乡一个镇的校徽销售额就达 100 多万元。如今，一个年产值近 10 亿元的中国徽章商标第一城在这片土地上崛起。

还是这个金乡镇，前些年，27 岁的个体户王均瑶，承包了温州每年飞往全国各地的 28 条航线，开中国农民"胆大包天"的先河。

又有永嘉县上塘镇原镇委书记叶康松，年近不惑弃官下海，飞往大洋彼岸的美国创办了中国第一个农业跨国公司。

在西安做了多年服装批发生意的温州文成县女子王月香，筹资 3600 万元，跑到陕北延安地区承包开发 30 口油井。

温州瑞安县种粮大户张少林等九位农民，坐飞机去北大荒种地，利用季节差，往返经营他们在两地承包的大片良田。

近日又见《参考消息》载文说，国内进口的意大利高级皮鞋，九成以上出自旅居意大利的温州人之手……

温州人好像真的有三头六臂。他们把别人想不到、不敢想的地方都想到了，把别人不敢做、做不到的事情做成了。他们的思维和行动节奏总是比别人快一拍甚至两拍以上。他们大胆的想象力，把一天掰成三天用的苦干精神，使其如虎添翼，如有神助。

然而，世人在叹服温州人精明强干时，或许没有想到，正是多数人的养尊处优、安贫乐道，和对于时间、效率等等的漫不经心，成全了快节奏、雄心勃勃、四处觊觎的温州人。

这也就是为什么细细品味温州人的成功，总是那样出人意料，又确乎都在情理之中。当温州人从世人身边挣走大把钞票的时候，人们会惊奇地发问，为何这样的机会，我们自己竟把握不住呢？

其实，人的聪明都是差不多的，"人性的弱点"也都有共通性，只不过有人疲沓一些，有人警醒一些。综观一切竞争的胜出，或者谋略的得逞，都是建立在对手的弱点和麻痹大意之上。

温州人在市场竞争中每每得手，占尽先机，给予世人的警示和启发多多。

2002 年 8 月 10 日

驾校变奏曲

这是一个巧合，我们的驾校，正好坐落在京杭大运河、京哈高速公路和首都机场飞往东南各省市航线的交织点附近。水、陆、空三路繁忙的运输，一个比一个快捷的节奏，时时在提醒你人在旅途，人在路上，人在工作和忙碌之中。

这也是一个巧合，来自各行业、不同身份、不同文化层次的人，同坐在一个教室，听同一位教官讲课。每个人都在给自己充电，都在设法使自己在人生事业的道路上跑得更快一些、更远一些！

唐是我认识最早的驾校同学，他的出众之处就在于他长得最黑、最像农民。他来自福建的湄州岛，之前一直出海打鱼。现在鱼少了，国家有休渔政策，他只好上岸，投奔在北京做生意的老乡，眼下还没有工作。我隐隐为他担心，他从广阔的大海来至人潮涌动、你追我赶的北京，能适应这种就业竞争的环境吗？

党和唐似乎很熟，我跟唐说话，他不时凑过来插话。我问："你们是老相识吗？"他说："不是，就是刚刚一块上课的同学嘛！"

党叫党同义，来自黄河边一个叫灵泉的古村落，来京前领着一帮人在山西干油漆工，认识了在北京开食品厂的临猗籍老板。老板见他机敏干练，能说会道，办事踏实，问他愿不愿意跟他上北京一起干？他就来了。现在党是那家食品厂的部门经理，学开车是因为厂里有车，将来出门联系业务方便。问他为什么不当油漆工工头了呢？他说："人往高处走嘛，谁都想做体面一点的工作，对吧？"

党总是笑眯眯的。他把人生的经验归结出两条：一要好学，干什么都要力争干到最好；二要善于和人打交道，一个朋友一条路，人际关系处好了，路就会越走越宽。

李是位小个子浙江人，说话、走路和经历都透出南方人快捷、不安分的特点。他15岁只身闯闽南倒卖服装，17岁走广东，贩卖家乡湖州的丝绸织品，20岁与人合伙办娱乐业。不到30岁的他，目前在北京经营一家货运服务中心。"忙啊，一直没时间学车，这次还是老婆为我报的名。"他打了一个哈欠，告诉我，他昨夜加班到凌晨2点，今天下午下课后还要跑一趟大兴，为一辆跑上海的汽车配货。

"不拼命干不行啊！"李近乎自言自语地补充道，"总是感觉后面有人追。现在大学生那么多，他们的后劲足，毕业两三年就会赶上来的！"

我问李一年能挣多少钱？他说："20多万吧，马马虎虎。"

李的"名言"是："没钱过什么年呢？有钱天天过年呀！对不对？"所以，他宁肯累，也不愿过没钱的日子。即便是正月初一初二，别人休息时间，他也照样忙得不亦乐乎。这就是他的过人之处。

赵是完全不同的类型。我认识他那天中午，他正盘腿坐在教室外阴凉的地方，用带耳机的移动电话遥控管理公司里的事。见我捧着交规的课本在那里煞有介事地翻看，他拍拍身边干净的水泥地说："过来，兄弟，坐这儿，我来教你怎样复习。"然后就如此这般，点拨了我一通应付交规考试的办法。显然，他在智力方面相当自信。

赵是经营品牌服装的，曾在别人的公司里当副总，年薪十几万，但他还是辞职出来，自己当了老板。他说："给别人干，那终归不是自己的事业。"

一星期后，我们相识的几个，除了唐因为不识字，没能通过交规知识考试，其他人都通过了。按规定，再过一星期，驾校就会给我们每人安排一辆车和一名教练。我们都急切地盼望着。唐需要补考，不知能不能过，后来就再没有见到他。

赵却又一次令我感到惊奇：那天，我练完第一节课"原地驾驶"，到计时大厅去读卡，看到他在预约考试的队列里站着呢，就喊："哥们儿，你站错队了吧？"他嘿嘿笑着说："我提前练了，今天满30个小时，可以预约场地驾驶考试啦。"原来，他在我们按部就班等待安排的那一周时间里，已经自行找好教练开学了。这是我始料未及的，也让我的神经为之一震。像他这样当老板的，要是没有一点打破常规的闯劲，没有争分夺秒的时间观念，他还能领导公司快速发展吗？

速度里面有黄金，速度里面反映着人们生存状态和收入的差别。不信你瞧，买了汽车的人一般不屑于驾驶拖拉机，开上拖拉机的人也不屑于蹬踩三轮车，有了三轮车的人又明显优越于拉板车的；而那些从农村进城，徒步奔走、四处捡垃圾的"拾荒"妇女，我看她们全都大步流星，穿街越巷，疾行如风。——每个人都在自身条件的范围内，以自己的方式，努力将自己提速！

2002 年 12 月 7 日

石不能言最可人

　　奇石，讲求的是形奇、色美、质优、纹靓、座佳。一石一世界，一石一亘古，天地万物浓缩其中的奇石，是无声的诗、有形的画、无音的曲。大诗人陆游讲过："爽借清风明借月，动观流水静观石。花如解语还多事，石不能言最可人。"奇石的魅力从古至今从未消退。一方石头，也许本身的用处不大，可经过人们慧眼"美的发现"，被赋予一定的寓意后便有了灵气和文化内涵，凸显了它真正的价值，由"无用"变为可供欣赏。一块精美的奇石往往令人百看不厌，妙趣横生，爱不释手，神思悠悠。这里面有发现之乐，会心之美，陶然忘机之趣。古代米芾拜石、东坡醉石、板桥画石、蒲松龄赞石，留下千古佳话；文人雅士们"园无石不秀、居无石不雅"，讲的是节操、品味。

　　然则，"石者，实也。"出自山野河床的赏石奇石，偏偏与老百姓搭不上多少关系吗？

　　前不久，参加"相约云南北大门"报纸副刊作家水富文学采风活动，始知地处金沙江、长江、横江交汇处的水富县，玩石之人已有数千众，其中不少石农。大部分奇石爱好者不仅捡石、赏石、玩石、论石、收藏新石，也出售奇石。奇石不仅丰富了水富的文化，更盘活了一方的资源与经济。奇石经济成为金沙江向家坝水电站库区移民"搬得出，稳得住"的富民文化产业。赏石，这种"不用之用"的雅文化，飞入寻常百姓家，让库区不少移民吃上了文化饭。

　　金沙江自青藏高原流入水富，总落差 5062 米，横江自乌蒙山昭鲁地区流入水富，落差 1600 米，两江在境内流程近百公里，沿岸冲积形成数十个江滩碛坝，造就了丰富的奇石资源。图案石、纹理石、象形石、色彩石、文字石及古生物化石等精美绝伦、闻名天下。金沙江奇石质地坚硬细密，石肤较为光滑，石色清爽明快，线条流畅，外观形状好，自然古朴，具有神秘的空灵美、深邃的意境美。赏石爱好者收藏的"田园卫士""红佛手""男耕女哺""哺育之恩""盛世腾龙""江山多娇""平湖秋月""金鱼""脸谱""金蟾朝佛""东方红""太阳神""云南映象"等一批精品金沙江奇石在国内、国际奇石展上屡获大奖。水富金沙江奇石品牌声名远播。

中国西部大峡谷温泉奇石城是水富县为带动温泉社区移民发展，依托"中国观赏石之乡"而建立的文化产业示范区。2012 年 12 月 8 日，水富县启动奇石城建设，把石文化产业发展作为移民后扶工程，让金沙江画面石、南红玛瑙唱主角，同时拓展各种优质奇石品种、珠宝玉器和民间工艺品，建成中国西部大峡谷温泉奇石城，与 4A 级景区大峡谷温泉交相辉映。现已吸引广西、江西、山东、四川、重庆、云南等地 105 户奇石商户及南红玛瑙商户入驻。来奇石城的买家几乎都是外地人，因为奇石城旁边就是温泉，客人先泡了温泉再来奇石城赏石、淘宝。目前，水富的奇石产业达 2.3 亿元的交易额，奇石城有店铺 215 间。

周文清、徐六贵夫妇是温泉社区众多移民中的一户。丈夫在外打工，听闻家乡温泉奇石城不错，决定回来从事起画面石生意。店铺以妻子名字命名——"徐六贵奇石铺"，由徐六贵管理。周文清每天早起，穿上雨靴，背上背篓，骑着摩托车来到金沙江、横江浅滩上寻找美丽的画面石。捡画面石得看运气，瞅准一枚石头搬到岸边，用刷子把上面的泥渍或青苔刷去，看画面好不好，有时几经周折，才找到两三枚较为中意的石头捎在摩托车后座上带回家。夫妻俩起初不懂如何给石头取名、定价，社区石商党支部就指派共产党员一对一帮扶指导。石头的价格从几百元到几十万元不等，主要看石头的形、质、意以及画面呈现。目前，他们最得意的藏品是镇店之宝《流动的肖像》，石面上一张清秀俊朗的男性脸谱，流水冲刷下呈现出天然的纹理线条，气韵生动。邻里们打趣说，这枚石头应该叫"金江男神"！一到周末，从外地来奇石城看石头的买家都忍不住被它吸引前来询价，周文清怎么也舍不得卖。温泉奇石城的每家店铺都有几件珍奇的镇馆之宝，有的号称"八大金刚"，它们成为主人的骄傲和奇石城文化品位与魅力的象征。石农们解决温饱小康之后，就希望展示并留住最美好的奇石文化为家乡永续添彩。

石性和人性相通。每一块奇石，都有独一无二的禀赋灵性，都是大自然鬼斧神工的杰作。赏石修身能养性。如果你来到水富，逛一逛温泉奇石城，或者起个大早，追随某位石农去到金沙江边漫步，也许一个不经意间，你就会与奇石结缘……

2017 年 11 月 3 日

吃在"小洞天"

冬日，朋友聚会，相邀至位于京城东三环中路的重庆小洞天酒家。进得门来，便有侍应小姐彬彬有礼，笑脸相迎，耳畔响起轻幽的古典乐曲。而人语嘈嘈、香味弥漫的去处，有东西两厅，门口各悬挂一面名家题匾，曰"真武厅"，曰"歌乐厅"。见我们几个书生模样，知道不喜凑热闹，侍应小姐便引我们折进里屋。沿曲折幽雅的过道两旁，月门洞开，有华莹、燕禧、老君、洪崖诸洞，皆清静可人。最后，我们在边角处"乳花洞"入座，其时已仿佛有寄身山野林间的感觉。

洞不大，仅置一桌；洞不小，可容朋友兴会，海阔天空。正仰面看着壁上有一幅笔趣朴拙悠闲的书法，极状乳花洞的佳绝："乳石床平可坐卧，水作珠帘月作钩。"一时凡尘尽洗，倍觉轻松。这时侍应小姐已给我们摆好了由该酒家独创的八宝健身茶。品茗之际，陆续又上了各式精致小吃、凉菜，有珍珠糍、担担面、夫妻肺片、蒜泥白肉等，皆风味浓郁，纯巴蜀特色。更为称绝的是，由该酒家特级厨师精雕细刻，蒸煮炒烩，然后独运匠心创作而成的一盘盘美食佳制，如绘画，似雕刻，像盆景，什么锦鸡护巢、冰峰乐园、孔雀开屏、花篮时蔬、鲤鱼跳龙门等，个个活灵活现，色彩斑斓，工艺讲究。仅冰峰乐园这道菜，就有湖面、苇草、雪峰、彩卵石、丹顶鹤、企鹅、小白兔等诸多精美造型，惟妙惟肖，令人叹为观止，不忍下箸。

于是想起刚才翻阅简介材料上有这样的记载："第二届全国烹饪大赛，小洞天厨师技压群雄，获金牌两块，铜牌两块。行家称小洞天博川菜技艺之精髓，以清鲜醇浓并重，以清鲜为主；博采民间各味，以善调麻辣著称。注重质量，用料讲究，烹调精细，一菜一格，百菜百味。"乃信。

从小洞天酒家的经营特色，可见中国饮食文化的博大精深。

1993 年 12 月 18 日

岁月与读书

上小学时，我以为语文课本里写的人和事都是真实的，我相信他们的存在，就像我一样生活着。他们使我知道人们的心灵是那样接近，需要相互肯定；聪明、勇敢、诚实的品质是那样美好，幼小的我心向往之！

上中学时我是世界上"最伟大"的浪漫主义作家，编故事，写散文，作文课更不在话下，就连记日记时也不老实，竟激情难抑写起大段的没有韵脚的诗歌要跟世界去对话。那时的我，设计自己的将来真是前途无量。

上大学了，茫茫书海，我竟连一部完整的长篇小说都没有读过，看名著，从安徒生童话开始！真该感谢这位丹麦鞋匠的儿子，长得丑陋，一生都没有接近过女色，穷愁落魄，正符合我当时自卑的心境；而其迷人的幻想故事，善良的心地，及其享有的高尚荣誉，又正唤醒我孤傲的自尊。海的女儿，坚定的小锡兵，豌豆上的公主，小意达的花儿，那一个个美丽的故事，使我确信这世界上还有超越于人形体相貌的美好在，还有超越于眼前浮华功利的恒久价值在！那就是热爱人类，为人类的幸福甘于承受属于人类的一切痛苦和不幸。

后来我喜欢上理论和思辨，爱看哲学方面的书，我认为经过思辨、反思、顿悟产生的乐趣，是真正值得引以为豪的乐趣，它是一个人内在天赋、灵性与外在世界万事万物撞击后的一种化解和穿透。智者举重若轻，逢凶化吉，削铁如泥，所向披靡，锐不可当，这就是马克思和老黑格尔所称道的自由王国吗？几乎从这时候起，我认为文学并不是唯一重要的，人可以从中获得幸福并实现自我价值的远不止文学这一行。

1993 年 2 月 6 日

林中散叶

一

一个人思想和行为都很躁动的时候，他抱怨这世界变化得不够快。

只有当他的心完全宁静下来时，他感到这世界包括他本身无时无刻不在迅速变化着。

二

当你看见一朵盛开的鲜花时，那枯萎就在旁边等着了。

就个体生命的青春来说，毫无前途可言。

三

日出日落，朝暾晚霞，枝头新柳，原上草绿，这些美景瞬息万变，挽留不住，去而不复。一切至美皆在短暂的瞬间。美是变化着的神采。美总是唤起人们纯洁的淡淡的伤感。

四

洁癖者比别人看见更多的脏污。他们甚至能轻而易举地看见原本不存在的纯属于想象的脏污。

权谋者比别人更多地感到来自异己的威胁。

嫉妒者把别人的进步都当成他自己的痛苦。

他们近乎病态的敏感，如果只是增加他们自身的痛苦，那倒是值得同情的；问题是，他们把自身不幸感受到的痛苦，全部地加倍地迁怒于人，甚至不惜置人于死地而后快，这就绝对不可等闲视之了！

五

捡起一柄被折断的树枝，鲜嫩的芽叶像孩子的皮肤一样润泽可爱，而枝干却是坚硬、粗糙、丑陋。

树干是不美的，但它支撑起鲜活美丽的芽叶；它虽然不美，却能孕育、生发出许多的美，这就是树干的伟大和受人敬重之处。

人也一样，不怕不年轻，只怕你的生命不再能开出热情、智慧和美丽的花朵！

六

听到雨声，好像听见时间在游戏。

雨天的时间是一汪汪水潭，一点点水花，一圈圈涟漪，一声声鸟叫，一缕缕轻寒，一道道泥泞，一丝丝怀想与乡愁。

雨天的时间是盘绕的，打了结的，它不催促你急急上路，倒像伸出了一千双手一万双手在挽住你的行程，撩拨你久置不顾的某一根隐秘心弦……

七

思想如游丝一般飘忽不定，来去无踪，你必须随时随刻捕捉住它们，用笔记的形式将它们记录下来。那样，日积月累，你就有一笔聊以自慰的财富。

试想一想，你有多少一闪念的思想、感悟，精妙之极，却像风一样飞走了，再也没有回来。

八

人们总是希望从你的作品里看到一些不平常的东西。这些不平常的东西——独一无二的思想或情节，让他们更深刻地想到了他们自己。也就是说，人们希望在阅读中发现新的自己。你有足够的丰富让每一位读者都能从你的作品中发现他们新的更好的自己吗？

九

再漂亮的文章也只是思想的金丝鸟笼。

我的文字篇幅已经从千字文减小到了百字文。不是有意如此，是我的每一次思想或感触就只有那么多。

2000 年 5 月 27 日

"动静"一解

生活太安静了，就想动一下，热闹一下；热闹过头了，又想安静一点。喜欢动的人总比喜欢静的人多，而且喜静的人常被好动的人取笑，被视为古板、保守的化身，因为他们老跟不上日新月异的生活节奏，是一些"落伍者"。喜静的人也想申辩，也想列出静的种种好处，静使他们精神和智慧上获益不浅，但是喜静的本性使他们不善于喧嚣，满足于坚守个性和沉默。而好动的人总是合群并充满激情的，他们的好恶最容易形成一种声势，一种社会时尚，裹挟着无数寻求依附、害怕孤独的人类生命个体奔流直下，汹涌向前，生动而幼稚，热情而莽撞。

当热情的人们失去控制，即将卷入旋涡或近暗礁险滩时，起航标作用并赋予他们生命行为以意义的，又恰恰是人类经过静观反思、长期积累获得的深刻的智慧之光。这使人想起我国古代一句名言："宁静而致远"，真是再精辟不过了。

动和静就是如此密不可分，相辅相成。但是我们在谈动静的时候，却往往只强调动而忽视静。"动静"一词在《现代汉语词典》里解释为：响动、情况变化，完全是动的别称。"有什么动静没有？""观察观察动静再说。"这些耳熟能详的日常口语中，包含多少社会风云变幻和人世沧桑的投影啊。人们已习惯于在一种变化之中期待或窥探另一种变化。"文革"中有人别有用心，唯恐天下不乱，因为乱了就没有秩序，乱就有了可乘之机。现实中有人害怕变又常常不得不被动地适应种种人为变故，人心在不稳定的环境中变得浮躁，缺乏责任感。

然而，即便如此，人们的潜意识深处仍然对运动变化存有更多的好感，喜欢追新逐异，不管那"新异"有无价值。这大概要归根于人是猴子进化而来的，难免"多动症"。一日不动，浑身痒痒。古希腊神话中就有个西西弗斯，每天推着石头上山，至山顶滚落，再推，如此往复无休止。又如"树欲静而风不止"，人们在提及这条成语时，也往往首先肯定的是风而不是树！因为按常理，风是一种自然现象，想禁是禁不了的，树你怎么不识时务，非要选择静呢，简直迂腐透顶。树因为好静而成为被嘲笑的对象。

但是多少年过去了，原野上大风刮过一阵又一阵，天幕下，唯有大树蔚然挺立，根深叶茂，坚定团结，向着蓝天，向着阳光明媚的高处自由伸展，多么宁静，多么蓬勃！在如此坚定、义无反顾的庞然大物面前，那飘忽不定的风，除了增添大树的威仪，又算得了什么呢？社会生活中的许多道理，往往从自然界现象中得以昭示。

1994 年 1 月 16 日

您是我心中屹立的风景

心未老，鬓已斑。猛一回首，看到 1984 年 8 月那个少年意气的我，21 岁，刚刚大学毕业，从南国故乡的丘陵山脉，奔向祖国北方的旷野平原，像一粒尘埃融入首都北京的林立高楼、万家灯火，在当时还叫《中国农民报》的报社万寿路办公区和集体宿舍找到了安身立命之所。

20 世纪 80 年代，社会开明而人们普遍富有理想朝气。那时，单位里称社长、总编辑、部门主任，只是在姓氏前面加个"老"，表示尊称，比如老李、老张、老朱、老安、老柯、老莫、老黄、老杨。对年轻的部主任，则直呼其名，比如吴思、王太、振伟等，感到亲切。

老社长李千峰，延安时期的资深记者，参加过新中国成立开国大典的报道，做过人民日报社记者部主任，来《农民日报》之前是副部级。他为人儒雅、谦和、厚道，开会说话慢条斯理，谈工作、谈人生，像喃喃自语，像和朋友谈心，虽然记不清他具体讲过什么，但那语调和说话的神态，甚至他走路时略微前倾弯曲的腰身以及从容不迫的步履，都有一种特别的气场和魅力，那是经历过大世面者才有的印记，是经历激流奔涌后的静水深流。

老总编张广友来自新华通讯社，是一位记者型的领导，为人率性、交游甚广、思想敏锐，报纸头版经常推出他撰写的很有深度的推动农村改革、呼吁破除城乡二元结构的编辑部文章。比如《决策的城市化倾向》一文，是我见过较早揭示我国工农业产品价格"剪刀差"，肯定农民群体为国家工业化作出巨大贡献和牺牲，呼唤城市反哺农村、工业反哺农业的文章，可谓振聋发聩，实为后来一系列惠农强农政策之先声。他们的这些特点带到了新闻工作中，就增强了报纸的思想锐气。

我还特别难忘官伟勋、安子贞、黄实、杨列慎等前辈报人。官伟勋当时任报社编委兼总编室主任，在我刚入职报社时，即让我们年轻人有机会接触阅读胡耀邦、万里、田纪云、杜润生等关于中国农村改革发展充满激情、良知、思想光芒和逻辑力量的内部讲话记录稿。领导人对农民的真挚情感、对社会发展规律的清醒把握、对农村改革高屋建瓴的精辟阐述，像磁铁般吸引我，让我心潮澎湃，使我很快从一名中文系毕业的文学青年，转变为一个干一行爱一行的"三农"新闻宣传工作者。

杨列慎老师在我心目中亦师亦友。我与他共事时间最长，从总编室，到评论部，再到周末版编辑室，他是领导，我是兵。但他从来没有批评过我，只是给我创造更好的环境、平台让我尽情发挥业务所长，我们有聊不完的话题。杨老师经过大风浪，阅人无数，学识渊博，从他那里，我收获了审视社会人生沧桑浮沉的超然视角和感悟。

当然，聊得最多的还是作文与做人。那时老作家孙犁还健在，时常发表散文新作，每一篇都能引发我们的谈兴。像咀嚼一枚橄榄，读后便一起赏析寻味其好在哪里。有一次，杨老师拿到报纸先读过了，又递给我看，待我读完，才问我，文中哪段话给我印象最深。杨老师认为，一篇好散文必有"文眼"，他这是让我找文中最能揭示主旨、升华意境、涵盖内容的关键性词句。然而他并不是考我，而仅仅意在享受这种半游戏状态中两人灵犀相通的会心一乐。孙犁人品文品皆一流，大抵我们为文做人也要瞄着这样的高标准，这就是"取法乎上"。

报社可亲、可爱、可敬的同事很多，限于篇幅，挂一漏万，信笔至此，无非想彰明一个事实：我们农民日报社自有其高贵不俗的文化基因和精神传统。愿一代代农报人薪火传承，恢宏之，光大之！

2020 年 4 月 6 日为《农民日报》创刊 40 周年而作。

第二辑

诗意家园

古村落的"文艺复兴"
——福建屏南县文创产业引领让传统村落变身时尚之乡

这是一个城市人寻梦田园，乡村也在寻找新的发展可能性的年代。

奇迹随着古村文创而诞生——

80岁的农妇参加油画培训后，青春焕发，文化创富，成为网红。贫困户、残疾人通过参与文创，就地转型为农民画家或农民创客，拥有自己的艺术工作室，过上了自信体面的生活。

曾经人去楼空、韶华不再的古村落，一时间群贤毕至，蓬荜生辉，由文化创意引领成为时尚之乡、新生活方式的策源地。溪声伴月，田园野趣，淳朴乡亲，古老戏曲，杂以外来新村民开设的书吧、咖啡屋、美术馆、音乐沙龙、文创民宿，以及前来研学旅游、画画写生、休闲度假的络绎客流，古村落迎来多年未有之繁华！

近年来，地处闽东深山区的福建省屏南县立足古村落集群优势，引进扶持"人人都是艺术家"公益教学，植入传统村落，发展村落文创产业，引来大量外来的艺术家入驻古村，形成新业态、新生活方式，探索走出"党委政府 + 艺术家 + 农民 + 古村落 + 互联网"的乡村复兴之路。村庄热闹了，村民回归了，一度凋敝的村落在文创引擎下焕发新的生机。

一群被艺术改变命运的农民

作为屏南传统村落文创产业总策划，林正碌和他的团队是屏南县首批引进的文创人才。2015年4月，林正碌团队率先在甘棠乡漈下村建立文创试点，为村民免费提供油画教学。上至八旬老妪，下至7岁孩童，油画创作蔚然成风。村民真诚质朴的作品，通过微信朋友圈和慕名而来的游客卖向世界各地。

"人人都是艺术家"是林正碌独特的艺术观。他主张跳过素描学习，从心理学入手，引导人们观察世界、开启绘画，想画什么就画什么，喜欢什么就画什么，想怎么画就怎么画；只要把画布填满，就算完成了作品。这颠覆了艺术学院派单一的造型语言手段。

"只要七天，让零基础的人变成画家。"林正碌令人难以置信地做到了。在当地培育了残疾人沈明辉、杨发旺、薛美兰、陈秀琼，村民甘玉彤、高金美、黄余清、陈祥李等一批农民画家典型。

画画，让这些村民对平日里熟视无睹的生活，换了一种观察的角度，多了一层特别的情感。这种情感的表达，在专业画家的眼里显得纯粹且珍贵。

前不久，短视频《"油画大师"——高奶奶》火爆网络，主人公就是84岁的漈下村民高金美。当初林正碌开始教村民绘画时，她还不好意思参与。高金美说："前年农历三月，我又去看他们画画。林老师见到我，就问'您要不要学啊？'我连忙摇头，哎哟，我怎么能学得来，从小没读过书，不识字，画画，多难的事情啊。"

但是，在林老师的不断"怂恿"下，高奶奶还是忐忑地坐在了画布前，画下了自己有生以来的第一笔油画。

"刚开始我还害羞，只敢偷偷躲在家里画。"而现在，她每天早晨七八点就会来到雨廊画画，在外人面前也淡定自如，一画就是一整天。"我想画什么就画什么，也没有参考。就是画得开心嘛。"

老人学会了在自己的画作上签名，还学会了普通话，能用普通话与游客交流。她的画作取材家乡、色彩热烈、风格率性质朴，获得了很多人的喜爱。"很多画都是被外面来玩的人买去，有400元的，也有200元的。"高奶奶已有一百多幅画出售。"我无所谓画卖不卖得出去，卖掉了，开心；卖不出去，就自己留着看，也开心。"现在的她像孩子一样，对生活充满了新鲜感，对万物都充满了热情。

公益艺术教育让当地残障人士获得了新生。饱受脑瘫病症之苦、曾做过流浪儿的杨发旺跟随林正碌学习画画后，如今不但画得一手好画，还学会了通过微信聊天、朋友圈等进行宣传、售卖、收款、发快递，成为一个自食其力的人。

90后的沈明辉患有侏儒症，开始画画之前，他以卖气球为生。2015年11月，通过残联介绍，他开始在双溪镇安泰艺术城学习油画。内心充满兴奋和好奇的他画下了自己的处女作——《远山》。他感到，绘画其实并没有那么难，"只要你愿意一直去画。"他在绘画中探寻自己："一张画就是你的那个世界。你想要怎么去创造，怎么让它变得更美好，这就是你的选择。"

经过学习和练习，沈明辉逐渐摸索出了自己的风格。他擅长用规则、细小的彩点展现物体形象，画出想象的精彩与厚重。2017年他的作品还参加了法国里昂双年展。

林正碌说，文创产业的先进性在于，它能够让看似落后的地方、弱势的群体变成有作为，树立起文化自信。每个人都可以通过艺术教育，使生命的可能性尤其是创造力和人文情怀得以绽放。

漈下村半年的试点，村民从质疑、观望到积极参与、主动作为。他们开始拥抱互联网，开阔了视野，增加了收入，有的整修古宅，开设了艺术空间。周边及全国各地寻求艺术梦想的人们闻风而至。这让文创激活古村、艺术唤醒乡土成为可能。

屏南县持续发力推动，在距离5A级风景名胜区白水洋5公里的双溪镇设立文化创意基地——安泰艺术城，为"人人都是艺术家"公益教育项目搭建起更广阔的舞台。目前，已接待国内外驻学人员2万多人。上万名画友到各村落体验。全县开起了60多家农民画廊和50多家乡村文创民宿。

一套文创改变乡村的"组合拳"

屏南县山奇水秀，拥有中国传统村落15个，省级传统村落20多个，其中3个为国家级历史文化名（镇）村，6个为中国传统建筑文化旅游目的地。境内现存古廊桥 56 座；四平戏、平讲戏、木拱廊桥建造技艺、红曲米酒酿造技艺等非物质文化遗产项目丰富多彩。然而，随着大量农村人口外出务工、经商、求学，"空心村"不断涌现。距屏南县城 40 公里的熙岭乡龙潭村就是一个缩影。两年前，这个户籍人口 1400 人的行政村仅剩不足 200 人常住。当地的学校办不起来了，古村民居逐渐衰败废弃。

2017 年 5 月，龙潭村文创助推乡村复兴项目打出了一套"组合拳"：开展村民艺术普及教育，同时修缮古村，引进外来精英。

"这三个组合拳联合起来，就可以在这么偏僻的地方形成一个世界性的文化'硅谷'、优质生活社区，使美丽宜居古村成为优越于城市的新的创业空间。"林正碌说。

龙潭村首批选送了 30 多位"文创种子"到双溪古镇安泰艺术城接受"人人都是艺术家"公益教学。在学会画画的同时，更重要的是学会与外来人的相处与沟通。

如今，村里受过绘画培训的村民有近百人。在龙潭村新落成的艺术教育中心，每天下午绘画大厅总是挤满了人，在画布上展示家乡的美成为不少村民的习惯。以艺术创作为纽带，新老村民之间有了更多的交流。

实施乡村提升工程。将古村落房屋重新装修设计、接入水电、加固危房。着手建设公益美术馆、非遗博物馆、音乐厅、文化服务中心、休闲广场等文化设施。进行环境整治。村里修起了木长廊，长廊两侧挂上红灯笼。以乡村提升工程吸引人。

创新投融资机制。引进外面的人来认领古民居，出资修复房子。实行由村委会与古民居户主签订 15 年期限租赁合同，"文创移民"再与村委会签订租赁合同；由"文创移民"出资，村委会代租代建的模式，破解传统村落"保"与"用"难题。这一创新机制让外来人可以放心常驻。

复办龙潭小学。教育是乡村的希望，唯有教育的兴盛，才有乡村的明天。2017 年秋，龙潭小学复办了多个年级，从原有 1 名老师 2 个班 6 名学生，到现有 9 名来自全国各地的支教老师 5 个班 28 名学生，北京、浙江、武汉等地多名学生转学到龙潭。村小的复办，对"文创移民"和本地村民来说都是"定心丸"，切实解决了他们的实际需要。

沉寂多年的龙潭古村，又响起锯木头、凿大梁的木工活的声音。几十名工匠加班加点，建雨廊、修古厝……村支书陈教弟忙得没时间接受采访，他说，最多时，村里有 40 多处工地同时开工，需要他来安排调度人工。

古村改造、整修过程中，最大限度地采用本地材料和工艺。走心的设计，让每幢老宅传统而又灵动。充足的采光、通透的空间、时尚的灯具赋予老宅重生般的朝气蓬勃。每幢老屋都成为一件作品，成为人人"争抢"的对象。

而龙潭村也在规划着她的未来，有选择地接受中青年"新村民"。他们开始珍惜有限的宝贵资源，明白第一批的外来"文创新村民"直接影响着龙潭的未来。在双向选择中，来自上海、北京、深圳、江西、湖北、香港等地的数十位艺术家、创客入驻龙潭，开起了咖啡屋、酒吧、书屋、设计室、艺术空间、文创民宿、少儿游学培训基地等。

因为文创，古村被赋予新的文化功能和价值，吸引国内外文化艺术爱好者前来学习艺术创作并感受传统文化，带动古村新的体验旅游。原先外出的村民开始回流，办起农家乐，种植有机蔬菜水果，恢复四平戏剧团等。龙潭村人气渐旺，从文创前不足 200 人到现在的 450 余人。

一种新生活方式的拓展体验

来自江西的曾伟，一直在寻找梦中的桃花源，他第一眼见到龙潭村，就确定了这里是他想要找的感觉。"这里的溪水接近上游源头，民居极富特色，古画般的感觉竟然在人居环境中出现。"曾伟租下一幢 100 多年历史的老房子，改造成以读书为主题的自用＋分享的生活空间——龙潭"随喜书屋"。平台上开展读书、品茶、观影、音乐会、诗歌朗诵、本地文化主题分享会等活动，提供有品质的生活方式引导。

曾伟在朋友圈展示分享这种别样的优质生活方式，开发出的文创产品也成为其生活方式的一个组成部分，在分享生活方式中随之推销出去。去年冬天，他看到村边满树的柿子无人采摘，便向村民定购柿子干，并亲自参与，分享采摘、制作过程，实现销售 1000 多斤。他还将龙潭黄酒等农特产品源源不断往外推销。

如今他和村民们成了好朋友，附近的村民每天也会到这位新移民的家里喝茶、看书、听音乐、一起唱四平戏。

曾伟的同乡胡文亮的"静轩文化艺术空间"也已对外开放，成为龙潭一景。这里将作为高端人才驻留、创作，小朋友游学、接受自然教育、审美培养的平台。

Jack是香港建筑设计师，龙潭贪生咖啡屋的主人。他原本计划和朋友在上海开设第二家公司，但是没想到被龙潭村改变了计划，一行五人，成了龙潭村的第一批"新村民"。"我是去年来屏南找朋友的时候被龙潭的美景吸引，就决定留下来。"Jack说，当时他一口气租下了两栋古屋，一幢用于咖啡屋经营，一幢用作自住和工作室——"在这里做设计，发给客户，效果是一样的。"妻子小梦则在龙潭小学支教。夫妻俩就这样在龙潭安了家，开始了古村生活。

何素珍从北京来到龙潭村，投资30多万元将已经废弃十年的龙潭村17号老院落，改造成很有品位的文创民宿——"悠然之家"。

她和村民一起从零基础开始学习油画，边画画边经营民宿，在龙潭过起了世外桃源的生活。问她为什么不住北京的别墅，而是住到了屏南乡下的民居？她说，北京的别墅是封闭的，而这里是开放的，邻里之间是连接的。现在她接触的圈子跟以前完全不一样。

在龙潭，像他们这样的人被称为"新村民"。他们大多在城市里有自己的事业和优越的生活条件，但他们乐于追逐艺术梦想，拓展新的生活可能性。他们往来城市和农村之间，尊重山里的风俗，和村民彼此和谐相处，感受"采菊东篱下，悠然见南山"的那份悠然自得，也从乡间汲取艺术创作的灵感和底气。

音乐人王右，创作了100多首吟咏龙潭风土人情和古村生活的俳句，结集《龙潭诗札》。

来自上海的90后支教老师高蓉蓉，业余时间创作了一系列古村题材的卡通漫画——一位时尚的姑娘出现在古村的各个景点：水车旁、廊桥边、房子中、院子里。她将摄影与漫画融合，虚拟和写实结合，时尚跟乡土相映成趣，产生神奇的视觉效果。其中一幅作品画的是一位穿着粉红色连衣裙微笑着的女孩倚靠在古宅斑驳的石墙边，调皮地探出头来，好像正在玩捉迷藏。

这组卡通作品上传到微博后获得了数十万的浏览量。一位在外打拼的村民看到后惊喜地留言:"这是我的老家吗?好诗意啊!"高蓉蓉说:"古村并不落后,漫画也是古村的新生活方式之一。很高兴大家能通过我的作品了解古村的美。"

尽管远离城市,高蓉蓉觉得村里的生活充满了活力,因为大多数新村民都是年轻人,多才多艺,除了观点碰撞,音乐人还会定期在清吧里现场表演。

同样爱画画的泉州姑娘张小燕说:"扎根龙潭的新村民来自五湖四海,有诗人、作家、音乐家、设计师……如果说来的都是艺术家,那么用这三个字来形容龙潭老村民也是恰到好处:唱戏、酿酒、木工、竹编、画画……在这里,人人都是艺术家。"

村文书陈子瓣说,以前村里一到夜晚就比较冷清,现在晚上灯火通明。

陈子瓣的儿子陈忠业也有同感:"村里 404 人的微信大群每天都非常活跃。有时候,我晚上熬到很晚,看传到群里的村里视频。"陈忠业是一名在福州工作的平面设计师。看到村里这么大的变化,他非常激动。他和同在福州工作的发小,都在考虑回乡创业。"现在这么多艺术家过来了,家乡以后会有越来越多的机会。"

文创复兴古村落带来的启示

以文化创意带动乡村发展的模式已在屏南县的多点推广。

屏南县相继出台《屏南县促进文化创意产业发展的实施意见》《文艺精品扶持奖励办法》等一系列指导性文件;每年安排专项预算资金 1000 万元,用于文创产业引导、扶持和孵化,推动文创人才和企业集聚。

一粒粒"文创种子"催生出乡村嬗变的新气象;一个个古村拂去蒙尘,重放异彩。

在田园诗境的厦地村,著名艺术批评家程美信牵头实施"人人都是电影家"公益教学,开展电影培训、古村摄影、写生等活动。厦地古村已成为远近闻名的影像创作基地。

在有竹编传统的前洋村,复旦大学张勇教授团队修缮恢复古民居,开辟竹编、陶瓷博物馆,邀请印尼、美国的竹编艺术家与村民共同创作大型竹编装置艺术品，推动竹艺复兴，打造"竹韵前洋"。

在木拱廊桥著称的棠口村，中国美术学院在此设立社会实践基地；天津泰达文创团队利用老建筑创办艺术馆和培训基地，并争取到国家文化力科技创新生态园项目落地。

四坪村、芳院村等古村落也通过"高位嫁接"引入文创团队、专家，为乡村发展注入新业态……

在引进人才团队的村落驻创活动和公益情怀影响下，一批外地高素质的志愿服务团队、志愿者也涌向屏南乡村，或参与策划文化节、民俗体验活动，或到村级教学点开展支教，或致力于活跃群众文化生活，屏南乡村振兴众人拾柴火焰高。

"经过三年多的努力，初步形成了'党委政府＋艺术家＋古村＋村民＋互联网'的格局，十几个村形成不同的业态，用文化创意转化到文化创收，从而实现文化创业，最终是文化创富来助推我们的乡村振兴。去年屏南县接待乡村游游客405.3万人次，旅游综合收入32.1亿元，分别比前年增长21.6%、31.7%。"屏南县政协主席、屏南县传统村落文创产业发展项目指挥部第一副指挥长周芬芳说。

2017年9月，屏南县摘得"中国传统村落文化创意产业发展示范县"殊荣。

屏南县传统村落文创产业风生水起的实践，带给人们思考和启示：

在互联网、电商、物流和自媒体发达的新经济时代，传统地缘优势被突破。不论身处哪里，都能第一时间获得信息或输出自己创造的价值，大家是同步的。广大农村在新经济面前，和城市站在了同一起跑线上。乡村迎来新的发展契机。

文化创意产业是创造"精神性的满足和有趣的打动"的文化经济。随着农业功能、乡村价值的再发现，深厚人文底蕴的传统村落成为文创的热土，成为人们追求的时尚、安逸的生活方式的空间。

以文化创意来发展偏远山区的新经济，实现乡村振兴，其本质就是做好两种"激活"：一是每个人的个体价值被激活。包括激活农民的个性、情怀和创造力，让农民创造、生产出充满个性与人文情怀的艺术产品和土特产品，并懂得利用自媒体营销；二是偏僻地区的地理价值被激活。通过艺术家的眼睛发现被忽视的乡村人文遗产和自然生态的价值，吸引更多城市精英来古村创业、乐享新的生活方式，也通过艺术家的思维开阔了村民的发展思路，让村民看到希望，共同发展。

当乡村也可以"活"出精彩，当人与家园都是宝贵财富的时候，人们就乐于往乡村跑。这样，美丽乡村就能够成为优越于城市的新的创业空间，成为新生活方式的容器。当人们在这里生活、工作、休闲、创造相统一时，内心自由、充实、愉悦，就一定会创造出新的价值，拓展出更多的可能性。

屏南的文创实践，为乡村的繁荣复兴提供了一个样本，值得广大乡村建设者学习、借鉴，因地制宜，设计各地乡村振兴的实践策略。

2018 年 7 月 18 日

村寨有特色　文化增福乐

提起特色村寨，首先想到我们每个人自己的家乡，那口老井，那座祠堂，那片涵养水土的风水林，那声声喊着我们乳名的父老乡音。

村庄里的物产、民居、人物、劳作、生态、手艺、礼俗、典故、规约、文化活动等等，构成一方水土上的风土人情，构成我们生命的文化胎记和基因密码，即便对于远离故土、生活在城市里的人们，也是剪不断理还乱的甜蜜乡愁。

2018年"中国农民丰收节"推选100个特色村寨，强调弘扬传统农耕文明，展现特色村庄风貌。被推选的村寨，或者自然环境资源独特，地质地貌景观价值明显；或者传统文化特色鲜明，有民族地区的代表性；或者特色产业发展良好，具有较高知名度；或者生态文化得到有效发掘，形成健康文明的生活方式；或者改革发展具有典型意义，在农村改革历程中发生过标志性事件、涌现过标志性人物……总之，都有亮点、看点。

推选特色村寨是一个导向，一个提示。当工业化、城镇化、现代化发展到一定阶段，特色村寨的价值日益凸显。与整齐划一、"千城一面"不同，特色村寨拒绝同质化，在乡村振兴中重视传承民俗文化，保护特色资源，生产绿色健康的土特名优产品，呈现与众不同的人文景观和舒适安逸的生活方式。这恰好迎合了城市居民对传统乡村生活方式的向往与回归。特色村寨成为人们心灵深处乡愁的寄托，成了大家向往的乡村旅游目的地。这些都是形成农家乐、乡村游等新型产业的基础，为实现乡村一、二、三产业融合发展，拉长产业链、价值链提供了更多可能。

　　传统村落、特色村寨是十分珍贵的文化基因库，是不断增值的绿色高端资源。我国有 60 多万个行政村，特色村寨星罗棋布，它们都是一方农民群众引以为豪的美好家园。村寨有特色，村民文化自信添福乐！

　　中国哲学讲"阴阳平衡"。城市和乡村也是一对阴阳互补的关系。乡村与城市不同，特色鲜明，阴阳相济，各美其美，城里人才喜欢往农村跑。特色村寨越多，城乡平衡、健康发展的基础就越牢固。当前，国家推进实施乡村振兴战略，就是着眼于解决城乡发展不平衡不充分问题，让农业强起来、农村美起来、农民富起来。特色村寨因其独有魅力，对人才资源等更具亲和力、黏着力，必将在乡村振兴中发挥更好的示范带动作用。

　　今年丰收节连着"中秋""国庆"，在城乡互动"大串门"中，农民朋友以主人的身份接待城里来的游客。在与城里人面对面"零距离"接触中，农民看到了自身拥有的特色资源优势和文化的价值，变得更加乐观自信。"大串门"也带来城乡各种要素的合理流动、组合，给村寨带来更多发展机会。农民朋友们，丰收节快乐！

2018 年 9 月 18 日

苗寨晨韵。摄于贵州省雷山县西江苗寨。

茶香悠悠千年布朗古寨

——云南普洱景迈山"世界茶文化之源"翁基走笔

如果说，树形古拙、外表沧桑、未经人为矮化的千岁茶堪称茶树中的老祖父、老祖母，那么，驯化培育了这些古茶树的村民居住的古村寨，又该是哪个级别的呢？

丁酉秋日，笔者参加"中国百名文化记者普洱行"采风活动，来到彩云之南、中缅边境的景迈山万亩千年古茶林，探访世界茶文化之源，无意中邂逅这个名叫翁基的"千年茶农"布朗族聚居村寨，立即被她独特气质吸引。

千年布朗古寨翁基

走进翁基古村，仿佛到了一处世外桃源。只有89户布朗族人家的村寨依山而建，寨门、寨心、佛寺、民居等原始风貌保持完整。村旁古树参天，房前屋后即是大片的古茶园。这里位于海拔1700米的云海边缘，属于普洱市澜沧拉祜族自治县惠民乡芒景村的一个村民组。布朗族民居都是杆栏式结构，屋顶为陡峭坡面，黑色挂瓦覆盖。木屋底层摆放杂物、停放摩托车，二楼住人。每家都有一竹木搭成的露天掌子（阳台），是村民晾晒衣物、纳凉聊天的地方。室内分堂屋、火塘和住室几部分。堂屋中央置一四方形火塘，上面架有铁三脚架，用于烧火煮饭。向导告诉我，布朗人有很多讲究，火塘被认为是一家人安宁之所在，不能用脚踩踏。他们还保持着全家住在一间屋子里的习惯，年长的睡在最里面，用黑色的幔隔开；年轻人睡在外面。青年男女自由恋爱后，结婚第一年女方要到男方家生活，第二年双方回到女方家长期生活……这些听着新奇的民俗里，必有许多古远的回响和合理性。古村落的价值就在这里，一个古村落就是一个文化基因库，一些传统与时俱进了，一些文化元素顽强地留存下来，附着于村庄的主人——原住民身上，让我们还有线索去亲近传统，寄托乡愁，引发一些诗意生活的遐想。

翁基村民几乎都是茶人。白天，青壮年女子大都上山采茶去了，只见衣着艳丽、皮肤黝黑、神情娴静的年长妇女照看着孙子辈，有的叼着烟斗，三五人围坐，一边闲谈，一边分拣晾晒在筐箩中的普洱茶叶。猫、狗、鸡悠闲地打盹、踱步、觅食。小村和雨后的芭蕉树叶一样，散发自然清新的别样气息。

男人们的服饰没什么特别，着对襟无领短衣和黑色肥大长裤。他们有的出外经销茶叶，有的在家忙活着揉捻、蒸软、压模、包装等更需要体力的制茶工序。他们很少在村街上"抛头露面"，或者"抛头露面"了却未引起注意。布朗男子和古村落一样质朴无华，仿佛都为了衬托布朗族女人的优雅、美丽、光彩照人。和自然界中母性动物都朴实无华相反，人类将展示美的天赋和职责让渡给了女性，尤其少数民族女性服饰多绚丽奇特，配色大胆又和谐，对振奋我们日趋重复单调的现代审美，可谓功莫大焉。

古村内有南门河及潺潺的泉水穿村而过。布朗语"翁"为出水，"基"为住，"翁基"意为住在水源处的村。这里确有地理优势，挨着古茶园不说，极目远眺翁基所在的这座山岗时，可以看到芒景上寨、芒景下寨、芒洪等布朗族、傣族村寨掩映在密林的山腰。山下云海茫茫，山上犹如仙境。

在村里转悠，淳朴的村民会主动跟你打招呼，甚至请你进屋品尝他们土法烤制的普洱茶。我看见他们手指尖因烤茶变得黑硬。

近些年随着进山观光的游客增多，寨子里已经有了客栈和餐饮服务。布朗族姑娘玉妮在村里开了家布朗客栈，同时推介她家的普洱茶。热情的她常常会用摩托车免费搭载城里来的游客姐妹到附近糯岗、芒洪等古村寨游玩，尽兴而归。

以茶为图腾的布朗族

在景迈山，布朗族和傣族世代混居，建筑风格相似，但还是可以从细节发现不同。傣族的屋角装饰是一对牛角，布朗族木屋檐口翘角处有一样三叉形图案，代表茶芽、茶叶。可见茶在布朗族心中的地位。茶是布朗族的图腾。

布朗族民居与新一代茶人。（景迈山翁基古寨）

相传，布朗族祖先帕岩冷最早教族人在景迈山上种植茶园，并给后代留下遗训：留下金银财宝终有用完之时，留下牛马牲畜也终有死亡时候，还是留下茶树吧，这才是子孙后代取之不竭、用之不尽的财宝！为了纪念这位伟大的首领，帕岩冷被尊为茶祖。

还有一种说法，布朗族人南迁时遇到瘟疫，一位族人吃了一棵树上的叶子，幸存下来。随后，其他吃了这种树叶的人也都幸免于难。这种树就是茶树。从此，茶树成了布朗族人心中的神。他们每到一地，都要找寻茶树，种植茶树。茶树记录了布朗族人的迁徙踪迹。

目前学术界公认，布朗族是云南最早种茶的民族之一。布朗族的祖先濮人最早利用野生古茶，最早栽培、驯化古茶树。帕岩冷也成为有名有姓可考的最早的茶人。据《布朗族志》和有关傣文史料记载，景迈山古茶园的驯化、栽培最早可追溯到佛历 713 年（公元 180 年），迄今已有 1800 多年历史。

现在的景迈山上，仍保留着巴朗部落、岩冷祭茶魂台、岩冷养心湖、七公主坟等人文遗址，芒景村有供奉茶祖帕岩冷的庙宇和七公主亭。——相传，当年帕岩冷为躲避战乱，带领族人定居景迈山，山下的西双版纳景洪傣族土司多次派兵驱赶，无果，便采取和亲办法将第七个女儿嫁给足智勇敢的帕岩冷，还让七公主带去农作物种子和耕织技术。七公主被布朗族人尊为"族母"。

此番我虽无缘亲历山康茶祖节，但布朗青年岩洪的讲述让我略窥其盛况。每年 4 月（傣历 6 月中旬）举行山康茶祖节，布朗族群众都会到山上的茶魂台祭茶魂，以表达他们对祖先、对自然的尊敬和崇拜。人们把供品摆到茶魂台上，寨子里最有威望的老人站在供台的中央，人们点燃手中的蜂蜡，双手合十，在大佛爷的诵经声中，三呼茶魂，声震山野，对赋予他们生存和希望的古茶山顶礼膜拜。

山康节三天是布朗村寨最热闹的日子。家家户户打扫卫生，宰牛杀猪，做"厄糯索"（黄粑）用来赕佛和馈赠亲友。清早，家里的小辈要把最好的饭菜端到老人面前，跪请老人吃饭，祈祝老人节日快乐，健康长寿。然后，村民们到寨子里的缅寺献饭、堆沙、滴水、扶树，载歌载舞、泼水狂欢。"堆沙"是为了祈愿五谷丰登、人畜兴旺；"扶树"是用树杈把神树的树枝、树干撑起来，意为树不倒则家不倒、人不倒，健康永长。

从岩洪讲得饶有兴味，看出布朗年轻一代对民族文化的熟稔和自豪。

翁基村民还保留着最古老的自然崇拜。茶树、大山是他们的衣食父母。他们从不随便砍伐树木，甚至杂草。每当进山采草药、挖野菜之前，都要跪拜山神，告知山神他们来了，感谢大山的赐予。布朗族群众对大自然的敬畏得到了大自然的回报。近年来，景迈山古树茶因其原生态的生长模式受到中外消费者的青睐，原本自给自足的翁基村民通过茶产业发展富裕了起来。

古茶林申报世界遗产

布朗族古茶园最不一样的地方是茶林里不全是茶树，很多参天古树交错其中。香樟树驱虫，山果坠落成肥料。茶树没经过人为矮化，枝干上长满了苔藓、石斛、螃蟹脚、野生菌类和许多寄生兰花等附生物。巨木遮阴，云雾滋养，造就了这里普洱茶不一样的品质。如今，普洱古茶园与茶文化系统已被联合国列为全球重要农业文化遗产保护试点。翁基、糯岗等 15 个布朗族、傣族村寨群众共同保护传承的 2.8 万亩"普洱景迈山古茶林"正在申报世界文化遗产。这里公认是世界上保存最完好、年代最久远、连片面积最大的人工栽培型古茶园，被誉为"茶树自然博物馆"。这里还有 11.8 万亩野生茶树。保存完好的茶树基因是未来茶叶产业发展的重要种质资源库。

"要像保护眼睛一样保护好古茶林生态环境和我们的寨子！"在外做茶叶生意多年的翁基村民南海明说。每年他都要把重要的生意伙伴带到家乡住上一两晚。在他看来，被茶香浸润千年的原生态古寨，更能让客户体验普洱古树茶的魅力。

村民们知道，幸福生活源自对生态环境的保护和民族文化的传承。只有保留村寨的原汁原味，保持布朗族文化的特色，翁基才能更好地发展。

那天因有急事，请当地司机趁天黑前送我下山。车子开得很慢。司机师傅说，景迈山的公路都是用石子嵌的"跳石路"。为了不影响古茶林原始生态环境，山上禁止使用水泥、沥青等材料。——多么周到的环保措施呀！

我不禁一阵欣喜感动，联想到此次采访见闻：景迈山不仅对古茶林进行有效保护，还对原台地茶进行生态化改造，恢复了布朗族林下种植茶技术，营造生物多样性的生态环境。在政府引导鼓励下，富裕起来的翁基村民没有拆除老房子，而是在保护传统民居的前提下，对房屋内部生活设施进行现代化改造，提升了生活质量，又留住村庄原生态风貌。

此刻，景迈山上晚霞似锦，异常美丽。我突然想起哲学上有句话，叫"配当幸福"。也就是说，幸福须伴着德行而来，这样的幸福才有高贵性，才值得珍视。否则，幸福等同于享受、享乐，就极易堕入不择手段、贪得无厌的迷途。

翁基布朗族群众敬畏自然、爱恋乡土、传承文化、用地养地的实践表明，他们配得上拥有这份幸福。希望景迈山古茶林这项全球原始森林农业开发的典范，人与自然和谐的智慧生活方式，经历时间的磨洗醇酿，愈益光彩照人，芳香四溢，永续温暖、照耀并启迪我们的后人。

2017 年 11 月 6 日

廿八都古镇：深山里的诗意栖居

最近在浙江省西部崇山峻岭间，邂逅一个"养在深闺人未识"、但绝对算得上中国最美古镇之一的江山市廿八都古镇。它在现代商业文明的包围中，像陶潜笔下的世外桃源，淳朴美好，怡然自得，以简静自然的方式贴近人们的理想，抚慰着一颗颗躁动的心。

深山古镇万种风情

从江山市区驱车 60 多公里来到廿八都古镇，仿佛穿越了时空，从现代一下子掉进了古代，恍惚于它悠远的历史和满街的古风古韵。

古镇地处浙、闽、赣三省交界的仙霞山脉中一个小盆地，群峰拱卫，枫溪自北向南蜿蜒流淌，古镇建筑群依山傍水，沿溪而建，错落有致。

廿八都因历史上军事和商旅要道——仙霞古道而兴。镇内有一条老街叫浔里街，旁边还延伸出许多小巷，曲曲折折的弄堂里，汇聚了许多场所，有商号、钱庄、客栈、民宅，还有文庙、衙门和亭阁。由于历史上少受战乱，这些古建筑风貌依旧，保存完好。规模较大的明清古建筑民居、厅堂共有 36 幢；公共建筑物如孔庙、大王庙、文昌宫、万寿宫、真武庙、忠义祠、观音阁、老衙门、新兴社等 11 幢。

文昌宫气宇轩昂，飞阁流丹，由廿八都民间集资建造，这里是文人学子们以文会友的重要场所，也是古镇人崇学尚文的体现。

临街每个大宅院的门楼都精雕细琢，美轮美奂，一般都是福寿双星、松鹤延年、诗礼传家等吉祥图案造型。高大的门楣闪耀着过往的荣光，福气临门寄托着祖先的叮咛，至今犹挂在子孙的心房。

除了主街是青石板砌成，其他小巷都由光滑的鹅卵石铺就。两边是参差的马头墙。走在巷子里如同走入一个迷宫，等到完全走出迷宫，却发现已走到古镇的另一端。

不经意间踏进一处古色古香的宅院，主人热情地迎了出来，他指着屋檐下的燕子窝告诉我，他们家也是燕子的家，这是一家五口的燕子窝。

古镇的人爱好唱山歌，珠坡桥在古镇南门附近，此地也就成了"珠坡樵唱"，是古镇的枫溪十景之一。

沿着枫溪岸畔走，从倒影里看古镇，看黛瓦白墙荡漾在水面；溪声漱耳，时见河边埋头洗衣择菜的村姑和嬉戏的小孩。一对老年夫妇细心拾掇着刚刚捕获的美味小溪鱼儿，见游客围观，和气地跟大家打着招呼，恬静的表情，淳朴的笑容，给人春风入怀的暖意。

傍水而居。（廿八都古镇）

　　尽管古镇居民如今除农事以外，多以经营特产小吃、非遗手工作坊、农家乐和外出务工、经商等为业，但古镇里的人们始终按照祖辈留下的方式生活着。

　　廿八都依然是一个完好的故乡，唤醒着人们的故乡情愫。在这里可以看到一种中国古老的世界观，一种安雅从容的生活方式。就像一位诗哲说的，人充满劳绩，但还诗意地栖居在大地上。

从历史烽烟中走来

　　踏着被时光打磨过的石板路步出东昌门，眼前豁然开朗。这里是《中国古镇（三）》特种邮票的取景地。坐在古朴的石拱桥东升桥头，看一位长者垂钓，与他闲聊，听他将廿八都历史娓娓道来——

　　1100 多年前，唐代黄巢起义军挥戈南下，转战浙西，在地势险要、绵亘数百里的浙闽边界崇山峻岭间开辟了一条仙霞古道，由浙入闽，直趋建州。从此，四周关隘拱立、大山重围的廿八都成了历代屯兵扎营之所，兵家必争之地。

　　最初只是军事功能的仙霞古道，到了明清逐渐成为商旅要道。唐代中后期，吐蕃崛起，时常袭扰西行的商队，经河西走廊通往海外的陆上丝绸之路渐趋衰弱。而清代，又在江浙沿海实行了极为森严的海禁政策，因此，内地生产的瓷器、丝绸、茶叶等大量货物必须经泉州、广州等地港口运送到海外。仙霞古道正是古代连接江浙闽最便捷的交通要道，从而成为"海上丝绸之路"的陆上运输枢纽。

　　而作为仙霞古道货物中转的第一站，廿八都古镇迅速成为浙、闽、赣三省边境最繁华的商埠。

　　随着仙霞古道政治、军事与经济地位的不断凸显，一拨又一拨的守军与眷属来到了廿八都，有些还入籍成了住户；高官与骚人墨客来了，廿八都在他们的诗文中成为永远的不朽。会馆茶肆、店铺作坊、庙宇祠堂等日渐地多了，人烟也愈加稠密。于是，长长的仙霞古道和窄窄的廿八都街巷上，官宦挑夫、商人军士，摩肩接踵，迤逦南北；古道、古镇以及南北的关隘上，铁蹄如雷，俚歌遥唱。

　　来自天南海北的历代官兵滞留和商贾云集，繁衍着 142 种姓氏和不同地域的13 种方言。这里民俗风格多样，民间文艺荟萃，形成了与其他江南水乡古镇迥然不同的"移民文化"。当地人之间的交流，公共场合用"官话"（普通话），私人生活用家乡话。廿八都因此被称为"百姓古镇，方言王国"。

如今，现代交通运输业发达，仙霞古道早已完成了它的历史使命。而承载着千百年风霜的廿八都，顽强地留存了下来。在这远离城市和喧嚣的仙霞群山之中，一幢幢建筑、一座座门楼、一条条街巷，古风犹存，默默诉说着廿八都悠久的历史和故事。

今年是中国共产党建党百年。我翻阅当地史料，廿八都古镇目睹过工农红军、抗日将士、解放军的来往身姿。20世纪30年代，仙霞岭留下过红军游击队艰苦卓绝的战斗足迹。陈毅元帅于出生入死、戎马倥偬中写下"武夷品新茶，仙霞曾游击"的诗句。共产党人那种信仰坚定，百折不挠，不畏艰难险阻，乱云飞渡仍从容、万水千山只等闲的革命乐观主义和广阔胸襟，也是我们今天奋进新时代新征程应该汲取的宝贵精神财富。

老街坊，慢时光。（廿八都古镇）

文旅融合魅力绽放

廿八都文化底蕴深厚，"国家级历史文化名镇""中国民间艺术（山歌）之乡"

名不虚传，发展乡村旅游得天独厚。

"让来到廿八都的游客不光有景赏，还要有戏看、有歌唱，丰富廿八都的旅游内涵，让这个安静的古镇也有热情似火的一面，吸引不同年龄段的游客来到廿八都，留在廿八都。"该镇负责人表示。

近年来，廿八都镇在做好传统文化保护、传承和挖掘的同时，注重文旅融合发展，使文化成为吸引游客的金字招牌。该镇编印了《廿八都山歌》画册，收录了多首广为传唱的曲目，以方便游客欣赏。在当地小学还开设了廿八都山歌传承班。

为让游客更好地欣赏对山歌、牵木偶、踩高跷等表演，该镇将关帝庙和文昌宫的戏台作为专门的演出场所，每逢周末和节假日，为游客演出廿八都民俗文化。

"第一的多来什么多哎，第二的多来什么多？"循声看去，唱歌的是位老太太，叫吴赛仙，是省级"非遗"廿八都山歌代表性传承人。

同村的程炳田赶紧对上："第一的多来天上的星哎，第二的多来凡间的人。"

两人一唱一和，一共对了 18 段。这首歌的名字就叫《十八对》。歌声吸引不少游客驻足，虽然用方言唱的歌词不太好懂，但大伙都觉得新鲜。

程炳田今年 62 岁，平时在古镇菜市场摆摊，很爱唱山歌，"唱山歌不分场合，砍柴的时候，挑水的时候，开心的时候，甚至喝醉的时候，都会唱。"而吴老太偶尔也上山采茶，但基本不用动手，她乐呵呵道："乡亲们要是看我也去采茶，就会叫我'打歌'，茶叶她们帮我采。"

从流传下来的山歌的歌词上看，它们大都来源于日常的生产劳动和生活。"那个时候，要是男子心仪哪家姑娘，又不好意思表白，也会用唱山歌的方式。"程炳田说着，顺便唱上了一段："'眉毛弯弯一把弓，胭脂水粉一线红……'你这么对着姑娘唱，她就知道你在夸她美。"

欢乐的笑声中，坦荡率真的民间文化氛围里，廿八都古镇仿佛遗忘并超越了时间，褪去岁月的风尘，此刻，青春焕发，神采奕奕……

2021 年 6 月 15 日

窑湾古镇，见证千年运河文化

　　这是一个不是江南胜似江南的梦里水乡，这是一座在桨声灯影里低吟高歌的小镇，这是一颗镶嵌在千里大运河畔的璀璨明珠，历经1300多年时光打磨，依然散发迷人的光晕。它就是苏北水乡古镇——窑湾。

　　近日，记者参加"全国主流媒体聚焦大美徐州"采风活动走进窑湾，倾听这座千年古镇的沧桑往事与融入乡村振兴战略、领跑全域旅游的新时代脉动。正值金秋，行走在小镇的街巷中，不时飘来桂花香和隐约可辨的酒香、酱香。循着香气逐一寻觅，原来它们分别飘自老字号赵信隆酱园店、华棠绿豆烧酒坊，以及分散在镇中各家老宅院里的桂花树。踯躅于窑湾青石铺就的小巷，穿越重门叠户的明清建筑群，拂去历史的尘烟，细赏古镇千古兴替的画卷，窑湾的美，让人震撼。

　　窑湾古镇位于江苏省新沂市西南边缘，京杭大运河与骆马湖、沂河交汇处，东濒骆马湖，西傍大运河，老沂河穿镇而过，是苏北地区唯一迄今保存完好的水乡古镇。"东望于海，西顾彭城，南瞰淮泗，北瞻泰岱"，独特的地理位置，使其成为京杭大运河上的重要码头、水上驿站。曾几何时，这里"日过桅杆千杆，夜泊舟船十里"。船队南来北往，各地商贾云集，市井喧嚣声达于数里之外。江南沿江一带的镇江、南京、扬州、常州、杭州、上海等地的商人利用运河水路来窑湾经商，并在窑湾南大街设"苏镇扬会馆"。福建沿海各地的商人在窑湾前河码头设"福建会馆"。江西商人在南大街设"江西会馆"。安徽商人利用淮河、古黄河来窑湾经商最早，在窑湾运河南埝设"安徽会馆"。全国有18省商人在窑湾设立会馆和办事处，镇上有当铺、钱庄、银行、布庄、酒肆等大小店铺作坊360余家。到清末时，这里已有"小上海"之称。歌谣"船到窑湾口，顺风也不走"，道出了古镇昔日绝代风华的魅力。

古民居、古街道、古店铺、古码头、古遗存，是古运河文化在民间传承的真实写照，铸就了窑湾古镇的文化品位与文化内涵。南北文化在这里碰撞、交融，使得窑湾古镇既有南方的细腻秀美，又有北方的粗犷豪迈。

窑湾古镇现存清代和民国初期建筑813间。吴家大院是古镇最大的宅院。据吴家大院曾经的老住户、今年83岁的陆振球老人介绍，吴家大院建于清康熙年间，已有300多年历史。吴家原籍福建，主要靠经营烟丝发家，当时拥有房屋500余间，号称"吴半街"。明朝末年，福建沿海被清兵占领，当地明朝官员不肯降服清兵而遭缉捕。清康熙十年，皇帝大赦一批沿海官员。其中吴姓大户，原是明末海税官，被发配到窑湾落户。因比较了解海上贸易，就做起了烟草生意。吴家在窑湾一共经营了五处烟丝店，其中最有名的是"吴洪兴烟丝店"。现存的吴家大院共有四进院落，采用明式的砖木结构，沿袭了南方沿海的建筑风格。整体院落前高后低，这样出门的时候就要向上迈，也就寓意着步步高升。

吴家大院旁有一处始建于明熹宗三年（公元1623年）的赵信隆酱园店，这是古镇"前店后坊"布局模式的典型代表之一。其酱料、甜油产品自清乾隆时期一直作为御膳房的上等佐料，因此声名远播。院内的酿造作坊沿袭了传统的工艺流程。该店于2006年被江苏省人民政府公布为省级文物保护单位。

沿古镇西大街青石板铺就的街道向西漫步，远远就看到一面"老邮局"的旗帜，这就是拥有百年历史的大清窑湾邮局。古色古香的建筑物大门上方，悬挂着"大清窑湾邮局"横匾；门两旁一副对联："鸿雁长飞传喜讯，鱼龙潜跃保平安"。窑湾的邮政业兴办于1874年，距今已有140多年历史了，最早为清前邮政，先后更名为大清邮政、民国邮政、新沂邮政局窑湾邮政所等。至今窑湾邮政所仍正常处理邮政业务。

古镇大小街巷两旁，随处都是明清时期留下的老房子，青灰色的屋檐，滴水的檐角，矮矮的墙角爬满青苔，散发着陈年的气息。那是千里运河岁月留痕，留下最本真的历史文化气息！岳飞、朱元璋、史可法、乾隆皇帝等历史名人曾在窑湾留下过足迹……

古镇美食也可圈可点。孕育了窑湾古镇的骆马湖，碧波万顷，湖产丰富，所产湖蟹、青虾、银鱼、菱角等远近闻名。窑湾船菜，食材均为河湖时鲜，色香味俱佳。窑湾"三宝"——绿豆烧酒、甜油、云片桂花糕，其制作技艺更是列入省市级非遗名录，成为小镇居民就业增收、日子活色生香的当家"法宝"。

由于铁路的开通，运河漕运优势丧失，窑湾在 20 世纪 30 年代后日渐衰落，商贾纷纷迁徙，只留下一条条老街和数以千计的古建筑在岁月的风烟里默默留守。但它仍是古运河文化带上的一颗明珠，是人们寻访寄托乡愁的游览目的地。

据陆振球老人讲，20 世纪八九十年代，承载着运河文化的一些窑湾古建筑被拆掉，陆振球老人当时居住的吴家大院，也被一个开发商看中。后来，在陆振球的多方奔走之下，引起当地政府重视，吴家大院最终得以保存。

窑湾居民钱宗华说，现在古镇居民在陆振球的影响下，大家齐心协力保护着窑湾的古镇古建筑，哪怕是一块砖一片瓦，也都保存了下来，因为这些都是大运河的文化记忆。

我们为古镇庆幸！窑湾古镇得到民众的厚爱呵护，在政府大力保护、修复与合理规划下，现已转型为一个旅游小镇，成为徐州新沂市"一山（马陵山）一湖（骆马湖）一古镇（窑湾）"全域旅游带动乡村振兴的重要引擎。千年水乡古镇这艘老船，在新时代号角中复又披帆起航！

2019 年 11 月 4 日

楠溪江畔：200 个文化古村落的"家"

浙南山区温州市永嘉县楠溪江两岸，散落着 200 多个古村落，它们点缀在山水田园风光中，浑然天成；村民世代耕读传家，古风尚存。这里的乡民们，诗意地栖居，无争地生活，他们是中国传统文化的一个缩影。近日，记者和参加"走基层看变化——全国知名媒体看永嘉"的媒体同行一起，深入古村巷陌，走访宗祠宅第，对楠溪江历史文化村落及其保护的现状、经验一探究竟。

村同古柏古　人比清水清

第一站去岩头镇的苍坡村。远远就看见一座凉亭，叫"望兄亭"，与它相对的方巷村则有一座"送弟阁"。相传该村七世祖李秋山迁居方巷村，弟李嘉木留居苍坡。兄弟俩情深意笃，每晚必促膝长谈，风雨无阻。后来两人商定，兄在方巷村口建一阁，弟在苍坡村头建一亭，两人夜谈分别后，一见对方亭阁中灯亮，即知已平安到家。亭子造型十分精美，但仁兄义弟的故事更是给人传统美的想象和千古绝唱的韵律。

在苍坡村的西池边，祠规教导"耕为本务，读可荣身"。而整座村庄的布局，就是"文房四宝"。村寨内面对笔架山的长街命名为笔街，笔街一侧的西池呈矩形，象征砚池，而"墨锭"就是一根条石，仍躺在砚池的不远处。"纸"呢，就

121

是整个的村落。

村里仁济庙前立着三棵三人合抱的古柏。当年因宣布"法令"的族领自家的长工违规,在柏树上拴牛,族领立即按"法规"执行、杀牛不赦,换得古柏千年常青。正因为这样,如今古村内外,植被和林木都保护得很好。

芙蓉村位于楠溪江中游西岸。始祖陈拱唐末从福建迁来定居,逐步形成村落。因村西南有三峰石崖摩天,宛若芙蓉,遂以芙蓉为村名。芙蓉村最出名的是村子"七星八斗"格局,即村内道路交会点有方形平台,是为"星",村内水渠交汇点有方形的水池,是作"斗",合在一起便是"七星八斗",意在纳上天的星宿,企望后代人才辈出,光宗耀祖。果然,仅南宋一朝,芙蓉村就有十八人在朝为官,被称作"十八金带"。

楠溪江古村落大多有民居、宗祠、亭台、池榭、书院以及寨墙、车门等,形成物质文化生活较为齐全的小社会。芙蓉书院就位于芙蓉村中心,紧邻芙蓉池。芙蓉池倒映着芙蓉峰,池中央有芙蓉亭,是全村景观最美、人情味甚浓的村民活动场所。

那一袭古风文脉从未断绝

"山在村外,一池映出倒影;水在山间,一渠引入村来。"楠溪江历史文化村落注重与自然山水环境融合,巧妙利用地形,借景山水,寄情山水。在这些山水浸润的古村里,村民们"晨兴理荒秽,戴月荷锄归"。

早上五六点,天刚蒙蒙亮,村里的人们就起来了。扛上农具,在黄狗的领路下,出村去农田里干活。鸡和鸭纷纷从圈里飞了出来,一下子,刚刚还静谧一片的村庄就鸡犬之声相闻了。整个漫长的白天,妇女们或是于池边洗衣、择菜,或是在自家场院晾晒那拉扯得极细极长、如丝如缕的古村特产"素面",馋得过往游客驻足购买或拍照。

楠溪江古村落住宅多为开放的院落,围墙低矮。围墙外称"门头",是村民交流信息的公共场所,也是小孩子娱乐活动的乐园。这"门头"关系着乡亲的礼尚往来,谁家杀了猪,要给各家端一碗肉汤;谁家小麦尝新,也要送去一只或半边的尝新麦饼。

岩头村桥头大樟树下，有一处村边路亭曰"乘风亭"，四根亭柱上两副对子："五月秋先到，一年春不归"；"茶待多情客，饭留有义人"。相传在交通不便的时代，路亭不仅供路人歇息，还提供可自取的草鞋和烹煮器物，让一路奔波的外乡人按需取用。民风淳朴厚道如此，令人感怀！

走进这些古村落，扑面而来的是邻里和睦相处的温馨，族里尊老爱幼的亲情，夫妻男耕女织的勤快，老少相依为伴的默契，待人接物时的礼貌、热情和真诚。再急性子的人，在这些古村落里住上几天，都会变得安雅从容，彬彬有礼，与千年绵延不绝的文化气息心领神会。

"我对现在的生活很满足，让我住城里，我还不干呢！"蓬溪村72岁的村民谢仕进笑呵呵地说，他从小到大，生活方式一直没什么改变。

岩头村丽水古街。

古村形态与现代生活难取舍

然而，这些世外桃源般的古村落，不少仍避不开工业化、城镇化、现代化的冲击，逃不脱或衰败或被同化的命运。

据了解，楠溪江畔 200 多个历史文化村落中，具千年历史的古建筑村 50 多处，每年吸引着 50 多万游客前来观光。由于古村落民居年代久远，已不能满足当地人口增长的居住需要，部分村民在古村落内修建起了新式住宅。

老百姓追求更舒适的生存环境，古村落则需要延续它的沧桑本色。这种村落形态与现代文明的冲突，似乎不可避免。其间取舍，也很难用谁对谁错给出简单的定论。

永嘉县对楠溪江古村落的保护始自二十世纪九十年代。按照永嘉县政府的规划，古村落居民不得随意搭建或翻建新房，以免破坏古村落的整体观赏价值。但老百姓并不认这个账。许多村民认为，几百年的老房子了，居住条件早已不能适应现代生活。最好的办法，就是拆掉老房子以后，在原地上盖新楼。结果，老百姓跟政府玩起了捉迷藏，一些群众还专门赶在节假日甚至过年时造房。

那时群众中流传一句顺口溜："政府保古，农民受苦。"一位基层干部说，自己搞古村落保护工作十多年，曾被群众"骂"了十多年。这种抵触情绪下的古村保护，最终成效注定不明显。

寻找与村民利益的共鸣点

古村落保护与当地发展经济、改善群众生活的矛盾，让永嘉县委县政府认识到，必须在村民渴望富裕的现实需求与古村落保护之间找到共鸣点。只有农民自觉自愿，这种保护才能事半功倍。

为此，永嘉县提出"村外建新村，村内搞整饬"。制定出台全县历史文化村落保护利用政策，引导古村落居民搬迁安置，鼓励向城镇集聚，根据历史文化村落保护程度，给予最高 20% 的安置面积优惠。对在古村落内已修建的新房要求进行改建，使其外观尽可能保持古典风韵。按照"修旧如旧、修古如古"的要求，对已列入省级重点的历史文化村落，重点开展抢救性保护。核心保护区修复以财政拨款为主，鼓励农户投入改造。风貌保持区以农户自身改造为主，政府进行指导、给予奖励。村民生活需求与古文化保护的需求得到了有效协调。

一些古村落村民产权和利益多元化，对古村落难以自主开发和经营，政府就出面协调组织投资建设，并开展有效监督。在经营体制上试行"一村一策"，如：芙蓉古村试行股份制公司经营体制，岩头丽水街试行承包经营体制，苍坡古村试行联合经营体制。这种将产权与经营权分离的经营体制，进一步平衡了古文化与现代化的矛盾。

县里先后已筹资6000多万元用于古村落保护。有序发展乡村旅游，鼓励历史文化村落村民创办家庭旅馆、农家乐等旅游设施和活动项目，把"宾馆"建在户上。

村民从古村保护中尝到甜头

"现在，芙蓉村一个村一年的门票收入就接近60万元，这还不包括附带的旅游服务业经济效益。"芙蓉村驻村干部瞿建辉说。

林坑村也是通过古村落的保护、开发、利用，让村民受益，使得古村延续着她的完整性。该村始建于明朝，既没有深宅大院，也没有出过高官，更没有牌坊等人文遗址。然而，木石砌筑的房屋显得朴素真实，野趣天然，与四周秀丽的自然山水交相辉映，反映了这里独特的山水情怀。旅游开发之后，有许多外出打工的村民回家当起了农家乐老板，年收入高的家庭一年能赚30万元。去年全村旅游收入达200多万元。今年5月，林坑村入选第三批"中国景观村落"。

位于石桅岩景区的岭上村，由政府牵头投入200多万元，对村环境与农户住宅进行了规划开发，打造以家庭食宿为主的"岭上人家"农家乐品牌。主营农家特色餐饮、农家土特产、农事参与活动等，带动了附近乡村养殖业和农副产品的快速发展。岭上村民人均年收入从原来不足1000元到如今突破2万元，成为古村农家乐开发的成功例了。该村被评为"浙江省农家乐休闲旅游特色村"。

埭头村通过村集体组织整合资源，办起了"楠风营地"，突出生态和耕读文化主题，吸引城市中小学生前来体验农家生活，有效解决了农户单独经营无法吸引大规模团队的难题。

目前，楠溪江古村落已有农家乐117家，农家乐旅游年收入达8000多万元。

请给古村落一个永久的"家"

永嘉县坚持科学发展，探索推出一系列行之有效的历史文化村落保护新做法，令人欣慰，给人启示。

但历经千百年沧桑的古村落，毕竟已是文明传承中经不起折腾的"易碎品"。全国不少古村落面临火灾等严重隐患。始建于明成化二十年（1484）的永嘉县枫林镇圣旨门街，就在去年被烧毁 29 间。而各地古村落里的非物质文化遗产传统技艺，如今大多后继乏人；新盖的水泥房对古村落造成破坏；旅游开发也加速着古村落被商业化的过程，带来"千村一面"的隐忧……

怎样避免保护和过度开发的矛盾？山西的西文兴村等提供了另一种路径——把村落变成一个博物馆，老百姓都搬出去。

但一座没有了原来房屋主人、失去了乡亲四邻与人间烟火味的古村博物馆，只是一个死去的古村落标本，是没有生命温度的。所以，把古村落原住民全部搬走腾空的做法，只能是一种不得已而为之的"下策"。

美丽乡村关键美在自然，只有自然的、有文化底蕴、有生命年轮的美才是大美。

历史文化村落是我们骄傲的家园，而古村落的"家"，应该就在我们每个人感恩的心里！

清华大学建筑学院教授陈志华说："保护古村落，就是保护文化。而旅游就是学习文化，学习历史的过程。"中华文化能够传承至今，更多的是一种文化的认同，而这一脉文化气息，在古村落里得到了很好的存留。让我们呵护好这些仅存不多的"活着的"古村落，就像呵护我们共同的精神家园。

让古村落焕发出可持续发展的生命力，将是各地需要长期面对的一道永恒命题。

2012 年 12 月 15 日

领略古村气质美

　　临近春节，记者来到福建省屏南县甘棠乡际下村，被扑面而来的乡村气质之美深深震撼！

　　际溪两岸是闽东特色传统民居，廊桥、水车、庙宇、亭榭、祠堂、茶盐古道，在彤红的春联、灯笼映衬下，格外喜庆。村道上陆续走来衣着时尚的返乡小伙子、姑娘们。已经回家的青年帮着长辈们把年糕、米粿蒸得格外香甜，乡村年味正浓。

　　际下村是屏南县八大历史文化名村之一，1700多人口，村民崇文尚武。该村历史上诞生过戍台名将甘国宝。甘国宝曾两度任台湾总兵，官居一品，为祖国统一立下卓著功勋，乾隆皇帝御赐"福"字牌匾，至今珍藏村中。

　　这天，甘氏祠堂举行了祭祖、诵读祖训、武术表演、村宴联谊、农家特色产品展示评比等活动，热闹非凡。

　　"我们际下号称'拳头窝'，武术'虎桩拳'最好。从前山民沿茶盐古道往返宁德、福州等地'挑回头'，以山货交换海产品等，途中经常遭遇土匪，需要武术防身。现在国泰民安，练武术主要是强身健体，传承文化。村里成立了虎桩拳文化研究会。"际下村虎桩拳第七代传承人甘代佑说。他今年66岁，曾获全国南少林武术竞赛金奖。他和甘久佐等老拳师，义务为村中教出了100多名青少年弟子。

　　"过年过节还是农村热闹。欢迎城里人来我们村里一起过年，感受乡村的热闹、村民的热情。"际下村村委会主任甘久诗说,"春天水蜜桃花、李花盛开,夏秋水果、山珍品种多,欢迎城里客人和企业家来观赏品尝,看看村民的生产生活,发现特色优质农产品的投资发展机会。"

"城市需要什么,让我们村民来种,运到城里,保证让市民吃了放心。这是多么好的事!"年轻村民甘水良说,"城市和乡村本来就是一个大家庭啊。"

现在农民都忙得很。村里几个产业齐头并进,发展水果、食用菌、高山反季节蔬菜、特色养殖等,人人有事干。一亩反季节蔬菜,一年三茬种下来,收入就达八九千元。

由于惠农政策落实,农村创业机会不少,创业还有扶持,一些年轻人愿意回村发展。

村医甘贤祯从医科大学毕业后回村,一边行医,为村民解除病痛;一边办起养兔场,示范带动乡亲致富。他在山坡上建起当地民居风格的小别墅,日子舒心惬意。

画家林正禄两年前来际下村写生,被古村神韵吸引而留了下来,创办村民美术学校,增添村里的文化气息和活力。不少村民放下锄头,拿起笔头,搞起文化创收。

际下村成为新农村产业美、环境民居美、人文气质美的一个缩影。感受幸福的同时,村民们也对未来发展提出了更高的期望——

"希望把古村落文化旅游发展起来,融入县里白水洋、鸳鸯溪、木拱廊桥之乡等自然人文景观旅游线路,吸引更多游客。"

"希望农村的公共服务设施更完备。现在城乡差别主要表现在公共服务方面,农村的教育、交通、医疗设施滞后,希望这些'短板'能早日'补齐'……"

际下村民最大的心愿,还是希望城乡能够充分协调发展,优势互补,携手共同进步,各美其美。这不正是新时期农民可贵的家国情怀吗?

2016 年 2 月 5 日

古村落保护，让城市乡村各美其美

"暧暧远人村，依依墟里烟。狗吠深巷中，鸡鸣桑树颠。"古诗里描绘的乡村，也是今人情牵梦萦的故土家园。

古村落被建筑学家喻为"空间说书者"，一个院落、一座庙堂、一方戏台、一片风水林，都是人们心灵深处乡愁的寄托。但是随着工业化、城镇化进程加快，许多传统村落来不及等到人们缓过神来，已被并村拆迁；或无序新建、翻建；或人去村空，荒芜凋敝；或一些公路铁路项目对村落"开膛破肚"，失去村落原有人情风貌。

如何才能保护并激活传统古村落，留住乡愁？近日，由中国农业电影电视中心主办、CCTV-7《乡土》栏目承办的"记住乡愁·2016 首届中国古村落保护与发展研讨会"在京举行。古村落保护与发展领域专家、学者以及古村落守护者参会，分享经验、把脉建言。专家提出：传统村落是不断增值的绿色高端资源。城市景观不应在村庄中出现；让乡村向城市看齐、以城市为美的取向，是非常愚蠢的。要从根子上把错误观念拔掉，树立城市和乡村各美其美、互补协调发展理念，防止以城代乡同质化。

"乡愁"变成"愁乡"：10 年锐减 110 万个自然村

据官方数据显示，2002 年至 2014 年，中国自然村由 363 万个减至 252 万个，

10 年锐减 110 万个自然村。古村落人口流失，导致传统建筑无人维护，传统文化无人传承。

中国旅游研究院学术委员会主任魏小安痛心地发问："古村落已经遭遇数次破坏，城镇化浪潮之下，新房子一排一排盖起来，古村落还剩下多少？追忆乡愁已变成了'愁乡'。我们失去了太多，现在留下来的精华村落如何保护非常关键。"

国务院参事、原国家建设部副部长仇保兴说，保护古村落就是留住乡愁。乡愁不仅仅是文化上诗意的描述，它更重要的是包含了经济学、心理学和社会学的精髓。村庄积累了大量文化遗存和农副产品，"一村一品"的农副产品也是乡愁的浓缩。一旦村庄没有了，村庄包含的祖先文明都没有了。

"必须深刻认识传统村落的功能。"仇保兴说，传统村落是维持传统农业循环经济特征的关键。农村崇尚自然。树林、农舍、小桥流水、庭院经济、民俗文化，这些都是形成农家乐、乡村游等新型产业的基础。

传统村落还是国土安全的重要屏障，特别是边境地区的传统村落对于国土安全具有重要意义。

仇保兴认为，未来 20 年，我国城镇化仍然会保持快速发展的势头。抓紧摸清传统村落的基本情况，加强传统村落保护，避免因错误的观念、短期的开发利益而破坏传统村落，是一项十分急迫的工作。

古村倩影。摄于浙江省东阳市横店。

呼唤文化自觉：古村落保护贵在传承文化

古村落保护需要公众的文化自觉。中国哲学讲"阴阳平衡"，不可阴阳不济。城市和乡村也是一对阴阳互补的关系。乡村与城市不同，特色鲜明，阴阳相济，城里人才喜欢往农村跑。倘若乡村与城市都一个样了，就是阴阳不济，就成了"同性恋"啦。因此，农村规划和整治中，"片面理解城镇化，盲目撤并村庄、盲目对农居进行统一改造"的错误观念必须纠正。

古村落有民族的魂、文化的根。保护古村落，绝不仅仅是留下一个个村庄、一幢幢民居，相较于物质空间，非物质文化的传承和保护是专家学者更为关注的内容。

浙江工业大学和山堂艺术设计与文化遗产保护研究中心主任孙以栋认为，古村落中的文化基因可以随着现代生活的变化而健康地生长。古村落物质的房舍、住宅、院落、古井、坟地等固然重要，而发生于这些物质的存在中的记忆、习惯、仪式、信仰等传统则更加重要。

中国艺术研究院音乐研究所所长、非遗保护专家田青说：民间文化培育塑造了民众的精神之"根"与"魂"。古村落保护的不是空壳子，而是古村落中活生生存在的、可以触摸感受的非物质文化遗产。看戏、唱民歌、过传统节日、民间信仰、美食制作手艺等，这些都是非物质文化遗产。

仇保兴强调，传统村落是人与自然和谐相处的典范。村落保护要坚持生态、生产、生活功能和空间的有机混合；保持乡村生态循环；传承乡土文化；制定乡规民约，保护传统风貌。

创新保护模式：把利益更多留给村落居民

联合国教科文组织非物质文化遗产保护政府间委员会咨询机构、国际民间艺术组织（IOV）全球副主席陈平认为："乡村旅游的快速崛起，一方面反映了经历工业化文明冲击之后，城市居民对传统乡村生活方式的向往与回归；另一方面，也显示了乡村传统文化的原有价值和吸引力。乡村生活单纯而宁静，符合现代人们希望寻找安宁和乡土记忆的心态。"

又见炊烟升起。摄于福建省屏南县际头村。

魏小安认为，这些年古村落得到了重视，普遍开发旅游，也见到了效益，其中一部分形成了品牌。旅游利用是古村落保护的重要促进手段。

广东省旅游局规划统计处副处长陈卫东带来了广东乡村旅游发展的成功案例：江门市开平碉楼村落政企互动开发旅游，打造成珠三角的周庄，实现乡村文化遗产保护与经济效益共赢。

浙江省兰溪市诸葛村党支部书记诸葛坤亨介绍了古村落保护经验，该村实行"文物保护管理所＋村委会＋旅游公司＋村民"模式，责权利明晰，村民既是股东，也是古村落保护的受益者。

仇保兴举皖南的西递、宏村为例，古村落旅游门票收入、房屋出租、农产品销售都成为当地居民的重要收入来源，其收入在农业收入 10 倍以上。

孙以栋则表示，旅游开发对于古村落发展的作用有利有弊，过度旅游开发会使古村落的文化"变味"，竞争同质化，甚至拆真建假，带来破坏。

专家呼吁，要为古村落保护提供持续公益支持。把利益更多地留给村落居民，服务村民自我发展，重建村民的自信心。重要的是恢复农民与土地的情感，让一些农民乐意回到村落。

2016 年 1 月 15 日

古村落，多保一个就多一个文化基因库

古村落是中华民族珍贵文化基因库

村落是中华五千年农耕文明的重要根据地，至今还有一半中国人在这种"农村社区"里劳作生活，生儿育女。从古至今，最能体现民众精神本质与气质的民间文化一直活生生地存在于村落里。传统村落是中华民族珍贵的文化基因库。

古村落的特征主要体现在"古""活""和"三个字上。"古"即有历史，有年代，有文化底蕴；"活"即有传承，有沿革，有历史记忆；"和"即人与自然和谐共存的村落选址与建筑格局，文化与环境相调节适应的传统生计、生活方式，以及古朴的民风、和谐的人居环境等。"古"是古村落的基本要素，"活"是古村落的灵魂所在，而"和"则是古村落的生命之源。

但是，近年来，传统村落快速消亡。一些传统村落由于历史性老化导致建筑破败不堪无法修复，加上大量年轻劳动力外出务工导致的空心村现象，加速了传统村落的凋敝和损毁；一些传统村落由于村民想急切改变居住条件，无序地新建与翻建住房，造成新建筑与历史建筑、乡土风貌极不协调，破坏了传统村落的古风古貌。此外，过度旅游开发导致盲目拆旧建新、拆真建假，一些公路铁路项目对村落"开膛破肚"等，也破坏了传统村落。未来 20 年，我国城镇化仍然会保持快速发展的势头。因此，抓紧摸清传统村落的基本情况，加强传统村落保护，迫在眉睫。

为了唤起各界对古村落保护的文化自觉，2013年11月，由中国民间文艺家协会、中共福建省委宣传部等共同主办的"中国古村落文化遗产保护高峰论坛"在福建连城县举行。与会专家和基层代表共同把脉古村落文化遗产保护现状，探索古村落保护的办法和出路。

中央美术学院教授乔晓光认为，古村落保护的核心因素是人，古村落的灵魂是通过人体现的，要尊重村落的主人，使村民热爱自己的文化。要通过体制创新和激励机制，让一部分农民愿意回到乡村，劳动致富，合理开发古村落旅游等，让有人气的古村落回归日常生活，充满生机。

中国民协分党组书记、驻会副主席罗杨指出，虽然城镇化是一种必然，但不能用一种发展形态取代另一种文明形态，古村落不仅是我们的精神家园，也是文化传承的血脉。保护古村落不仅要强调古建筑的完整性，更要重视对古村落的内涵和村落中的活态文化的保护。

论坛呼吁，保护和弘扬农民群众创造并赖以自豪的传统村落文化，也就是留住新农村建设和"美丽乡村"建设的"风骨"所在。

培田村古民居保护提供了一个范例

论坛期间，记者同专家一行实地考察了连城县四堡古镇、宣和乡培田村以及云龙桥、永隆桥等传统村落文化保护情况。

在培田村古意幽雅的进士第，76岁的屋主吴日高老人，紧攥着记者的胳膊，将我请进他家，从天井的鱼缸、盆景，厅堂的雕饰、楹联，到他曾祖——清朝武进士吴拔祯练武石的故事，一串家珍，让记者真切感受到村民对文化的敬重和自豪，令人感动、感慨！

原来，连城县确立"群众主体、政府支持、专家领衔、社会参与"的古村保护机制，调动了村民荣誉感和保护的积极性。该办法为古村落保护提供了一种新模式。

培田村有800多年历史,30余幢"九厅十八井"形式的高堂华屋、21座宗祠、6个书院，约7万平方米的古建筑群，居住着1000多人，是目前中国保存较为完整的明清时期客家古民居建筑群之一。

随着经济社会的发展，培田村的耕读文化受到了现代文明的巨大冲击。几百年的老房子，居住条件已不能适应现代生活。古村落的保护与村民要求改善生活条件产生了矛盾。

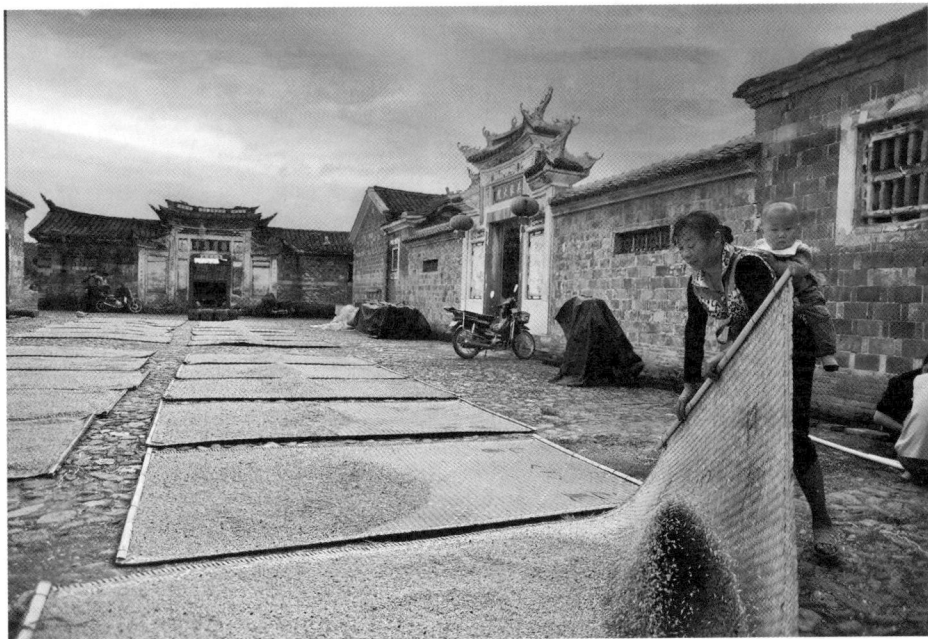

培田村客家古民居。

连城县积极探索，加大保护力度与合理开发利用并举。编制《培田古建筑群保护总体规划》和培田古村落申报 4A 旅游区改造规划与提升设计。在培田村旁规划建设培田新村，鼓励和支持群众在远离古民居的新村建新居。

村里召开厅堂业主、党员代表、村民代表、老干部代表会，民主选举产生厅堂的代表，再由其组成培田古民居保护与开发理事会，授权理事会代表全村与旅游管理部门签订保护与开发协议，理顺旅游管理部门和旅游资源业主以及村民之间的"责、权、利"关系。2009 年 1 月，在宣和乡党委、政府的协调下，该县冠豸山风景区管委会和培田古村落保护与开发理事会签订了《培田古村落保护开发和旅游资源经营权合作协议》，约定：合作期限 40 年，门票收入的 25%—28%支付给村民。村民得到实惠，纷纷自觉参与古村落的保护开发。

县财政和民间筹资 2000 多万元，对衍庆堂、衡公祠、致祥堂、锄经别墅、大夫第、古街、容膝居、绳武楼等进行抢救性修复，更换破旧损坏的柱子、木板，进行屋瓦翻漏等。改善生活基础设施，拆除有碍观瞻的杂乱建筑。山环水绕、飞檐翘角的培田古村落重焕青春，韵味十足。

用机制保障传统村落文化传承发展

培田古村落保护的经验给人启示。专家建议，各地要结合实际，建立健全村民主体、政府引导、社会参与的古村落保护长效机制。

各级政府应将古村落保护开支列入财政预算，逐年增加。采取"政府给一点，民间筹一点，收益补一点"的办法，拓宽筹融资渠道，调动民间保护古村落的积极性。同时，建立"古村落保护智库"，聘请文化顾问，吸纳热爱古村落保护、对古村落保护较有创见的社会有识之士、专家学者共同参与古村落保护规划的制订，并作为长期的保护目标。

发挥村民自治作用。古村落应成立村级保护协会或理事会，成员由村里或周边德高望重的老人、党员代表、屋主代表、村民代表组成，由村委会牵头。保护协会主要行使古村落保护的巡查责任，严格执行保护规划，变"要我保护"为"我要保护"。

任何一个古村落的保护，都是为了建设美好家园，使大量的传统文化得以传承。古村落保护的关键是延续活态的人文传统，这就意味着不要让古村落成为"空壳村"，要让百姓的真实生活、日常用具、生产耕作、四时变迁、节气迎送、迎神赛会、民俗信仰等成为古村落文化的丰富内容。

农村的祠堂、牌楼、戏台、家居、公共活动场所都是传播民间文化的重要载体，要加大对名祠、名屋、名墓、名庙、名匾、革命遗址及楹联、山歌、戏曲、手工艺等的保护力度，激发村民和全体人民享有民间文化的自豪感。

2013 年 11 月 12 日

在最美书店"阅"见乡愁

一家家先锋书店坐落乡村，把传统民居与时尚元素相结合，打造体验式的美好空间，提供多样的文化服务，丰富了乡村的文化生态，让城里人和乡下人都重新发现乡村之美，唤起亲近并回报乡土的家园之思。

日前，在2021中国书店大会上，位于云南省大理州剑川县沙溪镇北龙村的先锋沙溪白族书局荣膺"年度最美书店"。这处由过去的老粮仓和烤烟房改造而成的复合文化空间，成为沙溪最具影响力的人文地标，它让原本游客罕至的北龙村变得游人如织。

近年来，一些城市品牌书店把分店开到乡村，跨界进入乡村文旅产业，传播生活时尚与创意美学，总部在江苏南京的先锋书店是其中佼佼者之一。自2014年以来，先锋书店已成功开办5家乡村书店，分别是安徽黟县的碧山书局、浙江桐庐的云夕图书馆、浙江松阳的陈家铺平民书局、福建屏南的厦地水田书店、云南大理的沙溪白族书局。极具现代气质的先锋书店和当地传统气息浓厚的氛围融为一体，宛如一首首写在大地上的诗篇。

把空间的美感发挥到极致

文化创意总是追逐着梦想，力求突破平庸。先锋书店与国内顶级建筑师合作，努力把乡村书店的空间美感发挥到极致。

沙溪白族书局所在的沙溪古镇，曾是茶马古道上的要塞，目前仍保留有古道上唯一幸存的古集市。2016年，先锋书店创始人、董事长钱小华在诗人北岛的推荐下来到沙溪考察，他被北龙村白族特色的夯土房子、历史建筑和原生态风光所吸引。当看到村中一座已无人问津的老粮站和旁边的烤烟房，钱小华便决定将书店开在这里。因为这样不仅能对历史文化遗产进行保护，还能让过去和现代的元素在这栋建筑里得到完美融合，将中国特有的乡村文化传递给更多热爱阅读的人。

建筑师黄印武承担了先锋沙溪白族书局的设计改造工作，他将其在沙溪多年探索实践所总结出的经验，运用到书局项目中来："最大保留，最小干预"，将土地原生的力量充分表达，使建筑与自然的融合真挚而动人。

沙溪白族书局由书店、咖啡馆、诗歌塔组成。书店整体空间高耸开阔，十根排列整齐的柱体撑起有节奏的屋顶；屋顶部分瓦片被替换成了窄窄长长的玻璃，使高原热烈的阳光应邀入室，于书架上打出变幻无穷的光影；夯土墙粗糙的肌理，与平滑整齐的木制书架形成鲜明对比；当书架后面暗藏的洗墙灯渐次打亮，千百个书格便可窥见无一雷同的美丽。每天，当地与外地的读者陆续走进书局，倚在红土漆刷过的方柱边翻书，门外远山和农人田间耕作的情景抬眼可见。

书店的东侧，方形的烤烟房被改造成精神性的诗歌塔。诗歌塔内，层层扇形木阶盘绕圆柱而上，沿途与经典诗句和中外大诗人影像不期而遇，引人不断向上探索。登顶后，视野豁然开朗，八面来风中可凭栏远眺……

虽然书局是新近落成，但它在这片古朴的村落中并不显得突兀，仿佛它原本就存在于这里。这也恰恰是沙溪白族书局最吸引人的地方。

在沙溪白族书局的书籍品类中，以云南和当地地方特色为主题的图书异常丰富。"滇""茶马古道""大理""甲马""白族""西南联大""他们在云南"等十三个主题，囊括了有关云南历史、地理、考古、教育、文化、方志、民俗、风光等方面图书。《消失的地平线》《被遗忘的王国》等经典作品，更是同时提供了中外文多个版本。

为满足读者多样化的需求，先锋书店利用自身的文创设计团队优势，为沙溪白族书局量身定制了上百种云南特色的文创产品；利用自身的人文艺术资源优势，邀请国内外著名诗人、作家、音乐人、艺术家定期来到沙溪白族书局举办活动。这里也为乡村建设实践者们提供了一个经验交流分享平台。

综合的文化功能，新鲜的审美享受，高品质的图书，前瞻的视野、理念，满足人们精神成长和心灵慰藉的需要，使其形成独具魅力的文化磁场效应。

乡村文旅版图的点睛之笔

先锋的每一家乡村书店，不论是选址、业态，还是空间设计，都遵从着唯一性，避免同质化。它们如梦境一般的存在，给乡村文旅版图添加了一道亮丽色彩。

碧山书局传承着古徽州的人文气质，书局所在的碧山村与附近的西递和宏村，同属徽州文化核心区域。经过整修加固的古宅里，楼下可以免费阅读、购书，楼上有茶座可以喝茶、开展读书会及各类主题沙龙等活动。古色古香的碧山书局如今已成为皖南热门的景点，为外人了解碧山村铺设了桥梁。

云夕图书馆开在浙江桐庐县莪山乡戴家山村的畲族民居里，成为当地村民和游客的公共生活纽带，带动莪山乡文创和民宿产业发展。

厦地水田书店位于闽东最美古村落之一的屏南县厦地村北侧。从远处眺望，书店就像被包裹在广阔的水田里。它的建筑是通过仅剩三面墙的废墟改建而成。200多平方米的书店空间，柱体之间都被贯通，再通过向上提升，令空间分散成不同的几何尺度。在二楼悬挑的咖啡馆里，人们可以一边品味咖啡的香气，一边透过露台欣赏外面的稻田风光。参与古村文创的诗歌爱好者郑青说："看见那么多诗集和乡土文化、哲学、社科类图书放在这边，连福柯的书都有，感觉进到了一座精神殿堂。"而这家书店的到来，正与近年来屏南县实施"以艺术唤醒乡土，以文创激活古村"策略，开展公益艺术教育，引人关注传统村落民居，引人共建共享优质生活社区，实现"古村落文艺复兴"的探索实践相呼应，两者相得益彰。它为古村吸引和留下高素质人才营造了更有魅力的文化环境。

陈家铺平民书局选址于浙江松阳县的一个崖居式古村落。书店由建筑师张雷精心打造，在打通二层空间、大幅调高书架、拓宽所有窗户后，古旧的乡村礼堂变身为现代化书店，成为融合特选图书、文创工艺、旅游休闲和创作培育为一体的综合性文化平台。书局恰好在崖边，坐在店里就能看见屋外青山、白云、梯田、竹林、古树以及村落的崖居样貌。

陈家铺过去是个"空心村"，2018 年 6 月，平民书局开业，在当地政府的支持和媒体接二连三的报道下，游客们纷至沓来。很快，村里开出了第一家农家乐——"老鲍农家乐"（陈家铺的村民都姓鲍）；家家户户门前挂起了招牌，有的写"小卖部"，有的写"农家住宿"。老人们在路边支了阳伞，搁上两篮子红薯干、笋干，就是一个简易摊位，见客人走近，笑盈盈地招呼着买卖。曾经离开的村民开始回流。松阳县政府还依托平民书局，在陈家铺建立了作家驻村写作中心。

逆行拥抱乡土的文化情怀

先锋书店本是繁华都市中一家文艺范的品牌书店。

近年来，随着工业化、城市化进程加快，很多年轻人纷纷选择离开乡村进入城市。先锋书店却逆流而上，拥抱乡土。

他们精心选择具有文化传承价值的村落，因地制宜，把传统民居、建筑的特点和现代风格结合起来，把乡村旅游经济和文化发展结合起来，把读书文创与休闲娱乐结合起来，把实体书店的现场体验和网络远程选书配送结合起来，力求文化效益与经济效益平衡，促进城乡文化生活的对流与融合，让人们看到了乡村发展的更多可能性。

先锋书店掌门人钱小华是从农村走出来的文化企业家，对乡村有着深厚的情感和独特的认识。他经常跟往来的作家、诗人们一起在全国各地采风，看到很多传统村落只剩下留守的老人和孩子，由于青壮年流失，乡村正在成为一个文化活力越来越弱的场域。这引发他的忧虑和思考。

不让乡村"空心"，就得有文化力量注入。钱小华决定以到乡村开书店的方式文化反哺乡村，把文化和艺术带回乡村。他希望先锋书店不只是为村民带来一家单纯的书店，更重要的是，唤醒乡村更大的文化价值，促使年轻人爱上乡村及其所承载的古老而珍贵的文化。与此同时，先锋书店也可以帮助这些乡村重新恢复活力，并逐渐与当代社会产生联结。

　　几年下来，先锋书店开在乡村的分店，已成为一道生机蓬勃的文化景观。一家家小而美的乡村书店，正在见证着村庄命运的改变。先锋书店自身的经营方式也得到了很好的拓展，成功融入乡村文旅产业链。

　　"我们的选址非常讲究，多半选在村里的祠堂、文化礼堂等公共文化空间，因为我们希望书店能够唤醒乡土社会的记忆。我们不仅售卖书籍，还围绕当地文化设计制作创意产品。"先锋书店乡村拓展计划负责人、董事长助理张瑞峰介绍，"长远来说，我们想做的是激发一个地方的文化自信。现在，我们的几家书店已经成了当地的文化地标，学者、作家会来做讲座、搞创作，建筑师们来分享乡建理念，电影人还来拍过电影。一个在拥有名胜古迹和文化地标的地方长大的孩子，心中的底气是不一样的。书店，就像在他们的心里播下一粒种子。"

　　先锋乡村书店的探索之路表明，乡村文化建设需要雪中送炭的情怀，乡村欢迎优质的文化业态进入。乡村特色文化业态，因为美好才动人；能够创造和提供优秀的文化产品及服务，为乡村振兴增光添彩，才能获得长久的生命力。

2021 年 4 月 21 日

亮丽的农业文化名片

——西藏山南市乃东区青稞种植系统走笔

人间有了青稞粮，

日子过得真甜美；

一日三餐不愁吃，

顿顿还有青稞酒。

人人感谢云雀鸟，

万众珍爱青稞粒。

这首赞颂青稞的民歌，反映了青稞在藏族人民生活中的重要地位。

前不久，农业农村部公布第六批中国重要农业文化遗产，西藏乃东青稞种植系统赫然入列。

山南市乃东区是西藏独特的粮食作物青稞的驯化起源地，拥有至少 3500 年的种植历史，形成了内涵丰富的高寒农业文化系统。其青稞种植文化逐渐传播到其他地区。

青稞传统种植技术是藏文化的核心意象之一。历史悠久的乃东青稞种植文化景观引发人们好奇、神往。

劳作是对这片土地最忠诚的热爱

最好是在夏天，来到西藏，穿行在雪域高原山路之间，一片片青绿色跃入眼帘，那便是令人心旷神怡的青稞种植地美景。阡陌交通、鸡犬相闻的乃东村落，牦牛与骏马静默其间，青稞在一片无垠的绿海中，在阳光的照耀下绽放出旺盛的生命色彩。

而秋收时节，青稞黄熟，一大早，藏民就来到自家田地开始新一天的劳作。他们弯腰开镰，汗水从额头滚落到田间，微笑却始终挂在嘴角。

在青藏高原，青稞种植技术与其他区域农耕生计相比十分不同。"青稞父母子三者，天的雨雪为其一，九年旧肥为其二，黑土蒸气为其三。"在长期的生产实践中，乃东农户形成了许多与高原生态环境有较好互动的耕作技术、知识与习俗。

乃东农户通过留种、换种的技术保证了传统青稞品种的存续。在千百年历史中，当地形成了轮作、休闲为主的高原农业耕作制度，即：不同作物两年、三年、四年或五年一轮作；藏民们还会根据土地的不同肥力状况，进行土地休闲，以此来养地培肥蓄水。从春耕到秋收、秋翻等耕作，再到高原河谷的轮作与休闲制度，"人—地—青稞—牲畜"之间的能量循环机制，形成了青稞种植技术的核心内容。

选择青稞传统的种植技艺，体现了藏族先民对青藏高原的生存调适，也是对生活的这片土地最忠诚的热爱。

与青稞种植密切相关的文化

青稞是制作藏民每日所需的糌粑、青稞面、青稞酒的原料。藏民将青稞看作是"谷中之王"，认为青稞吸收大地之精华、自然之灵气，为凝聚"央"之谷物，是人身所需的"力量"之源。藏民也把青稞称为"众生之母"，用其制作的糌粑被视为"无价之子"，其酿的酒被称为"甘露妹子"。

以青稞为中心的农业生产活动，在青藏高原历史发展中扮演着重要角色，衍生出了与青稞种植密切相关的文化。它涵盖青藏高原农业文化的诸多方面，在朴素哲学、思想伦理、神话传说、天文历算、医药知识、民俗习惯、日常生活等都有体现。

村民在节日里跳起古朴、奔放的山南藏族卓舞（腰鼓舞）。

这方土地上的人们，在漫长的岁月中，与天灾和病魔抗争，农耕牧养，种植青稞，生息繁衍。在这里，他们产生了西藏历史上第一个首领，开垦了第一块农田，建筑了第一座宫殿，书写了第一部经书。至今，为纪念西藏第一块良田——萨日索当，每年春耕时节，雍布拉康山脚下的农户都会穿着节日的盛装，来到萨日索当田间，举行隆重的开耕仪式，表达对丰收和幸福生活的期盼。

在乃东，青稞与藏民的一辈子密不可分。在婴儿出世的第三、四天，亲朋好友会携带一小袋糌粑和一块新鲜酥油前往祝贺，一般抹一点糌粑在婴儿头上，表示祝福。青年男女成婚之日，要送上象征着吉祥幸福的五谷斗，其中就包含青稞，这是对新婚夫妇步入人生新阶段、开始承担社会及家庭责任与义务寄寓美好的希望。

打造西藏青稞高原名片

近年来，青稞作为绿色食品，越来越受到人们青睐。通过深加工，乃东开发了多种以青稞为主要原料的食品，如青稞麦片、青稞挂面、青稞营养粉等，俏销市场。

乃东区充分发挥西藏自治区独特的资源优势和人文特色，打造以青稞为核心的高原特色农牧业品牌。

该区以山南市农牧业"产业、品牌、商标三推进"为依托，重点打造乃东结巴青稞加工基地。目前，正在大力建设以青稞深加工为主的高原特色品牌——"藏地圣田"。"藏地圣田"品牌打造，有力促进了乃东区青稞产业发展，形成青稞产业产、加、销一条龙的产业链。

乃东结巴青稞加工基地每年带动周边农户种植青稞，收购青稞原料 300 万斤，对青稞收购实施 0.2 元/斤的补贴，直接提升种植户的现金收入。

"藏地圣田"区域公用品牌建设还带动了"高原草莓""泽贴尔手工编织""高原矿泉水""白荣奶牛""山南藏鸡""河谷红枣""温吧马铃薯"等地理标志农畜产品打造，创建了一批乃东区特色高原农牧业产品品牌。

此次乃东青稞种植系统入选第六批中国重要农业文化遗产，为乃东区又添一张亮丽的新名片。

乃东区立足当地自然资源和文化积淀，加强农业文化遗产传承保护，积极推进农文旅融合发展，着力打造一批精品园区、精品乡村和青稞文化旅游线路，创建乃东区特色农牧业旅游品牌，让农业文化遗产更好地赋能乡村振兴。

2021 年 12 月 6 日

农耕风景线　致富聚宝盆

——物华天宝的中国重要农业文化遗产地见闻

金秋时节，陕西佳县古枣园的红枣熟了；内蒙古阿鲁科尔沁草原游牧系统的羊群在迁徙追逐中日渐肥美；云南普洱古茶园与茶文化系统核心区的傣族、佤族、布朗族村寨迎来新一批游客；贵州从江稻鱼鸭复合系统的万亩有机香禾糯丰收在望，十里飘香……迷人的中国重要农业文化遗产地物华天宝，承载着乡愁记忆和祖先留下来的优秀农耕智慧，给现代人以无尽的启示和精神情感慰藉。

每一项农业文化遗产都是一个典型的"自然－经济－社会－文化"的复合生态系统，蕴含着人与自然和谐共生、可持续发展的理念，堪称生态循环农业的典范。近年来，拥有丰富物产资源、珍贵传统农艺、优美大地景观的中国重要农业文化遗产地政府和人民，在国家政策的扶持激励引导下，将保护和合理利用农业文化遗产资源与脱贫致富有机结合，推进一二三产融合，延伸旅游、物流、电商、文创等产业链，增强了当地经济的"造血"能力，走出一条"特色物产＋品牌效应＋新兴业态＋文化自信"的乡村振兴新路径。

以特色物产助力脱贫致富

有超过三分之二的中国重要农业文化遗产以主导产品命名，如：江西万年稻作文化系统、福建安溪铁观音茶文化系统、陕西佳县古枣园、宁夏中宁枸杞种植系统、云南漾濞核桃－作物复合系统、浙江绍兴古香榧群、河北宣化传统葡萄园等，各自都有代表性的特色物产。这些特色产品为开展产业致富提供了重要支撑。

"天下枸杞出宁夏，中宁枸杞甲天下。"这是宁夏中宁枸杞种植系统传承不衰的荣誉。近年来，中宁县通过政策驱动、科技推动、市场拉动等措施，让枸杞产业走上重品质、树品牌的转型升级之路。目前，该县枸杞种植面积达20万亩，枸杞产业年综合产值达88亿元；全县农村有10万劳动力围绕在枸杞这条产业链上，农民人均可支配收入的45.3%来自枸杞产业。

"从江香禾糯"是贵州从江侗乡稻鱼鸭复合系统的特色产品，素有"一亩稻花十里香，一家蒸饭十家香"的美誉。2012年，怀揣创业梦想的湖南武冈人夏云刚响应从江县政府招商引资的号召，与相关企业一起来到从江考察时，被这股稻香深深吸引。如今，他在从江创办的贵州月亮山九芗农业有限公司拥有优质稻种植示范基地、特色香禾生产基地、香禾品种选育基地等5万多亩，订单业务覆盖全县19个乡镇135个行政村，订单农户达1.5万余户，户均年增收3650元。

云南哈尼稻作梯田系统所在的红河县、元阳县、金平县和绿春县过去都是国家级贫困县，红河州建设8万亩红米生产基地，助农增收1.44亿元。

红河县挖掘梯田红米、生态茶叶、梯田鸭、山地鸡、稻田鱼等产品，由合作社对产品进行统一加工和包装，开展电商扶贫，让农业文化遗产地的生态农特产品搭乘信息化的快车，破解"好东西多，但卖不上价，卖不出山"的难题。

一批高素质农民带领乡亲们将哈尼梯田农特产品打出品牌，形成产业。郭武六是红河县宝华乡嘎他村生态养鸭协会会长，他从小小鸭蛋看到商机，发起成立养鸭专业合作社，注册品牌，实行分头喂养统一销售，让家乡的红心鸭蛋走向广阔市场。目前合作农户达205户，养鸭规模2.2万只。原来不值钱的"嘎他"鸭蛋现在卖到每个3元以上。绿春县大兴镇瓦那村青年李高福，成立红河哈农农产品开发有限公司，做强传统美食红米线产业，建立连锁直营店，带动更多哈尼族乡亲脱贫致富。

品牌效应提升产品价值链

农业文化遗产地的产品不光是生态农产品,更是有文化内涵的产品。依托农业文化遗产这个"金字招牌",通过品牌打造、产业化运作,形成"龙头企业+合作社+农户"的发展模式,引导重质量、有品牌的企业和合作社使用农业文化遗产标识,能有效提升优质产品价值链。

内蒙古阿鲁科尔沁草原游牧系统的羊群每年都会行程近 100 公里迁徙、回归,每天都会在广袤的草原上奔跑、追逐。当地巴彦温都尔苏木的牧民成立阿鲁科尔沁旗中安汇农互助合作社,依托原始游牧文化,给羊体内安装可追溯生长环境的电子芯片,打响"珍草羊"品牌。

中国贡米之乡江西万年县是世界稻作文化的起源地。近年来,万年贡集团充分发挥当地稻作文化优势,做强万年贡米文化品牌,与全县 22 家粮食专业合作社和 3 个贫困村签订优质稻收购订单 10 万吨,总订单面积超 18 万亩。公司收购优质稻订单价高于市场价 0.5 元 / 公斤,农户每亩增收近 300 元。

拥有八千年小米种植历史的内蒙古敖汉旗实施"名牌战略",充分利用全球重要农业文化遗产"敖汉旱作农业系统"的影响力,把敖汉小米培育成全国知名的区域公用品牌,以集体品牌带动企业和合作社自创品牌。让小米产业成为当地农民脱贫致富的主导产业之一。

敖汉旗新惠镇扎赛营子村惠隆杂粮种植合作社的谷子全部种在孟克河两岸的山坡地上,20 余种杂粮单品在有机认证上达到了"一品一标"。合作社借助敖汉旗悠久的农耕历史、优良的生态环境、"全球重要农业文化遗产"的文化底蕴,塑造"吃的不是米,吃的是文化"的品牌形象。他们从传统农耕技艺获得灵感,返璞归真、另辟蹊径,引进多台石碾台,低速低温碾制保证了米胚中的活性物质不被破坏,留住小米天然醇厚口感。石碾小米是招牌产品"月子米"的重要原料,形成了独树一帜的惠隆特色。目前,该合作社建有杂粮杂豆生产基地 1.5 万亩,带动周边杂粮生产基地 3 万亩,带动农户 2300 户,直接和间接安排就业7000 多人。

惠隆合作社只是敖汉旗妙用农业文化遗产做大做强小米产业的一个缩影。为完善敖汉小米产业链条，全旗组建了 366 家种植专业合作社，引进了 27 家龙头企业，2019 年，仅龙头企业、合作社带动年销售敖汉小米就达 8000 吨，为农民增收 1.6 亿元以上。

农文旅融合培育新兴业态

农业文化遗产地是当地人民因地制宜巧妙利用当地气候和水土资源创造出的经典农业复合系统。这些农业遗产与周边自然环境天人合一，农产独特、民风淳朴、底蕴深厚，是营造文明乡风、推进三产融合发展的绝佳基础。依托重要农业文化遗产资源发展农文旅融合项目，培育新业态，既能让城里人对乡村充满向往，促进城乡交流，增加农民收入，又能提高农民群众的文化自信和家乡自豪感。

广西龙胜各族自治县以保护和传承龙脊梯田农业系统为平台，打造"世界梯田原乡"旅游品牌，探索出一条"遗产、生态、旅游、扶贫"四位一体的发展路子，一批民族村寨发展旅游实现脱贫致富。该县大寨村位于龙脊梯田核心景区，村委会与旅游公司签订共同开发协议，村民负责种植水稻和维护梯田景观，旅游公司每年将门票收入按一定比例给村寨分红。2019 年，全村 275 户 1246 人共分红 720 万元。通过发展旅游，曾外出打工的村民纷纷返乡，村民们开农家旅馆、卖民族手工艺品、表演歌舞，家家户户吃起了旅游饭。

湖南新化县紫鹊界梯田系统申遗成功促进了当地旅游业发展，每年游客数量超过 100 万人次。农户通过售卖红米、板鸭等特色农产品，开办农家乐，入股村旅游公司等实现增收。当地成立"脱贫工程队"，将有劳动能力的低收入户吸纳到工程队，开展梯田景区设施建设和维护；开启"梯田认租"扶贫模式，让企业、城市居民认租贫困户梯田，合作社统一经营，扣除种植成本后，将收益返还贫困户。

以盛产铁观音茶闻名的福建省安溪县，近年来实施茶业庄园化战略，加强对铁观音茶文化系统的保护传承，茶旅结合，村美民富。该县桃舟乡添寿福地茶文化庄园带动周边 2100 多户农民建设无公害茶园近万亩，从业农民人均年收入 3 万元。目前，安溪县涉茶人口 80 多万，农民人均纯收入一半以上来自茶产业。在茶产业带动下，安溪县实现从"全省最大国定贫困县"到"全国百强县"的华丽转身。

一个个鲜活案例表明，传承保护重要农业文化遗产，创新发展模式和发展理念，给脱贫致富注入了新动能。农业文化遗产响亮的品牌效应，是遗产地特色产品远销的重要推手；传统农耕技艺和绚丽的农业景观，是乡村文化产业和农产品包装的创意源泉。对农业文化遗产心存敬畏和感恩，共享农业文化遗产，反哺农业文化遗产，光大农业文化遗产，让乡亲们致富之路越走越宽广。

2020 年 10 月 13 日

稻熟时节。摄于广西全州县庙头镇大碧头村。这里的桂西北山地稻鱼复合系统既是美丽家园，也是致富聚宝盆，村民脸上充满丰收的喜悦。

民间的记忆与遐想

民间，是乡土、百姓、祠堂、庙宇、茶馆、戏园、社火、集市等等的统称，充满人间烟火气，土味而繁华，是孕育、滋养中华文化这棵参天大树的土壤和根基。民间生活的美好，就在于其从容散淡中所显示出的强大包容性。

民间信仰中对自然神的崇拜包含了朴素的环境保护意识，如不滥杀野生动物，不砍伐水源地的树木等，至今仍有积极意义。以至当我们想起故乡时，每每与古老的村庄一同出现在眼前的，便是村头那片被称作"风水林"的参天大树和村口那座不知修自何年的苍凉古庙。它们像是遗落在岁月风尘中的远古符号记忆，让我们找到回家的路。

我记忆中的乡间寺庙，一年中总要举行一两次较大规模的佛事活动。当其时，四邻八乡的香客汇聚而来，热闹非凡，大家友善合作互助，其乐融融。往往节日到来之前，中老年妇女们便互相串联，商定好哪月哪天一同赴会，心里充满着虔诚和期待，其信仰的需要和社交的需要是相生相伴的，可能赶热闹的社交心理更多一些。上了年纪的妇女们在一起，少不了唠嗑一些东家长、西家短，以及年景好坏、儿子媳妇是否孝顺等等，互相说一些宽慰感叹的话，以求得一些心理的平衡和郁积情感的宣泄。也有一些人因长年患病，家有三灾六祸，或生意折本、升学不成、功名不就等，归结为气运不佳，因而一心一意祈求菩萨保佑，神明赐福，消灾祛病，指点迷津。这些人往往愁眉不展，表情沉重，虔诚跪拜，目不旁视，无心攀谈。周围人也都以同情理解的目光看他们，没有一点鄙视和幸灾乐祸的优越感。是啊，谁家没有一本难念的经呢？还有一些小商小贩，更精明地在庙门口道路两旁摆摊设点，供应茶水，卖香烛供品之类，这大概就是传统庙会的雏形吧。

我的家乡闽东山区一些祠堂、庙宇，这些年由于政府搞思想文化工作进村入户，将原有的祠堂或庙宇改建扩充为村文化大院，淡化宗族和迷信色彩，在里边增设图书馆、阅览厅、茶社、棋艺室、说书场等，吸引了村里的男女老少。乡亲们在这里还能看到科普墙报、政策问答、新村规民约，以及展示历任村干部为村里办实事多少的政绩栏等，接受文明洗礼，激发爱乡热情和自立自强意识，效果不错。

无独有偶，云南大理洱海的金梭岛上有一座遐迩闻名的三星庙，古色古香。其正殿陈列着白族人尊崇的神主塑像供游客观光，也可以烧香磕头，求签问卜。而庙的前院两厢则已辟为当地老人协会的活动场所。我看到一群穿着民族服饰的白族老人聚坐在一起，喝茶聊天，下棋看报，怡然自得。庙门一侧的墙上还有一段文字，介绍金梭岛今昔变化和岛上旅游资源、发展前景等，自豪之情溢于言表。显然，上述传统庙宇的功能发生了变化，神不再被视为至高无上的主宰，而只是作为一种古老文化和民间信仰的遗存，与普通百姓的生活联系在一起。

民间的魅力，就在于绵延不绝的烟火气和人情味，具有极为丰厚的民俗文化内涵。我不反对将现在建得过多过滥、档次又低的乡间庙宇进行必要清理、整合。但我此刻想得更多的是，如何在一切讲求整齐划一的现代经济社会，继续保留住民间传统的丰富多样性，让农民拥有像大地一样广阔的精神文化生活空间，比如在墟场集日、民间节庆、传统庙会、学校教育、村民议事、参政议政、公益活动等诸多方面，都能充分满足他们的群体认同需要和自我实现要求。愿民间生活永远充满色彩、魅力和回味。

1998 年 7 月 11 日

第三辑

大善乡村

曹娥江畔，笑读《曹娥碑》 沉吟黄绢语

　　虞山舜水如诗如画的浙江省上虞市曹娥江畔，一座千年庙宇，为纪念孝女曹娥而建。曹娥江汛期水急潮猛，江水奔腾咆哮，一到曹娥庙前面，立即变得无声无息，仿佛愧对孝女，悄悄遁去，过了曹娥庙门口，才敢再发出响声。

　　当地朋友的解说，给自然现象涂上人的感情色彩，这让我想起明代方孝孺《过曹娥江》诗云："娥以孝为本，江以娥得名。至今潮涨落，犹带哭爷声。"

　　曹娥是东汉时期会稽（今绍兴）上虞人。她的父亲曹盱是村中的巫祝，能打拍唱歌迎神赛会。汉安二年，公元143年端午节，曹盱在舜江中驾船迎接潮神，为水所淹。年仅十四岁的曹娥沿江哭喊着寻找父亲，为了不让鱼吃她父亲形体，投瓜果在水中，并说父亲若在此，瓜就下沉。寻找十七天仍不见父尸，曹娥便投入江中，三天后背着其父形体漂浮到江岸。

　　曹娥虽然死了，却能找回父亲的遗体，人们都说这是曹娥的孝心感动了天地。乡亲们在曹娥跳水救父的江边造了庙，把渔村叫作曹娥村，把舜江改名曹娥江。

　　东汉元嘉元年，上虞县令度尚对曹娥"悲怜其义，为之改葬，命其弟子邯郸淳为之作碑。"这就是著名的《曹娥碑》。

　　《曹娥碑》文辞绝妙，感情浓烈。其中一段译成白话是这样的：曹娥呀，你的孝道是如此美盛，远远超过了你的同龄人。有哪一个大封国的人们，礼仪人伦教育得这样好。更何况你出身低下，好像长在破屋中的杂草，没有人扶，它自己挺直；没有人砍削，它自己萎谢。看中原大地，没有比你更出众的孝顺儿女。但愿这块碑石千秋万代，永世长存……孝女虽然生前低贱，但死得高尚，为许多百姓家

庭作出了榜样，花落虽早，但又有什么可以后悔的呢？美丽漂亮的孝女，永世配为神灵，就像尧的两个女儿已化为湘夫人一样，为子孙后代仿效学习树立了榜样。

碑以载孝，孝以文扬。此碑文成为千古名篇。围绕《曹娥碑》，还发生过许多有趣的故事。

东汉太史令蔡邕，曾遭贬流亡吴越，闻知《曹娥碑》，趁着暮夜造访。他手摸其文而读，然后在碑的背面题写八个字："黄娟幼妇外孙齑臼。"

时人都读不懂它的意思。

后来三国时，曹操与杨修骑马同行，路过曹娥碑，见碑阴镌刻"黄绢幼妇外孙齑臼"八个字，感到很奇怪。曹操问杨修理解这八个字的意思吗？杨修正要回答，曹操说："你先别讲出来，容我想想。"直到走过三十里路以后，曹操说："我已明白那八个字的含义了，你说说你的理解，看我们是否见解一样。"杨修说："黄绢是有颜色的丝绸，色丝为绝；幼妇是少女，少女为妙；外孙为女儿的子，女子为好；齑臼是用来捣姜蒜辛辣调料的石臼，就是受辛，'受'旁加'辛'是辞（繁体字）。四字合在一起就是：绝妙好辞，是对曹娥碑碑文的赞美。"曹操听后惊叹："你的才思敏捷，超过我三十里啊。"

因为这个典故，后世灯谜中还专门设置了一个谜格"曹娥格"，即离合字谜。

历代文人雅士先后写诗、题文、书碑，缅怀这位为孝舍身的奇女子。东晋王羲之曾到曹娥庙书写曹娥碑。唐代诗仙李白也来了，留下诗作："人游月边去，舟在空中行。此中久延伫，入剡寻王许。笑读《曹娥碑》，沉吟黄绢语。"庙内现存曹娥碑系宋代王安石的女婿蔡卞重书，弥足珍贵。历代帝王也对曹娥大事宣扬，加封赐匾。最多时，曹娥庙有匾额170块，楹联57副。直到现在，民间每逢曹娥救父这一日，都要在曹娥庙举行盛大庙会。

与攀高枝、慕权贵、捧名人现象不同，从古至今，人们用各种方式纪念曹娥，将美好情感和赞誉，慷慨地投射到一介草根民女身上，不断丰富、升华着孝女故事的文本内涵。正如《曹娥碑》上写的：生贱死贵。一个普通百姓，不向多舛的命运屈服，靠至真至善至情行为，赢得历史的尊重和厚爱。这说明，历史虽常为成功显达者的历史，但冥冥中也透着一种公道：给底层民众最朴实的人性美，预设了青史留名光耀千秋的可能空间。曹娥故事从正面给人向善向上的鼓舞。

2014 年 12 月 27 日

"望兄亭""送弟阁"，千古佳话美德传

"望兄亭""送弟阁"，每次到苍坡，听着这个兄友弟恭、颇具仪式感的故事，心中就掀起久久的波澜，升起温暖的感动！

浙江省永嘉县岩头镇苍坡村，是一座建于宋代，至今保存较好、民风淳朴的古村落。村庄以"文房四宝"规划布局，笔街正对笔架山；村内宋代建筑的寨墙、巷道、民居、祠庙、砚池、亭榭以及古柏等，古意盎然。

岁月老人一般的望兄亭，立于苍坡村口东侧的南寨墙上，与不远处河对岸的方巷村"送弟阁"相对应。史书记载：南宋年间，苍坡李氏第七世祖李秋山和弟弟李嘉木，务农为业，孝顺父母，兄弟之间感情深厚，互敬互爱。后来两兄弟都成了家。大哥秋山一家搬到方巷去拓展祖业，弟弟嘉木仍旧住在苍坡老宅。分居是分居了，两个人的心还像山上的扁豆藤缠藤，分不开扯不断。他们日昼干完农活，黄昏后总要相聚在一起，道家常、话农桑、论诗文，风雨无阻。

一日，李秋山吃了晚饭，走到苍坡弟弟家里叙谈，一直聊到深夜才起身要回去。从苍坡到方巷，距离不过一里多路，但当时野径荒草，冷僻萧条。嘉木不放心哥哥一个人回去，就送他到方巷。嘉木转身回苍坡时，秋山更不放心弟弟，也要送他到苍坡来……后来，他们觉得这样送来送去耽误光阴，就商量好各自在村头建造一座亭阁。嘉木在苍坡村修了望兄亭，秋山在方巷村建起送弟阁。阁朝北，亭朝南，隔水相望，情意绵绵。兄弟夜聚分别之后，回到自己村舍的一方，就站在亭阁里，用明灯旋晃三圈，以报平安；对方见明灯三晃后，亦举灯三次，

表示已经知晓。

望兄亭、送弟阁是青瓦木建构亭阁。望兄亭亭柱上题写对联云:"平川日丽嘉木秀,仁里风高俊彦多。"900多年过去了,楠溪江畔的望兄亭和送弟阁还保存完好,李家兄弟相亲相爱的美丽动人故事一直流传着。

20世纪90年代,上海著名国画家夏蕙瑛来楠溪苍坡古村写生,她听到这个故事,勾起了诗情,遂赋诗一首:"欲寻桃源路,携秋楠溪行。村同古柏古,人比清水清。弟望送弟阁,兄送望兄亭。谁又点灯去,远山明月生。"

古道热肠的苍坡村民对此诗珍爱有加。如今,苍坡望兄亭畔竖起了一块书法诗碑,把李氏兄弟的故事定格在石碑上,千古佳话有了现代版本的续篇。

值得一提的是,楠溪江古村落群还有许多遗留下来的路亭。如岩头村路边有亭曰"乘风亭",四根亭柱上两副对子:"五月秋先到,一年春不归";"茶待多情客,饭留有义人。"相传在交通不便的时代,路亭不仅供路人歇脚,还提供可自取的草鞋和烹煮器物等,让奔波劳顿的外乡人按需取用。民风淳朴厚道如此,令人感怀!

如果说,苍坡李氏兄弟把手足亲情演绎到了唯美极致,那么,乡间路亭的设置,则是推己及人的大善之举,是兄弟骨肉之爱向社会层面的"推而广之"。善哉美哉,吾土吾民!

2014年7月26日

鸡黍之约：三杯吐然诺　五岳倒为轻

——金乡县鸡黍村"二贤祠"诚信文化走笔

　　鸡黍村所在的山东省金乡县鸡黍镇，我去过多次，那里现在是著名的大蒜之乡。蒜农们有的成为知名企业家，把生意做到了国际上去。但我却很长时间里都不知道那里发生过更著名的"鸡黍之约"故事。鸡黍村"二贤祠"（也称"信义庙"），自汉代以来供奉着该村出生、吃黄米饭长大，后来成为诚信祖师爷的古代道德标杆人物范式和他的好友张劭。

　　曾经年少无知的我，每回听到鸡黍这个地名，不知为什么，脑中竟会闪过很不恭敬的字眼——鸡屎。心想，怎么起这样俗的名字呢？后来知道典故来历后，对鸡黍二字陡增敬意，并对自己的浅薄、恶俗很是自责：世上还有多少文化宝贝，被人无知无畏地鄙夷、忽视呢？不能不汗颜和警醒呀！

　　由于遭"文革"毁坏，"二贤祠"如今只剩下遗址了，好在二贤的故事还在村中口口相传，实诚的美德还是村民最可亲可敬的性格。

　　史书记载：东汉时期，山东金乡人范式，字巨卿，年轻时在太学结识同窗好友河南汝南人张劭，字元伯。二人交情深厚。毕业临别时，他俩约定，隔年相互探望双亲，见见对方的孩子，对方杀鸡煮黍招待。

　　两年后，"鸡黍之约"的日期快到了，张劭请求母亲准备好酒菜等候范式。张母说："已经分别两年了，金乡、汝南相距千里，你怎么相信这话能当真呢？"张劭回答："范巨卿是诚信之士，一定不会违约的。"张母说："果真这样，我就为你们酿酒，到时杀鸡煮黍为他接风。"

到了约定的日子，范式果然如期而至。他拜见了张劭的母亲，和张劭饮酒畅叙，尽欢而别。

后来，张劭病重，临终叹息道："很遗憾不能见我好友范式了。"不久就去世了。这天，范式梦见张劭对他说："巨卿，我已于某日死去了，另一天就要下葬，就此永远阴阳两隔。你如果没忘了我，能不能再见我一面？"范式猛然惊醒，大哭一场。他把事情全部向太守做了报告，请求让他前去奔丧。太守虽然心里并不相信，但不忍心违抗他的深情，就同意了。范式立即快马加鞭赶赴张劭下葬的地点。范式还未赶到，葬礼已经开始，但棺枢却怎么也放不进墓穴。张劭的母亲抚摸着棺木说："元伯，你还有什么愿望吗？"于是就把棺木停在外面一段时间。这时，就见有人素车白马，一路号哭而来。张母说："这一定是范巨卿到了。"范式赶到后，叩拜行丧礼，说："元伯啊，您可以走了。生死异路，咱们就此永别吧。"说罢，范式拉着棺木上的绳子走在前面，棺木才开始移动了。范式为张劭修好坟墓，在墓地周围种上树木，一切收拾停当后才离去。

范式、张劭，远隔千里，如期赴"鸡黍之约"，信义之风为世人所敬仰。范式为死友下葬的事迹在当时广为流传。他们是真正的君子之交，一诺千金，言必信，行必果。"鸡黍之约"因此成为"诚信"的代名词，对中华民族价值观建构产生了深远影响。

为纪念二位贤士，范式家乡范庄村的老百姓把范庄更名为鸡黍村；张劭故里汝南张庄的百姓将张庄改名金乡铺，并筑"鸡黍台"供人凭吊。当时的山阳郡太守将二贤士情况上报后，汉明帝感其诚信，下拨银两，在两地修建了"二贤祠"。

历代典籍，如《后汉书》《搜神记》《金刚经》《元杂剧》《喻世明言》《山东通志》等，对范、张"鸡黍之约"均有记载和描述。特别是明代冯梦龙的白话小说《范巨卿鸡黍死生交》，使这个故事更加深入人心。

诗人们借"鸡黍"一典咏物传情。唐代李白在《送戴十五归衡岳序》中说："鸡黍之期，当速赴也。"高适《赠别王十七管记》："款曲鸡黍期，酸心别离袂。"彦谦《道中逢故人》："良会若同鸡黍约，暂时不放酒杯空。"孟浩然《过故人庄》："故人具鸡黍，邀我至田家。"明代秦士奇《过鸡黍村感怀》："千古论心地，山阳汝水头。相看明月夜，犹是汉时秋。"……

在古代，"鸡黍"是款待客人的饭菜。黍也叫黄米，一般都是磨粉做成糕食用。以上诗文中，"鸡黍"所指，已不再是单纯果腹的食物，而是升华为"三杯吐然诺，五岳倒为轻"的人际交往之间相互尊重、诚实守信的丰富文化内涵，蕴含着人们对信义君子人格魅力的永恒向往和礼赞。

如今，距《后汉书》记述范张故事的年代两千多年过去了，种大蒜的山东金乡鸡黍村村民，种粮食蔬菜的河南汝南金乡铺村群众，仍然都以"鸡黍之约"发生地为荣，强化着一脉相承的诚信文化认同。

鸡黍村成长起来的企业家王翠英，与加拿大客商签订大蒜出口合同，三天后市场价格飙升，她严格按协议价格履行出口合同。被感动的客商后来为王翠英介绍来几个国际大客户。

这些掌故说明，诚信立身君子风，人心向善，本没有时代、地域之分。

2014 年 8 月 8 日

仁医董奉:"杏林春暖"济苍生

在医生和患者缺乏信任、医患关系紧张的今天,有一则不常用的成语忽然闯入脑海,唤起心中波澜,眼前顿时春暖花开!这个成语就是"杏林春暖"。于是勾起好奇心,做了一番探究。

后汉三国时期,侯官董墘村——今福建省长乐市古槐镇龙田村董厝,出了一位与华佗、张仲景并称"建安三神医"的名医董奉。他先后在家乡和江西庐山等地行医施药,给百姓看病不收钱,但要求患者在其住处周围种植杏树,重病好了栽五棵,轻病好了栽一棵。郁郁葱葱的杏林,连老虎都喜欢到这里嬉戏取乐。董奉用成熟的杏子换成谷子救济穷人。这就是"杏林春暖"典故的来历。

因为董奉居杏林,"杏林"就成了中医的代名词。后世以"杏林春暖""誉满杏林"赞美医术高明、医德高尚的医家;尊董奉为"杏林始祖",祀为医仙。

所谓"医仙",就是能起死回生的医生。董奉少年学医,接受道家学说。青壮年时悬壶游走南方各地,治病救人。史书记载,一次,董奉到交州(今广西一带),正赶上交州刺史吴士燮病危,昏迷已经三天。董奉用自制药丸三粒塞入病人口中,温水送服。稍后,病人手脚就能动弹,肤色转活,半日后能坐起,四天后能说话,不久病愈。

柴桑郡(今九江市)有一屈姓女子得了怪病,神志昏乱,狂躁乱舞,不能入眠,认为被"鬼魅"缠身。请了很多医生都束手无策。董奉叫人从湖汊沼泽弄来一条样貌可怕的白鳄鱼,驱赶至屈家门前,让该女子到门旁观看。董奉让随从的人当场把鳄鱼杀死，并取鳄鱼血及胆汁调药令该女服下，该女子的病就好了。——想来，这是董奉根据病人受惊吓得了癔症，科学运用心理疗法的成功医例。

后来，董奉云游到庐山，在莲花峰下龙门沟住了下来。一如在福建老家，他给人治病分文不取，病人只需栽杏作为答谢。他治愈的患者不计其数，栽下的杏树竟有十万多棵。

他让山中的鸟兽在杏林中嬉戏，树下不生杂草，像是专门把草锄尽了一样。

杏子成熟后，董奉并不卖，用它来换粮食。他在杏林建草房，置竹囤，兑换者无须告诉他，只要将一斗粮食倒入竹囤，就可以摘一斗杏去。

曾经有个投机取巧的人，拿来很少的粮食，却装走很多的杏。这时，杏林中一只老虎吼叫着冲出来。那人吓得慌忙逃跑，罐里的杏子丢掉不少，到家一看，剩下的杏正好和送去的粮食一样多。

传说此虎也是被董奉所救。有一次，老虎猎食未吐骨头，卡在喉咙，痛苦不堪，跑来董奉住所附近哀嚎。董奉胳膊套上竹筒，手伸进虎口取出了骨头。老虎获救后就留下来守护杏林，报答恩人。成语典故"虎踞杏林""猛虎守杏""黑虎卖杏"便出于此。

过去，走方郎中每到一村，必摇动手中的环铃，意在提示：医生来了，有病的快来看病。郎中手上的环铃名叫"虎掌"。这个"虎掌"据说就是从董奉当年虎口取鲠时用的竹筒演变而来，既能发出响声，又可炫耀其渊源和医技。

董奉之所以让病人种杏树，不仅因为杏子好吃，更因为杏仁、杏叶、杏花和杏树根皮均可入药。花叶美容疗不孕，根皮可接骨祛风湿，尤其杏仁价值更高，它是一种常用的祛痰止咳、平喘润肺的中药。用它给百姓疗疾，就可以减少成本。董奉以杏脯佐餐养生，又用杏果换来的粮食赈济平民百姓和过往路人，据说一年能散发出去两万斛粮食。

这是一种多么美妙的良性循环、可持续发展理念呀！

《真仙通鉴》记载："奉在人间百年，其颜色常如三十许人。"此话虽有夸张，但也不难理解，一个人心地光明，心态好，看起来比同龄人年轻很多是完全可能的。

张景诗云："桃花漫说武陵源，误杀刘郎不得仙。争似莲花峰下客，栽成红杏上青天。"说的是许多向往世外桃源、迷信成仙的人，往往误食丹药而死。不如向莲花峰下的董奉学习，多行善事，"栽成红杏上青天"，仁医道德风范长存，倒是可以精神不死，流芳百世。

董奉有条件成为当时巨富，但他的人生信仰和修养、智慧，使他不肯当守财奴。他四海为家，行医济世，乐善好施，以自由的精神，出世的心态，行入世的事业，举重若轻，做了许多功名心很强的人孜孜矻矻一辈子想干而未必干得了的名山事业，完成了一段不朽的生命传奇。

试想，如果他储存的是钱物，哪怕家财万贯，富甲一方，也早已化为乌有。像某些贪官，机关算尽，最终案发，充缴了国库，不过徒劳而已。但董奉留下的是一种精神财富，历久弥新，千年之下，仍被视为医生职业操守的理想标杆，给人温暖的激励，可见物质价值短暂，精神价值长久。董奉是个非常有智慧的人，他深谙这个道理。

2014 年 12 月 12 日

乡贤范遵厚：为家乡造一座盆景文化名园

在山东省临沂市沂南县砖埠镇铁山子村，有一处承载着沂蒙情怀与江南山水园林精髓的文化名园——润松园。它是由当地乡贤、著名企业家范遵厚为回报桑梓，多年悉心经营而成。润松园融生态、园艺、科普、观光、扶贫示范于一体，成为当代乡贤文化的生动诠释。

园内亭台楼阁、曲径水榭，古色古香，秀雅天成。数以万计的民间传统石碾、磨盘变废为宝，装点园内建筑。松、柏、桂花等各类精品盆景琳琅满目。范遵厚使深山野岭的废弃树桩化朽木为神奇，以巧妙的栽培工艺，培育了享誉国内外的珍贵盆景资源，获得很高的生态效益和经济效益。"游览润松园，胜似下江南"，润松园为临沂乡村旅游增添了一道美景，也带动了沂蒙老区园林绿化与花卉盆景产业高效快速发展。

乡贤创业路

农民出身的范遵厚，现为临沂市润松园林有限公司董事长、山东省花卉盆景奇石协会副主席。他有着典型山东大汉的粗犷豪爽，又不乏能准确把握时代脉搏与机遇的细腻和远见卓识。少年时代艰苦的条件让范遵厚小学未毕业就离开校园。18岁时他走出村子跑运输，贩运沂蒙山区的红薯干、花生等特产到江苏、上海等地。诚信经营得到客户的信赖。二十世纪九十年代初，江苏一家老客户企业转制改行，便将为上海某大型企业运送酒精原料的业务推荐给了厚道实诚的范遵厚经营。范遵厚把握机遇，拓展物流业务掘到了创业的第一桶金。从此他如蛟龙入海，事业越做越大。他在上海浦东承揽园林绿化工程，南方城市优美的绿化景观给他很大触动，心想，什么时候自己的家乡也能变得这样美该多好啊。他预感到环境绿化美化是将来社会发展的趋势和新兴产业。于是，在跑绿化树木采购过程中，他也开始买进一些盆景树种、桩材带回沂南老家培育。

他所在的村庄与智圣诸葛亮的出生地近在咫尺。从小对诸葛亮智慧的膜拜，在骨子里对文化的渴求、对校园的眷念，让范遵厚形成了一个对他终生有益的习惯，不论何时何地，只要稍有闲暇就读书看报思考。凡有精彩之处或者心有触动而发的情思，他都记在笔记本上。多年下来，他积累了一摞摞的读书笔记，他也在社会的历练中成为一个胸怀丘壑、腹有诗书、才情勃发的实干家。他投身市场经济大潮终成时代的佼佼者，成为沂南县、临沂市知名的农民企业家。

二十世纪九十年代末，范遵厚事业初有所成，便在繁忙的工作之余全身心地投入盆景艺术创作。常年奔走在上海、江浙等地，让他对江南的园林情有独钟。建设一座融入家乡沂蒙文化精髓的南派园林，成为他心中的梦想。

为了建造理想的园林，他一手抓商业物流获取真金白银，一手抓盆景收藏积聚绿色银行；一面成立园林绿化公司承揽工程，一面组建绿化苗木合作社培植基地。润松园林有限公司成为集花卉苗木产销、松柏盆景培育、生态观光、园林绿化施工为一体的综合性企业，走出一条滚雪球式良性循环发展之路。

美哉润松园

许多园林杰作，如上海的豫园、苏州的拙政园、同里的退思园等，都是园主几代人创造积累的心血结晶。范遵厚心中树立了高标准，决计也要给家乡、给后代留下一笔宝贵的文化遗产。

范遵厚对园林艺术有着融会贯通的才情与非凡的领悟力。他一步一个脚印，自学成才，在园林、盆景艺术以及景观建造方面达到很高的造诣。十多年来，他按照心中的梦想，博采众长，自行大胆规划设计。园内建筑在徽派风格基础上求变求新，聘请曲阜古建筑专家营造雕梁画栋的东方传统文化氛围；用沂蒙片石累砌花坛；大量收购旧村改造时群众遗弃的磨盘、碾盘、碌碡、马牛槽等石制品，组成方阵，上置盆景，让人感受到壮观与绝妙。

润松园面积 500 多亩，园中套园，景内含景，通过巧妙的抑景、添景、借景、框景、漏景等造景手法，融情于景，追求"虽由人作，宛自天开"的艺术效果。漫步真柏园、松风园、桂花园、名木古树园、苗木培育园等，曲径通幽，移步换景。这里栽植各类名木古树 8000 余株，培育各种名贵桂花 9000 余株，每年能生产桂花、流苏等各类花卉苗木 200 余万株，松柏盆景 10 余万盆。其中，范遵厚创作的盆景艺术作品，苍劲古朴，雄浑自然，深得泰松岱柏之妙。其代表作品《问青天》《七子之歌》《历尽沧桑更风流》《扶摇直上》等，在各级盆景展赛中屡获大奖。

中国盆景艺术家协会副会长、盆栽大师王选民来沂蒙润松园参观考察后直呼"没想到"。王选民说："作品代表着人品，厚德才能载物。沂蒙润松园园主范遵厚先生有胆量、有肚量、有雅量，为人朴实无华、古道热肠，其作品和人品都是一流的，在业内有着很高的声誉。有了这些有利条件，沂蒙润松园的发展后劲是非常足的，前景广阔，明天的润松园将会更加美好。"

仁风惠乡里

范遵厚特别喜爱生长在家乡沂蒙山上的苍松翠柏。由于长期在寒冷的环境中生活，这些松柏形成了独特的御寒构造和灵性、风采：松枝傲骨峥嵘，柏树庄重肃穆，身姿伟岸，四季常青，历严冬而不衰，经酷暑不改容。

范遵厚说，中国人自古对松柏情有独钟，不断注入主观情感和意趣。荀子云："岁不寒，无以知松柏；事不难，无以知君子。"松柏成为君子品格、节操的代名词。松柏也寄托着百姓长寿吉祥的愿望。

范遵厚发扬松柏精神，踏遍塞北江南搜寻五针松、山松、雪松、樟子松、赤松、油松、白皮松、锦松、黄山松、金钱松、罗汉松、杜松、水松等盆景资源，用本地耐寒耐旱的黑松桩材嫁接，艺术地施以妙手、裁剪造化。经年累月，润松园积累了大量松柏盆景素材，其中黑松桩材两万多株，大阪松桩材4万多株。此外，还有数量颇丰的刺柏、侧柏、真柏、地柏、桧柏、翠柏、巨柏、崖柏、黄杨、紫薇、淡竹等。这里已成为沂蒙地区最大的高档花卉苗木及松柏盆景培育、展示基地之一。产品销往北京、上海、江苏、四川、广东等10多个省市。

润松园与山东农业大学等高等院校建立协作关系，成立植物研究所，全面整理松柏盆景、珍稀花卉、乡土树种资源，建成了全国知名的植物种质资源库。

范遵厚具有蒙山松一般敦厚质朴、勤勉善良的性格。他致富不忘乡亲，把园林盆景技术和信息无偿向周围群众传授。他与50多户有苗木种植意向的困难群众结成"一对一"帮扶对子。他发起成立永兴苗木专业合作社，成为"省级先进示范社"，带动周边村发展花卉企业30余家，帮助200余户乡亲走上致富路。他长期资助敬老院和贫困学生。为弘扬沂蒙红嫂文化，他每年出资与沂蒙现代红嫂一起走进军营开展军地联谊活动。

而今，润松园入选"山东盆景名园"、山东电视台影视拍摄基地，并作为临沂市全域旅游重要景点免费向公众开放。范遵厚被评为沂南县劳动模范、临沂市"沂蒙乡村之星"。范遵厚的目标是将润松园建成国家级名园，可谓"胸中逸气贯苍穹"。

2017年4月6日

他让一颗红枣 "72变"

"七月十五枣红圈，八月十五枣落竿。"金秋时节，一年一度的"好想你枣乡风情旅游节"在河南省新郑市举行。各地前来打枣、枣林拔花生、领略枣文化和田园风光的人们摩肩接踵，热闹非凡。

在枣乡人们的眼里，枣与桃李杏栗并称五果，位居五果之首的枣是非常有灵性的。用竹竿打枣有节节高的寓意。因而每年枣儿成熟的时候，打枣成了大人小孩们的乐趣。

如今，古老深厚的枣文化，因为一个叫石聚彬的农民和他创办的好想你枣业股份有限公司而升华、光大。好想你中华枣文化博览中心包罗汇集了我国8000年红枣历史、文化、民俗、农艺、美食等。好想你枣业用现代食品技术和理念，让一颗红枣 "72变"，研发出以枣博士、枣片、红枣粉等为主导产品的10大系列270多个单品，打造出了全国知名的"好想你"品牌，专卖店达到1000多家，年销售额4.5亿元，正在努力兑现"让每一个中国人都能吃上最好的红枣"的诺言。

亲亲的红枣文化

风情旅游节期间，记者和众多游客一起走进石聚彬支持兴建的中国唯一的枣博物馆——中华枣文化博览中心，顿时感受到一个农业产业化公司浓厚的文化味

169

道，以及石聚彬身上剪不断理还乱的大枣情缘。

红枣在英文里学名叫 ChineseDate，从名字上看，产地就是中国。世界上99%的红枣都来自中国，只有1%产自日本、韩国、伊拉克等国家，因此红枣是我国特色果品之一。据新郑裴李岗文化遗址出土的碳化枣核考证：早在八千年前，我们的祖先就食用红枣了。

传说枣这个名字是由轩辕黄帝取的。自古以来，枣乡民俗中处处离不开枣，祝福、祝寿、贺年、贺喜的食品中必有红枣。孩子过生日时，父母就让孩子在放着枣糕的案板前跳三下，预示着孩子跳得高，长得快。结婚的时候，新人要吃红枣和花生，寓意早生贵子，儿女双全。

文人墨客也钟爱红枣。唐代大诗人白居易，祖籍新郑，他的《杏园中枣树》写道："君求悦目艳，不敢争桃李，君若坐大车，轮轴材需此。"赞扬了枣树的崇高精神。红枣还是我国首批公布的药食兼用果品之一。《本草纲目》记载："枣为脾之果。"民间有"门前两棵枣，郎中不用找；男子不可三日无姜，女子不可一日无枣；日食三枣，红颜不老；五谷加红枣，赛过灵芝草；左手花生右手枣，健康跟着你来跑"等谚语，道出了红枣珍贵的营养保健价值。

困难年代，人们视大枣为度荒的"救命树"；现如今，它成为农民增收的"致富树"。红枣产业已成为产枣区拉动农业、加工业、商业、旅游业发展的一支重要力量。

领跑中国红枣产业的就是好想你枣业。"好想你"率先把地方特产做成全国品牌，改变了一方人吃一方枣的传统，也改变了人们只在红枣季节吃枣的习惯。

石聚彬说："作为一个企业必须有自己的品牌，而这种品牌要深入到广大消费者的心中，必须有文化内涵。建立枣文化博览中心，就是打文化这张牌。"

感恩的阳光产业

好想你枣业公司董事长石聚彬，1961年出生于新郑市孟庄镇小石庄村。之后的40多年，他与家乡的红枣结下不解之缘。

14岁那年，石聚彬的母亲重病，乡亲们提着红枣、鸡蛋前来看望，还兑钱治好了他母亲的病。从那时起，石聚彬内心就激发了将来回报社会的感恩。

1986年，石聚彬从报纸上看到一条信息，红枣在南方颇受欢迎，很多深圳人都把红枣作补品煲汤。这信息使他如获至宝，他筹了几千元钱，开始做红枣贩运生意，一举挣了2万多元。他成为乡亲们心目中的能人，因此被村民推选为村主任。第二年，乡亲们把收获的红枣托付给他运到南方。由于市场调研不够，行情变化，红枣积压霉烂，一下子赔进去5万多元。

20多岁的石聚彬被这突然而至的打击惊呆了。最后，石聚彬黯然离开村庄，他辞去村主任，到郑州在朋友帮助下办了一家小印刷厂。"虽然离开了，但我知道，我肯定还会回来，因为，我离开的目的，就是想让自己多长些见识，然后做大枣产业，让家乡父老的腰包都鼓起来。"

1992年，石聚彬还清了当年欠下乡亲们的债务，回到家乡，承包了濒临倒闭的镇干鲜果加工厂的一个车间，这便是好想你枣业公司的前身。

这一次，石聚彬卖枣的思路已与5年前不同。当时市场上风行蜜枣。他预见到，从树上摘下原枣贩卖的时代过去了，枣类产品深加工的时代已经到来。为了开发新产品，石聚彬先后69次到广州、上海等地访名师、求名家。

石聚彬发现，南方人大多不喜欢吃带核的红枣。回到孟庄后，他立即组织人员着手开发生产"无核枣"。以皮薄肉厚、核小、味甜的新郑特产鸡心枣为原料的"去核鸡心枣"一问世，便在广州市场上一炮打响，后又在深圳、珠海等南方市场迅速走红。紧接着，鸡心人参枣、鸡心山楂枣、鸡心蜜饯无核枣等产品相继投入市场。

经过10余年发展，好想你枣业从一个不知名的小企业一步步发展成为全国枣行业的龙头企业。把土特产加工成一种礼品，越来越贴近于人们的消费理念和需求。从叫板口香糖的枣片、号称"东方咖啡"的枣粉，到煲汤的枣干、皮脆肉鲜的零嘴红枣，再到红枣茶、红枣滋补酒……围绕一颗小红枣，石聚彬硬是将"好想你"建成"红枣帝国"。好想你枣业不仅在河南新郑建有红枣工业园，还分别在新疆阿克苏、若羌，河北沧州等地建有红枣生产加工基地，带动了当地农民增收和生态环境的改善。公司捐助各项公益事业累计近千万元。

永远的农民情怀

对石聚彬的采访，是在一个占地 1 万平方米的贡枣苑里进行的。正是枣熟季节，满树红枣如珍珠玛瑙，很美。他走着说着，摘着吃着，记者感觉是在和一个农民探讨他的庄稼收成。

石聚彬喜欢称自己为农民。他身上确实有中国农民的许多特点，比如异常勤奋、十分节俭、特别看重"说话算数"。

他偏爱红色，专卖店门头、员工服装、各种形象宣传，红色永远是主色调。在很多正式场合，他穿的是红色西装，他相信红色代表着吉祥，还象征着兴旺。就连公司名称——好想你枣业股份有限公司，也散发出口语化的乡土气息，唤起人们心灵深处的亲情、爱情、友情、乡情……

石聚彬说，对他影响最大的人是他的本家堂哥。"我这个堂哥在一家矿务局工作，待人很和气，以前，我们这帮农村穷亲戚去了，他都是非常热情，端茶倒水，洗衣做饭，一点儿也没架子，不嫌弃我们。这点让我学到了，无论你到什么时候，你有再多的钱，可你还是个普通人。"后来，这种观念一直伴随着石聚彬。无论碰到谁，他脸上都挂着副微笑，笑得真诚亲切，让人浑身舒坦。这增加了他的人格魅力和事业的亲和力。

石聚彬把成功的原因很大一部分归结为"恒心"，他说："也许，每个人一生只能办成一件事，那我就不求多，我就认定了红枣，那是我们家乡的根儿，也是我这辈子能成事的根儿。我是农民的儿子，我要奋发，我不与别人攀比，不这山看着那山高，我坚守自己对红枣的情怀，坚定不移地走了下来。"

石聚彬最感欣慰的就是开辟了一个行业。现在新郑有 3 万人在从事红枣行业。全国已有数千万人从事红枣种植、收购、研发加工、储藏、运输、销售等工作。他说："每次在机场候机楼看到那么多的旅客三三两两的，提着各种红枣产品，我就感到非常开心。今年 3 月 6 日全国两会期间，河南省委书记卢展工赠送中外记者'好想你'红枣。这些都给我一种力量。"

石聚彬的梦想，是将好想你做成世界品牌，让中国红枣红遍天下。

　　他还倡议建设"树上粮仓"，广植大枣、核桃、板栗、榛子、枸杞、杏等"木本粮"，让它们与大米、小麦、玉米等"草本粮"一起丰富人们的食物结构，增益人类健康福祉，同时改善生态环境。

2010 年 9 月 21 日

格局大时路自宽

——记闽兴集团创始人林水俤先生

一

林水俤先生是福建籍知名企业家，他从一个农村娃白手起家，把引领时尚潮流的家居装饰工艺品产业做到世界领先。他创办的闽兴编织品有限公司员工达 3500 多人，每年产值数亿元，产品 95% 出口欧美各国。员工除了大学生、研究生之外，多是周边农村的乡亲，数千个家庭因此过上小康、体面的生活。他慷慨捐助家乡的幼儿园、中小学、道路和村镇建设，为抗震救灾等公益事业捐资巨万，曾荣膺"八闽慈善家"称号。他为社会做出贡献，但永远心存感恩，感恩时代，感恩社会，并感念故土乡情。如今，他和改革开放之初成长起来的那批优秀民营企业家一样，功成身退，事业的接力棒交给了后继者，自己则开启自由而充实的新生活。

因为特殊的机缘，我曾在林水俤先生位于福州市区闽江畔的家中做客，围炉煮茶，品茗聊天。窗外的闽江潮平岸阔，静水深流，欣欣向海；点点鸥鹭或翔或集，优雅自在，如诗如画。开朗风趣的林水俤先生精神矍铄，谈兴甚浓。他说人生的一大乐趣是跟朋友"吹牛"聊天。话题从创业故事、人才成长到新闻时事等，海阔天空，令人佩服他思维之敏锐、活跃。特别是充满传奇的创业故事，在他只是忆往昔、道寻常，在我却是如获至宝，对一向视为神秘的企业家的内心世界，有了全新的了解，对企业家精神也更增添一层敬重。

二

要说名气，福建籍企业家中最有名的当数曹德旺，林水俤和老曹是同一时期创业起步的乡镇企业家。一个把汽车挡风玻璃做到极致，笑傲江湖；一个把琳琅璨璀的家居装饰工艺品推向世界，美化提升不同肤色人们的生活品质。这里之所以扯上曹老，是为了做个参照，可知林水俤先生口中的这"牛"是真牛。

林水俤 6 岁时母亲去世，父亲再娶，举家从福州迁居闽侯县尚格村。家中兄弟姐妹多，生活艰辛可想而知。但穷人的孩子早当家，学习成绩优异（数学始终全班第一）的林水俤，初中毕业就参加生产队劳动挣工分，并向村中篾匠学习竹编手艺。当时正闹"文革"，全国都在批判刘少奇的《论共产党员修养》。林水俤不愿人云亦云，他很想了解书中到底讲了些什么。一次在村支书家见到此书，就借回去连夜读了，觉得讲得很好，怎么会是"毒草"呢？还书时，他向村支书讲了自己的观点。村支书也悄声说："水俤，我也觉得没有问题呢。"可见公道自在人心。少年林水俤已经显露出他遇事不盲从，能够坚持实事求是、做出独立判断的可贵品质。而这一优秀品质，为他日后的成功埋下了至关重要的伏笔。

20 世纪 80 年代初，中国开启全面改革开放的序幕。时任福建省委书记项南，提出发展"草根经济"。有手艺、又擅长管理的林水俤当上了乡办编织厂的车间主任。一番历练后，林水俤选择自主创业，在闽侯县白沙镇开办了自己的竹草编织工艺厂。通过与外商合资，企业有了出口贸易通道。不到十年间，竹编厂发展"蝶变"为闽兴编织工艺品有限公司，规模做到了全国同行业中最大。省市领导先后来厂考察调研，称赞林水俤为福建的民营企业增了光。

从小疼爱并看好林水俤的姑姑自豪地说："水俤，我一直相信你会成功，但没有想到你会把事业做到这么好、这么大！"

在姑姑的心目中，林水俤自小懂事，脑瓜灵，有责任感，知恩图报，敢作敢为，且善作善成。拥有聪慧的天资和好人品，加上改变个人和家族命运的创业激情，这样的人在改革开放的大时代，怎能不做出一番轰轰烈烈的事业呢！

三

林水佛的创业史，留待作家去书写吧，这里，我们只分享他的几则小故事，从中也能管中窥豹，领略成功企业家的过人之处，明白其成功绝非偶然。

有一年在广交会上，北欧瑞典的客户向闽兴公司下了大订单，要采购十几个集装箱色彩明艳的居室装饰品。这是天大的好事，员工们都很兴奋。林水佛却劝客户不要订那么多，因为他发现不妥，北欧冬季漫长且寒冷，不适合挂浅色窗帘，就婉转提醒客户，并请她坐下来喝茶，慢慢聊一下再做决定。林水佛建议她先定两三箱浅色的试卖，又为她另选几种适合北欧的深色款式。结果林水佛的预感应验，客户自己选的不好卖，他推荐的几款很快脱销。第二年，该客户又来进货时，一见面就高兴地抱起林水佛原地转了好几圈。

林水佛风趣地问在场的厂里业务员："你们天天与客户打交道，有没有享受过这种待遇？有没有被客户抱着旋转过？"接着，他又用福州话幽默地说，"可惜对方身材太胖了一点，不然感觉会更好。"大家都乐了。云淡风轻之间，林水佛用言谈身教的方式，告诉员工要时刻为客户着想，生意才能久长。

林水佛先生讲过一个相反的例子，也是在广交会上，他看到一位参展商，出口的花盆底座做得很小，生活经验告诉他，像这样的底座人家买去根本不能使用，就问为什么不做大一些？得到的回答是"我一分钱一分货，对方给的定价低"。林水佛说，定价太低你可以不接这单生意，既然接了就要做好。像这样不合格的货品，外国客商加上关税、运费等要付出十倍以上的损失。他非常不理解这种冷血行为，时隔多年后跟我转述此事，依然难抑怒火，说："简直胡搞！"

林水佛的胸怀、境界，注定了他与普通商人不在一个级别、不在同一条赛道。

企业家卓越的人品，必然会影响、提升企业经营管理的理念、格局，体现在产品质量和服务方面的精益求精。很多和林总企业打过一回交道的商家，此后都成为忠实的老客户。

四

林水俤自称是个杂家。他重视学习，每天早晚看新闻，乐交各界朋友，广闻博识。不仅个人重视学习，他还要求自己的企业也要做学习型企业，成长型企业。林水俤说，市场不断变化，考验的是企业家对潮流的敏感性。为了及时捕捉国外消费者的习惯和新需求，企业派遣专业团队常驻国外研究欧美市场。同时，每年投入大量资金研发新产品、新工艺，保障每年都有新创意、新产品引领消费潮流。

精明强干，深谙世故而不世故，稳健发展，用实业报效祖国、造福社会，这是林水俤成为业界常青树的关键原因。

他说，做企业，不仅要洞察人性，了解社会需求，还要了解党和国家的方针政策，这样才能接地气。他带领闽兴公司实现集团化发展，也曾涉足房地产行业，参与改善民生的住宅区建设。但多年前他敏感到房地产市场已接近饱和，就主动退出，绝不盲目扩张。

懂得接地气的林水俤，为人处世游刃有余，胸有成竹。就像口袋里时时装有一副扑克牌，根据不同的对象、场合，该出哪张牌，不该出哪张牌，他心中有数，永远居于主动。

正能量满满的他，也得到命运的垂青。那还是在初次参加广交会时，有一位经贸行业协会的领导与企业家座谈，话题涉及企业家的修养。林水俤发言时直抒己见，还引经据典谈到刘少奇的《论共产党员修养》。对方很惊讶，很赞赏，会后跟人感叹道："接触的企业家中，林水俤最有文化。"从此，每次广交会主办方都愿意给林水俤多增加几个展位。

当时展位可是稀缺资源，增加展位对于事业正处在起飞阶段的林水俤来说，真乃雪中送炭，如虎添翼。这也应验了先贤说过的话："机会总是留给有准备的人""天助自助者"。

五

林水俤身上既有企业家的智慧、胆量和长远眼光，又秉承了大善乡村重情重义的传统美德，彰显自强不息、厚德载物的人格魅力。

他管理企业宽严兼济，恩威并重；善于用人所长，避其所短，赏罚分明，调动大家的积极性。对于一起打拼过来的老员工，林水俤始终记着他们的好。员工们也对企业有极高的忠诚度。

想当初，项目落地在一个村里，发展得很好，有人眼红，煽动闹事。林总手下这些弟兄们坚决站出来，捍卫企业的合法权益，立下汗马功劳。林水俤都让老员工们在企业里干到退休。

一次，一个村干部的儿子用气枪打鸟，子弹从竹竿上反弹打伤一名林总企业员工的脸，却拒绝赔偿损失。林水俤去到他家据理力争。厂里五六位员工闻讯赶来在楼下等着，说要保护林总。这样和谐亲密的劳资关系，如今已经很稀有了。

还有一个故事，也颇能反映林水俤的性格和人品。一位老妇联主任，困难时期曾资助过林水俤家，后来，她儿子被招进公司，因能力过低，几个岗位都适应不了，林水俤就安排他去管库房。由于其表现不尽如人意，库房主管跑来林总面前告状。林水俤大声训斥这位主管："你这个傻瓜，他要是能表现好的话，你这个位置就是他的了！"这个主管明白林总的用心，从此对弱者多了些包容。老妇联主任病重时林水俤去医院看望她，她拉着林水俤的手说："我儿子能力差，希望你多照顾。"林水俤说："您放心，有我一口饭吃就有您儿子的一口。"后来，大娘的儿子在公司里一直工作到退休。

林水俤先生是从乡村走向世界的大企业家。他的人生像一条江河，风景无限，这里采撷的只是几朵小浪花。曾经驰骋商海、叱咤风云的他，如今洗尽铅华，回归率真、淡泊、从容的本色人生。他的故事里有奋发的力量，有智慧的启示，有人性的温暖，也有浓浓的乡土气息，让我们倍感亲切。

2024 年 11 月 6 日

鲤鱼溪:仁乡教化风俗淳　800年人鱼同乐

　　一条小溪,穿村而过的这一段长不过五六百米,遨游着上万尾五颜六色的鲤鱼,村民从不捕食。800年来,仁乡殷殷爱鲤,金鲤悠悠恋人,闻名遐迩,成为中华奇观——鲤鱼溪。这里还保留着堪称"世界唯一""中国之最"的鱼冢、鱼葬、鱼祭文,吸引世界各地的人们来此探秘旅游。

　　鲤鱼溪位于福建省周宁县浦源镇浦源村。这里居住着宋代从河南荥阳迁徙来的郑姓后代。他们在溪中饲养鲤鱼,视鲤鱼为水质的"侦察兵",村民安全的"保护神"。淳朴的民风,造就了鲤鱼闻人声而来,见人影而聚的温顺习性,形成了溪中彩鳞翻跃、溪畔笑声朗朗的人鱼同乐情景。

　　鲤鱼溪的鱼钟人情。它们喜欢与人同游。游客赏鱼牧鱼时,常将光饼(当地小吃)投入溪中,鱼群婆娑起舞,不时还来个"跃龙门"的难度动作。游客用手抚摸鱼群,鲤鱼便回馈客人几束美丽的水花。

　　傍晚时分,村妇们在溪边清洗食物,鲤鱼成群结队而来,竞相拖曳。一片菜叶、一节猪肠往往成为人鱼嬉戏的媒介,你争我夺,人若稍一放松,鱼便乘机叼着它扬长而去。村里的孩子喜欢端着饭碗站在溪边吃饭,和鱼儿"你一口,我一口",融洽成趣。

　　鲤鱼溪的人谙鱼性。村民经过长期观察,掌握了鲤鱼的很多生活习性,沿溪以鹅卵石垒街堤,铺幽径,设流坎,增加溪水活性,营造了鱼类逆水排卵繁殖的舒适环境。两岸建房时,都要在青石板下修建L型穴洞,以便在发大水时供鱼儿躲藏；同时还在溪边种植蒲草，让大小鲤鱼遇激流时衔咬住，不被洪水卷走。

鲤鱼也不辜负村民的苦心好意，对浦源村的群众和溪流有着深深的眷恋之情。即使有的鲤鱼被洪水冲到溪外的农田，也会在大水退去后，成群结队游回来，继续在鲤鱼溪里与村民嬉戏厮守。村民也会自发到田野里把迷路的鲤鱼找到，送回鲤鱼溪。人鱼相依的情景令人感动。

听村中长者讲，南宋嘉定年间，浦源村郑氏始祖朝奉公，避中原战乱举家南迁，辗转至闽东北。当他们来到浦源村一带，被这里三山环抱、一水弯行所吸引。在树下小憩时，梦见自己乘一帆船，从者无数，财宝盈舱，醒后以为吉祥之兆，于是沿溪建村庄。这小溪就成了全村人的"生命之河"。为了维持水源清洁，也为了防外敌投毒，郑氏先祖在溪中放养了鲤鱼。

感恩于溪中鲤鱼的庇佑，浦源郑氏八世祖晋十公召集村民订立村规民约，禁止垂钓捕捞。

为了让村民谨记村规，晋十公使了一招"苦肉计"。村规公布的第二天，他故意叫自己孙子下溪捕捞一尾鲤鱼，派人当场抓住。随后，当众宣布他家违反禁约，将其孙鞭笞示众，并主动认罚，请来道士为鲤鱼举行葬礼。"罚宴"前，他给村人讲保护溪鱼的道理，并立下誓言："无溪中鲤鱼，则无浦源村人。"从此以后，再也没人捕食鲤鱼。

在鲤鱼溪还有许多传说。相传，郑氏始祖及其后裔行善积德，感动了神仙。一天，村中来了个乞食婆，带着一儿一女两个乞食仔，他们身上长满疥疮，白天讨饭，晚上露宿村头。晋十公发现后，把他们叫到家中，请医生救治并派人照顾他们生活。病好后，他们要走，晋十公亲自送他们，走到桥头，三人突然消失，这时溪中游出三尾鲤鱼，对着晋十公樱唇抬举，表示谢意。原来这是金瓶峰上三位仙姑的化身。有了她们的保护，鲤鱼溪中鲤鱼再也不会被洪水冲走了。

先人的佳话，在浦源村的后人心中成了信仰。人们"爱鱼、护鱼、敬鱼、神鱼"的传统延续下来。村中随处可见缅怀祖先德行和与敬鱼文化有关的风物景致。

鲤鱼溪旁有一座船形古建筑——郑氏宗祠。祠内矗立着一棵千年柳杉，树高十余丈，枝叶茂盛，宛若古船上高耸的桅杆，名曰"灵樯"。原来，浦源村民在始祖当年树下偶得佳梦的地方建祠纪念，以该树为船桅，并巧妙借景——鲤鱼溪中彩鳞逐浪，翻金耀银，寓意着浦源村像起航的帆船，乘风破浪，"从者无数，财宝盈舱"。

在鲤鱼溪下游的一处土丘上，两棵参天古树间立着一块石碑，上书"鱼冢"，这就是世界唯一的鲤鱼墓。一旦有鲤鱼死亡，村民将其用红绸子蒙上，由村里威望高的长者捧着，将鱼送往鱼冢，念诵祭文后入葬。每年农历三月三，村里还要举行大型鱼祭活动。记者到访浦源那天，没有鱼葬仪式，但我从鹅卵石垒砌的拱形鱼冢内，确曾窥见一些寿终正寝的鱼的骨殖。村民说，鱼冢安葬了数以万计的鲤鱼，总不见填满，四周也从未有过异味，颇为神奇。

由于地处高山盆地，鲤鱼溪长期鲜为人知。二十世纪八十年代，海外华侨回闽东故乡探亲，鲤鱼溪秀美的景色，千年的鱼文化，才借着口碑在国际上声名远播。一批批游客慕名而至。当地经济因溪中那些可爱的生灵而升腾兴旺。这或许就是敬畏尊重大自然的回报吧，是可爱的小精灵对千百年来对它们呵护备至的村民朋友的一种特殊方式的感恩和回报！

如今，古老村庄富裕的梦想已经实现。勤劳智慧的浦源郑氏后裔，凭着改革开放、振兴中华赋予的空前机遇和活力，凭着老祖宗的礼俗仁风教化，奋发有为，纷纷发家致富。全村有一半人口在上海、昆山、广州、南宁、唐山、西安等地经商办企业。村里成立了鲤鱼文化研究会，加大了古村落保护力度。

徜徉在小桥流水、人鱼同乐的古村街巷，看彩鳞翻跃，唼喋之声可闻，我们不能不感叹、感谢古代乡贤的智慧和毅力。为了一个美好的愿望，先贤们订规立矩，以身垂范，并巧妙借助神话故事和民俗信仰的力量，为子孙后代造就了一个举世无双的鲤鱼天然保护区。其仁爱善良的福祉，健康活泼的情趣，给现代人提供着金钱之外的无尽欢喜享受。

2014 年 9 月 12 日

"朱鹮之乡"的人鸟情缘

8月初，有缘去陕西汉中洋县采风，脑海中便浮现出曾经濒临灭绝的国家一级保护动物朱鹮的美丽身影。

出汉中机场去洋县的路上，一只姿态优雅的中型鸟从车窗上方飞过，飞向田野那边去，同车的当地朋友说，是朱鹮。我有些纳闷，朱鹮不是在秦岭深山里吗，怎么……朋友说，朱鹮喜欢山区与水田的过渡地带，有丰富的食物。在洋县，人们还专门给朱鹮留出觅食的"口粮田"。闲谈中，我了解到，朱鹮不仅外形、羽色漂亮，而且性情温顺，跟人保持相对的亲密性；此鸟对爱情专一，是长寿鸟，因而被视为"吉祥鸟"。如今洋县朱鹮种群从最少时的仅存7只，增至3000多只。朱鹮保护成为世界拯救濒危物种的成功范例。而洋县农民也在人与自然和谐的乡风文明中，走上发展有机、生态农业和文化旅游产业脱贫致富之路。

一家三代"护鹮人"

洋县溢水镇花园村余家沟位于秦岭南麓，是朱鹮繁衍生息的好地方。从1981年开始，村民任万枝和母亲就守护栖息在他家附近大树上的朱鹮。他儿子任文明也子承父业，成为一名专业的朱鹮保护工作者。在他们一家的带动影响下，村民也纷纷有了保护朱鹮的意识，花园村成了远近闻名的"朱鹮村"。

20 世纪 70 年代，朱鹮在神州大地上一度失去踪影。1981 年 4 月，中科院中国朱鹮专题考察队来到洋县，动员村民提供朱鹮线索。考察队在八里关乡大店村姚家沟首先发现了两个朱鹮家庭。朱鹮没有灭绝的消息轰动了世界，也让洋县人民为家乡感到自豪。

一天，任万枝在劳作间隙，发现自家房后松林里有两只体态秀美、行动大气的飞鸟很像朱鹮，他立刻跑下山向有关部门报告。经野生动物保护站确认，此鸟果然是国家正在寻找的"宝贝"朱鹮！

保护站领导交给任万枝一个艰巨任务：一定要看护好这两只珍贵的朱鹮，并帮助这对朱鹮在此生育繁衍！朴实善良的任万枝从此日夜看护，兢兢业业。

朱鹮天性敏感胆小，受到任何干扰和惊吓，它们都会弃巢而去，不再回来。任万枝和母亲劝说村民不要在巢树底下砍柴、放牧。

到了孵化小朱鹮的时候，为防止蛇伤害幼小的朱鹮，任万枝发明了一种"武器"——"刀片架"，把刮胡子的刀片夹在木板中，绑在朱鹮营巢的大树干上，蛇一上去就会被锋利的刀片刮伤，再也不敢上树。为了充实朱鹮食物，每次下田干活，任万枝都不忘捉些泥鳅、小鱼、小虾和田螺回来，抛撒在朱鹮觅食的水田里，方便朱鹮啄食。

乡亲们有样学样，放弃使用化肥、农药；赶上婚丧嫁娶，也不燃放鞭炮，避免吓到朱鹮。

村民的友善得到朱鹮的信任：人们下田插秧苗，朱鹮就在不远处觅食泥鳅和黄鳝；人们种地时，朱鹮就在翻过的泥土里啄食小虫子。人与朱鹮其乐融融。

任万枝的老母亲最喜欢倚在门框上，听朱鹮唱歌，给晚辈们讲善待野生动物就是行善积德。

任万枝的儿子任文明参军转业，主动选择到朱鹮保护站工作。任文明说，最感到自豪的是，他们精心爱护的朱鹮走出了国门，成为中国人民的友好使者。每年都有大批国外专家、学者、鸟类爱好者来朱鹮栖息地考察访问，促进了世界各国与我国的文化交流。

农民当上爱鸟协会会长

"只要鸟叫一声，动几下翅膀，我就能分辨出它的种类。"谈起洋县境内的鸟儿时，草坝村村民华英非常自信。

华英现在是洋县朱鹮爱鸟协会会长、洋县朱鹭旅游服务农民专业合作社理事长，他连续 18 年担任当地小学生态环境教育校外辅导员，2019 年被县政府聘为洋县鸟产业顾问。但他最出名的还是"鸟导"（观鸟导游）身份。

草坝村是国宝朱鹮的夜宿地、繁殖地和重点觅食地之一，华英的家就在这里。2002 年夏天，第 23 届国际鸟类学大会在北京召开，会后，中科院动物研究所的丁长青教授带领 30 多位国内外专家来洋县观鸟，邀请华英作为他们的向导。一趟走下来，一个多小时，他们看到了 40 多种鸟。专家们喜出望外。此后，很多鸟类爱好者慕名而来。一位专家对华英说，观鸟以后可能形成一个产业。这给了华英很大启发，他萌生了当"鸟导"的想法。客人来得多了，他又办起"朱鹮人家"农家乐搞接待。

2005 年，华英受日本朱鹮保护协会邀请，参加日本环境教育研讨会，并参观了当地爱鸟协会。回国后，大开眼界的华英向陕西汉中朱鹮国家级自然保护区管理局申请，成立了洋县朱鹮爱鸟协会，对以朱鹮为主体的鸟类进行保护、宣传、观察及科学研究。

从那时起，华英跑遍了洋县 3200 多平方公里的山山水水，观察和记录鸟的种类、形态、特征、习性、繁殖情况、栖息分布等近百项数据信息。

2008 年 8 月，中国最大的以野生鸟类摄影为主的生态类门户网站——鸟网，与华英商定成立联络站，将他拍摄到的鸟类照片在网络发布。目前，该活动已吸引 29 个国家和地区的数千名鸟类爱好者前来洋县观鸟。

脱贫攻坚战打响后，华英又牵头成立洋县朱鹭旅游服务农民专业合作社，带领山区农户发展观鸟生态旅游业致富。洋州镇平西村的苏中强过去外出打工，如今加入朱鹮爱鸟协会和旅游服务合作社，他和华英一样当起了"鸟导"，仅此一项月均收入 4000 多元。

华英家的外墙上悬挂着"世界自然基金会观鸟基地""陕西省野生动植物科普宣传教育基地""鸟网十佳联络站"等10多个牌匾。"斯巴鲁生态保护奖是最让我自豪的一个奖项。"他说。

2016年2月，中国野生动物保护协会将2015年度"斯巴鲁生态保护奖"颁发给华英，表彰他坚持义务爱鸟宣传、搜集和建立洋县鸟种分布动态档案的勤奋工作。

"鸟导"华英，成为朱鹮之乡众多爱鸟护鸟村民中的"名人"。

给朱鹮留出"口粮田"

朱鹮喜欢有山有水，特别是有树林、水田、农庄的环境。爱鸟的鹮乡人想了很多办法保护朱鹮的生存环境。

为了保障野生朱鹮的食物安全，村民们不仅秧田里不施化肥，不喷洒农药，还在每亩稻田中留出一分田作为朱鹮觅食区域，觅食区内不种庄稼，长年保证蓄水，定期投放泥鳅、鱼、虾等，确保朱鹮在野外有充足的食物。这样，避免了在水稻栽种过程中，由于稻田封垄，造成朱鹮无法进入稻田中觅食。

在朱鹮巢区附近，不少村庄都实行了"鹮田一分"项目。"鹮田一分"由公益机构阿拉善SEE西北项目中心发起资助、朱鹮保护区负责实施，得到村民群众的积极响应。水稻收割后，有机大米通过阿拉善产品销售平台出售，所有收入将用于第二年种植项目，以此形成良性的产业循环，最终实现朱鹮觅食地修复、农民增收、人鸟和谐共生的共赢目标。

近日，记者来到洋县华阳镇华阳街村，雨后的清晨，大片稻田格外翠绿，几只朱鹮惬意地在没有栽秧的鹮田里觅食嬉戏，好一幅生态和谐美画卷。

"鹮田一分"只是朱鹮栖息地保护工作的一个缩影。近年来洋县朱鹮保护区共修复人工湿地4172亩，天然湿地近3000亩，有效地改善了朱鹮栖息地环境。

为解决朱鹮保护和群众致富增收之间的矛盾，洋县自2003年开始引导村民发展"朱鹮大米"等高附加值的有机产业。目前，全县已累计认证有机产品15大类81种，洋县成为"西北有机第一县"。有机稻米、黄金梨、魔芋制品、土蜂蜜、食用菌、中药材等一大批有机农产品走出洋县、走向全国，承载起全县农民的脱贫致富梦想。华阳国际观鸟节等重大节庆活动，充分展示县域旅游特色。有机生产示范区内农民年人均纯收入高出全县平均水平 1500 元以上。

我国古代有"人善待动物而动物报恩"的神话传说。新时代洋县农民积极践行生态文明理念，成为爱护朱鹮等珍贵野生动物的光荣群体，他们从"朱鹮之乡"有机、生态、文化旅游产业中获得可持续发展的回报，演绎了现代版人与动物和谐相处、互助互惠的佳话。

2020 年 8 月 19 日

第四辑

春节华章

诗意生活的"华彩乐章"

　　有一则民间谜语："两姊妹，一般长，同打扮，各梳妆；满脸红光，年年报吉祥。"先不说谜底，大家猜猜看。这里且谈谈与该谜语有关的春节习俗。

　　这个在我们心中种下无限美好记忆和憧憬的春节，是我国古老农耕社会时间节奏的产物。在一个以农业生产为主的社会，春要种，夏要管，秋要收，只有冬天才是空闲。这个时候，不但有较为丰富的物质储存，而且没有多少农活可干，再加上一年到头辛劳，人们确实也需要享受一下财富和时间，放松一下筋骨；同时借此机会举行祭祀等仪式，祈求来年风调雨顺，五谷丰登。于是，人们张灯结彩，舞龙耍狮，写对联，贴年画，剪窗花，既为娱神，也为悦己。古老的神州大地，被乡亲们的热情奔放涂满了诗情画意。

　　记忆中的春节神圣而快乐。从腊月廿三开始，大人们就"忙年"了，可见年是多么重要和伟大呀！在那物资匮乏的年代，它点亮了一些"日子"，它让大人们平常愁苦的脸有了笑意；它让贫穷的我们这几天过得像富翁；它让本来都一样的日子不一样了。传统的过年还有一些禁忌，比如不许打碎东西，不许说不吉利的话等等。在这个特殊的节日里，人们做的每一件事、吃的每一样东西都变得富有象征意义：比如踩芝麻秸寓意"芝麻开花节节高，越过越好"；吃鱼象征年年有余；吃饺子象征团圆；吃青菜象征来年做人清清白白。

　　考察传统过年习俗不难发现，春节的所有主题几乎都是农村文明、农业文明的反映。这也就是为什么过年时，农村往往比城市更热闹、更富有传统特色和风格的原因。

但也不是说，春节对于生活在城市里的人们就不重要了。本来，城市就是在农村大地上由人口聚集而成长起来，由百业昌盛繁荣而继续吸纳吞吐着农村人口。不论城里人乡下人，我们的生命里、灵魂深处，都刻写着相同的文化胎记、文化基因，都有着浓浓的春节情结。何况，现代都市生活节奏加快，人们匆忙而功利，精神焦虑而孤独，正好在民族文化节日中，通过对礼仪的、象征性的、微细而温情的文化事项的强调与提倡，重温家庭亲情，和谐人际关系，放松身心，暂时脱离紧张忙碌的工作状态，回归传统的悠闲。

春节的户外群体活动具有集体狂欢性质，每个人作为群体"身上"的一分子参与其间，率性表演，无拘无束，除得到生理的满足外，还能得到文化和心灵归属感的满足。我一直梦想着有一天，城市的街巷也能像农村一样热情奔放充满诗意地过年！外电报道，现在国外不少洋人也喜欢过中国年，他们除了认同中国的和平崛起外，我想更主要的还是因为咱们的"年"确实有趣味。

写到这里，让我想起我们中国最好的艺术历来讲究虚实相生，讲究笔墨情趣。一味地"实"则板结无趣，一味地"虚"则空洞无物，虚实相衬互补，灵动飞扬，乃现生机。人生也是一门艺术，而春节，正是我们中华民族诗意生活中一处精彩的"留白"，一段神来之笔的"华彩乐章"！它启迪人们，社会需要科学和谐发展，个人也要身心健康，乐观进取，淡定从容，善于创造并享受生命的过程之美。

唠叨了这许多，谜底也该揭晓啦，——不错，正是"春联"！此刻，"满脸红光"的"两姊妹"又忙着给全国的父老乡亲、兄弟姐妹送去新春的吉祥祝福了。愿大家在构建和谐社会与建设社会主义新农村的伟大实践中，收获更多喜悦和自豪！在新的一年里生活都小康，身体更健康！

2006 年 1 月 27 日

聚合家庭与民族的文化力量

陌上杨柳枝，又被东风吹。一年一度的新春佳节，在满负荷运载归乡游子的春运火车、汽车急速飞转的车轮声中，近了近了！一年的甘苦、收获，要在春节里找到倾诉和分享的对象；奔走得过于急切的双脚，也要在这神圣年节里寻一处可以堂而皇之歇脚憩息的地方。这对象是谁？这地方在哪里？应该就是每个人的家和家乡的故土、人情、风俗吧！

一首儿歌这样唱："小孩儿小孩儿你别馋，过了腊八就是年……"那是短缺经济年代孩子们盼望过年能够解馋的心理写照。经过改革开放 30 多年的发展，生活富裕日子好过了，多数人吃得"天天像过年"，大家仍然千里迢迢也要赶回家里过年，过年已演变成为一种纯粹精神的和生命的仪式，一种回归、补给，然后在新的起点重新出发的仪式。

回归就是回到家里，回到民间，回到中华文化的母体，在这里享受亲情的补给，感受华夏母亲在民间文化里传递给我们穿越千载历久弥新的生命祝福。

原来，像空气和水一样让我们时刻领受、涵养其中的文化有三种。一是庙堂文化，重道德教化。二是艺术家的创作，崇尚个人风格、个性的张扬。三是民间文化、民间艺术，关爱生命和族群的健康、繁衍，所以民间艺术又被称为"母亲的艺术"。三种文化各擅其长，不可偏废。

上述三种文化中，民间文化的主题最乐观、最温暖、最富人情味。

春节是民间文化最密集最丰富的节日，充满着吉祥喜庆祝福的母亲文化氛围。百姓吃、穿、用，乃至语言、行为、娱乐都赋予了祈福纳祥的象征寓意，充满了理想色彩。

民间迎年，除了张灯结彩，打年糕，蒸花馍，剪窗花，贴对联，吃团圆饭，许多地方除夕晚上还有生旺火的习俗。家家户户院落门前都要用大块煤炭垒成塔状，名曰旺火，里面放柴，上面写个大红纸条"旺气冲天"。子夜时分，鞭炮齐鸣，旺火点燃，通红的火苗从无数小孔中喷出，既御寒，又壮观。大人小孩围起一圈，做游戏；男女老少都来烤火，以图吉利，祝贺全年兴旺、心想事成。接下来的"节目"还多着呢。从初一开始，如传统"过年歌"里写的："春节到，放大炮，接神祭祀拜年早。游喜神，送穷鬼，人日（初七）好运百神给。初八祭星敬八仙，初十老鼠要娶亲。鞭春牛，报春到，一年热闹数元宵。万盏彩灯映旺火，龙灯高跷穿街过……"在这长长的年节里，在民间文化的海洋里，人们被生龙活虎的精气神所鼓舞，被大写的"母爱"文化包围、抚慰，感受吉祥祝福，尽情挥洒表达对和谐富裕安康生活以及生命繁衍的祈盼。人们经历了从社会回归家庭，又从家庭走向社会的过程。在象征性的民俗事项和无拘无束的集体狂欢活动中，体验人与家庭、人与社会、人与自然的和谐，完成身心的休息、调整。

每过一次祥和美好的春节，都是一次民族文化的大发扬，都是一次民族心灵的自我净化和升华，都是一次民族精神的重新昂扬振作。年文化成为中华民族凝聚力和亲和力的重要源泉。

据有关部门估算，今年春运总人次将突破25亿。浩浩荡荡的返乡大军，以及更多守望在家乡的亲人，正是传统年文化的忠实承载者。在城乡流动频繁、社会趋于多元的中国，春节已成为维系传统、凝聚家庭、融合民族的重要纽带。

2010年是农历庚寅年，也就是"虎年"。虎在我国民间文化中历来受到尊崇，被视为"吉祥物"和"保护神"。如民间年画、剪纸中有"镇宅""驱邪"的虎，守卫"聚宝盆"的虎，贴在炕头、箱柜、窗户上保卫阖家平安的虎。孩子们的服饰中又有虎头帽、虎头鞋、虎肚兜等；甚至睡觉时枕上老虎枕，手中玩的也是布虎、泥虎……原本凶猛的老虎，在伟大的母亲文化的移情作用下，显示出天真、顽皮、稚气、善良的可爱性格。但其庇护人生的阳刚气势和傲视邪魔的王者风度是共同的。

民间文化表达人们共同的心愿，善于趋利避害，化对立面为积极和谐因素的智慧和包容精神，给我们今天从容应对发展过程中各种复杂矛盾关系，也有不少启发。

祝大家新春快乐，虎年吉祥！

2010 年 2 月 12 日

闽南花灯颂吉祥。摄于福建省泉州市。

年文化心理的吉祥效应

鼠年多感慨，大家都盼牛年早来到。民谚："牛马年好种田"。牛，健硕沉稳，脚踏实地，帮助人类耕种收获，是人类可信赖的朋友。民间将牛的雕像作为镇宅之物，主吉祥、财富。牛，还组成现代汉语牛市、牛气冲天等词条，是"大""利好"之意。

经受住了戊子年（2008年）春罕见雪灾、5.12汶川大地震的考验，携奥运成功、"神七"飞天的自信，正在积极应对国际金融危机冲击的我国民众，普遍有一种希望尽快"转危为机"、顺畅发展的心理诉求。春光中如期而至的己丑牛年，带来了人间多少正面期许和美丽的想象啊！

佳节良辰，话题不可以沉闷。于是想到我国民众过年时祈福求祥、趋吉避祸的年文化心理，非常可爱。那是一种全民性的营造文明和谐幸福生活的价值取向。

前几天在公交车上遇一乘客跟司机吵架，两人都很动气。一位大爷提醒说：马上就过年了，图个吉利，和和气气的多好。果然，两人就安静下来。

老人的话为什么有效力？因为它抓住了人们过年时希望驱邪降福，祈盼福气与惧怕灾祸的心理。谁要是说丧气话，会被认为不文明而不受欢迎。犯禁忌者也会担心有不祥的报应。

这种文化上的敬畏心理，可以追溯到远古时代，人在自然面前渺小脆弱。古人把过年叫作"过年关"。相传，"年"原本是一种怪兽，平时深居海底，每年除夕爬上岸，吞食牲畜，伤害人命。"年"兽过处，树木凋敝，百草不生。有一年除夕，一户人家正提心吊胆围着火塘祈祷上苍，莫让"年"兽祸害一方。哪知"痒处有虱，怕处有鬼"，午夜时分，"年"兽偏偏降临。一家人吓得乱作一团，小孩子吓得把戳火用的竹竿筒儿丢进了火塘里。片刻之后，正当"年"兽张牙舞爪准备美餐时，突然奇迹发生：扔到火塘的竹竿筒儿熊熊燃烧，发出通红的火光，伴着竹节"咚"的一声巨响，吓得"年"兽逃走。

此事一传十，十传百，人们都知道"年"兽最怕红色、火光和炸响。从此，每年除夕，家家贴红对联，燃放爆竹，驱赶"年"兽；户户红灯高挂，烛火通明，守更待岁。初一一大早，还要走亲串友互道吉祥，庆贺平安度过了"年"关。这种风俗后来演变成"过年"这个民间最隆重热闹的节日。

神话传说折射一个民族的性格。中华民族理性务实、自强不息的性格特征在这里得到充分体现。你看，祈求上苍而"年"兽依然为害，说明我们的先民不主张把命运托付给"天"来掌管。人害怕"年"兽，是承认人性有弱点。发现火光、爆竹能吓走"年"兽，说明人类可以运用知识、智慧战胜困难。将驱赶"年"兽使用的红色和声响转化为过年的喜庆符号，表明中华民族乐观、审美的生活态度。过年时保留一些禁忌，是提醒人们要不骄不躁，戒除陋习，言行举止文明，让人性焕发出更美丽的光华。

祈福求祥、趋吉避祸、喜庆团圆的年文化心理，以无声的律令，让普天之下中华儿女在同一时间段里将内心的美好释放。忽如一夜春风来，千树万树梨花开。过年时全民表现出来的语言美、行为美、仪表美、环境美、民俗美，特别是以亲情、友善、慈爱、宽容、互助、慷慨、童心、浪漫等等为内涵的心灵美，展示了一个社会人性美可以达到的高度。

从过年，民众获得自豪、愉悦的心理体验与满足，产生一种美好感。有了美好感，人生才能超越功利的层面，心灵才能飞翔，人格才能壮伟雄健，不卑琐不萎靡。

祝父老乡亲们牛年吉祥！愿社会更加和谐美好！

2009 年 1 月 23 日

从过年，窥见中华民族强健可爱的未来身影

壬午马年的春天，仿佛沾了马儿的灵气，脚步儿特别勤！这不，春节到来之前，神州处处就早已鼓荡着缕缕和煦的春风了，令每一个回家的游子，每一个热爱生活的中国人，心里头都是暖融融的。

春节是古老祥和热闹的节日。传说，每每腊月将尽，寒冷也将过去，温暖的春日将来临，人们杀猪宰羊，一面祭祀祖先和上天，求福免祸；一面表达自己的喜悦心情。祭祀和庆贺时，载歌载舞，十分热闹。自西汉开始，春节的习俗一直延续至今。

春节是人们回家的日子。每到除夕，家家团聚，包饺子，叙家常，孩子们给长辈拜年，大人们给孩子压岁钱，象征祝福。正月里，人们穿新衣，吃美食，讲文明吉利话，寓意富足安康。而民间的贴春联、扭秧歌、舞龙、耍狮子等，则在娱乐中祈盼风调雨顺，五谷丰登……多么朴实、善良的愿望啊！

重视春节的情愫，在每一个华夏儿女心中是恒常不变的；但具体到人们过年的花样、内容，却也是与时俱进，吐故纳新。从短缺经济时代的想吃大鱼大肉，到如今的讲究营养平衡、绿色消费；从一味玩乐、赌博搓麻，到关注"入世"规则，拟订新年计划，追赶科技大集，乃至出国旅游等等，体现了改革开放以来我国经济、社会的发展进步，人民生活水平的提高和活动范围的扩大。

春节，对于竞争激烈、生活节奏加快的现代人来说，又是一次难得的盘点自己行为得失，调整身心，准备重新上路出发的好时机。如果你是国家干部，手中

握着人民赋予的一定权力，但是在不知不觉中你却和百姓疏远了，那么，就请你春节回到民间，回到老百姓中间来吧！在这里可以体会到人生的真味，可以找回迷失的赤子之心，使你从此发奋做一个百姓欢迎的好官。如果你初学经商办企，或是个出门在外的打工者，一年中辛苦备尝，归来却空空的行囊，那么也请你不必过于自责。在创业的摔跌中你已历练出坚强和智慧，祝你在新的一年里取得可喜的成功。

"爆竹声中一岁除，春风送暖入屠苏。千门万户曈曈日，总把新桃换旧符。"改革创新，乐观进取，是中华民族生生不息、繁荣昌盛的力量源泉。春节民俗浓缩地反映了我国民众崇善贵和、文明进步的理想愿望和审美追求。春节还是中华民族增强凝聚力的象征。每过一个祥和美好的春节，就是一次民族心灵的自我净化和升华，就是一次民族精神的重新昂扬振作。从过年，仿佛窥见了我们中华民族强健可爱的未来身影。

父老乡亲们，马年吉祥！

2002 年 2 月 11 日

癸未羊年的春光

马踏雪野去，羊逐春风来。癸未羊年的新春，以几场喜降大江南北的皑皑瑞雪为序曲，将人们的心情打理得分外洁净舒坦，也撩起了大家对新年新生活的美好憧憬和热望。

一年一度的新春佳节，是普天之下勤劳善良的中华儿女团圆喜庆、辞旧迎新的日子，也是最富有人情味和诗意的节日。当除夕夜的爆竹鸣响，礼花绽射，多少人的心花随之怒放，多少风霜、疲惫和不如意随之烟消云散，多少坎坷、成功和收获定格成为历史，留下永久的回味。而当亲人朴实的笑脸在眼前晃动，孩子快乐的身影在堂前膝下雀跃；当初一早晨，东方新一轮朝日将家门口那副吉祥寓意的对联映照得通红，人们的心情是簇新的，愿望是美好的。

在过去的一年里，我们高兴地迎来了具有里程碑意义的党的十六大的胜利召开。全面建设小康社会的号角，激励着全国各族人民向新的奋斗目标迈进。政治文明第一次写进了党的纲领性文献，政务公开，文明行政，文明执法，离百姓越来越近。城乡二元结构的坚冰进一步消解，户籍制度改革为农民赢得了更广阔自由的发展空间。进城打工者的权益得到政府和社会的普遍关注，有的打工者光荣地被推选为党代表、人大代表。社会弱势群体得到更多的帮助。诚实守信、讲道德、讲文明的公德意识得到加强。全民健身成为时尚，终身学习空气渐浓。生态保护、绿色消费成为人们首选的健康生活方式。

沾衣欲湿杏花雨，吹面不寒杨柳风。种种讯息表明，我们的党成熟了，更加求真务实；我们的政府成熟了，更加胸怀坦荡；我们的人民成熟了，更加团结自信。

展望新的一年，国家将继续加大对农业和农村经济的支持力度。"三农"政策目标将进行两方面的调整，一是国家的农业政策从产品目标尽快向收入目标过渡；二是农村公共物品的供给由依靠农民自身向以国家为主的政策目标过渡。税费改革进入全面试点阶段。减轻农民负担的各项措施将得到进一步落实。城乡劳动力就业的有利因素增多。据预测，2003 年农村居民人均纯收入预期增长 4% 以上。此外，反腐倡廉、社会保障、政府改革、整顿市场等都将推出新举措，打开新局面。

羊年春天，我们满怀希冀和理想；创业的年景，催人奋发。举国上下，聚精会神搞建设，一心一意谋发展，必将描绘出共和国美好灿烂前景。

2003 年 2 月 1 日

灵猴催春早　巧手种福多

挚爱春风启扉页，幽思兰气梳字行。每当春节来临，提笔写一篇例行的贺岁语时，外面是涌动的人潮，归乡的游子，繁忙的春运正值高峰，心里头就有无限感慨和激动！春节这个浸透到每个华夏儿女骨头里去的伟大节日，浓缩了人们太多情感、愿望和寄托。愿普天下的家庭甜蜜和美；愿所有通过诚实劳动创造新生活的人都好人好报，幸福平安！

再过两天，我们将步入农历甲申猴年，恰值"全面建设小康"时代，东方神州金猴献瑞，灵猴闹春，美猴呈祥。

回首 2003 年，我们经受住了非典肆虐的严峻考验，各项工作进展比预期好；神舟五号成功发射，圆了中华民族飞天梦。这一年，我国人均 GDP 首次突破1000 美元，这是一个历史性的突破。进入这个阶段以后，人们的消费需求不再以温饱为主，而转向休闲、教育、医疗保险和其他服务项目。

按照国际通行的标准，一个国家开始真正地增长，是通过下面五个阶段体现的：第一个阶段，人们开始下饭馆；第二个阶段，人们开始买新衣服；第三个阶段，人们开始积累新的电器，这包括电冰箱、电视机、空调；第四个阶段，人们开始买摩托车、汽车和房屋；第五个阶段，人们开始出国旅游。目前在我国，人们正经历着这几个阶段当中的一个，或者正在参与所有的五个阶段，而在一些农村地区，人们可能并没有达到这五个阶段的任何一个阶段。这就是我们的现实国情，也标明了我们在世界大发展坐标上所处的位置。明乎此，我们就会多几分自信和定力，少几分菲薄和焦躁；多几分透彻和责任，少几分盲目和骄奢。

新的利好消息还有，党中央领导集体求真务实。年前的 11 月 24 日，中央政治局委员集体学习考察 15 世纪以来世界主要国家的发展史，探求兴衰规律，提高治国才干，实现"和平崛起"的新闻令人振奋；新近召开的中央农村工作会议，对统筹城乡发展，加大对农业农村发展的支持和保护，扩大公共财政覆盖农村的范围作出了明确部署，深得民心。2004 年，将是农民增收、扩大就业、享受更多公共服务和平等发展权的利好之年。

春光已自梅梢露，雪气方从柳上消。让我们按照党中央的统一部署，坚持发展是执政兴国的第一要务，同时要兼顾公平、公正，关心弱势群体，缓解因为收入差距过大带来的社会心理压力；坚持物质文明、政治文明和精神文明建设齐头并进，统筹城乡、区域、经济与社会、人和自然，实现可持续的健康和谐发展。

祝大家猴年吉祥！

2004 年 1 月 20 日

金鸡报祥瑞　九州倡和谐

金鸡报晓，又是一年春来早。民间习俗，鸡与吉谐音，象征吉祥如意。值此新春佳节，谨向在过去的一年里辛勤劳作，始终不失理想和希望，对未来执着的父老乡亲们道一声辛苦，道一声平安，道一声祝福！

春节是古老祥和热闹的节日，是普天之下勤劳善良的中华儿女团圆喜庆、辞旧迎新的日子。每到除夕，家家团圆，包饺子，叙家常，孩子们给长辈拜年，大人给孩子压岁钱，象征祝福。正月里，人们穿新衣，吃美食，讲文明吉利话，寓意富足安康。而民间的贴春联、扭秧歌、舞龙舞狮等，则在娱乐中祈盼风调雨顺，五谷丰登。多么朴实、善良的愿望啊！

春节民俗浓缩地反映了我国民众崇"善"贵"和"、文明进步的理想愿望和审美追求。春节还是中华民族增强凝聚力的象征。每过一个祥和美好的春节，就是一次民族心灵的自我净化和升华，就是一次民族精神的重新昂扬振作。从过年，仿佛窥见了我们中华民族强健可爱的未来身影。

如今，春节对于竞争激烈、生活节奏加快的现代人来说，又是一次难得的盘点自己行为得失，调整身心，准备重新上路出发的好时机。过去由于生活资料匮乏，人们把物看得很重，一些人为了钱可以不择手段，为了温饱不惜牺牲健康为代价。而今温饱问题已经解决，国家进入了全面建设小康社会的新阶段。统筹城乡，科学发展，以人为本，和谐共荣，"三个文明"并重，成为新的主导性的价值理念。

作为公民个人，也应把推崇健康、和乐、富裕、文明作为新的价值取向，把自尊自爱、"各美其美"和尊重他人、"美人之美"作为立身处世的准则，共建和谐美好社会，共创快乐幸福人生。因为，每个公民的体面和尊严，每个家庭的幸福和安康，就是国家的自豪和荣光。

未来社会肯定是一个更加文明、人性化的社会。文明就是对人的尊重，对人的正当需要的充分理解和尽可能满足；创造文明的环境，即是创造一个让人感到美好和舒适的环境。与文明对应的是一种深入全社会和每个公民的普遍的大服务意识，所谓"我为人人，人人为我"，"与人方便，自己方便"。文明美好的价值取向，体现了人类共同理想，因而能够聚合社会各方面的力量和智慧，将其用在真正有利于国家、民族与个人发展完善的目标上。

祝大家新春万福，日子过得更加顺心和美！

2005 年 2 月 11 日

年味是民众心灵的欢歌

春节的美好，源自人们心灵的美好。一到春节，几乎所有的百姓都成为了不起的诗人，用祝福话，用问候语，用春联，用年画，用龙腾狮舞，用爆竹声声，用热情和幽默感，用一切你能够想到的和未能想到的方式，把诗写在大地，写在夜空，写在我们心里，写在一个个红火的日子里！

新年纳余庆，佳节贺长春。忠厚传家远，诗书继世长。这是传统的迎春联语。现代人表达愿望则直白得多——"愿拥着老婆和钞票，抱着孩子一起笑。"（四川民工）。"2007 年，你将会遇到金钱雨、幸运风、友情雾、爱情露、健康霞、幸福云、顺利霜、美满雷、开心闪，注意：它们将会缠绕你一年。"（手机短信）。"在新的一年里，我要像雄鸡一样勤奋，每天一早就鸣叫；像小鸟一样勇往直前；像小树一样汲取精华，不断长大。"（网友留言自勉）。前者回味悠长，后者率直可爱，同样唤起人们心头浓浓的喜兴年味！

重视春节的情愫，在每一个华夏儿女的心中是恒常不变的。一个民族总要有一些东西是永恒到骨子里去的。而年夜饭的温情正是这样一种美丽在民族骨头里，温暖在一家人的团聚中，沸腾在每一个人的鲜血中的温情。这种温情是大年三十母亲唠叨在灯下的叮嘱，也是无数的游子顶着寒风、踏着大雪日夜兼程往家里赶的执着与真诚！

一位朋友告诉我，他所在的那座县城，每到腊月十几，街上年货生意特别红火。只要稍加留意，就会听到城边京九线上的火车一直在穿梭呼鸣，那返乡的打工仔、打工妹成群结队恰如行云流水，川流不息。有的个体餐馆轻车简从，干脆在通往火车站道路两侧支起帐篷、支起炉灶，一路有吃有喝还可休闲，真有点"十里长亭迎归客"的味道。大年初一开门，满街都是玩龙的、贺年的、祝福的。基层朋友的视角，为我们展现了一轴生机勃勃的时代风俗画。

昌黎地秧歌拜大年。摄于河北省昌黎县。

春节是一个完整的文化生态，它涉及信仰、伦理、情感、文化方式等人性的方方面面，由大众的广泛参与来完成。在老辈人眼里，过年是贴对联、祭祖、吃团年饭，在小辈人记忆中，过年是发压岁钱、放鞭炮、穿新衣、赏花灯、闹元宵。人们一年的劳累、颠簸、曲折、成功、希冀、祈盼等等所累积的情感，需要在这个时间的关口上尽情挥洒表达，一吐为快！前些年，由于城市一度禁放烟花爆竹，春节民俗活动减少，很多人感叹年味淡了，更有学者提出"保卫春节"的倡议。可见，传统的春节民俗活动对于百姓情感的寄托和宣泄作用有多么强大和重要！我一直难忘在河北蔚县北官堡村观看当地奇俗"打树花"的情景。一位平日在外省打工的壮汉，每年回家过年时都要和村里的打树花好手一起在灯节里给乡亲们演一场打树花——用熔化的铁水在高墙上泼溅出壮观的焰火！他的勇敢表现，美丽了无数人的记忆，写进了作家、学者们的著作里，成为民间文化的精灵和符号。还有被誉为"闽南狂欢节"的元宵之夜民俗踩街活动盛况，那也是我见过的由"草根"民众用生命激情挥洒在大地上的最美最豪迈的诗篇！

春节民俗所传达的亲情、和善、关爱的情感，全人类都是共通的，有着普世的价值。一位外国朋友说："那些五花八门的玩意儿固然吸引我，但我最喜欢的还是中国人过年时那种喜庆祥和的氛围。"如今，和平发展的中国要让世界了解中国人民的生活理想、情趣和价值取向，春节就是最好的窗口啊，何乐而不为？倘若春节因其祥和趣味性而成为地球人民都乐过的节日，那更是中华文化对世界的一大贡献。

话题扯远了，回到眼下，正是"无数游子顶着寒风、踏着大雪日夜兼程往家里赶"的关口，虽然很辛苦，但心中有憧憬有念想，有对未来的美好期许。在此，我也真诚地献上三点心愿：一愿春运交通有大的改善，百姓回家、出行不再受那么多苦；二愿人人拥有健康的身心，提升幸福指数，既有"风引潮头天海立，韵推波尾舸舟行"的胸襟气魄，又有"花插年头勿忘我，诗题岁尾总思君"的闲情逸致、人性关怀；三愿我们当代人的想象力和激情不减，能够对老祖宗创造的春节文化有新的赋予和贡献。春节民俗作为祖先传给我们的一份宝贵遗产，除了给我们团圆、休憩、欢乐的理由，还有许多未被认识的智慧和启示，有待我们进一步去发掘、感悟。

祝大家丁亥年快乐、吉祥！

2007 年 2 月 16 日

新春的感念与祝福

　　春节之际，是民众心灵最纯净最温柔的时段，也是人们最易被感动的日子。

　　丁亥年岁末共同迎战暴风雪的经历，使我们在戊子年的春节收获更多的感动，留下更多的记忆，更多地感受普天一家的温暖。

　　雪灾给了中国一个特别的春节。许多人带着积蓄一年的情感，在经历冰雪阻隔、旅途劳顿的煎熬之后，终于回到家里与亲人团聚。他们心中多了一份庆幸和感念：今年有上百万在异乡打工的游子，因为雪灾影响春运交通，选择留在当地过春节；此刻，也有无数公职人员和志愿者远离家门，为了旅客能够平安回家，为了灾区群众能够用上电，确保不断水不断粮不受冻，他们日夜拼搏奉献在春运和抗灾第一线。今年春节，肯定有更多的家庭，在得到关爱和献出爱心的行动中，深切地体会到了祖国大家庭的含义。

　　雪灾给了城市一个以真诚博大的爱心，温暖善待农民工的机会。在中国农村，有20%的老人"空巢"，有2300万的留守儿童。而春节前后正是工厂、工地一年一度停工放假的时间，也就是说，只有春节，那些农民工兄弟姐妹才能和父母孩子团聚一次。也许他们早就给年迈的父母买了御寒的棉衣，给一年没见的孩子买好了可爱的玩具，或许已经告诉了他们自己返家的日期，然而，一场罕见的雪灾，阻断了上百万人回家过年的梦想。面对如此巨大的心理落差，我们的城市将以怎样的胸怀，接纳、安抚、爱护我们的农民工朋友？高兴的是，我们看到各地政府、企业、社区对留下来过年的农民工，千方百计安排好春节期间的生活。比如，帮忙备好年夜饭和年货，组织"民工春晚"和短途游览活动，让农民工感觉到家的温暖。但愿这种包容善待成为常态。

雪灾也促使人们积极地思考改善春运交通的话题。每年春运期间，《参考消息》都会刊登一些外国记者写的观察文章，他们睁大惊异的眼睛，看着当今中国这个世界第三大经济体，如何在每年几十亿人次潮来潮往的巨大能量流中被快速推向前进。他们从挤车时农民工们吃苦耐劳、坚定执着的性格，看到中国经济高速发展的无尽动力！然而，数据也告诉我们，尽管中国铁路总里程已位居世界前列，但是以 13 亿多人口的分母一除，人均拥有的铁路长度只有一根香烟那么长！这就是我们的交通瓶颈。

想到人口流动对拉动 GDP、对促进社会发展的贡献，想到农民工朋友每年返乡过年途中都要遭受的困难煎熬，真希望全社会都能在春运关头为农民工兄弟姐妹主动做点什么。哪怕送上一杯热水，哪怕拉起一条"欢送农民工回家过年"的横幅，都能让被服务者温暖一路，感念心间。

更进一步讲，加强农民工权益保障，逐步让农民工有条件将一个完整的家从乡村"移植"到城市，成为市民，阖家团圆地留在城里过年，既从根本上缓解春运的压力，也有利于推进城市化和城乡一体化进程。

丁亥岁末的这场雪灾尽管肆虐一时，但是在中华民族奋发图强、生生不息发展的历史长河中，不过是又一次磨砺自己，展现民族凝聚力的关口和机会。从大禹治水，到 98 抗洪，到当前的迎战暴风雪，中华民族从来没有在困难和自然灾害面前屈服过，相反，从一次次的磨砺和考验中，激发聪明才智，升华了团结坚强、创新进取的民族精神。

今年我们将迎来期盼已久的奥运盛会在北京举办。和谐发展的中国喜事连连。送别了留下深刻记忆和感动的丁亥岁末，让我们温热一壶酒，犒劳自己过去一年的表现，共同为戊子年新春干杯！为祖国的明天祝福！

2008 年 2 月 6 日

春在千门万户中

虎啸山河壮，兔奔田野青。时序流转，岁月像兔子一样跑得快，虎年的庆功酒还没来得及细品，兔年新春无限的憧憬和期待已在窗棂外迫切地向我们招手。未来啊，总是比怀旧有更大的魅力，吸引着我们的脚步向前向前。昨夜春风才入户，今朝杨柳半垂堤。你无法不相信未来的智慧和力量。

然而，民众对未来的企盼，又是建立在对传统的尊重与眷恋之上。过年就是这么一个综合着回望与前看的时间节点。除夕守岁，阖家欢聚，围炉畅饮，互致祝福；春节祭祖，感恩大自然，走亲访友，加强人际的亲情；参加集体狂欢性质的游艺活动，激发生命的活力。每年春节，游子千里迢迢，日夜兼程，似乎都只为相聚一刻的亲情体验与融入乡土社会的情感宣泄。

位居"百节之首"的春节，是我国民间传统文化最密集最丰富的节日。人们在这个伟大的节日里，把共同的生活理想、人间愿望与审美理想融入节日的内涵与种种仪式中。春节因此成为中华民族共有的精神家园和情感纽带。我们的很多精神文化传统，就是依靠这代代相传的一年一度的节日继承下来。作为当代的国民，对传统多一份敬畏，用我们的身心贴近传统，去感受、体味春节民俗中的温馨，让春节在更多人的心中得到重视，这样，我们才能在全球化浪潮中坚守住自己的精神家园，在文化多样性中闪现出民族文化的光彩，使我们的文化保持着古今关联的特性。

今年是农历辛卯年，也称兔年。兔子生性机敏、温顺平和、生殖力强，自古以来为我国人民所喜爱，视为祥瑞的象征。关于兔子的传说掌故颇有趣味。《瑞应图》载："赤兔者瑞兽，王者盛德则至。"古人还把兔与天文相关联，认为兔出于某个星宿。而兔又与月亮的关系最深。兔在神话传说中成为月宫中一景，他在那里捣药；以后，又有嫦娥、吴刚作伴，演化成更加美丽的传说。

我国山东半岛渔民有兔塞怀的习俗，每年谷雨清明，妻子待丈夫一进屋，便出其不意地把一只白兔塞到丈夫怀里，表示丈夫怀揣象征吉祥、幸福的兔，保证出海平安，捕鱼丰收。

陕西关中一带婚俗，新媳妇要为丈夫精心绣一件花裹肚。裹肚上绣的白兔，背上用圆点装饰，是多子的符号，身上用牡丹装饰，有富贵、长寿和子孙绵延的文化内涵。

古往今来，民间文化表达百姓最真挚的情感，对亲人生命的祝福，对未来的期望，永远是乐观主义，绝无哀哀戚戚的情绪。

我们当代人在被民间文化所温暖、感动、鼓舞之余，也应当对我们身处其中的社会文明走向、文化建设有积极的思考和贡献。

春节之际，恰是人们内心最纯净最温馨的时段，对于竞争激烈、生活节奏加快、精神不免焦虑的现代人来说，正好是一次难得的放松身心，盘点自己行为得失，准备重新上路出发的契机。我们应该偶尔停下匆匆的生活脚步，重新思考一下幸福与金钱的关系，在不断改善物质生活的同时，给精神、心灵以更多的关注。过去由于生活资料匮乏，人们把物看得很重，有人为了温饱不惜牺牲健康为代价，有人为了金钱可以不择手段。而今温饱问题已解决，国家进入了全面建设小康社会的新阶段。以人为本，科学发展，公平正义，和谐共荣，物质文明、政治文明、精神文明并重，成为新的主导性的价值理念。

作为公民个人，也应当把崇善向美、身心健康、全面发展作为新的价值取向，实现内心的平和丰富，面对诱惑超然，面对挫折泰然，并在对时代的正确认识中增强责任感。把自尊自爱、"各美其美"和尊重他人、"美人之美"作为立身处世的准则，共建和谐美好社会，共创快乐幸福人生。

春光已自梅稍露，美好的未来就孕育萌动在我们每个人的心中。祝大家新春快乐，兔年吉祥！

2011 年 2 月 3 日

春秋稼穑千田锦　龙年又唱祝福歌

才闻兔岁凯旋曲，又唱龙年祝福歌。春盈九域八方暖，政惠"三农"五谷丰。

春节来到，各地人们舞龙相庆，寓意新的一年风调雨顺，四季丰收。承载着吉祥幸福企盼的中华文化巨龙，在几千年农耕文明社会里孕育成长，在现代工商文明社会中愈显精神，定将在民生大发展、文化大繁荣的壬辰龙年，带给父老乡亲们更多丰收的喜悦，幸福的愿景，安康的祥瑞！

传说中，龙是一种善变化、兴云雨、利万物的动物。它神通广大，能显能隐、能细能巨、能短能长，既能深入水底，又能腾云登天。中国自古以农立国，在人们的想象中，作为主宰雨水之神的龙因此备受尊崇。

在民间，龙还是祥瑞之兆，是神圣的象征。人们把各种美德和优秀品质集中到龙的身上。我们从许多传说故事中看到，龙英勇善战、聪明多智、本领高强、兴利除弊、正直高贵。龙的作风与气派，成为中华民族精神气质的象征，华夏子孙皆以龙的传人自称。龙的形象和痕迹都预示着吉祥如意，昭示着兴旺发达。

因为龙的高贵与威严，封建社会最高统治者试图将其占有，成为皇权的象征。但百姓却世世代代把它挽留于民间，成为吉祥、尊贵的同义语。逢年过节，舞龙迎龙，祈福纳祥，增强凝聚力和自豪感。乡村城镇，穿街走巷的龙腾狮舞，常常会闹翻一条街，震撼一座城。中华大地洋溢着鼓舞人心、奋发向上的青春朝气和力量！

闽南农村春节有"游灯龙"习俗，灯龙越长，象征村落越兴旺。灯龙的龙身由每家每户各做一节，或以灯笼代之，组合而成。沿途掌灯的人不断加入，灯龙越来越长，一条红火的巨龙游走在房前屋后、田间地头，绵延几里地。在热热闹闹的气氛中，村民们把祝福送到各家各户。

广东湛江东海岛流行一种"人龙舞"。龙身由五六十人组成，有的达数百人，气势雄伟壮观。担当"龙头桩"者必须身高力大，其身负三个孩童，分别饰"龙舌""龙角"和"第一龙脊"。"龙头桩"大汉还要手握两个盾牌，威风凛凛。"龙脊"是龙的主体部分，完全由人体连接而成。人龙起舞时，由锣、钹、鼓等敲击乐器有节奏地配合，龙头双眼闪光，龙角前后摆动，龙身左盘右旋，一起一伏，如波逐浪，充分显示出龙的威武神韵，体现了团结奋进不可战胜的群体力量。

不论人龙、布龙、灯龙、火龙，抑或板凳龙、扁担龙、荷花龙、竹叶龙……所舞之龙，时而"嬉水逐浪"，时而"临阵神威"，时而"腾空翻滚"，无不投射着舞龙民众蓬勃的生命力与才情灵性，寄托了人们美好的愿望和理想。龙虽然诞生于中华民族的浪漫想象，但在世世代代民众身体力行、反复演练中栩栩如生，呼之欲出，早已融入百姓的日常生活和精神血脉。神州大地，龙的故乡。中华民族，龙的传人。龙的传人，人人都是中国龙。当今复杂国际环境下和平稳定发展的中国，就是一条腾飞的巨龙、祥龙。我们每个人又都是中华巨龙的舞龙人，投入真诚的情感、生命去舞，万众一心、自强不息。

龙年抖擞龙精神。在众多有关龙的成语、掌故中，我赞赏"鲤鱼跃龙门"的精神和姿态。

鱼龙本是同种生，跃过龙门就成龙。从修学励志、成长成才，到人格境界的提升；乃至一个社会为不同层次人员的流动，营造一个有利于向上的环境和氛围，让所有人都能够怀有一个"中国梦"，只要努力向上，都有平等的机会和上升的空间，都可能凭借自身的才华和拼搏，改变命运……现实生活中处处有"龙门"。人人心中也都有一道"龙门"。一切向好、向上、向着真善美的努力都是在"跃龙门"。

祝大家龙年多福，顺意吉祥！

2012 年 1 月 23 日

亿万农民的笑声

　　欢歌笑语辞旧岁，龙飞蛇舞庆新春。在全国人民喜庆新春的欢歌笑语中，我们听到了亿万农民发自心底的笑声。这笑声贴近大地宽广浑厚，这笑声透彻长空爽朗绵长，久久在我们耳边回响、在我们心中荡漾……

　　农民的笑声是自豪的！春秋稼穑千田锦，南北耕耘五谷香。正是由于亿万农民的勤劳、智慧和汗水，换来了我们国家粮食生产"九连增"，保障了国家粮食安全，使13亿中国人的饭碗牢牢端在自己手里。2012年，我国粮食生产在高基数上再夺丰收，全年粮食产量达11791亿斤，比上年增加367亿斤，再创历史新高；棉油糖、果菜茶、肉蛋奶、水产品，样样增产，全线飘红。农民对国家、对社会的贡献是实打实的，响当当的。中国农民了不起！

　　农民的笑声是幸福的！幸福不会从天降，全靠劳动来创造。农村的父老乡亲们一年辛劳，四季打拼，结出了丰硕的果实，带来了沉甸甸的收获。现代种养增收、多种经营增收、就业创业增收、惠农政策增收……通过不断拓宽增收渠道，2012年我国农民人均纯收入达到7917元，比上年实际增长10.7%，实现连续九年较快增长，增速连续三年保持在两位数、连续三年超过城镇居民。当然，城乡收入差距还不小，强农惠农富农仍任重而道远。然而，农民的愿望是朴实的，梦想是现实的，脚步是踏实的，知足常乐，计较得少。广大农民在小康路上一步一个脚印，走得坚定、踏实。中国农民有胸怀！

　　农民的笑声是由衷的！党的农村政策一年比一年好，国家的"三农"投入一年比一年大，农民得到的实惠一年比一年多，日子过得一年比一年舒心、红火。中央坚持把解决好"三农"问题作为全党工作的重中之重，连续下发了十个"1号文件"，不断强化强农惠农富农政策，现代农业建设迈出重大步伐，农村公共服务明显改善，工农城乡关系深度调整和互动融合。党的十八大描绘了美好蓝图，国家要全面建成小康社会，农民收入要实现翻番，社会主义新农村建设要由画卷变成现实。中国农民有奔头！

农民高兴我们就高兴，农民的笑声是党和政府工作的回声，农民的愿望就是"三农"工作者努力的方向。我们和全国农民一起期盼、一起奋斗、一起欢笑！

福盈千户院，春满万民心。改革开放的福祉让春光在国人的心头永驻，凝聚亿万人民的"中国梦"，激励着全国农民意气风发奔向全面小康。亿万农民灿烂的笑声将永远回荡在希望的田野上。衷心祝愿广大农民朋友在新的一年里，发家致富、幸福安康、笑口常开！

父老乡亲们，蛇年吉祥！

2013 年 2 月 10 日

吉祥欢乐的巴塘弦子舞踏歌来。摄于四川省甘孜藏族自治州巴塘县。

马驰中国风　春谱文明曲

春种夏管，秋收冬藏，时序流转，又是一年新春到！年，从冬的深处踏歌而来。过年，就像吹响幸福的集结号，不管路途远近，亲人回家团聚，这不变的情结，让城镇和乡村充满温馨、兴奋和甜蜜的味道。

春节，因为处在年度周期与四时循环的新旧交替时间关口，以辞旧迎新为主旨，成为中华民族第一大节。大红灯笼挂起人们对福星高照、吉祥如意的渴求和期盼；通红的春联书写对锦绣前程、美好生活的向往和憧憬；朱红的窗花，从灵巧的农妇之手剪出，剪个龙马精神、剪个牡丹吐艳、剪个丰收锣鼓，一时间扮美了勤劳致富的农家小院。正月初一零点钟声敲响，整个中华大地进入鼎沸状态，人们以惊天动地的爆竹与升腾的焰火，昭示并迎接新年的到来。

世界上恐怕没有哪个民族的任何节日，能比得上中国的"年"这样隆重热闹，喜庆祥和。民众热衷于在新年伊始表达自己的人生愿望和喜悦之情，他们不断地投入贺岁、拜年、送穷鬼、接财神、迎喜神、过人日、舞龙舞狮、逛庙会、赏花灯等年俗活动当中，掀起一个又一个年节小高潮，直到正月十五新年的第一个月圆之夜，尽情"闹"过元宵才算圆满。

年，是全民参与的狂欢节日，是一首民族的集体抒情诗。过年了，一切都以年的名义更加美好。祈福求祥、趋吉避祸、喜庆团圆的年文化心理，让普天下中华儿女在同一时间段里将内心的美好释放。过年时全民表现出来的语言美、行为美、仪表美、环境美、民俗美，特别是以亲情、友善、慈爱、宽容、互助、慷慨、童心、浪漫等等为内涵的心灵美，展示了一个社会人性美可以达到的高度。

在乡下，现今仍能看到淳朴的老乡给草木、家畜也过年。家里的枣树贴上"红枣大吉"，堂屋的墙上是"满院春光"，出门的照壁上贴着"抬头见喜"，牲畜的圈门口贴上"六畜兴旺"，村口的老槐树也贴上"向阳花木""风调雨顺"的红春联……在农人心目中，草木知春秋，草木也知年。人有命，草木也是一条命，命与命都是平等的，你尊重了其他的命，其他的命也尊重你！庄稼会用枝叶关情，用花、果、种子回报。

春节民俗，是一种全民性的营造和谐美好、文明幸福生活的价值取向。人们把共同的生活理想、人间愿望与审美理想，统统融入节日的内涵与种种仪式中，营造了一个轻松欢快、相对自由的生活时空，一个可共享亲情、可分享美好的理想世界。

由春节的美好，民众获得自豪、愉悦的心理体验与满足，对携手创造文明诗意生活充满信心。这也引发我们更多遐想和期待。当今社会，物质文明高度发达，饥食渴饮早已不是问题。但物质主义，急功近利，盲目攀比，过度竞争，却往往造成人们心理压力和精神孤独感增强。人们不仅需要在传统节日的温暖中找到"家的感觉"，也需要在日常的社会生活中，通过团结的机制、审美的机制，共建共享更多公共生活空间，创造提供更多公共服务，营造更加文明和美的共有家园。

除了需要政府提供更多优质的公共服务，每个社会成员之间的爱心、微笑、文明、礼让等等，也都是一种公共资源，是无价之宝。

今年的春运回家路，因为有关部门和志愿者的行动，多了一些温馨场面：交警为骑摩托车返乡过年大军开道护行；车站里新添关爱农民工子女活动区域；"春运说吧"让旅客的思念先回家；免费的一杯姜茶暖人心；爱心包子、爱心救助基金让特需旅客不再"囧途"；农民工输出地政府用佩戴大红花的大巴车"接您回家"，让在外打拼经年的游子顿时百感交集，泪湿眼眶……友善的关爱，因为真诚，所以感人；因为尊重，所以美好！不让大众带着受伤的负面情绪回家，公众的情感就会集合成一股巨大的社会正能量。

2014年是农历马年。马积极进取、勇往直前。《易经》认为乾为马，坤为牛，用马来象征天；乾卦"天行健，君子以自强不息"，成为中华民族昂扬进取精神的写照。在全面深化改革,十亿神州同追中国梦,切实推进党风政风和社会风气根本好转的今天,我们要发扬马不停蹄精神,对不利于经济社会健康发展的体制机制马上改革,对脱离群众的不正之风马上纠正,对养成文明友爱社会风气马上行动。人人同心向善,求真务实,奉献美好,社会就会呈现出我们所期望的美好的样子。

祝大家新春万福,马年吉祥!

2014 年 1 月 31 日

新春说"福"

灵羊报喜山河美，紫燕迎春日月新。

新春佳节"福"随年至，人们都喜欢在门上贴"福"字，春联写着"春满乾坤福满门"，希望有福气，有福运，打开福门，家家户户"福星高照"，"五福临门"。

"福"文化在我国源远流长，根植人心。百姓所谓"吉祥"，多指福而言。《字林》说：祯祥是福。《广雅》曰："福是盈。"《说文解字》讲：福是"佑"，远离灾祸；福是"备"，无所不顺的意思。福，包含了人们生活中一切美好愿望和目标：丰衣足食，富贵兴旺，健康平安，和谐美满，国泰民安，天下太平，等等。一部中华民族的历史，就是人们孜孜追求福的奋斗历史。

"福"如此重要和宝贵，提醒人们要知福、惜福，积福、养福。新春说福，愿大家福至心灵，福慧双修，事业、家庭更加兴旺和美。

目前查阅到最早对"福"作出具体阐释的是《尚书·洪范》，"五福"包含：寿、富、康宁、攸好德、考终命。也就是：长寿；富贵；身体健康，心灵安宁；生性仁善宽厚；临终时没有遭到横祸，身体没有病痛，心里没有挂碍和烦恼，安详自在地离开人间。一般认为，五福均至，才算幸福美满。但在中国传统文化里，五福中"好德"最重要。具有生性仁善、宽厚宁静的德，才是最好的"福缘""福相"。德是福的原因和根本，福是德的结果和表现。

"五福"后来演化为"福禄寿喜财"，更多体现了世俗的价值观。民间年画上常见"天官赐福",有的地方干脆把天官当作了财神。"福"的天平越来越倾向"禄"和"财"。这说明,对福的理解不是一成不变。

随着社会文明发展,人们对福的追求,应该回归到物质、文化和精神生活丰富多彩并重。避免过度物欲,盲目攀比,把追求幸福演变成角逐财富和权力的比赛,造成心理和价值观的扭曲。这符合阴阳平衡的道理。

和谐是福。中国古代哲学认为,阴与阳既对立又互补,无论哪个领域,无论自然界还是人类社会,或是一个人本身,阴阳和谐便平安吉祥,阴阳失调就会发生天灾人祸。人们应该顺应天时,通过自己的努力去调节阴阳,达到和谐。

守正养福。"福"需要正确价值观的导航。君子爱财,取之有道。见利思义。"义"就是"事之所宜",不要无视基本的伦理规范、道德原则,更不可逾越法律的底线。心有敬畏,虚心纳福,向善积福,平和伴福,自律惜福。老子说:"福兮,祸之所伏。"因祸可以得福,因福也可能罹祸。超过了合理的度,不择手段谋求一样东西,结果适得其反,这是辩证法,也是实实在在的生活启示。不管你试图用权力的高度接近"福",用金钱的尺码度量"福",用知识的力量解密"福",用勤劳的双手缔造"福",归根结底都要用善良的心灵呼唤"福"。

感恩知福。世界是联系的,人必须依赖同类或外物才能生存。"知一日之所需,百工斯为备。"我们往往"受之于人者太多,出之于己者太少"。知道感恩的人,知耻有止,索取有度,知足常乐,奉献为乐,热心公益,善于在日常中发现美好,欣赏美好,回馈美好。

幸福从来不是单向度的财富叠加,它是一种心理感受,是人们和谐向上、崇尚美好的一种心理反应。与饥寒者比,温饱就是福;与残疾重病者比,健康就是福;与流浪者比,有家就是福;与遭遇灾祸的人比,平安就是福;与狭隘忌刻者比,仁爱大度就是福……清代文学家张潮把古人对福的理解归纳为:"有功夫读书谓之福,有力量济人谓之福,有学问著述谓之福,无是非到耳谓之福,有多闻直谅之友谓之福。"这是很高的境界。今天,对于勤劳致富、追梦前行的人们,又添了时代性的新内涵和目标:践行社会主义核心价值观是福,全面建成小康社会是福,实现中华民族伟大复兴是福。

今年是农历乙未羊年。传统文化中,羊通"祥","羊""阳"谐音,羊是善良、美好、吉祥的化身；羊象征送走严冬，催动生机的阳和之气。在全面深化改革，转型发展，推进党风、政风和社会风气全面好转的鼓点声中迎来的羊年新春，和风开画卷，谐律壮神州。"三农"向好，紫燕催耕。祝大家三羊（阳）开泰，五福临门，福田广种，厚德载福，新年万福！

2015 年 2 月 19 日

喜庆锣鼓敲起来。摄于山西省广灵县。

春天里，我们和时代一起前行

　　这是一年中情感最饱满、乡愁最浓烈的时刻。南方的冰雨弥散，北方的寒意稍退，在外漂泊的农民工踏上千里返乡路，离家的游子手里攥着一张小小的火车票，把积攒了一年的牵挂和羁绊收进行囊，人们日夜兼程，归心似箭。家——是我们共同的方向。这是农历丙申猴年，春节一到，每个人都为自己的生命之树多画上了一圈年轮。

　　中国人对于时间的观念非常深刻，这让我们这个古老的民族在时间的纵轴上能够完整而清晰地留下每一个历史的脚步。从上下五千年的宏大叙事，到世纪百年的民族复兴梦想，从共和国成立到改革开放的三十多年，从五年的发展规划到一年看变化，我们用生活的每一个细节为时代树碑立传。除了用甲、乙、丙、丁标识时间的秩序，我们还有子、丑、寅、卯与之匹配组合，天干地支的对榫让纪年富于变化，而这变化中又有不变的轮回观念，60年一个甲子，时间仿佛也有了生命，像人一样有了自己的过去和未来。更有意思的是，我们的时间不仅有生命，还有性格。子鼠、丑牛、寅虎、卯兔，年份和生肖挂钩后，这个时间节点好像就具有了这个动物的性格特征。

　　丙申猴年，自然要说到猴了。在中国文化中，它是聪明伶俐的象征，也是机智勇敢的代表。中国人心目中最著名的猴子应该就是《西游记》中的孙悟空了，一个跟头就是十万八千里的孙猴子，硬是保护唐三藏从长安走到天竺国，取回真经。虽然是个神魔小说，但它恰恰很接近人间的世情真相，取经路上无坦途，这

221

九九八十一难，也就是每个人这一生将要面临的挫折、险境、诱惑，一个人成长的过程，大概也是要经历种种修持，才能够达到理想的自己。个人如此，国家更是如此，没有一帆风顺的改革，也没有一劳永逸的改革，每次的到达又是一次新的出发。

这一年我们经历了什么？粮食安全是三农永远不变的主题，粮食生产获得历史性的"十二连增"，让我们把饭碗牢牢地端在自己手中，让13亿中国人不仅要吃饱，还要吃得安全和放心，让农民从收获中获得喜悦和尊重。

农村，是每一个人的故乡，见山望水的乡愁不仅仅是一个农耕文明的精神象征，也是一个现代民族国家的情感表达。我们可以用钢筋水泥浇筑高楼大厦，却无法复制村口见证所有人童年记忆的老槐树，我们可以用高科技将海水转化为饮用水，却只能在纸上书写对穿村而过的母亲河的留恋。转变农业发展方式，开启了治理农业面源污染的攻坚战，我们掮起这通向未来的闸门，要将这绿水青山留给子孙后人。

"互联网＋"犹如一场观念的革命倾泻而来，它燃起了大众创业万众创新的星星之火。而今，我们身处一个前所未有的创业试验室，未来，在三农领域能孕育出怎样多彩多元的新业态，我们充满期待。支持农民工返乡创业，促进农村电子商务快速健康发展，农业固然有自己的特性，然而互联网的快车赋予了这个古老行业速度与激情，刺激也好，暂时的失败也罢，勇敢者从来不畏惧挑战，每一次的出发都是对市场的理解，也是对中国经济一次全新注解。

这一年，我们还经历了什么？大凉山深处，一篇小学生的作文无意中戳中了无数人的泪点；博士返乡笔记，记录了历经600年的古村在我们眼前消亡；农产品滞销，遭遇"多收了三五斗"的困局。我们经历了希冀、欢乐、满足，也不曾忽略那些点滴事关民生的焦虑、哀伤。更重要的是，拨开前路的迷茫，我们还有勇气和坚强。我们经历着这个国家的转型阵痛，也和她一起在改革的风浪中砥砺前行，我们经历这个时代，见证这个时代，同时也创造着这个时代。

丙申猴年，我们能看到改革更加精准地对接发展所需、基层所盼，能够想象的是"两岸猿声啼不住，轻舟已过万重山"。中国的改革不停步，三农发展也将继续前行。愿中华民族这艘巨轮能够勇敢地穿过历史的峡口，行行复行行。

金猴方启岁，绿柳又催春。祝父老乡亲们新年吉祥！

（本文与何烨合作）

2016 年 2 月 8 日

活泼泼的年味，从未老去的祝福

——"年画重回春节"主题采风见闻与随感

　　小寒节气，参加"年画重回春节"主题采风，寻访年画之乡，与一个个国宝级民间老艺人和新生代非遗传承人、文创人士攀谈聊天，说"年"品"画"，浓浓的年味扑面而来！我极愿意被这种吉祥喜乐氛围所包围，内心温暖，踏实，祥和，美好。走进一座座年画博物馆，犹如走进中华文化和百姓心灵、趣味的百花园。年画中直观、生动地展现了人民的审美和生活愿望，让人深深感到我们民族民众的善良淳朴可爱！

　　如果说，采风就是使自己进入（置身）一种特定的文化场域，引发许多新鲜真实的感受和思绪，写出有生命温度的报道，那么，我愿以这样的文字献给温暖我们内心的年画——

　　年画就是"画年"，画出心中神圣无比的年。年味在年画艺人们的手底下活泼泼地创造出来了，飞向天南地北，飞向千门万户，飞向每个人的心间。有人提议塑造中国的"春节老人"（类似西方圣诞老人），其实，年画不就是春节老人、春节儿童、春节群众的集体画像吗？它展示的是一幅散点透视、无比壮观的大美民俗图景。

　　年画又是承载故事和祝福的"年话"，一年年不断重复，常说常新，让人百听不厌！它在当代文脉传承和创新性发展中还有极高价值。这样的"年话"，我们当如何接着讲呢？

留住年画之美

民间有"有钱没钱，买画过年"的说法。年画是中华文化特质最鲜明、文化内涵最深厚、表现形式最绚烂而独特的民俗艺术之一。在以农业为主要生产方式的漫长岁月里，中华民族通过年画表达对新一年生活的渴望和热爱，贴年画也成为春节的重要文化象征之一。

每逢春节，人们把从集市买回来的年画贴在门上、室内、灶房、仓房、水井、马厩，把土地爷的神像贴在神龛上，寄托祈福禳灾的美好愿望，增添节日喜庆。

年画内容无比丰富，有敬神用的天神、地神、灶神、仓神、财神及弼马温（马神），有祝福祈祥的《吉庆有余》《一团和气》《龙凤呈祥》《麒麟送子》《刘海戏金蟾》，有镇妖辟邪的《钟馗》《门神》，有反映世俗风情、教人勤劳善良的《女十忙》《男十忙》《渔乐图》，有情趣高雅、劝学励志的《琴棋书画》《五子夺魁》，一些神话传说、历史人物、戏曲故事也都进入年画的题材，如《牛郎织女》《三国演义》《西游记》《杨家将》《呼家将》等，甚至包括变化的时事都能纳入画幅之中。年画的艺术表现采取象征、比拟、双关等，通过画面上的事物来象征寓意吉祥的内涵。如：画一只喜鹊在梅枝，就叫《喜上眉（梅）梢》；画一个胖娃娃怀抱金丝鲤鱼，手握一支刚采摘的莲花，就取名《连年有余》。

民间年画的构图总是那么饱满，画面总是精气神十足，有限空间表达很多内容，好像一位慈祥智慧长者，抓住任何机会，利用每一寸见方，都要多给你传递和讲授一些新东西，希望你平安幸福，人生顺畅，家族绵延。

作为我国非物质文化遗产龙头项目的年画，它摹画出百姓的理想王国，是老百姓创造的农闲时自娱自乐、学史明理的生活文化，它不仅给人艺术享受，还使人从画面或故事受到启示和教益。

天津杨柳青、山东杨家埠、江苏桃花坞、四川绵竹、河南朱仙镇、河北武强、湖南滩头、陕西凤翔、广东佛山、福建漳州等，都是著名年画之乡。据说武强年画鼎盛时一年能印制销售一亿张，可见当年盛况。

　　然而，随着现代社会快速转型，人们生活方式和审美观念发生了改变。加之，房屋格局、家居设计、布置等变化，原先贴年画门神、中堂画、炕围画的双扇门、中堂、土炕等载体减少了。年画市场出现萎缩。年轻人乐于进城打工挣钱而不愿耐下性子学习传统手艺活。有的画村在城市化浪潮中被拆迁。年画的保护、传承遇到前所未有的危机。这些现象引起有识之士的关切。一批文化学者多方奔走呼吁，推动实施"中国民间文化遗产抢救工程"，年画即是率先启动的项目之一。近年来，国家大力推进实施非物质文化遗产保护，推进实施传统手工艺振兴计划。中国传统木版年画保护工作呈现出以知识界为先导，国家推动、民间力量参与，各地年画传承人、艺术院校和文创工作者积极探索实践的新气象。年画正以更加多元的形式融入现代人们的生活，滋养民族的精气神儿。

老艺人的坚守

　　采风活动第一站来到天津杨柳青。75岁的王文达是杨柳青木版年画国家级非遗传承人，他身体硬朗，一头短发，临窗在阳光下专注于手头精准灵动的凿刻，时间仿佛静止，但一晃竟已是半个多世纪！

　　1960年，16岁的王文达凭借孩提时临摹连环画的基础考进杨柳青画社"年画训练班"。师从年画名师肖福荣、李长江，得到传统木版水印刻版技术的真传。

杨柳青木版年画代表性传承人王文达在雕版。

杨柳青年画勾、刻、印、绘四道工序中，刻的难度最大，那是再现代化的机器也无法替代的手工技艺。王文达现场演示几个刻版步骤，先用凿子剔去木版的空白处，留下原稿墨线，完成墨线版。接下来将勾好的墨线稿反粘在梨木版上，以刀代笔，逐条线在木版上镌刻，将线外部分剔空。他说，木版线条必须"立得住"，润朗大气，技师要对原作有深入的理解，这样才能确保后面工序的精细度及柔和性，成为真正的版、画俱佳的艺术品。

当问及"一位5年刻龄与50年刻龄的技师区别在何处"以及"如何传承这项技艺"时，王文达略加思考后说："区别在于一刀一笔之间的贯气，深厚的文化积淀体现在刀尖上的是严谨和深沉，这一点需要用心去体会。传承是一项艰难但意义重大的事业，我希望在有生之年多培养年轻人。"目前，他已带出了7位得意弟子。

在山东潍坊，记者拜访了92岁高龄的杨家埠木版年画国家级非遗传承人杨洛书。他是同顺德画店的第19代传人。80余年刀耕不辍，杨洛书五个手指中有三个已经不能伸直，常年定格在握刀的状态。他说，如果不握刻刀，这只手就是一只废手。可是记者看到，一旦握上刻刀，这只手就成了天底下最完美的手。刻刀在木版上游韧舞蹈，展现出艺术的神采魅力。

正是这位老人，保护年画有着超乎寻常的勇敢。"文革"期间破四旧，杨家埠木版年画遭受毁灭性打击，杨洛书将一些珍贵的年画古版藏在粪坑里、藏在烂柴火堆里得以幸存下来。

年逾九旬的杨老精神矍铄，谈起年画，一脸的骄傲，每一张画都是他的宝贝，都有讲不完的故事。

在安丘市青云山年画馆，记者采访了杨家埠木版年画代表性传承人张殿英、张运祥父子。张殿英今年83岁，制作年画62年。1997年他退休回到故乡安丘，创办了青云山年画馆，以"守正创新"为宗旨，全面恢复古代木版年画印制技术，收集、翻刻木版年画画版300余套。

他和张运祥致力于年画创新发展，共同创作的年画长卷《农家乐》，用500多块木版，描绘了不同场景1000多个人物。该年画被中国国家博物馆收藏。

年画的新希望

采风时发现,一批 70 后、80 后甚至更年轻的年画传承人涌现出来。这些年轻人有着清醒的文化自觉,他们有的守护传统年画的民间味,作品朴实率真;有的创造性转化,让年画生动反映时代风貌和人民生活,推出"新创作、新应用"。他们是年画的新力量、新希望。

天津杨柳青画社的郭津伟,今年 31 岁,本职是年画装裱,业余时间从事创作。他的年画作品《圆梦青山》《春之梦》,表现美丽乡村、"一带一路"等新时代主题,含蓄生动,清新喜人。

在山东高密市姜庄镇,1970 年出生扑灰年画世家的王树花,7 岁开始跟爷爷王锡山学。16 岁,王树花就在爷爷鼓励下把扑灰年画中的踢毽子、母子图、姑嫂闲话、百寿图、渔翁得利、大财神等老题材,赋予一些自己的创意,开始了艺术创作之路。近年来,王树花逐村遍访民间老艺人,先后恢复 1000 多幅传统扑灰年画的老画样,创作了 200 多幅新题材扑灰年画,并在家里建起 1000 多平方米的艺术馆和传承体验互动区。

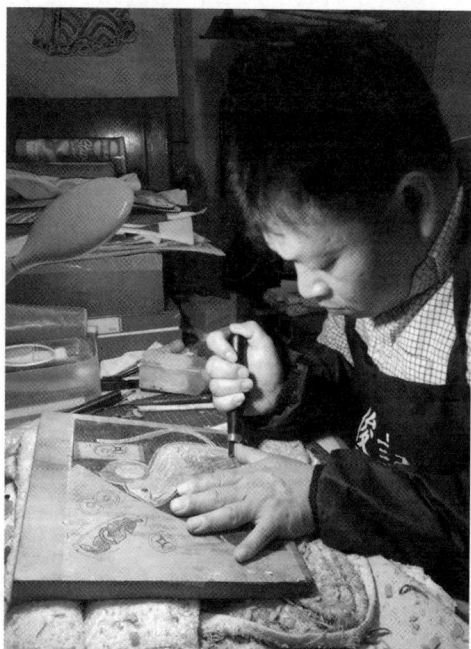

福建漳州木版年画传承人颜朝俊在创作木版年画《招财鼠》。

扑灰年画,用烧成炭化的柳条描线起稿作底版,再用白纸拓印,一稿可拓扑多张;艺人继而在印出的稿上粉脸、敷彩、描金、勾线,半印半画而成。

作为扑灰年画省级非遗传承人,王树花认识到"原汁原味"的重要性,她的作品被公认为"原生态地保留了扑灰年画的传统风格",在当地百姓中有着较高的认可度。村民盖新房、搬新家都喜欢挂她的扑灰年画。像王树花这样的艺人成为民间文化遗产传承的中坚力量。

在苏州桃花坞，80后的木刻年画工艺美术师乔兰蓉，讲述了她与桃花坞木版年画的情缘。2001年，她在苏州工艺美术职业学院读书时看到桃花坞木版年画展，很是喜欢。两年后，学校针对桃花坞木版年画类别招收传承人，乔兰蓉开始系统学习木版年画。她在传承基础上给年画注入时代审美和现代观念。2015年，她受邀入驻苏州诚品书店开设了乔麦年画工作室。以桃花坞年画为设计元素的衍生品，丝巾、手包、灯饰之类，很受市场欢迎。

乔兰蓉发现，桃花坞年画的招牌固然是传统的《门神》及可爱的《一团和气》，然而这些面孔不可避免有些老旧，未必适合现代家庭的陈设布置。桃花坞年画需要新产品、新图式。于是，她创作"午候系列"等作品，将姑苏风味、江南生活与传统木版年画风格相融，在黑、白、灰色调的园林式江南人家中，案头摆放一篮色彩艳丽的鲜花，篮子古雅，花叶舒展，传达出岁月静好的气息，呈现了新一代年画工作者对桃花坞年画时代感的理解。

在四川绵竹，"三彩画坊"创办者贾君将绵竹年画与其他物件相结合的创意不断涌现出来：生活用品、办公用品；瓷器、木艺；文化衫、抱枕、被套、桌子、镜子等等。屋外广袤的农田也带给贾君很多遐想："我还想将年画与农田相结合，做艺术田园、做年画街区。"她谋划着在绵竹年画里呈现更多与众不同的卡通形象，更多地与年轻人结合。

传统内核，时尚外壳。重建年画与现代人的情感连接，年画正耕耘出越发广阔的发展空间。

乔兰蓉说得好："年画是一种能量，这种能量跟我们生活的每一天都是有关系的。"

可不是吗？年画就是对美好生活愿望的表达，不只关乎年节，也关乎每一个当下，它承载中华民族丰富的精神文化基因讯息，它能给人祝福，给人鼓舞，给人力量，给人希望，这也正是呼吁"年画重回春节"的意义。

2019年1月23日

第五辑

芬芳节气

中华农耕智慧惊艳世界

——写在"二十四节气"申遗成功之际

　　近日，二十四节气正式列入联合国人类非物质文化遗产代表作名录，世界遗产再添"中国符号"。二十四节气被称为农耕时代的"时间智慧"，它将天文、物候、农事和民俗完美结合，千百年来一直被我国人民所沿用。这一镌刻着农耕文明印记、跳动着传统文化之脉的精神符码、古老智慧，在追求"生产、生活、生态"三生共赢、建设美丽中国的今天，依然照耀我们的生活，启迪我们的智慧。二十四节气申遗成功，对激发"三农"人的自豪感，增强我国农业自信和创新力，创造现代新农耕文明具有深远意义。

　　二十四节气是中华农耕文明对人类的伟大贡献。我国先民在长期农耕实践中发现，农作物耕种需要根据太阳运行情况进行。二十四节气就是古人根据太阳在一年中对地球产生的影响而概括总结出的一套气象历法，用来指导农事活动。通过观星台，古人在正午测日影，夏天日影最短，冬天日影最长，将最长（冬至）与最短（夏至）之间，分为24等份，这就产生了二十四节气。它自秦汉时期至今已经沿用了2000多年。

　　根据二十四节气的规律，我国劳动人民创造了丰富的农事谚语。如"立春天渐暖，雨水送肥忙""到了惊蛰节，锄头不停歇""小满前后、种瓜点豆"等。农民借助于节气，春耕，夏耘，秋收，冬藏，将一年定格到耕种、施肥、灌溉、收割等等农作物生长收藏的循环体系之中，将时间和生产、生活定格到人与天道相应乃至合一的状态。二十四节气是中国人尊重自然、顺应自然的鲜明体现。得益于这种智慧的指引,中华民族创造了举世公认的传统农业辉煌。

二十四节气还深刻影响着人们的思维方式和行为准则。它承载着中国哲学特有的韵味,让中国人的生活世界成为气韵流动的世界。它让绵延的生活有了"标点句读",营造着中国式的充满节日诗意的生活。

节气的美是太阳赐予的。一个一个的节气,仿佛是太阳的脚步,我们每个人都能够从寒来暑往、物候变化中感知。于是,在百姓心目中,惊蛰是一声春雷惊醒了泥土中沉睡的小虫,竹笋顶开了泥土;小满是麦田的疯长,每一株麦子都饱满起来,在阳光下都是向上的力量。很多地方的百姓会按照"小雪腌菜、大雪腌肉"来准备自己的生活物资;"清明吃青团、立秋吃西瓜""冬至饺子夏至面"的风俗依旧流行;现代养生也看重节气,如"春夏养阳、秋冬养阴""冬病夏治"等等。

许多节令伴有丰富多彩的民俗活动。如:春分立蛋、清明踏青扫墓、谷雨采茶、小暑尝新米、大暑吃凤梨、白露不露身等。有的地方仍把节气当作节日一般度过,如"非遗"项目三门祭冬、壮族霜降节、苗族赶秋等。在这样的民俗事项当中,继承、传播和弘扬了传统文化,增加了民族文化的认同感。

二十四节气及相关活动,凝聚族群,和谐天人,富有情趣,有助于化解生活在钢筋水泥森林中城市人的生活焦虑、心灵孤独,因而对发展休闲农业、乡村旅游等极具价值。

二十四节气申遗成功,不是终点,而是传承和保护的新起点。非遗保护的真正目的,在于面向未来的传承文化传统,为中国当代文化的创新与世界文明的发展提供动力。

古人通过对农业生产规律的认识和把握,缔造培育了二十四节气等中华农耕文明的骄傲。随着现代科技发展,人类改造和利用自然能力增强了,设施农业、大棚蔬果等让我们不再受节气的严格制约。二十四节气对于农事的指导功能有所减弱。但不管社会发展如何日新月异,人类对土地、对农业的依恋不会改变,农业的基础地位不会改变。二十四节气仍是许多种植户进行农业生产、安排农村生活的根据;二十四节气进入小学课程,成为培养孩子认知自然万物的时间坐标;二十四节气在当代中国人的生活中依然具有多方面的文化意义和社会功能。

二十四节气蕴含的农耕文明智慧和理念,不仅对发展未来生态、有机、循环现代农业有重要指导意义，对全社会和谐健康发展也颇具启迪。然而，在"70后不愿种地，80后不会种地，90后不提种地，未来农村将由谁来种地？"的隐忧下，一些附着在农业生产上的农耕文化正在消亡。二十四节气等农耕文化传承任重道远。因此，亟须在年轻人特别是农村年轻人（包括打工青年）中，科普二十四节气与农业生产生活的关系。营造好发展环境，让青年农民热爱农业、农村，成为二十四节气的传承人、使用人和受益人。

先贤的智慧和创造力，激励当代"三农"人在传承、保护传统农耕文明的基础上奋发前行，创造新的"三农"光荣与梦想。当前，现代农业和生态美丽乡村建设，为新农耕文明的孕育发展创造了契机和广阔空间。期待中国农业为世界农耕文化作出新的更大的贡献。

2016 年 12 月 5 日

节气文化启迪"诗意栖居"

作为中国人特有的时间知识体系及其实践，二十四节气将天象、物候、人事等组织到一个井然的时间秩序之中，深刻影响着人们的思维方式和行为准则。它不仅对农事生产和农民生活有重要的指导功能，而且对于生活在城市里的居民也有多方面的文化意义和社会功能；它启迪人们"诗意地栖居"，是建设和谐美丽中国的文化瑰宝。

节气文化为人们生活增添浪漫华彩

二十四节气不仅给我们揭示一年的时令、气候、物候等变化规律，还和民间文化结合，形成多彩的民族节日、岁时文化，丰富了人们生活。

2000多年来，积淀了大量与二十四节气相关的谚语、歌谣、传说、曲赋、书法绘画、民间工艺等非物质文化遗产，还有生产工具、生活用具等。有些节气已成为人们的固定节日，有相应的仪式和民间风俗。立春、清明、立夏、冬至都融入了浓浓的节日氛围。如：清明时节，人们外出踏青赏春。在杭州一带，立夏有吃乌米饭、登高等传统活动，旨在颐身健体。每逢冬至，南方人要吃"冬至圆"（汤圆），象征家庭和美；而北方人则要吃饺子，"千人饺子宴"便是社区和谐欢乐的集体活动。

二十四节气为原本平淡的日子，分出时段，赋予内涵，给平凡的生活增添色彩，增加滋味。二十四节气文化是我们诗意栖居、享受健康情趣生活的重要资源。但是，现代都市人生活匆忙而功利，常常忘记停下脚步，去品味祖先留下的生活智慧，去欣赏文人歌咏节气、物候变化的诗词曲赋，去感受身边大自然之美。此次二十四节气申遗成功，列入联合国人类非物质文化遗产代表作名录，唤起了国人对传统农耕文化的热爱，激发了大家对农耕文化价值的再发现。趣味盎然、富含智慧的二十四节气文化，将给城镇居民生活增添浪漫华彩。

节气养生智慧让大众的身体更健康

祖国传统医学认为：人与自然是统一的整体，人体的气血运行和脏腑活动都与二十四节气同步相连，只有顺应四时，根据节气变化合理安排饮食起居，才能以自然之道养自然之身。机体的新陈代谢若违背这一规律，四时之气便会伤及五脏。遵循未病先防的养生理念，适应四季往复，顺应节气宜忌，是二十四节气养生智慧的医学贡献。

"立春——助阳气，护肝气；雨水——养脾胃，保温暖；惊蛰——顺肝气，养脾气……大寒——防燥邪，护阳气。"这套节气养身方法及原理，讲求的就是"天人合一、按时行功"，从而达到身心和谐健康。

老祖宗传下来的二十四节气养生谚语很多，如：立春雨水到、早起晚睡觉；冬养三九补品旺，夏治三伏行针忙；冬吃萝卜夏吃姜，不劳医生开药方；春捂秋冻、到老不病；白露身不露、寒露脚不露；等等，历来都是中国人衣食住行的重要参照。

这些养生谚语，蕴含科学，形象生动，便于记诵，为群众所喜闻乐见，指导着人们的生活起居，关照着大众身体健康。

二十四节气召唤现代人亲近大自然

无论在城里还是在农村生活，我们都是大自然的孩子。二十四节气就是大自

237

然母亲说给我们的语言。

二十四节气讲的是天，说的是地，记录的是自然，是老祖宗把握作物生长时间，观测动物活动规律，思考人和自然之间关系，总结提炼出来的智慧结晶，是实践着的真理。无论人类创造的都市文明多么发达，始终是在大自然的世界中存在着。而且，大自然是按照自身的节奏在循环变化，在气温上表现为春温、夏热、秋燥、冬寒。人类顺应自然，依循自然时序，才能生活得更健康、更愉快、更幸福。

城市居民也要传承好二十四节气这一文化遗产，应天地之运，顺四时之气，尊重自然时间，尊重生命节律。工作之余，关注节气时令，物候变化，参与体验相关民俗活动。从一朵花的开放，一群候鸟的迁徙，去发现近在咫尺的自然之美。从传统的"立春尝春、迎春，清明品茶、踏青，立秋吃瓜、秋游，大寒咏雪、赏梅"等，培养生活情趣，享受色彩斑斓的自然时间生活。

2016 年 12 月 9 日

立春岁首又谋耕

"律回岁晚风霜少，春到人间草木知。"每年春节前后如期而至的立春节气，是二十四节气之首。"立"是开始，"春"是温暖、生长，宣告万物闭藏的寒冬将逝，春回大地，进入充满希望的新一轮时序与节气的循环。

古人把立春的十五天分为三候："一候东风解冻，二候蛰虫始振，三候鱼陟负冰。"这个时节，冬眠的虫子感受到了春气，在洞中慢慢苏醒，河里的冰开始融化，鱼儿追逐温暖的阳光上升到水面，顶着尚未完全融解的碎冰片嬉戏游动。

立春岁首对于农耕具有重要意义。虽然此时我国大多数地方寒冷依旧，但日照渐长，降雨增多，麦苗返青，油菜抽薹，百草回芽。沉浸在过年喜庆氛围中的农人，已经听到时令的召唤。农谚"立春一年端，种地早盘算""立春雨水到，早起晚睡觉"，提醒人们春天来了，应该忙于农事了，哪块田地适合种什么，该种多少，什么时候种，心里要有一盘棋。勤劳的农人酝酿着春播，南方早稻、北方春小麦的备耕都在有序进行。

立春节气民俗活动有迎春、打春牛、说春、戴春、咬春、踏春等。人们用不同的方式表达对春天的喜爱，迎接春天的生机和希望。

立春祭祀是古代中国开年重大的"公务"活动。在周朝，立春当日，天子亲耕田地，行籍田礼。汉朝，天子于立春前一日率百官出宫城到东郊迎春，祭祀春神句芒，祈福新年。如今，民间迎春神时多举行大班鼓吹、抬阁、地戏等活动。岭南地区立春时贴"春风得意"等春帖。

　　"打春牛"活动又称"鞭春""打春"，意在唤醒春天，赶走懒惰，不误农时。一般由村中威望高的农活好把式手执柳条，鞭打头顶红绸、身挂红花的泥塑春牛，边打边唱："一打风调雨顺；二打地肥土暄；三打三阳开泰；四打四季平安；五打五谷丰登；六打六畜兴旺……"每打一下唱一句，村民们高声应和"好啊"！最后，鞭春者用鞭将春牛击破，牛肚里事先填满的五谷干果纷纷落地，众人欢呼抢拾，以祈吉年有余。

　　"戴春"是女子簪花、戴春幡，或用彩色碎布头制成"春公鸡"，缝在小孩帽子顶端，意谓"春吉"。也有用各色布绺、彩线缠成"谷穗"，吊在小孩或青年人腰间，祝福新年好收成。

　　立春这天，人们食春菜，吃春饼、春卷，称为"咬春"，寓意沾染春天气息，开春有好彩头。

　　常言道，人盼幸福树望春。幸福要靠双手创造。天暖了，日子长了，人们在民间文化母亲般温暖的祝福中，走向希望的田野，开始新一年的耕耘和收获。

2022 年 2 月 4 日

滋春润物话雨水

　　冰雪融化，春风拂面，又到了雨水节气。雨水是二十四节气中的第二个节气。气候学上，雨水表示两层意思，一是天气回暖，降水量逐渐增多；二是在降水形式上，雪渐少，雨渐多。

　　雨水之后，我国大部分地区气温回升到零摄氏度以上。《月令七十二候集解》中这样解读雨水节气："正月中，天一生水。春始属木，然生木者必水也，故立春后继之雨水。且东风既解冻，则散而为雨矣。"雨水简直就是春天的标配和万物复苏的"助产婆"。

　　好雨知时节，当春乃发生。雨水节气的雨是"好雨"。此时，种子正怀着春，油菜、小麦正在返青，都需要雨水滋润，雨就这样顺时应节而来。

　　雨水节气有三候："初候獭祭鱼，二候雁北，三候草木萌动。"这时节，水獭开始捕鱼，大雁开始从南方飞回北方，在润物细无声的春雨中，大地呈现一派欣欣向荣的景象。

　　"雨水到来地解冻，化一层来耙一层。"春节已过，农人们从欢乐的节日里起身，选种，春耕翻地，给果树剪枝，给越冬作物浇返青水、施肥等，新一轮农事正紧张有序地进行着。同时，雨水节气，天气乍暖还寒，还需要精心春管，防止冻害发生，民谚有"七九八九雨水节，种田老汉不能歇"的说法。"春雨贵如油"，古人这时都很注意土地保墒，及时灌溉。

　　与雨水节气相关的民俗活动，丰富而有趣。

　　"雨水节，回娘家"是流行于川西一带的节日习俗。到了雨水节气，出嫁的女儿纷纷带上礼物回娘家拜望父母。母亲则为其缝制一条红裤子，穿到贴身处，据说，这样可以尽快怀孕生子。

　　一些地方过去还有在雨水日"拉保保"的民俗，是取"雨露滋润易生长""保护孩子平安"之意。如果希望孩子长大有知识就拉一个文人做干爹；如果孩子身体瘦弱就拉一个身材高大强壮的人做干爹……随着乡村振兴、文旅融合发展，如今"拉保保"民俗已演化为乡村游中的一项趣味活动，受到城乡游客欢迎。

　　春天喜雨。雨水，一个滋育生命和希望的节气，仿佛撑着小伞，娉娉婷婷而来……

2022 年 2 月 19 日

一鼓轻雷惊蛰后

每年 3 月 6 日前后，太阳到达黄经 345°，春天的脚步来到了惊蛰的节点。此时，春雷乍响，惊醒了蛰伏在土中冬眠的动物，惊蛰就是反映了这个节气的自然物候现象。

"一鼓轻雷惊蛰后，细筛微雨落梅天。"惊蛰时节正是大好的"九九"阳春天气，气温回升，雨水增多，春光融融，南方地区已是桃红李白，柳色青青。焕然一新的还有人们的精神面貌。

惊蛰一到，田间地头一片繁忙，锄草、耕田、播种、施肥、浇水、除虫，农人把一年的希望，在这个季节里融进脚下的土地。农谚："惊蛰点瓜，不开空花""惊蛰地化通，锄麦莫放松""过了惊蛰节，锄头不停歇""过了惊蛰节，亲家有话田间说"，勾画了一派抢抓农时的劳动情景，连来访的亲戚客人，都要下到田间地头才能找到正在躬耕忙活的主人。

惊蛰为何歇不得？原来此时虽然气温回升迅速，但是雨量增多却有限，春旱常常开始露头。而小麦孕穗，油菜开花，正在需水较多的时期。植树造林也要考虑这个气候特点，栽后要勤于浇灌，提高树苗成活率。另外，春雷惊百虫，多种病虫害开始滋生，应及时搞好防治。

农业专家提醒，害虫经过严冬冰封雪冻，存活者稀少，此时害虫的容身之地也相对集中，它们往往躲藏在枯枝、落叶、树皮下、表土里、垃圾中并开始往外出走。这是进行消灭的绝佳机会。否则，害虫会很快繁殖，百日之后数量将增加上千倍，并分散到大田作物里为害，消灭起来比较费力。因此，惊蛰节气是消灭害虫的重要农时，准确把握时机，能够达到事半功倍的效果。

在民间，很多地方的人们把惊蛰称为"二月节"。既然为"节"，那就少不了精彩有趣的民俗活动。陕西一些地区过惊蛰要吃炒豆，炒豆锅中爆炒发出的噼啪之响，象征虫子在锅中受热煎熬时的蹦跳之声。江浙一带惊蛰日农家会拿着扫把到田里举行扫虫仪式，人们把扫把插在田间，恳请扫帚神扫除害虫。民间还流行"惊蛰吃梨"的习俗，惊蛰时节冷暖交替，易外感风寒，吃梨有润肺除滞的功用；人们还借"梨""离"同音，把吃梨和"与虫别离"联系起来，表达驱虫祈丰收的美好愿望。

惊蛰是动词。惊蛰"惊"人醒，告别慵懒的猫冬，鼓起拼搏的热望，奋起追梦，珍惜春光，不负韶华。

2022 年 3 月 5 日

春景最美是春分

　　春分，一个迷人的节气，将美丽的春季平分。每年3月20日或21日，阳光直射赤道，此时昼夜长短平均，阴阳相半，寒暑平和。春分节气，既是时序调和的一种理想状态，也是岁月中一段美好时光。

　　"春分至，百花俏。"这个时节，暖阳暄暄，鸟鸣啾啾，千花百卉争明媚。桃花灼灼，梨花似雪，海棠娇媚，油菜花开遍地金。北归的燕子带来细雨，声声春雷在天际劈出一道道闪电。万物生机勃勃。

　　春分一到，大部分越冬农作物到了快速生长阶段，农谚："春分麦起身，一刻值千金。"青青麦苗正在拔节，得赶紧施肥。春播大农忙也开始了："春分前后，种瓜种豆。""一场春雨一场暖，春雨过后忙耕田。""春分有雨家家忙，先种瓜豆后插秧。"田地里，农人们赶着牛犁地，或驾驶农机耕作，乘着墒情十足，把地多翻几遍。乡村进入全面的春管、春耕、春种时期。

　　春分节气还是植树造林的好时机。古诗有"夜半饭牛呼妇起，明朝种树是春分"之句。现在我们日常生活、工作再忙，也不要忘记用双手去绿化祖国山河，美化环境。

　　与春分时农忙最对景的民俗，是送春牛图。其图是把二开红纸或黄纸印上全年农历节气和农夫耕田图样。送春牛图的都是些能言善唱的人，民间叫"春官"，每到一家便即景生情，说唱些春耕、农时和吉祥的话，有韵动听，说得主人乐而给些酬谢，皆大欢喜。

春分日一些地方还有立蛋、吃春菜、酿春酒、放风筝、举行赛会等风习。

每到春分，很多家庭都会一起玩"立蛋"的亲子游戏。人们选择一枚光滑匀称、刚生下四五天的新鲜鸡蛋（此时蛋黄容易下沉），轻手轻脚地在桌子上把它竖立起来。立蛋寄托着人们春天的喜悦，也是对生活蒸蒸日上、子孙鼎立的期盼。据说，每年春分这天，世界各地会有数以千万计的人兴致盎然地做着这个源自古老中国的"立蛋"试验。

春分的风更暖了，云胖天蓝，正是放风筝的好时节。"儿童散学归来早，忙趁东风放纸鸢。"很多大人也参与其中，放飞心情和童趣。

春分时节，让我们向大地上忙碌的每一位农人致敬，向每一只蜜蜂、每一株麦子、每一朵花致意，感谢他们和它们支撑起春天的繁华和充实。

2022 年 3 月 19 日

在花海奔跑的乡村孩子。摄于北京市延庆县。

梨花风起正清明

梨花风起正清明。在二十四节气中，清明既是节气又是节日。这个日子一直有"一半明媚，一半忧伤"的色彩，蕴含深厚的文化密码。

据民俗专家考证，清明源于"清明风"。春秋《国语》记载：一年中共有"八风"，其中"清明风"属巽，即"阳气上升，万物齐巽"。汉代《淮南子·天文训》云："春分后十五日，斗指乙，则清明风至。"《月令七十二候集解》说：三月节，物至此时，皆以洁齐而清明矣。"满阶杨柳绿丝烟，画出清明二月天""佳节清明桃李笑""雨足郊原草木柔"等诗句，生动描绘了清明时节天地物候的特征。

清明如诗。在漫长的历史过程中，清明节已形成一个民俗内涵极为丰富的节日，仿佛一首民族的集体抒情诗。清明习俗最主要的包括两类：一是追思先祖，表达缅怀之情；二是踏青郊游，亲近自然。这样的习俗，彰显出中华民族慎终追远、继往开来、热爱生活、乐观通达的性格。

有人说，清明节是中国式"感恩节"，是我们与已故亲人的生命交流仪式。每年清明，都会有无数游子踏上回家的旅途，回到"根"的所在地，在先人的坟前虔心祭祖。用这种一脉绵延的祭祀方式，表达对先人的深厚情感。后人不忘先辈们的恩德和优良家风，让生命的河流，生生不息地延续下去。

除了祭祖和踏青之外，清明节还有植树、放风筝、插柳、荡秋千、做清明馃、吃青团、撞鸡蛋等习俗。

"忽见家家插杨柳，始知今日是清明。"清明插柳戴柳的风俗可追溯到远古时代，有说是纪念教民稼穑的神农氏，较普遍的说法是，纪念春秋战国时期为明志守节而焚身于大柳树下的忠臣介子推。清明插柳戴柳，成为纪念先贤的一种象征。

"清明蛋，人人盼。"蛋是生命的象征，在清明节吃蛋很吉祥。民间人们为了怀孕求子，会把鸡蛋、鸭蛋、鸟蛋等煮熟，然后涂上鲜艳的颜色，号称"五彩蛋"。"撞鸡蛋"的游戏很受小朋友们喜欢，拿着五彩蛋两两相撞图个好彩头，看谁的蛋最结实。

"清明雨涟涟，一年好种田。"清明一到，气温升高，雨量增多，正是春耕春种的大好时节。描述和指导农事的谚语颇为有趣，如说灌溉、施肥的"清明喂个饱，瘦苗能转好"；说小麦生长的"清明时节，麦长三节"；说播种的"清明谷雨紧相连，南坡北洼快种棉""清明种瓜，船载车拉"等，形象生动。最懂得时令的乡亲们，趁着大好春光，在祭拜先人的同时也播种着农家的希望，期待着秋天收获累累硕果。

2022 年 4 月 5 日

又是人间谷雨天

春的脚步匆匆，昨日还是"红杏枝头春意闹"，转眼便已"花褪残红青杏小"，新一轮希望萌生在枝头。作为春季最后一个节气，谷雨起着承上启下的作用，此时春正强盛，夏待崛起。

谷雨，蕴含"雨生百谷"之意，是与农事最为直接相关的节令之一。古书载，清明后十五日，斗指辰，为谷雨。谷雨三候：一候萍始生，二候鸣鸠拂其羽，三候戴胜降于桑。谷雨节气，浮萍开始生长，布谷鸟催促人们播种，戴胜鸟飞临桑树上。

田家少闲月。农事总是踏着节气的拍子，稳步前行。蔡襄诗云："布谷声中雨满篱，催耕不独野人知。荷锄莫道春耘早，正是披蓑叱犊时。"谷雨时节，是播种移苗、埯瓜点豆的最佳时机。"清明浸种，谷雨下秧""棉花种在谷雨前，开得麻利苗儿全""谷雨栽上红薯秧，一棵能收一大筐""谷雨时节种谷天""过了谷雨种花生""谷雨立夏，不可站着说话"……农谚里的谷雨，写满农人忙碌的身影和丰收的期盼。

谷雨节气的民俗丰富多彩。一些地方还传承着"祭仓颉""走谷雨""品谷雨茶""赏牡丹花"等文化习俗。

谷雨祭仓颉。相传上古时期，仓颉造字之日，感动上苍，普降瑞雨，瑞雨过后，遍地都是金灿灿的谷子。《淮南子·本经训》中说："昔者仓颉作书，而天雨粟，鬼夜哭。"文字的创造，是一件"惊天地，泣鬼神"的大事，为了纪念仓颉，每年谷雨时节很多地方都要举行传统庙会。

走谷雨，青年妇女这天穿上体面的衣服走村串亲，相互探望；或到野外"踩青"走一圈，强身健体。黔东南凯里苗族地区在谷雨日举行爬坡节，这是苗族未婚青年男女择偶恋爱的欢聚盛会。"走谷雨"依稀可见上古母系氏族社会婚姻缔结的残留痕迹。

诗写梅花月，茶煎谷雨春。谷雨节气，恰逢采制春茶的佳期。沏上一壶谷雨茶，茶香飘逸，浅斟啜饮，心中宁静致远。据说品谷雨茶可清火、辟邪、明目。

"谷雨三朝看牡丹"，每年谷雨前后，牡丹盛开，姹紫嫣红，山东菏泽、河南洛阳等地都会举行牡丹花会。

谷雨前后一场雨，胜过秀才中了举。一阵阵谷雨落下，亿万颗种子发芽。田间地头，麦苗油绿，蔬菜水灵，藕簪拱出了淤泥……村前村后，满眼都是明洁的新绿，染绿了庄稼人的梦想，丰盈了人间丰衣足食的殷实日子。

2022 年 4 月 20 日

万物繁茂欣立夏

四时天气促相催，一夜熏风带暑来。季节总是在不经意间悄然换了岗，忽然间夏天就来了。作为夏季的第一个节气，立夏散发着温和的暑气，点燃奔放的夏天，催长万物的繁茂。

《礼记·月令》云：斗指东南，万物至此皆长大，故名立夏。古人通过观察，立夏有三候：一候蝼蝈鸣，二候蚯蚓出，三候王瓜生。此时土地温润，田间的蝼蝈开始活跃起来，蚯蚓纷纷从泥土中钻出来透气，瓜类的蔓藤也开始快速攀爬。

立夏时节，光照充足，百果相继成熟，时鲜的果蔬接踵采撷登场了。一树樱桃带雨红，枇杷也渐渐由青变黄。地里的豌豆、蚕豆熟了，青翠的黄瓜爬满架，红绿相间的苋菜扮靓了田垄。舌尖上的美味纷纷走进千家万户。

立夏时节，也是大忙季节。夏收作物进入生长后期，冬小麦扬花灌浆，油菜接近成熟。农人们采桑喂蚕，栽插水稻，做好春播作物田间管理。农谚"乡村四月闲人少，采了蚕桑又插田""多插立夏秧，谷子收满仓""季节到立夏，先种黍子后种麻""立夏麦咧嘴，不能缺了水""春争日，夏争时""立夏三天遍地锄"讲的正是"锄禾日当午，汗滴禾下土"的辛勤不辍。

我国自古以来很重视立夏节气。古代皇帝要率领文武百官到都城外的南郊迎夏。现在各地还有立夏尝新、吃立夏饭、吃蛋、称体重等民俗。

立夏这天，乡间用赤豆、黄豆、黑豆、青豆、绿豆等五色豆拌和白粳米煮成五色饭，称"立夏饭"；用红茶或胡桃壳煮蛋，称"立夏蛋"，相互馈送。家长们把煮好的囫囵蛋，套上早已编织好的丝网袋，挂于孩子脖颈上。孩子们便三五成群进行斗蛋游戏。鸡蛋溜圆，象征生活圆满，立夏日吃鸡蛋祈祷夏日平安。

最有趣的是立夏秤人。人们在村口挂起一杆大木秤，秤钩悬一把凳子，大家轮流坐到凳子上面称体重。司秤人一面打秤花，一面讲着吉利话。比如秤老人，要说"秤花八十七，活到一百一"；秤姑娘就说"一百零五斤，员外人家找上门。勿肯勿肯偏勿肯，状元公子有缘分"。现场欢声不断。立夏秤人，提示大家保持健康体重。

节物相催各自新，夏木阴阴正可人。如果把一年四季比作人的一生，立夏就是青少年时期，朝气蓬勃。《说文解字》认为，夏，中国之人也。据小篆字形，从页，从臼，从夊。页，头也；臼，两手；夊，两足。合起来就是大写的人的形象，无怪乎我们中华儿女都有着夏天一样的热情和活力。

2022 年 5 月 5 日

最美农家小满天

　　枇杷黄后杨梅紫，正是农家小满天。一年一度，太阳到达黄经60°，斗指甲，我们又迎来了小满节气。"小满者，物致于此小得盈满"。此时，麦类等夏熟作物籽粒开始灌浆鼓胀，还未完全饱满；南方地区雨水丰盈，江河渐满。

　　小满，是一个充满活力的节气。此时榴花照眼，鸟鸣清亮，万类竞绿，欣欣向荣。小满，也是一个体现传统文化智慧的节气。小满之后并无"大满"，而是预留发展空间，不急不缓，又节节上升，在臻于完善的途中。

　　小满时节，麦穗初齐，丰收在即，空气中氤氲着新麦的清香。成片在骄阳下随风起舞的小麦，是最优美的庄稼。"最爱垄头麦，迎风笑落红。"宋代欧阳修礼赞粮食的诗句，千百年后仍然能引发美好的共鸣。

　　农人在劳作中憧憬着丰收。农谚："小满天天赶，芒种不容缓""秧奔小满谷奔秋""小满打火夜插田""小满动三车，忙得不知他"。这个时节，北方的田野一派繁忙，夏收、夏种、夏管的"三夏"已拉开序幕；南方水稻栽插、追肥、耘禾，晴天还得抓紧油菜籽的收打和晾晒，蚕开始结茧了，正待采摘缫丝。

　　小满节气的民俗也多与农事有关。"小满会""看麦梢黄""小满抢水""小满祭蚕""小满动三车""祭车神"等，充满乡情农趣。

　　中原地区农民有在小满日赶集的传统，称"小满会"。集市上有种子、农具、牲口，有即将派上用场的消夏用品，也有各种风味小吃摊点。规模大的小满会，还搭戏台、请戏班，可以热热闹闹看大戏。小满会是乡亲们为接下来的"三夏"

大忙，做好物资、体能和心理上的准备。而今，农业生产大多已实现机械化，赶"小满会"的村民，不再只是为了买到一件称手的农具，他们更迷恋那份聚会的乡情文化氛围。

"小满动三车"是江浙一带的习俗。此时蚕茧已成，要"治车缫丝"，动丝车；油菜籽打好了，把菜籽送到车坊去榨油，动油车；水车的作用就更大了，旱可以引水，涝可以排水，无数水车忙碌运转在田野河渠之间。

小满，是事物的一种状态。小满时节，作物丰收在望，还需努力促成。小满的人生，虚怀若谷，低调行事。花未全开月未圆，心中有未来的期许，脚下有前进的动力。小满里有欢喜，有忙碌，有追求，如此甚好。

2022 年 5 月 21 日

芒种稼穑增岁丰

夜来南风起，小麦覆陇黄。又到了芒种节气。此时太阳抵达黄经 75°，小麦等夏熟作物，吸收足了太阳的光热和大地的营养，籽实饱满金黄，从南到北正在收割机的隆隆声中颗粒归仓；水稻、谷子、黍等大秋作物，需要争分夺秒播种，赶在太阳直射北半球这段时间开足马力生长、成熟。

芒种节气在农耕上有着重要的意义。农历书说，斗指已为芒种，此时可种有芒之谷，过此即失效，故名芒种也。芒种的"芒"，即指稻、黍、稷等禾本科有芒作物；芒种的"种"，意为种子的"种"，也指耕种的"种"。

"芒种"到来标示着三夏大忙开始。忙夏收："芒种前后麦上场，男女老少昼夜忙""收麦如救火，龙口把粮夺"。忙夏种："芒种不种，再种无用""芒种插的是个宝，夏至插的是根草""夏种无早，越早越好""晚种一天，秸矮粒扁"。夏种作物的生长期有限，为保证到秋霜前收获，必须提早播种栽插，才能取得较高产量。忙夏管：芒种节气，棉花、春玉米等春种的庄稼已进入生长高峰，不仅要追肥补水，还需除草和防病治虫。

芒种时节，长江流域"栽秧割麦两头忙"，华北地区"收麦种豆不让晌"，这边刚刚把金黄收割好，那边便见新禾万顷绿。耕种与收获，这农事里的灵魂，被压缩于同一节令，中间担当的，是人的辛勤劳作。

唐代白居易《观刈麦》诗中写道："妇姑荷箪食，童稚携壶浆。相随饷田去，丁壮在南冈。"宋代楼璹《拔秧》诗云："新秧初出水，渺渺翠毯齐。清晨且拔擢，

父子争提携……及时趁芒种,散著畦东西。"寥寥几笔,将农家劳动场景生动勾
画出来,极富生活气息。

芒种节气的民俗活动丰富多彩,送花神、安苗、打泥巴仗、煮青梅等,颇具
夏日特色。

送花神习俗与农历二月二花朝节迎花神对应,芒种时节人们为花神饯行,感
谢花神为人间带来姹紫嫣红,盼望来年再相会。

安苗祭祀活动流行于皖南一带。种过水稻,家家户户用新麦面蒸发包,把面
捏成五谷六畜、瓜果蔬菜等形状,作为祭祀供品,祈祝秋天好收成。

贵州黔东南地区的侗族青年男女,每年芒种前后都要举办打泥巴仗节。新婚
夫妇由要好的男女青年陪同,集体插秧,边插秧边打闹,互扔泥巴。谁身上泥巴
最多,就是最受欢迎的人。"打泥巴仗"已成为当地发展乡村旅游的农趣节目。

一边收获,一边播种,繁忙的节奏,喜悦的心情,芒种节气因为质朴而神圣
的农事,焕发出迷人的色彩。

2022 年 6 月 6 日

又到麦收农忙时。摄于山东省嘉祥县。

夏至葱茏景物新

坐惜时节变，蝉鸣槐花枝。时光匆匆，又到了夏至节气。此时太阳到达黄经90°，阳光直射地面的位置达到一年的最北端，北半球的白昼最长。

夏至是二十四节气中最早被确定的节气。古人用土圭量日影，夏至这一天的日影最短。《恪遵宪度抄本》中说：日北至，日长之至，日影短至，故曰夏至。"至"的意思是极致。过了夏至日，太阳直射点向南移动，北半球白昼开始逐渐变短。民间有"吃过夏至面，一天短一线"的说法。

夏至时节，烈日炎炎，太阳是当然的主角，它将自己的火热毫无保留地洒向大地，展示着夏天的威猛和强劲，将世间生命的热情推向了极致。此时植物疯长，大地被绿色铺满。瓜果琳琅，蝉鸣激越，荷香清远。青蛙坐镇池塘，呱呱地开始大合唱。"过雨频飞电，行云屡带虹"。小溪变得豪迈起来，浩浩荡荡奔赴远方。

夏至的田野生机勃勃，新长出的秋苗享受着南风，沐浴着夏雨，可着劲儿往上拔节。江南的早稻开始抽穗，北国的棉田逐渐结铃开花。伴随着农作物的旺盛生长，各种杂草与害虫也迅速滋长蔓延。抓紧中耕除草防虫，是夏至时节非常重要的增产措施。农谚："夏至不锄根边草，如同养下毒蛇咬。"所以，"夏管一张锄""到了夏至节，锄头不能歇"。尽管热浪袭人，田间乡野随处可见不辞辛苦挥汗劳作的身影。

夏至又称"夏节""夏至节"，历来很受人们的重视。民间夏至习俗有，祭神祀祖、吃面条、洗艾澡、给牛改善伙食（煮麦仁汤喂牛）等。

"冬至饺子夏至面"，夏至吃面有尝新的意味，此时小麦已收获，新麦面擀成的面条格外香美。面条的长，也象征着夏至白昼时间长，日子长长久久。

"璇枢无停运，四序相错行。寄言赫曦景，今日一阴生。"唐代诗人权德舆在诗中告诉我们：事物都在发展变化着，天上斗转星移，地上四季更迭交错运行。虽然夏日如烈火，却意味着阳盛之极必阴生。夏至之后，阴气开始萌动，预示着秋冬慢慢会到来。明代刘基因此感慨："夏至阴生景渐催，百年已半亦堪哀。"情调偏于低沉。我更喜欢清人陈恭尹的诗句："一岁算来今夕短，老夫犹为几回兴。"阴阳本是一体两面，相伴相生，其运动变化构成事物发展的内在动力。四季更替，一个时节有一个时节的特点和魅力。当下，让我们接受并感谢盛夏的慷慨和热情。

2022 年 6 月 21 日

倏忽温风小暑来

倏忽温风至，因循小暑来。来自海洋的暖湿气流，推着时节迈进了小暑节气。此时，斗指辛，太阳到达黄经 105°，大地即将进入最热的三伏天。

古人通过观察，小暑有三候：一候温风至；二候蟋蟀居宇；三候鹰始鸷。随着小暑到来，热风扑面，避暑的蟋蟀躲到庭院的墙角下鸣叫，老鹰因地面气温太高而在清凉的高空中活动。

小暑时节，雨热同期，天气充满了瞬间的变化。由于地面受热强烈，空气对流旺盛，午后至傍晚时常会形成雷阵雨。这种雨骤来疾去，降雨范围小，人们称"夏雨隔田坎"。唐代诗人刘禹锡很好地借喻这种天气，写出"东边日出西边雨，道是无晴却有晴"的著名诗句，把"晴"和爱"情"巧妙双关，别有一番意趣。

经历了紧张繁忙的夏收夏种，庄稼进入安静的生长期。乡间田野，豇豆、扁豆爬上了竹竿；丝瓜、苦瓜、黄瓜在瓜架上荡着秋千；西瓜、甜瓜、哈密瓜藏在叶子下酝酿着满腹香甜；高粱还是绿绿的，脸还没有红，玉米背了好多娃娃。"六月六，看谷秀。"此时，南方的水稻正在拔节抽穗，急需施肥；北方的棉田也要整枝打杈；果园、菜园的看护与采摘等，都免不了乡亲们去辛苦。小暑节气，农业生产上主要是忙着田间管理。

民间小暑习俗有食新，晒衣物和书画，簪茉莉等，将夏日的气质衬托得绰约多姿。

小暑食新，北方是吃新麦磨成面粉包的饺子；南方是尝新米，第一茬早稻割回家，舂出白米，煮一锅新米饭供祀五谷大神和祖先，表示对大自然以及祖先的感恩。此外，从广义上说，"食新"也包括品尝享受各种时令美食，如"小暑啜瓜瓤"，这个时节，瓜果飘香，尤其西瓜清甜多汁，"下咽顿除烟火气，入齿便作冰雪声"，清凉解暑；"小暑黄鳝赛人参"，此时的黄鳝体壮肥腴，肉嫩鲜美，营养丰富。人们从当令食物中汲取养分，补充高温带来的身体损耗。

六月六，晒红绿。农历六月六正值小暑前后，相传是龙宫晒龙袍的日子，人们在小暑时节曝晒衣物和书籍、画卷等，据说可以更好地防霉防虫蛀。

"人皆苦炎热，我爱夏日长。"古代文人雅士在宁静中感受到了"熏风自南来，殿阁生微凉"的惬意。而农谚则告诉我们：庄稼人也爱夏日，因为"小暑热，果定结；小暑不热，五谷不结""伏天热得狠，丰收才有准"，另是一番境界，满满的都是对丰收的憧憬。

2022 年 7 月 7 日

2024 年暑期，作者与外孙女在长白山天池南坡留影。

暑气轩昂话大暑

时间不停步，来到夏季的最后一个节气——大暑。此时斗指丙，太阳到达黄经 120°，季夏衔火而来。

大暑节气正值"三伏天"里的中伏，是一年中最热的时段。赫日炎炎，火云压屋正崔嵬。不仅有来自天上的炙烤，还有大地里泛起的潮湿，闷热难当。民谚云："小暑大暑，上蒸下煮。""小暑连大暑，热得无处躲。"

但农作物非常喜欢这种天气。"人在屋里热得躁，稻在田里哈哈笑。"在高温和急雨轮番催促下，庄稼拔节疯长，极力展现生命的绚烂。此时，大豆开花结荚，棉花正值花铃期。

大暑时节，南方种植双季稻的地区，一年中最艰苦、最紧张、顶烈日战高温的"双抢"季节开始了。当地农谚："早稻抢日，晚稻抢时。""大暑不割禾，一天少一箩。"适时收获早稻，可减少后期风雨造成的危害，又能使双季晚稻适时栽插，争取足够的生长期。

酷暑盛夏，旱、涝、风灾频繁，抢收抢种、抗旱、排涝、防台风和田间管理等任务很重。农民朋友要科学运筹作息时间，尽量不要在午后强光高温下作业，避免中暑。

"三伏天"也称暑伏，提醒人们要隐伏躲避盛暑。"伏"还有另一层意思，表示阴气受夏日炽盛的阳气所迫，藏伏于地下。

讲究顺应天时的传统文化智慧，主张对暑热要避其锋芒。那么，勤劳的人们给自己适当放松一下，午休时多打个盹，甚至"偷得浮生半日闲"，寻个阴凉处，品茗聊天，但话桑麻长；或者读书赋诗，聊发雅兴，便都可以心安理得。夏日便因此添了许多文化味。

盛夏之时，人们以各种方式乘凉避暑。城市里空调降温是常态，而乡村保留了更多天然的解暑方式。可以"浮甘瓜于清泉，沉朱李于寒水"，用冷水浸泡瓜果解暑消夏；可以像古人"偃卧长松之下，猿鹤过而不知"；可以临清溪，"漱流复濯足"，迎清风徐徐；可以躺在果园或瓜地的棚架下，来个短暂的小憩，也是一种香甜和享受。夜晚，则于星斗满天之际作"乘凉会"；稻香风里，卧看星月坐吹箫。北京冬奥会开幕式上的二十四节气倒计时，大暑用的诗句是元稹笔下的"桂轮开子夜，萤火照空时"，意境多么唯美、清幽。

大暑节气习俗有送"大暑船"（把瘟神送走）、斗蟋蟀、吃仙草冻、饮伏茶、喝暑羊（羊肉汤）等，丰富多彩。

"时节方大暑，忽若秋气生。"秋天已在招手。农作物知道自己的使命，在大暑炙热的阳光中吸足能量，以饱满的热情迎接不远的金秋。

2022 年 7 月 23 日

一枕新凉立秋来

云天收夏色，木叶动秋声。当太阳到达黄经 135° 时，夏秋之交的重要节气——立秋，如约而至。此时，阳气渐收，阴气渐长，气候由多雨湿热转向少雨干燥，万物开始从繁茂生长趋向内敛和成熟。

立秋之后，月明风清，秋高气爽，人们满怀希冀地走在迎接收获的途中。《尔雅》认为"秋为收成"。《说文解字》解释："秋，禾谷熟也。"庄稼经历了春天的萌芽，夏天的激情，沉淀出了丰收的样貌。

立秋有三候：一候凉风至；二候白露生；三候寒蝉鸣。民谚也有"早上立了秋，晚上凉飕飕"的说法。不过，立秋到来并不意味着天气马上会变得凉爽。秋后还有一"伏"，还有"秋老虎"的余威。

立秋前后我国大部分地区气温仍然较高，各种农作物生长旺盛，中稻开花结实，大豆结荚，玉米抽雄吐丝，棉花结铃，甘薯薯块迅速膨大，大葱生长进入旺盛阶段，对水分要求都很迫切。农谚"立秋三场雨，秕稻变成米""立秋雨淋淋，遍地是黄金"，表明此时做好抗旱等秋季田间管理十分重要。

立秋作为"四时八节"之一，历来很受重视。在周代，立秋日天子亲率三公、六卿、诸侯大夫，到西郊迎秋。如今，各地还传承着立秋祭祀土地神、贴秋膘、啃秋、晒秋、摸秋等习俗。

人们在立秋这天以悬秤称人，对比立夏时的体重。由于夏天天气太热，人们很容易因为"苦夏"变瘦，所以要在立秋时做各种好吃的，比如炖肉、烤肉、红烧肉等美食，大快朵颐，"以肉贴膘"，叫作"贴秋膘"。

"啃秋"也称"咬秋"。西瓜、香瓜、土豆、玉米等，凡是秋天地里生长的农作物果实，都能拿来啃一啃、咬一咬。"立秋咬秋，一年顺溜。""咬"住丰裕的秋，就"咬"住了幸福满满的生活。"啃秋"抒发的实际上是一种丰收的喜悦。

"梧桐一叶落，天下尽知秋。"立秋时节，岁华过半，对时间敏感的人们难免心生些许惆怅。刘禹锡却在《秋词》一诗中写道："自古逢秋悲寂寥，我言秋日胜春朝。晴空一鹤排云上，便引诗情到碧霄。"热情地赞颂美好的秋天。季节变换，让我们收拢随夏天万物疯长而驿动的心，在秋日平静中体悟生命和大自然的美好，拥有一份淡定从容。

2022 年 8 月 7 日

处暑新秋清韵长

西风渐渐收残暑，庭竹萧疏报早秋。当太阳到达黄经 150° 时，进入了秋季的第二个节气——处暑。处暑当天，太阳直射点已经由夏至日的北纬 23° 26′，向南移至北纬 11° 28′。随着太阳高度的继续降低，其所带来的热力减弱，炎热的酷暑逐渐消退。

处暑的"处"，是止息、停留的意思。处暑表示暑气至此而止，炎热暑天就要结束了。"离离暑云散，袅袅凉风起。"此时，夜晚观北斗七星，会发现弯弯的斗柄指向西南方向。

处暑"三候"：一候鹰乃祭鸟；二候天地始肃；三候禾乃登。这个时节，老鹰大量捕猎鸟类，预备过冬的能量；天地间万物转向收敛、端肃；黍、稷、稻、粱等农作物开始成熟，点燃人们对于丰收的期盼。

处暑之后，昼夜温差变大，昼暖夜凉对农作物体内干物质的制造和积累非常有利，庄稼成熟很快。农谚"处暑禾田连夜变""处暑满田黄，家家修廪仓"，表明林果和农作物陆续进入收获期。此时，南方地区中稻正在收割，双季晚稻将要圆秆，需适时烤田。北方地区，秋收最早登场的是黍子，"处暑收黍，白露割谷"，黍子一上场，大秋就开始了。芝麻、豇豆、花生、谷子、高粱、玉米，成熟的庄稼列队而至。

南瓜是处暑时节最常见的"秋季第一瓜"。南瓜产量大、易栽培、味道甘美，农户们将圆的、扁的、长的、短的南瓜，沿墙壁一层层叠放起来，像砌一道金黄的墙。农家的美，就这样以天地为画布、为舞台，不经意间挥洒独出心裁的创意，质朴而实用，平凡地展现出耀眼的光芒。

处暑节气前后的民俗，多与祭祀和迎秋有关，如放河灯、开渔节、拜土地公、出游迎秋、吃鸭子等。

放河灯，一般是在纸折叠的荷花灯底座上放灯盏或蜡烛，中元夜置于江河湖海之中，看灯火闪烁，任其漂泛。以此灯盏，祈愿平安。

开渔节流行于浙江、福建沿海一带。处暑以后是渔业收获的时节，东海休渔结束这一天，当地举行盛大的祭海开渔仪式，欢送渔民出海捕捞。

"天上双星合，人间处暑秋。"天上的牛郎星、织女星隔着银河对望会合，人间已到了处暑节气，迎来了秋凉。此时天上的云彩，仿佛织女巧手编织的锦绣，舒展飘逸，不像夏天大暑之时浓云成块。民间向来有"七月八月看巧云"之说。人们出游迎秋，登高望远，品味新秋之韵，体会大自然季节轮换的秩序之美。

2022 年 8 月 23 日

白露如诗乡情浓

金风扇动季节飞向深处。当太阳到达黄经 165° 时，就到了充满诗意的白露节气。此时天气转凉，夜间气温骤降，水汽遇冷凝结成珠，密集附着在花草树木的茎叶或花瓣上，晶莹剔透。白露节气是反映自然界气温变化的重要节令，表示孟秋时节的结束和仲秋时节的开始。

白露"三候"：一候鸿雁来，二候元鸟归，三候群鸟养羞。这个时节，大雁和燕子等候鸟南飞避寒；众多的留鸟换上丰满的羽毛，开始贮存干果粮食以备过冬。其中，"一候鸿雁来"蔚为壮观。万里长空，掠过一队队大雁，随着"人"字形和"一"字形的雁阵变换，田野和天空更加生动，秋天更加明亮澄澈，令人心旷神怡。

"白露满地红黄白"，高粱和石榴红了，枣儿熟了，稻子黄了，菊花开了，桂花香了，花生和芋头破土展颜，成片的棉花吐絮，像落了满地的云。勤劳的农人们起早贪黑在田地间劳作，裤腿和衣袖被露水湿透。农谚云："九月白露又秋分，秋收秋种闹纷纷""头白露割谷，过白露打枣""白露节到，牛驴上套"。繁忙的秋收次第展开，同时还得抓紧翻耕土地，做好种冬小麦、油菜的准备工作。人们一边享受丰收的喜悦，一边开始下一轮农事的谋篇布局。

白露时节的民俗活动，有"收清露""吃龙眼""饮白露茶""酿白露米酒""祭禹王"等，颇富文化韵味。

古人认为露水有延年、美容等功效。《本草纲目》记载："秋露繁时，以盘收取，煎如饴，令人延年不饥。"又说："百花上露，令人好颜色。"只是采集露水非常不易，要收集多少片叶子和花瓣上的露水，才够小口的啜饮？在快节奏的现代社会，收露之俗已演变为一种趣谈和特定场合"仪式感"的存在。

白露茶深受老茶客们喜欢。白露了，去采制一遍秋茶，它不像春茶那般鲜嫩不经泡，也不像夏茶那样苦涩，而有一种独特的甘醇，给人的感觉刚刚好。

凉风白露夕，此境属诗家。从《诗经》里的"蒹葭苍苍，白露为霜"，到杜甫笔下的"露从今夜白，月是故乡明"，白露的意象，空灵而纯净，清幽又深邃，让人心生喜悦，又添乡愁和思念。白露节气，像一位时光中的冷美人，衣袂飘飘，踏着微凉轻盈而来，诠释着秋天的美好。而农谚"白露白迷迷（朝露意味着晴天），秋分稻秀齐"，分明又告诉我们，白露是一位懂事的农家少女，最体贴父老乡亲此刻期盼好天气、好收成的淳朴心思。

2022 年 9 月 7 日

粮丰果硕正秋分

　　时光站在了秋分的门槛上。秋分节气，正值秋季的"中点"，此时太阳到达黄经 180°，阳光直射赤道，南北半球昼夜等长、寒暑均平；神州大地秋高气爽，五谷丰登，蟹肥菊黄，瓜果飘香，是一年中最丰饶美好的时刻。

　　古人把秋分分为三候："一候雷始收声，二候蛰虫还户，三候水始涸。"进入秋分后，天气变凉，空气干燥，所以不再打雷，蛰居的小虫开始藏入穴中，湖泊河流水量变少。随着阳光直射的位置继续由赤道向南半球推移，北半球昼短夜长越来越明显，气温逐日下降。农谚："白露秋分夜，一夜冷一夜""八月雁门开，雁儿脚下带霜来"。季节正在向深秋过渡。

　　"秋分无生田，准备动刀镰。"秋季降温快的特点，使秋收、秋耕、秋种的"三秋"大忙显得格外紧张。农民朋友及时抢收秋熟作物，免遭早霜冻的危害；还要适时早播冬作物，充分利用冬前热量资源，为来年丰产奠定基础。华北地区，农家忙着砍高粱、割芝麻、打谷子、收豆子、摘山果、刨花生、掰玉米，倒茬种麦子；南方地区，人们忙着中晚稻的收割，并抢晴耕翻土地，准备冬油菜的播种。

　　当"银棉金稻千重秀"的丰收盛况与仲秋"凉蟾光满，桂子飘香远"的诗意图景相融，正应了那句名言：人生充满劳作，然而人诗意地栖居在大地上。

　　秋分节气的民俗活动，有粘雀子嘴、候南极、吃秋菜、放风筝、庆丰收等。

　　秋分这天，很多农家都要吃汤圆，还要煮十几个不包馅的汤圆，用细竹叉扦着置于田间地坎，名曰"粘雀子嘴"，免得鸟雀去吃庄稼粮食。

"候南极"即迎候南极星（南极星民间又称"南极仙翁""老人星"），祈愿健康长寿。因为我国处在北半球，一年内只有在秋分之后到春分这段时间才能见到南极上空的星星。人们把南极星的出现看作祥瑞的象征。

春种一粒粟，秋收万颗子。金秋气候宜人，景色迷人，五谷蕃熟，穰穰满家，广袤乡村洋溢着丰收的喜悦。国务院决定自 2018 年起，将每年秋分日设立为"中国农民丰收节"。成为"丰收节"之后，秋分成了一个名副其实的大日子，成为提升亿万农民荣誉感、幸福感、获得感的最好时节，也是展示农村改革发展、乡村全面振兴巨大成就的最好时节。各地举办隆重热闹的庆祝活动，各种创新有趣的农事竞赛举办起来，各类以庆丰收为主题的文艺节目表演起来，秋分时节的乡村到处是欢乐的海洋。

2022 年 9 月 23 日

2024 年秋分时节，作者行走在黑龙江省农垦兴凯湖农场万亩金灿灿的稻田中。

清秋寒露农事忙

一年一度秋风劲，又到寒露节气。此时太阳到达黄经 195°，神州大地秋高气爽，昼短夜长，日夜温差进一步加大。寒露是深秋的节令，在二十四节气中最早出现"寒"字。"袅袅凉风动，凄凄寒露零。"北风一吹，柿子就红了，菊花开了，银杏叶儿黄了，芦花白了，秋意日浓。

寒露节气是秋收、秋种、秋管的重要时期。农谚："寒露时节人人忙，种麦摘花打豆场""寒露收山楂，霜降刨地瓜""寒露柿红皮，摘下去赶集""时到寒露天，捕鱼采藕芡"……北方地区，农民忙着播种小麦，采摘棉花，收获黄豆、花生、大葱、山楂等。根据"寒露种小麦，种一碗，收一斗""晚种一天，少收一石"的农事经验，寒露种麦往往会全家人齐上阵。

南方地区，人们赶在寒露节气种植油菜、蚕豆等耐寒作物。此时单季晚稻开始收割。双季晚稻正处于灌浆期，最怕"寒露风"。俗话说："人怕老来穷，禾怕寒露风。""寒露风"会使水稻灌浆受阻，空粒增多。人们可于"寒露风"来临前，采用施农家肥强壮株秆，加强田间灌溉，保持田间较高温度等方法，使水稻免受"寒露风"侵害。

与夏日火急火燎的麦收不同，秋收像是一场马拉松比赛，持续一个多月。果实饱满、成熟的农作物一一登场，农民们规划着先收什么、后收什么，农家小院日渐成了一个个堆满丰收果实的五彩缤纷的聚宝盆。

寒露节气的习俗也是丰富多彩，有吃芝麻、饮菊花酒、登高、赏红叶、垂钓、品螃蟹等。

　　根据中医"春夏养阳，秋冬养阴"的四时养生理论，此时人们应养阴防燥、润肺益胃，而芝麻等食物就具有这方面的作用。

　　寒露时节菊花盛开，菊花酒是由菊花加糯米、酒曲酿制而成，古称"长寿酒"，一般头年寒露节气酿制，到第二年这个时候才开坛饮用。

　　寒露节气与重阳节在时间上相近，因而又有登高之俗。人们登高赏秋，还要吃花糕，寓意步步高升、健康长寿。

　　"秋风响，蟹脚痒。"寒露前后，河蟹肥美，黄膏丰腴，正是吃蟹的最佳时节。

　　菊色滋寒露，芦花荡晚风。清秋风寒露重，远离家乡的人，此刻看梧桐叶落，鸿雁南飞，不由得起了思念之心。"今夜月明人尽望，不知秋思到谁家？"乡愁是古今人们共同的情愫。所不同的是，当今通信发达，交通便捷，社会全面小康，乡村振兴让城乡各美其美，人们的乡愁前面，多了"美丽"二字。

2022 年 10 月 8 日

霜降原野秋如画

霜叶红于二月花。当秋阳把百果催熟、层林尽染的时候，就到了霜降节气。此时太阳到达黄经210°，深秋夜晚地面散热很多，温度骤降到0℃以下，空气中的水蒸气在地面或植物叶片上凝结成细微的冰针，有的形成六角形的霜花。

霜降是典型的表述气候特征的节气。古人把霜降节气分为三候："一候豺乃祭兽；二候草木黄落；三候蛰虫咸俯。"这个时节，豺狼猛兽会将捕到的猎物陈列后再食用，树叶渐渐变黄掉落，蛰虫则为躲避快要来临的冬天，藏于洞穴中，进入冬眠状态。

霜降时节秋风萧瑟，草木动容，加上日照时间减少，强度减弱，人脑松果体会分泌较多抑制兴奋的褪黑激素，使人容易产生"悲秋"的情绪。但从积极方面讲，大自然也给人预备了抵抗消沉的法宝。枫红似火，银杏如金，橙黄橘绿，柿子像灯笼悬挂，它们的色彩正是深秋赋予的。经过霜覆盖（俗称打霜）的蔬菜、水果，吃起来口感更佳，味道特别鲜美。枝头叶落了，天空大了，大得令人心胸豁达敞亮。经历风霜的人生，骨头更硬，情感更真挚，智慧更深沉，内心更丰饶。

农谚："霜降见霜，米谷满仓""霜前种麦，霜后种蒜""时间到霜降，白菜畦里快搂上""霜降收薯正适宜""霜降摘柿子，立冬打软枣""霜降配羊清明羔，天气暖和有青草"，反映出劳动人民对霜降节气的重视。此时，北方大部分地区进入秋收扫尾阶段；南方地区，正值"三秋"大忙，收割晚稻，摘棉花，耕翻整地，种早茬麦，栽早茬油菜……田野上机声隆隆，那是现代化的农机在耕作播种。庄稼人又有了新的希冀和盼头。

霜降节气的民俗活动有：晒秋、赏菊花、送寒衣、吃柿子、养生进补等。古人更是将"听秋雨、赏秋菊、闻桂香、望秋月、观残荷、拾红叶"，视为秋季要做的六件雅事。

每年秋末，乡村都会上演一场盛大的晒事，场面壮观。人们在田间地头，在农家小院或屋顶，晒稻谷，晒玉米，晒辣椒，晒红薯干，晒萝卜干，晒干豆角，晒柿子饼，凡需要晒的，无所不晒。那么多的食物集体亮相，空气中氤氲着清香甜蜜的气息，人们心里都美滋滋的。乡村晒秋，晒出了天地间最慰藉人心的大美，吸引画家和摄影家们前来写生、拍照，也吸引越来越多的游客，开启醉美乡村之旅。

2022 年 10 月 23 日

蓄藏丰岁立冬时

　　春生夏长，秋收冬藏，转眼已到立冬节气。此时太阳到达黄经 225°，立冬后，日照时间继续缩短，冷空气活动频繁，气温下降趋势加快。《月令七十二候集解》说："冬，终也，万物收藏也。"甲骨文"冬"的字形，是绳子两端有结的样子，意为终结、终端。冬季就是指四时中最后一个季节。立冬时节草木凋零，水始冰，地始冻，万物进入休养、收藏状态。农作物差不多已收割晾晒完毕，收藏入库，人们开始酿酒、腌菜、做腊肉等，准备过冬。

　　二十四节气是以黄河流域的气候特征为基准。我国幅员辽阔，南北纵跨数十个纬度，因而存在地域温差。立冬之后南北温差更加拉大。北方地区风干物燥、寒气逼人，而华南仍是青山绿水、温暖宜人。此时，东北地区大地封冻，农林作物进入越冬期；江淮地区"三秋"接近尾声；江南地区人们正忙着抢种晚茬冬麦，抓紧移栽油菜。南方农谚："立冬小雪紧相连，冬前整地最当先""立冬前犁金，立冬后犁银""立冬种豌豆，一斗还一斗"，反映了农家无闲月的勤劳忙碌情景。赶上连日好天气，农人们又会根据经验抱定一个信念："立冬晴，好收成。"这是期盼，也是美好的心理暗示，强化着心想事成、努力促成的客观效果。

　　立冬与立春、立夏、立秋合称"四立"，历来很受重视。古时立冬日，天子率三公九卿大夫出北郊行迎冬之礼。民间贺冬，则开展祭祖、饮宴、卜岁等活动，以时令佳品向祖灵祭祀，祈祝来年丰收。立冬节气的民俗还有补冬、酿黄酒、舂"交冬糍"、冬泳等，丰富多彩。

"立冬补一补，一年精气足。"这个时期进行食补，可为抵御冬天严寒补充体能和元气。

冬酿黄酒是绍兴传统风俗。冬季气温低，可有效抑制杂菌繁殖，又能使酒在长时间发酵过程中形成良好的风味。

闽南漳州一带人们立冬要春"交冬糍"。糯米蒸熟后倒入石臼，春得韧韧的、黏黏的，揪成乒乓球大小，搓成团；花生米炒得香香的，研细，与白糖拌在一起；做好的小糍粑滚以香甜花生粉，十分美味。乡亲们团聚分享美食，其乐融融。

入冬了，人们珍惜温暖的阳光。此时还需要积极乐观的心态，心中要有一团火，"拟约三九吟梅雪，还借自家小火炉"。感谢中华农耕文化历久弥新的冬藏智慧及实践，感谢新时代农人的一项项创新技术，它给冬季增添了不同季节食物的味道，让我们的日子安详而有滋有味。

2022 年 11 月 7 日

朝鲜族农乐舞庆丰收。摄于吉林省延边朝鲜族自治州。

小雪迎冬节物新

"迎冬小雪至，应节晚虹藏。"当太阳到达黄经 240°，斗指亥，小雪节气便翩然而至。此时寒潮和强冷空气活动频繁，天气越来越冷，雨水变为雪，但雪量不大，故称"小雪"。晶莹的小雪花，是报告寒冬到来的一介信使。

小雪分为三候：一候虹藏不见；二候天气上升、地气下降；三候闭塞而成冬。古人认为，由于天空中的阳气上升，大地中的阴气下降，阴阳不交，所以万物沉寂，天地闭塞而转入严寒的冬天。

这个时节，荷尽已无擎雨盖，菊残仅剩兀立的枝条，但乡村田垄麦苗在寒意中泛着新绿，生机盎然。菜圃里，人们正在收获萝卜、白菜。"小雪不拔菜，防备大雪盖。"农人要赶在下雪前把菜收回来。

小雪节气与降雪、丰年有着密切的因果关联。"小雪雪满天，来年必丰年""冬天麦盖三层被，来年枕着馒头睡"。一场雪，给大地盖上"厚棉被"，地里有了好墒情，同时可抑制病虫害发生，还能增强土壤的肥力，使麦苗、油菜更加茁壮。因此，瑞雪兆丰年，有其科学道理。

小雪时节，经常会有一场小雪光顾村庄，调慢时间的节奏。传统印象中，乡亲们此时不再为播种和收获忙碌，可以安享冬日慢时光，温一壶酒，唠唠嗑，或做些果树剪枝、修补农具、越冬鱼塘管理等轻省些的农事。但是，新时代的农人闲不住，反季蔬菜、大棚瓜果、电商物流、农旅文创等现代农业新业态，让他们忙得不亦乐乎。

小雪节气的习俗有腌咸菜，熏腊肉，晒鱼干，酿小雪酒，吃糖炒栗子、烤红薯等，多与满足人们的味觉享受有关。

"冬腊风腌，蓄以御冬。"一些农家开始沤酸菜，腌萝卜、雪里蕻，制作酱鸭、香肠、腊肉、腊鱼，待到春节时正好享用，有的可以吃上一年。

烤红薯、糖炒栗子、冰糖葫芦，是多少人垂涎难舍的入冬美食。没有什么比寒冷的冬日，揣一个烤红薯在手中更温暖的。焦糖的色泽和香味，让它诱人无比！

这些与乡土连在一起的食物味道，是小雪节气烙刻在人们心上一辈子也抹不去的乡愁记忆。它让我们感受到，幸福往往很简单，许多美好的体验，就在繁忙之后的日常与平凡之中。

小雪节气，期待一场好雪，恰似故人来。

2022 年 11 月 22 日

瑞兆丰年大雪至

渊冰厚几许，素雪覆千里。当太阳到达黄经255°，斗指壬，就到了大雪节气。这个时节，气温显著下降，雪往往下得大，范围也广。

大雪节气的降雪，一般发生在强冷空气前沿冷暖空气交锋的地区，虽未见处处雪景，但一定有些地方已经下了雪。雪落在城镇乡村，"洒空深巷静，积素广庭闲"；雪落在原野森林，"忽如一夜春风来，千树万树梨花开"。

以大雪命名节气，体现了人们对雪的喜爱。一场降雪，对土地而言，是装点，是抚慰；对庄稼而言，是呵护，是滋养。严冬时积雪覆盖大地，可以保持地面和农作物的温度不至于过低；雪为植物生长带来足够的水分，雪水中氮化物的含量是普通雨水的五倍，具有一定的肥田作用。农谚："冬雪一层面，春雨满囤粮""白雪堆禾塘，明年谷满仓""大雪半溶加一冰，明年虫害一扫空"。

大雪节气，我国北方大部分地区冰天雪地，小麦处于休眠期，田间管理的农活较少。南方地区小麦、油菜等作物仍在缓慢生长，要注意施好肥，为安全越冬和来春生长打好基础。此外，窖藏的蔬菜和薯类要勤于检查，适时通风，在不受冻害的前提下尽可能保持较低温度，以免"烂窖"。

大雪节气的习俗有"开夜工""晾腌肉""养生进补""烹雪煮茶""围炉夜话"等。

这个时节昼短夜长，一些从事编织、刺绣、印染等行业的家庭和手工业作坊，纷纷开夜工，俗称"夜作"。加班的人们要吃夜间餐，因而有了"夜作饭""夜宵"。各种小吃摊也开设夜市，生意兴隆。

腌制的腊肉，此时已经晾挂在高处，等待风干。俗话说"未曾过年，先肥屋檐"。乡间许多房屋的屋檐、窗户上都挂着腌肉、香肠、咸鱼等，形成一道独特的风景。

"绿蚁新醅酒，红泥小火炉。晚来天欲雪，能饮一杯无？"唐代大诗人白居易写诗向好友发出热情邀约。"还忆山堂夜卧迟，寒灯呼友坐吟诗。地炉松火同煨芋，自起推窗看雪时。"清代画家恽寿平在书画册页上记述了与好友围炉相聚的情景。"天欲雪"不见得一定下雪，"推窗看雪"也可能是在观察雪下了没有。不论下没下雪，这份寒冬里的真情和雅兴，都叫人感动。直至今日，很多寻常百姓家以及亲朋好友间，还赓续着这份围炉畅叙的传统，演绎着人性和亲情的美好醇厚。

2022 年 12 月 7 日

冬至如年人情暖

"阴律随寒改，阳和应节生。"当太阳到达黄经270°，斗指子，就到了冬至节气。此时太阳直射南回归线，北半球昼最短、夜最长。自冬至这天起，太阳直射点往北回返，我国白昼时间一天比一天长。古人因此认为冬至是大吉之日，天地阳气开始兴作渐强，值得庆贺。民间向来有"冬至大如年"之说。

冬至之后，尽管白昼渐长，但太阳辐射到地面的热量，仍然要比地面向空中散发的热量少，所以气温继续降低，从冬至到大寒节气，是一年中最冷的时候，也就是进入了"数九寒天"。"数九"就是从冬至日算起，每九天算一"九"，数到"九九"八十一天，"九尽桃花开"，冬寒就变成春暖了。

冬至节气农事活动，主要是兴修水利和搞好农田基本建设。此外，北方地区大棚蔬菜要多层覆盖，做好保温防冻。江南地区应加强冬作物管理，清沟排水，培土壅根；对尚未犁翻的冬壤板结要抓紧耕翻，以疏松土壤，增强蓄水保水能力，并消灭越冬害虫。冬耕可将潜伏在土内的越冬虫、蛹或卵翻到地表冻死，达到事半功倍的效果。农谚："入了九，背粪篓""数九骡马要加料，开春上套不为难"，提示人们要抓紧积肥，并饲喂好耕畜，为来年春耕做好准备。

冬至节气的民俗活动有祭祖、吃汤圆和饺子、贺冬献履、拜谢老师、画消寒图、葭灰占律等，丰富多彩。

"家家捣米做汤圆，知是明朝冬至天。"南方人们冬至日祭祖，全家人品尝象征"阳"的汤圆，庆祝"阳生"，祈愿家庭和睦幸福。北方人们冬至吃饺子寓意团圆美满，同时也助消寒，民谚有云："冬至不端饺子碗，冻掉耳朵没人管。"

冬至日又称"冬节""履长节"，这天日影最长，晚辈给长辈"献履"送鞋袜，除了防寒保暖，更有"迎福践长"、祝祷长寿的深层含意。

画"九九消寒图"，是冬至后计算春暖日期的诗意方式。冬至日，画素梅一枝，为瓣八十有一。每日描染一瓣，八十一天后，素梅变红梅，屋外也已是春光明媚。

黄钟应律好风催，阴伏阳升淑气回。古人特别重视季节推迁中律管的变化，将葭灰（芦苇中一层薄膜烧成的灰）放在十二乐律玉管内，置于密室，据说到某一节气，相应律管内的灰就会自行飞出。冬至时节，律当黄钟，阳气舒展，第六管内灰动，预示新气象到来。

冬至节气习俗体现了丰富的文化和人情之美，让人们从容、诗意地面对寒冬。

2023 年 1 月 5 日

深冬梅报小寒来

"前村深雪里，昨夜一枝开。"红梅绽放，报告小寒节气到来。小寒这天太阳到达黄经285°，斗指癸，是北半球一年中几近最冷的时候。但我国民众从物候的变化，已经感知到春天不远的讯息。

古人通过观察，小寒有三候："一候雁北乡，二候鹊始巢，三候雉始鸲。"此时，南迁的大雁启程向北飞去；喜鹊开始在树上筑巢，以备春来繁衍；山鸡捕捉到阳气萌动的信号，发出"咯咯"的鸣叫声。

节气文化中还有"二十四番花信"之说。民间将小寒至谷雨八个节气中的花事，按照花开时序罗列；一个节气分三候，每五天为一候，共二十四候，每候选一种花做代表。小寒节气第一花信是梅花，继而是山茶、水仙，这三种花相继开放，都有迎春、报春的象征意蕴。花有信，年年应时而开，彰显守信美德。应花期而来的风，称为花信风。

当然，冷才是小寒节气的主角。农谚："小寒大寒，冻成一团。"小寒时节的农事也与防冻害有关。北方地区主要是做好菜窖、畜舍保暖，对果树进行冬剪，雪后应及早摇落果树枝条上的积雪，避免大风造成枝干断裂。南方地区要给小麦、油菜等作物追施冬肥。露地栽培的蔬菜，可用稻草等作物秸秆稀疏地撒在菜畦上作为冬季长期覆盖物，既不影响光照，又可减小菜株间的风速，阻挡地面热量散失；遇有强冷空气，再加厚覆盖物，作临时性覆盖。大棚蔬菜这时要尽量多照阳光，棚外草帘不可连续多日不揭，以免影响植株正常的光合作用。

小寒节气的民俗活动，有腊祭、吃糯米饭、探梅、赏雪、冰戏、围炉煮茶、冬藏进补、冬闲读书、准备年货等。

岭南一带，人们小寒这天要吃糯米饭。糯米蒸熟，配上炒香的"腊味"、香菜、葱花等，吃起来特别香，且耐寒。

北方河面结冰厚实时，人们纷纷开展冰上运动，滑冰，打雪仗，坐冰爬犁、雪橇等。冰爬犁由马拉着，或由狗牵着，或由乘坐的人手持木杆如撑船般划动。北京冬奥会后，冰雪运动已成为越来越多民众喜爱的冬季体育项目。

"檐飞数片雪，瓶插一枝梅。"屋外天寒地冻，屋内却是温暖如春，充满文化气息。除了围炉煮茶、共享美食、谈古说今、把酒话桑麻之外，如今不少新农民利用冬闲"岁余"和夜晚时间读书，提升自己，延续耕读传家的传统，让美丽乡村文脉绵长。

素静冬日，照样能活出精彩，折射的是人们心灵美和精神世界的充实丰富。

2023 年 1 月 5 日

大寒迎年庆团圆

"旧雪未及消，新雪又拥户。阶前冻银床，檐头冰钟乳。"大寒节气披一身银装素裹，追赶着人们忙年的喜庆脚步，隆重出场。此时太阳到达黄经 300°，我国大部分地区进入一年中最冷的时候。

大寒有三候："一候鸡始乳；二候征鸟厉疾；三候水泽腹坚。"这个时节，母鸡开始孵小鸡；猛禽变得更加凶猛，忙着捕食猎物；河流湖泊都冻透了。

大寒虽冷，农人却满心欢喜。严寒能冻死田间害虫，麦苗、油菜经过冰雪浸润，会更加壮实，绿意盎然。每个节气都有其典型的气候特征，都是大自然的馈赠，关键是如何把它利用好。二十四节气就是古人顺应天时，根据太阳运行轨迹及其对地球产生的影响，总结出来指导农事和生活的一套气象历法。

大寒时节的农事，北方地区要继续做好牲畜栏舍保暖，畜禽饮水不能温度过低，有条件的最好喂给温水。南方地区则仍加强小麦及其他作物的田间管理。因为冬季野草已枯萎，平时看不到的田鼠窝洞都显露出来，大寒也成为岭南地区集中消灭田鼠的重要时机。

大寒节气通常与岁末时间重合，越来越浓的年味冲淡了寒冷。家家户户开始扫尘洁物，蒸年糕，打糍粑，煎炸烹制鸡鸭鱼肉等各种年肴，忙着写春联、剪窗花，赶集买年画、彩灯、鞭炮等等，为春节作准备。异乡漂泊的游子，开始盘算起回家的时日。

俗话说："大寒迎年。""大寒岁底庆团圆。"除了上述忙年、游子返乡之外，大寒还有尾牙宴、赶婚等民俗。大寒节气习俗成为春节文化生态的重要组成部分。

"尾牙宴"是过去雇主在年尾时对员工的一次招待。尾牙源自祭拜土地神做"牙"（俗称"打牙祭"）的习俗。头牙在农历二月二，尾牙在腊月大寒节气前后。现在企业、单位流行的"年会""迎春茶话会"，就是尾牙宴的遗俗。

岁晏乡村嫁娶忙。腊月底，结婚的人多了起来，今天东村张家嫁闺女，明天南庄李家小子迎亲，平日宁静的村寨，此时随处可听到欢天喜地的唢呐声，噼里啪啦的鞭炮声，十里八村喜气洋洋。

窗花是大寒时节乡村最美的表情。新婚夫妇的窗上是喜鹊登枝、麒麟送子；学子的书房内是闻鸡起舞、精忠报国；姑娘们的窗上是天女散花、百鸟朝凤；老人的窗上是麻姑献寿、四世同堂……

大寒节气民俗让最冷的时节充满魅力，生机勃勃，喜乐吉祥。人们心中的春天已至，新一轮节气循环即将开启。

2023 年 1 月 20 日

第六辑

悠悠文心

换一双眼睛看传统看未来

——记行走乡间的艺术人类学者方李莉

作为费孝通先生晚年器重的学生，方李莉曾问过老师一个学术之外的问题："您相信命运吗？"费孝通说，什么是人的命运，这很难捉摸，但在历史发展过程中，会有一双看不见的"鸿蒙之手"，借助不同的人来承担不同的历史责任。

汉语中，鸿蒙是宇宙未明混沌未开状态。有灵性的人有责任"为天地立心"，敏锐感知并揭示时代精神。

方李莉从前辈大师们身上看到学者的风范和文化自觉。她说，费孝通先生"从实求知""行行重行行"的治学态度，对她影响最大，始终鞭策、鼓舞她不受书本的束缚，深入到社会实践中去了解人的生活，体会生活的洪流。

她的研究重视田野考察，力求回到人类文化出发的原点，回到社会事实的发生地，获得与众不同的视角和发现。

从故乡景德镇出发

方李莉生长在瓷都江西景德镇，对当地的传统手工艺，有着天生的敏感。

20 世纪 90 年代初，开放不久的中国社会，正经历着一场前所未有的巨大变革。此时的方李莉，正在中央工艺美术学院史论系读博士。"那时学生们都拼命学英语，大家对传统产生怀疑。我就在想，如果都西化了，那我们自己的文化还有没有用？"方李莉说，每次回家乡，看着儿时熟悉的古镇一点点飘逝，心有不甘，那是曾风靡世界的瓷都，有 1000 多年的文化底蕴，难道那些工匠积累的文化、技术就一钱不值地要被扔掉吗？

"有一天我们向非西方学习的知识，会和他们向我们学习的一样多。"美国人类学家基辛在专著《人类学》中的话让方李莉颇为触动，"我要像人类学家一样，写一部有关景德镇民窑的历史民族志，记录即将消失的手艺。"

萌生的想法让她有了一种使命感。因为中国历史向来重道不重技，所以有关景德镇陶瓷工匠文化和技艺的历史，一直没有得到很好的记载。"也许在别人眼里这是陈芝麻烂谷子的事情，但我相信它会有用的。"方李莉在《飘逝的古镇》书中写道，就像是一场古老的梦，我捧起这场梦，把它描述出来。

那时，还没有非物质文化遗产保护的概念，她是以自觉的意识前瞻性地开始了这项工作。也正是那时，方李莉开始对人类学产生浓厚兴趣。这是一门从人类文化出发的原点来展望未来的学科，特别是人类学对文化差异性的关注，平等看待不同民族文化的视角，让她尤为欣赏。

就这样，博士毕业时，方李莉带着专著《景德镇民窑》的写作大纲，报考了北京大学社会学人类学研究所博士后流动站。

"我的研究角度在所里是非常边缘化的，因此，我从不奢望会得到费孝通先生的重视。"

1996 年，方李莉为博士后出站报告进行田野考察，再次回到景德镇，她发现随着全球化和旅游业的兴起，景德镇城乡交界处出现很多为海外做仿古瓷的手工艺集散地。她认为这是一种后工业现象，是传统在现代化中的重构。仿古瓷只是景德镇未来陶瓷手工艺复兴的一个起点。她根据自己的判断，完成了《传统与变迁——景德镇新旧民窑业田野考察报告》。

这个报告得到了费孝通先生的重视。费孝通肯定她的研究"不是从书本上来到书本上去，而是到生活实践中去，亲眼看人的事情，亲身体验社会的发展"。他很欣赏方李莉把历史和传统与景德镇新的创造以及对未来的预判放在一起的写作角度，这与他思考的"活的历史"有许多关联之处。

那一次，费孝通和方李莉交流了一个多小时，后来再见面，费孝通又和她讲到文化的"生"与"死"。他认为，文化中的要素，不论是物质的还是精神的，在对人们发生"功能"时是活的，不再发生功能时还不能说是死。功能可以变化，从满足这种需要转去满足另一种需要，而且一时失去功能的文物、制度也可以在另一时期又起作用，重又复活。这就要研究如何让文化的种子一直留存下去，并保持健康的基因。他希望方李莉在研究中，关注中国文化的基因和种子，并从历史中找到中国文化的内在本质。

此番谈话，对方李莉的学术研究产生深远的影响。

遗产资源论的提出

世纪之交，国家提出了西部大开发。费孝通鼓励方李莉申报一个关于西部人文资源保护、开发和利用的国家课题，在干中学，在实践中成长。

课题于 2001 年启动，此后八年，课题组 100 多名成员到西部考察，共行走两万多公里，收集大量西部民间艺术和民间文化方面的资料，完成了西北人文资源数据库的建库工作。后来这一数据库被融进国家的非遗保护数据库中。课题还完成 70 多个案例的分析与研究，并完成《从遗产到资源——西部人文资源研究》总报告书。方李莉又在此基础上撰写了有关遗产资源论的系列论文。

在这一过程中，方李莉看到，一方面是许多传统文化在消失，另一方面是许多传统文化正在以一种艺术化的形式"复活"，即手工艺的复兴和民间表演艺术的复兴。"遗产"已不单纯是被动的保护对象，还成为重构当今社会和未来社会的可以开发和利用的资源。

接着，方李莉又带领学术团队，承担国家重点课题《社会转型中的工艺美术发展》。考察的结果，江苏宜兴、镇湖，广东佛山，山东潍坊，陕西凤翔，福建莆田等不同的地方都在发生着和景德镇一样的故事：这时的景德镇已有几千家陶艺作坊、12 万手工艺从业者，莆田仙游县周边有 20 万人在做手工红木家具，苏州镇湖一带有 8 千绣娘，在宜兴有 10 万陶工……

在这些地方，现代与传统不再对立，传统遗产转化成文化资本，推动了生产力的发展，并建构成新的文化现象和经济现象。

手工艺的复兴，呼应并促进了新的具有中国文人传统意味的中国生活样态的

产生。随后，在中式服装的流行，茶道、香道、花道的兴起，古筝、古琴等的被
追捧中，方李莉看到了新的中国时尚正带动着中国新的经济增长点。

她进而提出"非遗 3.0 层级"概念。非遗 1.0 是梳理和整理遗产，2.0 是传承
遗产，3.0 是艺术家和手艺人共同合作创造新的文化产品和生活样式。

方李莉说，她花费 20 年时间，只为研究一个问题，就是中国的传统文化将
以何种形式在当代社会得以重构和再生。她坚信文化是多元存在的，有一天，中
国文化定可重新启迪西方文化，而民间文化也会和精英文化同等重要。

早在 2008 年西部课题完成后，方李莉就到访世界上很多博物馆，了解中国
手工艺曾经在世界的影响力。她对中国古代作为世界手工艺大国的盛景极为感
慨：19 世纪之前，世界最好的奢侈品在中国。中国在古代不仅是农耕社会，还是
农工社会，许多农民还是手艺人，如木匠、铁匠、银匠、石匠等，有的则是为手
工业城市提供原材料或半成品。历史上中国的乡村是工农相生的。她说，把这一
问题研究清楚了，我们才能真正认识当前中国手工艺复兴的根由和意义。

介入艺术乡村建设

这些年，艺术乡建成为一个热词。

方李莉关注艺术社区建设是从研究北京 798 艺术区和宋庄开始的。2006 年，
她受北京市政府的委托研究 798 艺术区，后来又受国家当代艺术中心委托，做有
关 798 艺术区和宋庄的研究课题。那时她就关注到，艺术家聚集在一起不仅能够
创作，还能建构一个地方景观，之后，那景观本身就成为一个巨大的艺术品，让
人们进入其中，接受当代艺术教育并与艺术交融，最后形成艺术生活化的时代
潮流。

近年来，越来越多的人走进乡间，探索艺术和乡村建设的结合点，促进乡村
文化复兴，创造具有诗意的新空间。艺术家渠岩在山西和顺县许村和广东顺德青
田村进行"艺术推动村落复兴"的社会实践；靳勒在甘肃秦安县石节子村创办石
节子美术馆；左靖在云南澜沧县景迈山对翁基布朗族村寨传统建筑进行保护和活
用；林正禄在福建屏南县龙潭村开展"人人都是艺术家"公益油画艺术教学，以

创意产业引来"文创移民"和本地村民回归，传统村落成为创意"硅谷"和新生活方式的容器。

当艺术家从美术馆进入生活现场，介入社会建构，包括介入乡村建设的时候，人类学家们与艺术家们相遇了，因为人类学家从来就在生活现场，从来就在乡村田野中工作。这两支队伍的相遇背后是有很深刻的社会背景的，这代表着社会的巨大转型，这一转型就是时代在呼唤高科技与高人文、高生态的联盟，这一联盟的土地就在乡村。"通过这一联盟，人类将会找到新的生产模式和新的生活方式，这是一个非常令人兴奋的社会实践。"方李莉说。

当艺术家来到乡村，就意味着乡村建设将会成为这一时代的新时尚。她认为，未来的时尚一定是绿色、生态的，有特色、有地方性经验的，能够体验到大自然风光的社会潮流，而这些潮流的特征都是乡村的特征，不是城市的特征。作为艺术人类学家应该关注这样一种文化现象和艺术潮流，在新一轮的乡村文化重建中与艺术家结成一种联盟关系。在艺术乡建中，艺术家提供想象力、创造力，人类学家提供传统文化和本土知识。这个过程中，艺术家也要成为准人类学家。

人未必天然就喜欢生活在城市里。在方李莉看来，未来由于交通和物流的方便，新能源和网络的普及，使我们不需要集中在集体供暖、集体供电，集体享受娱乐及消费活动的大城市里，而是可以被分散在任何不同的生态空间、文化空间中学习、工作和生活。而且，通过互联网朋友圈我们似乎又回到了传统的熟人社会。在这样的一个新的社会模式中，乡村应该比城市更有发展前景。这个新的社会形态就是生态社会。于是，富含传统文化以及具有多样性发展可能的乡村，将成为人类思考和创造未来的一块可用的风水宝地。我们今天的乡村振兴，也许就是让我们有机会寻找到一个绿色的、可持续发展的新的人类未来前景。

近年来她发表《从乡土中国到生态中国》《后农业社会》等著述，提出"后农业社会"的概念。后农业社会不是农业社会的低级重复，而是与工业 3.0、4.0 链接后的高级的生态文明的社会形态。后农业文明的乡村，是更时尚、更有艺术感的乡村，那里将生活着农民、科学家、艺术家、音乐人、设计师等。乡村成为时尚中心、信息中心、创意中心。眼下，越来越多体验式、沉浸式的文艺演出放在乡村山水田园的环境中，很受城市游客欢迎，就反映了这种趋向。

谦卑地向农民学习

方李莉说自己的学问是走出来的。每次下乡考察，她一路走，一路做笔记。乡村文化的丰富让她迷恋，乡亲们的质朴善良让她感动、牵挂，但也深感社会上存在着一种偏颇：许多人不了解农民，不把农民的文化当文化。

一次，她在海南参观一家企业打造的黎族风情旅游村，这本是一个有千年历史的古村落，村民们给游客唱的歌却是请外面的老师创作的新歌，歌的内容和村庄没有一点关联。问，为什么不唱村民自己的歌？村民答：没有人征求过他们的意见。

由此，李方莉意识到，不少企业资本下乡搞开发，只会利用村庄的空间，想方设法把农民搬迁出去。他们不会利用这里的文化。于是，她向当地政府和开发商建议，搞乡村旅游开发，必须综合利用当地的文化、生活方式等，不能把综合性的、文化内涵丰富的古村落肢解了。

她在课堂上教学，或组织艺术乡建研讨，经常讲的一句话就是"谦卑地学习"。她说，当我们进入到一个新的文化语境的时候，你是不懂那个文化的，在乡村，即使是一个不识字的人，他也是他的文化的主人，你得向他学习。我们面对的许多乡村和少数民族除了有我们共有的文化外，还有许多我们不熟悉的地方性知识，我们的乡村振兴就是要把这些珍贵的地方性知识发掘出来为我们今天所用，在发掘的过程中首先就是谦卑地学习。

在乡建中，艺术家可能比较在意的是怎么给乡村带来艺术，但方李莉认为，更重要的是去发现乡村之美，发现村民生活中的美学。当我们去重建和唤醒某种地方感的时候，这种地方感也是艺术乡村建设最具魅力的地方。如果在不同的地方都有这种地方感的话，中国的乡村和城市会变得更加美丽。

呵护好文化基因库

考察中方李莉也发现，在工业化、城镇化浪潮中，一些农民已经不喜欢自己的文化了。

十多年前，她到陕西洛川县凤栖镇谷咀村等地考察，看到农民们匆匆地希望扔掉自己祖传的旧家什。

到距安塞县城 50 公里的郭塔村探访农民画家、剪纸能手薛玉琴，原以为在偏僻山村会看到更丰富、更原汁原味的陕北文化。但奇怪的是，薛玉琴家里贴的是从城里买来的松鹤延年的年画和影视明星照片，还有一张海滨别墅的摄影图画。问她为什么不在家贴自己的绘画或剪纸？她说自己的剪纸和绘画丑死了，而这些买的画又真实又漂亮。方李莉又问她，那你为什么还要剪还要画呢？薛玉琴说，那是像你们这样的外地人和外国人喜欢。她的画和剪纸常常放在文化馆出售，能卖些钱。看来，现代化已经迅速地改变了当地人的审美观念。他们在追赶城里人的时尚和"漂亮"。

方李莉还看到另一种现象，在一些精心打造的"民间艺术村""生态博物馆""民俗文化旅游区"，那里的民间传统文化一定程度上成为给游客和专家们表演的文旅节目了。民俗文化逐渐失去其本真的与自然、与民间信仰紧密相关的原生性。比如，她对"民间艺术村"陕北延川县小程村和"生态博物馆"贵州省六枝特区梭戛乡龙戛苗寨的考察，都看出这个趋向。这让她有些遗憾，但转而一想，这未必不是现代化背景下乡村文化传承保护的一种手段。也就是说，传统的恢复有多种动力，一方面是来自民间自身的精神生活的需求；另一方面，则是来自市场的需要；在国家重视非遗传承保护工作以后，又增加了一股政府的力量。今后我们将看到越来越多用民间艺术构筑起来的传统文化空间。其用于构造的材料则是世世代代积累下来的当地的人文资源。

方李莉认为，在未来生态文明社会中，这些人文资源都是可以重新认识的无价之宝。人文资源是否丰富也将成为一个国家国力是否强盛的重要标志。

她说，人要借助镜子才能看见自己的长相。乡村传统中有很多优秀的东西，我们不必将它们抛弃掉，只需略加改造，也许就成了另外一种超前的模样。她希望艺术家和一切爱乡村者，都要"带一面镜子"下乡，帮助农民看到自己文化的美。

她举了艺术家左靖在云南景迈山做艺术乡建的例子。当地布朗族村民做普洱茶产业致富后，想照着城市别墅的样子改建房屋。左靖团队对四栋当地的老房子进行修缮，房子外观不变，只对内部设施、屋顶采光、空间利用等进行改造，材料全部用当地的。改造后的房子非常漂亮。其中两栋作为接待访客的民宿，一栋作为乡村工作站，一栋被命名为翁基小展馆，将当地布朗族民俗、老物件、文化活动的照片、录像、美术作品等，进行展陈。村民们看后，发现自己的文化原来这么美！

与方李莉交谈，读她的学术文章，听她的学术报告，都能感受到喷薄的学术激情和人文知识分子的社会关怀。

学者的价值，就在于能够提供新的观察社会、洞见未来的视角；或者，把本来就存在的，但被思维和认识的盲区遮蔽了的价值，重新彰显出来，回到公众的视野。方李莉对中国文化的生命力和可供利用的文化资源的探索，对后工业文明时代手工艺复兴的预见，对乡村多样性的生态和文化价值所做的揭示，无疑是重要的。从此，我们会多一双眼睛去看传统，看乡村及其文化在未来的价值。

2022 年 3 月 30 日

冯骥才：亲近乡土的民间文化旗手

　　"我喜欢亲近乡土的那种感觉。每入乡土深处，才实实在在领悟到民间文化的意义，才真正懂得我们的百姓与民族。"大个子作家冯骥才，谈起对民间文化的钟爱总是柔情百转。近十年来，他奔走呼号，身体力行，保护民间文化厥功至伟，被誉为民间文化的旗手。

　　冯骥才有多重身份。他是作家，笔耕不辍，小说《神鞭》《雕花烟斗》等让人不忍释卷；他是中国民间文艺家协会主席，全国政协委员。他遍访民俗、民间艺术传人，调研村落文明，拯救文化遗产，硕果累累。

　　当记者问及这几重身份的差别时，冯骥才说："政协委员，多了一份沉甸甸的责任感。政协委员，不同于一般的知识分子，应该站在国家的利益上思考一些重大的问题。"

　　十多年前，他以作家的敏锐和责任感，看到构成中华文化半壁江山的博大精深的民间文化，在现代化进程中面临着消亡的危险。很多富起来的地区，传统民居已经被不伦不类的"小洋楼"取代。很多开发商将一些古村落变成景点，在村落里涂红抹绿，编一些伪民间故事。民间文化的传人——老艺人、匠人、歌手、乐师、舞者、故事家、民俗传人相继去世，很多经典文化无人传承。

　　冯骥才对此忧心如焚。如果不及早保护，十几年后，我们民间传统的东西就都没有了。他毫不犹豫地投入抢救民间文化艺术的事业之中。

　　为了摸清古村落的状况，他奔走田间地头，走进民风古朴的古老宅落，走进已濒风化的砖墙瓦房。他和老乡聊，和村干部聊。他不放弃每一个宣讲的机会，在一系列文化论坛和研讨会上发表观点，号召更多的人加入民间文化保护的队伍当中。

几年前，在一次全国"两会"上，冯骥才做了"关于规划新农村建设要提前注重文化保护问题"的主题发言，引起政协委员们的强烈共鸣。"各民族各地域的文化都是那一方水土独特的精神创造和审美创造，它又是人们乡土情感、亲和力和自豪感的凭借，是永不过时的文化资源和文化资本。鉴于20世纪八九十年代，我国城市大规模现代化改造中，片面追求经济指标，对城市历史文化造成的破坏已不可挽回；这一次，在新农村建设起步之时，应以全面的科学的谐调的发展观，两个文明一起抓。将文化遗产的保护，率先列入新农村建设的总体规划之中。"

冯骥才说，具有鲜明地域特征的古村落的规划建设必须尊重原住民的意愿，保护原住民的权益，保留原住民的传统文化和生活方式。不能把古村落变成单纯的旅游资本，因为过分的商业化同样会损害其文化和精神本质。

今年全国"两会"上，他又疾呼文化遗产保护不能沦为一些官员急功近利的"面子工程"；防止千城一面、无个性的城市文化缺憾可能正在向农村蔓延。他呼吁专家学者们坚持田野工作，认识民间文化最原汁原味、最精华的样子，为未来记录历史。

当代中国不缺乏坐而论道乃至言行相悖的聪明人。冯骥才以其勇于担当、坐言立行的赤子心怀，成就了他事业和人生境界的大！

2011 年 4 月 23 日

文化部部长谈"文化民生"建设

"'十一五'我国文化建设成就主要体现在：'两轮驱动'、'文化民生'等文化发展思路的形成；文化体制改革极大地促进了文化的发展繁荣；发展文化产业上升为国家战略；覆盖城乡的公共文化服务体系加快建立……"

2010年11月24日下午，文化部部长蔡武接受《农民日报》记者采访。从"文化惠民，村一级公共文化该怎么建设？""民众反映剧场演出票价贵，原因何在？"到"国际金融危机背景下，文化产业何以能够逆势上扬，加速发展？"等等话题，蔡部长一一回应，侃侃而谈，解疑释惑，坦诚睿智。

"文化惠民"应照顾群众多元需求

蔡武部长说，公共文化建设重点在基层，难点在农村。文化惠民，要研究群众的需求，不断拓展服务范围，创新服务手段和方式。比如，城镇里的网吧有其存在的合理性，不能简单取缔。困难群体、弱势群体如农民工等，需要到网吧上网。可以因势利导将网吧改造成绿色健康网吧。同时建设大量的公共电子阅览室，提供益智游戏等新内容，让留守儿童、进城农民工都可以去，免费阅览或游戏。当然，这需要相当一笔投入，但值得做，因为这是真正的便民为民。

他说，"十二五"规划提出建设六级公共文化服务体系，把村也纳入公共文化服务体系建设。各地要抓住有利时机，因地制宜，在加大投入的基础上，整合资源，吸引社会参与文化共建共享，实现多赢，丰富农村群众的文化生活。他举了云南省腾冲县大村的经验，该村利用农村小学并校后的校舍资源，以及农村党员远程教育的电教设备、电脑、电视、放映机等设备，解决了文化设施设备问题。村文化中心有书屋、电子阅览室、文化活动室、村史陈列室、网络培训学校、民兵之家、老年之家、计生协会、村文化产业合作社办公室等，还有广场，使农民不出村就能看书、上网、跳舞，参与多种形式的文化活动。

蔡部长恳切希望，发挥农民在新农村文化建设中的积极性和主体作用，通过举办农民艺术节、农民歌会、农民文艺汇演等，让农民的文化艺术得到展示和交流，把亿万农民吸引到农村文化建设中来，提高农民的幸福指数。

从"票价贵"谈到解放艺术生产力

记者问，现在群众反映剧场演出票价贵，艺术院团改革了，市场化了，票价会不会更高？

蔡部长说，票价贵的一个原因是提供的艺术产品和服务少，物以稀为贵。我国现有国有剧团2000多家，民营剧团6000多家，这个数字，较之13亿人口，实在太少了。与发达国家比，还有很大差距。群众多元的文化需求，要靠繁荣活跃的文化市场来满足。所以必须深化文化体制改革，解放艺术生产力，生产出更多优秀作品满足群众对艺术的需求。

蔡部长说，文化是最需要创新的，但过去的体制恰恰阻碍了创新，国有院团主要作为各级行政机关的文工团，缺少创作主体性和主动性。比如艺术评奖，不是看观众认可，而被当成了一些领导的政绩工程，创排的剧目评了奖之后就束之高阁。

我国文化资源很多，但文化产品少，成为品牌的文化精品更少，症结就在于体制。国有体制把许多艺术院团养起来后，院团的创作动力就弱了。过去京剧四大名旦、豫剧的常香玉等都是在市场竞争、唱对台戏中成长成名的。艺术只有经受市场和观众的检验才能出经典、出大师。

从国际金融危机背景看"文化产业"

当记者问到国际金融危机背景下，我国文化产业近年来何以能够逆势上扬，加速发展？蔡武部长说，这是由文化的特殊功能和文化产业的特性决定的。文化具有抚慰心灵、调整情绪的功能。越是经济不景气的时候，人们越需要文化的慰藉。美国二十世纪二三十年代出现经济危机，但文化产业却高速发展；韩国在亚洲金融危机时也出现了文化产业的兴盛，"韩流"席卷亚洲让人印象深刻。这是个规律。

再说文化产业的特性。它以文化创意为主，附加值高，绿色低碳，促进消费，非常契合调整产业结构、转变发展方式的要求。

此外，当前国际资金出现流动性过剩，纷纷寻找新的投资点，文化自然就成了投资新热点。所以，国际金融危机对于文化产业来说是机遇。只要我们有足够的文化自信，就能把握住机遇，加快文化产业发展。

正是基于对文化具有商品属性和精神品格"双重属性"的思考和认识，基于对文化发展规律的探索和把握，我们逐步形成了坚持文化事业和文化产业"双轮驱动""两翼齐飞"的文化发展建设思路与共识。

"三个心愿"盼文化服务更加便民

蔡武部长说，"十一五"我国农村公共文化服务体系建设取得了不小的成绩：全国现有县级公共图书馆 2491 个，覆盖率达到 85.09%。县级文化馆 2862 个，覆盖率达到 97.34%。乡镇（街道）文化站 3.87 万个，覆盖率达到 94.8%，基本实现了"乡乡有综合文化站"的建设目标。全国文化信息资源共享工程稳步推进，已建成 1 个国家中心，33 个省级分中心，县级支中心达到 2814 个，覆盖率达到 96%；乡镇基层服务点达到 1.52 万个，覆盖率达到 44%；与全国农村党员干部现代远程教育合作共建村级基层服务点达到 75 万个。

站在进一步改善和发展文化民生的角度，蔡部长谈了他的三个心愿：

希望"十二五"期间，第一，政府投入文化建设的增长幅度高于财政收入的增长幅度；第二，全国文化事业费占国家财政总支出的比重由目前的 0.4% 提高到 1%；第三，把文化设施建设纳入国家的基本建设规划。比如，按人口分布，多少人口必须建多大规模的剧场，要有一个建设规划。让社区、乡村群众就近有文化活动场所，送文化下乡的剧（节）目有地方演出，使文化服务更加便民。

2010 年 11 月 30 日

草原文化日，乌兰牧骑艺术团为牧民送去演出。摄于内蒙古鄂尔多斯市。

老部长的"农民情结"

——徐惟诚与文化扶贫的故事

仁者爱人　自强不息

这些年，由于工作关系，我有机会与全国文化扶贫委员会主任、中宣部原常务副部长徐惟诚接触较多，当面聆听教海，观察感受他那"天行健，君子自强不息"的人生风采。

徐惟诚主任今年 74 岁。从一个没钱买书，只能怀揣馒头去书店里站着读书的寒门少年，到如今学富五车，身兼中国大百科全书出版社总编辑，徐老走的是一条自学成才、成功的奋斗之路。几十年来他读书、思考、笔耕不辍，工作之余写作出版了 80 本书，以笔名余心言发表的大量杂文随笔使他的文名几乎盖过他的本名。但他在重要党政部门任上卓有建树的工作，崇高的威望，以及最近十年来对中国文化扶贫事业筚路蓝缕的"开山"之功，又使得徐惟诚这个名字几乎家喻户晓。

无论是声势浩大的"万村书库"工程，千万之众参与的城乡少年儿童手拉手活动，还是为偏远山区援建卫星电视接收差转台，为被洪水围困的灾区群众送去半导体收音机和《救灾防病手册》，为农民的孩子办夏令营，为贫困地区开发旅游资源无偿制作光盘等等，每项活动都倾注了徐老的心血，都能看见他忙碌奔波的身影。

于己无损　于人有益

徐老说，文化扶贫的事业是依靠众人之力来开展的事业，重要的是发现社会上潜在的可能，把它化为现实。他举一个例子，现在城里许多孩子没有弟弟妹妹，他们看过的书，长大了就成了废纸。何不把自己看过的书寄给农村的小朋友呢？像这样一类于己无损、于人有益的机会，社会上还有不少，有待我们去发现和组织。

一次，徐老下乡听贫困山区农民反映，买了电视却收不到信号，于是想帮助这些山村建立卫星电视接收差转台。可是，建一个差转台需要8000元到10000元，钱从哪里来？徐老通过调查得知，农民喜欢买什么牌子的电视机，就把信息透露给那家电视机厂的老总，老总拍板支援了几十万元。同样的办法，又争取到"康佳"等公司老总的支持。在太行山区、大别山区、云南山区、青藏高原、黄土高原等地共建了400多个差转台，带动建立的不计其数。

徐老喜欢做那些社会上需要，但还没有人想到去做的事情。等到人们都跟上来做的时候，他又去开拓新的领域了。他的工作常给人新鲜感。

1998年南方水灾，政府对灾民的吃住都管得很好，但灾民每天坐在江堤上，四面是水，看不到报纸、电视，不知道形势的发展和信息，情绪不安。徐老就想到送收音机。喇叭大的，便宜的，买了3000台，配上足够用半个月的电池，送到湖北、湖南、江西三省的大堤上，灾民们欢声雷动，对安定人心起了极好的作用。有些地方医疗队去不了，或者不能经常去，药也不够，徐老就突击赶印了20万册《救灾防病手册》免费赠送，指导用大蒜、茶、酱油等土方法防病。徐老还特意叮嘱，在书后注明"欢迎翻印"字样，不要版权。这样的公益事，徐老跟哪个朋友一说，人家都乐于慷慨解囊。

接通链条　爱心润滑

前些年，云南省找到文化扶贫委员会，提出想在全省普及村级图书室。徐老说："好啊，你一个村出资 400 元，我就给你两套各 100 本农村书库图书；省里资助一个村 400 元，我也给你两套！"云南方面很受鼓舞，回去筹了 100 万元资金。徐老就找出版社商量以 4 元钱一本的最低价出书。缺口 20 万元工本费、邮寄费出版社承担不了，徐老表态："这笔钱我们想办法给补上。"结果，5000 个村，每个村图书室只补贴 40 元就建成了。40 元钱不多，但它同徐老的人格影响力一起，把完成这项事业的整根链条连通了，如果缺少这一环节，好事就可能告吹。

仔细观察会发现，徐老做文化扶贫有一个原则：不是我花钱让你办好事，而是你自己要办；你办的过程中缺点什么，我帮你完成，把你的积极性放大，达到理想的效果。文化扶贫委员会在其中起连接链条和润滑的作用。

拿城里的儿童剧团来说，剧团有送戏下乡的积极性，只是缺少路费，帮助他们解决少量的路费补贴，三年中他们就为农村儿童送戏近 1 万场。又如，有位香港实业家朋友为母亲做八十大寿，表达了想做积德善事的愿望。徐老建议他在内地家乡建 1000 个图书室、书屋，以他母亲的名字命名。结果，在徐老帮助运作下，1000 个图书室只花 50 万元就建起来了。香港朋友非常高兴，后来一直没有停止对"万村书库"工程的支持。这里，徐老不用金钱，而是用善意和热心肠促成一桩桩美事。

再如，建希望小学，直接投资贫困地区是一个办法，但徐老却选择了"绕弯子"迂回的办法：发动城市小朋友开展"手拉手捡回一个希望，创造一个奇迹"的手拉手地球村活动，激励他们用回收废品的钱帮助贫困地区先后建起了 10 所手拉手希望小学。既培养了孩子们的爱心和环保意识，又锻炼了能力。一个活动，收获是多方面的。

在徐老科学巧妙地运作和精打细算下，文化扶贫往往能用最少的钱，收到最大的效果，投入产出比是很大的。

全新创意　源于思考

我曾问过徐老："为什么您总能想出别人想不到的点子呢？"徐老笑了，说："可能因为我经历的事情比较多吧。"后来才知道，每件事情，从创意到实施，他都想很久很久，拿出来便是一个近乎完美的方案。

当年在鸡公山创建中国少年儿童手拉手夏令营，最初的想法，是要让农村的孩子也有机会参加夏令营，让城乡小朋友有一个见面交流的地方。营地建起来后，又进一步考虑怎样让农村孩子的思维、身心都得到一次解放，让三天的夏令营生活使孩子们终身受益。每次开营之前，徐老都精心策划，挖空心思让孩子们看没有见过的东西，让孩子们从小感受到现代化，使孩子有一系列自主的实践，有机会过一次负责任的生活。如带孩子参观航空学校，上飞机驾驶室照一张相；请农村的孩子喝牛奶，请他们玩电脑，学照相，学打印，动手量一次血压，检查一次视力，住野营帐篷，站岗放哨，模拟记者采访，看谁提的问题多等等。"这些东西也许他们回去以后许多年都摸不着，但他们观念里已经有这些东西了。"徐老说："一个人，小的时候感受有多高，将来的起点就有多高。参加过夏令营的农村孩子，他们敢问问题了，敢说出自己的主张了，接受新事物的能力增强了，即使六七年后，他们在同龄的孩子中间还会有优势。"

正是基于如此强烈的爱和责任感，基于对人性的理解和洞察，才使他的思想既超前又具亲和力、感召力。从徐老那里，我们得到的是智慧的享受，是不倦的动力。

特殊经历 "农民情结"

徐老对农民有特别深的感情。他回忆起"文革"期间下放河南省潢川县农村干校劳动的情景，由于他研究过中医，能看病，和农民的关系非常好。他曾用艾蒿烧水泡脚结合心理暗示的疗法，为受迷信之苦的农村患者驱赶过"狐狸精"；用针灸为许多产后即下地劳动落下"吊茄子病"（子宫下垂）的农妇解除病痛。得这种病的妇女十分痛苦，子宫被裤子磨破糜烂发臭，苍蝇围着转，集体干农活时她们不敢往人堆里站。徐老想，我们吃的粮食就是这样的人种出来的，必须为他们做一些事。

地里的农活，徐老当年也全部学会，甚至"比生产队长还内行"。推广双季稻，农民种一次失败一次，认为当地不能种。徐老天天下地观察，发现害虫爱吃叶子肥美的双季稻，都集中到双季稻田里了。提醒及时治虫，老乡不信。他就跟队长"打赌"，不信你下田将第几行第几株第几片叶子打开看。果真有虫子。打药时间对了，这年双季稻就丰收了。"这也看出文化的重要。"徐老感慨道。

最让他铭心的是一次他患疟疾，老乡在他窗台上悄悄放了几个咸鸭蛋和一包红糖。当时一包红糖可是宝贝得不得了啊！徐老至今念念不忘，当年他离开村庄时乡亲们送出几里路的情景。

那段特殊的经历，在徐老心中留下了永远的"农民情结"。

如今，每当下乡看到一些退休职工，建房后自己拿房间出来做图书室，或在院里支起篮球架，让村里大人小孩来家看书、打球，徐老总会感触地说："我们还是干部，我们不如他们。他们比我们伟大！"

送你杠杆　撬启智力

徐老说，农民是我们的衣食父母，但农村人口最后将下降至两亿多，这是个大趋势。中国农民正面临着农村城市化，生活现代化。他们要开创前人没有的事业，条件就是要学习，提高素质和能力。有了现代知识，才能成为现代农民，发展现代农业，建设现代农村。他希望农民兄弟今后都能走得顺利一点，能闯过这一关。

听他这番话，你就能明白为什么文化扶贫委员会自1993年底成立以后，推出的第一项大举措就是启动"万村书库"工程。由于各方面人士包括农民自己的努力，目前，全国已建成83000多个村级小型图书室。近年又连续举办了五届全国农民读书征文竞赛活动，目的都是使农民养成读书学习的习惯，修通一条精神的路，信息的路，使农民获得知识的路。

徐老把文化扶贫比作启动智力的杠杆。他说："脱贫，归根到底是贫困地区人民自己的事情，要靠他们自己的努力来实现。他们的努力，一要靠志气，二要有智力。文化扶贫就好像一根杠杆，起一点启动和撬动的作用。文化扶贫委员会的力量很有限，它也只能起一点杠杆的作用，社会上有很大的潜力。寻找到合适的支点，启动一下，许多人发现了自己可以出力，又不需要出很多力，可以收到很好效果的事，因而乐意去做，做的人多了，力量就大了。"

2004 年 5 月 27 日

创造农村文化发展的新疆界

人们常说，一个民族的崛起，不能只有经济的单边突进；一个国家的繁荣，不能没有文化的兴旺发达。文化是发展的成果，更是发展的精神之源。当今世界，国家间比拼的是综合国力，而所有博弈最终都要归结为软实力的竞争。文化就是这样一种无处不在、无时不有的至柔至刚力量。

民族要复兴，国家要强盛，人民要幸福，这是历史赋予中国共产党人的神圣使命。今年 10 月召开的党的十七届六中全会，准确把握时代发展脉搏和人民共同心愿，通过了《中共中央关于深化文化体制改革推动社会主义文化大发展大繁荣若干重大问题的决定》，提出了建设社会主义文化强国的宏伟目标。在牢牢把握 21 世纪头 20 年重大战略机遇期的重要时期，在全面建设小康社会的关键时刻和攻坚阶段，中央全会作出加强文化建设的战略决策，高瞻远瞩，高屋建瓴，不仅体现了中央对文化改革发展的高度重视和运筹帷幄，而且表明了中国共产党人把握历史机遇的深谋远虑和战略清醒。这一决定，对夺取全面建设小康社会新胜利、开创中国特色社会主义事业新局面、实现中华民族伟大复兴具有重大而深远的意义。

社会主义农村文化是中国特色社会主义文化体系的重要组成部分。发展繁荣社会主义农村文化，不仅是亿万农民群众的愿望和期盼，不仅是建设中国特色社会主义文化的应有之义，也不仅是传承发展中华民族传统文化的具体举措，而且还是创造中国特色社会主义文化新高度和新疆界的基础工程。全会对农村文化建设高度重视，对加快城乡文化一体化发展进行专门部署，对文化服务"三农"事业提出了新的要求，出台了增加农村文化服务总量、缩小城乡文化发展差距的一系列具体措施。这必将为进一步做好"三农"工作，推进中国特色农业现代化和社会主义新农村建设、形成城乡经济社会发展一体化新格局提供强大的精神动力和文化支持。中国特色社会主义农村文化建设也必将迎来一个大发展大繁荣的新时代。

农村文化是先进文化建设的优质优势资源

文化是民族历史和民族智慧的生动记忆，是民族绵延的精神血脉。从结绳记事到仓颉造字，从活字印刷到《四库全书》，从"独尊儒术"到西学东渐，中华文化曾经创造了民族历史的巨大辉煌，也曾经与民族一起经受了巨大的苦难。在近代中国，只有在马克思主义中国化之后，中国的命运才摆脱了历史的恶性循环；在当代中国，只有在中国特色社会主义大旗下，中国的发展才开创了新局。完全可以说，文化决定着民族发展的本质和方向。

毋庸置疑，中国农村文化是中华文化的重要组成部分。中国农业厚积了中华民族五千年农耕文化的遗传因子，中国农村蕴藏了丰富多彩民间文化的原创活力，中国农民传承了传统道德伦理的精髓和密码。中国农民祖祖辈辈在华夏大地开荒垦壤，繁衍生息，他们在农业耕作中创造了农谚、民谣、工艺和药学，在庆祝丰收和表达情感中形成了民歌、民乐和民舞，在口耳相传中传承了故事、谜语和史诗，在乡村生活中构建了乡规、族谱和礼俗。纷繁多样、各具特色的文化活动形式，不仅增加了生活的异彩纷呈和幸福指数，也为后代留下了无数物质和非物质文化遗产。几千年来，涌现了千千万万的民间歌者、艺人和工匠，衍生了许许多多"摇木铎下乡"采集民歌的文化官员，出现了一大批亲近泥土的文人艺术家。他们都是中华文化宝库最基础的建设者和最重要的贡献者。

农耕文化孕育了中国传统文化，传统文化又引领农耕文化不断发展。从先民的击壤之歌到《诗经》的《国风》，从荆楚俚曲到屈原的《离骚》，从宋元话本到明清小说，从"四大徽班"到梅兰芳，从《茉莉花》民歌到《云南映象》，这些都表明，农村文化不仅是皇皇中华文化的重要一脉，更是中华文化源头最清澈的一泓甘泉；从都江堰、郑国渠到万里长城和紫禁城，从兵马俑、莫高窟到徽派民居和福建土楼，从大运河、赵州桥到三峡大坝和鸟巢，无不凝聚了民间的智慧，浸透了农民的汗水，折射的总是那"浓得化不开"的农业情结，显示的也总是清楚明晰的乡村元素；从历朝历代或感动一时或流传千古的民间圣贤，到新时期或默默奉献或勇于担当的农民英雄，历史天空中闪烁的众多星辰，都在叙说着农民和农村对文化中国的伟大奉献。事实表明，中国农业、农耕文明是中华文化最温暖的母腹和当之无愧的源头，中国农村是传统道德情操最集中的"地理原产地"，中国农民是中华民族传统精神最坚定的传承和守望者。中华文明得以源远流长的根脉在农业、在农村、在农民。

农村文化历来发挥着民族文化的蓄水池和基因库的作用，我国农村优秀传统文化是发展中国特色社会主义先进文化的优质原材料和重要支撑点，是历史留给我们的宝贵财富。当前，随着工业化、城市化和全球化进程的加快，农村文化的意义和价值日益显现。各地丰富的民间文化正在转化成社会主义农村文化建设和文化产业发展的重要优势资源。当然，也应该看到，农村传统文化资源中有精华，也有糟粕。要按照"取其精华、去其糟粕，古为今用、推陈出新"的原则，坚持保护利用、普及弘扬并重，让古老的农村民间文化焕发出新的活力。

文化建设是新农村建设的灵魂

如果说经济发展改变的是一个国家有形的面貌，那么文化繁荣则可以升华一个民族的内在品质和外在形象。

推动农村文化建设，需要充分认识农村文化建设的重要性。农村文化建设不仅能为农村经济的发展提供智力支持和精神动力，更为重要的是能为农村深层次改革发展营造创新氛围和思想环境。文化所具有的传播知识、陶冶情操、提高素质的功能，是其他手段无法替代的。只有加强农村文化建设，用健康向上、生动活泼的文化活动和艺术作品，丰富农民群众的闲余生活，培养文明、健康、科学的生活方式，树立社会主义新风尚，使农村文明建设整体水平有一个较大的提升，才能进一步加快我国农村的现代化进程。

推动农村文化建设，是社会主义新农村建设的重要内容和有力支撑。只有补齐文化建设的短板，"生产发展"才更有持续性；只有提升农村文化建设的水平，"生活宽裕"才更有品位；只有抓住文化建设的内核，"乡风文明"才更有内涵；只有解决文化建设的突出问题，"村容整洁"才能更好实现；只有优化文化建设的制度环境，"管理民主"才更有保障。如果说生产发展、生活宽裕是新农村建设的产业支撑和经济基础，那么，乡风文明、村容整洁、管理民主则体现的是对村民文化素质、文明涵养、道德素养、主人翁意识的要求。培养有文化、懂技术、会经营的新型农民，倡导文明健康生活方式，丰富农民精神文化生活，营造重德守信、和睦友爱的邻里关系、人际关系，文化建设都是题中应有之义。只有农村文化大发展大繁荣、农民精神文化生活切实得到保障和丰富、农民综合素质普遍提升，农村才有永续发展的长久动力。

推动农村文化建设，需要充分认识和挖掘乡土文化的价值。乡土文化的传承、发展和创新，有利于在农村经济社会建设中增强文化自觉，有利于中华民族精神血脉的保护，有利于充分发挥文化引导社会、教育人民、推动发展的功能，有利于中华民族共有精神家园的建设和民族凝聚力、创造力的增强。

推动农村文化建设，需要加强社会主义核心价值体系的宣传和教育。社会主义核心价值体系是兴国之魂，是社会主义先进文化的精髓，决定着中国特色社会主义发展的方向。推进社会主义核心价值体系建设，有利于凝聚人心、形成共识，在全党全社会形成统一指导思想、共同理想信念、强大精神力量和基本道德规范。农村的优秀传统文化只有深刻反映时代发展和社会进步的要求，与时俱进，融入先进文化，才能不断得到补充、丰富和升华，获得新的生机和活力。要广泛开展世界观、人生观、价值观宣传教育，使中华民族传统美德、社会主义时代品格始终成为社会道德的主流。

农民群众是农村文化建设和服务的主体

农民是最广大的文化创造和消费群体。农村文化建设和服务的主体是农民。推动农村文化大发展大繁荣，必须把握农村文化和精神文明建设的内在规律，依托挖掘优秀传统文化来激发农村文化的自身活力，深入基层和实际，了解农民群众的文化喜好、文化需求和文化呼声，探索农村文化繁荣发展的有效途径，通过农村优秀传统文化与外部输入先进文化交互融合，促进农村文化传承创新发展。

推进农村文化建设需要增强农民群众的主体性。近年来，各地开展的丰富多彩的农村文化和精神文明创建活动像磁石一样吸引着农民群众的积极参与。如，"富、学、美、乐"四进农家活动、乐和家园建设、唱读讲传活动、农村文化活动室建设、"农家书屋"工程、"广播电视村村通"等等，这些活动激发了农民群众求知求乐、崇善爱美、积极向上的精神追求。国家已经出台了民间文艺、民办文化的保护和鼓励政策，各地也不断举办农民艺术节、农民歌会、农村文艺汇演等农民演、农民看的文化活动。这些农民群众引以为豪、喜闻乐见、自娱自乐的文艺形式，不仅让农民群众的文化艺术才能得到展示和交流，把亿万农民群众吸引到农村文化建设中来，也增加了农村生活的"亮色"、诗意和浪漫，提高了农民的幸福指数。

辽宁海城高跷秧歌。

推动农村文化建设需要重视和培育内生机制。我国农村的文化资源具有鲜明的地方特色和浓烈的乡土气息，蕴藏了巨大的活力、魅力和创造力。政府应当加大对农村原生态文化的保护、扶持和发展，鼓励和引导全社会探索建立农村文化建设投入机制，特别要加强农村文化建设内生机制的培育，促进农村文化建设健康发展。

我国有 7 亿人住在农村，这是中国特色社会主义文化建设共建共享的主体，只有当亿万农民群众都能享受文化的滋养，都能感受文化的魅力，中国特色社会主义文化建设的大厦才能基础牢固；也只有亿万农民群众精神状态与文化生活持续改善，文化中国的风采才能得到生动的展示，文化的大发展大繁荣才能得到切实的保障。

农村公共文化服务体系建设是当务之急

乡镇和村级文化建设是农村文化建设的基础，是农村公共文化服务体系建设的终端和重要环节，是保障农民基本文化权益、促进公共文化服务均等化的着力点。进一步加强和推进农村文化建设，当前一项重点工作是把公共文化建设落实到村一级。

众所周知，由于长期二元结构的巨大影响，农村文化建设的历史欠账较多、短板问题突出，特别是乡镇和村级文化建设仍然缺乏制度性保障，还存在组织不健全、设施不完善、内容不丰富、投入不足、服务水平不高、社会参与不畅等问题，尚未形成良性、可持续发展的长效机制，与农村正在发生的深刻变革还不相适应，与农民群众共享改革发展成果的期待还不相适应，与推进城乡经济社会发展一体化的新要求还不相适应，与社会主义新农村建设的进程还不相适应。这种状况，迫切需要采取有效措施切实加以改变。

当前，农民看书难、看戏难、看电影难现象在不少地方仍普遍存在，农村文化建设停滞不前，有的地方还在滑坡。其主要原因是一些地方政府重视不够、投入不足、组织不力。长期以来，一些地方政府只重经济建设轻视文化建设，一些地方领导几乎把全部精力都放到跑项目、跑资金上，农村文化建设列不上地方的发展规划，挤不进财政的支出项目，原有的公益文化事业资产流失、阵地萎缩、队伍不稳，有的地方还严重瘫痪。当前，加快建立农村文化公共服务体系，丰富农民群众的文化生活，是农村工作的一项当务之急。各级财政应当设立专项资金，对农村文化设施建设、文化实体和文化活动予以大力扶持，坚决制止部分地区挤占、变卖文化设施的行为。

加强乡镇和村级文化建设，要以促进城乡公共文化服务均等化为目标，推动公共文化资源配置向乡村倾斜，切实保障农村群众读书看报、看电影电视、公共文化鉴赏等基本文化权益。要鼓励各地根据本地实际，发展各具特色的乡村文化，大力发展"一村一品"特色文化，把农村文化建设和保护文化遗产、美化人居环境相结合，激发群众参与文化建设的积极性和主动性，实现文化建设与经济社会发展的良性互动。要加大对农村优秀民间文化资源的发掘、整理和保护，继续开展"中国民间文化艺术之乡"命名活动，授予秉承传统、技艺精湛的民间艺人"民间艺术大师""民间工艺大师"等称号。要加强村文化活动室建设，完善村级文化阵地的综合服务功能，发挥村级文化阵地的宣传教育作用，依靠群众管理好村级文化阵地。

农村文化产业发展潜力巨大

文化产业是全球范围内潜力无限的朝阳产业，发展文化产业已上升为我国的国家战略。作为文化资源大国，我国文化产品目前在国际市场的份额仅占1.5%，占我国进出口贸易总额的比重仅为0.6%，我国文化产业在全球价值链中的地位依然较低。靠文化产业的发展加快经济转型，靠文化软实力的壮大提升民族自尊心和自信心，是一项任重道远的工作。在一些地方农村，文化建设与经济建设不仅严重不平衡，而且彼此脱节。一些人甚至简单地认为经济建设是挣钱，文化建设是花钱。造成大量丰富的文化资源处于"休眠"状态，缺少将其"变现"的意识和手段。如何充分挖掘、整合利用这些优质乡村文化资源，使其成为既能得到充分保护，又能满足农民群众的精神文化生活需要，还能创造更多经济实惠的优势资源，是今后农村文化产业发展的一项重要课题。

农村文化产业是我国文化产业的重要组成部分，也是国家文化产业发展的重要支撑。农村文化产业有着巨大的发展潜力和特色优势。我国非物质文化遗产主要存在于广大农村地区。农村保存的文化基因丰富，决定了农村文化产业原创性、独特性强，增长点多。古村落古民居、传统手工艺、民风民俗、节庆歌舞、乡土美食、田园风光等，对城市和世界都十分具有吸引力。发展农村文化产业将农村文化建设与农民致富愿望紧密结合，必将实现文化建设和经济建设的共同繁荣，赋予农村文化可持续发展的持久动力。

农村手工艺文化是农村文化产业发展的重要增长点。农村手工艺有着广泛的群众基础，民间艺人们通过灵巧的双手，赋予泥土、竹片、蚕丝、秸秆、粮食等以理想愿望和精神寄托，创造出赏心悦目的工艺品。这些作品充盈着农民群众健康爽朗的生活情趣，体现了农民群众把生活和艺术融为一体的特点，具有极强的实用价值和美学价值，深受大众欢迎。民间传统手工艺品制作，属于密集型的手工劳动，适合农户家庭经营。各地的人文、地理、物产不同，又使得特定地区、村落的文化产品各具特色，具有其他地方不可替代的唯一性和优越性。特色文化产业完全可以成为农民致富兴村的重要途径之一。在现代化的产业机制建构下，农村手工艺可以成为最具中国特色的文化产业的组成部分。农民中的能工巧匠、民间艺术大师，个个都是增收高手、致富能人。应鼓励他们通过自己的精湛技艺、特色项目拓展市场，发家致富，进而带动周围群众共同发展特色文化产业，共同增收致富。

乡村休闲旅游文化产业是农村文化产业发展新的着力点。当前，我国已进入大众化旅游时代，以农民办旅游，民众就近旅游，回归乡土、体验农耕文化、亲近大自然为特点的乡村游、农业观光采摘游，迎来了黄金发展时期。乡村休闲旅游业将一、二、三产业有机结合，融合发展，可以促进农村产业结构调整，丰富和拓展农业发展的内涵和外延；可以加速城市的人流、物流、资金流和信息流向农村集聚，促进以旅助农、以城带乡长效机制的建立；可以使农民扩大就业、开阔视野、更新观念、增加收入。这对于建设新农村、促进城乡共同繁荣意义重大。

发展文化产业，关键在于培育文化市场。要切实加强农村文化市场建设，加快市场发育，培育市场体系，打造文化产业链。通过现代流通手段帮助农民把农村文化资源与城市市场紧密联系起来，为农村文化产业的开发、进入城市市场提供更便捷的通道。目前，农村手工艺产业多以"贴牌""代工"为主，农户处于产业链末端，产品大多面向批发市场，利润空间小，品牌和设计亟待提升。要通过开辟帮扶渠道，成立设计师志愿者队伍，成立农村手工文化产业合作经济组织等，改变农民独立面对国内外文化市场的弱势地位。

发展农村文化产业必须坚持两条腿走路的方针，坚持民办、国办多种所有制并举，充分调动农民自办文化的积极性。积极支持农民发展民间剧团、文化中心户、文化大院、社区文化之家、个体电影放映队、个人图书室等文化产业实体。要建立健全公开、公平、透明的农村文化市场准入机制，通过积极引导、民办公助、税收优惠、培训骨干、表彰奖励、加强管理等方式，促进农村民营文化产业健康发展。应充分重视一批非物质文化遗产项目后继乏人等问题，一方面通过经济补贴和政策优惠吸引年轻人学习非遗技艺，另一方面也要处理好保护和发展的关系，让非遗项目既能通过市场化开发实现活态传承，又要警惕过度开发。

尽快形成促进农村文化建设的合力

深化文化体制改革，推进农村文化大发展大繁荣，需要各地、各部门和全社会长期不懈的共同努力。有关部门应协调配合，主动谋划、推动出台重大政策，狠抓各项政策措施落实，形成推进农村文化建设的强大合力。

各地各部门应坚持为农民群众服务、为农业农村经济发展服务、为社会主义新农村建设服务的方向，坚持围绕加快现代农业建设、推动农村经济发展、维护社会和谐稳定大局，紧密结合"三农"工作实际和自身职能，把发展繁荣农村文化与转变农村经济发展方式、加快农民致富步伐结合起来，促进农村物质文明、政治文明、精神文明和生态文明建设协调发展。

要大力实施阳光工程，大规模开展农村基层干部和实用人才培训，培养有文化、懂技术、会经营的新型农民，为现代农业发展提供人才和科技支撑。积极推进农业科技进村入户，向农民传授实用生产技术，提高农民增收致富能力。

要倡导健康文明生活方式。积极发展资源节约型、环境友好型循环农业，着力改善农村人居环境和生态环境。实施生态家园富民行动和农村清洁工程，发展农村户用沼气和养殖场大中型沼气工程，推进农村废弃物和农业副产品资源循环利用，推动农村走上生产发展、生活富裕、生态良好的文明发展道路。

要丰富农民精神文化生活。通过积极推动休闲农业发展，着力发展农村特色休闲旅游文化，营造良好的农村文化氛围。鼓励、支持大学生村官从事文化信息传播、活动组织、人员培训等活动，丰富农民群众精神文化生活。积极推进科技、文化、卫生"三下乡"活动，办好农村科技书屋。加快农业信息化建设，推动适应"三农"需要的文化出版物出版发行。

要按照《历史文化名城名镇名村保护条例》的要求，正确处理城市建设与历史文化遗产保护的关系，保护好历史文化名城名镇名村的传统格局、历史风貌和历史建筑。要有充分的文化自觉，更加注重公共文化服务体系的建设，自觉加大对农村文化基础设施建设的投入，让农民群众充分享受到文化发展的成果。

要鼓励用工企业或农民工集中居住的社区，积极开展面向新生代农民工的文化活动，推动现有城市公共文化服务设施向全体公民零门槛开放，改善农民工的精神文化生活。加强对新生代农民工的心理疏导和人文关怀，高度重视网络文化对农民工群体的影响，正确引导社会情绪。推动城乡联动改革，拓展新生代农民工有序融入城市的路径，创新社会管理体制机制，畅通农民工成才、上升通道。

建设社会主义文化强国，推动农村文化建设繁荣发展，需要我们以高度的文化自觉和行动，大力深化对农村文化建设发展规律的认识，建立健全有利于农村文化大发展大繁荣的体制机制，鼓励激发基层文化工作者与广大农民群众的文化积极性和创造力，不断创新文化服务的手段和内容，努力推进农村文化事业和文化产业的科学发展，全面开创农村文化建设新局面。我们相信，农村文化建设的大发展大繁荣必将到来，中国特色社会主义农村文化发展必将创造出前所未有的新高度和新疆界！

2011 年 11 月 23 日

乡村旅游产业催生新型城乡文化关系

——对话孙若风

主持人：农民日报·中国农网记者　程天赐

眼下正值春季踏青旅游时节。就近就便亲近自然、体验民俗、愉悦身心的乡村游，成为新冠肺炎疫情防控背景下城乡群众假日出游的首选，也是最早迎来生机的文旅业态。乡村游更成为促进城乡交流互动、增强农民文化自豪感、拉动乡村经济社会全面发展的重要引擎。

乡村游魅力何在？乡村文化旅游产业在乡村振兴中将发挥怎样的重要作用？如何通过政策驱动和观念引领，支持乡村旅游产业进一步繁荣发展？如何更好地为游客提供美好体验？应怎样建立新型城乡文化关系？本期对话邀请武汉大学人文社会科学研究院驻院研究员、全国旅游标准化技术委员会主任、文化和旅游部科技教育司原司长孙若风，就乡村游文化产业的内涵、意义、策略等进行深入探讨和分析。

乡村是中国文化的故乡，依托乡村生态文化
发展起来的乡村旅游，具有恒久的魅力

主持人：乡村游成为疫情防控背景下最早迎来生机的文旅业态。请您谈谈乡村生态文化的突出特点，依托这些特点发展乡村游的魅力体现在哪里？

孙若风：乡村是离自然最近的地方，乡村生态文化也是从农耕文明中走来的中华民族文化的原点，乡土气息是人们最熟悉、最亲切的气息。

生态文化是几乎所有国家旅游的滥觞，也是长盛不衰的"保留剧目"。20世纪旅行家、诗人、摄影师尼古拉·布维耶说："世界就像股水流，从你身上穿过，有一段时间会把你染成它的颜色，然后离开，把你留在原地。"乡村生态就能给游客留下乡村的颜色，让游客把心灵"留在原地"。

乡村山水是乡愁的载体，乡村生态是我们中国人精神原乡的基点。乡村文化，就是一代代农人在天地山水间劳作和生活中形成的令人亲切的价值取向、行为规范、交往方式，还有魅力独具的风土人情和民间艺术。依托乡村生态和文化发展起来的乡村旅游，具有恒久的魅力。

主持人：中国人对乡土有着特殊的情结，其根由何在？乡村游是否自古就是中国人的诗意生活内容？

孙若风：孔子是面向乡村的，所以他说"礼失而求诸野"。老子、庄子的核心语汇，比如山、水、自然，都在乡间。中国传统美学是开在乡村的花朵。中国古典文学源自乡土，也强化了乡土情结。中国最早的诗歌总集《诗经》分为"风、雅、颂"三类，置于首位的"风"即"十五国风"，基本上是不同区域的乡土文化。东晋陶渊明在长江边的乡村写下了《归园田居》等一系列作品，是后来的田园诗、今天的周边游和乡村游等旅游文化的重要源头。

我注意到，当前政府、社会组织、企业、农民、新农人、设计师和艺术家在乡村文化建设方面，共同语言最多，最容易形成共识，就是因为有着共同的审美追求。当然，这方面还有进一步改进的空间。比如，要多了解一点传统文化中以自然为核心理念的哲学观、艺术观、生活观，把它们与当代审美结合起来，融入文旅产品、服务之中；可以直接借鉴、使用一些相关的传统术语，比如天人合一、道法自然等，也可以化用一些已经融入当代审美生活的概念，比如意境。这样会更符合中国人的审美接受心理和习惯，击中怀有乡土情结的游客心中柔软之处。

我们是农民的后代，乡土文化深植于我们的体内。回归这样的现场，就会感到回家般的温暖，于是触景生情，心领神会，于心戚戚，然后有所发现、有所创造。轻抚这里的草木，一草一木皆关情；与这里的百姓交流，乡言乡音有共鸣。

乡村游是游客的返乡之旅，也是旅游业自身的
返乡之旅，更能唤起消费者的归属感

主持人：随着工业化、城镇化加速，与自然隔离状态下快节奏生活的现代人难免孤独焦虑，乡愁何处纾解与安放成为乡村旅游业发展的契机。您认为目前我国乡村游产业发展的态势如何？

孙若风：在这样的需求下发展乡村游，实际上是将人文精神召唤到旅游前沿。其中体现的人文关怀，与当前旅游消费中已经出现的追求人的全面发展、追求生活品质提升、追求中国式审美的潮流相互促进，能从内在动力上有效促进旅游业高质量发展。

从本质上看，乡村游是游客的返乡之旅，也是旅游业自身的返乡之旅。乡村是中国美学的故乡，可以唤醒在城市中已经沉睡的审美感知。以人文关怀为特征的乡村旅游，源自中国传统审美，又以与今天相适应的方式进入旅游，更能唤起消费者的归属感。数据显示，2021年1至5月，乡村游客规模累计达到8.67亿人次，较2020年同比增长55.5%。

主持人：目前，本地游、近郊游是国内游主力，乡村成为游客主要流入地。疫情常态化防控下，乡村旅游业态有哪些独特优势？

孙若风：乡村游让我们贴近大地。疫情期间，周边游、乡村游固然是因为无法去"远方"。但是，诗意也未必只有远方才有，关键就是能做到陶渊明所说的"心远地自偏"，这样即使面对附近的乡村场景，也能实现"诗与远方"的追求。早在先秦时期，我们的先哲就提出世界的本质是气，不同的地方有不同的"地之气""气动谓之风"，所以才会有"一方水土养一方人""十里不同风，百里不同俗"的认识，才会有不同的乡土文化和独特的审美价值。古人写的风景诗、田园诗并不都是名山大川。敬亭山位于安徽省宣城市，唐代诗人李白在《独坐敬亭山》中写道："众鸟高飞尽，孤云独去闲。相看两不厌，只有敬亭山。"他把敬亭山视为最亲近的知音。

没有长得一模一样的树叶，也没有一模一样的乡村。乡村自有青山绿水、农事生活、风土人情、传统技艺、故事传说，关键在于游客的观察和体验。唐代刘禹锡在《陋室铭》中写道："山不在高，有仙则名。水不在深，有龙则灵。斯是陋室，惟吾德馨。"乡村有山有水有德，就有吸引游客的馨香。

疫情终将过去，应该抓住可能随之而来的审美心态变化，使之成为有利于乡村文旅产业发展的新趋势

主持人： 尽管乡村游具有人流相对分散、不扎堆的特点，但也难免受到疫情带来的诸多不利影响。该如何破局？如何树立信心走出低谷？

孙若风： 新冠肺炎疫情发生后，作为一种代偿效应，有关生命哲学、生活美学方面的内容进一步回归，强化了一个时期以来人们对美好生活的需求、对审美活动的渴望，也由此给今天的文旅产业，特别是乡村游带来了新的机遇。疫情发生之后的旅游业，在乡村最早得到复苏。但是我们更应该把它看作是一种集体无意识的文化选择。疫情之下，千百年来一直庇护中国人的乡村，让我们又一次在它的温暖怀抱里体会到生命、生活、自然的美好。疫情终将过去，应该抓住可能随之而来的审美心态变化，并在政策上予以推动，从而进一步唤醒和强化这样的心态，使之成为一种有利于社会进步、文化发展、人民幸福的社会心理和大众潮流，也成为有利于文旅发展特别是乡村文旅产业发展的新趋势。

主持人： 您对乡村旅游业经营者包括民宿、农家乐、旅游合作社、古村落、田园综合体、文旅小镇等，有何建议？如何为游客提供更好的消费体验？

孙若风： 发展乡村文旅产业，要有细浪冲沙的定力。我们当然期盼乡村文旅能大规模、快速地发展，依托现代市场、科技的力量也完全有可能出现这样的发展。但是，绝大多数情况下，这个产业的规律一是渐进，不能都求快。要防止一蹴而就、急于求成的想法，不要有急功近利的想法。二是分散，不能都求大。文旅产业满足人的个性化需求，需求的分散性导致了产业的分散性，又决定了文化企业的体量不大，大多数文化企业和旅游企业是小而美。三是内容产业，不能都

求易。创意得失决定了项目的价值，而且存在政治、市场风险。这些短处如果处理得好，又未尝不是长处。尊重乡村文旅产业的规律，才能够形成长效、长尾、长链效应。

从长远看，疫情带来的变化将在乡村旅游产业中得到集中体现。消费者会更加注重旅游的精神价值和人文品格，在旅游目的地的选择上，会更注重个人喜好，而不一定选择贵的，也不会总是从众选择；面对审美客体，会更注重精神交流，而不是走马观花。

为此，乡村旅游管理者要以创造审美生活作为促进旅游业高质量发展的定位，以抚慰心灵、促进人的全面发展为旅游目标，以此支持和引导各类创新。经营者也需要更加主动地创新，往广处走，与相关行业相向而行，带动乡村整体发展；往深处走，丰富文化内涵，增加产品和服务的精神附加值；往细处走，在细分游客上深耕细作。

乡土文化一方面坚守自己的特质，一方面不断融入新的文化，这种融合是赢得市场、赢得消费者的规律

主持人：近年来，各地大力推动乡村旅游发展，打造了一批有特色、有内涵、有品位的乡村旅游精品线路，吸引更多游客选择乡村旅游、体验乡村旅游、爱上乡村旅游。您认为，如何帮助城乡游客提升对乡村文化旅游的内涵及意义的理解？

孙若风：乡村是保存文化的载体和容器，文化肌理则是指引的路标。近年来，"肌理"一词越来越频繁地出现在专业领域。这个概念能够反映文化积累、传承的基本特征，表达中国人自古以来关于"文统"、文脉的认识，应该进一步扩大其应用范围，并为社会大众所熟知。所谓城市肌理，是城市在长期演进中，由地域环境与人文历史交互作用形成的积淀，主要体现在功能布局、道路交通、建筑样式、街区风格等方面，储存着不同时期人们生产生活的信息，以及他们的理念、理想，是后人寻找故乡的路径，也是破解这块土地"密码"的线索。其实，乡村也有肌理。无论是城市肌理还是乡村肌理，都具有文化的特征，是城乡生活

在物质空间的重重累积，也是城乡文化的层层叠加。

城乡游客可从"肌理"的角度去了解乡土文化。乡土文化依照自身内在规律组织、排列、构造，也接受外在力量的镌刻、浸润、冲蚀、锻打。这种文化构造运动，看似羚羊挂角、无迹可求，在平常日子里感觉不到它的发生，但只要从"肌理"角度去寻绎，便会有鲜活的视觉传达扑面而来，还有生机勃勃的触觉、听觉、嗅觉等综合性审美感受。乡村肌理的这种整体性、生态性，会给游客带来立体式、沉浸式的审美创造与体验。

主持人：在您看来，乡村游能够满足讲究个性、品位的游客多样化的需求吗？

孙若风：当今中国的乡创美学满足的就是这种需求。乡创美学是将乡土文化资源与生产生活相结合形成的审美创造与审美体验活动。从城市来到乡村的创业者、游客及其他消费者，是带着情怀和乡愁来的，而且还带来了现代文化、时尚文化，乡创人员是把这些文化融入到自己的产品和服务之中，游客则是通过消费需求的方式引导进行这样的融合。

乡土文化在历史上就是变动不居的，一方面坚守着自己的特质，一方面不断融入新的文化。在社会主义市场经济体制下，这种融合是赢得市场、赢得消费者的规律，也是乡土文化在原汁原味保护、博物馆式保护之外开辟的另一种保护、传承渠道。当今中国乡创美学实践体现在依托乡土文化开展的所有活动，与乡村文化和旅游发展的方方面面都有着直接或间接的关系，而且它着力凸显主动性、选择性、差异性三方面特征。一次次乡村游，就是游客与村民共创共享的一场场"乡间小戏"。这种既"旧"又"潮"的审美产品和服务，当然能满足游客多样化的需求。

当前，乡村文旅产业的"电路板"上最需要政策导线，强化政策支持，最终要落在带动市场驱动力上

主持人：今年中央一号文件提出，实施乡村休闲旅游提升计划。支持农民直

接经营或参与经营的乡村民宿、农家乐特色村（点）发展。您认为，如何通过政策驱动，支持疫情下和疫情后的乡村游产业复苏？

孙若风：政策驱动与市场驱动，是任何一个新兴行业发展都需要的力量。乡村文旅产业发展同样需要这两种驱动力，尤其在初期阶段、在欠发达地区、在特殊时期更需要政策支持。而当前，乡村文旅产业的"电路板"上，最需要政策导线。但要注意的是，乡村文旅产业属于产业，离不开市场驱动力。强化政策支持的驱动力和有效性，最终要落在带动市场驱动力上。

乡村文旅发展，要坚持改革方向，注意防止两种倾向：一种是固守计划经济思维，政府部门用"计划"代替规划，企业和创业者过度依赖政府；另一种是缺乏产业思维，没有把情怀、艺术理想和热情转化为可以落地的文旅产品和服务。

主持人：乡村旅游不仅是一个产业发展议题，同时也与农村居民就业增收、人居环境建设、生态与文化保护、乡村治理、城乡融合发展等诸多国家战略所关注的重要领域息息相关，具有多种功能优势。请您谈谈乡村文化旅游产业在乡村振兴中的作用和意义。

孙若风：乡村文旅产业对于乡风文明建设有着重要的促进作用，而且与乡村公共文化服务、非物质文化遗产保护传承等文化振兴任务相互配合。不仅如此，乡村文旅产业还能整体促进乡村振兴。乡村振兴的五大振兴之间本是声气相通、彼此呼应的。而文化更因其特殊功能，在其中可以全面发力：在产业振兴方面，乡村文旅产业自身就是现代产业组成部分，而且对相关产业有带动作用，能催生新业态；在人才振兴方面，本土人才是建设乡村文化的主体力量，乡村文旅产业发展优化了乡村人文环境，吸引更多新农人、设计师、艺术家、建筑师等纷纷参与美丽乡村建设；在生态振兴方面，绿水青山就是金山银山，有相当一部分地区是通过乡村文旅实现了这样的转换；在组织振兴方面，乡村文旅工程也是民生工程、民心工程，乡村组织能通过这样的工程给农民带来实惠，就能赢得村民支持，增强基层组织凝聚力。

构建新型城乡文化关系，实现乡土文化与
现代文化、时尚文化、流行文化对接

主持人：产业融合以及互联网信息平台在乡村旅游中发挥着重要作用。您认为，乡村游产业如何创新、拓展新业态，比如康养、文体健身等文体康旅融合模式是否可行？

孙若风：目前围绕"文化＋"形成了由内而外、由近及远三个圈层的融合，这种融合在乡村表现最突出。一是文旅融合。文化和旅游二者都用知、情、意感知和体验对象，都具有爱自然、爱生命、爱生活、爱艺术的特征。文旅融合又增强了共同向外融合的能力。二是文体康旅融合。近年来，文化、旅游、体育、康养（卫生）等部门联手出台了一系列文件，这是顺应了全社会对延伸生命长度、加大生命宽度和提高生命质量的要求。中国哲学历来认为心身合一、形神合一，主张养形必先养心，养形必先养神。因此，今天的男女老少参加文体康旅活动，目的往往是综合式的。三是文化与相关产业融合。国务院印发的《关于推动文化创意和设计服务与相关产业融合发展的若干意见》，就是要在国家经济转型中，实现科技创新与文化创意双轮驱动的格局。

乡村文旅中可以看到文化与旅游相互赋能，还有文旅行业与农业以及乡村其他产业的融合。比如乡村民宿，本是旅游载体，但是游客吃住的是文化，体验的是文化，而且在一些民宿发展较好的地方，出现了"三光"（住光、吃光、买光）的旅游消费带动乡村经济发展和农民增收现象。创造在基层，希望在民间，乡村从来就是创新创造的沃土，只要气候适合，这里还会不断生长出新的模式、业态和产业。

主持人：《乡村振兴促进法》提出要建立新型城乡关系，城市更新与乡村振兴中又同样贯穿着文化旋律，您认为应怎样建立新型城乡文化关系？

孙若风：改革开放以来，在文化上，城市对于乡村经历了四个阶段。开始是送戏下乡等"送文化"活动；之后又提出既要"送文化"也要"种文化"，让送

来的文化在当地扎下根；随着非物质文化遗产受到重视，社会大众更多地将目光投向乡村，寻找文化，接续文化根脉，可称为"求文化"。在当前乡村振兴中，文化振兴是其中的重要组成部分，可称为"兴文化"。所以我认为，目前准确的说法应该是，不仅要"送文化""种文化"，更要"求文化""兴文化"。

每个地方的文化都是城乡文化综合体，乡村是经度，城市是纬度，构成了当地的文化版图和精神磁场。新型城乡文化关系应该有三层意思。一是"前店后厂"，城市是"店"，乡村是"厂"。二是"前沿后方"，城市是"前沿"，乡村是"后方"，城市引领潮流与风尚，乡村则是本土文化的源泉和蓄水池。三是"前呼后应"。在很长的一个时期里，文化关系是城市"呼"、乡村"应"，在全面推进乡村振兴的背景下，则已经演变成了城乡相互呼应。

在城乡关系中融入文旅内容，可用"三针"。第一针"插针"，即所谓见缝插针，善于利用小的空间。第二针"扎针"，找准位置，拿捏方法，激活文化资源。第三针"绣针"，针要细，不能粗针大线，毁了传统城乡风貌；针要巧，遵循文旅规律，巧用科技、金融、市场等各种手段；针要活，要有好的创意和表现方法，实现乡土文化与现代文化、时尚文化、流行文化对接。

主持人：乡村之美，更在安放心灵。进入新发展阶段，推动乡村旅游持续发展，已成为实施乡村振兴战略背景下拓展现代乡村服务业和关联产业的重要议题。乡村旅游不仅能给农村居民带来就业机会、增加收入，还有利于改善农村基础设施和生活环境，全面推进乡村振兴。感谢孙老师做客对话栏目，分享精彩观点！

2022 年 4 月 28 日《农民日报》"对话"版

传承大气磅礴的陕北剪纸文脉

有力量的剪纸

那是一下子就能打动心灵的作品，雄浑大气，朴拙清新，画面中"报喜牛""福牛""牛揭（犁）地""猴骑牛　地流油""瘟君瘟疫老牛顶散"等，各种牛的神态造型，栩栩如生，牛劲十足，却又憨态可掬，诙谐喜兴。牛身上的纹饰图案，以及牛和其他动物、花草等在特定空间组合成的奇妙世界，画中有画，充满象征隐喻，饱含着民间文化对生命的呵护，对阴阳相合、生生不息、瓜瓞延绵的祈愿和祝福。这是陕北延川县剪纸艺术家刘洁琼近期一组作品给我的印象。

今年春节，我曾电话约请刘洁琼为报纸副刊创作一幅牛年生肖剪纸，几天后，她一口气给我发来了十多幅剪纸、布贴画作品的照片。我将其分享给同事，同事点赞说"有大师作品的风范"。这些作品和普通作品不同，我认为主要区别在于，前者追求神似，线条简练有力，用不多的线条就能生成不同的形象和画面，在像与不像之间耐人寻味，激发想象，传达丰富的意趣；后者追求形似，费很多工夫、很多"笔墨"只表现一个形象、一个意思，让观者一览无遗，得到的评价就是"剪得真像"。刘洁琼的剪纸不是中规中矩地描摹实物，她创作时不打画稿，胸有成竹，行剪利落，一气呵成，具有很强的造型掌控能力。作品意象丰富，变化多端，对内心世界和外部世界的表现能够形神兼备，神采飞扬。有限的空间里表达了更丰富的精神文化信息。

尤其令人叹服的是，她的剪纸作品中，无论表现天地人或动植物，都充满了想象力、生命力和自由精神，永远朝气蓬勃，激情洋溢。观她的作品，你会有一种难以抑制的喜悦和兴奋。如《报喜牛》这幅作品，牛身上的花草纹饰写满吉祥如意，喜鹊腹部一朵美丽的牡丹花，象征着多子多福。牛喜滋滋地回头看着立在背上正对着它亲昵耳语的喜鹊，那高兴劲儿，像不像一个新娶回媳妇的后生仔？再看《瘟君瘟疫老牛顶散》，画面前方两头牛威猛若门神，护卫着生命家园，身后是鸟语花香，生机盎然。观之，顿时感到一股天地之间的浩然正气，驱走心头的郁闷；又仿佛拨云见日，精神为之一振。这就是民间艺术的伟大力量！

解密本源文化

刘洁琼剪纸受母亲高凤莲影响。高凤莲是国家级非物质文化遗产延川剪纸代表性传承人。黄土高原独特的自然环境和深厚的文化积淀塑造了高凤莲坚韧不屈、乐观自信的性格，也成就了她大气磅礴、雄浑质朴的剪纸艺术风格。她的剪纸大量运用组合的手法将富有深刻寓意的符号与形象统一于画面之上，作品饱含原始图腾文化的印迹和对生命繁衍的朴素祈盼。

2016 年夏天，我到延川县文安驿镇白家塬村拜访过高大娘。她家窑洞风格的建筑，大门门楣上刻着"高凤莲艺术馆"。宽敞的农家庭院，正房和西偏房都作了大娘和女儿刘洁琼、外孙女樊蓉蓉祖孙三代的剪纸及布贴画作品展厅。其时，80 岁的高大娘患脑中风大病初愈，头脑意识时好时差，但笑容始终慈祥纯净，我握着她因劳动而粗糙的大手，用真挚的崇敬之心和她交流，她虽言语困难，但我感觉到她内心的高兴和热情。已经许久不能创作的大娘竟默默地拿起炕头一把抚摩得油光铮亮的小剪刀，拾起一张纸片，三铰两剜，一匹四条腿向四方放射旋转、驰骋在牡丹花和蝙蝠纹祥云间的天马展现在我眼前。传说天马在天上自在飞行，如果落在谁家，谁家就会荣华富贵绵延不绝。高凤莲的剪纸题材广泛，从远古神话传说、民间戏曲故事，到多彩的农家生活、生产劳动、民俗风情，再到大河奔流、树下青年男女的谈情说爱，无不包容进她的剪纸艺术世界。大娘用一把心剪，倾诉对生活的感悟，解密天人合一、生命繁衍、阴阳和合的本源文化，传承黄土高原上的灿烂文明。

刘洁琼对我说起其母亲的一段掌故：前些年，中央美院教授靳之林到陕北采风来到高凤莲家，看见她剪的五个拉手娃娃说："高大娘，你把出土的彩陶上的舞蹈娃娃给表现出来了，这说明你基因里就涵盖着这种文化。"

高大娘说："靳老师，这不是跳舞的娃娃，这是五方神……"

靳之林："那洞房窑里贴的老鹰抓兔子，是什么讲究？"

高大娘说："那叫鹰踏兔。鹰踏兔，喜气盈门户。"

靳教授激动地说："太好了，高大娘，你用这把金钥匙把中国本源文化这把锁打开了，人类文化这把锁也打开了，打开的是'阴阳相合化生万物'和'生生不息'的哲学观。"

心灵开出的花

如今，高大娘已经作古。作为家族剪纸的优秀传承人，刘洁琼从母亲杰出艺术成就影响下的晚辈，一下子站到了传承接力的前沿，承担起延续大气磅礴的陕北剪纸文脉的使命。刘洁琼几次在电话里和微信朋友圈流露出失去娘的难以排遣的锥心之痛。孤独时，她一遍遍回味娘生前只言片语的念叨、教导，感悟娘用剪纸诉说衷肠、和灵魂对话的艺术风范。她把娘的教导称为"娘心之钥"。娘曾跟她说："每个女人心中都揣着一把'钥匙'，神奇有魔性，那就是女人的剪子。有时老想把剪子当作自己的孩子，心里的难缠事、纠结事，不想对别人说，就用剪子剜铰，瞎（方言读 ha）剜冒铰上一阵阵，心里就亮堂了。"娘还说："人活一辈子就像流水一样哗啦啦的就过去了。路要靠自己走，光景日月要靠自己熬，不如意的事要学会自己囫囵吞咽，细嚼了就会伤到自己，怎么咽也不如把愁苦撂在一边，用剪子瞎佫夹（铰花）让自个享受着没有边边的快活……"

高大娘说的这种"没有边边的快活"，就是通过铰花使生命情感、苦乐况味在艺术天地中得以转化、升华和自由抒发；通过剪纸艺术这把"灵魂之钥"，探秘生命的本源和生活的真谛，创造出理想之美，让自己心里亮堂堂的。

刘洁琼显然读懂并接过了这把无比珍贵的"娘心之钥""灵魂之钥""艺术创

造之钥",用它去开启生活和艺术的无尽宝藏。她从娘身上汲取勤劳、勇敢、拼搏的精神。她懂得母亲艺术的价值和崇高地位,她知道华夏文明本源文化的分量。她要和娘一样,唤醒沉睡在女人骨子里的几近断裂的古老图腾文化。她的作品,既传承母亲高凤莲剪纸的大气、神采,又有自己的特色、面貌。前些年她创作信天游系列,更多展现的是陕北民俗风情之美,青年男女劳动、恋爱之美,风格以叙事和抒情为主调。近年作品则由叙事抒情转向象征隐喻,意涵更丰富,手法更加简练老到。

陕北的民间文化瑰丽厚重,激越奔放的秧歌、铿锵有力的腰鼓、嘹亮高亢的信天游、古朴粗犷的剪纸,无不坦荡率真、自由热烈、苍茫大气,它们是乐观豁达、自强不息的陕北人心灵开出的花。刘洁琼和母亲高凤莲,都是黄土高原上顶天立地的女子、干练自信的"仰头婆姨""剪花花能手"。剪纸是她们生命力充盈的舞蹈,是高尚灵魂的觉醒和绽放,是美丽心灵的微笑,也是她们对中华农耕文明、对伟大母亲文化的寻根、贡献和礼赞。

2021 年 8 月 18 日

《兰花花》

《报喜牛》刘洁琼剪纸。

黎锦传承人容亚美：当年靠织锦俘获情郎

在全国农业展览馆"非遗"大展现场，有一位来自海南省乐东黎族自治县千家镇永益村的黎族阿婆，她能熟练地掌握黎族传统织锦的纺、染、织、绣四大工艺，她以木棉花为原料，用脚踏式纺车纺线，用植物染料染色，用腰织机织布，手工织造出花纹精美、图案丰富的服饰、被单、挎包等。黎锦图纹保存了黎族最古老的记事。

每天，参观者一拨一拨从身边走过，喧哗如潮水，她始终安静地席地而坐，像坐在自家后院，用最原始的办法，手脚并用织着锦。一天织出不到十公分见方的锦。难怪解说员说，织一套考究的黎锦服装要花上几年的工夫。我问阿婆累不累？她说累，腰也酸腿也疼。何不休息一下再织？她说织着心里踏实，只有不停地织着才能把想织的图案都织出来。问她织锦的时候心里想什么？她说想着还有家务活和农活需要她做。我心头一震，决定采访她。

她就是国家级非物质文化遗产项目黎族传统纺染织绣技艺代表性传承人容亚美。

八岁跟着母亲学织锦

容亚美今年 53 岁。她的母亲张雪云当年也是千家镇一带数一数二的织锦高手,在母亲的影响下,她自小就喜欢上织锦工艺。容亚美说,过去黎族妇女出嫁时,就是拿着自己织的衣裙及被褥做嫁妆过门的,所以在她们那里,女孩从小就学着织黎锦。在8岁的时候,她就蹲在母亲的旁边学织锦,13岁的时候,她就可以独立织锦了。

容亚美说:"每位黎族妇女都会从她母亲那里,继承到一些织有各种不同图案的布片,我母亲的图案就是从我外婆那里得来的,然后这样一代代传下去;我们学习织锦全靠这些布片上的图案,一针一线,一步一步地模仿,到最后手艺熟练了,图案的排列、大小、长短可能会跟上一辈的不一样,但始终都有母亲她们的影子。"

容亚美从挎包里取出一块样布,上面密密麻麻地织着各种图案,有锁纹、叉腰纹、金龟纹等,有的像花朵,有的像布谷鸟,动物、植物和人的图纹应有尽有。原来,黎族没有文字,织锦工艺的传承,除了口传心授,就是这些"教材"一般的样布了。

当年靠织锦俘获情郎

容亚美织的黎锦在附近几个村子很有名气,她的爱情也缘于织锦。容亚美的丈夫吉亚劳今年55岁,与容亚美同村,俩人上小学时是一个班的。容亚美说别看现在她又黑又胖,当时自己可是远近闻名的大美女。吉亚劳喜欢她,她心里非常清楚,但吉亚劳非常腼腆,不敢向她挑明,她自己也很着急。无奈之下,她想亲手织一件黎锦送对方,足以表明自己的心思了。"那时候没有电,照明用的是煤油,我不想让家人知道,就在晚上借着月光织,赶上没有月光的夜晚就躲在房里织,也许是水平高吧,织得还不错。"容亚美织的是黎族青年用的挎在肩上的袋子,容亚美还特意在袋上织出一个英俊的青年男子劳作的样子,表明自己的爱意。

一个多月后,容亚美将自己亲手织的袋子送给吉亚劳,接到礼物的吉亚劳兴奋不已,直夸容亚美织锦的手艺高。

23岁的时候,容亚美嫁给了吉亚劳,一直以来夫妻恩爱。吉亚劳是个勤劳能干的黎族男子，木工和竹编手艺都很不错。"我织锦用的腰机或竹刀坏了，亚劳总是帮我重做；他总是鼓励我把手艺教给女儿们，还有村里那些想学织锦的年轻女孩，别让手艺失传。"容亚美说。

期待黎锦工艺薪火相传

容亚美有三个女儿，一个儿子。女儿都出嫁了，受母亲的影响，三个女儿都会织锦，织技最高的要属三女儿吉少强。

2006年6月，容亚美带着三女儿吉少强参加海南省首届黎族织锦大赛，这是她们第一次走出黎寨参赛。容亚美带去参展的黎族织锦和她现场的织锦表演，让参加活动的海内外客人耳目一新，啧啧称奇。容亚美获得唯一的一个特等奖。容亚美出名了，很多单位请她织黎锦，还有香港的客商闻名跑到容亚美家购买她织的黎锦。

容亚美说，现在，永益村大约有50名妇女会织锦技术，但大多是中老年人，年轻人仅占很小的比例。她最担心的是黎锦的失传，所以她用心培养她的三女儿。

采访间隙，阿婆又埋头专注地织锦，仿佛回到自家清静无扰的后院。这情景让人感动。非物质文化遗产被誉为民间文化历史的"活化石"，而传承人是非物质文化遗产背后的主角，是漫漫岁月长河中传统文化的"提灯人"，他们延伸着传统文化从古至今的路。我们理应对容阿婆们的坚守、贡献心存感激和敬意！

2009年2月21日

文化的亲和与感动

——钱金波放飞温州童话红蜻蜓

恰恰是在温州这块曾被人称为"文化沙漠"的地方，我领略了一次异常强烈的文化惊奇和感动！

那是不久前我到浙江温州采访永嘉县首届农民运动会时，与知名企业红蜻蜓集团的一次邂逅。东道主安排我们参观给运动会以幕后支持的当地几家著名企业，因为日程太紧，疲劳采访，记者们每到一处只是鱼贯而入，鱼贯而出，走马观花，未曾入脑。可是到了红蜻蜓集团突然眼前一亮，大概是久违了的文化"场"的作用吧，大家神志为之一振，接下来的采访就仿佛不是在工作，而是一次十分愉悦的精神享受和文化沐浴了。

"我们要像拉家常一样地以平常心态去谈市场竞争，我们要像每天洗脸照镜子一样地了解自我，我们要像荷花上的蜻蜓一样创造亲和，我们要像雨中打伞一样去寻求自然发展。"红蜻蜓集团总裁钱金波这段田园情调加哲理韵味的治企格言，与一幅清新淡雅的水墨画"荷花蜻蜓"相映成趣，怡人眼目，分明在昭告世界：这是一家有着自己不俗追求与文化自觉的非常特别的企业。

从乡间走来，在商海中历练，对文化情有独钟的钱金波总裁，向记者介绍了作为一家制鞋的企业，为什么取名叫红蜻蜓。因为蜻蜓与自然，与情趣，与一个人的童年联系了起来，而"红"字让人想到春联、红双喜、《红楼梦》等民俗、历史文化，喜庆吉利，正适合做文化品牌。

红蜻蜓集团成立于 1995 年 3 月，其前身是永嘉县红蜻蜓鞋业有限公司，

1998 年经国家工商局核准成为无区域企业集团。如今，红蜻蜓已飞进千家万户，红蜻蜓的品牌文化已深入人心，成为"鞋都"温州的一面旗帜。1999 年 10 月，该集团成立了全国首家也是唯一的鞋文化研究中心，去年 4 月应邀赴香港举办中华鞋文化展，引起轰动。

走进这里的鞋文化研究中心，可以欣赏到从民间绣鞋、三寸金莲，到先秦和唐代的鞋履、明代的军鞋、清代花盆底鞋、《红楼梦》中的鞋饰，乃至世界第一靴——楼兰羊皮女靴等 280 多件实物。亘古而来的鞋文化如一缕清风，引领着我们在鞋文化的长廊里流连漫步，发思古之幽情。这些实物、图片、文字资料，都是从乡间农村和北京、上海、杭州、西安等地一件件收集而来，如今已在国内外举办过 6 场展览。平时别人没有想到的中华鞋文化，被非常有趣味地请名模在 T 型台上展览演示，着实令人叹服。红蜻蜓名副其实成为文化的家园，吸引许多学者、文人、艺术家的参与。

钱金波阐释说，名牌产品的背后就是文化，若没有文化的内涵和积淀，而仅只是商业操作，这个品牌将难以持久。市场竞争到了今天，已经开始呼唤对文化的感动。他进而讲了一个意味深长的"99 分的故事"：国内某一家著名制鞋业的董事长，曾特意带着自己的皮鞋到意大利去拜访制鞋权威马尼龙格先生。马尼龙格先生仔细端详了他的鞋，连声赞叹："了不起，你们能生产出这样的鞋子，我可以给你们打 99 分。"

那还有一分差在哪里呢？一向致力于拉近文化与商品之间距离的钱金波领略到了这一分究竟差在哪里：这一分就差在文化含量上，差在艺术品位上。

今天，我们已经面临在家门口与国际品牌同台竞争，那么，究竟拿什么与之竞争呢？钱金波想到了"民族的就是世界的"。他说："世界级的名牌不仅是具有丰富的技术含量，它更追求深厚的文化底蕴。从这点来讲，温州'中国鞋都'的美称，来之不易，需要我们共同呵护。因为技术可以复制，而文化不能抄袭，假如没有几个、几十个足以代表温州经济实力的中国名牌，我们就不能挺直腰杆自称为'中国鞋都'。这正是我作为一介匹夫，曾提出为中国鞋都寻找文化载体的全部要义所在。"

早已从商界的浮躁中走出来的钱金波，如今更多了几分学者的睿智与从容。他的办公室更像一间偌大的书房。他的浸润着书香的决策更具有别人难以企及的随机性和个性化。红蜻蜓品牌的魅力，正是在满足人们深层次的文化渴望上达到了与社会的默契，与消费者的交流。钱金波的目标就是要让红蜻蜓能够给每个消费者、着装人一种感觉，一种自豪，一种源自文化的亲情和童话般美丽的遐想。

有人问钱金波，所有的老板都要赚钱，而你们投入近千万元搞文化，值得吗？钱金波一笑，说："值得！我们已经有了丰厚的回报。我们这样做了，社会上口碑很好。口碑的广告成本是最低的！"

随着生活水平的提高和休闲时间的增多，人们购买消费品将更多地倾向于获得一段文化感动和审美体验。产品与文化的共同演绎，产品与文化的和谐交融，正可以满足人们日益增长的物质文化生活需要，也有利于引导人们进入审美的、道德的、创造的生活方式。

事物总是循着否定之否定规律向前发展，当急躁的喧嚣把眼前的利欲膨胀到不能再膨胀时，那从容、个性和优雅就在后头微笑着登场了。红蜻蜓，你给世人一个多么宝贵的启示！

2001 年 2 月 23 日

吴桂春：海誓山盟的爱给图书馆

最近，一位喜爱读书的农民工朋友演绎了不一样的励志故事：

6月24日，只上过小学的54岁湖北农民工吴桂春，在广东省东莞市图书馆的留言簿上写下："我来东莞十七年，其中来图书馆看书有十二年，书能明理，对人百益无一害的唯书也，今年疫情让好多产业倒闭，农民工也无事可做了，选择了回乡。想起这些年的生活，最好的地方就是图书馆了，虽万般不舍，然生活所迫，余生永不忘你，东莞图书馆，愿你越办越兴旺。识惠东莞，识惠外来农民工。"

短短130余字的临别赠言，被图书馆员拍照并上传网络后迅速刷屏，很多网友留言表示："看哭了……""平凡的人，不平凡的心志。""他的文采已经超过很多人了。""爱读书就是精神明亮的人。""吴桂春的这段留言，让人想起几个月前，武汉方舱医院里'读书哥'躺在病床上读书的照片。面对暂时的困境，阅读总有一种抚慰人心的力量。""携书如历三千世，无书唯度一平生。""惭愧！我已多年没去图书馆。"

吴桂春身处底层，却能仰望星空，从阅读中与人类几千年的文明成果为伍，获得了内心的充实高贵，他的故事能够让大家见贤思齐。这正是他感动无数网友的原因。

爱阅读，成为精神明亮的人

吴桂春是湖北省应城市黄滩镇沿河村村民。因家庭困难，他只上过村里的小学，识字并不多。

2003年春节后，37岁的吴桂春在老乡的介绍下第一次来到东莞，成为一家小型鞋厂的员工。

流水线作业虽然紧张劳累，但下班之后有较多的空闲时间，不像在农村有干不完的农活和家务。吴桂春说："我性格比较安静，加上家庭负担重，没钱出去消费、享受。节假日和下班时间只有靠从地摊上买的几本旧书来消遣。"他读书的习惯就是这样逐渐养成的。

2008年夏天，一位工友提醒他："你这么喜欢看书，为啥不去东莞图书馆？那里看书不花钱，环境又好，空调很凉快。"就这样，吴桂春与图书馆结上了缘。他第一次来到东莞图书馆，看到书架上那么多书，心想"再活两百年也看不完"。

平时吴桂春很羡慕能讲述历史典故、知晓成语背景故事的人，他希望自己也能一听就能明白那些话语的含义，这让他对历史和人物传记类书籍特别感兴趣。

每逢节假日或者工厂轮休日，为了在图书馆多待一会，他还特意"早饭多吃一点，就可以一直待到晚上闭馆了"。

每每读书遇到不认识的字，他总会认真翻字典求解。就这样一字字、一句句，他从开始只能看报纸，到后来读完了《三言二拍》《东周列国志》《中国历史通俗演义》《春秋》《老子今译》《陶渊明传》《红楼梦》等许多经典著作，有的反复读了多遍，还对岳飞生平与诗词作品有专属于自己的研究心得。这样的深阅读形成轨迹，对许多年轻人来说都是一种激励。

在东莞市图书馆的借还书系统中可以看到，吴桂春到馆阅览比借书要多。几乎每个节假日和下班休息时间，都有他阅览的记录。"我喜欢图书馆看书的氛围，这里让人心静，可以全神贯注地走进书的世界。"吴桂春说，"人读书就明白道理，就不会有那么多的困惑和矛盾。读书对我的性格、心态和眼光都有帮助，我现在不会脾气那么暴躁，不会动不动跟人抬杠，看事情能用平常心……"

"余生永不忘你，东莞图书馆"

图书馆让不爱说话的吴桂春与东莞这座城有了亲密的联系。他舍不得的不只是一张读者卡，也不只是一座东莞图书馆，更是对东莞这座城市的万般眷恋。因为年纪大，不太好找工作，好不容易在被誉为"世界工厂""制造业重镇"的东莞找到安身立命之所，靠着自己的勤劳和努力，用打工工资养家中的老人和孩子，培养孩子上大学直到研究生毕业，实现了自己年幼时因家贫无法继续的学业梦想。

正因为有这么多的情感交集，他才能在临别留言的瞬间一气呵成，无奈、不舍、感念、祝愿等聚于笔端，喷发而出，纸短情长，真挚感人！

受新冠肺炎疫情影响，吴桂春原本工作的鞋厂停工。无奈之下打算返乡的吴桂春来到东莞图书馆退读者卡，心里特别难受。他把卡拿在手里摩挲着，放下又拿起，拿起又放下，原本不想销掉这张陪伴了自己十几年的读者卡，又想着万一不回东莞，卡拿在手里也没用。

填写表格时，他和身边一个正在借书的青年读者交流起读历史的体会，聊得很投机。小伙子问他："您这么爱看书，为什么要退读者卡呢？"

"这里这么好，我也不想退。"吴桂春一边填表，一边说出了缘故，"我是个打工的，这半年来都没找到事做了，打算回老家去了。"

"没关系，您以后还可以再过来嘛。"

"我今年都54岁了，以后怕是再难出来了。"

吴桂春拿起笔，继续把表格填写完整。整个对话的气氛挺伤感的。

工作人员了解到吴桂春与图书馆的故事后，希望他能为图书馆留下一段话。吴桂春答应了，于是，动情地写下了那130多个字的留言。

"……余生永不忘你，东莞图书馆，愿你越办越兴旺……"简短的几句话情真意切，让在场的图书馆工作人员不禁眼眶湿润。

从留言看出，读书已让吴桂春有了不一样的表达能力，不但有字面上的流畅，更有字面后的深沉情感，还有"识惠东莞，识惠外来农民工"这样的文化认知。

有网友查询了"识惠"二字的意思，原来有出处——已故著名哲学家、国家图书馆原馆长任继愈先生 2004 年给东莞图书馆题词"知识惠东莞"。吴桂春引用了该题词并做了延展。

吴桂春后来向记者解释说："图书馆里有句话叫'知识惠东莞'，我觉得不止惠东莞，也惠我们外来工。"

一个"活到老学到老"的典范

文字的力量直抵人心。这段朴实、真实的情感流露，在东莞图书馆引发了全馆的热议。6 月 25 日，东莞图书馆官方微博转发了这则留言的照片，并表示"感谢，我们一直在，等您再来！"

留言在东莞人的朋友圈里刷屏，多位微博大 V 转发，迅速吸引了众多评论和点赞。新华社官方微信发布题为《临别留言，让人动容……》的推文;《人民日报》客户端发布快评《让书香，成为一座城市最大的眷恋》;央视新闻、澎湃新闻、北京青年报、南方日报等媒体纷纷报道此事。无数网友被感动。

"这位只有小学文化的农民读者朋友，对图书馆用海誓山盟般的爱情语言说'余生永不忘你'，击中了千千万万人的心灵。作为社会民众普通的一员，吴桂春们用最朴实真挚的语言真情呼唤：我们真的需要图书馆！这让我们更深切体会到图书馆作为'滋养民族心灵、培育文化自信的重要场所'的价值和作用。"东莞图书馆馆长李东来感言。

"虽然我们每天都在面对读者，这样的故事也是日常服务中特别寻常的一部分。"东莞图书馆读者服务部主任莫启仪感慨地说，"但它是那么地真实和典型，直击人内心最柔软的部分，让我们图书馆人有了一种强烈的职业自豪感。"

大家感动之余，都对这位农民工朋友心怀敬意，觉得他是一个很上进的人，是"活到老、学到老"的典范。

网友"只有螺蛳粉"表示"要见贤思齐"。

网友"弗虑弗为"说："热爱读书是稀缺的品质，一个农民工读了 12 年书岂非是我们之中罕见的一道光？希望他的家乡也有图书馆，希望他还能回到东莞。"

吴桂春的儿子在长沙某网络媒体工作，看到报道后第一时间给父亲打来电话，吴桂春才知道自己成了"新闻人物"。

吴桂春没有想到，他与图书馆依依惜别的话语感动了这么多人，也没有想到能够改变自己的返乡计划。当他的故事传遍网络时，东莞各方纷纷开始行动，人社部门与吴桂春取得联系，根据其就业意向，通过多种渠道联系企业，帮助吴桂春找到一份满意的工作。众多东莞爱心企业表示，愿意为吴桂春提供工作岗位。

最终，吴桂春入职一家离图书馆较近的物业公司从事绿化养护工作。该公司负责人表示，等他适应了公司，不一定要固定在绿化养护的岗位上。公司有生活驿站，还计划建立小区图书馆，吴先生热爱读书，爱学习，有韧性，公司希望他能带动其他同事共同阅读、学习。

东莞，这座吴桂春打拼了17年的城市留住了他，这个故事有了一个温暖的结局，这个结局耐人寻味。

吴桂春从未抱着任何功利心态的阅读，为他换来了比金子还宝贵的意外收获——人生出现柳暗花明的转机。

这个转机实际上是社会对他坚持读书学习、做到了"腹有诗书气自华"、完成了人生修养境界升华这个行为的褒奖。这背后蕴含着大家对"全民阅读、终身学习"知易行难的一种深刻认知，通过帮助吴桂春，捍卫着巩固着阅读的诗意和尊严。这是一股难得的静气、清流，是久违书香的人们依然崇尚向往精神文化生活的心理投射。"吴桂春"其实是我们的一面镜子！

2020 年 7 月 14 日

第七辑

文化脉动

农民艺术滋养新农村精气神儿

——首届中国农民艺术节观感

忽而是芦笙吹奏，载歌载舞；忽而是劳动号子，高亢有力；更有山西老陈醋酿制技艺、朝鲜族打糕制作技艺、汨罗端午习俗及粽子制作，以及缫丝、刺绣、剪纸、捏泥猴的大叔大妈、姑娘小伙们现场演示……

正在北京全国农业展览馆举办的首届中国农民艺术节，把劳动场景、生活美学、民间趣味，非常浓缩精粹地搬上高雅殿堂，展现在全国人民面前，让我们看到农民的情感、农民的艺术、农民的创造、农民的自豪！

展示健康爽朗的审美情趣

农民的艺术把生活艺术化，把艺术生活化。创作材料是身边的泥土、竹片、蚕丝、秸秆、粮食等等，经过他们的巧手创造，赋予生活的理想愿望，变成一样样美观、美味的工艺品或美食。这些作品充盈着劳动人民健康爽朗的生活情趣，又有极强的实用性和美化生活的价值，所以广受大众欢迎。

如本届中国农民艺术节"一村一品"展示现场，乡村厨师表演的山西面食制作技艺，头顶上的刀削面，手到处面片似彩蝶翩飞，一根拉面能扯几公里长，一支筷子就能将一团和好的面挤搓成一条条小面鱼，飞快地拨甩到两米开外的汤锅里，看得观众目瞪口呆、垂涎三尺。河南浚县小河镇西张村的"泥猴张"张希和，把故乡的泥土揉捏出一只只顽皮可爱、神气活现的"说唱猴""挠痒猴""睡猴""背背猴"等，让观众爱不释手。

民间能工巧匠都是致富能人

受欢迎的东西必定有市场。所以农民中的能工巧匠、民间艺术大师，一个个都是创收高手、致富能人。他们通过自己的精湛技艺、特色项目拓展市场，发家致富，进而带动乡亲们发展特色文化产业，共同致富。

陕西省凤翔县六营村三组的胡新民，从父辈手中传承凤翔彩绘泥塑艺术，现在他是陕西省一级工艺美术大师，省民间文艺家协会副主席。他的泥塑作品"平安马""富贵羊""福寿猪"先后被国家邮政总局选为马年、羊年和猪年生肖邮票。在胡新民的带动下，凤翔泥塑从旧时乡村"要货"，变成了赠给美国总统克林顿和比利时首相等世界名人的尊贵礼品，远销东南亚和欧美各国。他投资300多万元在村里建了个民俗文化传承馆，集研发、创作、授徒、生产、民俗文化旅游于一体，年设计制作生产泥塑、皮影、陶艺、版画、布艺、社火脸谱、草编等20多万件手工艺品。目前，全村有1000多人从事泥塑产业，户均年增收四五万元。

特色文化产业的独一性和优越性

民间传统手工艺品制作，属于密集型的手工劳动，适合农户家庭。各地的人文、地理、物产不同，又使得特定地区、村落的文化产品各具特色，具有其他地方不可替代的独一性和优越性。本届中国农民艺术节"一村一品"展示，充分证明了特色文化产业也可以成为农民致富兴村的重要途径之一。

浙江省嵊州市黄泽镇前良村的竹编茶盘精巧雅致、古色古香，展会上一件只售30元，成为城市家庭主妇们的抢手货。该村是竹编文化传承基地，现有5家私企加工各种竹编产品，从业人员200多名，产值近千万元。东阳市画水镇石鼓岭下村毗邻义乌国际小商品商贸城，该村年轻夫妇们去商贸城开店，年长的在家做手工艺品——中国结，一个农妇一天能编织一二百面中国结，人均年收入 3 万多元。

陕西省千阳县城关镇西秦民间艺术专业合作社发展社员 1200 多名，生产车间就在农户家庭，年产布艺、刺绣等各类工艺品 6 万多套件，销往国内外。

民俗文化让乡村充满活力和魅力

突然间，展厅里一群来自湖南安化的农村汉子有节奏地喊起劳动号子：

"伙计们咧，加把劲呀！把杆抬，齐心压嘞！用力踩！……大杆压得好嘞，黑呀咗！小杆搅得匀呀，黑呀咗！茶香呀销西口嘞，黑呀咗！……"

随着震天的号子，汉子们一齐用力踩压、捆扎篾笼里的"千两茶"，那种团结、专注和豪情，感染着现场每一个人。

领头把杆的"杆爷"陈立秋告诉记者，安化千两茶（黑茶）踩制技艺始创于清朝。当时的千两茶被誉为"稳定边疆的官茶"。因为西北少数民族人们喜吃羊肉，需要喝陈年发酵的千两茶来降血脂、健肠胃。当地有"宁肯三日无粮，不可一日无茶"之说。如今，安化黑茶依然俏销俄罗斯和我国北部、西部省区，其制作技艺已列入国家级非物质文化遗产保护名录。

正是深深植根乡土的民俗文化、民间技艺，以及农民们创造、奉献的极具特色的文化产品、文化资源，使我们的广大农村充满了活力、魅力，更具精气神儿，也使农民更受人尊敬。

2010 年 6 月 18 日

听！我们广袤田野上的文化脉动

文化根脉引发专家热议

坐落于江苏省吴江市平望镇莺湖公园内的莺湖书场，每年演出不少于300场，每场每名观众收费2元，免费供应茶水。说书的一个完整的本子要说上15天左右，一般都是夫妻搭档，沿袭过去说书先生跑码头的形式。书场每天100多个位子座无虚席，经常有加座，来晚的听客就倚着花窗听。

在浙江农村，广袤的田园回荡着悠扬丝竹和激情锣鼓。在一个个乡间村头的露天戏台，台上，演员倾情演绎；台下，农民如痴如醉。据浙江省文化厅统计，目前该省有450多个常年演出的民营剧团，从业人员1.5万余名。这些属于农民自己的艺术剧团，活跃在山区、海岛、乡镇，每年演出15.8万余场，为7900多万人次的农民带去艺术享受。

河南省宝丰县的传统马街书会，每年正月都吸引全国各地的说唱艺人到这里取经、"朝圣"，一试身手，成为各路艺人和当地老百姓共同的节日。由此孕育了当地蓬勃兴旺的文化产业，全县共有民间表演团体1400多家，据说有1/8的农村人口从事曲艺、魔术等民间艺术表演，足迹遍布全国，形成令人称奇的"宝丰文化现象"。

世代生活在云南偏远深山区的佤族群众，尽管物质条件简陋，但他们有自己民族的敬畏和信仰，快乐的歌声舞姿令前来旅游的城市白领也不能不羡慕……

　　据文化部教育科技司、全国艺术科学规划领导小组办公室、中国文化报社去年所做的一项调查显示，近七成的农民在"更喜欢哪种文化娱乐活动"的调查中，选择"能够亲身参与的活动"和"当地农民自编自演的节目"。

　　这些现象，引起了最近出席在浙江省温岭市举行的全国关注农民文化需求研讨交流会的专家学者的热议。大家对农村文化繁荣发展的规律，新农村文化建设中如何确立农民作为文化创造者和消费者的主体地位，进行了深入探讨。与会者呼吁，要尊重农村本土文明的价值，发挥传统文化、民间信仰、庙会节庆等在抑恶扬善、为群众开展丰富多彩文化活动提供载体和理由方面的积极作用，延续中华优秀民间文化的根脉。政府在丰富农民文化生活上不必大包大揽，而是要善于创造宽松环境和提供政策扶持，让农民的文化创造能力充分释放。只有农民作为新农村文化主人的地位得到确立，农民的精神需求和文化归属感才能被真正地认识、尊重和满足。

找回被遮蔽的农村文化价值

　　中国戏曲学院傅谨教授指出一个具有规律性的现象：一个地方的农村，只要传统文化得到很好传承、延续了，那里就有丰富的文化活动；只要传统文化的传承被中断了，那里的文化生活就剩下单调和贫乏。他说，农民们长期以来有自己的精神文化生活，当其被外来的文化价值观人为置换后，会带来一系列问题。

　　傅谨说，千百年来，农村一直是文化的富矿，我国许多的传统艺术都来自民间，农村文化主体的农民也主要靠这些文化形式自娱自乐，忽视对民间文化的保护与培植，将造成民间文化创造力的萎缩。我们要走出这样一个认识误区：以为只有精英阶层才是唯一的文化拥有者，把城市里看到的文化才叫作文化，忽视了农民自己创造的文化的价值。正因为农村原有文化价值被遮蔽了，人们才认为农村文化贫乏。事实上，没有任何人有能力创造文化来满足8亿农民的需要。因此，农村文化的主体应当是农民自己。他以温岭市20多个民间剧团为例说明，温岭农民能够欣赏戏曲，不是政府送了多少戏，而是政府给予宽松环境，让农民剧团自己办，自己发展，满足了农民自己的文化需求。

陕西省华阴市双泉村农民在西岳庙前演唱华阴老腔。

　　傅谨认为，农民朴素的精神信仰是与儒家传统文化以及庙会、节庆、祭祀活动等连在一起的，长期以来，人们对农民精神信仰中负面的东西看得太重了，忽视了其中好的方面。把这些东西都否定掉了，开展民间文化活动就失去了一个重要的载体和理由。

　　"宗祠、家谱、庙会等是民间文化的根脉所在。现在很多海外华侨回国寻根，靠的就是家谱，如果把家谱都砍掉了，他们还寻什么？"浙江省社会科学院原副院长谷迎春研究员认为，"要保护文化的多样性，尊重世俗层面上的文化的价值。民间文化中有很多和谐文化元素，比如祈福、崇善、贵和的理念就是民间文化的核心。大家和和乐乐不就是文化吗？不要把文化都政治化。"

　　"农民请戏班来村里演戏通常要找个理由，比如庙会戏，名义上是演给神看的，其实是村民们自己在看。还有老人戏（纪念过世的老人）、生日戏、寿宴戏、乔迁戏、谢师戏等等，很多名目都可作为请戏班的理由，事主或村里的大户、企业请戏，乡亲们一块儿热闹。"浙江省戏剧家协会副主席吕建华说，"'草根戏'扎根中华文化土壤很深，民间剧团的团长、演员都是农民，靠祖辈传授，自学成才。他们是乡村土生土长起来的，最了解农民的需要和审美趣味。正因为艺术的根在民间，所以我们的戏曲与民族同在，不用担心它会灭亡。"

　　吕建华认为，民办剧团也是市场经济，政府不要插手干预太多。政府的作为应该体现在规范演出市场，制止不健康的内容，打击欺行霸市、不良竞争等。研究这些规律，找到政府应该发挥的作用，就能促进戏剧市场的繁荣有序发展。

确立农民是文化主人的地位

"必须认识到农村文化、农民文化是宝藏，是很值钱的东西。"中国文化扶贫委员会主任、中宣部原常务副部长徐惟诚说，"不要光看到文化是花钱的东西，而要想到怎么用文化去创造财富，赚更多的钱，使文化成为一个令人羡慕的产业。"他举一个例子，传统民歌的功能，一个是青年男女谈情说爱，表达爱慕；一个是农民在地里劳作辛苦，用歌声来转移注意力，增添情趣。现在农业生产机械化了，青年表达情感也改唱通俗歌曲了，民歌还有生存空间吗？有，比如有人把民歌搬到农家乐里唱。唱得好的，农家乐的生意就好，这样一来，民歌就值钱了，找到新的生存点了。

针对有同志讲到发展农村文化要靠政府买单，徐惟诚认为，完全依靠政府买单政府肯定买不起，最主要还是靠农民自己。虽然政府有责任，也只是做促进的工作。从来就没有救世主，农村文化的主人就是农民自己。要培育一批农村文化的领头人；把发展先进文化与民间传统习俗相结合，农村文化才有生命力。国外的圣诞节、狂欢节、奔牛节，乃至街舞、现代舞等等，也是有他们各自文化习俗的背景才发展起来为大众所喜欢。

"现在党和政府倡导'三下乡'，强调公共文化设施建设重点向农村倾斜，是必要的。但是，硬件设施建设到一定程度后，更要重视让农民自己的文化得到传承发展。"重庆市艺术研究所所长段明说。

"确认农民作为文化创造者的主体地位，同时还要搞清楚现在农民的身份到底是什么？城乡互动，农村职业多元化，农民身份也多元化了。"江西省艺术研究所吴建军研究员认为，"只有文化消费者的身份、需求找准了，文化建设才能有的放矢。"

聆听着专家、学者们对农村文化满含感情的真知灼见，体会着他们知无不言、直言不讳的学术勇气和品格，我的心潮也跟着激动起伏。这是一次久违了的思想盛宴，让我近距离感受到一群知识分子良知的心跳，感受到田野传来的中华优秀民间文化根脉搏动依然有力！会议间隙，我有机会置身温岭东辉公园人潮拥挤的乡间父老兄弟姐妹之间，观看由当地民间剧团演出的越剧《皇帝告状》，心灵享受到从未有过的踏实、熨帖：任由情感在戏剧情境中流连婉转，没有了时间的焦虑，没有了事务的纷扰，我和乡亲和台上的演员一起共历一段虚拟的悲喜，在审美满足的愉悦中，在人伦善恶的认知收获中度过了一个美好的夜晚，对生命多了一份达观、超然。

回到宾馆，翻阅东道主提供的温岭民间文史资料，始知闻名遐迩的新千年第一缕曙光照射地——东海之滨石塘古镇，这里的居民原是400多年前从福建惠安一带迁来的渔民后代。他们把记者多年来引为自豪的故乡闽南元宵灯会、民俗踩街活动风习也带到了这里，并加以发扬光大，衍生出让温岭乡亲引为骄傲的"中国渔村第一舞"——"大奏鼓"，成为当地人文旅游的一大品牌。那里的渔民至今操两种方言：温岭话和闽南语。我禁不住泪流满面：这就是斩不断、生生不息的文化根脉啊！有了她，即使漂泊也不可怕，他乡也成故乡！

2007 年 2 月 3 日

贵州省施秉县独木龙舟节巡游。

剪花花，把自己也剪成花

——剪纸名家高凤莲和女儿刘洁琼、外孙女樊蓉蓉三代传承的故事

巧婆姨的艺术惊艳世界

在黄土高原陕北延川县文安驿镇白家塬村，高凤莲家的 7 孔窑洞同时是一座剪纸艺术馆。10 年前，她请来绥德汉墓画像石刻艺术传承人将自己的剪纸花样拓在石板上，刻成当代窑洞民居画像石。5 孔宽敞窑洞里陈列着高凤莲和女儿刘洁琼、外孙女樊蓉蓉等人的剪纸、布贴画代表作。这里吸引国内外一流学者、艺术家登门拜访。从 1997 年起，德国慕尼黑民间艺术专家杨森英丽、法国东方博物馆馆长班巴诺和夫人、瑞士驻华大使馆参赞夫人等经常到高凤莲家，曾在高凤莲家过年，还带来许多其他国际友人。他们都非常喜欢高凤莲一家人的作品。

2014 年 5 月，高凤莲和女儿刘洁琼、外孙女樊蓉蓉受中国美术馆之邀，在北京举办了"大河之魂——高凤莲三代剪纸艺术展"。

中国美术馆馆长范迪安在展览前言中写道："陕北高原有一支劳动妇女组成的庞大的剪纸创作群体，高凤莲以其鲜明的个人风格与黄河般澎湃激越的艺术气质成为其中的杰出代表。作为弘扬、保护和研究中华优秀传统艺术的重镇，中国美术馆此次将目光投向了这位陕北热土走来的优秀艺术家，全面展示其一家三代在传承道路上的不懈探索以及当代语境下的陕北民间艺术风貌……"

时间再推回 20 年前。1995 年，北京举办第四次世界妇女大会。距离大会组织的民间艺术展只有数天，中国尚缺一幅气势恢宏的作品。组委会想到了高凤

莲。中央美院教授靳之林问她，三天之内能否剪出一幅能撑场面的剪纸来。高凤莲想了想，说"可以试试"。

这个没有见过天安门的农村女人，仅凭幼年自家牌坊的残存记忆，发挥想象，用六张大红纸，拼剪成一幅磅礴的《牌楼》，意象丰富，飞檐翘角，屋宇轩昂。展览现场，《牌楼》惊艳了世界各国的与会者，高凤莲的名字，从此被人记住了。

近年来，高凤莲和女儿刘洁琼、外孙女樊蓉蓉多次应邀到德国、瑞士、新西兰、美国、加拿大等国举办剪纸艺术展览、交流活动，让更多人近距离地感受到这一片片被剪刀镂空的大红纸背后，中华民族热爱生活、乐观、积极向上的精神面貌，以及挡不住的艺术天赋、想象力和创造力。

2014年6月，高凤莲祖孙三代在美国时代广场展示"亲情"主题剪纸作品。回忆当时情景，刘洁琼说："在家乡，我们只是普通的农村劳动妇女，做的是每个家乡人都会做的铰窗花，但是一出国门，我们代表中国女性，展示的是优秀民族民间文化，心情非常激动。"

一次交流活动中，美国朋友问刘洁琼："美国好不好？"刘答："好。"又问："那你说中国好还是美国好？"刘洁琼坦诚地回答："陕北的山，连着我的心，陕北的水，牵着我的魂。我的根在陕北，情在陕北，你说中国好还是美国好？"

出神入化的剪纸技艺，让普通农村妇女充满自信，让她们的人生得到升华，赢得世界的尊敬和声誉。

高凤莲：不识字的剪纸艺术大师

高凤莲的娘家在延川镇高家圪坮村。母亲是远近闻名的"巧婆姨"、剪花花（剪纸）能手。高凤莲虽然不识字，却对剪纸这门民间艺术悟性奇高。六七岁时，她就跟着母亲学剪纸。家里穷，连纸都买不起，她就用南瓜叶、树叶学着剪。

高凤莲17岁时，母亲怜惜白家塬村的侄子家贫，便将凤莲许给他。丈夫是土生土长的农民，只会在"土圪垯林中捡芝麻"来养妻育子。高凤莲和丈夫一起在黄土地里耕耘着光景，晚上借着豆灯，剪鞋样、做女红。孩子裤子膝盖处破了，她绣上两只小老虎，可爱又有趣；土窑洞的窗户贴着她信手剪的窗花。陕北有句民谚：仰头婆姨低头汉。高凤莲在生活中属于"仰头婆姨"，她抬头挺胸，精神气质十足，思维敏捷，心直口快，干啥像啥。她是生活的强者，当过民兵连长、村妇女主任，农村中的大事小事她无不顾问，哪家有婚丧嫁娶，总请她去剪花。甚至连农村的送鬼叫魂的事都离不开她。黄土高原独特的环境和文化给了高凤莲不寻常的生活感受，塑造了她坚韧不屈、乐观自信的性格。

1987 年，陕西省文联邀请延川县布堆画赴省美术家画廊展出并现场表演，县文化馆民间美术辅导老师冯山云带高凤莲去参展。这次邀请展上也有剪纸。看到剪纸，高凤莲好奇地问："山云，窗花也能展览，也是艺术？这些我骨子里就会哩……"

回到家没几天，她拿了一些剪纸让冯山云看，一下子就把冯山云镇住了。"我从没见过这样的剪纸，所有的动物一点不安分守己，马是天马，羊的四条腿乱动，从中可以看到她的内心世界和思维认识与众不同，有一种强烈的生命和生存意识。"冯山云看出高凤莲的艺术创造力，鼓励她继续前进。

2016 年夏天，作者到陕北采访高凤莲大娘。

1989 年 4 月，高凤莲的作品《抓髻娃娃》获延安地区首届民间剪纸电视大奖赛一等奖。1993 年，冯山云将高凤莲的剪纸寄给中央美院教授靳之林，让他鉴别。靳之林在回信中惊喜地表示，这些作品"是中国民间剪纸艺术中大师一级的艺术"，"应该作为专题研究"。1995 年，作品《牌楼》在世界妇女大会期间展出引起轰动。2000 年 2 月，中国美术馆举办"中国民间剪纸世纪回顾展"，高凤莲的剪纸《陕北风情》获特等奖……

高凤莲的剪纸题材多样，从日常生活、民间传说到大江大河都能驾驭。不仅能创作出《纺织》《放羊》《做嫁妆》《团圆饭》等极富生活色彩的剪纸作品，也能完成《黄河魂》《陕北风情》等气魄宏大的宏幅巨制。她下剪时胸有成竹从不起稿，大刀阔斧一气呵成。作品气韵流动，雄浑质朴。造型大胆夸张，布局饱满、疏密有致。大量运用组合的手法，将富有深刻寓意的符号与形象统一于画面之上，方寸之间，让人深切感受到扑面而来的生活气息和黄土高原上的生命华章。她剪的马，四条腿如风火轮般旋转；她剪的抓髻娃娃，双眼则被两朵牡丹花取代。高凤莲说："这样的马才能飞，娃娃的两眼才有神。"

她的作品《团花》《鱼戏莲》《莲生贵子》《飞虎》《神柱》《抓髻娃娃》《王母娘娘》《天马》《黄土风情》等，图必有意，意必吉祥，表达对生命繁衍、生生不息的祝福和祈盼，蕴含丰富的中华民族本源文化信息。

由于高凤莲在民间剪纸艺术中的独特成就，2007 年，联合国教科文组织在北京向高凤莲授予了"民间工艺美术大师"荣誉称号。2012 年，延川剪纸入选国家级非物质文化遗产，高凤莲被评为该项目代表性传承人。

刘洁琼：扛起剪纸传承这面大旗

高凤莲的剪纸艺术影响到了女儿刘洁琼和外孙女樊蓉蓉。两人秉承了高凤莲精湛的剪纸技艺，也创作出大量优秀的剪纸作品。

刘洁琼天性聪慧，性格开朗泼辣。和许多年轻人一样，她最初理想是能进县城开个店铺，并没把剪纸当回事。1995 年陪母亲去北京参加世界妇女大会民间艺术展，有一位气质不凡的老太太（中央美院冯真教授）问她是高凤莲的什么人？当知道她是高凤莲的女儿却不喜欢剪纸时，冯教授说："剪纸是我们中华民族几千年的文化遗产，你妈妈的剪纸作品这么有名，她的一双巧手是宝贝。你看你长得这么漂亮，身体这么棒，不学剪纸就不棒了。"说完，拍拍刘洁琼的肩膀。这一席话对刘洁琼触动很大。她开始认真向母亲学习剪纸。

起初，她的作品与其母风格相同，明眼人也难辨彼此。之后深思熟练，感悟求索，逐渐形成自己的风格。她爱唱陕北民歌，获得灵感之后顿时领悟，心想：何不以陕北民歌为题材，进行剪纸创作？刘洁琼说，《兰花花》《走西口》《赶牲灵》《打酸枣》《拉手手亲口口》《兄妹开荒》等陕北民歌，听起来使人耳热，唱起来使人热血沸腾，剪起来想象的激情喷涌。她常常唱中剪，剪中唱，全身心融入剪纸世界。剪纸与民歌的完美融合，使其作品达到意想不到的艺术效果。作品想象瑰奇，浑圆饱满，气韵生动。

刘洁琼的剪纸作品《黄土地上的信天游》，参加中国美术馆举办的"中国民间剪纸世纪回顾展"荣获一等奖并被收藏；《信天游飞出黄土地》参与"中国民俗风情剪纸大展"摘取金奖桂冠；《信天游绕着黄河飞》在中国革命博物馆举办的"华夏风韵剪纸大赛"中获金奖；《迎亲》参与北京民间文艺家学会在中华世纪坛举办的"第三届华夏风韵剪纸艺术展"获取金奖；《信天游永远唱不完》参加浙江省举办的"神州风韵中国民间艺术之乡剪纸邀请赛"，获得"十大神剪"称号。

她剪的《挪窑》《庄户人家》《父辈们的喜日子》《陕北婆姨》《绣荷包》《面对面睡下还想你》等，画面生机勃勃，极富生活气息。

与母亲高凤莲一样，刘洁琼剪纸也不打草稿，行剪利落，一气呵成。有时，剪到某个地方一下子不知道该怎么剪了，刘洁琼就不再动，等有灵感时再剪。一次，刘洁琼剪一幅人物作品，画面中出现一条细细的、弯弯的形状，很不好处理，就把它放在一边几天没动。这天，刘洁琼一边拖地一边看，突然间灵感就来了："这不是一个女人的大辫子吗？"于是，顷刻间一幅作品就被创作出来了。

2011年，著名画家刘文西一行来延川采风，他把刘洁琼铰的碎花花放在手心里摆弄了半天后，嘿嘿一笑说："她们在唱歌、跳舞，是活的！"县文化馆的民间美术辅导老师冯山云把她铰的花样寄给中央美院靳之林教授，靳老师看了非常激动，说："好啊！年纪轻轻的敢这样大胆自如地剪，潜力很大，将来又是一个高凤莲。"

回想初学剪纸时，刘洁琼要母亲指导，母亲并没有手把手教她，只撂了几句话："教下的是死的，自己悟的才是活的。""靠心去铰，女大自巧，狗大自咬。那是一疙瘩纸又不是肉，如果是你的肉铰上疼哩，纸铰上又不疼，瞎剜冒铰（随意），想咋铰就咋铰，想把它摆弄成啥就是个啥。""下剪子狠一点，摆得劲越大越好，这样铰下的'花'让人看起来好像胳膊腿在动哩，眼睫毛扑闪闪地在看人哩……"

母亲以此来启发刘洁琼的想象力，锻炼她感悟生活的真谛，把握再现生活的技巧。正是这种大气势、大境界，激励刘洁琼在艺术创造的王国里自由翱翔，渐成大器。刘洁琼说："民间文化家族传承是很重要的一种传承方式。母亲是我艺术的航标。我现在也是为人妻为人母，我也应该扛上这一面大旗继续前行！"

近两年，年近八旬的高凤莲身体欠佳。刘洁琼剪纸之余，着手整理撰写母亲的口述实录、作品介绍，梳理祖孙三代的剪纸传承脉络，经常受邀外出交流、讲课，成为家族剪纸传承链条中承上启下的中坚力量。

樊蓉蓉：作品中驰骋自由的梦想

樊蓉蓉原是一个桀骜不驯的野丫头。她的妈妈——高凤莲的二女儿在生蓉蓉弟弟时不幸早逝。蓉蓉的爸爸建立了新家庭，继母又带来两个孩子。蓉蓉缺少关爱，自小养成叛逆的性格。接二连三的遭遇，高凤莲决定把她从樊家塬接回自己身边抚养。从此，樊蓉蓉每天晚上在外婆剪纸的伴奏中入睡，时而又被剪子"嚓嚓嚓"的声响吵醒。

她初学铰花，不理解外婆和小姨为什么只让她铰边角料。有一次，她一气之下把边角纸抖落了一炕，还用小剪子把自己的头发铰得乱蓬蓬的来示威。令她想不到的是，外婆和小姨不但没骂她，反而哈哈大笑，夸她有胆量，铰得好。

小姨刘洁琼就势启发蓉蓉："剪好小作品是基础。这些边角料你慢慢地看，看着看着大脑里就会浮现出许多'花样'，然后开始下剪子。看一看、铰一铰、想一想，不知不觉中，一幅幅花儿就神奇地呈现在眼前啦。想铰啥就铰个啥。"

机会终于来了。蓉蓉参加县文化馆民间美术培训班。她看见一大摞红纸高兴极了，拿上整块红纸就要过过手瘾。她想起外婆的话："头有斗大眼如铃，两耳四方如贵人，铰什么都是头大魁梧好看。"她很自信地拿起红纸像铰边角料一样把玩，把麒麟的头往中间一铰，结果她驾驭不了方方正正的红纸，头铰得太大，身子、腿、尾巴不知道该怎么铰了。情急之下，又想起小姨教她的"行云流水法"：观察天上云彩和地上倒下的水印形状，变幻出似像非像的各种动物。她得到启发，将错就错让剪子随心走。辅导老师看她从头到尾的铰花，不禁连连感叹："你真行啊！小小年纪应变能力这么强，这么胆大，敢把麒麟的腿这样处理，一点也不安分守己，腿伸向四方乱蹬乱动。"老师边摆弄边说："你看，麒麟撕胳膊裂腿，像不像腾云驾雾从天上飞下来似的？铰得好，实在是铰得好！真不愧是高凤莲的外孙女。"

2004年，蓉蓉用四张大红纸拼铰的剪纸作品《樊家塬》，表现祖先的土地和自己的生活经历：老祖先养有一匹千里驹，打一鞭走一千里，扎一锥飞上天，是个宝物；村里有一座山叫土牛山，据说土牛的眼睛经常闭着，村子就相安无事；如果土牛的眼睛睁开了，会有不测的事情；若是土牛叫唤了，全村一年四季大丰收……在美丽的故土樊家塬村，人们都在幸福地生活劳作，唯有年幼的自己跪在母亲的坟前哀伤。因母亲属虎，她便将母亲的坟墓幻化成一只和顺的老虎，想象着要是母亲在世，会抱着弟弟喂奶，一家子其乐融融的该多好！作品中驰骋自由梦想，深藏着一种不屈不挠的精神情感。

作为陕北剪纸的新生代，樊蓉蓉更愿意用传统的手法创作现实题材。《欢迎红军来陕北》《收秋》《好光景》《上课》《瞧这一家子》《抗震救灾》等，显露出很高的剪纸天赋。开朗爽直的性格，让她的剪纸造型更为自由不羁，粗犷中有出奇之美。

从高凤莲到刘洁琼、樊蓉蓉，祖孙三代用手中的剪刀抒发内心情感，倾诉着对生活的感悟，传承着黄土高原上的灿烂文明。她们传承的不惟技巧，而是文化和智慧，是做人的品格和吃苦耐劳的精神，是健康质朴的大气势与大境界，为非物质文化遗产的活态传承树立了一个榜样。这不仅是家族的荣誉，也是文化的幸事。

2016年9月24日

今日的文化　明日的经济

最近，借参加全国文化先进县经验交流会之机，走访了苏南地区一些农村，感受最深的是那里不光经济发达，而且文化气氛浓郁，一座座现代化的娱乐宫、百乐城拔地而起；农民公园气魄雄大，古色古香；"以工补文"的文艺工厂与蓬勃发展的乡镇企业争奇斗艳；群众文化活动异彩纷呈；乡镇图书馆得到普及，藏书超万册以上的占90%。人们玩有场所，学有去处，文明进步，安居乐业。这里的人民有着强烈的家乡自豪感，每到一处，东道主总要拿出最好的极富地方特色的群众文艺节目，来向客人们展示家乡美好事物以及改革开放的新形象。

曾以《沙家浜》闻名全国的常熟市，是个新兴的纺织服装城，又是著名的历史文化名城。这里地灵人杰，历史上人才辈出，新中国有12名科学院学部委员和著名美术家庞薰琹等都出生在这里。如今这里建有高标准的图书馆大楼、庞薰琹美术馆、虞山艺术馆、名人蜡像馆、翁同龢纪念馆、碑刻博物馆等。一条以博物馆为主体，以七个专题馆相配套的名城文化带已初步形成；另一条由十多个乡镇组成，以民间文化活动为特色的沿江民俗文化带正在建设之中。尊重知识，崇尚文化，在这里蔚成风气。当看到一个个以歌颂常熟、热爱家乡为主题的优美文艺节目时，当听到市委书记热情洋溢、如数家珍地向客人介绍常熟的过去、现在、将来后，真诚地发出"常熟常熟，常来就熟"的邀请时，当"春来茶馆"精明能干的"阿庆嫂"们身着民间服饰，向来宾们斟上一杯杯香茶时，我的眼睛竟有些湿润了！

　　走过许多地方，见过太多冠冕堂皇、不尽如意的人和事，倒是眼前这些真正美好的事物能使我感动得想哭。大概是触景生情吧，我想起我的家乡——一个曾经辉煌过 10 多年的"食用菌王国"，后来却一度有些萧条了。那里的人民也非常聪慧能干，可惜他们探索创造出来的菇乡文化，却没有得到很好的重视、升华和巩固。结果人才、技术和客商大量外流……这就有一个急需改善社会文化环境的问题。因此我想，一些社会大文化工程，比如优化投资环境，创造良好的文化氛围，树立完美的产业及地方形象等，光靠一家一户和文化部门的努力是不够的，还需政府出面系统地组织实施。然而这一点却往往被一些本应负起责任的地方官们忽略了。有一组数据，在一定程度上反映了这种不正常的状况：目前（1994年）全国仍有 91 个县没有文化馆，264 个县没有图书馆，3503 个乡镇没有文化站；一些地方文化设施落后，有的被挤占、变味、滑坡，文化活动经费没保证，工作难开展。

　　也许领导的工作都很忙，千头万绪，迎来送往，大会小会，以及观念和认识上的原因，对文化工作一时还难以顾及。这样就需要有一支热心肠、真正为民办事、甘于寂寞的文化工作者队伍。像无锡县洛社镇文化站的同志就提出"自出课题、自找麻烦、自讨苦吃、乐在其中"的口号。他们的辩证法是，文化工作有没有地位，首先看你有没有作为；有了作为才有地位，有了地位更有作为。因此，他们在工作中只强调作为，不讲地位，经常"自找麻烦"，组织策划健康有益的群众文化活动，邀请市、县、乡领导参加，取得他们的重视与支持，文化工作开展得有声有色。1991 年，洛社镇一家企业举办业务订货会，镇文化站为他们组织了由苏锡常和江阴、宜兴及本镇的优秀歌手参加的"晶湖杯"中华曲库歌唱邀请赛。一席"大家唱"，引来八方客；一台"中华歌"，赢来一年货。在经济文化紧密联姻的实践中，"今日的文化，明日的经济"，正在当地形成共识。

　　富裕地区的情况是这样，一些边远贫困地区老百姓的文化热情更是感人。广西壮族自治区横县新岭村，以农民文化乐园为阵地，经常开展各种有意义的文体活动，促进村容村貌村风建设，全村从此无偷盗、无赌博、无偷税漏税、无乱砍滥伐、无打架斗殴现象，成为远近闻名的模范文明村。在一次现场会后的文艺晚会上，三百多名农村男女青壮年，大方而有礼貌地一人挽着一位与会领导和代表步入舞场。不会跳的，青年们都包教到学会为止。一位副县长动情地说："我走南闯北几十年，做了半辈子农村工作，今天轮到新岭村农民教我跳舞，我们当干部的再不重视群众文化工作，如何对得起农民！"正是广大群众的这种文化热情和文化工作者的辛勤劳动与创造性探索，使得当地的文化工作得以从被动转为主动，充满生机，渐入佳境。

事实表明，文化工作一旦摆脱了"被动""包袱"地位，取得领导重视和社会的共识，并在一个地方形成文化优势，就会产生神奇效应，创造出惊人的奇迹。山东省平度县认识到文化工作在整个经济建设中的重要地位，将其列入党政机关岗位责任制之中，切实加强领导，在开发人文景观，加快文化体育娱乐设施建设，开展多层次多形式的文化活动方面，形成浓厚的文化氛围，优化了投资环境。从1991年开始，这个县就利用大泽山葡萄享誉中外的优势，连续举办了三届葡萄节。节日期间，举行大型文化活动，突出企业形象，反映平度特色，隆重热烈，盛况空前，吸引了众多国内外宾客。仅1993年就达成经贸项目186项，引进外资项目12项，利用外资2670万元。除此之外，他们还利用天柱山魏碑这一书法瑰宝，举办了"平度—日本横滨书画交流展"；利用宗家庄年画，马戈庄宝石嵌银画等传统文化和工艺美术品，促进中外交流，提高了平度知名度，为平度旅游事业的发展打下了基础。

黑龙江省木兰县近年来致力于创造本县的"文化优势"，将文化艺术直接导入为经济建设服务，不断探索"文化搭台，经济唱戏"的生动形式。1992年，澳大利亚客商到该县洽谈合建恩肥厂生意。晚间，县歌舞团为他一人演出了专场节目，他很受感动，非常高兴地说："我到过世界上很多国家，为我一人举办专场演出，这是第一次。你们热情好客，我十分愿意到木兰县投资办厂。"第二天很顺利地就签了合同。这年6月，哈尔滨市举办中国对独联体、东欧第二届经贸洽谈会，木兰县歌舞团又组织一支精悍小队伍，带一批优秀节目，随同县领导前往。开始，由于木兰县是个小县，名不见经传，难以引起与会的国内外经贸界人士的注目。然而，由于县歌舞团演员人人身披彩带，在展厅内外开展了多种形式的活动，并举办了专场文艺招待晚会，立即引起反响，使木兰县成为人们关注的重点对象，不少客商主动到木兰代表团处了解详情和洽谈项目。在这次洽谈会上，木兰县共引进13个开发项目和3200万元外资……

在文化与经济"联姻"的进程中，还有一些地区的文化部门，改变过去单纯

"保管收藏、被动服务"为资源开发、主动服务，为经济建设提供智力支持。如通过板报、橱窗、展览、培训、收集整理资料、提供信息咨询等多种形式，传播科技知识，提高劳动者素质，帮助企业开发新产品等等，受到社会的普遍欢迎和重视。常熟市图书馆在开展科技咨询服务的基础上，建立科技文献开发俱乐部和科技人员联谊会，一头联系着广大工厂企业，一头联系着广大科技人员，先后帮助企业开发 370 多个新品，提供建筑、装潢、包装、纺织等多种科技信息近 20 万条，外文原版书刊近万册次，已产生直接经济效益 1100 多万元。江苏省宜兴市南漕乡的农民中流传着一句口头禅："家养一只兔，不愁油盐醋；家养十只兔，就有鞋袜裤；如果想致富，就要到乡图书馆里落个户。"可见，在这些地方，对于文化价值与作用的认识，已经深入寻常百姓家。

"春江水暖鸭先知"。苏南地区和其他一些文化工作搞得好的县（市），充分展示了文化的魅力和风采，使我们看到了城乡基层尤其是农村文化事业发展的未来和希望，它们带给人们的思考与启迪是多方面的。

1994 年 6 月 12 日

民工文化"民工制造"的意义

长期以来，民工的精神生活游离于主流文化的关注之外，也不入时尚文化的视野。民工文化能否由"民工制造"？最近几次采访，记者认识了一群具有精神气质的打工青年，他们创造着自己的文化，发出了属于他们那个群体的自己的声音。

走进"民工诗人之家"

"今天我没有喝醉／一杯又一杯／都是昨天的光阴／多少劳累／多少认真和艰辛／酿成这一杯／过了新春／又要把青春／往漂泊里追／为一生的美……"这些诗句出自韩文建——一个来自河南、在浙江富阳一家玩具厂打工的28岁的年轻人之手。7月3日，在浙江杭州建华集团的"诗人之家"，一群民工用他们在繁重的劳动之余写就的诗句，为生活歌唱，为心灵歌唱。

透过那一行行诗句，我们看到这些白天忙于生计、晚上栖身陋室的民工也有着自己向往的精神世界。

成立于1998年的这个"诗人之家"，是全国首个民工诗人之家。据负责人王金虎介绍，诗人之家的近六十名会员中，有做保姆的，也有在商场做搬运工、在建筑工地干活的。

曹月芬的诗稿《浅草》，记录了一个农家孩子，为患白血病的弟弟治病而四处打工的故事。这位从磐安来到杭州的打工妹，想家的时候，写下了《爷爷与土地》《父亲》《想起劳动的母亲》等诗篇。如今，这个诗人之家已成为爱好诗歌的民工们的精神栖息地。

王金虎清楚地记得：2002 年盛夏的一天，一手拎着一只编织袋的陈永安走进诗人之家，编织袋里竟是整整一袋诗稿。他数了数共有 21 本。

"我写诗，是因为心中有梦。"现在杭州修自行车的陈永安如是说。

周学锋的"城市民谣"

"你说你要为我实现童话，去了森林外那座城市，你走的时候天很蓝很蓝，只是我的生活多了牵挂……"

上网点击杭州市群艺馆"一滴水"外来工培训网，在"网络吉他手周学锋工作室"里，安徽望江县民工周学锋正用吉他为外来工弹唱自己作曲的这首《城市童话》。4 年来，周学锋白天忙碌在公司的流水线上，晚上到市群艺馆学吉他。最近，他还在网站上向外来工免费传授吉他技艺，并根据自己的经历，创作出一批城市民谣，通过视频被更多的民工传唱。

周学锋在老家上高中时就爱好文学，一篇作品还荣获全国中学生写作夏令营特等奖，参加了在西安举办的夏令营。由此产生一段情缘，他认识了四川姑娘秋茗，互相留下深刻印象。但他坦诚地说："我是外来工，现有的经济条件，无法对她负起责任。"8 年来，两人只见过一面，音乐与文学是他们共同的话题。

随着这段情缘的积淀，周学锋创作了许多民工题材的城市民谣，像《城市童话》是秋茗写词、他谱曲的，而他作词作曲的《梦里的天空》，则反映民工对乡村和亲人的思念；城市民谣《期待你来》，已通过网络在外来工中传唱："当我遥想你／远方的朋友／你听到我的呼唤／你的笑脸像二月的花／芳香着我的梦／在你深思的片刻里／是否把我深深想起／而我望眼欲穿的眸子里／写满期待你来……"周学锋说，他要把最好的精神食粮献给民工朋友。

孙恒与工友艺术团

在我采访接触的民工中，孙恒是富有社会承担的一个，他的梦想已超越了个人的范畴。这位来自河南开封市农村的年轻人，在送给我的一盒《天下打工是一家》歌曲磁带的说明文字上写道——

2002年5月的一天，几个爱好文艺的打工青年，在北京郊区的一个外地人聚居区里，成立了一个文化合作社。随后，合作社的骨干成员建立了这支"打工青年艺术团"。在业余时间，我们进行创作排练，定期奔赴建筑工地、工厂、社区，为打工的朋友送去一台台简陋但却充满生机的节目。我们通过文艺，为习惯了沉默的打工群体发出自己的声音。

这"声音"是什么呢？我听出来了，是"顶天立地做人"："我们进城来打工，挺起胸膛把活干，谁也不比谁高贵，我们唱自己的歌；嘿呦嘿呦嘿呦！嘿呦嘿呦嘿呦！嘿呦嘿呦嘿呦！嘿呦嘿呦嘿呦！"

是"团结一心讨工钱"：每个打工者都有两怕，一怕工伤事故，二怕老板不给工钱。《团结一心讨工钱》就是孙恒在一次帮助民工讨还工钱的时候有感而发创作的。它采用说唱的形式，塑造了"黑心老板"周二熊和不畏权势挺身而出的民工王老汉的形象，最后，建筑工人团结一心争取合法权益的斗争取得了胜利。

作为"打工青年艺术团"的发起人、团长，孙恒说："我们的歌至少能鼓舞我们的精神，有助于形成劳动光荣的共识。现在社会上有偏见，所以民工的劳动不值钱。"

已过而立之年的孙恒，现在还是北京农友之家文化发展中心总干事、皮村同心打工子弟学校校长。他建立打工者问题协助中心，主动为遭受职业欺骗、流落街头的孤独无助者提供咨询、建议。"越是弱者越受伤害，社会应当主动帮助他们。"孙恒说。

民工文化引发思考

民工创造自己的文化，是对文艺百花园中不该出现的民工文化缺失现象的一个补偿。

孙恒和其他打工者的故事引发我的思考：多少年了，人们对于庞大的民工群体的了解，还仅仅停留在作为廉价劳动力的层面。很少有人走进他们的内心，了解他们的精神世界。缺乏理解，也就不可能有发自内心的尊重。

在一些人心目中，民工只是一个个汗臭的身影，总是与交通拥挤、工伤、矿难等负面新闻联系在一起。人们甚至对于发生在民工身上的苦难，表现出近乎可耻的麻木，好像在听一个个遥远的事不关己的故事。

报载，一位体面的知识分子母亲不让幼小的女儿跟民工的孩子玩，竟随口说出"民工的孩子会偷东西"！

相比上述采访的对象，我发现，我们许多知识分子的思维，其实已经落后于一些优秀的打工者。这些优秀的打工者，他们的创作、他们的思考透着劳动者的骄傲和自豪，他们的思想是健康的、干净的。而我们中的一部分人呢？除了急切的发财梦，崇富、炫富，媚俗势利、以貌取人外，心里面还有多少正义的担当？还有多少纯粹的思想？还有多少朴实的情感？扪心自问，当自愧不如！

2006 年 9 月 19 日

社会转型：请把文化的根留住

每一分钟，我们的田野里、山坳里、深邃的民间里，都有一些民间文化及其遗产死去，都有一些风情独异的古村落转眼不复存在。如果我们不动手去抢救，再过 20 年，至少有一半民间文化会化为乌有。

这是一个迟到的也是极为重要的举措：2003 年春天，由中国民间文艺家协会发起的中国民间文化遗产抢救工程正式启动，将用 10 年时间，首次对中国的民俗、民间文学、民间艺术进行国家级拉网式的普查、抢救，用文字、录音、摄影、摄像等现代技术立体化记录中国民间文化。大到古村落，小到香包，都将进入抢救者的视野。此项工程现已列入国家哲学社会科学重点实施项目。

随着我国现代化进程和农村城市化步伐的加快，与传统农业文明相适应的民间文化正面临前所未有的冲击，这是一种历史的必然。但是，在工业化的时代，农耕文化仍然有其宝贵的价值，应该得到保护、传承和合理转化利用，造福当代民众。有些失去生存土壤和用武之地的民间艺术种类和老物件应该进入博物馆收藏保护，作为文化的基因密码留存下去。著名文化学者、作家冯骥才，现任中国民间文艺家协会主席，他在接受记者采访时大声疾呼全社会关爱民间文化，呼吁中国的文化人到田野、到山坳、到民间去抢救民间文化遗产。

一个民族的文化传统包括精英文化和民间文化两部分。冯骥才把民间文化称作母亲的文化，它给予人们的是情感和操守，是中华文化的根。

一些有识之士认为，在经济全球化的时代，文化不会顺着走，相反会反过来走向本土化。

　　实际上，日本、法国等一些发达国家早就这样做了。在美国宣称超级大国时，法国人说他们是文化超级大国。法国人还做了一件非常有眼光的事，把每年6月的最后一个星期天定为全法国文化"遗产日"。现在欧洲不少国家都有遗产日。一些专家提出，我们中国也应该考虑建立自己的遗产日，每年此日，全民纪念自己当地的文化遗产，以唤醒全民族的文化自觉，培养人民的文化情感。

　　时日推移，民间文化对于一个民族的情感认同和文化基因库作用将愈益凸显。近年流行的"唐装""中国结"，不就是我们在快速融入世界而文化心理需要找到定位的时候，从民间文化中抓住的一种文化符号吗？

2003 年 3 月 3 日

节日。摄于贵州省黔东南苗族侗族自治州凯里市。

"文化民生"的乡村答卷

这组数据不断刷新，这份成绩春风化雨，润物无声：

农村电影放映工程每年让18亿人次农民免费看电影；广播电视覆盖从"村村通"迈向"户户通"；农家书屋基本覆盖全国所有行政村；博物馆、图书馆、文化馆（站）等公共文化设施向全体民众"零门槛"开放，免费服务；文化共享工程以互联网、卫星、有线电视、镜像、移动存储、光盘等方式，实现了全国范围内优秀文化信息资源的共建共享；鼓励农民自办文化、"种文化""兴文化"，实现了由"文化送百村"到"百村出文化"的可喜变化……

浇灌出累累硕果的，是党和政府对保障人民基本文化权益的深刻认识和对实现文化公平的不懈努力。

从十六大到十七届六中全会以来的10年间，伴随着"一手抓公益性文化事业，一手抓经营性文化产业""文化民生"等文化发展思路的形成，覆盖城乡的公共文化服务体系加快建立。10年间，党和政府带领全国人民以高度的文化自觉，生动的文化实践，推动农村文化大发展大繁荣，交上了一份承前启后、继往开来的崭新成绩单。基层文化工作者与农民群众的文化创造活力迸发，农村公益性文化事业和特色文化产业方兴未艾。

公共文化服务网覆盖乡村

发展公益性文化事业，构建公共文化服务体系是惠及 13 亿人民的"文化民生"。农村文化的繁荣，农民文化权益的更好保障，为这份"文化民生"绘就浓墨重彩的华章！

2002 年 11 月，党的十六大作出深化文化体制改革，发展文化事业、文化产业的战略部署。

通过深化文化体制改革，政府转变职能，由办文化为主向管文化为主转变，履行好公共文化管理和服务职能；落实对公益性文化事业"加大投入、转换机制、增强活力、改善服务"的改革方针，努力向人民群众提供系统性、制度性、公平性、可持续性的公共文化服务。

这个过程中，党中央、国务院对农村文化建设非常重视，在每年召开的全国农村工作会议上，都把加强农村文化建设作为重要内容，予以部署和安排。

2005 年中央提出建设社会主义新农村的重大历史任务之后，农村文化建设力度进一步加大。中办、国办先后下发了《关于进一步加强农村文化建设的意见》《关于加强公共文化服务体系建设的若干意见》《国家"十一五"时期文化发展规划纲要》等重要文件，对新的形势下开展农村文化各项工作作出了部署。农村公共文化基础设施、公共文化服务网络建设，得到前所未有的重视和加强。

2007 年 10 月，党的十七大报告突出强调了发展公共文化的着力点：重视城乡、区域文化协调发展，着力丰富农村、偏远地区、进城务工人员的精神文化生活。

"十二五"规划进一步提出，建设国家、省、市、县、乡、村六级公共文化服务体系，把村也纳入公共文化服务体系建设。2010 年 10 月，文化部在云南召开村级文化建设经验交流会，推动公共文化资源配置向村倾斜，加强县乡公共文化机构对村文化建设的指导和服务。

十六大以来的 10 年，是城乡基层文化事业加大投入、加快建设的 10 年：

"十一五"时期各级财政对文化投入大幅度增加，2006 年文化方面支出 685

亿元，2010 年达到 1528 亿元。国家拨付专项资金，实施广播电视村村通工程、农村电影放映工程、全国文化信息资源共享工程、农家书屋工程、乡镇综合文化站建设等重大文化惠民项目。目前，广播电视村村通工程覆盖全部已通电行政村和 20 户以上自然村；全国文化信息资源共享工程以 60.2 万个基层服务点覆盖99% 的行政村；乡镇综合文化站建设实现乡乡有综合文化站；农村电影放映工程实现数字化，由政府补贴每村每月放映一部电影，年放映达 800 万场；农家书屋已经建成 60 万家；以数字文化便民为特征的城乡公共电子阅览室试点工作全面推进。

从 2004 年开始，我国各级各类国有博物馆、纪念馆、美术馆等公共文化设施逐步实行了免费或优惠开放制度。到 2011 年底，全国 2952 个公共图书馆、3285 个文化馆、34139 个乡镇综合文化站实现了无障碍、零门槛进入，所提供的基本服务项目全部免费。

在文化惠民政策的引领和推动下，各地农村基层文化建设创新实践成绩喜人。公益性文化事业的服务水平也在技术和体制机制的创新中不断提升。

2003 年，江苏省吴江市在全国文化系统中率先探索实践"区域文化联动"，从最初 3 个镇的文化联动发展到覆盖全市的"十镇联动"，经费投入走市场化运作与镇政府投入相结合的路子。全市 10 个镇各自创作、排演一台 90 分钟的节目，先在本镇的文化广场演出，市文化馆再从 10 个镇排演的节目中抽调部分优秀的节目组成一台综合节目，到各个镇巡回演出。每年区域文化联动大型广场文艺演出活动历时 3 个月，每周在乡镇文化广场演出 2 场，实现了区域内优秀文化资源的共建共享。

河北省邯郸市设立 2000 万元引导资金，引导各级财政投入 1 亿元支持公共文化工程，推动全市公共文化服务体系化、品牌化发展。2011 年，该市实施"欢乐乡村"农村文化工程，以群众喜闻乐见的比赛、展示为载体，精心策划了农民歌手大赛、农民太极拳大赛、农民手工艺品展、农民小品曲艺比赛、农民趣味运动会等十项活动，村、乡、县、市四级层层选拔，每项活动推出百名"乡村艺术家"，形成"以十带百、以百带千、以千带万"的链式带动，全市农村文化生活空前活跃。乡村现有文化场所利用率明显提高。

辽宁省依托广播电视"村村通"网络，传输文化共享工程信息资源，实现文化共享工程进村入户；广东、浙江等地积极发展流动文化馆、图书馆、博物馆、使社区和农村群众能够享受就近、便捷的公共文化服务。一些地区采用政府购买、补贴等方式，鼓励专业文艺演出团体到农村进行文艺演出，向基层提供优质文化服务。

"文化民生"这张常写常新的考卷，激发着人们新的探索实践，也必将带给人们更多新的收获和惊喜。

农民担纲基层文化的主角

舞台上跳着现代舞蹈的漂亮"舞者"是种菜养猪的"村姑"，抑扬顿挫地唱着"那一日钱塘道上送你归，你说家有小九妹……"的是田间地头的庄稼汉，一把二胡让人如痴如醉的竟然是一位激情焕发的农家老伯……这是浙江农民"种文化"的喜人收获。

2007 年春天，握惯了锄头种庄稼的农民兄弟，在浙江的田野上展开了一场不寻常的耕作比赛——"种文化"百村赛。临安市朱村等 8 个村通过《浙江日报》等媒体向全省农民兄弟们发出倡议：大家一起来"种文化"，开展文明多彩的文化体育活动，看看哪个村把文化活动搞得最红火、最吸引人。全省 61 个县的 115 个村参与进来，开展越剧 PK、篮球打擂、舞林大会、象棋比赛、赛诗会等活动；十几万农民行动起来，学舞蹈、习书画、演越剧、唱田歌、扭秧歌、玩摄影，热情高扬。在这场红红火火的"种文化"百村赛活动中，板凳龙、渔灯舞、莲花落、剪纸、花鼓、武术等许多在民间沉淀了上百年的"文化种子"被一个个挖掘出来；一批源于农村、扎根农村、多才多艺的农村文化能人崭露头角，并且影响带动更多村的农民一起培育着新型的乡土文化幼苗。

随着新农村建设的稳步推进，富裕起来的农民群众追求更加丰富的精神文化生活，他们不满足于旁观和被动接受，更喜欢"能够亲身参与的活动"和"当地农民自编自演的节目"。自办文化体现了这种需求。农民参与文化从"拉进来"到"争着上"，实现了从"观众"到"演员"的角色嬗变。

仅山东省胶州市就涌现 50 多个亦农亦艺庄户剧团，忙时种地闲时排练，农民唱戏农民看，柳腔、茂腔、京剧、秧歌，常年红红火火。豫西陕县农民"文化痴人"石永波，10年来"单骑走天下"，采集农村新鲜事，自编自导大戏10多部，自组剧团走村串户为农民演出。

农民自办文化不仅为农民带来了丰富的文化活动，还为农村培育了不走的文化队伍，成为新时期农村文化生活的重要形式和公共文化服务的重要补充。

如今，在浙江、福建农村，广袤的田园回荡着悠扬丝竹和激情锣鼓。在一个个乡间村头的露天戏台，台上，演员倾情演绎；台下，农民如痴如醉。据统计，目前浙江省有450多个常年演出的民营剧团，从业人员1.5万余名。这些属于农民自己的艺术剧团，活跃在山区、海岛、乡镇，每年演出15.8万余场，为7900多万人次的农民带去艺术享受。福建省有民间剧团800多个，从业人员近4万人，已形成一个庞大的文化产业，年产值超过6亿元。

河南省宝丰县的传统马街书会，每年正月都吸引全国各地的说唱艺人到这里取经、"朝圣"、一试身手，成为各路艺人和当地老百姓共同的节日。全县有近1/8的农村人口从事曲艺、魔术等民间艺术表演，他们农忙务农、农闲从艺，足迹遍布全国，每年创收超亿元，形成令人称奇的"宝丰文化现象"。

千百年来，农村一直是文化的富矿，我国许多的传统艺术都来自民间，农民主要靠这些文化形式自娱自乐。民间文化中有很多和谐文化元素，比如祈福、崇善、贵和的理念就是民间文化的核心。因此，要尊重农村本土文明的价值，发挥传统文化、民间信仰、庙会节庆等在抑恶扬善、为群众开展丰富多彩文化活动提供载体和理由方面的积极作用，延续中华优秀民间文化的根脉。

把发展先进文化与民间传统习俗相结合，农村文化才更有生命力。

十六大以来，基于对农村文化建设发展规律的充分认识与尊重，以科学发展观为指引，各级政府在构建公益性文化服务体系的同时，采取多种措施鼓励农民自办文化，充分发挥农民群众的积极性，让农民担纲基层文化的主角。

已有3批1488名国家级非物质文化遗产代表性传承人得到文化部命名，享受政府津贴。528个县（市、区）、乡镇被命名为"中国民间文化艺术之乡"。每三年一届的全国群众文艺"群星奖"评选，引导和带动基层群众文化活动蓬勃开展。

各地文化部门加强对农村业余演出队、业余电影放映队、文化中心户、农家书屋管理员、文化志愿者以及社区文化指导员等业余队伍的培训辅导，鼓励农民自办文化大院、文化中心户、文化室、图书室等。农村民营文艺表演团体得到迅速发展，农村文化市场渐趋繁荣。

据不完全统计，目前全国民营文艺院团（不含业余演出队）已超过 6800 家，年演出 200 万场以上，在繁荣基层演出市场、丰富基层文化生活、继承传统民间艺术、促进地方经济发展等方面发挥了重要作用。

文化滋养新农村的"精气神"

文化是新农村建设的灵魂。培养有文化、懂技术、会经营的新型农民，倡导文明健康生活方式，营造重德守信、和睦友爱的邻里关系、人际关系，文化都是题中应有之义。十六大以来，进一步加强农村文化建设，为农村经济社会和谐发展提供了源源不断的智力支持和精神动力。

各地开展的丰富多彩的农村文化和精神文明创建活动像磁石一样吸引着农民群众。创"十星级文明户"、村民道德评议会、"富、学、美、乐"四进农家活动、农村文化活动室建设、"农家书屋"工程、"广播电视村村通"等等，激发了农民群众求知求乐、崇善爱美、积极向上的精神追求。依托全国文化共享工程的"农文网培学校""网上大课堂"，成为全覆盖、开放式的"无围墙"学校。各地通过举办农民艺术节、农民歌会、农村文艺汇演等，让农民的文化艺术得到展示和交流，把亿万农民吸引到农村文化建设中来。文化和体育活动的开展，使农村原本平常单调的生活有了"亮色"，增添了诗意和浪漫，提高了农民的幸福指数。

发展农村文化产业，将文化建设与农民致富愿望紧密结合，实现了文化资源、文化场地等的有效利用，赋予了农村文化可持续发展的新动力。

十六大以来，发展文化产业上升为国家战略。农村保存的特色文化资源丰富，决定了农村文化产业原创性、独特性强，增长点多。

农民中的能工巧匠、民间艺术大师，一个个都是创收高手、致富能人。他们通过自己的精湛技艺、特色项目拓展市场，发家致富，进而带动乡亲们发展特色文化产业，共同致富。

陕西省凤翔县六营村三组的胡新民，从父辈手中传承凤翔彩绘泥塑艺术，现在他是陕西省一级工艺美术大师，省民间文艺家协会副主席。在胡新民的带动下，凤翔泥塑从旧时乡村"耍货"，变成了赠给美国前总统克林顿和比利时首相等世界名人的尊贵礼品，远销东南亚和欧美各国。他投资300多万元在村里建了个民俗文化传承馆，集研发、创作、授徒、生产、民俗文化旅游于一体，年设计制作生产泥塑、皮影、陶艺、版画、布艺、社火脸谱、草编等20多万件手工艺品。目前，全村有1000多人从事泥塑产业，户均年增收四五万元。

甘肃省庆阳县香包由民间祈福辟邪的小挂件摇身变成当地经济发展的"顶梁柱"，目前，该县香包生产企业百余家，从事香包刺绣产业的妇女3万多人，占全县农村妇女劳动力总人数的30%以上。产品有绣花鞋、绣花鞋垫、枕顶、香包等20多个大类5000多个品种，远销美国、日本、欧盟、东南亚和港澳台地区，年销售收入1亿多元。

浙江省东阳市画水镇石鼓岭下村毗邻义乌国际小商品商贸城，该村年轻夫妇们去商贸城开店，年长的在家做手工艺品——"中国结"，一个农妇一年收入3万多元。

立足乡村自然、文化资源发展起来的"乡村游""农家乐"，将第一产业和第三产业有机结合，成为农民增收新亮点。

2004年，胡锦涛总书记在视察上海崇明县时指出："农家乐前途无量。"2006年，国家旅游局首次确定"中国乡村游"旅游年，打出"新农村、新旅游、新体验、新风尚"的口号，大力推动"农家乐"旅游的发展。数年间，这种以"赏农家景、吃农家饭、住农家屋、采农家果、干农家活、体验农家风情"为特色的乡村旅游形式，在全国如雨后春笋般大量涌现，并逐步发展出农家庄园、花果采摘、土地认养、古镇民俗等不同类型的"农家乐"旅游模式和品牌，衍生出"牧家乐""渔家乐"等旅游产品，成为城市居民休闲、增加农民收入、缩小城乡差距的重要产业。目前，全国已有农家乐150万家，实现乡村旅游总收入1200亿元。

而且，这种以农户庭院为载体的旅游形式，使农民有机会真正以主人的身份接待城里来的游客。乡下人的善良淳朴、热情好客，赢得城里人的真心尊重；农村特有的田园风光、民俗文化、传统手工艺等，让城里人无限向往好奇。在与城里人面对面"零距离"接触中，农民看到了自身拥有的资源优势，变得更加乐观自信。

云南省澜沧县老达保音乐村，以艺术赋能乡村振兴。图为拉祜族乡亲吹奏迎宾曲。

特色文化产业成为推进乡村产业兴旺的重要增长点，也成为吸引文创人才下乡、新农人返乡创业的重要平台和推手。乡村特色文化产业，迎合了现代人寻觅乡愁、返璞归真的文化心理和消费需求，有着广阔的市场。

亿万农民完全有理由为自己的文化感到自豪。我国的非物质文化遗产主要存在于广大农村地区。深深植根乡土的民俗文化、民间技艺，以及农民们创造、奉献的极具特色的文化产品、文化资源、文化活动，使我们的广大农村充满了活力、魅力，更具精气神儿。乡村文化繁荣发展的综合效应日益彰显。

2012 年 8 月 25 日

喜闻村寨读书声

茫茫黑夜里，有一盏灯光最明亮，最吸引人，那是散落在大江南北、村村寨寨的农民图书馆阅览室发出的灯光；万籁之中，有一种声音最悦耳，最激动人心，那是几千年来只能与泥土打交道的农民兄弟姐妹从肺腑里发出的琅琅读书声。

与城市一度风行"追星热""文人下海热""吃喝消费热"等虚躁症状不同，近年来，我国农村悄然崛起了一座座象征文明与进步的县、乡、村级图书馆。据统计，目前全国共有县级图书馆 2211 个，乡镇一级图书馆 4 万余个，村文化室、图书馆近 34 万个。农民们从送子女上学，望子成龙，到自己也进夜校、上图书馆，体现了新时代农民的崭新风貌。

在江南水乡，江苏宜兴县的农民编出了顺口溜："要想富，就要到乡镇图书馆里落个户。"在东北黑土地上，吉林梨树县的农民形象地概括："要想扎上富根子，先要啃动书本子；只有啃定书本子，才能抓到钱串子。"

在闽东山区，渴求知识的农民们因陋就简，巧动心思，创造性地摸索出了"一分钱读书社""书籍银行"等好的读书形式。村民们只需每天拿出一分钱投入，就可以办理借书证，借阅书社里的所有图书，这叫"一分钱读书社"；"书籍银行"则是农民们把自己手中的零散图书存入"银行"，然后可免费阅读"银行"里的所有图书，每年还可收回一定的奖金，作为"存书"的回报。这种变零为整、集腋成裘的办法，已在许多偏远地区农村得到推广普及，很受农民群众欢迎。

广西、宁夏、青海、湖北、河北等省、自治区还结合地方特点，在牧区、农村建立"文化大篷车""流动图书馆",方便农牧民日益增长的读书求知需要。文化扶贫委员会、共青团中央、新闻出版署、农民日报社等联合发起实施的"万村书库"工程,为全国两万个村庄建立起"万村书库"图书室,被村民们称作"及时雨"、文化扶贫的"希望工程"。在此背景之下,送书下乡,送文化下乡,帮助农民提高科学文化素质,成为全社会的共同行动。书籍成了最受农民欢迎的特殊礼物。许多农民通过读书,学到了法律知识,卫生常识,懂得了怎样教育孩子,如何科学种田。睁眼瞎成了明眼人,许多人因此走上了科技致富路。

有调查表明,我国的农业科学技术,由于要与大量文盲和半文盲结合,载体的文化素质低,影响了科研成果的推广率,平均只达到30%—40%。而在农民读书用书蔚成风气的河北辛集市,全市农业科技普及推广率就高达85%。

读书,使农民致富奔小康插上了文化的翅膀,获得了有力的智力支持;读书,也改变着农民传统的生活观念,生活方式。夜晚和农闲,到图书馆、阅览室读书看报的多了,封建迷信、赌博等消极现象就少了,改善了农村社会风气,提高了农村社会的文明程度。现在已有不少农民家庭有了藏书,河北唐山市1993年表彰、命名了20名农村"藏书大王""藏书模范"。辛集市农民每年户均购书订报开支40元,藏书50册以上的已达4000多户,藏书500册以上的有1000余家。山东禹城市农民家中不挂财神摆书本。女儿出嫁,有些家长用科技图书做"嫁妆"。农民读书已成为一种光荣和时尚。

抚今追昔,我国农民读书出现过两个"黄金时期"。一是20世纪50年代初期,伴随着中华人民共和国的诞生,打破了历代统治者的愚民统治,农民在政治上翻身做了主人。昔日"穷棒子",如今要上学堂,识字班、扫盲夜校,留下了他们最初矫捷的身影。再就是,改革开放以来,家庭联产承包责任制的实行,使农村原有的生产经营方式发生了根本性的变革,一家一户的农民开始拥有真正意义上的经营权和自主权。如何尽快脱贫致富,成为每个农民必须自身去思考和解决的大问题。掌握科学技术,为致富而读书;学习文化知识,为改变自身命运和提高生存质量而读书,成了广大农民群众的现实需要和必然选择。

睡狮已醒。曾以"泥腿子""大老粗"自居的9亿农民,终于有了对科学与文化的自觉追求。这种发自农民群众内心的新鲜而强烈的读书冲动、读书热情,令每一个有历史使命感的炎黄子孙都不由得感奋。有识之士进而提出,少吃一顿招待饭，少买一辆进口豪华车，省下些钱用于买书、出书，教育农民，帮助农民提高素质。因为只有农民素质的提高，农村社会的全面进步，才是真正实现我们民族富强之时。已往的事实已经表明，每一次全民读书风气的形成，必然带动整个社会的共同文明进步。那么，就让我们以此作为献给共和国 46 岁生日的美好心愿和吉祥祝福！

1995 年 10 月 8 日

阅读，让精神世界丰盈芬芳

书籍是人类进步的阶梯；阅读是获取知识、启智增慧、培养道德的重要方式，更是传承文明、提高国民素养、建设文化强国的重要途径。近年来，我国深入开展全民阅读，推进书香社会、书香乡村建设取得喜人成绩。

各地通过读书节、读书月、读书周、阅读日、好书推荐等形式，开展特色鲜明的全民阅读活动；"北京阅读季""书香中国·上海周""书香荆楚·文化湖北""南国书香节""书香八闽""三秦书月""深圳读书月"等，打造阅读活动品牌；"阅读之星""书香家庭""乡村阅读榜样"推选等，发挥榜样示范带动效应，点燃大众的阅读热情。

全民阅读，让中华民族的精神世界更加丰盈深邃，让乡村振兴的铸魂工程坚实浑厚。

让阅读成为受推崇的生活方式

中华民族是一个热爱学习、勤奋读书、自强不息的民族，历来有"读万卷书、行万里路"的传统，传承着"耕读传家、诗书继世"的理念，焕发出生生不息的精神力量。

进入新时代，党中央、国务院高度重视全民阅读。2012年，"开展全民阅读活动"写入党的十八大报告。此后，"全民阅读"连续 10 年写入政府工作报告。

我国于 2016 年发布《全民阅读"十三五"时期发展规划》。2020 年，中央宣传部印发《关于促进全民阅读工作的意见》，全面部署深入推进全民阅读。2021 年，"深入推进全民阅读，建设'书香中国'"写入"十四五"规划和 2035 年远景目标纲要。2022 年 4 月 23 日，习近平总书记致信祝贺首届全民阅读大会举办强调，"希望全社会都参与到阅读中来，形成爱读书、读好书、善读书的浓厚氛围。"2022 年，"深化全民阅读活动"写入党的二十大报告。

一系列重磅举措，加速推进全民阅读事业，氤氲书香逐渐飘满中华。阅读成为受到广泛推崇的一种生活方式。

无论在城市还是乡村，每到周末，公共图书馆、实体书店、农家书屋、城市书房，或文化礼堂、书院、书吧，都会变成爱书人的聚集地，读书会、文化沙龙等文化交流活动不断上演。

周末到社区图书馆看书的进城务工青年。摄于广东省深圳市宝安区石岩街道。

数据显示，我国目前共有公共图书馆 3200 多个，93% 的县（市、区）建成图书馆的总分馆制，分馆数量 4.9 万个。58 万余个农家书屋枕着乡土大地，不断提升服务效能，成为农民的心灵驿站、精神家园。在国家政策扶持和全民阅读活动推动下，我国实体书店数量不断增加，7 万余家各具特色的大小书店遍布各地，为读者提供了更多综合性文化空间。

各地不断创新阅读服务，多措并举保障人民文化权益。在四川成都，社保卡就是借书证。政府部门在给市民发社保卡前，在芯片中置入了公共图书馆的借阅系统。城乡读者在成都市所有公共图书馆，直接刷社保卡即可借书，全市通借通还，还能免费使用成都数字图书馆的海量资源。广东深圳通过阅读阵地建设，构建"十分钟文化圈"，大力推进"一区一书城，一街道一书吧"布局，每年依托书城书吧开展超过 1 万场公益文化活动。福建省今年有 101 家图书馆、博物馆、文化馆、美术馆试点错时延时开放。

伴随着全民阅读的产品丰富性、资源共享度、设施便利化、服务多样性不断提升，越来越多的人投入阅读、爱上阅读，让自己的精神世界丰盈芬芳。

书香中国的乡村版图熠熠生辉

"我就是想让书香离农民近一些。""读一本书，脑袋里就多了一点东西。它可能让人找到一条致富路，或者想明白一件事，都是有好处的。"多年来，辽宁省阜新蒙古族自治县八家子镇 18 个村屯的乡间小路上，一个农用四轮车改造的"流动书屋"成为一道别致风景。

在八家子镇八家子村，69 岁的农民刘作全从 2003 年开始办书屋，他收书、买书、藏书，为村民送书。他相信知识改变命运，并为此努力着。如今，一拨拨孩子喜欢泡在刘作全管理的农家书屋里做作业、看书，乡亲们也经常过来坐坐。"最愿意过守着孩子们看书的下午，这里有希望。"刘作全说。2021 年，义务送书、推广阅读十几年的刘作全获评"乡村阅读榜样"。

"发现乡村阅读榜样"活动，是中宣部、农业农村部共同主办的"新时代乡村阅读季"系列活动的重要子活动，已连续举办四年。一批热爱阅读、热心公益、引领乡风文明的乡村阅读榜样涌现出来，发挥示范带动作用，有力推动了农民阅读习惯培养，文化素质提升，农村看书用书风气渐浓。

"阅读就好像心里头的那一片光亮，给我提供精神的支撑，让我不管遇到什么困难，心态都能比较平和。"不断开展公益阅读活动，推动全民阅读特别是农村少年儿童阅读的"乡村阅读榜样"李刚说，他是阅读的受益者，也愿做阅读的推广者。

如今，随着数字技术的发展，阅读的方式更开放也更多元。5G、AI、VR、AR等技术与阅读融合，人们从细品墨香的文字相伴，到"一屏万卷"的电子阅读体验。技术进步"加持"数字农家书屋建设，大大消弭了城乡阅读鸿沟，公众随时随地都能享受阅读并受益。

2022年"乡村振兴十大阅读推广人"李济远深知阅读对农家子弟个人成长，对乡村全面振兴的重要，他说："阅读可以充盈自己，温暖他人，照亮文明乡风。亲子共读共成长，书香家庭必将成为乡村振兴的强劲力量。"

越来越好的阅读环境、条件，不断涌现的群众身边的阅读榜样、阅读推广人、优秀农家书屋管理员、文化乡贤、书香家庭、书香社区（村）等，让书香中国的乡村版图熠熠生辉。

2023 年 4 月 22 日

幸福草原　文化相伴

——内蒙古乌兰察布市察右后旗美丽乡村见闻

盛夏草长莺飞时节，走进内蒙古自治区乌兰察布市察哈尔右后旗美丽乡村，感受草原文化，聆听蒙古族英雄部落的历史，追寻农牧民生活的新变化。

草原书屋里的呼斯乐和安其乐小朋友

8月1日上午，记者来到草原深处的察右后旗白音察干镇哈牧嘎查，见到青壮年农牧民有的忙着牧家乐旅游接待，有的在大片金灿灿的葵花田里干农活。嘎查（村）文化中心里，老年人读书看报，怡然自乐。11岁的呼斯乐和10岁的安其乐正在下蒙古象棋。见到记者，他俩用蒙语打招呼——"赛诺（音）"！见客人没听懂，又改用汉语："您好！"引发一阵欢笑声。

呼斯乐，蒙语希望的意思，安其乐，蒙语天使的意思，他俩都是察右后旗蒙古族学校的学生。"现在政府重视蒙语教育和蒙古族文化传承，孩子们到旗里的民族学校上学，学费、书杂费全免。民族学校实行蒙语、汉语、英语三语教学，承载着民族人才培养的重任。"嘎查（村）支书周玉龙（蒙古族）说，"学校组建了美术、安代舞、筷子舞、马头琴、蒙古族摔跤等多支课外兴趣小组，这两个孩子在蒙古象棋兴趣小组里成绩优秀，暑假回村里教会了许多大人和小朋友下棋。"在孩子们的带动下，草原书屋里体育文化类的图书成了抢手货。

察右后旗，历史上是蒙古族察哈尔部的生息之地。察哈尔部曾经作为成吉思汗的近卫军，他们传承了蒙元宫廷文化的庄重华贵，汇集了蒙古诸部文化的博大精深，形成独具特色的察哈尔文化。18世纪50年代，沙俄势力不断侵扰蚕食我国边境地区，清朝政府从察哈尔八旗调遣数千名官兵、家眷等前往新疆伊犁永久驻防，戍边卫国。草业民族对中国历史的贡献令人肃然起敬。近年来，察右后旗以弘扬察哈尔文化为重点，建起了察哈尔文化专题博物馆、文献馆、传承中心，一大批非物质文化遗产得以保护，发扬光大。随着公共服务"十个全覆盖"工程实施，草原书香文化氛围更加浓郁。察右后旗先后被授予"中国民间文化艺术·阿斯尔音乐之乡""内蒙古察哈尔文化研究开发保护基地""内蒙古'一旗一品'文化品牌示范旗"等多项殊荣。

"牧家乐"让游客做一天真正的蒙古人

丁克尔扎布是乌兰哈达苏木（乡）阿达日嘎嘎查庙沟浩特（自然村）牧民。他管理着村里的草原书屋，还经营着"牧家乐"。去年他家接待游客3000多人，收入10多万元。

庙沟浩特邻近乌兰哈达草原火山群，距察右后旗政府所在地白音察干镇18公里，地理位置优越。近年来，得益于自治区"少数民族特色村寨"建设工程，以及实施"十个全覆盖"提供的良好人居环境，庙沟浩特居民中有一半家庭开起了"牧家乐"，其余牧民到"牧家乐"帮工，或以制作食品为主业。同时，牧民们户户都有几千亩草场，饲养着规模不一的羊群。

"从前把羊都卖给了羊贩子，价格比较被动。现在我养240头羊，基本上都用在自家的牧家乐了，游客们吃得放心，我也能自己掌控价格。很多游客都喜欢购买一些肉类和奶食带走。"丁克尔扎布说。

让丁克尔扎布和邻居们感到自豪的还有，游客们对火山草原和牧家乐纷纷点赞——"这里民风淳朴，老乡热情。生态好、草场好，夏季凉爽，太适合避暑休闲了！""这里密集型的火山群遗址难得一见。还有手把羊肉、传统手工制作的莜面和奶食品实在太好吃啦！"每每听到这样的赞美，牧民心里比喝了蜜还甜。

与阿达日嘎嘎查相邻的白音淖尔嘎查，6户牧民以合作社的形式发展牧家游，统一经营管理。白音淖尔嘎查牧家游集中点的白色蒙古包群在绿色草原上格外醒目。在这里，游客可以参与到骑马、射箭、赶勒勒车等蒙古族传统体育活动项目中来，体验蒙古族民风民俗，"做一天真正的蒙古人"。牧民托雅家的蒙古包今年夏天几乎天天有客人，她既是经理，又是服务员，还是歌手。浓郁民族特色的牧家游受到全国各地游客的青睐。

目前，全旗有白音淖尔、西坡、阿力乌素、察汗不浪、庙沟、那仁格，阿牧、哈牧、丁木其沟、红旗庙、巴音等10多个嘎查浩特开展"牧家游"。

"十个全覆盖"公共服务让牧民安居乐业

阿布达尔浩特是哈牧嘎查一个蒙古族为主体的自然村，过去这里环境脏乱差，只有一条土路通向外界，村民"晴天一身土，雨天两脚泥"。而今的阿布达尔家家院落整洁，道路平整，洁白的围墙上蒙古族图案散发出浓郁的草原气息。

牧民娜布其大娘指着宽敞舒适的砖房感叹：是"十个全覆盖"的好政策让她告别了40多年的三间土房。以前生活很不方便，吃水要到村子外去挑，现在只需拧开水龙头就可以了。村里图书室、棋牌室、卫生室、便民超市等基础配套设施一应俱全。

走进嘎查"便民连锁超市"，宽敞明亮，各类货品琳琅满目，收银台还有POS收款机和电子秤，方便村民们选购和结算商品。谁能想到，这样一家"高端大气上档次"的超市，只是察右后旗草原深处一个普通嘎查村的商店。"以前总觉得城里人买东西都上超市，挺羡慕的，现在我们这儿也有啦。"娜布其满意地说。

为了改善农牧区生产生活条件，缩小城乡差距，让广大农牧民更多地享受均等的公共服务，2014年以来，察右后旗积极实施自治区党委政府提出的"十个全覆盖"工程，推进危房改造、街巷硬化、安全饮水、社会保障、通电、通广播电视通讯、校舍建设及安全改造、嘎查村标准化卫生室、文化活动室、便民连锁超市等建设。358个村庄将华丽变身。

"村容村貌美了，生产生活条件改善了，农牧民的精神文化需求更加强烈。我们把'十个全覆盖'工程与乡风文明建设相结合，深化'乡风文明大行动'，把孝道、诚信、礼仪等传统文化和村规民约内容上墙，图文并茂的文化墙成为村民家门口的活课堂。组织开展阅读分享、礼仪讲座、文艺表演、体育竞赛等活动，引导文明生活方式，提升农牧民综合素质，农牧民的精神面貌焕然一新。"察右后旗旗委常委、宣传部长张秀清说。

记者离开哈牧嘎查时，一群活泼可爱的小朋友正在文化室前广场上玩搏克（摔跤）游戏，其中就有呼斯乐的身影。从呼斯乐、安其乐这些可爱的小天使们身上，我们看到了马背民族、草原文化充满生机和希望的明天。

2016 年 8 月 12 日

谁动了我的文化"蛋糕"

——影响农民文化权益保障的实践和认识误区

多年的记者生涯，有机会采访各地不断完善公共文化服务体系建设的成果、经验，聆听基层文化工作者坦率的建言、思考，感到近年来我国农村文化建设有不少起色，但喜中也有忧。这里只报忧，重点谈谈影响农民文化权益保障的实践和认识误区。

误区一：重老年文化建设，轻中青年文化需求

农村文化建设应该覆盖每个年龄的农民群体，但是从当前村级文化现状来看，一些地方存在着重老年文化建设，轻中青年文化需求的现象。

据浙江百村农民文化生活调查课题组的调查显示，不少地方村级文化设施都是以老年文化室为主。电视机、几副棋牌、几份报刊，还有室外的健身路径，老年农民在这里看电视，玩玩棋牌，满足人与人之间的交流需要；中青年农民渴望的文化科技类图书相对较少，有的图书室里图书结构欠合理，缺少阅读的吸引力，电脑更是难觅踪影。从村级文化活动来看，老年人自娱自乐的娱乐和健身比较常见，中青年农民最迫切的文化科技培训等比较少见。

在欠发达地区，一些村子里年轻人外出经商、务工，老年人和小孩留在乡村，村级文化活动开展中，渐渐忽略了青年人的文化需求，个别村子青年文化呈

现沙漠化现象。

中青年农民群体是新农村建设的主力军，若他们正常的文化需求长期得不到很好的满足，特别是有些地方中青年农民在新农村文化建设中集体缺席，这对于农村文化的长远发展极为不利。

误区二：基层文化"群众办，领导看"

一些地方领导片面追求农村文化的表面效果，"检阅""汇演"等冲击了农村文化的基础。这是农村文化建设中的又一个误区。

山西省原平县新原乡南滩村文化户曹申义说，每年的元宵节、中秋节期间，都是农村文化集中体现的日子，农民自发地组织各种文艺形式，载歌载舞祈祷与庆祝一年的丰收。早些年，农民大都是自己凑钱、自己组织、自己排练，然后自己观看，自娱自乐。可如今却不一样了，每年的元宵节、中秋节大都是以县市来组织农村文艺汇演，还要搭建一个像模像样的群众文艺检阅台，主要领导坐在台上，对农民文艺进行检阅。这些节目除了"汇演"之外，多数农民反而看不到了，出现了农村乡镇文化"群众办，领导看"的两张皮现象。

由于为谁演和给谁看的问题解决得不好，原来许多非常民间化、小型化的文艺形式没有了，比如过去只要一个人、两个人就可以表演的民间文艺"二鬼摔跤""海蚌扣妖精""二人社火"等形式再也见不到了，甚至连高跷都很少见了，代之而来的大都是现代形式的"威风锣鼓""彩车""大秧歌"等。表演场面宏大、气派，可是这样的形式在农村并不适宜。

误区三：文化工作"说起来重要，忙起来不要"

乡镇文化站作为农村公共文化事业机构，担负着组织广大农民群众开展群众文化活动和辅导乡村文化的重任，是新农村文化建设最前沿的阵地。因为政绩考核中文化工作所占比分过低，划归乡镇政府领导管理后，农村文化站职能大为弱化，文化站干部不能集中精力从事文化工作的情况非常突出。

有的乡镇领导对农村文化工作"说起来重要，做起来次要，忙起来不要"；一些文化站干部"种别人的地，荒自己的田"，导致文化站对农村文化组织辅导职能的丧失。

调查中发现，由于管理不善，一些农村文化活动室成为一些人公开赌博的场所。

有些农户自己掏钱办起了"股份制文艺演出队"与"份子剧团"，经常外出演出，可以赚一点钱来发展自己的事业。但是，由于一缺编剧、二少剧本、三缺演出经纪人，节目、剧目大都陈旧，无法推陈出新，演出水平无法提高，很难长期办下去。有时甚至还会演出一些内容低下的黄段子来取悦观众。而"合伙文化大院"也同样因为缺乏必要的引导与扶持，缺乏与外界的有益交流，一开始还办得红红火火，后来便越来越失去其吸引力，大多会中途夭折。

呼吁：面向农村的文化服务更贴近农民

针对现实存在的影响农村文化健康发展的因素，首届全国乡镇文化建设论坛提出了政策建议。要强化政府对农村文化建设的行政考核力度，从制度上努力实现和保障农民的基本文化权益。乡镇基层文化必须让农民唱主角，要以农民满意不满意作为衡量政府公共文化服务的标尺，让面向农村的文化服务更贴近农民。改变过去那种送文化下乡，演出内容和演出团体上级部门指定，农民没有发言权的现象。

针对农民求知愿望强烈的特点，在统筹城乡发展中，政府要整合城乡文化资源，在农村开办"乡村大课堂"，把高质量的人文素质讲座、科技知识培训和经商之道讲座有机地结合起来。城里的专家和有真才实学的农村能人上台讲课，让优秀的文明成果助推农民致富奔小康，不断提升农民特别是中青年农民的文化素质。普及网络知识，缩小城乡数字鸿沟。

各级文化业务部门要工作重心下移，阵地前移，积极开展面向农村文艺骨干的各类公益性文艺培训，努力提升农村文化团队的水平。同时，通过建立村落文化联系点等方式，加强面向农村文化辅导的力度，打造属于农民自己的文化骨干队伍。

2007 年 6 月 30 日

"文化管家"请进村

近年来，随着公共文化服务体系建设向农村延伸，各级政府和文化部门送进村或帮助建设的数字影厅、农家书屋、文化共享工程服务点、文化活动站等文化设施不少，为群众在家门口读书看报、享受多样化文化娱乐，提供了硬件基础。

然而，记者在多地采访发现，农村中真正能把这些文化资源充分利用起来的并不多。由于农民大多不会使用文化设备，村里缺乏专人管理，文化站点常常是"铁将军"把门，部分文化设施成了摆设。

如何管好用好这些惠民文化设施？记者撷取几个地方的探索创新经验，他们通过聘请"文化管家"盘活农村文化资源，激发乡村文化活力的做法，希望能给人以启示。

村村竞聘"文化管家"
——京郊延庆的创举

自我陈述、现场提问、才艺展示……这阵势，不是大公司的面试，而是北京市延庆县大榆树镇招聘村级文化管理员的一场面试。选拔的文化志愿管理员，将专门服务于农村和社区群众的文化生活。

为改变基层文化资源未能有效利用的现状，2009年底，大榆树镇投入20多万元，在全镇公开招聘一支相对年轻、文化水平较高的村级文化资源管理员队伍。78 名农民在一个月时间里，经历了考前培训、笔试、面试、技能操作等环节的竞争，最终 25 人被聘为村级文化资源管理员。镇政府每月每人发放固定补贴 400 元，并根据工作任务完成情况和业绩，设立 300 元绩效补贴。

下屯村文化资源管理员朱建霞上岗后，在全镇第一个组建起农民合唱队，还把落满灰尘的数字影厅重新整修开放。如今，一到晚上这里就变成了迪厅，村民聚在一起跳到晚上 10 点多都不愿散场。和朱建霞一样，这些"文化管家"活跃在全镇各个角落，担负起 25 个村文化资源的管理和维护，使原本冷清的数字影厅、书屋等门庭若市，原本闲置的数字文化资源成了农民素质提升的良师益友、大课堂……

基层有了"文化四大员"
——山东茌平的经验

"农村书屋管理员、文艺指导员、计算机操作员、编导创作员这四大员，对激活农村文化资源起到了重要作用。"山东省茌平县文体局局长仇长义向记者介绍。

目前，茌平县农村文化大院覆盖率已经达到 100%，为不让各类文化设施闲置，该县在每村选拔 3—5 名文化能人，成为农家书屋管理员、文艺指导员、计算机操作员、编导创作员，负责管理村里的文化设施，并带头组织群众开展文体活动，县里定期组织培训。目前，"文化管家"队伍已扩大到 2000 人。

杜郎口镇鲍庄村农家书屋管理员曹茂杰上任后，把 3000 余册图书分门别类精心编上了号码。"这里农忙时每天开放 4 小时，农闲时全天开放，一时看不完的，可凭借书证拿回家看。"曹茂杰说。

博平镇袁楼村的"文化管家"袁维旺上岗后，在村里组织了一批爱好文艺的村民，组成演出队，活跃在村里的文化舞台上。

文化能人管理文化，文化资源活起来。如今，全县已建成 6 人以上的草根文艺队 196 支，培养文艺骨干 2000 余名，培育农民编创人员 300 多人，涌现出文化户 240 个。去年，这些村级文艺队演出 1650 多场次，直接参与群众 1 万多人，观众达 31 万人次。

<h2 style="text-align:center">文化特派员"师带徒"</h2>
——浙江三门的妙招

"通过文化特派员的精心引导，我们泗淋乡培养了 33 位具备文艺才能的骨干，组建成'读书小分队''书法小分队''棋艺小分队''舞蹈小分队'等 9 个文体队伍，带领广大村民利用业余时间开展丰富多彩的文化活动。就拿舞蹈队来说，起先参加的人少，看热闹的人多。后来，大家伙儿都争着上啦！"浙江省三门县泗淋乡宣传委员徐秀琴告诉记者。

近年来，三门县探索建立"农村文化特派员"制度，引导本土文化人才以"驻点联村"的方式开展文化服务。按照双向选择的原则，全县精心组建了一支由县、乡文体干部、各类文艺协会人员、学校艺术类教师、文化志愿者组成的"文化特派员"队伍。他们以一人联系指导一村的方式，开展驻村群众文化生活和文化资源调研工作，协助管理所驻村的文化俱乐部，组织和指导形式多样的群众文体娱乐活动。县里对优秀农村文化特派员给予奖励。

驻点联村的文化特派员，以"师带徒"的方式，带动 10 名村级文化骨干，每名村级文化骨干又带动 10 名村里的文化爱好者，发展一批"文化示范户"和"民间艺术能人"，快速有效地形成了基本固定的基层文化活动队伍。

2010 年 5 月 29 日

四海同欢乐　天涯共此时

——2008 年北京奥运会开幕式侧记

有朋自远方来，不亦乐乎。8 月 8 日晚，中国人民以具有浓郁中华文化内涵的方式，热烈地欢迎来自全世界的八方宾朋。东风夜放花千树，更吹落，星如雨。浓郁东方特色的北京奥运会开幕式庆典活动，向世界展示了一个五千年文明古国博大精深的传统，多姿多彩的文化以及 13 亿中国人民对和谐世界的向往。

祥云地毯铺开。浪漫的焰火，神话般光影编织的五环。古筝弹奏高山流水，悠扬古曲与青春扭动的曼妙舞姿，在圆融的鸟巢穹顶下珠联璧合。书法、汉画像、戏曲、丝路、礼乐、飞升的写意中国画等惊艳全场。勇武的兵马俑，列队手捧竹简，排山倒海而来，古朴而充满意志力。活动的汉字，组合变换着古老长城的意象……在人类的文明中，汉字具有独特的美。小小的符号变换无穷，包容了宇宙万物，传达出中国关于人与人、人与自然的最古老的人文理念：和为贵。

龙舟竞渡，象征着勇敢、毅力和团结和谐。华表、鼓乐、琵琶、古琴……中国文化元素次第展开，美轮美奂，曼妙无比。咫尺之图，画江山万里；水墨丹青，写天地日月；盛世强音，颂人间和谐。现代光纤技术展现的和平鸽、燕子，星光组成的奥运"鸟巢"，吉祥而美好。人类共同的家园——地球冉冉升起，随着光影变换出不同的意象。霎时间，烟花喷射，美丽绽放，天空出现无数张孩子们灿烂的笑脸。和谐纯净优美的主题歌唱起，歌声回荡在整个国家体育场，穿越"鸟巢"穹顶，飞越五大洲，把人类的心灵紧紧连接在一起。孩子们的笑脸再一次闪亮天空，如星星般纯洁善良，预示全世界和平美好的未来。雷鸣般的掌声响起，这一刻我们不再孤独，这一刻世界同欢，这一刻我们信心和力量增强。

和平幸福，人同此心，心同此理。体育是人类共有的财富，体育是人类共同的语言。在人类文明之火的照耀下，世界体育迸发出前所未有的激情。在这一刻，北京既是拼搏的赛场，也是全世界人民团结的象征。

文艺演出后，运动员入场。现场挥舞的各色旗帜，忘情的呼喊，每个人都是集体的一分子，每一波声浪都汇成和谐的海洋。不论大国还是小国的运动员入场，同样的掌声和欢呼声为他们加油。全世界人们的代表，此刻集中在北京奥运鸟巢载歌载舞，尽情狂欢。每个人都受到最真诚的礼遇，每个人都给予别人最真诚的祝福。给别人的欢乐同时也增加和放大了自己的欢乐，这里启示一个平凡而朴实的真理。大千世界，和而不同。因为有不同的服饰、不同的语言、不同的肤色、不同的文明，人类的大家庭才精彩，才够丰富。今夜，让我们互相走近，走近彼此的心灵，为彼此的文明而喝彩；明天我们把和平的歌声和祝福传遍世界的每一个角落。同一个世界，同一个梦想。你和我，我们是一家人；我和你，一起创造明天。

奥运的北京和世界在一起，世界与北京同欢乐。正如国际奥委会主席雅克－罗格所说："奥林匹克运动首次来到中国，这对于中国体育事业，甚至整个奥林匹克运动都是一座重要的里程碑。"2008 年 8 月 8 日晚 8 时至深夜，北京奥运会主场馆"鸟巢"，全世界共同见证了一段历史的诞生！

2008 年 8 月 8 日深夜完稿于鸟巢体育场。

农民体育折射乡村巨变

金秋时节，第六届全国农民运动会在福建泉州成功举办，吸引了全国的目光。在农运会这个精彩舞台上，农民成为主角，竞技成为载体，健身成为主题，欢乐成为主调。农民运动会让城里人看见了乡村的活力、农民的风采，也让农民意识到自己的劳动之美、强健体魄之美。它激励广大农民朋友以更加自信、昂扬的姿态建设美好新生活。农民体育折射乡村巨变，体育的巨大社会效应日益显现。

从"劳动当体育"到"体育当劳动"

"生活越过越好了，穿着休闲裤和皮鞋，下地劳动越来越少了，身体就越来越胖了。"今年50岁的福建晋江市龙湖镇烧灰村村民洪我益说，"在泉州举行的全国农民运会提醒了我，要多参加体育锻炼。"烧灰村是晋江一个普通村子，有3600多位村民，村办企业17家，村民人均纯收入达到9000多元。30年前，村民守着一亩三分地，靠种些地瓜、小麦、花生等勉强度日。那时，村里没有建任何体育设施，村民天天下地劳动，就等于天天有体育锻炼。现在，耕田种地实现机械化，村民多数在企业上班，都把体育运动当成了"劳动"。从"劳动当体育"到"体育当劳动"的变迁，真实地反映了改革开放30年来许多地区农民生产方式、生活内容发生的巨大变化。

据中国农民体育协会秘书长王福来介绍，目前全国三分之二的县市建立了农民体协，三分之二的乡镇也建立了体育组织。这意味着，正在逐步形成和完善的农民体育组织网络，已覆盖了全国约 6 亿农民。

本届农运会举办地福建泉州的晋江市，300 多个村竟有 800 多个灯光篮球场。

体育凝聚人气，让大家团结在一起

农运会龙舟比赛现场的一幕情景让我难忘：10 月 28 日，上百位在泉州打工的贵州籍农民工朋友，看到电视新闻后闻讯赶来，为家乡的龙舟队加油助威。他们拉起横幅，挥舞国旗，激情呐喊，成为赛场的一道亮丽风景。比赛结束后，贵州队队员主动到场边与啦啦队合影留念，并拉着他们的手一再表示感谢。

同样感人的还有代表东道主福建省出赛的福州郊区浦下村龙舟队，他们身后跟来了 200 多位铁杆"龙舟迷"。村主任刘文松说，浦下村有 20 多支龙舟，600 多位龙舟高手。每年端午节村民都自发举行盛大的龙舟比赛，许多在外地经商办厂的村民也会赶回来。体育竞技活动使村民精神焕发，现在村民办的企业就有 160 多家。

开展农村体育活动，对于培养村民的团队精神，凝聚人气，鼓舞人心，沟通干群关系、人际关系，都非常有好处。福建惠安县螺城镇镇长曾伟民，每天一大早就出现在晨练的队伍中。镇上的人从好奇、惊讶，到伸出大拇指。镇长带了头，村、组干部都动了起来。这个镇成为全国体育先进示范单位。曾伟民说，我们的一些基层干部天天泡在牌桌上，醉在酒桌前，群众当然不满意。现在党中央抓干部作风这很好，你与村民们一起跑步，你与他们一起锻炼，你下乡肯定不会带"保镖"，不再溜边躲群众了。他意味深长地说，我们多了一张球桌，就少了一张赌桌；多了几声球场的欢笑，就少了几句纠纷。

体育，还成为城乡互动、村企联合的纽带。一些城市企业看中农村体育项目文化底蕴深厚，有广泛的群众基础，主动上门寻求合作，打造品牌体育队伍。这次农运会上，许多村级代表队的队员服装上都印着合作企业的标志。

愿体育之花开遍乡村大地

我国是世界上唯一定期举办全国农民运动会的国家，充分体现了党和政府对全国亿万农民的关怀。20 年来，农运会已成为检阅中国农村体育成就，推动农民参与健身，展现农民精神风貌的平台和窗口。

两年前开始在全国实施的"农民体育健身工程"已初显成效。国家体育总局等部门计划通过政策引导、竞赛推动和激励表彰机制等，在"十一五"期间投资 30 亿元完成 10 万个行政村的农民健身场地设施建设，在 1.5 亿农民的家门口修建健身场地和设施，仅去年就已投入约 2 亿元实施农民体育健身工程。

但是也应当看到，我国农村体育总体上还比较薄弱，农民参与体育的意识和身体素质仍有待提高，农村文化体育建设仍有待大力加强。各地各级政府要站在统筹城乡发展、共建和谐小康社会的高度，切实推进公共文化体育设施建设的重点向农村倾斜，加强对农民体育健身活动的科学指导，让农民群众共享包括体育进步在内的改革发展成果。愿体育之花开遍新农村大地。

2008 年 11 月 1 日

和美乡村篮球比赛。

农味文化魅力挡不住

——村 BA 爆火现象观察

2023 年 6 月 20 日，广受瞩目的全国和美乡村篮球大赛（村 BA）揭幕式在贵州省黔东南州台江县台盘村隆重举行。村民、球员代表与篮球明星、相关领导共同为大赛揭幕。现场劲爆的民族特色文艺表演后，友谊赛由黔东南州农民篮球队对阵甘肃省临夏州农民篮球队。比赛间歇，展示台盘农产品、美食、乡村啦啦队表演、苗语乐队演唱等，充分体现农民主体，乡土特色。

村 BA，这项发端于台盘村"六月六"吃新节的村民篮球赛，因其火热的现场氛围和接地气的办赛风格火爆全网。相关部门敏锐发现这一基层文化创新的意义，因势利导在全国铺开，让全民健身活动多了一个有效的平台和抓手。村 BA 虽然姓"村"，但不能局限于一村一地，要推动它出村、出山，成为各地农民的村 BA，全国人民的村 BA，让体育、健康、文明、和美的理念，与绿色、优质、生态的农产品共同携手，风行天下。这不仅是推动宜居宜业和美乡村建设的有力举措，也成为促使农文体旅深度融合发展的有效途径。

村 BA "热"体现群众对体育文化事业的渴求

此次大赛把村 BA 升级为全国赛事，某种意义上说，就是为农民自发自愿组织的一种自娱自乐的活动，提供政策加持，使其更好地发挥品牌赛事的带动效应，促进全民健身开展。目前，村 BA 已在全国 10 多个省区开花。这说明，篮球运动在我国乡村有着广泛的群众基础，深受农民群众欢迎。

村 BA 爆火的不只是乡村篮球，还有多姿多彩的民族歌舞表演，农味特色的牛羊鱼果等优质生态奖品，人山人海的村民观众的现场互动，以及热情似火的全网网民的联动呼应。它已经不只是一个普通的篮球赛事，更体现了群众对体育文化事业的渴求和热情，成为一种爆款式、传奇式的群众文化现象。

请看乡亲们是如何为自己的运动员鼓劲的："张桐不能得第一，满山梯田不同意""拉个横幅告诉你，余辉辉球技杠杠的""黔南球王李大洪，村 BA 球场霸王龙"……

这是 6 月上旬，快手村 BA 赛事在贵州安顺市西秀区大西桥镇小寨村进行时，该村四处飘扬着印有乡亲球员名字的横幅，朗朗上口的标语，成为最靓的"村弹幕"。村民用朴实且接地气的口号，为一场发轫于乡村田野间的篮球赛事村 BA 助威。该村群众集资建设了球场，邀请周边村寨球队开展友谊比赛，球员都是熟面孔，赢球能领走香肠、大鹅、拖拉机等。村 BA 成为当地村民之间、村寨之间维系乡情友情的桥梁纽带，也是村民展示风采的舞台。

新疆巴楚县夏马勒乡英吾斯塘村村民热发提·买海提说："村 BA 让村民由看客变为主角。村 BA 篮球比赛，不仅让我们感受到篮球带来的激情和活力，更展现出我们新时代农民自信、团结、拼搏的精神面貌，我们团队里的几个小伙子还通过这次比赛有了很多球迷呢。相信通过村 BA 赛事，我们的乡村会变得越来越和美。"

当台盘村 BA 爆火一周年后，以乡村篮球为主题的比赛广泛开展起来，其承载的不只是基层对篮球的喜爱，还有人们对体育改变乡村、体育让生活更美好的期待。

农趣农味才能让更多人向往乡村记住乡愁

乡村振兴，既要塑形，也要铸魂。大力发展农民体育，对于推进农民群众"强身健体，铸魂壮魄"，推动广大乡村"志智双扶、文体同行"，加强乡村人才振兴，促进物质文明和精神文明共同繁荣，全面实现农业农村农民现代化等，都具有重要意义。

村 BA 源于农耕农趣农味，体现了以人民为中心的发展理念。乡村文化振兴需要培育更多这样接地气的乡村体育品牌赛事，以文化振兴带动旅游等乡村产业兴旺。据悉，村 BA 举办期间，台江县旅游综合收入大幅提高，农产品、旅游、餐饮等消费成倍增长，台江县数据显示，3 天 2 夜的村 BA 总决赛，该县共接待游客 18.19 万人次，实现旅游综合收入 5516 万元；黔东南旅游预订量同比增长 140%。现在，台盘村的村 BA 已经蝶变成一种以篮球赛为主线的、原汁原味的"乡村嘉年华"。在当地，"助农带货直播""最佳旅游打卡线路"等富有特色的线上线下文旅活动破壳而出，形成了以赛促健、以赛促文、以赛促旅、以赛促兴的良好局面。

村 BA 的火爆出圈给人启示，需要重新发现乡村生态、文化、体育等资源的价值，通过时尚创意点亮乡村，带动涌现更多"村赛"品牌，推动"体育+"新业态与农业、乡村旅游、休闲产业等共同绘出最大同心圆。

农民体育属于群众体育范畴。因此，在竞赛规则，场地要求，赛事参与性、趣味性、表演性、互动性、灵活性等方面，都应与竞技体育有所区别，并重新定义，才能探索出一条更适合乡村田园特点和群众需求的发展新路。同时，应当顺应农时季节和传统习俗，协同带动民族文化、民间节庆、民俗活动等同步参与，增强群众性体育赛事对城乡游客的吸引力，促进当地产业发展和品牌建设。

释放乡村体育赛事的影响力，将带动更多人记住乡愁、关注乡村、热爱乡村、建设乡村，增进农村美、农业强、农民富。营造健康文明、昂扬向上、广泛参与的乡村体育文化，将为乡村文化振兴注入内生动力。

加强农民体育事业改革探索，推进繁荣发展，正当其时。

2023 年 6 月 21 日

大美民俗点燃"文化经济"

　　喜迎新中国成立 70 周年之际，地处太行山北端、恒山东麓壶流河畔的山西省广灵县举办第三届湿地文化节，围绕"山水城、杂粮县，有机田、民俗乡、美食坊、颐养堂"地域特点，全方位展现广灵经济社会转型发展的新面貌以及近年来推进脱贫攻坚、文旅产业发展和生态文明建设成果。

　　广灵是革命老区、偏远山区、贫困地区三区叠加的国家级扶贫开发工作重点县。文化节上，广灵大美民俗、丰富的非物质文化遗产让人印象深刻，广灵依托民俗文化资源拓展乡村文化产业，点燃"居家经济""文化经济"的做法给人启示，广灵乡村巧娘巧手编织幸福生活、摆脱贫困昂扬进取的精神风貌令人振奋，一个县域的文化能量叫人刮目相看。

大美民俗惊艳世界

　　开场的威风锣鼓敲起来，雄浑的广灵大号吹起来，庆丰收的秧歌扭起来，气势磅礴的巨龙在山水间舞起来，还有朴实的乡村媳妇方阵"骑着毛驴奔小康"……各个表演团队的表演者以饱满的热情、丰富的肢体语言尽情地展现着民俗文化魅力。8 月 23 日，第三届湿地文化节暨第四届聚焦域美广灵采风活动开幕，最具视觉冲击的广灵传统民俗文化火热上演。

雄浑的广灵大号。

民俗展演汇集了广灵独具特色的民间传统文化技艺和非物质文化遗产项目，广灵秧歌、广灵喜庆大号、朝号、威风锣鼓、舞龙舞狮、滑稽摔跤、腰鼓花扇、旱船舞蹈、簸箕舞、广灵剪纸、内画、木偶、皮影等，精彩纷呈，吸引海内外游客。广灵文旅产品展展示广灵手工编织、手工古灯笼及东方亮小米、豆腐干、五香瓜子等名优产品；广灵"百味"民食展，现场展示广灵传统美食"八大碗"、豆宴、特色小吃等，惹人喜爱，流连品赏。

广灵县历史悠久，文化积淀深厚，古朴村落各种人文景观和旅游资源丰富。近年来，广灵县把发展全域旅游作为拉动县域经济发展的新引擎和战略产业，变文化资源优势为产业优势，不断修复和扩大湿地规模，筹划乡村旅游，大力提升乡村环境，推动文旅产业和多元化产业要素结合，"文旅兴县"成为全县共识和全民期待。本届湿地文化节和乡村民俗文化展，进一步擦亮了广灵文化旅游的靓丽名片。

非遗项目做成产业

"广灵剪纸"是全国民间剪纸的三大流派之一。长期以来，一家一户作坊式经营限制了剪纸产业发展。广灵县筹建了广灵剪纸文化产业园和全国首家县级剪纸艺术博物馆，形成了文化和旅游融合的集设计生产、教学研究、旅游观光、展览销售于一体的剪纸产业链。如今，"广灵剪纸"产品达 8000 多个品种，出口 20 多个国家和地区，年产值 2000 多万元，带动当地 6 个乡镇 2400 人剪纸增收。

刘金萍是广灵县斗泉乡后山窑村民，自幼跟姥姥学草柳编。曾经也是建档立卡贫困户的她于 2013 年发起成立"巧娘宫"手工编织合作社，带领村里 13 名妇女尝试通过勤劳的"巧手"摆脱贫困。她从一个手工作坊干起，一步一个脚印做到一个手工编织的龙头企业。

"巧娘宫"手工编织采用杞柳、玉米皮、蒲草等原生态环保材料，编织成民俗色彩浓郁的茶几、挎包、坐垫、婴儿床、果盘、蒲扇、花篮等多种实用工艺品，销往全国各地，还深得美国、日本、韩国等国客商青睐。

记者来到蕉山乡八角地村，贫困户张桂兰与三四个同村妇女坐在院子里，正一边聊着家常，一边用柳条编织篮筐。这种手工产品制作工艺并不复杂，农村妇女在熟练掌握技能后，每月可收入 2000 多元。

目前，"巧娘宫"手工编织合作社在全县 9 个乡镇建立了编织基地，员工由最初的 13 人发展至 1085 人，帮助农村建档立卡贫困户 728 人就业脱贫。巧娘宫合作社还带动了杞柳的推广种植，全县今年种植杞柳 1100 多亩，带动 200 余人从事插秧、割条等田间管理，人均年增收 4000 多元。

"县里规划建设了扶贫开发手工业园区，不仅解决了长期困扰我们合作社经营的生产作业用地难题，还为我们扩展了产品展示平台。现在我们采用'实用家居用品 + 观赏'、'旅游观光 + 体验'的模式，逐步发展成为集生态观光、手工编织、休闲体验为一体的产业链条，进一步拓宽了手工产品的销售渠道，使合作社从作坊式加工转型为公司化经营管理。"巧娘宫负责人刘金萍对未来信心满满。

巧手编织幸福生活

近年来，广灵县大力扶持以巧娘宫手工编织、旭隆古灯、广灵剪纸、鸿棉制衣、箱包加工等为代表的五大手工艺加工业，打造"广灵巧娘"名片，推动农村妇女脱贫增收。"扶贫车间"开到农户,目前共带动3500余名妇女实现了居家就业,其中贫困户2400余名。小编织、小手工、小制衣等劳动密集型产业遍地开花。"广灵巧娘"美名远扬。

旭隆工艺品制作有限公司坐落于壶泉镇,创始人杜凤平从祖父手中传承古灯制作技艺,2016年创办了自己热爱的古灯制作家庭作坊,接着又注册了公司,先后在壶泉镇、望狐乡等6个乡镇设立仿古灯笼加工点,并入驻4个乡镇扶贫车间。古灯笼产品造型多达100余种。灯笼框架能带回家做,很适合残疾人、无法外出务工的妇女和具有劳动能力的老人,符合贫困户家庭灵活就业的需求。公司每月按时收购,按时发放工资。制作仿古灯笼的其余程序在公司车间按流水线完成。目前已解决农户600余人就业。该公司被评为山西省巾帼脱贫示范基地。

手工编织宫灯也是辛苦活,最重要的就是拧码,只有将手指练出老茧,才能拧出均匀漂亮的花纹。西关村贫困户王金平干惯了农活,粗壮的手指拿着细铁丝做起精细活,略显笨拙。但是她学得很认真,因为如果学会了这门手艺,每个月就可以让家里增加近2500元收入。这比丈夫在外面干活赚得还要多。王金平盘算着,到年底可为小女儿添一件花衣裳,给儿子买一个新背包,甚至给家里换一台液晶电视。

宜兴乡屯堡村姑娘宋美玲发挥针线钩织专长,自主创业,手工钩织各种款式独特的拖鞋,美观舒适,深受消费者喜爱。产品通过网络销售、电商销售和区域性零售,年纯收入达5万多元,并带动身边农户6人每月人均增收近2000元。

类似的例子不胜枚举。广灵内画、木偶、皮影、大号、秧歌剧、特色小吃等,都成为民间艺人、从业者实现文化致富的依托资源和独门本领,成为广灵县决胜脱贫攻坚产业大合唱中的和美乐章。特色民俗文化产业繁荣,促进了广灵非遗传承和民俗文化活动开展,增强了村民群众的文化自豪感,提升了一个地域的文化气质和魅力,产生了多赢效应。

2019年9月2日

大众旅游时代，乡村游要有更大作为

谐音"我要游"的"5·19"，也即《徐霞客游记》开篇日，经国务院批准正式成为"中国旅游日"。国家旅游日的确立，标志着我国旅游业已进入大众化旅游时代。以村民参与办旅游，民众就近旅游，回归乡土、体验农耕、亲近大自然为特点的乡村游，当此大众化旅游时代大有可为！

据统计，2010年，国内游21亿人次，入境游5500多万人次，出境游5700多万人次。乡村游人次占国内游人次比例大幅攀升。

乡村游的发展是社会进步的产物。当前阶段，老百姓消费结构快速升级，休闲旅游成为一种新的消费需求和生活方式。人满为患的热门线路游，经过几年的井喷之后有所缓和，公众出游更趋理性和个性化选择。以感知自然、休闲、快乐、健康为目的的旅游的本质更加显现。乡村游、农业旅游迎来了黄金发展期。

以乡村旅游产业起步较早的苏州等地为例：目前，苏州市有乡村旅游点300多家、星级农家乐124家。2006年以来，该市乡村旅游接待5200万人次，逐年增长18%，实现旅游收入150亿元。

河北省北戴河集发农业观光园是我国第一家农业AAAA级景区，去年接待海内外游客85万人次，实现旅游总收入2800多万元，其发展态势大大超出了传统旅游项目。

首创中国农家乐旅游模式的四川省郫县农科村，年接待游客100万余人次，全村过半数的农民总资产超过100万元。各地农事节庆、古村旅游、赏花经济等乡村游形式如雨后春笋。

乡村游有一个共同的特点，它是以农民为经营主体，乡村民俗文化为灵魂，城市居民为目标的一种休闲旅游形式。发展乡村游、观光农业、农家乐休闲旅游业，将第一产业和第三产业有机结合，可以促进农村产业结构调整，拓展农业发展的内涵和外延；可以加速城市的人流、资金流和信息流向农村集聚，建立以旅助农、以城带乡的长效机制；可以使农民扩大就业、开阔视野、更新观念、增加收入。农民真正以主人的身份接待城里来的游客，看到自身拥有的文化和资源优势，变得更加乐观自信。这对于建设社会主义新农村、促进城乡共同繁荣意义重大。

近年来，各地观光农业发展迅速。这是好事。但是，笔者在调查中也看到，由于观光农业项目受到地理位置、自然资源、景点特色、经营水平以及地区经济发展程度、市民消费观念等诸多因素限制，并非所有地区都适合发展观光农业，更不是所有观光农业项目都能确保成功。开园兴旺一时、经月门庭冷落的观光农业项目也为数不少。因此，开办各具特色的农业观光和体验性旅游项目，必须坚持科学规划，因地制宜，顺势而为，真正做到发展乡村游、观光农业与社会主义新农村建设相得益彰。

农业旅游不是"农业"与"旅游"的简单结合，而是要把农业的魅力渗透到旅游的诸要素中。要通过文化创意和设计，将田园美景、乡土文化资源与现代文化、时尚文化相结合，形成既"旧"又"潮"的审美产品和服务。让游客既感受到自然的绿色之美，又惊讶于农业原来还有这么多名堂啊！当然，在高精尖上做到极致，非实力雄厚者不可为；但是小项目、小景点也可以小得美好、小得有味，土出特色来。每一次意犹未尽的乡村游，都是游客与村民共创共享的一场场"乡间小戏"。农业旅游卖的就是参与和体验。

"漠漠水田飞白鹭，荫荫夏木啭黄鹂。"唐代诗人王维笔下的乡村之景，正是现代都市人梦想中的一种意境。保持有别于城市的静谧、安逸、健康、个性和文化，营造都市人陶醉其中不愿醒来的梦境，才能把观光农业、乡村旅游这块诱人的"蛋糕"做得更大更好。

2011 年 5 月 21 日

农业旅游：卖的就是参与和体验

——北戴河集发农业观光园的启示

在中国国家旅游风景名胜区北戴河与南戴河之间，有一个以农业观光园著称的新兴旅游景点，去年接待海内外游客 85 万人次，实现旅游总收入 2800 多万元，其发展态势大大超出了传统旅游项目。它就是我国第一家农业 AAAA 级景区——北戴河集发农业观光园。

前去参观之前，惊异于其名声之大，将信将疑；去了之后，顿时折服于其范围之广，品类之全，构思之妙，样貌之雄，气魄之大！这里体现着自然的绿色之美，闪耀着现代高科技农业的灿烂光辉，不惟不谙稼穑者叹为观止，即便是农业的行家里手也大出意外：原来农业还有这么多名堂啊！所有来此参观的人都有一种被"镇"了的感觉。

从生产型转向旅游观光

集发农业观光园隶属于北戴河集发农业综合开发股份有限公司。其发展颇具传奇性。

公司前身是 1983 年由北戴河村 24 户农民在 3 辆马车、5 间房、76 亩地基础上组成的蔬菜生产联合体。1999 年，农业生态旅游刚刚兴起，当时羽翼已渐丰满的集发公司将占地 350 亩的蔬菜、花卉、果树、畜禽、生产、养殖等种养基地，按旅游要求标准进行规范改造。加强了农业观光功能建设，增加新、奇、特的蔬菜、花卉、林果品种，集南北方品种之大全；新建绿色农家饭庄、客房、展厅、游客服务中心、参与项目活动室；房顶改为空中花园；菜园、畜禽园改为展示及表演用。在戴河上增设竹排漂流、滑索、攀岩、惊险桥等十多项参与项目。建成了百果园、热带植物园、百菜园、百粮园，使游客能在数千平方米的连栋温室内看到生长于不同季节、不同地区的各种奇花异草、风味果品和绿色蔬菜、谷物。加上原有的种植温室、暖棚 60 多个，成为观赏主体。有蔬菜 60 余种、花卉1200 余种、果树 30 余种、畜禽 40 余种，分布在各个景点。到 2004 年，集发已成为集观赏、参与、餐饮、购物、住宿等五项功能于一体的农业示范园。

人性化的特色项目设计

在观光园里，可以看到集发人应用基质栽培、水培技术，创新研制的立柱式、墙壁式、牵引式等多种立体种植方法，以及用无土栽培技术创造的各种奇特景观。用这些独特的方法种植蔬菜，效率高得惊人，超过传统生产方法好多倍。他们创意的"家庭菜园"，既是一种别致的室内装饰，又能生产新鲜蔬菜，妙趣盎然。这里，还能观赏到罕见的"绿巨人"奇观：大南瓜一个能长到 300 斤；一棵西红柿生长期可以达到 3 年，它大得像一棵树，最多能结 16000 个西红柿；被绳子牵引着向上生长的一条西红柿秧，层层结果，一直能长到 15 米长；丝瓜、蛇豆，倒挂如林，最大的丝瓜长达 3.2 米，去年 7 月获得了吉尼斯世界纪录证书。

园内的路全部用爬藤植物架满绿色，葡萄、葫芦、瓜类长廊使入园的游客放眼望去，满目绿色，心情舒畅。

新奇蔬菜品种和独特的种植技术，吸引来众多游客。游客到此等于是进入了花、果、菜的特大超市，园内 1200 亩地的产品都可自行采摘，都可变成旅游产品或是工艺品，还可购买用绿色无公害蔬菜、传统做法加工的各种酱菜。为带动周边农户果品采摘，园区免费用车送游客到附近农家果园，把果品超市搬到了田间地头，游客、果农都满意，为今后拓展乡村旅游打下了基础。仅此一项，为相邻的乔庄、费石庄农户增收 10 万多元。目前，观光园利用自身优势和蔬菜配送中心，采取公司＋基地＋农户连市场的方式，带动农户发展无公害蔬菜生产，使种植基地达到 33 个，带动农户 4000 多户，年为农民增收 700 多万元。观光园内为周边农民提供就业岗位 500 多个，并吸引农民 200 多人来景区经商。

低门槛优服务凝聚人气

综观集发观光园快速发展的轨迹可以发现，鲜明的农业特色、拉长的产业链、人性化的管理，让游客得到身心愉悦的超值享受，是其取得成功的关键。

观光园始终坚持以低价位的门票吸引更多的游客，每年"十一"黄金周后到第二年"五一"黄金周前对本市游客实行免票入园。为使每一位游客都品尝到特色的农家风味，饭庄为游客免费提供 6 种现场加工的农家食品，并且免费观看各种畜禽表演、鸟艺表演。为了让更多的游客感受中华古老的农业文化，他们举办了明清生产、生活用品展，免费参观。此外，北戴河书画院在此挂牌，可免费欣赏到名人名家书画作品。穿梭于各景点之间的观光游览车以及园内大部分参与项目也都实行免费。

"项目免费是为了凝聚人气，人气就是长期效益。"园区的负责人一语道出真谛。

集发充分发挥旅游观光农业的巨大牵引力，实现农业生产和旅游市场的对接，实现经济效益和社会效益双丰收的经验，值得借鉴。

集发的经验还启示人们，农业旅游不是"农业"与"旅游"的简单结合，而是要把农业的魅力渗透到旅游的诸要素中。农业旅游卖的就是参与和体验。游客不仅可以自己从树上摘果，园中摘菜，水里摸鱼，在体验了原始的牛拉犁、手推磨、家织布后，也可观赏到现代农业的神奇魅力，只有这样，才能把农业旅游这块诱人的"蛋糕"做大做好。

2005 年 8 月 25 日

一条"稻路"尽赏特色乡村美景

——从"稻耕乐园"石庙子村看盘锦市大洼区全域景观乡村建设

近年来，发展全域旅游已成为推进我国新型城镇化和新农村建设的重要载体。辽宁省盘锦市大洼区率先探索实践，把"田园野趣"转化为发展资本，带动城乡融合发展。该区以独具特色的稻作文化作为全域旅游发展的"文脉"，打造生态农业认养基地、行走的稻田博物馆、精品民宿、印象辽河口主题插秧节等，一条"稻路"串连起特色乡村美景。

认养农业："一亩田"牵动城里人乡村情怀

上周末，大洼区向海街道石庙子村的认养农业客户刘明，带着朋友从大连自驾来到基地参观游玩。两天时间，认养农业基地工作人员带着这群特殊的游客，观田园风景、看稻蟹共生、品特色美食、穿行于绿野平畴"稻田骑行系统"，体验了一次认养农业深度游。

近年来，石庙子村把美丽乡村建设成果转化为群众致富的资源，建成集农业认养、稻田慢行、民宿乡村于一体的生态、文明、富庶、秀美、宜居的稻作文化旅游村。

从2014年起，该村推出"互联网＋认养农业"模式，打造生态认养基地，通过认养方式经营以盘锦"蟹田大米"为代表的系列农产品，以"我在大洼有亩田"为主题满足个体家庭和单位群体需求。

生态农业认养，既满足了城里人吃放心粮、放心蟹、放心豆的需求，又能吸引城里人来乡下休闲体验农村生活。认养业主可通过网络实时看到自己认养的稻田的生产情况。通过认养实现生态、优质、安全，实现了蟹田稻、稻田蟹、稻田泥鳅鱼、埝埂豆一地四收的多重受益。

大洼区在该村成立了认养农业总部基地。认养人可以选择喜欢的品种自己进行种植，体验从播种到收获的全过程。也可以托管认养，由基地专业人员全程提供保姆式服务，确保高质量农产品。托管期间，认养人可选择参与自己感兴趣的环节，体验农耕的乐趣。

目前，石庙子村被认养稻田 1900 亩。全区累计实现认养稻田面积 5 万亩，认养客户分布全国 24 个省市，基地接待来访 3 万余人次。基地可为客户提供农事体验、农情互动、可视化观测、全程溯源、免费仓储、个性化包装、按需独立加工、随时配送、分享传递等多项服务。

村民通过流转土地获得租金，农忙时节到"托管认养"的土地上打工，获得工资性收入，或开办农家乐，搞多种经营，实现几份收入。

移步换景：一条"稻路"骑游慢赏特色乡村

独具特色的稻作文化是大洼全域旅游发展的"文脉"。"稻田骑行系统"全长30公里，利用原有的稻田排灌沟渠，改建成自行车骑行道、人行道以及电瓶车观光道。自然风光中融入稻田艺术景观、休憩景观、小品景观，配套咖啡厅、书吧、驿站等设施。大洼区打造了中国第一个，也是世界罕见的"行走中的稻田博物馆"。

石庙子村纳入全区田间旅游慢行系统建设整体规划，在村口设立了全区的慢行系统接待总站，将原汁原味的农耕文化和美丽乡村有机结合，打造精品民宿驿站，美丽资源转化为村民群众的致富资源。有"稻耕乐园"美誉的石庙子村成为大洼全域旅游的开篇之作。

在石庙子村"行走的稻田博物馆"之畔，几处青瓦白墙的民宿，掩映在一片鲜花绿柳之中，"依田""原圃"等富有诗意的名字，彰显着民宿的特色。

火红的灯笼点缀着古朴的院门，静谧的院子弥漫草木的芬芳，屋内各种苇编家居，原木炕榻，天然温泉浴室，让久居城市的人们迫切想要投入其中，当一回田舍翁。游客漫步之余，可到"行者驿站"小憩，品一杯咖啡，赏一枝青梅……

"精品民宿项目通过政府牵线搭桥，引进盘锦红湾旅游发展有限公司和紫澜门温泉，在村里打造民宿样板间，采用集中采购、集中配送、集中管理的模式，对乡村旅游业实行专业化运营。"向海街道党工委书记王卫兵介绍，"经营上采用农民所有、合作社使用、企业经营、政府监管服务'四位一体'的运营机制。"

岳爱娜是村里第一个签订租赁协议将自家的房子改建成民宿的人。如今，她家的小院已成为一道亮丽风景，受到众多市民游客的青睐。"俺又是房东，又是客房服务员和经营合伙人。租金、劳务费加分成，这腰包眼瞅就要往起鼓。"今年65岁的岳爱娜笑得合不拢嘴。

全域旅游："八美"宜居乡村成为致富资源

与大拆大建让农民上楼的思维不同，盘锦市大洼区建设宜居乡村走的是全域就地城镇化的道路。把城市基础设施和公共服务设施向农村延伸，让农村变美、变富、变干净，变得让人舍不得离开。

大洼区着力打造生态美、村容美、庭院美、生活美、田园美、产业美、乡风美、心情美"八美"宜居乡村。每个村建设一座金社裕农连锁超市、一个公立卫生所、一座燃气站、一个大众浴池、一个农家书屋、一个文化广场，实现城乡客运公交一体化，燃气入农家。群众不出村就能看小病、洗澡，买到新鲜的瓜果、蔬菜、副食品。全区108个行政村现已全域建成美丽乡村。

为了充分释放宜居乡村建设成果，大洼区依托辽河入海口大片芦苇荡、红海滩、蟹田稻作文化、美丽村落等丰富旅游资源，提出发展"全域旅游"。"把大洼看成一个大的田园度假区，通过创意农业、文创包装、精品民宿等，把'旅游'元素植入各个产业，使农业生产要素由静态变成动态，创造更多的价值，发挥美丽宜居乡村的富民效应。"大洼区委常委、宣传部长杨晓敬说。

　　大洼区确定了"稻耕乐园""葡香小镇""草堂花宿"等 50 个主题民宿小镇（村）建设。开发建设了"稻田慢行系统""疙瘩楼田园东方""七彩庄园"等项目。挖掘传承"稻占技艺"民间文化，开展"冬季稻草艺术节""印象辽河口主题插秧节"等主题活动，形成良好的全域旅游发展氛围，实现乡村旅游多元化发展。不同的主题民宿村，望得见蓝天碧水，摸得到绿蔬鲜果，融得进乡情民俗，让游客爱上田园生活。

　　采访结束那天，记者在大洼街道小堡子村遇见街道书记宋康明、村支书赵文彬正在村民李影芝家的院子里商量实施"咱家的菜园子"工程，发展庭院认养，利用宜居乡村全覆盖的金社裕农连锁超市电商平台及物流体系，让农户庭院种植的优质果蔬走进城市居民家。

　　看到基层干部群众积极谋事创业的情景，不由得让人赞叹并深信：美丽乡村幸福家园，创意农业生机无限！

2016 年 7 月 23 日

美哉！西瓜文化

——写在大兴县首届西瓜节前夕

接到请柬，应邀参加北京大兴县首届"西瓜节"新闻发布会，一半是好奇，一半是嘴馋。可惜未能如愿。当地"西瓜节"领导小组一位同志诙谐地说："性急吃不到好瓜，现在地里西瓜才有这么大呢。"他做了个手势，大约有碗口粗细。但他很快又鼓动记者，今年当地西瓜长势很好，请给首都市民捎个信，届时少不了好瓜上市！如果在家里吃不过瘾的，还可以上我们大兴来，6 月 28 日至 7 月 2 日，我们将在黄村卫星城举办首届"西瓜节"，活动内容有：评选优秀瓜农；以西瓜为主题的书画展评；品瓜赠瓜；评选最佳消费者，看谁吃瓜最多，可享受免费吃西瓜。还将组织瓜乡一日游，人们可乘车前往观赏瓜园风光，并可在划定的瓜田内参加选瓜、摘瓜、赛瓜、品瓜、评瓜等一系列别具情趣的活动。

大兴县庞各庄，早在明万历年间就以"贡瓜"誉满京城。近年来大兴西瓜更是以质好量多，占了首都年上市西瓜总量的 60% 以上。而首都市民夏季也多爱瓜，街谈巷议，总少不了西瓜二字。这次他们精心举办西瓜节，就是旨在将商品生产与群众文化娱乐活动结缘，以新的形式谋求商品生产的新突破，不失为一桩有识之举，使人自然联想到新西兰的猕猴桃节，与德国慕尼黑每年一度的啤酒节盛况，它们也都是将自己民族的文化与拳头产品相嫁接而打向全球的。

这次大兴县首届"西瓜节"选在 6 月 28 日举办，恰逢阴历五月十五。"瓜好月圆"，取其吉祥如意，本身就包含有文化的意趣。美哉！西瓜文化。

1988 年 5 月 13 日

画乡巨野: 农民丹青妙手"种"出文化大产业

　　周末, 逛北京琉璃厂文化商业街, 看到一幅价值不菲的工笔牡丹画, 问作者出处, 原来是山东菏泽巨野县的农民画家。见我面露惊诧之色, 店主拿出见多识广的温和底气说, 不信你调查看, 现在全国知名画店出售的工笔牡丹画 80% 出自巨野农民之手!

　　对巨野农民绘画之乡我早有耳闻, 只是不知道竟有这么大的影响力和作品销售量。

　　在全国 20 多个数得着的农民绘画之乡中, 巨野属于另类的一个。农民画一般是以风格奇特、手法夸张见长, 描绘乡土生活场景, 带着野性、天真和童趣。因其随心所欲、不合规矩的美, 被外国人称作"东方毕加索"。巨野农民画没有这些特技、绝招和卖点。

　　巨野农民画的是"中国画", 具体讲是传统工笔画。其当家画种工笔牡丹, 工整典雅、色彩绚丽、雍容华贵, 雅俗共赏; 加之工笔画费工费时, 农民画师们不计时间成本地投入创作, 这大概就是其产量和销售业绩能够在全国画乡中独占鳌头的原因吧。

　　巨野县地处鲁西南, 作为山东省和全国经济欠发达的后发县区, 以书画产业为主导的文化产业发展, 带动农民致富, 具有启发和示范意义。

画笔为"犁" 乡间无数生花手

癸巳春日，牡丹花将开，记者来到"中国农民绘画之乡""中国工笔画之乡"巨野县，探访当地农民依靠书画产业发家致富之路。

当年第一个带着画作闯市场、现任洪庙村农民绘画专业合作社理事长的农民画家姚桂元说："一名农民画师绘制一张普通尺寸的牡丹需要 4 天左右，售价六七百元，画得好的售价更高，月收入能达到四五千元，上万的也有不少。个别水平高的农民画家年收入 30 多万元。"

姚桂元的邻居王玉强正在建造一栋小别墅，他告诉记者："新房子是我和妻子埋头作画 10 年'画'出来的。建成后这里就是我们的居室兼绘画工作室。"

与红庙村相距 20 里的董官屯镇刘官屯村，村民徐凤秋创办了鲁西书画院，30 多位来自本县农村和周边市县的学员伏案描红点翠，妙手生花。徐凤秋激励年轻的姑娘们："从临摹勾线开始，安心练好基本功，将来路会越走越宽。好的画市场上供不应求。"

徐凤秋和她的第一批学员、本村的农家女孩逯雪伟现已加入山东省美术家协会。逯雪伟还因画结缘，与来自民权县"中国画虎第一村"的小伙子苗祥振结成伉俪。夫妻俩现在都是鲁西书画院的骨干画师兼培训老师。

书画产业红火，形成了巨大的文化引力场。在巨野县农民绘画培训基地，46 岁的永丰街道吕庙村村民江霞，因为开办的小餐馆拆迁，也改行来培训基地学习画画。"画画挺难的，刚开始笔拿不动，慢慢就习惯了。这里培训的氛围好，学画有成就感，觉得自己挺高雅的。"江霞说。

培训基地对所有学员免费开放，每年培训 2000 人。"有天赋的学员将来培养成画家，能创作原创作品，作品参加省内和全国画展，成为领军人物；普通学员培养成'匠'，当画师，根据画家的图谱勾线上彩着色，他们的作品面向中低端市场。我们的绘画人才多，所以才形成产业。"巨野县书画院院长、农民绘画培训基地负责人陈广超介绍道。

目前，巨野县已形成绘画专业村 60 个，专业户 500 多户，书画装裱店 70 余家；有国家级美协、书协会员 12 人，省级美协、书协会员 47 人；常年从事绘画、装裱、销售的人员达 9000 多人；在全国建立 70 多个固定销售网点。这些共同筑牢了巨野农民绘画产业的根基。2012 年全县销售书画作品 80 余万幅，实现产业增加值 2.8 亿元。作品远销全国 30 多个城市及日本、新加坡、美国等 10 多个国家。

画乡功臣 "乡村之星"姚桂元

一个画乡的形成，有其偶然性，也有必然性；巨野农民善画牡丹，固然得益于菏泽"中国牡丹之乡"，但追溯起来又与某个灵魂人物的传奇经历有关。

20 世纪 70 年代初，巨野县永丰街道洪庙村农民姚桂元，为解决全家温饱问题闯关东，在黑龙江省农村画家具，题材是大红大绿的牡丹花鸟。3 年下来，不仅没饿着，还提高了绘画水平，得到很多人的赞许。这增强了他以绘画为业的信心。

这时，巨野县工艺美术厂招画工，姚桂元返乡进厂画出口工艺品彩蛋，在蛋壳上画花鸟、山水等，后来又增加画册页、屏风、挂扇。1978 年，工艺美术厂因故停产。姚桂元联合下岗画师走南闯北为车站、宾馆、商店画壁画，增加了收入，开阔了眼界。

1982 年春，姚桂元带着精心创作的工笔牡丹花鸟到改革开放的旅游城市曲阜，与鲁宝斋和文奎堂画店联系，展销 30 余幅中堂画，受到好评。从此在曲阜、菏泽、济南多家画店打开销路，年销售画友们作品 3000 多幅。接着又与北京琉璃厂荣宝斋等几十家画廊建立销售关系，作品供不应求。

姚桂元在县城开办了"古麟书画社"，画师从 30 名发展到 200 多名。人员不足，就自办培训班，采取老师带徒弟，徒弟再带徒弟的发展模式，大力发展绘画人才；又聘请装裱师专业装裱，形成绘画创作、装裱、展销一条龙的产业化雏形。

30 年前，人们对书画产业、文化市场还很陌生，农民搞绘画更是奇闻。但巨野农民姚桂元和他的伙伴们成功了。更多的巨野农民走上绘画产业致富之路。到 1996 年，巨野县民间绘画产业全面兴盛，绘画人员已近 2000 人，全县考入美术院校的 200 多人，涌现出王忠义、张乃兴等全国书画名家。

2000 年 12 月 26 日，中国文联正式命名巨野县"中国农民绘画之乡"。

姚桂元的代表画作《国色朝酣酒》《花冠群芳》《和平昌盛》《锦堂富贵》等，多次参加全国展览并获奖。如今他是国家一级美术师、山东省农民书画研究会副会长。2010 年，山东省委组织部授予他"山东省乡村之星"称号。在洪庙村，姚桂元家有两栋两层楼房，前排儿子住，后排留给自己和老伴住。洪庙农民绘画合作社的牌子就挂在二楼大画室内的西墙上。

画成产业　人才瓶颈求突破

"前天我们接到北京国安集团的 500 幅工笔花鸟订单，今天南京的老客户又打电话要画，说'巨野牡丹，特别是你徐院长的牡丹，打遍天下无敌手'！我说，您这是在哄我多加班赶活吧。说真的，现在供不应求。"鲁西书画院院长徐凤秋笑着向记者"诉苦"说，"当然首先画要好。画工笔画很慢，一个人一月画不了几张。所以，我这里再多五六百人画也不愁卖。"

鲁西书画院现有 150 多位画师，多是邻近村庄的农家女，除住校外，大多数画师将画领回家中画，可以带孩子、忙家务。但这样容易分心，影响绘画质量和效率。为了稳定画师队伍，徐凤秋为入住画院的妈妈画师免费办理孩子入托，专车接送。学员免交学费，每画好一幅，还根据质量象征性地给予奖励，调动学员的学习积极性。

该画院 2000 年创办，2009 年被县里确定为农民书画创业孵化基地，已累计培养从事工笔绘画学员 1250 人，其中自主从事工笔绘画创业者 1160 人，带动就业 3000 余人。

田庄镇吕集村的吕红艳，丈夫外出打工，她来画院画画。"在这儿三年了，开始只是个填涂颜色的画匠，现在成了熟练的画师，平时我也很注重学习书画理论，培养自己的创作能力。"

"来这里学画的人，还可以接触到书画界的名人、高人，因为省、市、县领导对我们都很关照。"徐凤秋指着墙壁上的名师辅导照片逐一介绍。

目前，像鲁西书画院这样集书画创作、培训、经销为一体的民间画院、书画创作室、书画基地、书画专业合作社，在巨野县永丰、独山、麒麟、董官屯等镇（街）有70多家。尽管如此，画乡高水平的画师仍然紧缺，尤其缺少创作型人才，因而作品多走中低端市场。

中国工笔画学会会长冯大中在巨野考察时说，一名画师如果只会"复制"一幅画，那么永远只是一个画匠，只能停留在作坊里，其画作也无法要上价。必须让农民画师加强学习，了解绘画史和绘画技巧，搞创作，出精品，才能赢得万千青睐。

为了提升画师整体水平，巨野县先后成立了农民书画研究会、巨野县书画院、巨野县中国画创作协会，建设了巨野县农民绘画培训基地、书画产业一条街，与国家及省、市工艺美院、画院建立培训进修关系。县书画院作为巨野书画产业的龙头单位，从培训、写生、创作、展览、交流、推介几个环节入手，内强素质，外树形象，提高画乡知名度，使画乡品牌得到确立。

徐凤秋又有了新规划："画院今后的画作，三分之一走中低端市场的路子；三分之一走收藏路径，以礼品的形式流通；三分之一要向更高的艺术水准靠拢，走创作之路。这最后一部分最难，也是最有意义的。"

农民绘画之乡巨野，加油！

2013 年 3 月 30 日

你努力我帮忙　带上手艺奔小康

——"非遗＋扶贫"主题采风活动见闻

　　周末，藏族少年才让那日、先巴扎西来到他们所在的青海省同仁县年都乎乡
尕沙日村非遗扶贫就业工坊——由省级非遗传承人尕藏才让创办的黄南尕藏热
贡文化公司，免费学习泥塑。他们身后的墙上写着"帮人先帮技和艺""学会
一种技能，带富一个家庭"。尕藏才让的公司吸纳员工 100 多人，都是周边农
牧民。

热贡文化传承人尕藏才让（左一）在给年轻人传授技艺。

近年来，文化和旅游部积极落实党中央关于深度贫困地区脱贫攻坚工作的总体部署，依托非物质文化遗产资源特点，充分发挥传统工艺独特优势，大力推进非遗助力精准扶贫。将非遗保护传承工作融入国家重大战略工程，充分发挥文化扶贫"扶智""扶志"作用;以能力提升为抓手，大力培养"非遗＋扶贫"带头人，提高脱贫攻坚的可持续性。一批传承人通过参与研培计划、传统工艺工作站、工坊建设等，增强了脱贫致富能力，成为当地"非遗＋扶贫"工作的中坚力量。

最近，记者参加"非遗＋扶贫"主题采风活动，深入西藏、青海、甘肃、贵州等省区乡村，挖掘采访非遗助力精准扶贫的鲜活案例，真切感受贫困群众通过保护传承本民族、本地区的优秀传统文化，实现就业增收，有效提振了他们的文化自信和脱贫致富的内生动力。

传统工艺是精准扶贫重要抓手

我国乡村非遗资源丰富。传统工艺是非遗的重要组成部分，覆盖千家万户，涉及衣食住行各个方面。目前，国务院公布的 4 批 1372 项国家级非遗代表性项目中，传统工艺类项目共计 399 项，占总数的 30%，包括剪纸、刺绣、绘画、金属锻制、陶瓷烧制、建筑营造、食品加工等。

作为重要的文化资源，传统工艺在带动群众就近就业、居家就业方面具有独特优势，是精准扶贫的重要抓手。

根据《中国传统工艺振兴计划》，2018 年 5 月，文旅部、工信部发布第一批国家传统工艺振兴目录，共计 14 个门类 383 个项目入选。其中革命老区、民族地区、边疆地区、贫困地区项目占比 65%。2018 年至 2019 年，文化和旅游部通过国家非遗保护专项资金共计补助上述项目振兴经费 1.2 亿元，用于支持开展理论和技术研究、人才培养、展示推广等。

这些项目成为当地助力精准扶贫的重要抓手。

10 月 13 日，记者来到青海省黄南藏族自治州同仁县，这里是热贡艺术传承地。热贡在藏语意为"梦想成真的金色谷地"。当地通过"非遗＋扶贫"传、帮、带，培养了大量唐卡、堆绣、木雕、泥塑、石刻、"六月会"等非遗人才。该县吾屯村从事唐卡绘画户占全村总户数98%，人均年收入从5年前5000余元增长到3万余元；年都乎村从事堆绣艺术户数占全村总户数70%，人均年收入从5年前3000余元增长到1.5万元；卓隆村共有户数50户，从事刻板印刷学徒46名，人均年增收4000元以上。

而在黄河北岸的甘肃省临夏回族自治州临夏青韵砖雕有限公司，建档立卡贫困户张宏杰不仅学到了手艺，每月还能收入3000多元。青韵砖雕总经理范祥军告诉记者，临夏砖雕非遗扶贫就业工坊采取"公司+人员培训+技术授权+派发订单+连锁工坊+家庭作业"等模式，授人以技艺，逐步实现稳定就业脱贫。

积石山县保安族腰刀锻制技艺非遗扶贫就业工坊自2018年11月挂牌成立以来，对参与保安腰刀锻制技艺的47名传承人及学徒工进行深入摸底调查，其中25户为建档立卡贫困户，目前对所有工坊参与人员从构图设计、制作技艺等方面进行培训，达到从苦力型到技艺型的转型。

在河北省，当地梳理出土布织造技艺、草编、剪纸等48项非遗项目助力精准扶贫，带动就业1万余人，其中贫困人口4109人。如赞皇原村土布织造技艺先后培训5000多人次，帮助600多户脱贫致富；大名草编带动1200多户群众就业。

培训提升非遗传承人群能力

文化和旅游部会同教育部、人力资源社会保障部以传统工艺为重点，实施"中国非物质文化遗产传承人群研修研习培训计划"，帮助传承人群强基础、拓眼界、增学养，提升文化自信和可持续发展能力。2015年至2018年底，118所参与院校举办各类培训630余期，涉及400余项传统工艺项目，培训学员2.7万人次，加上各地延伸培训，覆盖传承人群9.5万人次。各地将贫困地区、民族地区传统工艺项目作为研培计划实施重点，优先组织贫困地区和贫困家庭传承人群参与培训。以贵州省为例，4年来培训人数达4.7万人，全省研培学员创业达200多家，带动就业50余万人，总产值超过10亿元。在研培学员带领下，当地数千名贫困群众将"指尖文化"转化为"指尖经济"，走上了脱贫致富路。

文化和旅游部先后支持清华大学美术学院、中国纺织工业联合会等拥有较强设计能力的企业、高校和机构，在新疆哈密、湖南湘西、贵州雷山、青海果洛、四川凉山等地设立了15个传统工艺工作站，帮助当地传统工艺企业和从业者弘扬优秀工艺，培育富有民族和地域特色的传统工艺产品和品牌。

这些工作站将助力精准扶贫作为工作重点，通过培养队伍、设计产品、引入订单、销售产品等举措，帮助当地群众取得了实实在在的收入，成为非遗助力精准扶贫的工作平台和服务平台。

新疆哈密传统工艺工作站帮助当地创立"密作"品牌，梳理哈密刺绣相关纹样3000余种，研发耳机、靠枕、抱枕、帆布包、杯垫、收纳包等800余种新产品，先后培训绣娘5420名，带动1200余名绣娘月均增收1000元。湖南湘西传统工艺工作站结合精准扶贫，提出了"让妈妈回家"计划，培训绣娘6000余人，创造就业岗位近3000个，直接带动相关人员年均增收5000元以上。

非遗扶贫就业工坊携手致富

去年以来，文化和旅游部积极指导10个"非遗＋扶贫"重点支持地区启动非遗扶贫就业工坊建设。选取满族剪纸、苗绣、壮族织锦技艺、彝族刺绣、唐卡绘制技艺、藏香制作技艺、临夏砖雕等51个就业带动强、市场前景好的各级非遗代表性项目，协调各类合作社和企业参与设立工坊。截至2019年6月，各地设立工坊共计156家，组织开展了传统工艺扶贫技能培训840余次，培训学员1.9万余人，参与的建档立卡贫困户共计5177户5855人，月均增收2000余元。

地处雅鲁藏布江中游北岸的西藏自治区尼木县，非遗资源丰富。尼木藏香制作技艺、尼木塔荣白面具藏戏，雪拉藏纸和聂赤（尼字体）列入国家级非遗项目；普松雕刻和雪拉藏鼓制作技艺是自治区级非遗项目；手捏泥佛像制作技艺、藏靴制作技艺和尼木经幡、彭岗陶罐为拉萨市级非遗项目。

今年3月16日，该县10个非遗扶贫工坊正式揭牌运行。这些工坊以非遗项

噶伦老人（右一）祖孙三代传承雪拉鼓制作技艺，带动乡亲致富。

目代表性传承人为核心，有的是民俗文化产业示范基地，有的是家族式的传习所，也有优秀非遗传承人开办的合作社等。尼木县通过"非遗传承工作动员部署大会""非遗传承服务汇总培训""非遗传承人年终考核"等形式，全面提高非遗传承人的综合素质，提高担当意识、责任意识、带头致富意识。形成"你努力我帮忙，大家携手奔小康"的浓厚氛围。目前，10个非遗扶贫就业工坊共为111户建档立卡贫困户传授技艺，提供就业岗位，受益群众556人。

嘎伦老人是尼木县塔荣镇雪拉村二组的村民，也是尼木雪拉藏鼓制作技艺的传承人。他从20多岁开始学习制作藏鼓，做出的雪拉藏鼓声音浑厚、纯正。

如今，他的儿子洛桑旦增、孙子色曲多杰也从事雪拉藏鼓的制作。洛桑旦增告诉记者，一个人要做一只雪拉藏鼓需要一周的时间，可卖到3000元左右。今年年初，洛桑旦增在政府的帮助下成立了"非遗扶贫就业工坊"，带动6户乡亲脱贫，村民们在这里能拿到月均5000元的收入。

嘎伦老人说："看到雪拉鼓技艺得到传承，能帮助困难户致富，比自己挣到很多钱还要高兴！"

2019年10月30日

"村友圈"把不在场的人拉回村庄

——一位三农公益人物分享的互联网文化"为村"故事

在"2019 美丽乡村博鳌国际峰会"上，陈圆圆站上了年度三农人物公益奖的领奖台。陈圆圆和她的团队为之深耕了 10 年的腾讯"为村"平台，成为连接情感、信息，加深村民文化认同，为村庄聚人、聚心、聚力的乡村振兴的数字化助手。

从一次侗寨歌会得到的启发

"为村"平台起源于 2009 年腾讯公益慈善基金会发起的公益项目"筑梦新乡村"。2011 年，陈圆圆受腾讯基金会指派，到贵州黔东南州黎平县，先后挂职教育局副局长和旅游局副局长，探索企业开展教育扶贫和旅游扶贫的模式。

一个偶然的机会，2011 年 9 月，陈圆圆跟着黎平县铜关村的一位乡村教师回村。这是个侗族村寨，正好赶上一户人家"打三朝"——小孩出生三天后新妈妈回娘家的传统仪式，比结婚还隆重，全村一大半人都出动了，一起唱侗族大歌。第一次见到这场面的陈圆圆被深深吸引了，立刻提议专门办一次侗族大歌的歌会。

当时的铜关村，人均年收入不足 1800 元，偏僻到百度地图和谷歌地图都搜不到，办一场 2000 人的歌会需要 6 万块钱，县政府拿不出。陈圆圆找到了腾讯网和腾讯微博，通过介绍侗族文化的专题报道，征集 200 名网友，每人支持 300

元来观看歌会。再加上其他一些捐赠，2011 年 11 月 11 日，铜关村历史上最热闹的侗族大歌歌会开场了。

歌会当天人山人海，村里人第一次见到了外国游客。全村大部分在外打工的人都请假回家参加了歌会，每个村民的脸上都泛着自豪、喜悦的神情。

这给陈圆圆巨大的震撼。"一个平日里凋敝的空心贫困村，可以迅速爆发出巨大的活力。" 8 年后陈圆圆依然感慨，"广阔的乡土大地蕴含着非常强的内生动力，无论表面多么落寞，她只是需要合适的契机去激发。"

在经历了前期一些农村公益项目尝试之后，陈圆圆意识到，"连接"是互联网的核心能力，能不能利用互联网的优势来发展乡村呢？

一场实验就此展开。2014 年 11 月，从联系中国移动建基站、捐赠智能手机，到培训村民们使用手机和微信，最终，在这个偏远贫困的少数民族村寨里，腾讯公益小组帮助村民建起了微信群和村里的微信公众号。

"为村"平台建立数字精神家园

起初，村民们对在线沟通没有感觉，更没有热情，但陈圆圆和腾讯公益小组没有放弃，直到 2015 年 7 月，沉寂终于被打破。在铜关村新一年度低保的评定工作中，腾讯公益小组鼓励村"两委"干部把低保户初审名单放在该村微信群中，竟在半个小时内就产生了 500 多条信息，40 多名在外地务工的村民也新加入群。经过在线公开的激烈争论，低保名单几经修改终于确定，成为铜关村历史上群众满意度最高的一次低保评定。

基于铜关村的实验，2015 年 8 月，腾讯公司依托微信正式发布针对乡村场景的公众号平台，以"连接为乡村"为宗旨，简称"为村"平台。这是一个低门槛、易操作、适合乡村干群的村庄微信公众号开放平台，全国各地都可以通过在微信中搜索"腾讯为村"，申请属于自己村庄的"为村"公众号，并获得属于自己村庄的专属功能板块。"村友圈"既可以发起全村讨论，也可以向广大网友展示真实的村庄生活；"党务"功能服务于基层党组织的信息宣传、党群关系、精准扶贫等工作；"村务"功能主要包括村务公开、集体活动、村委风采等，提高村委办事效率；"服务"功能包括政策文件咨询、法律援助解答、知识学习以及农产品展示销售等。

"为村"平台通过连接情感、信息、财富，将党务、村务、商务、事务、服务"五务"在线合一，用互联网实现村庄聚人、聚心、聚力，提升乡村自身能力和内生动力。

目前，全国已有将近 1.5 万个村庄和超过 251 万名村民，在"为村"平台建立了数字精神家园。

连接情感让"空心村"不再中空

青壮年劳动力外出务工流向城市后，农村"空心化"的实质是形成了家庭中做决策的人"不在场"的局面，从而导致一系列社会问题。

由于当家人不在，农户对村庄的集体事务漠不关心；村"两委"与农户的沟通不足不畅，上令下达和集体动员均不理想；村民的情感连接与乡村的文明传承也遭遇挑战，留守儿童缺乏陪伴关爱，农户的集体观念日渐淡漠，乡规民约面临失效，空心化的农村正在陷入离散化的困境。

"为村"平台通过设置开放的交流平台功能，构建了线上的村庄场景，将空心村里"不在场的人"拉回村庄，让农村青壮年在城市里重新"进入村庄"，为村庄的生产生活带来勃勃生机。

湖南湘西凤凰县大坡村加入"为村"平台后，村党支部书记杨清华求助于自己在省会长沙工作的女儿杨婷担任"为村"管理员。"我是在长沙读大学，且留在长沙工作了四年，每年也就回家一两次吧，大坡村其实对我而言已经很陌生了。"杨婷说，"帮我爸做了'为村'以后，村里的葡萄熟了啊、大家要开运动会啊等等好多事情，让我突然觉得家乡好近，在长沙也总是能想起大坡村。"

据了解，"为村"平台还鼓励和支持村庄通过社交的方式集聚本村力量。在村的村民是绿色农产品生产者，外出的村民都是销售员，通过"为村"连接信息，每个人都从村友圈连接到朋友圈，从身边开始传递村庄产业信息、扩大农产品影响，人人为村推广，实现连接致富、助人自助。

形成正能量场推进乡风文明

最近几年，四川省邛崃市大同乡陶坝村家家户户在山上种佛手瓜，销量攀升。无奈村里那条三米半宽的马路无法会车，经常影响运送佛手瓜。村"两委"到县里跑下了一笔修路款，但没有青苗补偿和土地补偿，涉及五组村民的利益。2018年初，陶坝村把这事儿放到了"为村"平台上的"议事厅"在线讨论，有村民很生气地说修路占了菜园子怎么能没补偿呢？马上又有其他村民反驳说，路修好了多卖几斤佛手瓜，什么菜钱补偿钱都够了……大家相互分析，结果在线议事总共持续了14个小时零7分钟，就达成了支持扩宽道路的一致意见。

"要没有'为村'平台真是不可想象，过去这种事我要挨家挨户去做工作，一拖拖个两三年也是可能的。"陶坝村党支部书记孔祥华说。

"为村"平台为普通村民提供了知识学习以及交流互动、议事的平台，容易在村庄形成正能量的场景氛围，帮助村民改善精神面貌，培养村民的"自治"能力。与此同时，"为村"平台因党务村务信息公开、在线咨询沟通便捷、组织动员快速等特点，既能够有效地助力基层党委和基层政权提高"法治"的效率，又方便干部发起集体项目、组织各类活动，推动传统文化在乡村的传承和乡风文明的建设，助力乡村"德治"的实现。

2019年12月18日

乡村电商演绎不一样的文化故事
——山东曹县电商创业文化现象透视

他们是农民，做的却是跟文化沾边的产品：工艺品、木制杂件、草柳编、小家具、演出服、摄影服、节日用服饰、舞蹈鞋、摄影道具等；

他们生活在偏僻乡村，却运用互联网，通过阿里巴巴、淘宝、天猫、京东、1号店等平台把生意做到了全国乃至世界各地；

全县涌现淘宝村113个，电子商务年销售额达到158亿元，成为山东省首批电子商务示范县、全国第二大淘宝村集群；

这里，乡村网速比城市快，物流快递密集布点，青年找对象问的是"会不会电脑"，村民微信群分享创意设计，个人学习成长关心"时尚前沿""用户体验"，文化娱乐来一场淘宝村时装秀……

这里是山东省菏泽市曹县。近年来，曹县鼓励草根创业，通过民间能人引领，电商平台与服务型政府双向赋能，农民大规模地从事电商创业就业，有力地推进了乡村振兴。乡风文明新鲜事不断冲击着人们传统的认知。

曹县乡村电商发展模式成为一种耐人寻味的社会文化现象。

草根创业

曹县电子商务发展，源自农民的草根创业活力和创新精神，源自年轻人从外地带回的电商种子。

2008 年，在外打工的曹县安才楼镇安许楼村青年费敬回到村里。他在上海打工期间学会了淘宝。2009 年，他开了全县第一家淘宝店，卖影楼服饰。

2009 年年末，曹县大集镇也有了第一家电商。丁楼村村民葛秀丽到部队探亲，遇到了丈夫战友的夫人，她正在网上卖女性用品。这位热心人对葛秀丽说："我教你做电商吧。"就这样，葛秀丽将电商种子带回了村里。

同村妇女周爱华与葛秀丽是好朋友，跟着也开了网店。2010 年 4 月，买家要了 36 套影楼服饰，刨除成本她净赚了 600 多元。周爱华尝到第一单的甜头之后，便和丈夫任庆生在产品上动起脑筋。与影楼服饰相比，学生表演服饰的需求量更大，于是他们将主打产品定位在了儿童表演服饰上。网店生意越来越好，很多客户开始定制服装，于是，夫妇俩开办了自己的服饰加工厂，开启了"网店 + 服饰加工厂"的模式，年生产表演服饰 30 多万件（套），可带动网络店铺 500 多个。夫妇俩还在速卖通平台上做起了跨境电商。

周爱华从一名普通农村妇女成为拥有数百万元固定资产的致富带头人。古道热肠的任庆生被群众选举为村党支部书记。

在电商"种子"带动下，坚守了 20 多年传统服饰加工销售的丁楼村，迈入"网络销售"时代。附近村庄的村民也纷纷开网店，由此产生裂变效应。大批外出务工人员和曹县籍大学生返乡创业，有效地解决了"空心村""人才外流"等问题。

目前，仅大集镇注册公司数就超过 1300 家。而且，村民之间形成默契：每一家的市场定位、产品品类、服务内容都不尽相同。从舞蹈服、影楼摄影服、公主服、红军服、舞蹈鞋、国外万圣节装扮，到电脑提花、电商服务、个性化订制等，产品款式近 6000 个。大集镇被授予中国"淘宝镇"，大集镇的 17 个行政村被授予中国"淘宝村"称号。

陌上花开

在丁楼村采访，村民指着一栋漂亮的三层楼房说："这家过去是贫困户，给家里带来巨大改变的是 95 后女儿李燕。"

"有一次我和做电商的姑姑聊天，发现汉服市场存在很大的缺口。"正在设计新款汉服的李燕告诉记者，2015 年，她参加镇里举办的美工和电商运营两项专业培训，又注册了自己的公司和商标。"我先和有设计经验的表哥合作设计了第一款汉服，并申请了外观设计专利，受到汉服爱好者的推崇，这给了我很大动力。"平时和客户沟通时，她会刻意多和他们探讨一些中华文化、汉服版式风向等，通过大量积累，渐渐准确掌握了汉服文化的定位和走向。

"去年的销售额达到 100 多万元，今年上半年达到了 80 万元，这在以前是不敢想象的。"李燕为自己新注册了汉服品牌"陌上花开"。她希望有一天，自己设计的汉服不仅走向全国，还能走出国门。

从"指尖手艺"到"指尖经济"，曹城镇青年刘洪平从开淘宝店铺逐步走上阿里巴巴批发网和国际站。接触外贸的刘洪平看到条柳编产业的发展前景，2015年，他成立奇鲁工艺品有限公司，主营草、柳、棕、藤、竹、木制工艺品的加工与销售。目前，他共有天猫店 2 家，京东店 2 家，企业店 2 家，C 店 3 家，拼多多旗舰店 2 家，年销售额 3000 余万元，其中条柳编产品达到 50% 以上。他帮助周边贫困户、留守妇女和老人共 1000 余人参与编制草柳编创收。

雅尚名品、睿帆工艺等跨境电商企业，则敏锐地捕捉国际消费者最新需求。雅尚名品草柳编、实木家具、户外家具等带动周边加工农户 30000 多户。

曹县"实体经济＋电商"模式形成了演出服、木制品、农副产品三大产业集群。大集、闫店楼、安才楼、梁堤头等乡镇的表演服饰、影楼服饰网络销售占淘宝、天猫的 70%，被阿里巴巴公布为"中国最大的演出服产业集群"；青菏、普连集、倪集、庄寨等乡镇的木制家具、草柳编工艺品等网上销售火爆；曹县"中国木制品跨境电商产业带"，是国内唯一的木制品跨境电商产业带。

文化土壤

为什么电商在曹县形成了大气候？这与地域文化传统有关。

曹县是著名柳编之乡，多能工巧匠；一些村庄自 20 世纪 90 年代形成影楼布景和摄影服饰加工产业。这里地处中原，紧邻孔孟之乡济宁，有着非常深厚的礼仪文化传统。年轻人外出打工一段时间，子女到了受教育的年龄，父母亲也老了，到了要赡养的年龄。回到家乡创业，既可以为子女接受教育营造一个稳定的家庭环境，也好照顾年迈的双亲。

利用电子商务售卖家乡产品，成为一些年轻人的创业尝试。

为了帮助子女创业，父母主动加入产品生产和电商服务之中，形成了一家人都参与的格局。这不仅降低了子女的创业成本，更在家庭内部形成新型的代际分工，形成两代人之间能力的互补。

让电商在曹县生根发芽的社会土壤正是两代人之间呈现的乡土文化。

我们看到，在大集、青菏、庄寨等乡镇，几代人共同参与表演服饰或柳编、木制品生产，老人也要上网的现象比比皆是。在村庄的扶贫车间里面，身体障碍的人士、老年人都加入电商产品的加工中。有一幅刷在墙上的标语："留守员、中老年，一天能挣上百元。"通过电商，他们的生产能力都得到了最大释放。

就这样，年轻人从外地带回的电商种子，落到了曹县深厚的传统文化土壤，生根发芽。在乡村熟人社会里，电商知识和经验的分享，促成了曹县农村电商创业蓬勃发展的格局。

政府之"手"

推动曹县电子商务发展的另一关键因素，是政府之"手"。

以大集镇为例，2013 年 3 月，镇政府在进行消防安全检查时，发现丁楼村三户村民通过淘宝网开设网店销售演出服、摄影服，大量的订单纷至沓来，吸引周边亲友不断加入开网店的热潮。但由于是自发经营，管理松散，存在较严重安全隐患。镇领导没有简单地叫停，而是敏锐意识到"这是个好苗子，要扶植也要引导"。

不久，村民四合院里的消防通道、消防器材陆续到位，消防知识宣传活动也快速展开。镇里还要求派出所的同志们统一着制服，亲自去给 20 多个农家小院挂上"重点保护企业"的牌子。

镇党委、政府果断提出"淘宝兴镇"的发展理念，成立了淘宝产业发展办公室，提出"网上开店卖天下，淘宝服饰富万家"的宣传口号，全镇形成了人人谈网购、户户开网店、企业做龙头、政府做后盾的浓厚发展氛围。政府定期举办培训班，聘请淘宝大学讲师和专家前来授课，为网商答疑解惑。凡淘宝服饰加工户或网商需要注册有限公司的，镇里专人帮助办理。同时，建成淘宝服饰辅料大市场，吸引30多家相关企业及物流公司入驻，为企业提供有力的支持。

大集的经验在全县得到推广。近年来，曹县政府通过培训促动、典型带动、宣传推动、行政配套、政策先行和提供服务，激发市场活力；大力建设公路、网络、快递等基础设施，打造载体平台，放大聚集效应，促进电商发展。

曹县县委副书记、县长梁惠民说，我们充分尊重群众的首创精神，注重发挥电商平台与服务型政府双向赋能作用。

当地政府在电商快速发展中主要扮演三个角色：第一，推动引导者；第二，服务提供者；第三，连接整合者。每一个商户与平台之间很难直接对话，就由政府牵线搭桥。曹县政府跟阿里巴巴、跟京东、跟腾讯等签订了一系列的协议，把当地电商的需求提供给平台，为商户争取最好的机会，从销售到生产，从培训到升级，让每一个商户连接到适宜的平台、接入到更大的市场。

文明乡风

电子商务使乡村生活更美好。

比财富飙升更值得关注的，是民风民俗的演进。

开网店、搞设计、办工厂、做跨境电商业务的村民们，每天关注的远不止摄影服、演出服、木制工艺家具这些实际产品，而是眼观六路，更宏观细致地紧盯全国行业走向，关注国际新闻，关心"时尚前沿""快捷服务""即得感""用户体验"等等。

打开村民手机上的微信电商群，在这些群里，村民们的各家工厂都会把自己的最新款式第一时间发在里面。知道别人家已经在做，其他厂家就会主动注意规避，迅速转而去做不同款式。村民们明白，模仿别人意味着赚不到钱，还可能招来投诉，只有自己去创新，才能创造最大价值。

创业创新、自立自强，给新型农民带来满满的自信。曹县孙庄村就有一句顺口溜："正科级、副科级，比不上村里一个淘宝女劳力。"

村民有了更多的公益精神。丁楼村服装厂很多，消防任务重，镇上打算给村里买辆消防车。没想到，村淘宝商会来了场集资，3 天就收到捐款 50 多万元，一下买了两辆消防车，一辆取名"淘宝之星号"，一辆叫"淘宝功臣号"。

富裕起来的老百姓创意频出，活力迸发。去年 11 月 3 日，为庆祝改革开放 40 周年，丁楼村举办了中国淘宝村首个时装秀。村民们拿出自己最得意的产品，穿上改革开放以来 1980 至 2010 年代的服装走上 T 台。村舞蹈队也赶来助兴。通过舞蹈表演、模特走秀的方式，借助阿里巴巴媒体、梨视频、斗鱼直播平台等，向外界展示淘宝村的魅力，展示乡村新变化和农民朋友致富后的精神风貌。

乡村青年择偶观念转变。大集镇坊间流行着两句话："家境强，不如能上网。""金银一斗，不如网店在手。"年轻人找对象，第一个问题就是："会不会电脑？"至于彩礼和陪嫁，金银首饰、汽车、房产已经都不流行了，还可能被人笑话。现在最热的是：淘宝（天猫）店。

越来越多的年轻人认同喜事新办，避繁就简。孙庄村 90 后孙国强，前几年辞去在青岛的工作，回家开淘宝店，之后就认识了也在开网店的同村姑娘。结婚前，小两口也曾想找几部好车摆摆架势，最后一合计，干脆就用送快递的小电车，来一场别致的创意婚礼。连新婚服装都是小伙子自己工厂做的，开开心心地完成了娶亲。

"过去有《达坂城的姑娘》，我们现在是大集镇的姑娘。带上你的淘宝店，再带上你的天猫店，赶着那快递车来。"孙国强笑得很开心。

在曹县，我们看到产业兴旺与乡风文明相互促进。而互联网让村民群众更多地了解其他区域人民的生活状态、文化娱乐和精神追求，从而对自身文化修养及精神追求有了新的思考和规划。

2019 年 6 月 27 日

美术创作描绘现代农业华彩篇章

"中国现代化离不开农业现代化。"党的十八大以来，我国农业现代化取得巨大成就，迈上了新台阶。行走在神州大地上，美术工作者用妙笔捕捉田间地头新气象，挖掘乡土文化新内涵，展现现代农业蓬勃发展的活力。

反映高质量发展新成果

在以农业为主题的新时代美术创作中，不少作品通过多元描绘，生动反映农业由增产导向向提质导向转变取得的成果。

农田新风光，折射着时代发展步伐，也丰富了美术创作内涵。黄海蓉油画《十里春风》，便以平整连片的土地为主体，通过俯视的视角，绘就了一幅田野风光与农村新居相融共生的优美画卷。通过画面，观者可以想见"田成方、林成网、渠相通、路相连"的高标准农田的壮美景象。陈树中油画《2020·扶贫基地的收获时节》，则以充满现场感的描绘，展现了马铃薯产业带动村民脱贫致富的成果。小生产连接大市场。作品将马铃薯生产与运输销售场景统一于画面中，侧面反映"菜篮子"供应充足，以小见大地将乡村振兴和国家繁荣发展的宏伟画卷联系起来。

近年来，农业加快构建与二、三产业交叉融合的现代产业体系，很多美术工作者以此为着眼点进行创作。像沙永汇版画《玉米工坊·黑土地上的新脱贫》，艺术地表现了东北新农村进行鲜食玉米产后加工的场景。作品以巧妙的构图，将两个叙事场景衔接起来：画面左侧，众多村民正将剥好的玉米进行装箱处理，远处一望无垠的田野喻示着东北优势产区粮食产量稳定；画面右侧，农民合作社或家庭农场正在对玉米进行初步加工。农业产业化、集约化的勃勃生机溢于画面。

渔业转型升级、畜牧业发展质量提升等，也为美术工作者所关注。比如，刘懿中国画《民生工程——舟山鱼篮子》，借助渔民忙着装箱的背景烘托和渔民现场称重的趣味表达，展现渔业提质增效成果显著。吕剑利版画《天山脚下新牧场》，则以粗犷的艺术语言，表现了水草丰美的牧场美景。在对农林牧渔全面发展的多彩描绘中，农业题材不断拓展，百姓生活的殷实图景跃入眼帘。

展现科技兴农新气象

农业现代化，关键在科技、在人才。科技兴农的新气象，也点亮了美术创作。很多美术工作者用饱含真情的画笔，歌颂"把论文写在祖国大地上"的农业科技工作者，描绘新型农业技术和设施装备广泛应用的场景。

水稻基因组学研究及应用国际领先、主要农作物良种基本实现全覆盖……经过几代农业科学家呕心沥血的努力，我国现代种业不断取得创新突破。可喜的成绩，感染着美术工作者。陈健雕塑《袁隆平》，以朴实的手法，塑造了袁隆平蹲在稻田里、专注观察稻穗生长情况的场景。主人公穿着长筒靴，双手轻抚着丰满的稻穗，眼神深情而自信，形象惟妙惟肖，感人至深。

农业机械化、信息化、智能化的发展成就，在美术工作者笔下更具张力、意蕴更为悠长。像黎墨的中国画《喜秋》，可谓是我国农业机械化向全程全面、高质高效升级的缩影。画面右侧，一台大型联合收割机轰鸣向前，金黄的稻谷颗粒归仓、稻秆粉碎还田，一群可爱的鸭子在田间穿行；田野上空，一台农用无人机正在播种作业；远处崭新的民居错落有致、汽车往来穿行，画面充满生趣，洋溢着活力。透过作品，观者既可以感受到田间地头激荡的科技动能，又能够想见隐身在农业科技装备后面的新型职业农民的智慧和风采。

"向设施农业要食物。"随着科技发展，设施农业大力推进并向质量效益型转变。徐苗苗水彩画《新农村系列之一——水蛭养殖》便聚焦现代农业新生事物——水蛭养殖。整齐排列的养殖池成为画面主体，远处屋舍俨然、山脉绵延，成为农业农村现代化的生动写照。苗再新中国画《红红火火》和肖丰、吴青油画《青春——马良镇青茶育苗精准扶贫项目纪实》，将目光转向大棚种植，通过不同角度的描绘，表现设施农业发展新步伐。这些作品反映了农业发展方式的转变，以及绿色高质高效的技术模式。

现代农业星火的传递，离不开广大脚沾泥土的科技特派员。赵建平、徐伟灵创作的油画《江苏最美奋斗者——赵亚夫》，表现了赵亚夫专注科技兴农、以农富农的奉献精神。田野中，他手拈一株庄稼苗，向围拢在身边的乡亲们细心讲解，乡亲们一边记着笔记，一边露出会心的笑容。一个略显稚气的小女孩幸福地看向远方，预示着乡村未来充满希望。地上一篮熟透的果实，烘托了科技兴农主题。

彰显绿色发展新活力

绿色兴农，让农业的生态底色愈发鲜明。在面向大自然的写生中，山清水秀、天蓝地绿的绿色交响，激发了美术工作者的创新灵感，一批优秀作品成为农业绿色发展的视觉礼赞。

有的美术工作者以抒情的语言，展现更加清洁的农业产地环境和更加美好的农村生活环境。比如，陈健油画《金秋鸟瞰》，采用高空俯瞰视角，用大色块概括地表现了上海崇明岛金色的田野。在调色盘般的图画中，优美的生态环境充满诗意，令人向往。柯希仑中国画《党建兴村——乌云山》，通过艺术提炼，以三联画的形式，将乌云山村的有机茶园、有机蔬菜以及平整的柏油路、崭新的民居、物流中心大厦等元素融入同一画面，大面积绿色调的运用，使绿色兴农主题鲜明。

有的美术工作者以开阔的意境，凸显农业生态系统养护修复成果。在张建国、陈光明、张彦合作的油画《塞上粮仓》中，规整的农田、蓬勃生长的农作物与远处葱茏的林木相应和，既赋予画面韵律之美，又体现了林田相依的生态之美。农业文化遗产，兼具农业经济、生态保护和文化传承多重功能。近年来，我国农业文化遗产保护取得举世瞩目的成就。有感于哈尼梯田"森林—村寨—梯田—水系"四素同构造就的生态奇观，张路江在写生基础上创作了油画《阳光下的红河梯田》。画面表现了光影下"云上梯田"仙境般的美景，一片片梯田顺山势蜿蜒，农人、云雾、森林交相映衬，农业文化遗产的壮美景象尽收眼底。

坚持绿色发展，不断拓展农业功能，促使休闲农业、体验农业、观光农业、创意农业等新业态涌现，既丰富了乡村产业发展、生态建设、文化振兴的内容，也为美丽乡村建设增添亮色。周仲铭版画《在希望的田野上》，便生动描绘了农业观光旅游的红火场面，展现了农业绿色发展新活力。

从农业质量和综合效益，到科技兴农、绿色兴农，美术工作者不断描绘现代农业的华彩篇章。

2022 年 7 月 24 日《人民日报》文艺副刊

第八辑

冷暖人间

不堪的滋味：体验长途客卧

一次偶然的机会，体验了一回乘坐"豪华"卧铺汽车长途跋涉的不堪滋味，仿佛经历了一场噩梦。回来跟人讲起，只当是一个遥远的笑话，不料却勾起几位经常出差的同事的十二分义愤。原来他们也和我一样，有过搭乘"豪华"客卧的狼狈经历。

我说的这种"豪华"卧铺汽车，城里人很少见到，乡下人若不出远门也无缘见识。它是由一辆普通 32 座客车改装而成，车厢中狭小的过道两边搭起上下两层极简陋的床架，小小车厢竟安排下 30 多位旅客的铺位。低矮拥挤，空气污浊。人勉强可侧身塞入，但躺着伸不直腿，坐起来须弯腰垂头，下巴颏儿顶着了胸脯。乘客在这样的袖珍空间里，每每要忍受十几个小时乃至数昼夜的旅途困顿生涯。

这种长途卧铺车，乘坐一次就留下刻骨铭心的记忆，但更多的人却习以为常，他们已经把吃苦受罪当作出门远行的"必修课"了。我们的长途汽车客运公司，我们的客车制造厂，至今也没有谁想到去改造一下卧铺车厢的内部结构，把它设计得更合理更舒适一些。就在最近，我又听到一位从浙江出差回来的同事诉苦：她从杭州到温岭，乘坐的那叫什么豪华卧铺车哟，简直不是人待的地方……我顿时感到问题的严重：卧铺汽车不仅边远山区有，就连在经济发达的沿海大中城市之间也一样天天穿梭运营，而且车厢内部结构、陈设惊人地相似！全国每日有多少乘客在默默承受着这种劣质卧铺车的"折磨"啊！

我是三年前的夏天，一个人在云南做着"独行侠"式的采访。在昆明买到了去大理的卧铺汽车票，当时感到很新鲜：搭乘晚班卧铺车，不仅节约时间，还可省去夜间住客店的花销，一举几得，不错不错。可是一上到那个拥挤的蒸笼式的车厢，我就明白这趟旅程不可能愉快了。果然，我刚在自己的铺位上汗流浃背地把行李放好，人还没躺下，就过来一位大个儿中年女人，大声嚷着让我走开。我说这是我的铺位呀，她却用当地土话嚷得更凶了。原来她是搭车的常客，按规矩，凡是买票买到男女同铺的，男的必先无条件让开。这叫作"女士优先"，我懂，但她那种不容分说，过来就"轰"人的态度，却让我有吃进苍蝇的感觉。我被从上铺调到下边角落里的一个下铺。窄小的床上已有一个胖子躺着，皮鞋当枕头垫在脑袋下面，光脚散发着熏人的脚臭味。任我从他身上跨进跨出，他都安然不动。后来他倒是很善意地提醒我：要将鞋子用刚才司机发给的塑料食品袋装着，系挂在床架上，否则，明天起来就可能找不到鞋了——因为鞋有异味，夜里滑到人家枕边，会被人捡了扔出车窗外。这种丢鞋子的事车上常有发生，闹出令旅客尴尬的笑话……

谢天谢地，我终于蜷缩身子躺下了，把脸侧向窗户，呼吸着从外面透进的丝丝凉风，心情总算渐渐平静下来。可是，半夜里，又有硬东西把我的脑袋硌醒。原来胖子已经下车，又上来一个瘦弱的小木匠，装得满满的工具袋内，不知什么物件正好顶着我的太阳穴。我没法对小木匠生气，只好苦笑着，自我解嘲起来："就当是认识国情，体验生活吧！"再看周围这些乘客，都是出远门的平民百姓，没有一个身份显赫的。是啊，有地位的人出门坐小车、坐飞机，他们是不会注意到老百姓乘什么车、受多少罪的。而老百姓也只怪自己"命"苦，只要能平安到达就唱"阿弥陀佛"了，没有人想到去反映服务问题，去要求改善车厢设备、环境。

多少年了，老百姓已经养成一种被动接受的习惯。在短缺经济年代，让你搭车，那是司机和车站对你的恩典。只要能上车，站着，挤着，硌着碰着，都能将就。老百姓的权利意识被泯灭了，讲求舒适倒成了"非分之想"。车主和司机也养成"老大"思想，哪位旅客要是抱怨一句，或敢跟司乘人员"理论理论"，那售票员就会捡最阴损的话"噎"你："想舒服，坐飞机、打出租去啊！还在这儿挤什么劲！"羞得乘客脸红一阵白一阵，简直无地自容。

虽说现今已步入市场经济了，顾客是"上帝"，但原有的那一套无视顾客，尤其是无视平民顾客权益的惯性思想意识还在。

作为我，吸取教训，以后出门少乘或不乘卧铺汽车就是了。但是那些深居在大山之中的人呢，那些要到千里之外经商办事、打工谋生，或要……的平民百姓呢，他们要冲破封闭，要流动，要发展，注定了还要经常与这种令人头疼的"汽卧"打交道。我衷心地祝愿他们平安幸福，并希望我们的客车制造厂、交通运营部门，能尽快设计出更科学、更舒适美观卫生的卧铺客车来，好让我们的老乡不再感到出门那样地艰难可怕。

毕竟，汽车业技术的进步，也要体现人民性，不能只为有钱有地位的贵人服务。

2000 年 12 月 16 日

基层留影。2016 年 9 月，作者在四川省甘孜藏族自治州雅江县王呷一村采访村民。

吓弟讨公道

那天，门卫打电话到我的办公室，说又有个福建老乡要见我。

自从我的记者职业在乡下老家传开之后，乡亲们视我如"包（报）青天"，寄予厚望。村里建小学、修公路，要扶贫款，找我；官司诉讼不利，求我；做买卖被人骗，也要我出面追索款项。近年来更呼啦啦进城一批老乡，隔三岔五找上门来，央我在京城里给他们找工作，租店面，介绍关系，推销产品等等，轮番轰炸，应接不暇，已成了我生命中不能承受之重负。我决计不再充当"好好先生"角色，不知今天将第一个被我拒之门外的老乡是谁？

我一脸严肃走下楼来，只见门卫处站着一个二十刚出头、身体单薄的农村小伙子，左手绷着白纱布，眼巴巴望着我。

"啊，你就是表伯呀！噢，我这里有一封信……"见我向他走近，他紧张而腼腆地笑着，递给我一个没有封口的信封。信是我表哥写的，介绍了眼前这位拐了不知几道弯的远房表侄，名叫姚吓弟，去年9月进京在一家私营食品厂打工，左手工作时被机器轧掉三个手指和半个手掌。老板只答应给做手术治疗，其他一切善后都不管了，要我出面帮助讨个公道。

"这事你应该到当地劳动部门去反映。"

"我已经找过多次了，可是……"他的神情突然阴郁下来，完全孤立无助的样子，仿佛预感到眼前最后一星希望之火也要破灭了。这一刻，我若稍有一点辞客的表示，他一定会马上自卑而认命地走开，但我却怜爱地把他让进了办公室。

他毕竟太年轻了，刚刚步入社会，就遭不幸。

我请来报社负责信访接待的同志为他做法律咨询。像他这种情况，因为没有与老板签订劳动用工合同，官司打起来相当困难，不如先确保把手治好了，再作进一步理论：打官司、通过劳动部门调解或民间"私了"的方式索赔。他也认为这个方案比较妥帖，千恩万谢地走了。

可是没过几天，不知他从哪儿打听到我的住处，在一个双休日的早晨揿响了我家的门铃。妻去开门，被他畸形的手吓了一跳，回来把我从睡梦中推醒，说："又是你家乡的什么人来了。"我起来一看是他，就很生气："不是说好了先看手吗？怎么又来了！"我的脸色一定很难看。他羞红脸，扔下一包水果，就从楼道中退了下去。

后来他又到我的办公室来过一次，告诉我老板因怕吃官司，愿意"私了"，请求我到时一定为他出面走一趟。

一个月后，我如约前往。他非常高兴，像换了一个人似的，话语也多起来。我问他："你为什么叫吓弟呢。"他说："本来不叫吓弟，叫书荣。报户口那天父母不在家，村长就随便写了一个报上去（因为小名叫'阿弟'，被谐音成了'吓弟'）。我们农村就是这样的。我同病房还有一个内蒙古的小伙子，也是进城打工被机器齐刷刷切掉右手四根手指，他叫陆七八哩。"

在地铁车站候车，他特意去报摊买了两份报纸让我在车上看。我问他："你也喜欢读报纸吗？"他笑着点点头："我来北京后发现，城里人和我那边人最大的不同就是爱学习，不管是等车还是坐车的时候，许多人手里都拿着书或报纸在看。开始我觉得奇怪，后来我也试着买报纸来看，学到不少知识，慢慢就养成习惯了。现在我就是回到老家，有时也要跑到镇上去买报纸回来看。"

"村里买不到报纸吗？"

"买不到。我们那边没有人会想到去买一份报纸看。"停一会，他又说："城市里的人优越就表现在，不光物质生活是满足的，精神生活也同样得到满足。还有，城里人只生一个孩子，不像我那边人一生就是好几个……"

他观察城市的视角挺独特，这让我瞥见他内心有非常值得珍贵的东西，那就是一个优秀的年轻人特有的求知向善崇美的品行。具备这种品行的人，其前途不可限量。我开始以完全平等的目光重新打量着眼前的年轻人："看来你喜欢城市？"

"那当然，城乡差距太大了呀！一个人要是一辈子不出门，只守着脚下一亩多地，那生活实在太单调了。我就想趁年轻出来多见识一些东西，看看别人都是怎样生活的。我原打算来北京之后再到上海、南京、广州、深圳，结果刚到北京手就弄成这样了。但我不后悔！"

"你下一步是要回老家去吗？"我关切地问。

"不！"他把头摇得像拨浪鼓。他说，出来闯世界，一事无成回去会被人看不起的。家乡也实在太闭塞，几亩山地有三个哥哥在家种足够了。他已决计投奔在省城做瓷砖生意的大姨夫。姨夫生意做得大，早就看上他这个镇中学电脑职高毕业生，想叫他过去当个帮手，但那时他少年气盛，不想在亲人的羽翼底下成长。"以后要现实一些了，做事会更加求稳。"他补充道。

来到食品厂，老板却失约久久不见踪影。我们就在厂门口静静流淌的运河边一直聊至深夜。他的青春琴弦被重新拨动起来了。临别他告诉我，自从左手伤残以来他一直郁郁寡欢，从未与人这么开心畅谈过，我是他接触的人中最实在的一个，跟我好像没有任何拘束感和距离感。我说，那就对了，我也是农村出来的人嘛。我答应他，下回与老板交涉，我一定还会再来。

他的年轻的信任和肯定，无疑也给了我内心某种愉悦和德行道义方面的鼓励。

1998 年 7 月 25 日

"大好人"柳泽安逸事

一

好人难寻，可是真的碰上一个天底下最好的好人，人们的感情却不一定肯接受。那天，柳泽安路过咸宁县三角湖村时，一眼就认定村头那口500人吃的水井是该洗洗了。那水多脏哟，水层多浅哟，还不到一米呢，谁一打水就沉渣泛起……他的做好事的本能马上冲动起来，跑进一个老乡家，租了老婆婆一担水桶，一个劲地泼水掏污泥。村民见状，怒不可遏，那井水可是全村人的命脉呀！大家追来喝问："你是哪来的？想要干什么！"说着抢手就打，好像有杀父之仇。有人说他是疯子，要不就是投毒，要不就是井底有金银财宝。柳泽安倒沉得住气，边掏井边挨打边解释："我是做好事的，我不是坏人。"又用两块钱雇了一个小年轻帮忙，自己在凉水里掏了40多分钟，水井干净了，村民看他确实并无歹意，就请他吃饭，问他哪个村的，他不说也不吃就走了。

那是1983年冬。在这之前，柳泽安在咸宁县公路段当民工期间，就已为西湖乡罗家渡村义务修通两条四华里长的公路。后来西湖乡决定调他当乡里公安特派员，他不去。他说："我的任务没有完，我还要到别处去帮人修路、掏井、洗厕所。共产党员是没有籍贯的，不归哪一个乡哪一个村所有。"

二

柳泽安以为，纯粹的理想道德可以改变现实，实现共产主义。他说："是学毛选，使我心里有了大目标……"又说："人之初，性本善，我相信，做好事可以感化人。"然而，实践的结果使他一次次陷入了困境。

这时已近1984年春节了。家里接连来信，催他好歹要回家过个团圆年。柳泽安的家乡在湖北黄冈县上巴河镇标云岗乡剪子岗村。从咸宁回黄冈途经鄂城时，碰到一个要饭的女人伸手向他行乞，他毫不犹豫把口袋里仅有的25元掏给了她，自己却一分钱也没有了。想着想着，他突然感到悲从中来。三年了，自己在外边没有给80岁的双目失明的老母亲寄过一分钱。此刻哥哥嫂嫂正盼他带回一些年货过个好年哩。哪承想自己却囊空如洗，两手空空，还有什么脸面活着回家见亲友呢。一时绝望，竟在汽车轮渡时纵身跳入长江。好在船上水手发现得快，下水将他捞起时，已是奄奄一息了。后来他哥哥用一辆手扶拖拉机将他运回家里，全家人都感到丧气，过了一个很不愉快的春节。村里左邻右舍的议论也就可想而知了。

柳泽安耐不住这种不被理解的孤独，终于在春节过后没几天又重返咸宁县公路段。在那里，他继续为村民掏井、修路、洗厕所，替五保户挑水、洗衣、做饭等等。有几次他还悄悄跑到临近工程队去，把那些民工的臭袜子脏鞋一一洗了个遍。没想到这事给他招来了麻烦。那个工程队的队长跑到领导那里反映说："是不是有些工程队的活儿太轻了？怎么还有人劲儿没处使，经常跑来给我们洗袜子管闲事？"这话很快传到了柳泽安所在的工程队。第二天，队长就把半月的工资提前开给了柳泽安，柳泽安被辞退了。

三

柳泽安吊着破烂的被窝卷，第二次神情抑郁地回到上巴河镇剪子岗村，这时他的左脚还没有瘸。他的左脚瘸了，那是 1985 年 3 月，在王家店村采石场工作时，为救同事，排除上面要掉下来的险石，不幸被砸折了左脚。

然而身体的打击也没能摧毁柳泽安坚持做好事的人生信条。1987 年春，柳泽安到邻乡的马家谭村替四户人家检修了房屋顶，这时已近黄昏，太阳就剩下一竿子高了。柳泽安见还有一家农户的房顶下陷得厉害，于是不跟主人打个招呼，就抬了一条破梯子，"蹭蹭蹭"上去了。邻居瞧见不对，忙告屋主："有疯子爬上你家房顶啦！"结果一家人操了棍棒出来，纷纷喊打。柳泽安只得重复一遍他那说过无数次的用来消除误解的话："我不是坏人，我是做好事的，别打啦！"按柳泽安的理解：做好事也要立场坚定，百折不挠，咽得下苦，否则，局面就打不开。果然，大家对他的敌意消除了。房东一位老大爷感叹说："我活了 80 多岁了，还没见过一个像你这样的好人。"柳泽安的心理又得到一次极大的补偿！虽然人家只是觉得他没有威胁而消除了对他的敌意，但在柳泽安看来，这就是他所理解的"共产主义道德信念"的又一次伟大的胜利！而且他认为，经历的曲折误解越多，吃下的苦头越大，最后得来的"胜利"也越辉煌！他就是这么理解的。正是这种虚幻的一次又一次的"精神胜利"，促使他做了一件又一件好事。他自己说："我好事做到一处，一处的人家就会念叨我，我感到越干越有味道。"

四

但也有一件事情是柳泽安百思不得其解的。去年晚稻收割季节，柳泽安拖着一只残脚，好不容易把地里的 1000 斤粮食收回来，还在晒谷场上晾着呢。这时他听说标云岗乡的礼堂漏水了，乡亲们开会、看电影，碰上下雨天，经常给淋得像一群落汤鸡。柳泽安马上撇下家里的农活，赶到乡里检修了 6 天礼堂。等他回到村里时，场上的稻谷 1000 斤已被人盗走了 800 斤。柳泽安怔住了，一连几天吃不下饭，独个儿坐在家门口闷闷地发呆。这天他终于憋不住了，把他 14 岁的侄儿叫到身边，心情沉重地说："这对我也是一次教训啊。没想到，我这个人做了那么多好事，还有人要偷我的东西。"的确，这一次使得一向要强、只为他人着想的柳泽安，不得不接受了村里和镇上拨给的 500 斤救济粮。柳泽安的信念与自尊心都受到了一次沉痛打击！

乡亲们满以为他这下总该醒悟了吧，做好不得好，何苦呀！但柳泽安可不这么想，今年正月初八晚，他又到外面做好事滚了一身泥巴回来。

五

柳泽安的哥哥以及别的乡亲因此都很为柳泽安的前景担忧。柳泽安 39 岁了还没娶到老婆。那天记者前去采访时，他正在池塘边搓洗自己和老母亲的衣服。他的哥哥柳细水说："泽安 1973 年从部队复员回家，那阵子他还想讨老婆，怕人笑话，洗厕所都是趁天黑以后没人看见才洗。现在他老婆也不想要了，就知道做好事，身上有一分钱就流到社会上去。经常看他全身脏乎乎的很晚才回，我做哥哥的心里很难过。有时我也劝说过他，现在家庭还不富裕，好事搞是可以搞，但要等空余时间，身体和家庭条件许可了才搞。他不听。"村民马浪程说："我和泽安在一个湾里长大，他从小就是那个性子，不管受不受表扬，都坚持学毛选，做好事。如果把他在社会上做的好事加起来，足可以给自己盖两栋新楼房了！大家都达到了他那个境界，商店就可以不要营业员。"这时站在旁边的马凤程接过话茬："我看柳泽安是生不逢时，要在六七十年代，他早当上了国家干部、模范标兵了。可是现在形势不同了，他不会跟着形势转，所以要吃亏。"

在柳泽安的旧屋子门前，记者看到有一副他自己用毛笔字写下的大对联："四面湖山收眼底，万家忧乐挂心头。"了解柳泽安的人给他"算"好了命运：等老母亲去世了，柳泽安可能要离家出走，四处做好事，最后客死他乡……

1988 年 7 月 2 日

挣脱无形的枷锁

——当前农村红白喜事大操大办现象的观察与思考

他们勤劳善良，按理，在我们这个社会里应当过上美满舒心的日子。是什么东西压得他们一辈子直不起腰杆？

最近记者到赣北的德安、湘南的永兴等地农村调查采访，耳闻目睹了许多奇怪的事实。有些老乡平时破衫旧帽，省吃俭用，一条鱼，一块肉，烘干了吊在梁子上，客人来了才割下一点来吃。一件新衣服也是等出门走亲戚时才取出穿穿。但是一遇有红白喜事要办，他们却非常"慷慨"，三千五千的，把自己半辈子积蓄都掏出来，甚至不惜贷款、借债！那些儿子多的家庭，做父母的更是受罪，起早摸黑操劳一辈子，最后往往没来得及给小儿子办亲事，自己就"万岁"了，死也不能瞑目！这究竟为了什么呢？

实例之一：

在德安县，记者采访了河东乡石桥村的华银兰老汉。他家有五个男孩，三个女孩，现在三个大儿子已结婚另过，大女儿也已经出嫁了，家里除老两口外，还有两个女孩和两个未婚儿子。六口人，种七亩半水田，副业收入就靠几只鸡和一头母猪，老四有时也到外面做点小工，全家年收入在 1500 元左右，人平 250 元。这样的收入在赣北农村不算太低。可是当记者一踏进他那间显得脏乱的老屋，华老汉就连连感叹："唉，生活好紧哪！"原来，这些年他家因为盖房子，接连娶了三个媳妇，借债 6000 多元，还了 2000 元，目前还背着 4000 元的债，其中欠国家贷款 3000 余元。这样，他家每年收的谷子除口粮外卖的钱，银行一扣利息就没了。

实例之二：

谭钰泽，湖南永兴县柏林镇马桥村民办教师。4 月 13 日，记者同他谈起了目前红白喜事在农村的危害，谭钰泽显得很激动。1983 年他父亲去世，花了 700 多元。这时他儿子又患"血友症"，因治病背了 2000 元债。前年（1985 年），他母亲去世，家里一分钱也没有。这白喜事还办不办呢？正踌躇间，母舅家来人"看尸"，说："人生在世，就那么几次花大钱。现在是到了该花钱的时候了！"没办法，只好又借了 800 多元办丧事……现在他欠债 4000 多元。尽管如此，亲戚邻里办喜事他还得送礼。去年光内亲内戚（妻家）两桩喜事，他就送去近 100 元。加上本村进伙酒（住新房）十起，婚礼十起，生日八起，外亲（外村来请）十起，总共花了 300 多块钱。这时站在旁边的村会计黄水清插话说，现在农村红白喜事名目繁多，婚丧喜事办酒，生日办"寿酒"，建房办"封栋酒"，住新房办"进伙酒"，招工升学办"庆贺酒"，小孩满月周岁办"月子酒""周岁酒"……其中婚丧喜事压力最大，要花几千元。拿马桥来说，全村 561 户，2661 人，去年一年用于红白喜事的钱就有 12 万元之多！

就本质而言，喜事大办是不符合农民根本利益的。一旦他们明白了造成这种痛苦压力的正是自己所认同的旧文化和落后价值观念，他们就会猛醒过来，挣脱旧习俗的枷锁……

为什么红白喜事的规模像滚雪球一样越滚越大？群众归纳了三点：一是富裕户显示阔气。富裕户这么一办，一般农户不得已也跟着来，认为人家办得起，自己为什么就不行呢？要争口气。二是怕亏本。想通过办酒席把以往送给人家的礼钱收回来。三是通过宴请可以结交一些朋友。捧场的人多了，自己在这个地方的"市场"也就大了，办什么事情也方便。于是：有钱的大挥霍，没钱的急得打哆嗦，睡不着觉，为了办喜事到处借钱，借不到就卖谷子，给自己遮遮羞。

记者分析：目前农村大多数人的价值观念层次比较低，他们还是以物的数量多寡来衡量一个人有没有价值和本事大小的。加上我国农村保留的旧传统文化比较多，特别注重"人伦""孝道"等道德礼仪。这样，个人行为只有在符合这些传统道德规范时才能取得公众的认可和赞同。红白喜事被看作人生中两个最大的礼仪，也是最能集中表现一个人是不是重礼节和孝道的地方。那么，现在很多人，不管有钱没钱，都竭尽全力把它作为一显自己能力、品格的机会，也就很可以理解了。

实例之三：

朱逢举，这个铁骨铮铮的中年汉子，现在是德安县河东乡石桥村第十二村民小组组长。早在"大锅饭"时期就因为家里穷，他贴出了一副当时惊动全村的对联："一年一年又一年，年年超支队里钱；娃儿大了时运转，坚决要进余粮款"，横批："艰苦奋斗"。有人说他这是反动标语，他不怕。今天，他早已进了"余粮款"，并把这些钱用于智力投资和产业结构调整，成了村里的富裕户、大能人。同时，他又以叛逆者的勇气向传统的陈规陋习发起挑战。前不久，75岁的老母去世了，人家说要大办。他说："母亲在世时我端茶送饭，尽了做儿子的职责。现在人死了，丧事可以从简。"亲友们不依，在工厂当干部的哥哥也急得跟他吵架，他都不睬，坚持从简办丧事。亲戚们送礼物来了，他站在门口"挡驾"，口袋里揣着零钱，来一件推一件。有的干脆在门口放起了鞭炮，他就用零钱当面付清。有人生他气，说他不领情分，他就给他们讲道理，算一笔明白账。有的通了，有的可真顽固。比如有个亲戚送了块白布，他把它送回去，亲戚又把它送回来……第三次，他只好把白布加工成衣服再送还亲戚。

丧事新办，老朱这个头算是带了，但他私下告诉记者：他顶了那么大的压力，这次还只是把酒席和送葬的规模缩小，至于"停棺"，请"八仙"（抬棺），披麻戴孝等这些固定丧葬礼节形式还不能不做，最后也花了近2000元。

我们在考察红白喜事为什么大操大办的时候，不能只看到观念因素，认为那只是个人的事情，我想不办就可以不办了。这里面还有礼节因素，还有社会因素……

从这次采访的赣北、湘南一些地方看，现在农村中的旧礼俗文化相当泛滥，迷信、宗族活动也开始抬头。那些所谓"知书识礼"的封建遗老被请了出来，专门回忆各种旧礼节，然后编印成册，散发各处。有的一本竟卖到三元至五元！永兴县城郊乡乡长朱广英告诉记者，近年来农村还出现了一种专管司仪的职业，叫作"礼生"。这些人平时正事不干，却经常出现在红白喜事等重要礼仪场合，维护旧礼节，对不循规蹈矩者进行监督、惩罚。如果是丧事，做后辈的办得不像样，他们就在司仪的时候罚你多跪几个小时灵堂。要是结婚办喜事，男方不按"规矩"进行，他们也会从中作梗，故意刁难，甚至搅得婚事告吹。

如此繁重的礼节负担！难怪群众埋怨说，现在真正办酒席倒花不了多少钱，花钱全花在那种种旧习俗中的繁文缛节上了。要是政府能够出面，成立红白喜事理事会，删减陈腐的旧礼节，创造一种喜事俭办光荣的社会环境，那么结果将好得多。可是实际情况又是怎样呢？现在许多地方，一方面封建势力抬头，猖獗，一方面我们的基层组织涣散，软弱，正气不去扶持，歪风也得不到打击。群众处于孤独无援的境地，最后只得向旧的习惯势力低头就范了。所以，在考察红白喜事为什么大操大办的时候，如果不从整个社会的宏观大背景来研究解决，就很难把握问题的实质。甚而，如果不改变自给自足的小农经济格局，不彻底解决农民从事扩大再生产的动力问题，那么，群众手头即便有了钱，也不会自愿投入生产和经营，最后就很容易在落后的价值观念支配下，转而向大操大办等不健康方面消费。弄清了这些道理，也就弄清了随着农民生活水平有所提高，红白喜事大操大办却也跟着水涨船高、愈演愈烈的原因了。

1987 年 6 月 8 日

三姐妹牵动万人心　两年后平地起风波
——"东方红"事件的前前后后

内容提要：

　　两年前，《农民日报》以"谁来帮帮'东方红'姐妹"为题率先披露了四川农民杜学元的三胞胎女儿杜晓东、杜晓方、杜晓红的悲惨境遇。文章刊发后，"东方红"姐妹收到了大量社会捐款，一时，她们成了社会的焦点人物。两年后，由四川一份报纸的报道为导线，各地一些媒体竞相刊文指责东方红姐妹挥霍善款，亵渎人们的爱心。她们又成了社会舆论的焦点。事情到底是不是这样呢？近日，记者赴四川实地深入调查后，得出的结论是："东方红"姐妹一家并没有糟蹋社会对他们的爱心。但是，这桩事件的本身，却给我们留下更多的思考。

　　两年前，"东方红"姐妹因为贫困面临失学得到全国人民的捐助而成为特殊的明星。这明星的光亮，与其说是主人公本身，不如说是爱心的聚集放光。这爱心通过改变杜学元一家的命运而分外温暖、凸显。这是来自祖国大家庭的温暖。

　　两年后，四川一家小报刊载的文章《冷静看'东方红'爱心热》被全国多家报纸转载后，再次引起轩然大波。杜学元、"东方红"父女一夜之间成为万人唾骂的对象："杜学元，你的良心何在！""'东方红'，你们太让我失望！"……的确，献出爱心的人们有权维护爱心的纯洁性。这愤怒的本身，显示了善良力量对社会阴暗面的匡正作用，水可载舟也可覆舟，善良的指向永远是美好和公道。

那么，杜学元一家获得全国人民爱心捐款后，捐款究竟是怎样使用的？杜学元和"东方红"三姐妹目前到底是什么状况？我们带着千万读者关切的心情，踏上了去往四川达县赵家镇采访的旅程。

这是四川省东北部大巴山南麓浅丘陵地带一个极普通的村庄。村民的收入主要靠人均一亩多地种粮食、水果、苎麻以及养牛喂猪等获得。个别做小本买卖赚些钱的人家，在村里就算数得着的富裕户。去年人均纯收入980元，今年按乡里的测算，可望达到1200元。全村308户1200多口人，分9个组。杜学元家属赵家镇九龙村六组。我们从210国道旁一条泥泞土路去九龙村六组，临近村口有一块4亩见方的鱼塘。带路的驻村干部说："这就是杜学元家的责任田，现在改养鱼了，同时兼有蓄水的作用，天旱时村民灌溉就从这里抽水。"

山腰上几栋新盖的三层楼房中间有一排低矮的破旧小木屋。杜学元站在昏暗的小木屋门口，表情沉重，双目无神地迎接我们。家里除了两张木板床、一张桌子和几条小板凳外，连起码的碗具和热水瓶都没有。同组的李世银说，自从"东方红"三姐妹考入县中后，杜学元就很少在家里住，平时吃住在镇上他大哥家。前不久报纸登了一篇文章，说他在大哥家住是为了打麻将方便，他就不敢在大哥家住了，回来一个人冷清清地蹲着。

我们的采访，就从这里到镇上到学校到县里，一步步地展开。"东方红"事件的来龙去脉和事实真相，也随着采访的深入逐一得以澄清。

一篇报道改变了"东方红"姐妹的命运

1994年5月8日，《农民日报》头版以"父残、母病、没钱上学，谁来帮帮'东方红'姐妹"为题刊发了一篇特别报道，披露了农民杜学元一家的悲惨境遇：杜学元因工伤失去右臂，丧失劳动能力；妻子周代兰病卧在床，肺结核已到晚期；三胞胎姐妹杜晓东、杜晓方、杜晓红学习刻苦，但身处如此家境，非但学业难以继续，还面临着被外人领养的窘况。作者呼吁："伸出您的双手，帮助这个不幸的家庭，帮助三个可怜的孩子吧。"

随后，一些报纸转发了该文，中央电视台"东方时空"栏目也做了专题报道。

尤其时逢全国"希望工程"全面启动，国家鼓励捐助那些因贫困失学的学生，有关"东方红"的报道引起了社会各界的关注，慰问信和汇款单从全国各地雪片般飞向"东方红"三姐妹身边。

捐款捐物者中有离退休老干部、政府官员，有工人、农民、解放军战士，有知识分子、私营企业家，也有学生和个体户。捐款有几元的，也有数百上千元的。善良的人们有一个共同的心愿：希望三姐妹走出生活困境，好好学习，将来成为国家有用人才。

爱心捐款究竟有多少？我们问杜学元，杜学元说，除去赵家镇中学留下18000元作为"东方红"基金外，总共还有10万多些。他用这笔钱还清了过去欠下的4万多元债务，其他用于三个女儿日常生活和学习开支，现在身边还有4万多元存款。记者根据从邮局和知情者中了解的情况以及捐款高峰期持续时间来推断，杜学元所说数目基本属实。捐款有三四十万元之说没有依据。

杜家从没钱到有钱，过上了正常人的生活。看到"东方红"三姐妹在全国人民的关怀下可以继续安心地上学了，杜妻在生命最后一刻也欣慰地合上了双眼。

但是，杜学元没有意识到，就在他家生活境遇大大改善的同时，部分乡亲也开始换上了另一种眼光在看他……

事隔两年，再起风波

今年10月3日上午，有两个记者到赵家镇采访杜学元，赶巧从茶馆中找出了杜学元，拉到镇政府办公室询问了杜一些情况，当天便离去了。

11月1日，四川一家小报便登出一篇由那两位记者写的长文："冷静看'东方红'爱心热。"随后一个月时间里，从南到北，全国十几家报纸或刊登或转载了同两位作者的文章："爱心泛滥结出苦果""这就是对爱心的回报？""岂能如此回报爱心——东方红三姐妹一家的变化令人深思"。一时间"东方红"又成为全国广大读者关注的热点。

这些文章要向读者说明的是：杜学元一家辜负了全国关心过他们的人们的期望。"受捐助后，为父的从此不种田不干活，终日泡茶馆打麻将。受捐助后，三姐妹衣着时髦常吃馆子胡乱花钱。受捐助后，就是不肯去救助更需救助的孩子。"尤其是杜学元，请着小保姆，终日与麻将为伴，每天输赢十几元到几十元不等，粮食蔬菜买高价，过起了"像城里人一样的生活"。

文章称："当饱含着爱心的捐款被私欲吞噬的时候，善良的人们绝不仅仅是伤心！"

正如文章中所说，善良的人们绝不仅仅是伤心。这些文章发表后，一时间，来自全国各地的指责信件又像当年慰问信一样涌向杜家，涌向三姐妹。

一位读者在信中写道："杜先生、杜小姐，你们的良心何在？以后谁还会再献爱心！"

另一位读者写道："当年我本可以多花些钱送我孩子上重点学校，但我们没有，将省下的钱捐助给你们读书，谁知你们拿着善款去大吃大喝、去赌、去玩、去享乐！"

我们采访当年率先捐助三姐妹的解放军驻达县某部官兵时，他们说："看到报纸上介绍东方红姐妹变成这样，真令我们失望！"

三姐妹现在就读的达县高中很多同学原来不知三姐妹的事。报纸在同学中传阅后，三姐妹一时成了围观和议论的对象。后经县领导的关心和校方冷静细致的工作，才使校园又恢复了往日的平静。

杜学元更成惊弓之鸟，见到记者就发抖。在几天采访中，记者仅看到他笑过两次。

听杜学元算账

还是在那间黑暗的土改时分的小木屋里，杜学元吊着一只空荡荡的右袖管说："我没有用捐款买不该买的东西。电视机是 1994 年 9 月中央电视台两位记者来采访时劝我买的，他们说全国人民都那么关心你们一家，也要让孩子从小关心国家大事，了解外面的世界。我说那就买一台黑白的吧。他们说既然买就买一台彩色的。于是在他们走后我买回一台国产长虹牌彩色电视机，花去 2700 元。不久，我们在电视上看到了东方时空栏目播放的有关我们家的报道。可惜看了不到一年时间，电视机被盗贼抢跑了。"

杜学元回忆当时的情形。那是 1995 年夏季的一个夜晚，电闪雷鸣，大雨不断，村里停电了。杜学元一个人在房间里睡觉，大约半夜 2 点，他听到外屋有老鼠的窸窣声，起来察看，见有人拿着手电抱着电视机跑了。他依稀记得那人的模样。后来他还时常到茶馆里坐，暗中观察，希望能在这里碰上那个可恨的盗贼。

"我还给三个娃儿每人买过一辆自行车，每辆200多元。"杜学元继续说，"那是为了保证三姐妹上学不迟到，从我家到镇上初中单程要走 4 公里多路。现在她们到县里读书去了，自行车用不上，我把它们卖给了别人。"

记者从邻居杜清光家推出一辆他用 150 元钱从杜学元家买来的自行车。这是一辆极普通的粉红色金狮牌 26 型轻便女车，不是文章中描绘的那种"好不风光"的"跑车"。

杜学元一只胳臂，做饭不方便，有时在镇旁边谷花村四组的大哥家搭伙，有时在邻组的侄女王吉清家吃饭。提起报上说他"粮食、蔬菜全都到市场上买高价，仅每年的猪肉钱就花掉 1600 多元"，邻居和亲友们都哄然大笑。杜学元的侄女婿在大家的怂恿下，打开了杜学元家阴暗的但是还十分充实的谷仓，大约还有 2000 多斤存粮，上面被老鼠吃掉了挺厚的一层，其中还躺着一只死老鼠。侄女婿拎着老鼠的尾巴打趣说："这是自然死亡的。"杜学元让扔掉老鼠，重又把谷仓插牢。这是他家去年夏收打下的余粮。

为了查清 1600 元猪肉钱是怎么回事，我们又专程到几里外马家乡个体屠户罗真贵的肉摊上了解情况。罗摊主说，杜学元买肉一般都在他这里，去年杜学元赊了近 900 元猪肉，今年又赊了 700 多元。据杜学元讲，这些肉钱中还包括前些年的老账，买肉主要是农忙时请帮工办伙食用，因平时常在亲戚家吃饭，去时偶尔也提上一两斤肉。

1994 年 7 月，一次赵家镇中学的吴校长陪同武警战士到"东方红"姐妹家中。当时杜学元下地去了，三姐妹在家服侍重病的母亲。吴校长看到她们家的横梁上挂着一块 4 斤重的猪肉，就严厉地批评三姐妹："这么热的天，你们买那么多肉干什么？不要一有钱就奢侈了。"三姐妹强忍着泪水解释说："是爸爸请人栽秧办伙食用的。"

"东方红"独白

　　今年上高一的杜晓东写了一篇题为"心灵独白"的作文，颇能代表她们三姐妹的心迹："默默地遮掩着一切，从未想过拨开鲜花丛，让花下不为人知的芒刺暴露在金灿灿的太阳下。如今面对'心灵独白'几字，我有了一种释放心灵负荷的冲动。

　　"1994 年那年，面对夕阳下简陋的房子，还有床上咳嗽不止的爷爷，呻吟的奶奶和刚吐过血的妈妈，我潜然泪下，心酸地别过头，却一下触到父亲那刺目的空袖管。我清楚地知道，学校这个神圣之地将只能是我梦中的伊甸园了。我只觉得自己仿佛是上帝遗弃的孤儿，没有童年应有的欢乐，也没有平坦的求学之路……有的只是从小就担起的家务，为学费而焦头烂额和苦涩的泪水……

　　"但是，我又是幸运的，因为我生活在一个温暖的大家庭中，这里有千千万万的好心人，他们没有忽略我的存在。就在同年，好心的爷爷奶奶、叔叔阿姨纷纷向我们伸出援助的双手。甚至比我小好多岁的小弟弟、小妹妹也将平日的零用钱一分一分地攒起来寄给我，还对我说：'好姐姐，别伤心，我们会帮你的，安心学习吧！'看着这句句热切的话语（虽然他们当中有的还是用拼音字母来表达他们的心意），我平生第一次感到自己的心是多么地激动，第一次深深地体会到老师讲的'患难见真情'的真正含义。

　　"然而，当金色的阳光刚刚拂照我们的时候，阴影也随之而来，我刚结痂的伤口又一次被撕裂。学校开展'爱心活动'，我紧握着几个月来从生活费中攒下的钱，庄重地向红色'爱心箱'走去。过去是好心人的帮助使我重返校园，现在我能将他们给予的爱分一点给和我一样的同学，我从心里感到激动和幸福。'哟，看，我们的阔姐摆阔了。''有钱人硬是不同，有了钱，就开始挣名了。'这是在说我吗？晴天霹雳，一下子将我震蒙了。几十步的距离，我竟似在茫茫黑夜中跋涉了许久。我并不图名也不图利，只想将别人给我的爱分一点儿给和我一样的同龄人，难道这也是错吗？错在哪儿？

　　"曾经在困难时帮助我们做活儿的乡亲，开始要求父亲给点儿工钱了……更加让人难以理解的是，曾经为我们奔走呼吁的某人，看到捐款多了，就时不时地来向我父亲索取'稿费'，还说我们不知报恩……我们全家又陷入一片孤立与猜忌之中。困惑啊，困惑，叫我如何去面对这错综复杂的社会？"

孩子的心灵是纯洁的。当收到一封封来自全国各地的质问和谴责信后，三姐妹利用周末回家问父亲："这到底是怎么回事？"杜学元看着三个天真的孩子，用近乎叹息的语气说："你们以为爸爸整天待着，好像没什么事，其实你们知道爸爸心里有多苦啊！"

杜学元究竟平时都干些什么？

从采访中得知，杜学元的"日常工作"主要有这么几项：其一，看管鱼塘；其二，为邻里或亲友传口信跑腿，或求医问药，带有互助的性质，他因长期与医院打过交道，关系比较熟；其三，指导"东方红"姐妹处理和回复信件；其四，有时帮助侄女王吉清照看小孩；其五，也是最主要的"工作"，就是操心三个女儿的生活和学习。女儿大了，不是今天这个有事，就是明天那个有事。

今年夏天，三个女儿初中毕业，同时参加县里的升学会考。为了确保三姐妹上高中，杜学元两次到邻县大竹中学联系，做好准备，万一考不上达县一中，就让她们作为择校生到大竹中学去念高中。欣慰的是，三姐妹都以优异的成绩，考取了达县一中——县里唯一的地区重点中学。

杜学元作为一个残疾人，单身汉，寄住在大哥家，经常在镇街上走动，有时也进茶馆去坐，听人聊天。哥哥和嫂嫂劝他别进茶馆，那里有人打麻将，影响不好，让他没事就在家里坐着。杜学元说："菩萨整天坐着，是因为她没有生命，我一个大活人，总不能一天到晚坐着吧。再说，在家里坐着，和嫂嫂多说几句话，人家又该编出闲话来了。"

有人劝他再续一门亲，杜学元没有同意。

有人劝他建新房，杜学元也没有同意。他认为孩子将来如果考上大学就是国家的人了，出去工作，建房没有用。

"我没有用捐款添置不必要的生活用品。"杜学元说，"钱是大家捐来给三姐妹读书用的，除了还账不敢干别的。我是个残疾人，捐款又是有限的，将来孩子上大学，我还能再向好心人要钱吗？"杜学元深知爱心捐款的珍贵。

我们问杜学元同组的李世银："像杜学元这种情况，在村里算富的吧？"李世银回答："看怎么讲了，相对他家过去是好多了，但村里还有比他更富的。他毕竟是个残疾人嘛，孩子读书花销也大。但红眼病也是有的，人千差万别，穷的和富的看这个问题又不一样。有的表现出来了，有的没有表现出来，在一边叽里咕噜。"

"保姆"是怎么回事？

早在来达县采访之前，我们就想好，一定要设法找到那篇文章中所提到的那位"小保姆"。实际上寻访十分顺利，不费吹灰之力，眼前就站着我们要找的"小保姆"。杜学元的侄女王吉清低头笑着，显得有些不好意思，因为村干部和乡亲们都指着她说："这位就是报上说的那个小保姆。"

王吉清是杜学元亲哥哥王洪建的女儿，婆家在九龙村七组，和三叔杜学元家离得很近。1994年，杜学元妻子病重期间，是她和堂妹王大芬、杜学元的小姨子周小琴三个，轮流到杜家帮助料理家务，直至1994年12月杜妻病逝。周小琴为了照顾病中的姐姐，在杜家住了有半年。

这是12月2日上午，我们在采访现场，正好碰到《冷静看"东方红"爱心热》的作者之一江枫，领着电视台记者也来到村里。我们问他是怎么认定杜学元雇保姆的？他说："我曾问过杜学元，人家来你家帮忙，你给没给过人家报酬？杜学元当时回答：'也算给了，也算没给。'根据这个，我们认为：既然给人家工钱了，就形成一种雇佣关系。"这就是文章中说得有鼻子有眼的杜学元请保姆的由来。

田并没有荒

我们又了解了杜学元责任田的情况。村主任罗维秋说："杜学元是个独臂残疾人，干农活不行。往年每到农田栽秧、收获季节，都是亲戚朋友和乡、村干部前去帮忙，他自己平时只能挑点粪。"去年夏收时，妻弟周代彬、大哥王洪建等帮杜学元家拣谷子时劝杜学元："你家谷子够你吃两三年了，再说，现在年轻人大多喜欢外出去打工，谁还有闲年年帮你种田，不如把田先转包出去一年。"去年8月，杜学元将全家4口5亩多包产田转包给邻居杜清光，合同期一年。今年8月收回。杜学元根据自身条件，将自家2亩多屯水田，加上从另一户人家租借来的相邻的1亩多屯水田一起用来养鱼。这样不用麻烦太多人，效益也比种粮好些。另外2亩多田让给侄女王吉清代耕。村主任和在场的乡亲，还有乡里的干部都证实了这一点。

我们又问那篇文章的作者："为什么说杜学元的田荒了呢？"他的解释是："杜学元今年确实是不种地了。"就因人家没有种地，就认为杜学元田荒了，过起像城里人一样的生活，这样似是而非的推论，的确会蒙蔽一些不明真相的读者。

善良之心人皆有之

那篇文章中说：村民聂家住房被风刮垮，"乡亲们有钱出钱，有力出力，甚至学校的小学生也来搬运砖瓦，全村只有一户人没捐款：杜学元"。

据村主任罗维秋回忆，"有钱出钱，有力出力，小学生也搬砖运瓦，这情景发生在1978年。那时杜学元在部队上。今年7月聂家房屋再次被风刮垮，为解决屋倒被砸伤者的部分医药费，村委会动员全村每人捐一元。到11月26日止，全村9个组，5个组共捐324元，还有4个组没收上来，其中就有杜学元所在组。怎么能说就杜学元一人没捐呢？而今年村上修水利，杜学元一人就主动承担了400元费用。他认为"大伙平时帮我，我做这点事是应该的"。

"东方红"是品学兼优的好学生

无论在镇初中还是县高中，所有教过"东方红"三姐妹的老师都这样评价她们："学习刻苦，生活朴素，团结同学，尊重老师，是品学兼优的好学生。"自从获捐助后，三姐妹就没有再添置过新衣。捐助的衣物多是从大城市寄来，"款式"在小镇上是新颖些。但也绝不像那篇文章中描绘的那样："东方红"三姐妹骑跑车、穿新衣、下饭馆好不风光！

三姐妹上初三时在离镇上不远的大伯家吃住，偶尔赶时间上学，就在镇上小饭馆吃点什么。据饭馆老板说："她们也就是吃 2 两馄饨，8 角钱。"这就成了那篇文章中所说的"经常下饭馆"。我们在镇初中采访时，正赶上学生从食堂打饭出来：一勺素白菜，一碗米饭，一元多钱。

12 月 4 日下午，在达县高中见到三姐妹时，她们衣着朴素，天真、大方。从右到左，杜晓东、杜晓方、杜晓红习惯地排成一行。

听到问话，她们会同时做出反应，声音细细的，不知听哪一个的好。问到她们是否准备考大学，"东、方、红"同时回答："嗯呐。"晓东说要考大学英语专业；晓方说想学化学，她理科比较好；晓红想上"军官大学"，"因为第一个帮助我们的就是解放军。"

这时，在一旁陪同我们采访的吴成光校长也关心地问："那天中央电视台记者采访，让你们每人说一句，你们是怎么说的？"这回是晓红抢先回答："我是说家庭条件虽然差，但我会更加坚强。"晓方说："社会捐助了我，我对社会更加热爱。"晓东说："是好心人帮助了我，我要用好成绩报答社会。"吴校长听后笑了，满意地点着头。

关于杜学元打麻将

那篇文章中杜学元一大"罪状"是：为节省时间，杜学元干脆住到镇上亲戚家，每天泡茶馆，打麻将，是麻将桌上高手，每天输赢十几元到几十元不等。

就这件事我们采访了文章的作者。据他介绍：当时我们是从茶馆把杜叫出来的，我们问他是不是在打牌？他说没有，只是看。问他这里打牌是否赢钱？他说：一般就是打个茶钱，谁输了谁付茶钱。我们提出想上杜学元家中看看，他说现在他住在离镇不远的大哥家，自己的家太乱，就别去了……

依此，作者在文章中就出现杜"终日泡在茶馆里"，是"麻将桌上高手"，"每天输赢十几元、几十元"云云。又进而推断，既然住在附近大哥家，那他肯定是"为节省时间"来打牌……

沿着赵家镇那条长长的古色古香的石板街道，我们来到杜学元去过的茶馆。那是12月3日上午，茶馆刚开门，我们一人要了一杯茶水，与姓彭的老板娘聊起杜学元的情况。据她介绍，杜学元是隔三岔五到这里坐坐。"他一个残疾人，还能去哪儿？""麻将有时也打打，但看得多，打得少。他一只手起牌慢，有时三缺一，他替一阵子。"当记者问："听说杜是麻将高手，每天输赢几十元？"在场的茶客哄然大笑起来："啥子高手？他一只手嘛！"退休老工人段衣茂说："杜学元绝对是个好人。"石德修老大娘也说："人要实事求是。你看杜学元的脸色，他像个啥？照顾三个孩子，哪还有时间天天玩耍？我们都过过那种艰难的生活。他一个男人当爹又当妈，不容易。"

文章作者后来也承认："有些地方是夸大了一些；有些地方是采访不细。"

值得深思的几个问题

5天的深入调查采访结束了，我们从掌握的大量事实情况可以认定，那篇在全国引起轩然大波的《冷静看"东方红"爱心热》报道严重失实。全国人民献给"东方红"姐妹的爱心并未被践踏，这是可以告慰大家的。但是通过这场风波却有许多可以引起我们深思的东西。

一篇严重失实的报道，何以在一家地方小报刊出后，短短月余，全国就有十几家报纸纷纷刊登或转载，其中不乏一些很有影响的报刊。面对漏洞百出的文章，编辑为什么不打一个问号？或派人到当地调查一下再说？以致文章越编越玄，越提炼越精，自然离事实也就越远：杜学元一家成了遭人唾骂的腐化变质的典型。进而在受众的头脑中造成不应有的混乱。这样一篇文章又是在什么样的人文背景下产生的呢？据作者称，他们的初衷是要提出问题，呼吁加强爱心款的管理。他们采访的线索便是有人反映杜学元变了，采访对象又只限于几个对杜学元有成见和看法的人。

杜学元、"东方红"一家，是一个特别的因为贫困而获得广泛社会救助的明星。他们的出名和经济状况的大幅度改善，并不是靠他们自身奋斗得来，而是全国人民给予的爱心和温暖改变了他们家的命运。这种带有很大偶然性的变故，在周围的并不富裕的群众中难免造成不平衡心理。看到过去穷困潦倒的杜学元一家，如今又来钱又出名又风光，自有少部分群众看不惯，心里既羡慕又鄙夷。认为杜学元是发了"洋"财，钱、物都是别人给的，故而又在人格上将其看低一等，处处挑他的不是。

杜学元也不好做人。钱是人家捐给他培养三个女儿上学用的，如果不把紧一点，那么上门借钱要钱的就会没完没了；把紧了，节俭一些，人家又说他抠门儿。好容易开心说笑一回，人家就说他变了，说话大腔大气的；老实收敛一点，又有人说他狡猾，不露富，还想向社会要捐款。杜学元想做生意，好心人就劝阻他，还是别做的好。万一做生意赔了，人家会说你糟蹋爱心款。不做吧，可是又有人说闲话：杜学元不务正业，躺在爱心上吃爱心。杜学元买几斤猪肉，或带女儿在小饭馆里吃两碗馄饨，也会惹来是非。

一位姓邓的饭店老板耿耿于怀地说，过去杜学元老远见到我就跟我打招呼，现在他有时就装作没看见的样子从我身旁走过。就连最早为杜学元写文章奔走呼号的那位业余作者，后来也跟杜学元闹起了矛盾，对杜颇有微词。问他杜学元到底有什么问题？他说最可恨的就是杜学元说话口气大了，还下饭馆吃饭（据记者了解，杜有时下饭馆也就是一碗面条外加一小碟花生米的消费），再有一点就是不认亲，不懂得报恩。而上述那篇报道的作者，采访的信息来源又主要来自这位对杜学元抱有成见的业余作者。经过添油加醋，倾向性越来越明显。这时他就不单代表着自己的成见，也代表着"不患贫患不均"的大众心理。接着报道被到处转载也就不奇怪了。

杜学元到底应该怎样生活？他当然不是什么英雄模范人物，只是一个极普通的农民，也有这样那样的缺点，但是，作为一个受捐助者，人格上难道就应当受到歧视吗？难道就应当一辈子夹着尾巴生活吗？他完全有权利享有一个公民应该享有的尊严和权利。这次"东方红"风波也引发人们去思考另外一个问题，即怎样避免捐助的偶然性？

扶危济困，帮助弱者，是我们中华民族的传统美德。如何正确地利用好人们的善心？这些年我们的捐助高潮一个紧接一个，从失学儿童到贫困灾区，今天一个患病儿童，明天一个孤寡老人……大多是在新闻舆论的引发和道德感召下，人们纷纷慷慨解囊。于是一个失学儿童复学了，一个"东方红"家庭得救了。那么那些没有被新闻界披露的需要救助者呢？他们的问题谁来解决？这就提出了一个如何让真正需要救助者公平地享受爱心的问题。

再者，一个普通人，忽然一夜之间获得那么多人的捐助，谁来保障他能很好地使用这笔钱？谁来监督和保障众多行善之人的爱心不被截留或挪用？如何运用法律手段来保护捐助人和被捐助人的正当权益？如果对一个人的捐助超过了他所必需的额度，这多余部分的钱应该由谁来支配，由哪个部门来具体管理使用，使其发挥更大的社会效益？这些都需要进一步探讨解决。

但有一点是肯定的，我们的社会需要更多的爱心，同时也需要有一个更加完善的正规渠道去释放人们的爱心。

（参与调查采访的还有冯雷、何丕荣）

1996 年 12 月 14 日

大上海的风度

上海之大之洋，早已闻名。但是上海的谦恭和诚朴，却是这次上海人承办第三届全国农民运动会给我最深刻的印象。

首先，上海摆正了自己的位置。她把办好本届农运会，看作不仅是上海对全国农民兄弟深情厚谊的一次真诚回报，也是上海服务全国的一个实际行动。正如上海市市长徐匡迪代表 1300 万上海人民说了一句非常有风度的话："四年一次的农运会是九亿农民的一次体育盛会，是全国农民兄弟喜庆的节日，把她放在上海是上海的光荣。"的确，国以人为本，民以食为天。想想九亿农民长年累月辛劳奉献，那么，一座城市，把能够为农民举办一次隆重的体育盛会说成是这座城市的光荣，就一点也不为过。

其次，上海人拿出了实际的行动。他们不是把好听的挂在嘴上，而在心里面却鄙夷或看不起农民，甚而想着找一块肥肉"切一刀""捞一把"什么的，就像时下一些目光短浅、认钱不认人之流所为。不是的不是的！上海的社会各界自动为本届农运会集资近 5000 万元；全市共投资两亿五千多万元用于城郊 9 个区县 18 个体育场、馆、服务设施的维修、新建和改建，以及全部按照国家级比赛标准购买比赛器材等。

上海人为本届农运会精心准备的开幕式表演也是惊天动地，大气磅礴。为各方好手——农民体育健儿大展身手，营造了非常体面、浓郁的赛前气氛。上海人为农运赛事服务更是一流的，全心全意的。他们深知全国人民对本届农运会的期望很高，而把这种压力变成了动力。据当地报纸透露，上海的党政领导一再号召要把办好农运会作为全市的一件大事来抓，要通过农运会向全国人民汇报上海的"两个文明建设"和上海农村工作的成果。当好东道主，热情迎嘉宾，无论是外部环境、接待交往、食住行游，还是市民的言谈举止、行为规范，都要体现上海风貌、上海水平。现在，就上海给我们的第一印象看，他们这个目标已经达到。

这就十分显明了：原来上海是有风格、有水准的。正是有了不凡的风格水准作背景，所以她才能那样谦恭而大气，热诚而显示着从未有过的自信！我且把它称作 20 世纪 90 年代大上海的风度吧。

1996 年 10 月 12 日

古田现象

——来自食用菌王国的报告

福建有两个古田，一个是闽西上杭县的古田镇，即党史上大名鼎鼎的古田会议所在地；还有一个是地处闽东北的"食用菌之乡"古田县。古田县过去很穷，名不见经传，以食用菌闻名，还是近10年来的事。

听古田农民讲，20世纪60年代后期，一些不甘贫困、寂寞的回乡知青就开始偷偷开发段木银耳，可惜被当成资本主义尾巴割掉了。十一届三中全会以后，更多有知识的青年农民把眼光投向了食用菌生产开发。他们东借西凑一点盘缠，带上糊口干粮，冲出大山的重重围困，走三明、闯漳平、奔上海、下广州，到处求师学艺，观摩学习，引回最初的银耳生产种。那时候技术封锁很厉害，这些生产种只能满足一家一户一次性的生产需要。而要大面积推广，则必须自己掌握银耳制菌的奥秘，对普通银耳菌丝进行提纯分离、菌株培育、杂交优化等，筛选出适合当地气候条件的优良银耳母种，这母种可以繁殖为原菌，再扩散为千千万万瓶银耳生产种……

为了实现这一神奇的梦想，多少双握惯了锄头、犁耙，惯于土里刨食的粗糙的手，现在却要拿起玻璃瓶、试管、显微镜、笔记本，在散发着福尔马林消毒水难闻气味的昏暗房间里，对着酒精灯开始艰难的食用菌实验。一次次反复，一次次记录、比较、筛选，无数个不眠之夜，有人熬白了头，有人咳出了血。终于也有人踩过崎岖的荆棘路，率先揭开银耳制菌的奥秘，从此宣告了银耳这朵娇贵的食用菌之花再也不是专家、教授们的高雅谈资。古田农民要把它从高深的实验室里推广到千千万万个寻常百姓家，变为实实在在的生产力，变成勤劳致富的财宝。1980 年前后，以姚淑仙、戴维浩、陈振施、陈华贵、陈信发、江贤奏、陈守炎等一批制菌专业户为龙头，全县十五个乡镇迅速铺开银耳菌种推广站、销售点，大批农户靠栽培银耳发了家，更刺激左邻右舍极大的生产热情，从此拉开了古田县食用菌社会化大生产的序幕。

若干年后，当古田食用菌以其雄厚的实力，不断推出新优品种在国际市场上立于不败之地的时候，国内一些资深的食用菌研究权威，不无感慨地对古田农民当年蹲在昏暗的泥土屋里所进行的银耳制菌试验，作了如此高的评价："食用菌里面最难搞、最复杂的就是银耳，银耳菌种被你们攻破后，其他任何菌类都难不住了……"

也许正是当初为了甩掉贫困的恶魔，古田农民使出浑身解数，在食用菌这条横杆面前漂亮的、超水平一跃，使他们从此获得了科技灵感和自信。之后，他们便大胆探索，在食用菌生产工艺领域又进行了一场翻天覆地、激动人心的变革。如用木屑瓶栽代替段木栽培，又用薄膜袋替代玻璃瓶栽银耳，以棉籽壳取代木屑作为辅料等等，都是古田农民发明的。

1981 年，吉巷乡前垄村青年农民戴维浩，推广银耳卧式袋栽技术，使原来模仿玻璃瓶栽一袋只能长一朵银花，变为横卧式侧面可以挖 5 个眼孔长出 5 朵银花，大大提高了银耳单位面积产量，节约成本、工时近 80%！

1983 年，黄田镇农民陈华贵，为解决菇林矛盾，开始尝试用北方棉区的下脚料棉籽壳，代替木屑作为辅料栽培银耳，结果大获成功，每千袋产成品 150斤，比用木屑栽培银耳还多收 50 到 70 斤；当时木屑每百斤售价 10 元，而从北方采购棉籽壳一百斤才三四分钱！

此外，古田农民还自行制作了比手工劈柴、装袋和炭火烘焙食用菌提高工效数倍乃至数十倍的劈柴机、装袋机、脱水机……一批又一批技术成果，为古田食用菌生产的稳定和发展增添了后劲。

10 年来，古田食用菌业发展呈示了这样一种规律性进程：一项新的菌种被引进后，便不断在栽培技术上进行探索、简化、革新，很快推向社会化大生产；一旦在技术挖潜上被发挥得淋漓尽致，市场趋于饱和，菇农生产效益下降，他们很快就又推出一个新的拳头品种，使古田食用菌在全国同行业中始终处于领导潮流的地位。如1985年继银耳潮之后又兴起了香菇潮；1989年，当银耳、香菇生产徘徊于低谷的时候，又推出竹荪潮……令人振奋的是，这种社会化过程的推进速度正在加快，周期越来越短。当年银耳从段木栽培发展到以棉籽壳袋栽，前后经过10多年摸索；香菇从段木生产到推广野外袋栽，也用去5年多时间；而竹荪从菌种引进开发，到普及生料栽培技术、回到大田生产，只用了不到两年时间！

1989年以前，竹荪在国内还不多见，而且产量一直没有突破每平方米50克的水平，生长期长达8个月，价格昂贵，号称"一两竹荪价值一两黄金"。专家、学者甚至断言：竹荪国内人吃不起，全世界每年只需要两吨，云南、贵州生产就够了。但是古田菇农从与外商打交道中了解到，竹荪产品目前在世界上还是缺口，人类营养结构正在从以摄取动物蛋白为主转向植物蛋白，竹荪系菌中之王，味道鲜美，营养丰富，具有防腐、抗癌功能，非常适合国际市场需要。而且从以往发展银耳、香菇的经验看来，有货不愁人。只要技术突破，形成社会化生产，最终打入千家万户的菜篮子，竹荪生产具有极大的开发价值。果然，在民间科研所的努力下，1990年全县竹荪种植面积就达到10万平方米，1991年又突破20万平方米，产品百分之百出口外销。

今年6月，浙江省丽水地区农科所一位女高级工程师，听说古田农民种竹荪，两个月就能长菇，一平方米可收竹荪干品250克至350克，认为是天方夜谭。后来带考察组来古田参观，看到普通农户的菇棚里遍地长满了亭亭玉立、洁白可爱，被誉为"竹姑娘""仙人笠"的竹荪皇后时，竟高兴得一下晕过去。她说："真是百闻不如一见，我搞竹荪科研6年多了，天天想竹荪，梦竹荪，还从来没看到这么多竹荪！查遍世界上所有关于竹荪的技术资料，也没见过有两个月就能长菇的记录。"全世界还没有先例的东西，在古田农民手下，却已经成为可以得心应手地用来劳动致富的手段了。

古田民间科研为什么有那么大的活力？记者走访了一批近年来活跃于食用菌潮头的尖子人员。他们几乎个个都是全才，掌握着银耳、香菇、竹荪、红菇、凤尾菇、猴头菇、金针菇、冬虫夏草等多项制菌技术。白天他们在自办的科研所门市部里一边接菌，一边接待顾客，发售菌种，解答群众生产技术疑难问题，晚上还要进行新的项目研究，可谓碗里吃着一个，眼里还盯着一个。"不这样不行。"一年前首创竹荪生料发酵制菌技术的联丰食用菌研究所所长王连和说，"我们民办科研所的优势就在于，自筹资金，自己养活自己，科研的目的就是生产，变成财富。菌种不好，群众不信任，不来买你的菌种，你的效益就差，所以各个所都要千方百计开发新菌种，上新项目。"

许多土专家甚至把实验放到田头去搞，睡在地里，不分白天黑夜，把命都搭上干。这样不行，那样，反复实践，成功的机会自然就多。那效率，是坐在正规的实验室里按部就班的科研方法所不能比拟的。古田现有民间科研所20多家，近千个农民制菌专业户，他们各自顽强的探索、实践，成为古田食用菌业发展的龙头和希望。

那么，这种科技优势又是如何转化为群众生产优势的呢？在古田采访的日日夜夜里，记者走村串户，看到这里的农民非常勤劳，能吃苦。他们大多盖起了新房，但住得并不讲究，大部分房间被让出来作为生产食用菌的工场。妇女们常常在上午到镇上或县城去打听近期食用菌市场行情，带回新买的菌种、胶布、薄膜筒、旧报纸等原辅材料。中午，老人和孩子们便跟着忙活开了，装料、扎袋、消毒、接菌、贴胶布……人人都是行家里手。夜里，还有男人守护在菇棚里，用炭火调节适当的温度和湿度，科学管理，十分细心。10年来食用菌生产的实践，使古田菇农积累了非常丰富的经验，一个青年农民甚至敢在县长面前拍胸脯说："种食用菌？除非让我用石头去种种不出来，别的我都能种，不会失败。"虽然只是一句玩笑话，但那口气却自信得让人叹服！

古田县县委书记蔡天初动情地告诉记者，科学技术一旦被广大农民群众真正理解和掌握，就会产生惊人的效应与威力。古田农民在以往食用菌生产实践中，对科学技术就是生产力、能发财的道理体会最深，学科技、用科技，已经成为大家的自觉行动。这是促使古田食用菌业不断发展的最重要原因。

再一个就是社会化服务搞得非常好。在古田，农民生产食用菌，从产前的技术咨询、培训，到产中的原辅材料供应，机械设备，专业帮工队等，应有尽有。产后即使不上市场，也有小商贩上门收购。当地已有一支5000多人的购销队伍，一个全国最大的食用菌专业市场，日成交额都在10多万元以上。周围几个县的农民也把食用菌拿到古田来卖。在这种氛围里，一个农民，只要头脑健全，拥有一定的生产资金和场地，哪怕失去了劳动能力，也照样可以通过社会化服务组织起一批食用菌生产，比如种的是银耳，投入500元本金，40天后就可纯收入250

元……千家万户分散、脆弱的小生产，通过周密的社会化服务，被有机地联结起来了，成为社会化大生产的一部分，减少了个体生产的盲目性和经营风险，大大解放了生产力。一个新的食用菌品种、项目也因此能够在全县范围迅速推广铺开，以强大的规模效益进入商品竞争。

　　近年来，外省、地每年都有许多考察组、参观团前来古田探经取宝，希望引进"古田模式"发展食用菌，但是成功者寥寥。看来，引进一种模式容易，而要形成像古田那样雄厚的群众技术基础，和上上下下围绕中心产业开展服务的区域经济意识比较难。古田现象带给人们的思考和启迪将是多方面的。

1991 年 12 月 7 日

　　（如今，"中国食用菌之都"古田县正在书写产业升级新"菇"事，推进工厂化、标准化、智能化菌菇生产和产品精深加工，以健康美食不断丰富消费者味蕾体验。2023 年古田县食用菌全产业链产值超过 230 亿元。古田银耳年产量超过 38.5 万吨，占全球银耳产量的 90% 以上。——2024 年 6 月 5 日作者补记）

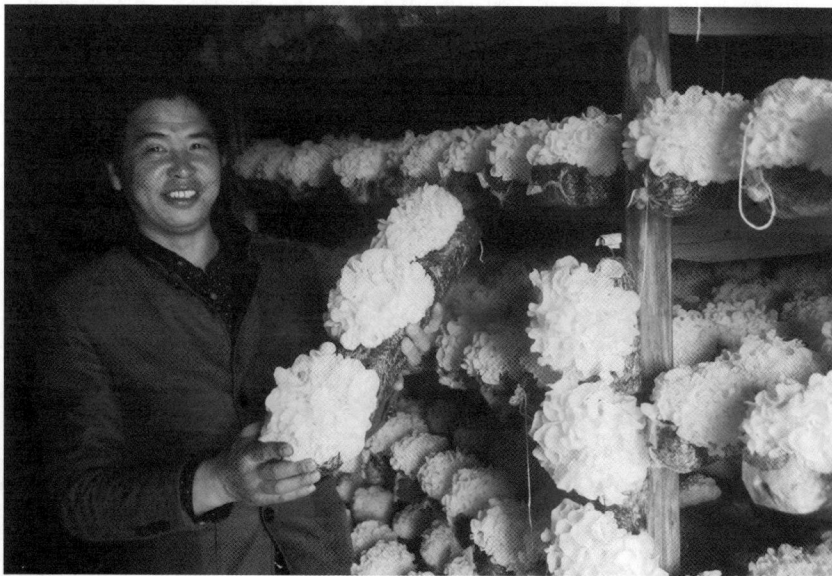

勤劳朴实的古田菇农。摄于"中国银耳第一村"古田县吉巷乡坂中村。

告诉世界"我能行"

——鸡公山中国少年儿童手拉手夏令营教育理念的启示

一

这是一次浪漫而美妙的经历，赠给小朋友一生的回味——

今年 8 月初，河南省信阳市鸡公山上，随着洪亮、快乐、自信的《我们是男孩》歌声在山谷间回荡，中国少年儿童"手拉手讲卫生——我是小小卫生宣传员"夏令营开营了。来自北京和大别山区信阳、光山、罗山、新县、潢川等市县的 160 多名小朋友手拉手相聚在大山，分成男孩营、女孩营接受卫生宣传培训。他们将以小主人的身份，自主设计宿舍、起名、选举宿舍长、安排值日生，第一次体验站岗放哨住帐篷，第一次给别人做体检，第一次充当我是小小急救员，掌握红十字知识，第一次到深山里采集植物标本，了解中草药知识，第一次穿越大峡谷，第一次自己组织游戏晚会，开展小小卫生宣传员对抗赛，讲出禁止随地吐痰的 50 个理由，进行卫生知识、宣传高招大展示等等，体验"我能行"。

夏令营预备会上，"知心姐姐"卢勤代表主办单位送给孩子们"快乐人生四句话"：第一句是"太好了！"告诉孩子们，从现在起，无论碰到什么情况，都高兴地说一声太好了，有这种心态的人将永远快乐；第二句是"我能行！"希望每个孩子都能找到自信，把做一个"我能行"的人，作为自己一生的追求；第三句是"你有困难吗？我帮你！"鼓励孩子们当一个"我帮你"的爱心大使，学会为帮助别人而快乐；第四句是"对别人说'你真棒'！"能够肯定别人的优点，让别人有自信，社会就会更和谐美好。

孩子们听得津津有味，黑亮的眼睛闪闪放光。主持人及时发现、夸奖本期小营员有三个特点：坐得直，掌声响，声音亮。果然，孩子们个个都挺胸抬头，坐得更直了；有人发言，都报以雷鸣般的热烈掌声；回答问题，声音也特别洪亮。当问孩子们，明天上午开营仪式，热辣辣的太阳晒着你的时候，你想什么？——"太好了！好好好，太好了！嘚！"当你准备发言的时候，你想什么？——"我能行！行行行，我能行！"当有人需要帮助的时候，你说什么？"我帮你！帮帮帮，我帮你！嘚！"孩子们稚气可爱的回答，响彻营地内外，感染着现场每一个人。他们在夏令营中感受到了角色的改变：从传统教育中"听喝的"到"我是主体"；他们在赏识性教育中激发了潜能，找到了自信，体验了一回成功的喜悦：从我不行到我能行！

一个平时娇弱的孩子，夜晚在帐篷外站岗放哨，面对蚊虫的叮咬，身上起了许多包，但他毫不退缩，嘴里喊着"太好了！太好了！"坚持站到下一班岗的小伙伴来接替。

一个农村的孩子，参加了"不知道的世界——我的妈妈"问题竞答后，深感自己对最亲近的妈妈原来了解得这样少，回家后主动提出要给妈妈洗一次脚。母亲幸福地给夏令营来信：为什么3天时间，我的孩子改变这么大？

二

据了解，在鸡公山中国少年儿童手拉手活动营地，已连续9年举办了15期不同主题的夏令营。来自全国各地的1500多名城乡小朋友先后在这里手拉手，度过了人生中难忘的美好时光。还举办了6期少先队辅导员培训班，数百名教育工作者在这里接受先进的教育理念的熏陶和培训，将爱的火种带到祖国的四面八方。

中国文化扶贫委员会主任、原中宣部常务副部长徐惟诚，是城乡小朋友手拉手活动的热情倡导者和支持者，也是鸡公山手拉手营地的创建者。1993年夏天，当时患有白内障的徐惟诚老部长，在信阳市委宣传部同志的陪同下，头顶烈日，拄着拐杖，在荒草没膝的鸡公山上跋涉勘察了8座废弃的别墅楼，最终选定山顶上视野最开阔的颐庐又称"志气楼"作为营地。

"当初的想法很简单，就是要创造条件让农村的孩子也有机会参加夏令营，让城乡的小朋友有一个见面交流的地方。"徐老深情地说，"营地建起来后，又进一步考虑怎样让农村孩子的思维、身心都得到一次解放，让3天的夏令营生活使孩子们终身受益。办营的理念，就是完全根据人的成长需要什么样的环境、机会来设计活动内容，每一次都精心策划，挖空心思让孩子们看没有见过的东西，让孩子们从小感受到现代化，使孩子有一系列自主的实践，有机会过一次负责任的生活。如带孩子参观航空学院，上飞机驾驶室亲手操作一番，请农村孩子喝牛奶，请他们玩电脑、学照相、学打印，动手量一次血压，检查一次视力，模拟记者采访，看谁提的问题多等，这些东西也许他们回去后许多年都摸不着，但他们观念里已经有这些东西了。一个人，小的时候感受有多高，将来的起点就有多高。参加过夏令营的农村孩子，他们敢问问题了，敢说出自己的主张了，接受新事物的能力增强了，即使六七年后，他们在同龄的孩子中间还会有优势。"

谈到今年的夏令营为什么以"讲卫生"为主题？徐老说，这一方面是"非典"的启示，非典过后，大家开始向陋习开战，认识到讲卫生是全人类的事，一个人有病是会传染给别人的，所以，爱要从讲卫生开始。让孩子从小养成文明卫生习惯，将来到社会上就会受人欢迎。同时考虑到我们的农村孩子，将来大多数要成为市民，出去打工是一种途径，在家乡建设小城镇又是一种途径，农村人口最后将下降至两亿多，这是个大趋势。从小养成卫生习惯，早点完成这个大变化链条中的一个小环节，将来他向市民的转变就会更顺当一些。

三

"农村的孩子非常聪明，教他们几招，他们在人群中就会很活跃，很自信。夏令营就是创造机会让孩子们体验人生的第一次成功，将来他们进步快。""知心姐姐"、中国少儿出版总社副总编辑卢勤，谈起为孩子们做事就激情满怀。1990年，时为中国少年报"知心姐姐"的卢勤首次组织"手拉手"小记者团到湖北农村采访。一个上海的小记者看到农村女孩子缝补过多次的旧书包里只有语文、数学两本书，笔盒里只有用剩下的半截铅笔。他把带来的一张少年报送给这位女孩子，村里的孩子都围过来看，说这是他们见到的第一张报纸。下雨了，城里的孩子把报纸顶在头上遮雨，而大别山的孩子珍惜地将报纸掖在衣服里头保护起来。小记者在对比中找到了责任，回到城市后写了一篇作文——《想想大别山吧》，说那里有多少农民的孩子没有课外书读，买不起文具，女孩没别过发卡……于是，中国少年报发起组织了"百万本书寄友情"活动，成千上万的城市孩子将自己看过的图书送给农村的小朋友。徐惟诚同志看到后高兴地写信鼓励。从1993年起，文化扶贫委员会联合共青团中央、全国少工委等单位，在全国范围倡导开展的城乡小朋友手拉手活动蓬勃开展起来。到目前，全国累计有8600万小朋友参加。

"手拉手"让城里孩子从小窗口看到了大世界，让农村孩子了解城市生活，使生活富裕的孩子从对比中看到责任，感受到了帮助别人的快乐。"交一个手拉手好朋友，写一封手拉手交友信，送一份手拉手小礼物，看一次手拉手朋友，参加一次手拉手活动"，成为众多孩子成长过程中的宝贵经历。卢勤从亲身体验和观察研究中总结出的"快乐人生四句话"，成为夏令营上送给孩子们的珍贵礼物。"我能行"的口号得到全国少工委的肯定。1999年在人民大会堂举办的"手拉手共话祖国50年"展示会上，少先队员代表在汇报中喊出了"我能行"的强音。胡锦涛同志听后高兴地说："你们一定能行！"

四

从1993年深圳特区的孩子用压岁钱，帮助河北西柏坡的孩子建起全国第一所手拉手希望小学；到1994年，江苏南京的小朋友用卖废品的钱为河南光山县王大湾小学建起手拉手友谊桥、组建鼓号队；再到1996年，武汉市育才小学开展"手拉手捡回一个希望"手拉手地球村活动，提出"保护环境我们有责，节约回收我们有责，帮助伙伴我们有责"……如今，孩子们依靠自己的爱心和力量，已为全国的贫困地区建起了10所手拉手希望小学；"手拉手地球村"活动更是在全国数百所中小学中开花结果。孩子们的伟大创举，向世界证明了"我能行"，他们的爱心和环保行动也深深感染和震撼着大人们的心，小手拉大手，汇成了我们这个社会壮美的爱心巨流。

"我能行"是教育的成功，"我不行"是教育的失败。

有关教育专家指出，当前我国部分家庭教育存在五大矛盾、误区：一是父母过高的期望带来对孩子的失望，二是过多的保护带来孩子的无能，三是过多的溺爱带来孩子的无情，四是过多的干预带来孩子的无措，五是过多的指责带来孩子的无奈、不自信。学校的应试教育也给孩子们成长的空间造成挤压。

愿全社会都能倾听孩子的心声，关心孩子的成长，给孩子们创造更多自主实践、展示才艺、培养自信、体验成功、舒展个性的机会，相信他们一定能行。

2003 年 9 月 1 日

你被服务了

一次，我到沈阳参加一个会议，住在市中心某宾馆。每天，除开会代表，进进出出，见面最多的就是这个宾馆的服务员了。

那天午后，离开会还有十多分钟，我就在总服务台大厅旁寻个位子坐下，面前摆着茶几，正好用来翻阅材料。这时，一个姣好的女服务员端了一杯热气腾腾的香茶过来："您好，请用茶。"一句极温和的话语，却使我吓得赶紧离座而起，"哦不！不用了。对不起！"想到现今火车上买一杯白开水都要五毛钱，那么好家伙，这一杯香茶——少说……直至我歉意地看着服务员有些惊讶地转身走了，我才长长舒过一口气来。后来，我把此事与别的同志说起，他们都笑笑，说："你这就老外了吧！她们那是免费服务，不要钱，白喝！"原来是这么回事，我心里一阵暖流。

又有一回，也是吃过午饭，代表们还在各自房间里休息，我捡起一份当地出版的报纸，斜躺在床上翻着。突然，外面走廊里一阵骚动，人声嗡嗡。接着就有人挨个房间来喊："擦皮鞋了！服务员小姐来给大家擦皮鞋，请把皮鞋准备好。"于是，周围房间都像开了锅。

跟我同住的那位老同志，反应最敏捷了。他把皮鞋在床前按立正姿势摆好后，又光着脚丫跑到门口，半探着身子，极好奇又羞怯地看着走廊那边。我因为有些汗脚，不愿意别人闻出我鞋里的异味，就把鞋子尽量往床铺底下塞，还拉了把椅子过来挡上。擦鞋的小姐进来，不知怎的，就径直走过来把我那双本已赧颜羞色、无地自容的旧鞋子，硬是从床铺底下给提拉了出来，极仔细极耐心地擦拭着，一下，一下，一下……使我非常感动，觉得这儿的服务态度真好！

再就是这儿的房间，都装有电视，晚上我们可以收看本地的沈阳台节目。

晚 9 点一过，楚楚动人的女节目主持人十分文雅地提醒各位家长，现在该让小朋友先去睡觉了，明天早起上学，以免迟到。夜 11 点，节目终了，荧屏上再次打出字幕：请您检查一遍家里的门窗、煤气、水龙头等是否已经关好，祝您晚安。这也出人意料，我的心头又是一热！心想，这沈阳的服务就是不一般，为什么全国别的电视台就没有人能够想到这一招呢？联想平素哪怕规规矩矩地买菜，挤车，行在大街上与人擦肩而过，都极有可能被认为冲犯了某人而招致莫名的训斥、指责、白眼，更甭提那些例行公务的，无所不在的，冷冰冰的，完全机械的，没完没了的罚款了，他们有谁把你当成自己的同类来加以友好和尊重了？

我竟有些失眠。第二天一早，当地会务组的一名同志照例来喊我们吃饭。他一进屋，嘴就咧开着，笑得很激动，说：您昨晚看电视了吗？呀！太亲切了！呀！太亲切了！啧啧！就像在家里一样！就像在家里一样……"没等他继续往下说，我的眼泪已禁不住掉了下来！

当社会缺少温情和爱的时候，人们对世间美好的事物开始表现得多么敏感而容易满足啊。

1989 年 11 月 25 日

社会的"痛感神经"不能失灵

最近从外地回京,在某火车站候车室经历了一场"炼狱"之苦:南来北去的
旅客都同时挤在一个大厅内等候检票上车,虽说已过了盛夏,但由于没有空调,
没有排风扇,候车室内空气污浊,闷热难当,加上秩序混乱,人挨人人挤人,个
个如蒸锅里的蚂蚁,叫苦声叹息声抱怨声一片。人群里有一位颇有身份的某公,
在前呼后拥的护送下一边擦汗一边感叹:"以后出门再不挤火车了!"

不坐火车坐什么呢?我揣测他可以坐飞机,坐小轿车,哪怕不得已坐火车
也可以买软卧,走贵宾专用通道。但是普通老百姓就别无选择了,只好"认命",
一次又一次磨炼自己的忍耐力。

也是最近,笔者乘公交车去河北某县,遭遇长时间堵车,两小时内竟不见
一个交警出来疏导交通。车上有赶路着急的就抱怨现在有些警察"不作为,只知
道罚款"。也有的乘客说,反正警察不怕堵车,他们车上装有警笛,可以随便开。
话不见得完全正确中听,但却反映了一个较普遍存在的现象:管理者、职能部门
对于不作为或疏于管理而给民众造成的痛苦和不方便没有感同身受。"痛感神经"
麻木,自然就不会急民众之所急。

类似的现象还有。比如,"法律白条"问题,老百姓本来打官司就不易,打
赢了还要担心能不能执行。一些涉及经济赔偿的案件,有的法院执行不力,致使
当事人耗费无数时间、心力、财力,最后赢了官司还是一纸空文,还要伤心流
泪。难怪有人感叹,打官司要做好倾家荡产的准备!"法律白条"若长期得不到

根治，会使法律的尊严扫地。老百姓对法律失去信任，或承受不起"法律消费"的极高成本，那么，人们可能回到传统，转而寻求其他途径解决争端。现在一些地方出现的"医闹"以及其他五花八门的"讨债公司"，就是"消费"不起法律而出现的不和谐现象，应引起警觉。笔者每次回老家农村，也常能听到乡亲们倾诉，其中，一起恶性交通肇事案受害者在法院判令对方赔偿后却拿不到一分钱给付医疗费，法院让其家属自己去围堵躲而不见的肇事者。

老百姓自己都能堵住"老赖"，为什么警察不能呢？这当然有一个现有警力配备不足等客观原因，但是既然找出问题症结了，就不能拖呀，就要尽快拿出办法解决呀。切实维护和保障法律的尊严，老百姓才能心里豁亮、踏实。

又如，医疗资源总体不足、分布不均等本已是我国医疗事业的"软肋"，许多公立医院中常常出现住院病房爆满，患者不得不暂住医院走廊的状况；而"豪华病房"不仅一个病人独占套间，还有医生、护士围着服务。对于寄宿走廊病人和家属的苦境，"豪华病房"里的"尊客"是很难体会的。

我不主张搞平均主义，个人有权根据自身经济能力选择购买火车软卧还是硬座票。但是，"草根阶层"的消费者、普通民众，他们的疾苦感受，他们对社会生活舒适还是不舒适度的评价，须要快速刺激到社会的"痛感神经"，让有关管理者感同身受，如此方能及时消除病灶，规避危险。

社会的"痛感神经"不能失灵。

2006 年 9 月 22 日

雪灾冰冷中的"中国感动"

每年春节，都是举国大迁徙的时候。有钱没钱，回家过年。不管大家从哪里出发，终点都只有一个，那就是——"家"。但突如其来的南方冰雪天气，让今年春节回家的路变得异常地艰辛：列车晚点的消息屡屡传来，手里紧握火车票却不知何时才能踏上归途；孩子在怀里睡着了，小脸蛋冻得红扑扑的；随身带的干粮已经吃完，回家的路却依然遥远……

近半月来，我国南方大雪，马路上的冰层坚硬如铁，高压电线覆冰后有成人大腿般粗。湖北、湖南多数供电线路一度中断，京广铁路大动脉一度中断……广州滞留在火车站、机场、汽车站的旅客最多时达到 80 万人。这次灾害有两个突出特点：一是正值春运高峰；二是雪灾的复杂程度超过了 1998 年的抗洪和一般性的自然灾害，因为它束缚了救灾的机动能力。我国社会应急机制正面临一次严峻的考验。

看看电视中各路记者从春运和灾区第一线发回的报道，人们表情都写满了"凝重"二字。此刻，有多少人在舟车劳顿的归家路途中忍饥受冻；又有多少个家庭为等待亲人如此这般地心焦难耐。

然而，冰雪无情的天灾关头，也有一组组感人的镜头，一个个温馨的细节，暖人心怀，促人浮想联翩。

紧急关头，我们看到各行各业迅速行动起来。行政主管部门连连召开紧急会议，启动应急措施；水利、电力部门抢修受损设施；交通部门调动职员、警力彻夜不眠疏导、服务滞留旅客；解放军、武警官兵奔赴障碍路段除冰清道；医护部门紧张不停地诊治困在车站、途中的伤病人员………

天灾关头，中央迅即召开会议研究部署救灾措施，总理深入到救灾一线；各级党政机关领导下到灾情最严重的地段指挥抗灾；交通部门职工将家里的棉被送给车厢里的乘客御寒；鞋上裹着防滑带的交警，步履蹒跚地将矿泉水、饼干送到每一辆滞留车辆上司机和乘客手中；平凡的电力职工加班加点抢修输电线塔架，有的献出生命。天灾关头，看到职责的神圣，看到义无反顾的献身精神。

天灾关头，看到百姓识大体顾大局。一个滞留的打工青年面对记者的摄像机镜头，说话多么有水准："雪冻造成交通阻断是天灾，我们打工的人理解铁路部门的难处。感谢政府为我们做的一切，大家齐心渡过难关！"一位刚刚分娩的妻子，为丈夫能在人民最需要的时候坚守职业岗位而自豪……一份平常的理解和体谅，一份来自人民的信任和鼓励，关键时刻就有人心齐泰山移的力量！

天灾关头，看到公民主人翁意识凸显。一个网友发帖："南方雪灾，请为广州出一份力。无论祖籍在哪里，在广州工作的，就是广州一分子。那么，在50年一遇的寒冷天气下，我们应该怎样众志成城，一起为广州分担。"腾讯网联合七家媒体倡议：相互扶持，共渡南方雪灾难关！"如果您在被困滞留旅客附近，请给他们提供帮助！水、方便面及其他食品、棉被棉衣……让我们大家帮助大家，在寒冬为归家的游子献上温暖！"更有许多志愿者活跃在最困难的人群中间。

天灾是坏事，但也能成为一个提升公民素质、促使社会风气好转的契机。天灾使人切身感受到什么叫社会共同体，什么叫祖国大家庭；什么叫同舟共济，什么叫牵一发而动全身。当一个社会全体成员必须共同应对困难和危机时，人们发现，原来我们彼此是如此利益攸关，原来我们每个人发出的一份光热，对社会来说都是如此重要！

天灾当然暴露出一些地方防灾意识和手段的薄弱，交通瓶颈尚未拿出根本性的破解良方，必须引起高度重视。但是，这场天灾的巨大影响，也从另一面让我们看到社会的发展进步。改革开放，人员流动，社会充满生机活力。假如时间退回到30年前，那时社会相对封闭，像当前这样汹涌的春运人潮是不可能想象的。另外，救灾能力的提升，救灾物资的充足供应，社会力量的迅速动员，尽管不能完全改变人类在大的自然灾害面前的窘境，但也着实印证了我们日益繁荣富强的祖国，是可以成为百姓的坚强靠山的。

福兮祸之所伏，祸兮福之所倚。辩证地看问题，坏事就能变成好事，代价也能转化成财富。那样，我们这个冬天的罪就不会白受。

2008 年 2 月 1 日

灾难中诠释生命的高贵与尊严

突如其来的特大地震灾害，使全世界的目光一下子集聚到中国灾区。中国坚强，汶川挺住！抗震救灾，众志成城！你一丝的希望，我愿付出百倍的努力援救！不抛弃，不放弃！灾难中，一幕幕与死神赛跑的抢救场面，一张张劫后余生亲朋同胞的脸，帐篷中孩子安然甜蜜的睡……那是人性最美的花，傲然顽强地开放在地震废墟之上！

危难时刻，中华民族再显临危不惧、万众一心的民族本色。全国人民在党和政府的坚强领导下，众志成城，奋起抗灾。所有奔赴灾区的救援人员义无反顾、意志顽强。在与时间争夺生命的战场上，他们冲锋在前，一切想着人民，一切为了人民；在艰难困苦的环境下，默默奉献着自己的一切力量，用行动诠释超越生死的人间大爱。

在强震中，灾区人民虽然有失去家园、失去亲人的痛苦和泪水，但他们更有与无情天灾抗争、与受难同胞共渡难关的坚毅和真情。强震中，我们看到灾区人民临危不乱、平稳有序的精神状态，也看到他们积极主动自救抗灾、为国分忧为政府解难的拼搏热情。中华民族自强不息、坚忍不拔的精神意志又一次得到了验证和升华。

四川省会成都市的人民，在余震威胁仍然不断的情况下，就向重灾区的人民主动伸出援手，有的参加抢险，有的连夜献血，有的义务开车到灾区运送伤员。汶川、北川、德阳等重灾区人民，有的刚脱离险境，又返身投入救助其他乡亲的

行列。

"我们不能等，不能靠，首先要自救，路通了，党和政府各种救灾物资才能到来。"元茨头村，是甘肃重灾区文县境内受破坏最严重的村庄之一。震灾后，村民相互帮助搭起各种临时避难棚；上至 60 多岁的老人下至 10 多岁的孩子，都扛着铁锹镢头到村口抢修山路。

"只要人在就有希望，我会在政府的帮助下自救，开展生产。"面对被巨石砸烂的房屋，云南省受震灾最严重的水富县复兴村村民老杨如是说。震灾中，老百姓真情、朴实、大义之举，让我们充满敬意，深受感动和鼓舞。

强震中，我们看到了灾区内邻里、师生、医患之间关系的和谐；看到全国各行各业参与抗震救灾的人们，用行动让和谐的真谛更加完美真实，用行动让善良品德和职业操守熠熠生辉。让我们珍惜并发扬这患难之中见真情的和谐吧。

多难兴邦。每一个时代，每一个民族，都无可避免地要经受一些考验。过去几千年的历史长河中，中华民族虽历经沧桑，饱受磨难，但每一次都能以民族特有的勇气和毅力化险为夷，战胜困难。今天，既然我们肩负着中华民族伟大复兴的历史使命，就不会畏惧心志之苦、筋骨之劳、震魔之虐。因为磨难意味着这个民族将更加坚强，挫折则可以促使我们团结一心风雨同舟。

5.12 汶川大地震，是在中华民族和平发展、迈向伟大复兴的历史进程中，全民用共同携手应对重大灾难的特殊经历，进行的一次价值观洗礼和心灵的升华。大地震暂时改变了我们的生活，大地震也将丰富我们看待社会的视角，最终激发出全民在灾难面前的命运共同体意识。从悲情和战胜灾难中，感悟生活的真谛，将平凡的生命诠释得更有品质和尊严。让我们向所有在这次地震中死难的同胞志哀！用我们坚强的表现，让亡灵得到安慰和安息！

2008 年 5 月 19 日

另一种力量　另一种感动

这几天，在汶川地震灾区惊天动地的救人场面之外，还体会到另一种力量，另一种感动——百姓淳朴的善行。随着搜救人员进入最后405个曾与外界断绝联系达数日之久的孤村，相信这样被埋藏的感动故事会更多。

山东青岛的游客姜先生安全回家后说："这次能回来，真的很感谢当地村民的无私帮助。"

地震发生后，被困的1000多名游客涌向了附近四川茂县渭门乡椒园村。这个只有40余户的小村子并不富裕，但善良的村民们接纳了他们。村民们从震后的废墟上搜集了约200斤粮食，用塑料布搭起帐篷，拿出被子、衣物供游客御寒。由于人太多，粮食很快吃光了，地里莴苣也全被刨出来吃了，村里的男人们抓阄，挑出20多人冒着滑坡危险，去县城背粮。如此照顾众游客4天，直至救援部队打通了救援道路，而这些村民从没收过游客一分钱。

令人感慨的是，就是这些在灾难发生时曾朝着山头虔诚跪拜，祈求山神不要再动怒的淳朴山民，当素不相识的游客突遇危险需要救助时，他们自己却承担起了"保护神"的角色！没有什么豪言壮语，没有什么复杂动机，这是人性圣洁、善良的本性使然，也是几千年中华文化传承的血脉使然！

新加坡华文报纸《联合早报》近日也刊登了两篇让笔者印象深刻的报道——《我这样进入汶川》《震中映秀镇的难忘一夜》。该报记者以客观冷静笔法，白描式地记录了她孤身辗转进入震中并度过一夜的情形。

"我只带了相机、笔记本、手机,还有钱包里塞的一点钱,结果一路从都江堰搭了 4 趟便车、爬山,进入地震震中汶川县映秀镇,并在山上住了一夜。而说来让人惭愧又感慨,15 个小时中我吃的、住的,都是灾区民众无条件施与我的。"

"我从都江堰步行进入限制区后,起初不确定是否进得了灾区,是否会半路被迫下山,所以电脑、护照,以及本次出行准备的全部资金都留在车上⋯⋯结果是,我走出映秀回到手机有信号的地方时,才在电话中知道,沈师傅(个体户包车司机)还在我下车的原点等我。前天我下车后,他一步也没敢走,一个晚上都睡在车里!"⋯⋯

灾区的民众是朴实的,记者的文笔是朴实的。当朴实拥抱朴实,民众的善良、豁达被记者敏感细腻的心灵感受、捕捉,真实地形诸笔端,文字就有了叩击心灵的力量。这样的文字是灾区群众用行动、细节和记者共同完成的。

我们应该记录悲情,记住那一幕幕气壮山河、意志如钢的救人场面、英雄壮举;也要记录温暖,记住平凡百姓在危难之际表现出来的涓涓善行,嘉许他们从容淡定的生活态度。毕竟生活还要继续,理性、务实和不失希望是最重要的。

有人把民众比作"草根",也许不尽确切,但其中的"根"却是我喜欢的——"野火烧不尽,春风吹又生"。让我们百倍珍视并呵护百姓中间含藏内敛的精神光亮和道德火种吧,那也是我们共同的"根"!

2008 年 5 月 22 日

哀悼日，我们的心同祖国贴得更近

5.12 汶川大地震，数万同胞罹难，堪称国殇。从 19 日至 21 日，国旗为他们而降，哀笛为他们而鸣；下午 2 点 28 分，民众街头肃立默哀，车辆暂时停驶为同胞亲人的亡灵让路。

3 分钟，喧闹尘世中短暂的一瞬，此刻却好像时间凝固，生活静止。我们的心灵如孩童一般纯净，一起缅怀亲人，追悼逝者。这一刻，我们用祈祷为他们送行。愿他们一路走好，灵魂得到安息。

记忆中，这样盛大的哀悼举动只有在毛泽东等老一辈无产阶级革命家逝世时才得以实施。而今，面对汶川特大地震灾难造成的巨大人员遇难，五星红旗第一次为民众死难者降下，警报第一次为民众死难者响起，全国人民第一次为民众死难者共同哀悼。

设立全国哀悼日，是全国人民的愿望，也彰显了政府对公民个体生命、对民众意愿的尊重。哀悼日选在汶川大地震过后的第七天，正是我国传统丧葬习俗中的"头七"，祭奠逝者的重要日子。在"头七"为震灾死难者降半旗、举国默哀，显示了对民间传统习俗的尊重。这既是对死者的追悼，也是对生者的慰藉，真正体现了"以人为本"和人性化的执政理念。

我们说尊重生命，其意义不仅局限于救助那些幸存者；我们同样需要尊重那些不幸的遇难者，给他们以生命最后的尊严和最为诚挚的哀思。

况且，在目前已经公布的 3 万多名死难者中，不知多少人把生的希望留给了他人。一对父母，在地震一瞬间屈身护佑着自己的孩子，孩子得救了，父母长眠九泉；一位教师用自己的身体，抵挡住塌下来的水泥板，几名学生得救，他却与世长辞；还有那些濒死时依然不忘鼓励同伴好好活下去的知名者和不知名者……他们使我们看到人性的壮美与崇高，看到遭遇苦难时一个民族应有的坚强与尊严。

我们不要对死者进行道德的评判，每一个逝者，都曾经是一个鲜活的生命，都值得由衷尊敬。

设立全国哀悼日，让灾难融入一个国家的记忆，是告慰灾难遇难者最好的方式。只有铭记，才能总结经验和进步；只有铭记，才不会迷失方向。从这个意义上说，悼念不仅仅是为了记住历史，更是为了建设未来。

让我们把对死难者的沉痛悼念和哀思，化为爱国主义和爱心奉献的实际行动，给予灾区的父老乡亲以最大的支援，帮助他们渡过难关，重建家园；化为实现中华民族伟大复兴的强大动力。这也是对死难者最好的安慰。

今天，国旗半降，好像祖国妈妈俯下她慈祥高贵的身躯，为每一个倔强的孩子拭去委屈的泪花。我们的心同祖国贴得好近好近！

2008 年 5 月 20 日

第九辑

世相杂谈

解开迷信之谜

　　长期以来，我们的教育偏重人的行为规范，只准干什么，怎么干，很少注意人的心灵的滋养，防范多于疏导，结果是工作经常陷于被动。破除封建迷信，我们讲过多少年了。从外围上，我们打过大大小小的战役，树新风，移旧俗，几乎年年搞。"文革"期间更采取过极端措施，把一些珍贵文物当作"四旧"都抬出去烧了、毁了，但封建迷信活动并未因此断绝，仍然在某些地方和角落猖獗蔓延。看来，临渊羡鱼，不如退而结网。我们需要以更加审慎、客观的态度，投注于研究迷信这种形式本身以及它是凭借什么得以在民众思维土壤中根深蒂固的。这样做或许有助于人们在心理和思维上获得对迷信"病毒"的免疫。

　　迷信就其形式来说与魔术是相似的。魔术师变戏法，从一个空盒子里可以"变"出吃的、穿的、用的、花的，就是依靠人的视觉错误，使得一些外行观众信以为真。迷信之所以流行，则在于它利用了人们的愚昧无知，给人们的某些原始思维制造逻辑上的谬误。例如，甲在乙之前发生，那么甲是乙的原因，乙为甲的结果，这是一个原始逻辑思维的谬误公式。但对于有原始思维残余的人说来，这是可信可靠的。于是昨夜的梦便成了今天发生事件的预兆；早晨不敬神的举动被说成是下午患病的原因；乌鸦在房顶上叫又被占卜成家丧等等。又如，甲接近乙，所以乙是甲的原因，甲是乙的结果，这同样又是一个原始思维的逻辑谬误公式。于是家里有人患病，被巫婆说成附近有患这种病的人死后作祟；新婚夫妇生病，也会给认定为迎亲时接近了属相相克的人，如此等等。

原始思维逻辑是人类在生产力非常低下的情况下产生的。这种逻辑观念一旦与鬼神迷信结合就很难突破，因为它具有很大的模糊性，似乎可用来解释一切自然、社会现象的前因后果。当人们在社会生活中处于不安状况时，它便趁隙而入，使人产生宿命论。大家知道，人的许多深刻成熟的思想都是在逆境和不安动荡中形成的；人类社会的每一个进步，科学技术上的每一项发明创造都是对常规的突破或否定。封建迷信却叫人在困难面前投膝鬼神，于冥冥之中乞求神灵庇护，从而泯灭了个人独立意志和思考。这样的结果必然束缚人们思维能力的发展，活力受到大大限制。

这里，我们且不说以往统治阶级利用迷信工具对老百姓实行"愚民"统治。单说现在社会上还有一些巫婆神汉，他们不务正业，靠"算命""驱鬼"骗取钱财。上当者往往身心受到很大戕害，有的还被弄得家破人亡。另外一种情形，如闽东某地去年晚稻大丰收，有些群众认为"丰收全靠老天爷，应该感谢菩萨灵"。在少数神巫道士的鼓动下，他们不辞劳苦，从六十多里外的"后佘宫"抬来了"通天圣母"，一村一寨轮流祭祀。神像到处，户户备斋。短短几天时间就动用劳力二千多人，误工两万多个，耗费了大量资财。类似情况在别的地方也屡有所闻。

今天，我们提倡科学，反对迷信，除了少数巫婆、神汉、"迷信头"等必须绳之以法外，对那些沾有迷信思想的群众则要耐心疏导，说明真相，帮助他们克服原始思维逻辑谬误，识破迷信的骗局。这就要有一个科学素养普遍提高的社会环境，建立起健康文明的社会主义文化体系。只有当每个公民的主体意识加强并有了掌握自己命运的愿望和能力时，彻底根除迷信才是可能的和现实的。我们应当从这方面下一番气力。

1986 年 2 月 1 日

"玩"的研究

　　提起研究，人们总是想到实验室里那些高深的学问。其实，现实生活中有许多看似平常的事情也是很值得研究的。所谓"世事洞明皆学问，人情练达即文章"。对"玩"也是这样。每个人从出生、长大到老死之前，除了吃饭、干活、学习和一些必要的社会应酬，剩下的恐怕就是玩乐休息了。玩得好，有益于身心健康，并能活跃思维，促进工作和学习，更深刻地体会生活的乐趣、生命的真谛；玩不好，则会使人心灰意冷，蔫头蔫脑，工作起来无精打采，昏昏沉沉。所以列宁说，只有懂得休息的人才是真正善于工作的人。

　　我曾见过一群农村小伙子，刚从地里干活回来，就吆喝着上篮球场去决一胜负了，结果更添一层疲劳。还有一次在雁荡山，正好赶上几个福建山区来的农妇游览大龙湫，听她们叽叽喳喳把这里贬损了一通："什么大龙湫小龙湫，还不如我家门前那口水潭子深哩！""瞧那山头，光光的像个秃脑袋，有啥好玩……"结果败兴而归。这都是玩的路子不对。一般说来，搞脑力劳动的人，适当打打球，跑跑步，是一种积极休息。而从事体力劳动的，业余时间多做点"智力游戏"，如打牌、下棋、猜谜语、看电视之类，使得体力和脑力活动得到均衡，张弛有致，才能收到最佳效果。同样道理，城里人厌倦于大都市的喧闹拥挤，来到山里觉得什么都新鲜、好奇。但若叫一个山民去跋山涉水，恐怕就兴味索然了。前面提到的那几位大嫂，如果玩的不是雁荡山，而是广州、上海这样现代化的城市，我想她们肯定会大开眼界，满载而归的。

玩，除了玩对路子之外，还有一个趣味高低的问题。现在有人叫喊精神空虚，活得腻味了，就拿生命来糟践。花天酒地，梦生醉死；打架斗殴，赌博，沉迷网络游戏……这是一小部分人的玩乐观。事实上，他们在游戏人生的时候，生活也同样戏弄了他们。光阴流逝，年复一年，只增岁数，不长知识和能力，老大无成那就只好徒伤悲了。世间的幸福永远只属于那些热爱生活并为建设美好生活添砖加瓦的人们。体现在"玩"上，就是要选择那些健康有益、生动多彩、有助于人生不断成长的娱乐方式，不仅仅把玩看成一种消极意义上的"玩"。比如青年们通过参加文体活动、朋友聚会、读书看报、外出旅游等，既可以恢复体力，又能够开阔眼界，陶冶性情，培养积极人格和爱国爱乡的高尚情感。

玩，是闲暇时间的利用和消遣。目前我国老百姓有三分之一以上时间是在闲暇中度过的。随着科学发展、社会进步，将来会有更多时间用于休闲。愿我们都学会聪明地玩，追求有文化的休闲和消遣，在"玩"中学习并提升自己，获得愉悦的心理体验，铸造坚韧、豁达、开朗、坦荡的品格，让人生更美好。

1987 年 4 月 8 日《徐州日报》

也说 "四风"

官僚主义、形式主义、享乐主义、奢靡之风，也许我们没有机会成为主角，但至少我们见识过、碰到过。作为社会生活中的一员，我们是不是也自觉不自觉地参与其中，推波助澜？是不是一边嘴上讨伐 "四风"，一边在得到 "四风" 的便利和好处时却默认、分享，不再坚持和阐明你的立场、态度？

一位同事听说某同学 "升官" 了，当了某市的旅游局长，她首先想到的是将来去那里旅游不用花钱了……

"四风" 的表现形式不同。有的在工作、生活中和行动上已经表现出来。有的是潜意识中存在，自己不承认、不认为有问题，实际已经处于亚健康状态。常听有人说，我不是身居要职，不掌握重要权力，没有条件奢侈浪费，没有条件犯官僚主义、形式主义。这些，我想犯都犯不了。其实，当一个人说这话的时候，就包含着潜台词、潜意识。这种潜台词、潜意识，正是滋生 "四风" 的肥沃土壤。

公职人员特别是党员干部，要勇于反省，自我检讨，加强修养，清除心灵垃圾和污垢。

我们处于价值多元的时代，但又是价值单一的时代，金钱至上，炫富攀比之风最盛，大有压倒一切之势。这时候，你是跟风还是保持独立，这需要考验定力，需要你做出个人的选择。人不可能所有方面的好处全占，总是有舍有得。舍什么，得什么，成就什么，看你个人的选择和造化，也需要社会风气的正确引导。

财富是好东西，不是罪过，但如果把金钱、财富作为评价成功的唯一标准，或者虽然不是唯一标准，但这个标准过于强势，遮蔽了其他同样有价值的标准，就会造成社会心态的扭曲。

"四风"问题，深层次反映的是社会心态失衡问题、庸俗成功学过度张扬炫耀的问题。一些人入党是为了当官发财，考公务员进入体制内是为了体面、端上"铁饭碗"，而不是服务社会和公众。因此，要把教育实践活动与健康人格塑造结合起来，与完善制度建设结合起来，与文明社会风气的养成结合起来。

人生成功的标准应该是多元的，情趣爱好多种多样，不要成为"空心人""器皿人"。所谓空心人、器皿人，就是精神被掏空，人成了物欲的载体，像一只空杯子，靠物质来填充，一天不攫取和占有一点东西就感到心里空落落的，这样的人生岂不可悲？社会舆论如果不批评和纠正这种偏向，反而抱着欣赏和羡慕的目光去报道和渲染这种偏向，就会助长社会心态的失衡。

当前，中央提出反对"四风"，开展党的群众路线教育实践活动，是切中时弊，抓住了关键。要通过教育实践活动，使灵魂健康起来。过去我们埋怨大环境不好，现在我觉得是一次很好的机会，大家同时行动起来，从我做起，做到知行统一，就可能使社会风气逐渐扭转过来。

台湾的星云法师，是佛教界的高僧大德，很受人尊敬。他说，自己也是在不断学习、修炼中成长进步的。别人把他看成佛，看成高僧大德，他自己也时时提醒、诫勉自己，我身穿袈裟，我是"佛"啊，要以佛的标准要求自己，时时向佛看齐，检讨、完善自己的修养德行。佛教徒尚且能如此，我们共产党员，特别是党员领导干部，更应该虚怀若谷，从善如流，把人类的一切优秀文化成果，把党的宗旨、奋斗目标和规章制度等等，内化于心，外化于行，修养出高尚品行，高风亮节，时时处处做廉洁自律、勤政为民的表率，踏踏实实为人民服务。

2013 年 8 月 17 日

排场与做戏

有人把社会看成一座大戏台，每个人都在上面扮演一个角色，人死了，戏也就结束了。过去我不同意这个看法，总觉得人活着各有自己的理想和事业，怎能跟"做戏"相比呢？可是随着年龄增长，涉世渐深，我开始感到社会生活中确有一些类似做戏的人存在。有的虽然不是一辈子"做戏"，但也确曾演过或者正演着一出出可怜而又可笑的闹剧。远的不去说它了，就说眼下时兴的红白喜事大操大办这股风吧，有多少人被卷进去？有多少人自觉不自觉地充当了戏剧中的角色？要举例子，那可真像菜园里拔萝卜一样容易！

河南遂平一带农村，男婚女嫁闹"家具倒搬"那一套：婚礼前男方把做好的家具扛往女方家，结婚那天再由男方接新娘时，连同这家具作为"嫁妆"一块接回来，路上还锣鼓鞭炮的，以炫耀女方的身价和娘家的"阔气"。这不是在"做戏"吗？

又如，某些"出大殡"的现象。有的儿女在老人在世时不孝顺，老人死后却"摆谱"比阔气，大肆挥霍。骨灰盒套上大棺材，光放鞭炮就花了几百元。这不是"做戏"又是什么呢？……

像这样的例子很多，不必要一个一个列举。说他们在做戏，那只是就形式而言，如果用心分析，其实连做戏也不如。演戏是一种职业，待演出结束，观众们报以掌声，说明演出水平高。现实生活中的"戏"可就不一样。有的人在"做戏"却不知道自己在"做戏"，也不知道为什么"做戏"。凡事不问青红皂白，别人怎么干他就怎么学，没有一个冷静分析的头脑。为了顾面子，比排场，他们常常屈于世俗，明明没能耐大操大办的，也非要来一次大宴请，花它个千儿八百，到头来却是勒紧腰带，吊起锅捣钟——穷得叮当二响！好多人还因此闹得家庭不和，夫妻吵架……表面上乱哄哄演出一场，结果是给自己酿下一杯苦酒。这使人想起了唐代文学家柳宗元的《蝜蝂传》。蝜蝂，读作负版，是一种黑色的小虫子。它有一个嗜好，就是在行动中不论见到什么东西都背在身上，背的东西愈来愈重，但还是不停地往身上背。有人怜悯它，给它取掉背上的东西，可它并不死心，仍然照背如旧。同时，它还有一个好向上爬的毛病。小小身躯，自不量力，负重爬高，结果耗尽了气力，掉下来摔死了。柳宗元当时讽刺的是那些贪得无厌，不择手段谋取高官厚禄的人，这与现在有些人讲排场性质虽然不同，而那种愚蠢的行为却有相似之处。

如今，农民的生活逐渐好了起来，可是"一粥一饭当思来之不易，半丝半缕恒念物力维艰"。我们切不可为了讲排场，在铺张浪费上互相攀比，自己给自己脖子上挂石头，压得直不起腰来。事实上，对于那些恶俗陋习，那些愚昧无知的表现，群众向来是很反感的，最终是要加以抛弃和否定的。因为人生毕竟不是"做戏"啊！

1986 年 3 月 3 日

陪　斗

　　人在百般无奈的情况下，往往生出幽默来。我有一个自觉不错的漫画构思，就是在理发馆等待理发的长蛇阵后边想出来的：一个尝够了"理发难"滋味的聪明人，在他理完一次头发之后，赶紧又排在了队伍尾巴上。等理发师一个一个轮番理到自己头上，正好他的头发又长到了应该理的时候了。后来我将此构思推而广之，比如到食堂排队买饭，买过之后赶紧又站到队伍后边，等再次排到你买的时候正好又饿了，又该用第二餐了。如此等等。

　　于是我就想，一个好的"幽默"，应该是一道公式，一口魔袋。它能用非常简练的形式勾勒出某些现象的荒唐本质来，并且可以用它去套许多同类的荒唐事物，帮助人们认识。说这些题外话，无非想告诉大家，我拟下"陪斗"这个题目，不是没有缘由，而是"百般无奈"的产物。至于它能不能写得像一道公式，一口魔袋，则要请大家品评了。

　　大家知道，北京的公共交通并不发达，每日上下班人流高潮的时候，公共汽车更是挤得你喘不过气来，却偏偏前面的路口堵死了，整整半个小时欲进不能，欲下不得。无奈，只好憋着一口气忍耐，把这叫作体验生活，认识国情吧。但你还是"修炼"没到家，气得跺脚，急得冒火，直至牙疼发作。这时候如果有人告诉你，说是前边轧死人了也罢，却偏偏只是因为一辆摩托车与一辆小面包争道，擦掉了点"皮"。两个司机都扯长了脖子争辩，斗理儿，要对方赔款。原来就为了这点鸡毛蒜皮的事啊，却要让大伙儿跟着陪了半天"斗"！也怪，我们的交通规则似乎只管谁有理谁没理，没理的罚款赔钱，为什么不叫他们赔大伙的钱？他们争吵，挡道，就为了认他们的一点点小理，不知误了多少人的宝贵时间，害得多少人在车上憋气、难受？唉！不过这又是题外话了。我要讲的是"陪斗"。

"陪斗"，这在"文革"时期曾经盛行过。那时许多无辜者被迫戴上高帽，押上台去，陪着他们的亲人，或所谓"主子"，接受"革命群众"振臂呐喊批斗。现在，随着"文革"被彻底否定，原来意义上的"陪斗"，也作为历史垃圾遭到了人们遗弃。但是在现实生活当中，我却分明处处又看到了别样的一种"陪斗"法。虽然不再叫你陪着挨斗，却也死活让你陪着观斗。"陪着观斗"之于"陪着挨斗"，毕竟是一个进步，但那后果却是一样的：都是对他人生命力的糟践和浪费。小至交通要道的吵架，商场、客栈两营业员怄气，我们不是都得不情愿地"陪"上时间观"斗"吗？大到机关、单位，个别不务正业的领导，自私狭隘，争权夺利，闹得单位里头管理混乱，乌烟瘴气，大多数人却只好跟着观战，"陪斗"……凡此种种。"陪斗"似乎也成为一道公式，一口魔袋了，可以用它去套许多同类的荒唐事物。

于是我又不失天真地想，能不能像"斗牛""斗鸡"似的专门划块场地，订个规则，请那爱斗的诸君到那里比试比试，最多只准带几个公证人呢？如是，则我们大伙儿可以免受"陪斗"之苦，社会也将庶几得到生力和希望！

1988 年 3 月 21 日《人民日报·海外版》

"广东话"现象

一种有趣的现象使我突然明白了许多道理。广东人不学普通话，或者学得很糟糕而走向全国。外省人非但不以为丑，相反的还争相模仿学舌，比如把"没关系"，故意拖泥带水成："馍光细啦——"又将"谢谢"说成"唔该"，以此为时髦。

同样闹出笑话，江西有人到上海饭馆用餐，指着柜台里一碟猪耳朵："服务员同志，我要耳刀。"见对方不解，又赶紧指着自己的耳朵说："就是该（这）个耳刀呀。"颇含嘲讽的意味。而一个广东人在北京挤公共汽车，天热难当，便向车厢里的乘客感叹："海（唉）啊！海（唉）啊！我爱（挨）着你，你爱（挨）着我，我们好幸福（辛苦）啊！"被视为憨态可掬，巴不得自己也能在如此可爱的故事中扮一回主角呢。

百姓的心理如果还不足为凭，那么今年春节联欢晚会上，官方的中央电视台不仅在广州设有分会场，同时还要在一折重头戏，反映独生子女教育问题的幽默小品中，也为观众请来一位广东做派的"外公"。这就很说明问题了。

广东这些年改革开放搞得活，经济上得快，人民生活改善了，对国家也有较大贡献，引人注目，让人羡慕，成为很自然的事。如果丢开这一点，回到过去，还在"穷光荣"的时候，广东人实在也只配享有"广仔"的谑称，他们的口音，自然也不会有人愿意鹦鹉学舌，落为笑柄的。一种文化，乃至一种地方语言的被人看得起，那背后其实有着很强的经济在起作用。

可是，当我把这个结论告诉给一位朋友的时候，却遭到了朋友的反驳。他说，历史上也有经济很差而文化很好的情况。我默然以对，想起上初中时，一位语文老师曾讲到"文革"串联的经历。那时外地红卫兵一听操我们福建口音的，都肃然起敬，问："你是前线来的？"得到肯定回答，便处处加以照顾、优惠。我注意到老师讲述时脸上抑制不住的幸福骄傲神情。但毕竟"此一时彼一时"了。如今我也远离家乡，听到人家都这么问我："您是广东人吧？"不再关心我是不是"前线"来的了。这并不奇怪。时代不同了，评判价值的标准也会有不同。福建作为海防前线而光荣过，但那毕竟是在许多年前，情况比较特殊。社会向前发展，终归要以经济的繁荣发达为基础。现在内地的同志推崇广东是可以理解的，至少在心理上表示了对改革开放的认同。

当然，如果长此以往，只满足于当"观众"和"裁判"的角色恐怕不行；咿呀学语，惟妙惟肖也都难免望梅止渴之嫌。冠军的帽子是永远不会落在观众席上的。近几年内地也有不甘寂寞者，不满足于口头上的模仿学舌，前去广东取经，回来说，那真经原来也怎简单，只有八个字：团结默契，用足政策。于是幡然醒悟，我们中国人大多群体意识强，这群体意识如果用不好，很容易闹团团伙伙，拉帮结派，无端内耗；但是用得好了，格局大，就能团结一致向前看，一心一意谋发展，你看人家广东……

话虽这么说，可做起来何其难也。前天《人民日报》就登了一条新闻，大标题写着：内地某"书记和厂长内战升级，书记取消厂长预备党员资格，厂长则辞退书记"，赫然在目，不知刚取到真经的同志又将作何感想？

1988 年 5 月 24 日

"上帝"的选择权

　　人活在世上一天，便要当一天消费者。所谓"活到老，干到老，学到老"，只是就人的本质崇高的一面而言，其实人还有其大量消费的一面，从吃、喝、住、行、穿着打扮，到文化娱乐，听觉享受，看书读报，须臾不可或缺。据统计，一个正常人每天制造的垃圾至少 5 公斤，一辈子累积起来那就是一座不怎么雅观的小山包了。所以"世事洞明皆学问"，其中有一条顶顶重要的，就是如何挑衣买菜，选择如意消费品。

　　从某种意义上说，一个消费者的一生是在做了一次又一次选择之后告别这个热闹人世的。也就是从这个意义上讲，有没有自主选择商品的自由，是一切消费者最为敏感和珍视的权利。但是世象纷纭，良莠并陈，要想做一个快乐的哪怕是耳根清净一点的消费者也是不容易的喔！

　　谓予不信，请看：

　　一个蹲惯了实验室的中年知识分子，到国营菜店买菜，他把做学问的精细与追求完美的直觉用于挑选几个圆溜的不带疤痕的土豆，没想到售货员竟大步冲过来，用手拨拉开土豆，嚷道："说了不准挑就是不准挑，没看见牌子上写着哪！你这人真自私！"可怜一介书生，他只知道见死不救曰不仁，恩将仇报为不义，哪曾想到在买菜问题上还会触犯了"道德"禁区？于是脸"刷"地红到脖子上，犯错误似的逃开了。

　　还有一次也是我亲眼所见。北京火车站前边有个卖大碗茶的老太太，举着鸭

509

嘴壶站在高处，给过往的行人兜售茶水。有一外地旅客见递过来的空碗里有残留茶梗和水渍，便将其倒干净了再伸过去接水，举了老半天，老太太只当没看见，一个接一个给后来者倒上了水。前面那位仁兄实在有些急了，便催其快倒，可是老太太仍无反应，待他催得急了，才不紧不慢地甩过来一句："你倒啊，倒啊，有本事再倒啊。"眼睛却看着别处。这一刻，只见那位仁兄气得呼呼的，牙齿都快要咬崩了！

以上是极端的例子。平常如逛商店，你脚还没站稳，尚未看清里面都有哪些商品，那承包了柜台的售货员便迫不及待地向你殷勤招呼（有时一个，多时可达三五个异口同声地）："请问您要什么？"频频发问，不容你思想，不待你选择，提前施放"噪音"干扰。这种看似热情，把顾客奉若"上帝"，实际是对消费者极不尊重，让人望而却步。

如果读者不介意的话，我还想顺便提及一下乞丐。有些赖皮的乞丐，对你少许的施舍还不满意，立于你面前做各种哀求动作，让你不舒服，直至你追加打发才算了事。想起乞丐都可以不尊重你的选择，可见事情有些荒谬。

应该承认，不尊重"上帝"的选择权，此习由来已久，其中有做得浅薄直露的，也有做得高明巧妙的，如前一阵子社会上时兴的炒星炒汇炒名牌炒广告炒新闻炒名著，热浪翻滚，水汽氤氲。所谓"炒"，无非是加热，让你发烧，晕乎，失去辨别能力，然后乖乖地把钱装入别人的口袋。等你醒过来悔之晚矣。

再进一层次，也是大家最容易忽略的，眼下虽不多见，但也已现端倪。如某港星一男一女，到南方某省会城市作赈灾义演，顿时群情振奋，纷纷捐款无数，"行善积德，阿弥陀佛"。怎奈几场演出过后，人去场空，向其索问捐款一事，竟杳如黄鹤，呜呼！还有极个别特型演员，利用群众对过去领袖人物的热爱和崇拜心理，抬高出场价，张口一万，闭口两万；甚至在一些偏远县城，正规的会议场合，也敢当众"指点江山"，居然应者如云，钱自然不会少赚的。

明火执仗，羞辱顾客，已为人所不齿；变着花招，设伏圈套，也正在被识破。但对于那些假公之名，把自己装扮成神明或近似神明的"贾似道"者流，尤须警惕！

1994 年 1 月 23 日

给"器皿人"加加热

与"大款""大腕""明星""富婆""富姐""款爷"相对应，现在社会上又出现"空心人""空壳人""器皿人""平面人""单面人"等称谓。所不同的是，"大款""大腕""明星""富婆"之类，叫起来总是那么让一些人羡慕、眼馋，所以流行起来极快，极具传播力，已成为相当一部分人的口头禅，梦里追求的目标。比"器皿人""空心人""单面人"之谓强多了。何物"空心人"？那么刺耳、难听，单调乏味，准保又是哪个无趣的文人犯了哪根"神经"，杜撰出来的吧！我可不愿意当什么"空心人"。不错，"空心人"一词，正是一些有良知和社会责任感的知识分子，对眼下在一定范围内出现的，一味追求金钱、物质满足，精神被掏空，人成了物欲载体的拜物倾向表示忧虑而提出来的，还远未能达到流行的程度。

那么，"空心人""器皿人"真的就与芸芸众生无缘了吗？君不见，有的父母竟忍心让自己未成年的孩子弃学经商或打工，为的只是每晚点数钞票时的那一份惬意；有人为求快富不择手段，造假行骗；某些公职人员，挡不住金钱的诱惑，贪污公款，以权谋私，最后沦为"阶下囚"。物欲一旦过度膨胀，什么礼义、道德、良心便统统弃之如敝屣，公民的义务和社会责任感也都抛之脑后了。在一些人的头脑中，正当的劳动致富已觉得不过瘾，梦想着一夜之间成为暴发户……

能成功自然高兴，不成功呢，好像也有办法。比如傍大款，当"三陪小姐"云云，电视上已有曝光了。还有少数涉世未深的青少年，受热情的牵引，成了

"追星族""发烧友",借明星来给自己定位,借明星的光亮来照耀自己,明星是太阳,他就是月亮,明星是一根稻草,他就是稻草边上那丝屡弱而又可怜的影子,明星享有的荣誉,他真诚地为之鼓掌、涕泣。前者是物质的攀附性满足,后者是精神的攀附性虚荣,都少了一点自立自强的志气。精神部分站立不起来,没有为理想而奋斗的内在动力,完全受感觉和浅薄时尚的操纵,靠不断抓取物质来填充心灵中空虚的部分,永无满足,这就是现代"空心人"的真实处境——或许还是叫"器皿人"更为确切,也形象得多,难道不是吗?

器皿者,某些盛东西之日常用具也。"器皿人"称谓,是对人性窄化、价值观出现偏差现象的警示。

炒过了歌星、"大款"之后,是否也应该给"器皿人"加加热?

1994 年 2 月 6 日

英雄断想

英雄是什么？这是一个值得研究的问题。

英雄不是苦行，有的英雄自己家里老婆病了没人照顾，小孩穷得上不起学，父母老死不能尽孝，他在外面全心全意为人民服务。这样的英雄他对社会有益，但对于父母家人却是不近人情，因而是有缺憾的。

英雄不是为了名和利而做了他所做的一切，他的行为听从良心和道德感的召唤，在关键时刻做了一个真正的人应该做的，如果情势确实需要，他可以从容赴死。

对英雄的爱护是应该的，对英雄的崇拜可以理解，给英雄以最好的荣誉是社会的责任。但是让英雄放下手中的工作，去到处作报告，则多半有违英雄的本意。

那种认为英雄应该一辈子产生英雄事迹的观点是不恰当的，也是强人所难的，它可能使英雄从此无法过上一种正常人的宁静生活。事实上，英雄只诞生于某个特殊的瞬间。在某个呼唤正义的特殊时刻，英雄挺身而出了，而你却畏首畏尾，或踯躅再三。这就够了，足以证明英雄无价。

英雄都很淳朴。我欣赏那位矿山小英雄，他在深入井陷造成的狭窄地缝50多米深处，冒着生命危险救出不慎掉落的同村小妹妹时，低头只回答记者一句话："没啥说的，我只想把伙伴救上来。"我也欣赏勇斗歹徒的年轻战士徐洪刚，面对鲜花、掌声和荣誉，他却念念不忘是人民抢救了他，给了他第二次生命。

　　每个人心中都有英雄的种子。和自然界植物的种子一样，如果气候环境恶劣，缺乏生存土壤，可能大多数种子要坏死或推迟生长。现在就让我们用温暖的心灵去融解沉睡的冰川和冻土吧，然后像一个勤勉的农人那样，耐心地等待收获。

　　　　　　　　　　　　　　　　　　　　　　　　1994 年 2 月 20 日

众目关注"透明度"

已有理由和迹象表明，就要召开的七届全国人大、七届全国政协一次会议，将在"透明度"方面进一步满足人们的期望。去年底落幕的党的十三大，就是以其空前的民主和开放，至今仍为全国上下所津津乐道。再看最近的报纸、电视、电台，对连续发生几起重大交通事故的及时报道，对地方人大换届选举时，一些原定候选人落选的如实披露，种种讯息，犹知春风拂面。这对于关心国家前途命运的十亿炎黄子孙，无疑是一个很大的振奋。另外，从新近中央提出的开放整个沿海地区，把这个地区的经济纳入国际大循环的宏伟计划看，我国需要争取更多的国际信任与外资投入。而以往几十年的风风雨雨，政策多变，外国朋友已习惯于把大会作为观察我国政局的"窗口"，通过这个"窗口"来探视我国的民主开放程度，判断政策是否连续稳定。此时适当增加大会透明度，等于是向外国朋友做了一个无本万利的"大广告"，表明中国政府坚持改革开放的决心，何乐而不为呢？就国内来讲，十年改革的确取得了令人欣喜的成绩，但同时也遇到了诸如物价上涨、如何增强农业后劲等一些棘手问题，急需取得公众的理解和支持。既然改革是十亿人民的共同事业，那么遇到问题，与其捂着发难，不如亮开来让公众讨论，参政议政，集思广益。这是一个成熟政府将会采取的明智办法，也与十三大提出的"重大情况让人民知道"精神相一致。

唯其如此，"透明度"作为衡量我国政治生活民主化的一个重要尺度，定将在两会期间倍受公众关注。

1988 年 3 月 24 日

想到了"专业户"进政协

一个关心时事的朋友对我说，这几天他的心情特别好，有一种吉祥的预感。我们单位前面建筑工地的一排简陋工棚里，几十位来自河北、安徽农村的民工，到了晚上也都拥挤在一台小电视机前，看"新闻联播"里的全国两会报道哩！小小细节，反映出人们一种健康正常的心理：对国家政治不再感到神秘隔阂，与己无关，而是将它看成自己的事一样，感到亲切。这的确可喜。但在高兴之余，我也想起了另外一层社会心理，即"恐左"。

去年在南方某地采访，得知很多专业户都入了县政协。怎么回事呢？一说是对专业户有偏见，他们入不了党，只能进政协，成了"统战对象"。另一说是，这些年对于个体经济到底姓"资"还是姓"社"，人们争议很大。专业户害怕政策变，不敢放开手脚干。政协的同志给他们壮胆，宣传党的开放政策，他们很感激，就提出要入政协，也是为了求得心理上的"安全感"。两种说法不同，其实反映了一个问题：那就是过去"左"的那一套政治阴影还远未从人们心头上消除。当干部的还在"姓资姓社"问题上争论不休，群众自然也就在"恐左"心理下畏缩不前了。这在改革之年，实际已成了束缚大家手脚的深层心理障碍。当前农民的短期性经济行为，如对土地的投入减少等，都不能说与此没有关系。

那么，如何考虑从立法角度根绝"左"的土壤，确保群众改革热情呢？"法力无边"，人们正期待两会吹来吉祥的风。

1988 年 3 月 30 日

当代表也不易

有道是，记者越来越难当了。参加今年全国两会的代表、委员敢于直言，一些按惯例无非是"举举手，一致通过"的表决场合，气氛也非常活跃。记者们为采访漏了消息而遗憾。对此，我的感想是：当代表也不易。

不是有同志算过吗，每 30 万中国公民中才有一位全国人大代表。而据报载，我们这些代表、委员在进京开会之前，大都做了认真准备，访问选民，搜集意见，拟写提案等。此中责任和甘苦，只有代表心里体会最深。

来到了会上，就应当行使人民赋予的参政议政权利，为人民代言，慷慨陈词，直抒胸臆，这就非得要具备"心底无私天地宽"的勇气和胆识不可。如果一个代表怕担责任，瞻前顾后，说话吞吞吐吐，群众是会埋怨的。我说代表难当，此其二。

日前《人民日报》载新华社一则消息称：人代会开幕第二天，各路代表分组审议李鹏代总理的《政府工作报告》。绝大多数小组踊跃发言，气氛热烈。但也有一个省的代表小组，先是一位领导作了长篇发言，之后才请各位代表"也谈谈"。这时有几位代表却说："我们还是多听听领导讲话。"阅报至此，笔者忍不住一阵"幽默"：没想到，"论资排辈""事事领导说了算"等官场习气，有的同志也把它带到本来最应该发挥民主的人代会上来了！诚然，"冰冻三尺，非一日之寒"。受几千年专制传统的影响，我们有一些同志的确已习惯于对领导唯唯诺诺，俯首帖耳，就是不能做到挺直腰板，平等对话。这是很叫人感叹的。但话又说回来，作为那些在自己领导面前不敢畅所欲言的代表，是不是心里也有另外一层更难言的苦衷呢？

1988 年 4 月 2 日

数据无言

安居乐业这个成语，现在提起的人不多了。据说是因为它"落后"，不够"层次"，新潮人士指责它代表了农村小生产者的理想追求。我纳闷，小生产者梦寐以求、可望而不可即的安居乐业理想，新时期的农民有什么不可以通过商品生产方式去要求达到呢？实际上，现在离真正的安居乐业还远。

据统计材料表明：目前我国人均年收入在 200 元以下的农民还有几千万。农村文盲占农民人口的 36%。农村的社会保障金很低，人均 11 元；而城市人均 200 元，城乡差别比为 18：1。农民生活缺少安全感，一生大病就不得了。农村的医疗卫生条件，包括医务人员、住院床位等，都低于城市三分之一，而人口死亡率比城市高了 1 倍！一些地方农村社会风气差。

这不是故意的危言耸听，是事实。反映了我国农民在实现安居乐业过程中，一方面还承受着历次决策中的城市倾向所带来的痛苦。农民为国家工业化付出了很大牺牲，农民还需休养生息！

可是有一段时间，我们的宣传"头脑发热"，报道农村形势大好的多了点。仿佛农民富了，个个成了"万元户"，以至城市居民看了都不免有些"妒忌"。的确，人们总是更容易陶醉成绩，而难于看到自己工作中的不足与失误。一个国家又何尝不是如此。这次人大、政协会上，代表、委员们刚刚为农民呼喊几句，报了些忧，社会上就有同志议论说，"牢骚话"太多了。其实，"牢骚"本来就有，只是过去不敢或没有说出来。听取和采纳不同意见之难若此！可不慎乎，可不慎乎。

1988 年 4 月 7 日

批评是一笔财富

这次全国两会，代表、委员们敢讲真话，敢说实话，对现实存在的矛盾、问题，直言不讳。据透露，目前两会已收到代表、委员们提交的议案、提案共计2222 件；截至 4 月 8 日，全国人大会议秘书处还收到了代表提出的建议、批评和意见 2570 件。这么多的批评意见，并没有给人"一团漆黑"的印象，相反，还给人以振奋和力量。讲真话的批评真是一笔大财富！

想到"文革"时期，一方面国民经济濒临崩溃的边缘，一方面却还天天高喊"形势大好，不是小好，是大好……"历史使人明智，历史也给人昭示：只有实事求是，敢说真话的民族，才是真正有希望的民族。看到现实的不足，看到我们国家目前还很落后，这样改革才有紧迫感，才能奋起直追，才能不故步自封，夜郎自大，盲目陶醉。

现在两会就要结来了。人们关心代表、委员们提出的意见、建议是否将得到落实。人们也关心讲真话是否能够不分会内会外，不论代表、委员还是普通干部、群众，大家都有什么说什么，"知无不言，言无不尽"。不要会上说实话，会下讲空话；也不要会内的说真话，会外的讲假话；更不能批评别人的时候讲真话，反省自己的时候说套话。

正因为社会上假话、空话、套话还有一定市场，所以两会说了那么多真话，才成为一笔财富。而这真话，还只是精神财富，真话变成了真正行动，精神财富才转化为物质财富。那才是最可宝贵的。

1988 年 4 月 12 日

鼓掌之后说"官"念

今年的全国两会（十届全国人大和十届全国政协一次会议），从《政府工作报告》，到代表、委员的建言献策，会内会外的真诚互动，时时让我感觉到这是一个民族伟大善良意志在表达倾吐，充满了成熟、智慧和朝气！

"五个统筹"科学的发展观，大手笔地表明新一届政府沉着、清醒，对现实和未来负责任的态度；限期取消农业两税，表明对农民少取多予的践诺决心；加大就业和社会保障等工作力度，细微处体现着亲民、为民、以民为本的执政理念。与上述厚德载物的"宽"形成鲜明对比的是对政府自身建设的"严"：强调行政依法、透明，"有权必有责，用权受监督，侵权要赔偿"！建设有限责任政府、服务型政府。政治文明建设，从道德、觉悟层面的提倡，开始深入到规则、程序、技术上的操作，显示了理性、务实的取向。

这些，相信绝大多数人都会鼓掌认同。但鼓掌之后，所有政策要靠上上下下大大小小官员们一是一、二是二兑现给百姓，体现在日常具体工作中。有时要"痛"及一些干部自己的既得利益，比如急功近利、竭泽而渔被喝止；搞政绩工程、片面追求数字的干部不吃香了；农民不用交税，扰民的乡村干部就少了一个借口。这对于广大干部队伍是一道不小的考题！

官不好当了。当官不再是传统特权意义上的"肥差"。当官将更多地意味着为公众服务和在规则约束下的履行职责。那种出于个人利益动机的不健康"官"念，将在实践中得到匡正；官本位思想将受到冲击、淡化。这正是今年两会透出的又一条"润物细无声"的重要信息，一条加紧推进政治文明建设的报春消息。

2004 年 3 月 13 日

向沈浩学习如何做人与做成事

越朴实的先进典型越像一部经典，经得起多个角度品读。

小岗村党委第一书记沈浩的事迹有几个感人的"点"。一是男儿气，骨子里有不甘平庸、想干一番事业的那么一股劲。所以当组织上派他到小岗村任职，他欣然接受，并在日记里写道："我相信，我一定能干好！""为小岗人民增富，为自己所在单位添彩！"心态多么阳光，多么坦荡、自信。甚至还有些童心未泯的单纯，毫无忸怩作态、镀金、混日子的盘算和世故。

其二是感恩心，把组织上和群众的信任，肩上的担子，看成是对自己实现理想的成全。当他在小岗做出成绩村民用摁着红手印的请愿书将他挽留时，他内心无半点飘飘然，而是充满感激："人生能有几个三年，这样的深入基层、深入农民，虽苦犹甜，是组织的信任与赐予，是花钱买不到的责任与荣誉。"有没有这样的感恩心，是区别一个人大器还是不够大器的试金石。沈浩真大器！

其三是亲群众，走群众路线。他能在大热天从县里开会返村的途中，将车停在一个当时还不熟悉的村民跟前，请村民上车，顺路送一程；他也能在与群众促膝谈心时，听到"我们这儿一没个像样的路，二没有企业"的叹怨声中，得到启发，如获至宝地拍着大腿说："对呀！"从而找到了改变小岗面貌的突破口。他的做人为"官"境界，与时下某些只知道逢迎取悦上级，视群众如草芥、群众的事多一事不如少一事的官员做派一比，高下妍媸立判。

其四是目光远，有能力、有水平，看准对小岗长远发展有利的事，对村民有利的事，拼尽全力也要干成事！当探索土地流转，发展规模经营，被有的媒体批评说"小岗村要重走集体化道路"时，他坚信，过去分田搞大包干是改革，现在搞土地承包经营权流转，提高土地产出水平，也是改革，都是顺应时代发展的趋势。他的理想是，"站在打造中国中西部地区解决'三农'问题暨新农村建设试验区的高度，探索建立中国农村发展的'小岗'模式，在全国其他地区可以复制，这样小岗村对中国社会的贡献就更大了。"——这样的目标自然值得沈浩这样有强烈使命感的志士为之全力以赴。可惜天不假年，沈浩还来不及完成全部使命，他的生命永远定格在了 45 岁的壮年，倒在了他所钟爱的工作岗位上。但是，"其人虽已殁，千载有余情。"陶渊明咏壮士荆轲的诗句，充满了赞叹与崇敬；沈浩以他大写的人格、情怀与贡献，也已经写进了小岗的历史，写进了老百姓的口碑心碑！

沈浩的典型价值还体现在，启发了中青年人才成就事业、建功立业的另一条可行路径。社会是一个金字塔结构，底座宽，上层建筑窄，越往上越窄。人人都往上层建筑挤，必然形成千军万马过独木桥的竞争惨烈与尴尬。相反，逆向思维，朝基层发展，这里空间大，氧气足，社会需要，正可以大展宏图，利国利民。沈浩是这方面的践行者，也是明智者。

2010 年 1 月 9 日

与孩子共享成长的快乐

——一篇家长作业

孩子回来说，老师让家长写一篇"作业"，介绍辅导孩子学习的经验。我不敢侈谈经验，但作业却不能不完成，于是就有了下面这篇"四不像"的文字——

孩子平时住在她姥姥家，我们只是在周末接孩子回家玩，可是这一点玩的时间也越来越少了：星期六上数学乐园，星期天练钢琴。真正"玩"的时间就剩每回我用自行车带着孩子，从西城到朝阳，又从朝阳到西城。途中一个多小时，是我们相处最快乐的时光。讲故事，猜谜语，背唐诗宋词，提一些天上地下水中以及日常生活里即兴想到的各种各样"怪"问题，总能激起孩子无穷的兴趣，打开广阔的思维和想象空间。

孩子天生就是半个哲学家，喜欢对任何事物盘根问底，穷追不舍。当我试着对每一个问题作出尽量生动、自圆其说的解答，实际上就给孩子灌输了某一方面的知识，传授了某种思考解决问题的方法，以及为人处世的态度。而当我被问得无路可退、给不出最终满意答案时，我就和孩子一同来探讨问题的解决办法，列出种种可能情况，让孩子自己去思考寻味。这是思维的乐趣，想象的乐趣，探索社会人生和自然界无穷奥秘的乐趣，是一种比吃喝享受更大的乐趣。让孩子从小就体会到这种乐趣，进而自发地去追求这种源自思想和博大心灵的乐趣，我认为是十分有益的。

以我个人经验和观察来说，一个人生活得好不好，幸福不幸福，主要取决于他（她）对待世界和社会人生的态度。同样一件无关原则的事情，有的人耿耿于怀，有的人却能泰然处之，这就有一个心智健康与否的问题。而健康的处世态度是要从小培养的，一旦定型，一辈子都很难改变。我们周围都有一些原本非常正直善良的好同志，却因为性格狷介，对什么事情都看不惯，整天牢骚满腹，愤愤不平，一辈子生活在受激情左右的漫漫长夜之中。人活着还是要明智、通达、乐观、向上，富于爱和同情心。这样的心理品质能使孩子将来受益无穷，远比灌输一些实用的知识、技能来得重要。所以我们从孩子很小的时候起，就喜欢带她到户外玩，多接触一些花草树木、飞鸟鱼虫，顺便讲解一些动植物知识，培养孩子对地球上所有生命形态的好奇和关爱。夏天，我们会一起趴在窗前听雨，或眺望西天晚霞的绚丽……记得有一次，我在书房里看书，孩子从阳台上叫我赶快出来一下，原来她发现天上有个"小秘密"，就指给我看："爸爸，你看那朵云彩多好看啊！"当时我真是非常非常欣慰：因为孩子能够在平常的生活中发现和欣赏美了！

当然，孩子的耐性有限，注意力容易转移。我们就要根据儿童的心理特点，利用其喜欢游戏，好胜，不服输，把我们想要传授给孩子的某项主题内容，转换成生动有趣的游戏或竞赛节目。比如，我想让孩子从小就背诵一些脍炙人口的古典诗文，以培养她良好的语感。但是，背诗毕竟是枯燥的，只有三岁以前的孩子喜欢咿呀学语，机械背诵，长大以后就不爱背了。为了使孩子不致把以前的"老本"都忘光，我就经常采用激将法，逗引孩子比赛谁背的诗多。结果，我们两人现在背的诗词都比以前多了，可谓"教学相长"。又如，我们家的女孩子性格比较文静，为了避免孩子过于柔弱娇气，我们编织一些到沙漠或海洋中探险旅行的游戏，我和孩子分别扮演不同角色，由孩子充当主角，随时要应付可能发生的各种有趣的或糟糕的情况。我们还有一出"保留剧目"，就是《花木兰替父从军》。"戏"中孩子扮演英气十足的花木兰，我一会儿演皇帝，一会儿演老父亲，一会儿演进犯的敌军将帅……"忙"得不亦乐乎！通过这样一些演戏活动，让孩子懂得女孩也能干大事，培养一种"以天下为己任""舍我其谁"的豪气。

我们家的孩子数学头脑比我好，和所有同龄孩子一样，心中装满了各种理想。一次，我给她讲到科学家把水稻和西红柿的种子带到太空旅行，因为接受了宇宙射线的辐照，这些种子拿回地球上种植，结果产量特别高，西红柿果有碗盆那么大！孩子觉得科学非常有用，就表示长大要当科学家。我及时加以鼓励。

但为了防止孩子学习上出现偏科，我同时又故意问她："你为什么不想当文学家呢？"她说："文学有什么作用吗？"我说："文学就是语文呀，像你喜爱的童话《灰姑娘》《丑小鸭》，还有诗歌、人物故事等等都是啊。文学就是要将美好的东西表现出来，批评不好的丑恶的东西，让人们明白道理，心地更善良，更团结友爱。"孩子听后若有所悟，认为当文学家也很好。我借机告诉她，不管将来干什么，每一门学科知识都是非常有用的。

作为家长，我们不能代替孩子思想和成长，也不能硬性要求孩子必须成为什么。但是我们可以和孩子共享思想和成长的快乐，为孩子营造和选择一些真正有助于他们成长的环境，让他们多接触一些我们认为好的有价值的东西，使他们在不知不觉中接受影响和熏陶。所谓"近朱者赤，近墨者黑"，应该就是这个道理吧。

1999 年 3 月 27 日

生命的况味
——读田世信的两件雕塑

《五女》

真是五个丑得可以憨得也还行的女子呢！你看她们披头散发，一丝不挂，乐开的大嘴，愣直的眼神，半蹲的身子像要蹦起来呢，实实一副傻相呢。她们是惊异于太阳的恒久的热力吗，抑或正对着月亮星空奔舞，还是折服于大自然造化的神奇美妙？反正冥冥之中确有过一瞬撼人心魄不同寻常的魅惑呢，否则，五个女子何以才这样忘情，这样专注，达到了无我的境地。忘情于美，忘情于功利目的以外的某种神秘景观，这正是累身俗务的现代人难得体验的一种生存状态呢。古朴的造型，加以现实的观照，于是，丑被升华为美，憨直而愈加显得复杂、况味无穷了。

《高坡上的风》

女的困顿疲乏，昏沉欲睡，却依然挺直身子站着，手执牧羊鞭子，顽强的意志在与过于沉重的命运抗争。活着不容易。男的呢，健壮魁梧，精力过剩，但却一副无聊懒散的样子。生活近乎静止，历史之流凝重而缓慢，每个人都有被限定的命运之围，不可冲破超越。于是现实生活的重复单调，与万物之灵的人的求新愿望之间，便有了永久的矛盾冲突。遗憾最终常以人的失败为告终。你看那男的，大身，昂头，闭目，张口，挖揲着头发，显得桀骜不驯却又无可奈何。一声长长的太息，在体能的无端宣泄浪费之中，便包含有无限的生命之悲剧意味了。

1989 年 1 月 28 日

美说，我还是光着身子吧

——兼评陈皖山的人体油画

隔行如隔山。平常爱摆弄点文字的，突然要对着一位画家的作品评头品足，够难的。

可自去年底北京办了一次人体艺术大展以来，各报刊长篇短论。从他们竭力渲染应如何超绝肉欲，如何需要极其纯正高雅的趣味才能欣赏，始知同胞中还有视裸体艺术为淫邪的一派：一面紧盯女体的下部看，一面偷拍了照片往女模特的房门口上贴。

那种视艺术为淫邪的人本身有问题是肯定的，我不解的是持"高雅"论者，他们是不是真像标榜的那样超尘绝俗，面对一幅幅油画人体，而如看花看草，虽赏心悦目，却不受丝毫感官刺激与情欲的魅惑。诚如是，我愿向他们举手加额，表达敬意。可我担心，他们在把人体艺术拼命举离尘世的当儿，双脚却踩在了与产生"淫邪说"同样的文化土壤。

依愚之见，人体艺术，既然是以一个一个活着的裸着的男人女人为样本，就必然具有男女之性，首先有血有肉有生命，进而才可言及美。所不同在于艺术家品格有高下，赋予作品的意蕴也有深浅，而万千观众对此赏玩则更可以各得其趣。何必对别人的欣赏选择横加干涉排斥呢？好像只有自己才是有资格画画儿看画儿的主。

可否这样认为，一切有成就的艺术家及其作品，都是自信的，开放的，容忍的，在与观众进行平等交流对话之中得以发展。这一点，我在最近看了陈皖山人体油画展后，愈益得到了确信。

陈皖山的人体油画，笔触大胆流畅，于写实之中寄寓他对人的思考和信心。红白黑对比强烈的底色，诡秘变幻，衬托人体的宁静和谐。优美体态，若有所思的神情，那是生命力与灵性的交融。其间有欢娱，有痛苦，有纵情，也有节制，有焦躁不安，更有安详永久的期待……每一幅人体都有一扇靠近的窗户，不仅仅是光线需要，更赋予了人与外在时空的某种信息关联。这里，人即宇宙，宇宙即人。

也许是同代人的缘故吧，我对陈皖山这种于痛苦和无序之中挣扎出希望的人体绘画语言，一开始就注入了深深理解同情。是的，人本该就是这样，自由而美丽，复杂但无须掩饰。希望中的人类，乃在于不断探索认识自身全部复杂性的同时，一点一点摒除狭隘虚伪，变得光明磊落且更富于智慧。

1989 年 1 月 28 日

性相近　习相远
——第二届中国国际民间艺术节演出观感

1.在艺术风格与审美情趣上，东方和西方的分野是明确的。东方典雅含蓄，柔曼抒情，配合默契，重整体美。西方热情奔放，个性鲜明，表演无拘无束，即兴发挥，重幽默情趣美。

2.其实，西方各国家、民族之间的舞蹈风格也是不一样的。意大利瓦尔·达克拉卡斯民间艺术团表演的玛特罗古拉舞，在木制乐器快速伴奏下，五对盛装的男女欢快地旋舞、跳跃，四名演员背手站立一旁，时而含笑点头，时而侧身耳语，再现了民间观舞的场面，以静衬动，欢快热烈。忘情处，一名旁观者手捧花瓶，身不由己地加入舞蹈行列，忽而将花瓶高高地抛起，忽而又躺地嬉耍，幽默逗趣，博得观众阵阵掌声。整个舞蹈体现出意大利西西里岛浓郁的地方风情特色。而来自北欧瑞典传统舞爱好者协会的舞蹈家们表演的长舞、旋转舞、纺织舞等，则模仿农人在田间或室内劳作的场景，节奏平缓，雍容华贵，舞蹈时略有些弓腰缩脖的样子，憨态可掬，使人仿佛置身瑞雪纷飞的北欧村庄，看到农人们裹着厚厚的冬装，正顶风冒雪快乐地跳起庆丰收的舞蹈。

3.同样，东方各国由于文化风尚、地域环境等不同，反映在艺术上也有不同的情态和韵味。日本的朴拙、古雅、深情。印尼的节奏明快，动作协调一致，技巧性极强，使人联想到我国南方少数民族跳的竹竿舞，两者似有异曲同工之妙。

4.值得一提的是，来自非洲的坦桑尼亚萨鲁基舞蹈团和来自南美的玻利维亚维拉音乐小组，他们纯朴、热情、率真、极富生命力的舞蹈和歌唱，成为各国艺术家们注目的焦点。加拿大艺术团表演的反映印第安人生活的鹰鼓舞,澳大利亚班加勒舞蹈剧院演出的澳洲土著舞,使我们有机会目睹了人类文化的丰富多样性。

5.虽然艺术个性极鲜明,但各民族民间歌舞所表达和颂扬的主题又是同一或相近的,即对生活、爱情、和平、友谊与劳动的向往和热爱。不同艺术个性产生相互间好奇、神秘、吸引,共同的理想愿望又使人类心灵得以沟通、慰藉,这真是一对奇妙的统一。

1992 年 8 月 22 日

2013 年夏天,作者在英国爱丁堡与穿着传统服饰的苏格兰友人留影。

书法是力之舞蹈

——读张爱国书法作品想到的

承蒙爱国君信任，我俩素昧平生而有书法作品见示，这中间全仗一位年轻朋友的介绍。起初，我还不免责怪朋友的多事，及至展卷悉读，顿感欣悦。他的书法很特别，有一种一下就能抓住人的气质魅力：安雅从容，守洁任性，看似闲云野鹤，实则透着一股苍古老到的书卷气息。

这太重要了！当今学书鬻字者多如牛毛，而能有此精神特质者几人？而能真正赋予书法汉字以灵动生命的又有几人？这里面自然蕴含了作者积年累月厮守砚田的痴情耕耘，更有对于生命理想与人格品藻的长期默默坚守和呵护。正如爱国君在信中所言，书法和书籍占据了他的大部分生活，他目前的状态是"构想把书法还原为书法"。寥寥数语，窥见他艺术追求的不俗抱负。套句"文如其人"的说法，则书法是书家人生性情学养的真实写照。从这个意义上说，其书法堪称独具一格，尽管他还年轻，还在名家巨擘如林的中国美术学院攻读硕士研究生，人们对他的艺途建树正可以寄以更高的厚望。

关于爱国君的书法，说到这里，读者自可从字里行间领略其天马行空的神妙。而我因为读他的书法，引起了对我自己曾经做过的关于艺术力学方面思考的点滴的联想。下面就摘录几条，期能有补于传统书论，或可增益大家对书法艺术的品赏兴味，则幸莫大焉！

书法绘画之美，在于表现了一种力，一种韵律，一种情趣，一种灿烂，或一种遗世独立的品格。其核心是力，赋予力以各种各样的形态。力的韧性不屈与蓬勃畅快的强度，决定了书法绘画作品的美学品格。

　　力的表现越曲折越紧张，给人的回味、撞击就越多。那种看起来充满热力、酣畅淋漓的笔墨，其本身也是经历摔打和曲折才到达这种境界的；每一笔都有风雨沧桑，只不过它们是斗争的胜利者罢了。充盈的画面，是克服了千难万险，冲破重重阻力之后的胜利大会师。

　　书法是力的舞蹈。

　　书法的至美在于至洁，洁产生力。洁是书法艺术的灵魂，它能涵括各家书法之美。这也就是为什么好的书法作品总能给我荡涤心胸的享受。

　　陶渊明诗，在自然平淡中有一种毅然决绝的韧劲、骨力。"纡辔诚可学，违己讵非迷！且共欢此饮，吾驾不可回""青松在东园，众草没其姿；凝霜殄异类，卓然见高枝"等等，都体现出一种如魏碑书法笔力遒劲的美。——对人的真性情和品格的坚守，就是要有一股九马拉不回的拧劲！

1999 年 6 月 5 日

题画诗见人品画理

诗人画家张铁峰，号老农，河北深州人，当代豪侠之士。少年贫，有壮志，务农、经商创业有成，而手不释卷，满腹诗书。中年后专心游艺丹青，以写意见长。其画根植民间，又有八大、青藤之文人气韵，朴拙天真，憨、厚、趣、大，一扫泥古拘谨流俗之风，成自家天地。有《张铁峰画集》问世。其每画必诗，诗则自勉、自励、自策、自嘲，或托物咏怀，抒情见性。这些题画诗，凡一千余首，收入《白山堂诗稿》《张铁峰诗集》。我读他的诗，每每受到一种震撼和激励，中气十足，情不能抑，感发创造的冲动和对于天下道义责任的担当。

张铁峰的诗中至少有四样我认为最可宝贵的品质。

一曰具点燃主体创造激情的热力。"绘事犹如经战阵，弄墨也似过五关。"真正的艺术创造需要一种果敢、果断，需要毅然决绝的勇气、魄力，排除蝇营狗苟、患得患失的现实利害盘算，把生命力全神贯注于创作的对象。"村夫兴来笔常挥，横扫素笺三万回。腕底从来无定式，狂时豪饮一千杯。"（《题竹》）痛快！痛快！

真正的艺术创造必是真情的表露、抒发。"殷勤只为多情闹，无故不该出深州。"（《自嘲》）"无端情绪闹肺腑，胸中沧桑化墨痕。不是人间无鬼手，且看满纸精气神。"（《题画》）作者蕴蓄大半生对于国运的关怀，苍生的悲悯，乡土的恋情，世风的体察，理想的梦寻，都郁结凝聚于笔端，兴来排遣宣泄，一吐为快，故能"拙笔欲动意先摧，神似天公排惊雷。纸为征战刀兵地，墨彩千姿如云追。陋室便使无风起，涛声松声响几回。"（《绘事有感》）这种绘画的境界，精诚所至，鬼神为之泣下，岂是平常名利客所敢望其项背。

二曰能增人间浩然正气，使人格壮美。"老夫挥笔胆气豪，敢与腐朽动枪刀。多为百姓解贫困，人间正道走一遭。"（《题钟馗》）即便是寻常的什物，在诗人画家的笔下也被赋予刚直正义的寄托："吾家北瓜状如鼓，我栽玉米大如槌。长成真精气神在，贪官污吏怕惊雷。"（《田园搜奇》）最风流倜傥的还要数这首《无题》："燕南老农白山翁，奋身沸腾搏大风。买雏且当雄鹰养，有籽便栽满山松。世事催我心猿动，敢上疏柬步皇宫。坦荡不为利禄梦，写书为疗百姓穷。卖刀当街换老酒，仰天大笑度余生。"艺术家敢爱敢恨，为天地立心，为生民请命的大人格魅力，跃然纸上，反照出多少人内心的不够坦荡，不够磊落？

三曰有平等的法眼诗心，无物不庄严。艺术家不同凡俗的灵感源自载育万物的宇宙大爱。"参禅瞬间得精髓，面佛便晓平等法。"去除了势利眼的偏狭、障蔽，在诗人画家的心目中，凡农具、作物、果蔬，一草一木，一花一叶，一禽一兽，世间万类物物有尊严，物物有灵性。于是，"大千世界多奇妙，村夫拙笔细剪裁。凡入我眼胸中物，移上吾家画图来。"（《和平共处》）；于是，"村夫不摹梅花谱，信手拈来自有神。不信君看二三枝，东风吹着便成春。"（《春》）大俗大雅，臻至艺术创作的自由、高明境界。

四曰能化繁为简，以真我示人。铁峰的诗并不讲究格律对仗，但是内容率真大胆，见识卓荦，气势压人，有一种古朴雄浑的美。铁峰的诗多急就章，有的可能不及他的绘画作品那样完美，意象丰赡，但是自有一种冲决羁绊、敢破敢立的艺术创新力量，催人奋发。"老农四海以为家，遍踏山川搜诗芽。万千灵气入我腹，动情如矢顺口发。""骚人作诗莫追甜，实话新妙不一般。声凭宫徵都须脆，味尽酸咸只要鲜。"（《诗感》）"对策三条从不闻，五言八韵不上心。捐弃俗学攻实用，村夫便是这般人。"（《自嘲》）这等文字，简直可以当作摧枯拉朽、别开生面的艺术宣言书来读！

张铁峰的诗多为题画诗，下笔常涉及画道、艺理，感发文人的意兴，有很多夫子自道的成分。唯其如此，愈见亲近可爱。从他的诗中体悟艺术创作的三昧，颇堪玩味，受用。

2008 年 3 月 29 日

看电视、小家子气及其他

今年的电视春节晚会如何？应该说不错，挺热闹的。包括整个春节期间，各电视台、各频道的文艺节目异彩纷呈，任君挑选，全天候服务，比往年大有改观。而且从观众的欣赏心理看，似乎也变得更现实一些了，没有太高的期盼，没有把过年的快乐幸福美满与否全部维系在一台电视节目上。这一定程度上反映出观众娱乐方式的多样化，也反映出改革开放新气象对人们深层心理结构、审美趣味、欣赏要求的潜在影响。如果说一个观众整天守在电视机旁，除了看电视，别无所事，所乐，专挑这个节目不好，骂那个节目没劲，搞得心气烦躁，郁闷不乐，你能说这只是电视台的过错吗？

不过话说回来，节目丰富归丰富，但出类拔萃的确实也不多，尤其像杨丽萍舞蹈、马三立相声这样能代表国家水平的艺术精品不多。大多虚张声势、勉为其难的矫揉之作，雅没雅到位，俗没俗到家，反映出学养匮乏、急功近利、自我欣赏的小家子气。让人莫名其妙的是，原来被观众看好，而且也确有喜剧表演天才的陈佩斯、宋丹丹，今年突然宣告与小品"决裂"了，好像这个曾经陪伴他们赢得那么多观众褒奖、喝彩，并赐予他们无限荣光的小品，竟突然一夜之间成了能带来晦气，使人倒霉的扫帚星，避之而唯恐不及。

也许陈佩斯太忙，或如他的父亲陈强老先生所言，陈佩斯前几年演小品太火爆，再演下去怕把生活积累掏空了，节目出不了新，让观众失望，所以先有点节制，休整休整再说。这，我想观众是可以理解的，也是应该理解的。那么宋丹丹呢？为了演正剧而发誓再不演喜剧，确切一点说是小品。我们似乎也应该尊重人家的选择。只是这其中似乎隐隐约约让人感觉到了目前文艺界在价值取向上仍然存在的偏颇，即对俗文化的鄙视，一种贵族化的倾向，也即是对大众急切需要娱乐、放松和自我体认的审美载体的坦然无视和背弃。因此，当大年三十晚上，我看到电视中的黄宏身边少了那位熟悉的女搭档而与一个憨直的山东汉子配对时，我心里总不是滋味，为黄宏鸣着不平，好像黄宏受了莫大的委屈，就像恋爱中的小伙子被姑娘莫名其妙地蹬掉了似的。

其实被蹬掉的岂止是黄宏呢？

1993 年 1 月 30 日

慢半拍

天津电视台正在播出的《皇城根儿》，中央电视台正在播出的《爱你没商量》，均已接近尾声。对于这两部连续剧，观众的议论声日噪，好像是不太满意的居多。

想当初《渴望》播出时，全国上下一片叫好声，唯有广东人不屑一顾，他们宁愿拧开电视机看喔喔佳佳泡泡糖广告，也不肯沉浸在刘慧芳式的委屈中洒同情之泪。

后来《编辑部的故事》推出来了，京城好轰动，爱侃的北京市民大过侃瘾，生活中、事业上的诸多不满及牢骚怨言均随着剧中侃哥侃姐们的三寸不烂之舌得以化解宣泄，一笑了之。大概广东人早已跳出三界外，不在五行中，深得改革开放之实惠，难解许时北京人在体制内沉闷氛围之下，那种寂寞难耐的个中滋味，所以对本片也是反应平平。

有意思的是，这回上海的报界沸沸扬扬，开始褒贬不一：有羡慕北京文人书卷气之浓厚、反映市民心态之敏锐的，也有斥其耍贫嘴、无聊、清谈误国的。大概此时上海浦东开发已见端倪，股市渐热，一部分不愿安贫乐道者伺机下海，忙得正欢，已无心再欣赏你坐而论道，卖弄嘴上功夫了。两种态度，正是"东边日出西边雨，道是无晴却有晴"。

直到近期，北京人对《皇》剧和《爱》剧的慢节奏，也开始表现出越来越没有耐性，爱挑毛病，连平素看惯了的明星大角儿也突然看着不顺眼了，觉得造作，不像生活，缺少色彩，不够刺激，现实生活中的真人应该活得比他们更带劲。可不是吗，当我们关掉电视机，到社会上看看，沸腾的生活已着着实实跑在我们前面了！

1993 年 5 月 8 日

补　白

年轻时办报纸周末版，编排版面遇到文稿不够而余下小块空白的情况，常即兴写几句"补白"。兹录两则于后，供读者一哂。

其一

夕阳无限好，只是近黄昏。人老了，难免要发许多感叹。或怅惘，或空虚，或焦虑。但也有乐观如中山大学一老教授的，写诗以自娱："九十可算老？八十小弟弟，七十爬满地，五十六十睡在摇篮里。"

其二

朋友聚会，约好每人说一段趣话逗乐，能笑算过关，不能笑罚饮白酒一杯。几番笑过，最后 C 君略一沉吟，说：大街上发生车祸，围观者里三层外三层。这时来一矮个子青年，欲看不得，便急中生智，大呼："让开！快让开！那是我爹啊！"众皆愕然，闪开一道。那青年进去一看，原来撞死的是一匹骡子！

在草原上看话剧《搭马架子的人》

　　话剧的不幸，莫过于观众无缘走进剧场。其实，只要你进入剧场，真正静下心来欣赏，就会发现有不少好戏。那也许只是一次意外的收获，注定了你和话剧之间的缘分。近日，在内蒙古呼伦贝尔盟首府海拉尔市，有机会观看了这个盟话剧团演出的话剧《搭马架子的人》，顿觉一股勃勃的生机，夹带着几分野性，充塞于我的胸间，就像当地辽阔的未经污染的明净草原和天空一样令我激动难忘。

　　话剧《搭马架子的人》，讲的是几个青年盲流，在"文革"那个特殊年代，不同的身世经历，使得他们流落到大兴安岭林区，在那里邂逅，从相知相爱，到爱恨交织。其间穿插着文明与野蛮，人性与兽性的挣扎、搏斗，最终向观众显示了人性的耀眼光芒。剧中男主人公何大拿，在一次酒后，不知是真醉了还是装醉，反正他钻了借住在他家并已成为好朋友的黄炎杰的未婚妻的被窝！当羞于启齿的刘青菁发现自己有了身孕，悲愤欲绝，并实话告诉了何大拿，向他大兴问罪的时候，原本蒙在鼓里的黄炎杰出现并知道了内情。于是两个男人之间必然爆发了"战争"。

　　黄炎杰与刘青菁从小青梅竹马，两情相笃，他为刘青菁承担了"反革命"罪名，两人相携逃命天涯，他像大哥哥一样保护刘青菁，从未染指冒犯。但是就在他搭好马架子，准备与刘青菁搬过去成亲时，没想到节外生枝，发生了他最不能忍受的事情。黄炎杰痛苦到了极处，但他没法发作，因为任何发作都不能抵偿他失去心上人的痛楚。我们从他操起又扔掉的斧头，大步逡巡却找不到泄愤目标，无奈地蹲下身体等等，这些细微动作中感受到他内心痛苦、波澜翻滚的海洋。饰演黄炎杰的演员，在这场戏的表演中非常有分寸、有节制，几处观众认为应该爆发、大喊大叫的时候，他没有爆发。这个"拳头"收得非常有力量，给观众的心灵造成强烈撞击。演员没有演尽的地方，在观众心中加倍地完成了。剧中几个催人泪下的场面，就散落在这些关节点的出色处理上。

何大拿是这出戏中唯一捡了便宜的人。他用酒灌醉了黄炎杰，然后借着酒劲占有了朋友的未婚妻。这对于一个三十岁还没有挨近过女人的山里汉子来说，也许有他可以被原谅的地方，但在被侮辱被伤害的黄炎杰、刘青菁眼里，何大拿的形象已从恩人角色一下子堕落为畜生，恰如刘青菁骂他"不是人"！何大拿干了伤天害理的勾当，从良心上他也感到自己"不是人"，但他还想成为一个真正的人，所以他要黄炎杰成全他，往死里揍他，以此抵还他酒后造下的孽。在何大拿激怒黄炎杰，让黄炎杰几度揍趴在地的这场戏中，何大拿的人格得到了锤打和升华。经过这场"洗心革面"的挨打，他从畜生重新成为人，在人格上已和黄炎杰站在了同一地平线上。所以当第四场，黄炎杰被搜山队抓走一年后逃回来，发现刘青菁已经生下了孩子，他要带走刘青菁，还要逼迫何大拿的妹妹用肉体偿还他哥哥的旧债时，何大拿操出两根木棍，要与黄炎杰一决雌雄！这是两个男人之间为了一个女人展开公平对等的竞争，而且从剧情发展看，何大拿还稍稍占了上风。他的坚忍、强大、敢做敢当的男子汉风范，使他的形象在复杂和粗犷之中有了更深厚的内涵。这个人物形象是立得起来的。

相形之下，黄炎杰的形象似乎前后少了些内在统一。他部分地成为导演手中的工具，为推动剧情发展服务，使得这个形象有一点人为的痕迹。其实，在这场感情戏中他是真正的输家，他失去的最多，甚至迷失了他自己。然而生活中的输家，未尝不是艺术中的"宠儿"，他本应该而且可以赢得观众更多的同情和惋惜，成为嵌入观众灵魂的一颗钉子，留下深深的印记。这是导演和演员在下一步重排时需要考虑的一条辩证法。

听说呼盟话剧团的演职员，平时除了排戏之外，在生活中个个也都是大能人，勤劳致富，各有各的一摊事业。他们热爱生活，热爱草原，有血性，有朝气，对艺术真诚，所以在人性的展示方面率直而少伪饰。我们期待着经过几度磨砺锤打之后的话剧《搭马架子的人》能够走出草原，与更多喜爱话剧的观众见面。

1996 年 6 月 1 日

大明星和小男人的悲剧

看北京人艺演出话剧《阮玲玉》，有一个形象颇堪玩味，虽然还不甚丰满，却像钉子一样有深度，他就是阮玲玉的丈夫张四达。

这位张府的少爷，冲破门第观念的樊篱，勇敢地与佣人的女儿相爱，并违抗母意，暗中接济阮玲玉度过最困难的日子，亲手将她送上明星之路。情意不可谓不深笃、不纯洁，他们的结合应该是真正的爱情结合了。如果戏到此结束，那么张四达是个光彩照人、须得仰视的人物。但是生活还在进行，戏还要继续，当张四达为拥有成为明星的妻子而自豪地发出"男人们，羡慕我吧"的由衷之言时，恰恰宣告了他的悲剧开始！

不是当女明星的丈夫就应该是悲剧，悲剧在于作为女明星丈夫的张四达本身，在于他心中固有的魔鬼。这魔鬼是他与生俱来的，在他被明星的妻子照耀得通体透明时，被逼无奈、原形毕露的魔鬼就起而吞噬他的灵魂和自信，让他也变成一只魔鬼去毁掉已是明星的妻子，扑灭她的光亮，败坏她的名声，叫她屈辱，使她难堪，让她重新臣服于虚弱的男子汉威严，要不就毁灭。阮玲玉最终没有回到张四达的怀抱，所以她毁灭了，死得冰清玉洁。而张四达也以他的卑琐、堕落、仇恨、自弃，完成了一个地道的魔鬼造型，令当今的男人们看了也不禁唏嘘，过目难忘，刻骨铭心。

张四达心中的魔鬼是他自己意识不到的，如果他在事业上比阮玲玉强，如果阮玲玉走的不是名伶之路，张四达在心理上继续处于上风，那么夫荣妻贵，夫唱妇随，他们是可以白头偕老的。问题就出在阮玲玉这颗新星上升得太快，她才华横溢、体面高贵，视艺术为生命，前途正未可限量。这点是张四达当初所热切希冀过的，但事实又使他这一类男人不能够接受。张四达作为传统意义上的男人的优越感已荡然无存，他不知所措，坐立不安，找不到自己的位置，惶惶如丧家之犬。于是一种莫名的嫉恨，一种视女性为私家之物的强烈占有欲，使他疯狂地扑向社会、扑向艺术要夺回原本只属于他的女人。要回不得，就自暴自弃，自甘堕落，赌博、抽大烟、耍无赖，像幽灵一样纠缠住阮玲玉，搅得她身心俱悴，不堪重负，最后终于和漫天流言蜚语、势利小人一道把她逼上了绝路。

一代名伶阮玲玉的夭折令人扼腕，张四达式的悲剧亦足以警世。环视周遭人世，大凡女性的悲剧多出于家庭与外部环境的压力；而男人的悲剧却往往是由于自身委琐和不成器，偏偏还要扯起什么大男子主义破旗当遮羞布，这类悲剧，每每嚼之具有更深刻、更悲凉的意味。

1994 年 4 月 10 日

后 记

将多年来散落于报端的文章，遴选辑录成书，工作量比预想的要大。欣慰的是，那些年轻时写的文章，并未过时，有的尽管已风尘满面，但"归来仍是少年心"，一派青春活泼，葆有思想的锐气，情感的热度，仍能跟现实对话，还能与时间赛跑。当然，有些稿件由于种种原因，已经不合时宜了，不在入选之列。有些稿件题材内容接近，只选取一二代表性篇目。

书中加入了一些我拍摄的乡土、文化和少数民族风情题材的照片，使本书内容更多彩。

也有遗憾，那就是文集中写故乡、写父老乡亲的笔墨太少。从 17 岁上大学离开故乡，到后来从事新闻记者和编辑职业，我一直走在通向"外面的世界"的路上，所写文章，涉及天南地北，唯独对自己的故乡、对父母，文字上无暇顾及，留下太多的欠账和愧疚。故乡、父母，是一个人的精神源头和情感密钥。读者可以从我写的春节絮语中，感受民间文化、母亲文化的温暖呵护和祝福，从我写华山、写长城的散文中，读到"像稚子攀爬父亲的脊背"这样的比喻，体会父爱如山与歌颂祖国的美好意象交织，这些都是故乡和父母之爱给我的加持，转化为笔端的灵气和力量。更多这方面的文字，只有俟诸来日。

本书整理出版过程中，得到许多师友和同事的大力帮助。著名诗人王久辛老师百忙中为我的书撰写序言。报社多位年轻同事以不同方式出手相助。暖心的名字，恕不一一列举。对于大家的帮助和鼓励，在此一并表示谢忱！

2025 年 4 月 23 日

图书在版编目（CIP）数据

文兹乡土 / 程天赐著 . -- 北京：作家出版社，
2025. 5. -- ISBN 978-7-5212-3252-3

Ⅰ. I217.2

中国国家版本馆 CIP 数据核字第 2025X04C07 号

文兹乡土

作　　者：程天赐

责任编辑：张　平

装帧设计：王艺茗

出版发行：作家出版社有限公司

社　　址：北京农展馆南里10号　　　邮　　编：100125

电话传真：86-10-65067186（发行中心）

　　　　　86-10-65004079（总编室）

E-mail:zuojia@zuojia.net.cn

http://www.zuojiachubanshe.com

印　　刷：唐山嘉德印刷有限公司

成品尺寸：170×240

字　　数：600千

印　　张：35.25

版　　次：2025年5月第1版

印　　次：2025年5月第1次印刷

ISBN 978-7-5212-3252-3

定　　价：79.00元